중국현대문학과의 만남

학술총서 33
중국현대문학@문화1

중국현대문학과의 만남
© 한국 중국현대문학학회, 2006

초판 1쇄 펴낸날 2006년 8월 25일
초판 2쇄 펴낸날 2019년 3월 5일

지은이 한국 중국현대문학학회
펴낸이 이건복
펴낸곳 도서출판 동녘

등록 제311-1980-01호 1980년 3월 25일
주소 (10881) 경기도 파주시 회동길 77-26
전화 영업 031-955-3000 편집 031-955-3005
전송 031-955-3009
블로그 www.dongnyok.com
전자우편 editor@dongnyok.com

ISBN 978-89-7297-505-2 94820

* 잘못된 책은 바꿔 드립니다.

학술총서 33

중국 현대문학과의 만남

중국현대문학의 인물들과 갈래

중국
현대문학
@문화 1

한국 중국현대문학학회 지음

동녘

'중국현대문학@문화' 시리즈를 내며

지금 한국인에게 중국은 '선택'이 아닌 '필수'로 다가오는 거대한 텍스트다. '중국현대문학@문화' 시리즈는 현대중국에 대한 심층적이고 대중적인 이해를 목적으로 기획되었다. 그동안 '한국 중국현대문학학회'는 여러 권의 연구서를 내면서 결실을 맺은 전문적인 연구 결과들을 일반 독자들과 어떻게 공유할 것인가를 고민해왔다. 학회에서 '중국현대문학@문화' 시리즈를 처음 기획한 것은 2004년 하계수련회에서였다. 그 해 7월에 편집출판위원회를 꾸렸고, 그 뒤 2005년 11월까지 매월 한 차례씩 만나 목차와 필자를 조정하는 과정을 거쳤다. 2005년 7월에 필자들에게 원고를 의뢰했고, 이제 그 결과물을 내놓게 되었다. 기획부터 꼬박 두 해가 걸린 셈이다.

편집출판위원회에 적극적으로 참여해준 유영하, 김양수, 공상철, 김미란, 조영현, 김진공, 김순진, 임대근, 김영문, 김언하, 이보고 등 여러 선생님들에게 이 자리를 빌려 감사의 말을 전한다. 학회에 대한 애정과 일반 독자에게 연구 성과를 알리고자 하는 사명감이 없었더라면 많은 시간과 노력을 요구하는 회의에 그렇게 적극적으로 참여할 수 없었을 것이다. 아울러 대화와 토론을 통해 서로 다른 의견을 조정하여 새로운 의견을 만들어가는, 위원회의 민주적 과정을 경험한 것은 망외의 즐거움이었다.

위원회의 논의를 거쳐 첫 기획으로 '중국현대문학', '영화로 보는 중국', '중국영화', '중국현대문화' 네 분야를 선정하고, 각 권의 기획위원을 위촉했다. 기획위원이 주도하여 각 권의 목차를 확정한 뒤 집필을 희망하는 회원들에게서 신청을 받았다. 신청을 토대로 위원회에서 될 수 있으면 필자가 중복되지 않도록 집필위원을 선정했다. 아무리 편집계획을 잘 짜도 직접 책을 만드는 것은 필자의 몫이다. 위원회의 기획에 부응해 흔쾌히 집필을 수락하고 기획 의도에 맞추어 대학생 및 일반 독자들에게 쉬우면서도 알찬 내용의 글을 써주신 집필위원들에게 감사의 말씀을 드린다. 여러 필자들이 공동 참여하는 출판에서 요구되는 귀찮은 사항들을 불평 없이 감수하면서 여러 차례 교열해주신 것에 대해서도 충심으로 감사드린다. 이 시리즈가 급변하는 현대중국의 모습을 이해하는 데 일조할 수 있기를 기대한다.

　　마지막으로 '한국 중국현대문학학회'의 '중국현대문학@문화' 시리즈 출판을 흔쾌하게 수락해준 도서출판 동녘의 이건복 사장님과 이희건 주간님, 그리고 꼼꼼하게 교열해준 동녘 편집부에도 감사의 말씀을 전한다.

　　참고로, '중국현대문학@문화'에서 @는 'and', 'as', 'at'의 의미를 다중적으로 혼용한 것임을 밝혀둔다.

2006년 8월

한국 중국현대문학학회 회장

임춘성

중국현대문학과의 아름다운 만남을 위하여

한국에서 중국현대문학이 독립적인 학문 분야로 인정받은 1980년 대부터 이에 관한 수많은 저서와 번역서가 출간되었다.《중국현대문학과의 만남》은 그동안의 연구 성과를 바탕으로, 각 분야 전문가들이 깊이를 담보하면서도 대학생 및 일반 독자들과 공유할 수 있도록 기획되었다. 이를 위해 서른두 명의 전문가가 공동 집필에 참여했다.

1부는 시기별 · 지역별 문학사론이다. 먼저 '근대 전환기의 중국문학'에서는 그동안 고대문학으로 취급하던 '진다이(近代)' 부분을 전환기로 읽어내면서 현대문학과의 관련성을 강조했다. '5 · 4 문학혁명', '좌련', '항전' 등은 1920년대, 1930년대, 1940년대로 나누어 문학과 사회의 관계, 즉 문학이 혁명 · 이데올로기 · 전쟁 등과 직면할 때 어떤 모습을 보여주었는지 그에 대한 사례를 제시했다. 사회주의 시기(1949~1976)를 하나로 묶은 것은 사회주의 개조 및 건설이라는 시기적 지속성을 중시한 기획 의도를 반영한 결과다. '문화대혁명'이 종결되고 시작된 '신시기'는 1980년대의 과도기를 거쳐 1990년대에 이르러서야 진정한 새로움을 획득한다.

2부와 3부는 장르론과 작가론이다. 전자는 전통적인 방식으로 시, 소설, 산문, 희곡 네 분야로 나누었다. 장르별 큰 흐름과 작가론에서 다루지 못한 주요 작가들을 살펴볼 수 있도록 안배했다. 후자에서는 중국현대문학의 아버지라 할 수 있는 루쉰부터 최근 작가 왕쉬까지, 그리고 타이완과 홍콩의 작가 천잉전, 위광중, 진융을 배치했다. 절망과 좌절을 깊이 맛

보았으면서도 그에 대한 저항을 멈추지 않은 나그네 루쉰, 개인의 자유를 추구한 위다푸와 저우쭤런, 로맨티스트 쉬즈모, 불굴의 혁명작가 딩링, 대지의 시인 아이칭, 무정부주의자 바진, 인성을 노래한 선충원, 중국현대극의 개척자 차오위, 근현대 중국의 비극을 대표하는 후펑, 저항시인 베이다오, 지식인 작가 왕멍, 도시통속소설 작가 장아이링, 상저우(商州) 지방문화의 뿌리를 추구하는 자핑와, 사회주의 체제에서 일탈한 신세대를 묘사한 왕쉬, 중국인의 오랜 숙원인 노벨상을 수상했으면서도 중국인에게 환영받지 못하는 망명 작가 가오싱젠, 무협소설을 통해 새로운 중국을 상상한 홍콩작가 진융, 타이완이라는 냉전의 잔해 속에서 고뇌한 지식인 작가 천잉전, 그리고 현실과 상상을 넘나들며 타이완을 노래한 시인 위광중을 만날 수 있다.

마지막으로 에필로그에서는 서유럽의 모던을 참조 체계로 삼아 '동아시아의 근현대'의 가능성을 점검했다.

이 책의 기획은 원래 김영문 선생이 주도했는데, 김 선생이 개인 사정으로 도중하차하여 부득불 당시 위원장이던 필자가 이어받아 마무리하였다. 이 자리를 빌려 당시의 노고에 깊은 감사의 마음을 전한다.

2006년 8월

임춘성

일러두기

1. 외래어 고유명사 표기는 〈외래어 표기법〉(문화체육부 고시 제1995-8호, 1995. 3. 16)을 따랐다. 주의가 필요한 몇 가지 표기법을 보면 다음과 같다.
   - 파열음 표기에는 된소리를 쓰지 않는 것을 원칙으로 한다(〈외래어 표기법〉 제1장 제4항). 다만 설치성(舌齒聲) 'z'와 's'의 경우는 각각 'ㅉ'와 'ㅆ'으로 표기한다.
   - 운모(韻母) 'iu', 'ui', 'ong', 'uan', 'iong'이 단독으로 발음되어 'you', 'wei', 'weng', 'yuan', 'yong'으로 날 경우에는 각각 '유', '웨이', '웡', '위안', '융'으로 표기한다(〈외래어 표기법〉 제2장 표 5).
   - 'ㅈ, ㅉ, ㅊ'으로 표기되는 자음 뒤의 'ㅑ, ㅖ, ㅛ, ㅠ'는 'ㅏ, ㅔ, ㅗ, ㅜ'로 적는다(〈외래어 표기법〉 제3장 제7절 제2항).

2. 중국 인명은 과거인과 현대인을 구분하여, 과거인은 종전의 한자음대로 표기하고 현대인은 원칙적으로 중국어 표기법에 따라 표기하되, 필요한 경우 한자를 병기한다(〈외래어 표기법〉 제4장 제2절 제1항).
   - '과거인과 현대인을 구분한다'는 표현은 애매하다. 이 책에서는 '아편전쟁'을 '(근)현대'의 기준으로 삼았다.

1부

중국현대문학사의 큰 흐름

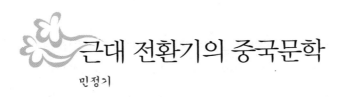

근대 전환기의 중국문학

민정기

1. 근대 전환기 중국문학의 배경

1793년에 두 나라 사이에 교역을 확대하기 위해 청조에 파견된 영국의 매카트니 사절단은 우여곡절 끝에 러허(熱河)까지 가서 건륭제(乾隆帝)를 알현하고 무역을 확대할 것과 세율을 정하여 공시할 것 등을 요청했지만, "우리 천조(天朝)는 그대들의 나라에서 필요한 것이 아무것도 없다"는 타이름을 듣고 물러나야 했다. 중국과 이루어지던 무역에서 만성적 적자에 시달리던 영국이 19세기에 들어서면서 식민지 인도에서 싼값에 제조한 아편을 중국에 유입하기 시작하자, 중국은 아편 중독자가 급속하게 증가하면서 다량의 은이 나라 밖으로 유출되기에 이르렀다. 중국의 경제는 갈수록 피폐해졌다. 1839년에 이러한 문제를 해결하기 위해 광저우(廣州)에 부임한 린쩌쉬(林則徐)는 서양 상인들에게서 아편을 몰수해 폐기하는 강경책을 썼으며, 이를 계기로 이른바 '아편전쟁'이라고 부르는 제1차 중영전쟁이 발발한다. 영국 함대가 압도적으로 포화를 퍼붓자 청나라 조정은 굴복하고 만다. 1842년에 체결된 불평등한 내용의 난징조약(南京條約)에 따라 중국은 홍콩(香港)을 할양하고 광저우·샤먼(厦門)·푸저우(福州)·닝보(寧波)·상하이(上海) 다섯 항구를 개방하기에 이른다.

외부로부터 몰아치는 위협만이 전부가 아니었다. 국내 정황도 혼란스러웠다. 청나라는 과거의 왕조들이 대개 전성기 다음 시기에 겪던 여러 가지 고질적인 병폐들에 시달리고 있었다. 토지가 특정 계층에 과도하게 집중되었고 관료들의 부패가 만연했으며, 홍수나 가뭄 같은 자연재해까지 겹쳤다. 백련교도(白蓮敎徒)의 난(1796~1805)을 시작으로 크고 작은 농민반란과 비밀결사의 반란이 잇달았으며, 태평천국(太平天國)의 난은 1851년에서 1864년 사이에 청나라 영토의 거의 반을 휩쓸었다. 기층 민중의 삶이 극히 피폐해졌음은 물론이고, 향촌의 지배층이 처한 상황도 예전만 못했다.

서양의 군사기술이 절대적으로 우위에 있음을 깨달은 일부 고위 관료들을 주축으로 1860년대 초부터 근대적 군수산업과 군대를 육성하는 것을 목표로 하는 이른바 양무운동(洋務運動)이 추진되었지만, 1894년부터 1895년까지 일본과 벌인 전쟁에서 이 같은 개혁이 실효가 없다고 판명되자 '제도' 차원에서 개혁해야 한다는 목소리가 분출되었다. 이에 캉유웨이(康有爲)와 량치차오(梁啓超)는 서태후(西太后)의 섭정에서 독립하고자 하던 젊은 광서제(光緒帝)의 지지를 얻어 1898년에 개혁운동을 추진하였다. 그러나 100여 일 만에 반대파가 정변을 일으켜 주동자들이 처형되거나 망명하는 것으로 종결되고 만다. 하지만 이들이 주장한 내용은 결국 의화단(義和團)의 난과 8개국 연합군의 베이징(北京) 침탈을 겪으면서 전면적으로 개혁하지 않고는 나라를 보전할 수 없음을 절감한 조정에 의해 수용되어, 1901년에 신축신정(辛丑新政)이 단행되기에 이른다.

한편 청나라를 근본적으로 타도하려는 만주 황실의 움직임들이 쑨원(孫文)을 중심으로 규합되기 시작하여 입헌군주제를 주장하던 캉유웨이 일파와 대립하였다. 신정(新政)의 실효성에 의구심을 품은 지방의 지배층까지 대체로 혁명파로 기울면서, 1910년에 우창(武昌)에서 일어난 무장봉기에서 시작된 공화혁명은 청조를 뒤엎기에 이른다. 일단 외형상으로 '중화민국'이라는 이름의 공화국이 성립되었으나, 각종 반란을 진압하고 양무운동을 추진하는 과정에서 성장한 지방 군벌세력들이 난립하여 신생 공화국은 내내 혼란스러운 와중에 있었다. 근대 전환기 청말(淸末) 민국초(民國初)의 중국문학은 이와 같은 시대적 배경과 밀접한 관련을 맺고 있다.

2. 근대적 신문·잡지와 새로운 글쓰기

19세기 후반과 20세기 벽두에 걸쳐, 글쓰기에 나타난 새로운 흐름은 특히 새로운 매체인 근대적 신문·잡지와 뗄 수 없는 관계에 있다. 대부분 상하이의 조계에서 발행하던 근대적 신문과 잡지 들은 전통적인 체제 속에서 적절한 출로를 찾지 못하던 문인들에게 새로운 사회적 역할을 부여했다. 신식 문인들은 근대적 매체를 이용해 백성을 계도하고 망해가는 나라를 일으켜 부강한 나라로 이끄는 데 필요한 목소리를 내고자 했다.

중국에 근대적 신문과 잡지가 소개된 것은 서양인 선교사와 상인에 의해서였다. 최초의 근대적 중문 잡지라고 할 수 있는《찰세속매월통기전(察世俗每月統記傳)》(1815)을 비롯한 아편전쟁 이전의 초기 중문 간행물은 모두 동남아 지역이나 광저우 지역에서 발행되었다. 당시 외국인이 접근할 수 있는 곳이 이 지역으로 한정되어 있었기 때문이다. 그러다가 1857년에

《육합총담(六合叢談)》을 시작으로 중국 신문들이 상하이에서 잇달아 발간되기 시작한다. 이즈음은 무역을 비롯하여 서양과의 교류에서 상하이가 광저우에 비해 전체적으로 우위를 차지하게 된 때이기도 하다. 이후 1860년대부터 1870년대 사이에《중외잡지(中外雜誌)》(1862)·《만국공보(萬國公報)》(1868)·《신보(申報)》(1872) 등이 잇따라 창간되면서 상하이는 중국 신문과 잡지 들이 발행되는 중심지가 된다.

　　1890년대 후반에 들어와 제도를 개혁해야 한다는 논의가 일부 지식인 사이에서 본격적으로 제기되면서 정치논평을 전문적으로 다루는 간행물이 등장하기 시작했는데, 이러한 현상을 이끈 간행물이 1896년에 창간된《시무보(時務報)》였다. 량치차오가 책임 편집을 맡은 이 잡지는 당시에 가장 급진적인 주장을 펴는 매체였다. 그리하여 세상 사람들은 이전의 문체를 벗어난 평이하고 활달한 문체를 '시무체(時務體)'라고 불렀다. 그 뒤로《농학보(農學報)》·《공상학보(工商學報)》·《교육잡지(敎育雜誌)》 등 전문적인 정보와 평론을 다루는 신문들도 출현했다. 이 새로운 매체들은 대부분 새로운 지식을 보급하여 중국인을 각성시키고 이를 통해 국세를 중흥시키는 것을 목표로 내걸었다.

　　신문을 발행하는 주체는 초기에 외국인에 국한되었지만, 점차 '신파(新派)' 중국인으로 확대되었다. 신문을 편집하고 제작하는 일에 참여한 이들은 대개 과거를 통한 입신양명을 이루지 못하고 대안적 삶을 찾고 있던 중·하층 문인들이었다. 상하이 같은 공간은 과거와 현재의 조건이 교차하는 곳으로서, 이곳에서 활동하던 중국인 편집자와 필자 들은 새로운 문물과 제도에 이끌리면서도 전통적인 공간과 역할에서 떨어져 나왔다는 곤혹감과 서양문명에 대한 열등감을 동시에 가지고 있었다. 근대적 매체를 이끌어낸, 계몽과 구망(救亡)을 향한 활발한 움직임에는 이와 같은 다양한 측면들이 복잡하게 뒤얽혀 있었다.

　　한편, 근대적 신문업과 출판업은 어쨌든 독서 대중을 고객으로 하는 하나의 새로운 '사업'이었기 때문에, 어떤 숭고한 목적을 가지고 있다고 하더라도 독자의 기호와 욕구를 감안하지 않을 수 없었다. 당시 신문업과 출판업의 오락 지향적이고 상업주의적인 성격은 소일을 위한 가벼운 읽을거리를 제공하던 '문예소보(文藝小報)'에서 잘 나타난다. 《지남보(指南報)》와 《유희보(游戱報)》 같은 간행물은 갖가지 흥미로운 이야기를 수록하는 잡지들이었는데, 이러한 매체들은 겉으로는 독자를 계도한다는 발행 이념을 내세우고 있지만 사실상 '황색 신문'에 가까웠다. 심지어 홍등가의 이야기를 전문적으로 다룬 《소보(笑報)》 같은 간행물도 있었다.

　　편집자나 기자 또는 정기적 기고가로서 새로운 상업적 언론·출판에 참여한 이들은 계몽과 구망이라는 사명감 속에서 작업했지만, 동시에 비약적으로 늘어난 지면이 매력적인 수입원이 된다는 사실도 무시할 수 없었다. 이러한 상황은 필연적으로 문체가 변화하는 결과를 낳았다. 미지의 다중을 대상으로 글을 써야 하는 상황, 날마다 또는 일주일이나 열흘, 한 달 간격으로 정기적으로 발행되는 간행물의 원고를 마감 시간에 맞추어 써야 하는 상황 역시 모두 문체상의 변화를 가져왔다. 신문과 잡지에 실리는 글들은 과거 문언문(文言文)의 엄격한 격식에서 벗어나기 시작했으며, 고객이기도 한 독자를 붙잡아두기에 더 유리한 평이하면서도 선정적이고 선동적인 문체가 나타났다. 새로운 서면어 문체는 1874년에 홍콩에서 《순환일보(循環日報)》를 창간하여 다량의 신문 논설문을 써낸 초기 언론인 왕타오(王韜)에게서 본격적으로 나타나기 시작해서, 《시무보》를 거쳐 무술변법운동(戊戌變法運動)이 실패한 뒤 일본으로 망명한 량치차오가 발행한 《청의보(清議報)》, 《신민총보(新民叢報)》를 통해 광범위하게 보급되었다. 이러한 새로운 문체는 신문에서 쓰였다고 해서 '보장체(報章體)'라고도 했고, 《신민총보》를 통해 널리 퍼졌으므로 '신민체(新民體)'라고도 했다. 새로운 문체는 과거의 문어에 비해 훨씬 구어에 가깝고 평이했으며, 5·4 백화(白話)와 거의 같은 형태의 문장도 이미 출현했다. 《쑤저우백화보(蘇州白話報)》(1902)처럼 지역의 방언을 기초로 한 구어체 서면어를 전면적으로 채택한 신문도 나타났다.

　　이와 같은 새로운 문체를 주도한 이들에게서는 그 뒤 신문학운동 시기에 나타난 것과 같은 문어에 대한 구어의 근본성·직접성·진실성을 강조하는 의식은 보이지 않는다. 하지만 정격의 문어만이 사상과 감정을 제대로 표현할 수 있다는 공고한 관념을 뒤흔들기에는 충분했으며, 뒤에 백화문운동(白話文運動)이 비교적 짧은 시간 안에 성공을 거둘 수 있는 기반이 되었다. 새로운 매체가 보여준 새로운 글쓰기, 특히 새로운 서면어 문체는 그 뒤 과거제도가 폐지되고 신식 학제가 도입되는 등 글쓰기와 직접적으로 연관된 다른 주요한 조건들이 크게 변화하면서 결국 신식 백화문을 기초로 한 5·4 신문학을 꽃피운다.

3. '소설계 혁명론'과 청말 민국초의 소설

많은 매체들이 경쟁적으로 발간되면서 독자들을 흡수하기 위해 흥미로운 읽을거리나 소설을 싣는 간행물들이 늘어나기 시작했다. 상하이의 조계를 중심으로 노동시간과 여가가 엄격히 구분되는 근대적 일상이 확산되면서 근대적 유흥산업이 점차 형성되고 있던 당시에, 글을 읽을 수 있는 계층에게 신문과 잡지에 실리는 단편소설 혹은 연재소설은 오늘날 텔레비전 단막극이나 연속극에 맞먹는 여흥거리였다. 1890년대 말에 이르면 신문사와 잡지사 들이 다투어 솜씨 있는 문인들을 불러들여 소설을 실었다. 채워야 할 지면은 많고 원고는 늘 부족했다. 그러면서 이때부터 외국 소설이 다량으로 번역되기 시작했다. 원고료 제도가 정착되어갔고 수입이 좋은 일급 작가와 번역가 들은 다른 직업 없이 소설을 창작하거나 번역하는 일에만 전념할 수 있었다.

일본에 망명 중이던 량치차오는 상하이를 중심으로 소설이 번성하고 있는 현실에 착안해 이른바 '소설계 혁명론'을 제안했다. 사람들을 흡인하는 힘이 큰 소설을 올바른 방향으로 이끎으로써 사상을 개혁하는 데 기여할 수 있으리라고 생각한 량치차오는, 1902년에 《신소설(新小說)》을 창간했다. 창간호에 실은 〈소설과 뭇 다스림의 관계를 논함(論小說與群治之關系)〉이라는 글에서 그는 "한 나라의 국민을 혁신시키고자 한다면 제일 먼저 그 나라의 소설을 혁신시켜야 한다. ……소설이 인간사를 지배하는 불가사의한 힘을 지니고 있기 때문이다"라고 주장했다. 그리하여 그 스스로 일본의 이른바 정치소설을 번역하기도 하고, 〈신중국 미래기(新中國未來記)〉 같은 소설을 창작하기도 했다. 상하이의 소설가들은 자신들이 하는 일에 큰 의미를 부여해준 량치차오의 '소설계 혁명론'을 적극 지지했다. 비슷한 논조의 평론이 잇달아 발표되었고,《신소설》의 체제를 본떠《수상소

'원앙호접파' 소설의 대표적 잡지인 《토요일(禮拜六)》. "첩을 들이지 않을 수는 있어도 《토요일》을 안 볼 수는 없습니다"라는 잡지 광고에서 발행 주체들이 가지고 있던 문학관의 한 자락을 가늠할 수 있다.

설(繡像小說)》(1903)·《월월소설(月月小說)》(1906)·《소설림(小說林)》(1907) 같은 소설 전문지들이 창간되었다. 작품들은 저마다 정치소설·사회소설·과학소설·교육소설·언정소설(言情小說) 등을 표방하며 독자에게 새로운 세계를 열어 보이는 '신소설'임을 자처했다. 량치차오가 바란 대로 독자들의 정치의식을 북돋아주는 내용의 소설이 주류가 되지는 못했지만, 소설이 국민들의 눈을 뜨게 하고 나라를 부강하게 만드는 데 일조할 수 있어야 한다는 관념은 이후 현대문학 시기에도 여러 모습으로 재등장한다.

신해혁명(辛亥革命)을 전후로 한 시기는 소설의 퇴조기였다. 이어 신문학운동이 일어나기 전까지는 강남 지역 문인들의 취향을 반영한 연애담이 주류를 이루는, 이른바 원앙호접파(鴛鴦蝴蝶派) 소설의 전성기였다. 5·4 작가들이 전통문학과 함께 극복해야 할 대상으로 삼은 것이 바로 이러한 소설이었다. 원앙호접파 소설은 그 주요 간행물 가운데 하나인 상하이의 《소설월보(小說月報)》가 1921년 초에 베이징으로 발행지를 옮겨 문학연구회 그룹의 기관지가 되면서 퇴조기로 접어든다.

지금까지 작품성을 인정받으며 많이 읽히고 있는 청말 소설작품으로는 네 편의 견책소설(譴責小說), 리바오자(李寶嘉)의 〈오늘날 관계의 실상(官場現形記)〉, 쩡푸(曾樸)의 〈죄악의 바다에 핀 꽃(孽海花)〉, 류어(劉鶚)의 〈라오찬 여행기(老殘游記)〉, 우젠런(吳趼人)의 〈20년 동안 목도한 괴이한 일들(二十年目睹之怪現狀)〉을 꼽을 수 있다. '견책소설'이란 루쉰(魯迅)이 《중국소설사략(中國小說史略)》에서 견책하는 듯 강렬한 어조로 세태를 풍자하고 비판했다고 평가한 데서 붙은 이름이다.

이 시기의 소설은 신문 논설문의 경우와 마찬가지로 좀더 평이해진 문체를 주로 채택함으로써 이후 백화문운동의 가능성을 열어 보였다. 하지만 린수(林紓)와 같이 대중적으로 널리 읽힌 작가이면서도 사마천(司馬遷)의 필법을 근간으로 하는 고문으로 외국 소설을 번역하기만 한 이도 있었으며, 원앙호접파에 속하는 많은 작가들은 강남 문인 취향의 잘 다듬어진 화려한 문언문을 쓰기도 했다. 제재가 다양해지고 외국 소설이 많이 번역됨으로써 크게 확장된 소설 세계와 소설의 구성방식 등이 5·4 작가들이 성장하는 데 자양분이 되었음은 물론이다.

4. 오래된 전통의 변화: '시계 혁명론'

새로운 출판 시장이 열어놓은 장 속에서 소설 영역이 팽창하며 새로운 양상을 보이기 시작한 것에 비한다면, 오랜 세월 전통 문인의 기본 교양이던 시의 영역에서는 상대적으로 주목할 만한 변화가 없었다. 일찍이 "내 시는 내 입에서 나오는 대로 쓰겠네(我詩寫我口)"라고 하여 근대적 시 의식의 실마리를 보인 황준셴(黃遵憲)은, 19세기 말에 외교관으로서 일본이나 유럽 등지의 중국 밖 세상을 경험하면서 시의 새로운 경계를 개척했으나 의미 있는 흐름을 형성하지는 못했다.

20세기 벽두에 량치차오는 새로운 시를 역설했다. 그런데 소설을 새로운 국민을 만들어내는 효과적인 도구로 보면서 그것에 대해 매우 분명한 역할을 요구한 것에 비한다면, 시에 대해서는 대단히 조심스럽게 접근했다. 량치차오가 가장 중요하게 모색한 것은 물론 어떻게 하면 시가 새로운 시대의식과 감수성을 충분히 표현하면서 또한 국민정신을 고양시키는 역할을 할 수 있을 것인가 하는 점이었다. 그러면서도 시가 '시답기' 위해 가져야 하는 미학적 특질에 대해서도 많이 고민했다. 당초 '문(文)'의 범주에 들지 못하던 소설을 새로 짠 '문학' 범주에서 가장 중요한 장르로 부각시키는 것은 쉬웠을지 모른다. 하지만 시에 관한 오래된 미학적 원칙들이 너무나도 공고했고, 그에 반해 새로운 규준들은 쉽사리 손에 잡히지 않았던 듯하다. 이런 맥락에서 제기된 것이 바로 새로운 시대의식(감수성)과 오래된 미학적 원칙을 조화롭게 융합해야 한다는 '신의경(新意境)과 구풍격(舊風格) 조화론'이다. 언뜻 보아 모순된 이 주장은 기본적으로 소통성과 감염력을 확보하는 것이 중요하다는 인식에서 나온 주장이다. 19세기 말의 몇 년 동안 변법운동에 가담한 젊은 지식인 몇몇이 시도한 '신학지시(新學之詩)'의 경험은 소통성이 중요함을 량치차오에게 일깨워주었다. 새로운 명사로 가득 채워진 난해한 시는 늘 함께 지내는 동료가 아니고서는 도저히 이해할 수 없는 것이었다. 그러던 중 량치차오가 발굴해낸 '시계(詩界) 혁명'의 으뜸가는 모델이 바로 황쭌셴이었으며, 신의경과 구풍격을 조화롭게 융합한다는 원칙에 잘 들어맞는 모범으로 꼽은 것이 그의 〈오늘날의 이별(今別離)〉이었다. 량치차오는 이 시가 '시계 천국'을 탄생시킬 것이라고 평가했다. 이 작품은 과연 새로운 감수성과 시대의식을 구현하면서도 시의 맛을 잃지 않고 있다. 헤어진 임을 그리워하는 것은 중국시의 오랜 전통 가운데 하나인데, 그 가운데 근대적 감수성이라고 할 만한 것이 절묘하게 녹아들어 있는 것을 볼 수 있다. 량치차오가 시계 혁명을 제기한 초기에 강조한 또 하나의 방향은 장편 서사시였는데, 마찬가지로 황쭌셴의 작품인 〈스리랑카의 와불상(錫蘭島臥佛)〉을 극구 찬양하면서 새로운 시에 남성성과 서사성이 구현되기를 바랐다.

그런데 이처럼 전통적 시의 범주 속에서 그것을 변혁할 방법을 다각도로 타진하던 량치차오가 '노래', 특히 '군가'를 발견함으로써, 이전까지 해온 모색이 다소 무색해진다. 량치차오는 잡지 《신소설》에 '잡가요(雜歌謠)'라는 난을 마련해 가사체 운문을 싣기 시작했다. 량치차오는 가요의 가사가 애국심을 고취하는 데 상당한 효용성이 있다는 것을 인정하였지만, 이때까지만 해도 '시'와 가요가 다른 범주에 속한다고 생각했다. 그러던 그가 '노래'를 부각시켜 '시'의 영역으로 끌어들인 것은 얼마 뒤 《신민총보》에 연재하던 〈음빙실시화(飮冰室詩話)〉를 통해 황쭌셴의 〈군가〉 3부작을 소개하면서부터다. 량치차오는 "그 정신이 웅장하고 활발하며 드넓고 깊음은 말할 필요도 없고 이러한 수사 또한 이천 년 동안 없었던바, 시계 혁명의 성취가 이에 이르러 최고에 이르렀다. 내가 한마디로 정리해 말하건대, 이 시를 읽고서 일어나 춤추지 않는 자는 남자도 아니다"라고 극찬한다. 앞서 제시한 모범들이 같은 작자가 지은, 상대적으로 투박하고 우악스러우며 대단히 선동적인 군가 가사에 의해 한순간에 대체돼버린 셈이다.

량치차오가 신식 창가에 본격적으로 관심을 갖게 된 것은 일부 유학생들의 활동에 주목하면서다. 그는 1903년에 쩡즈민(曾志忞)이라는 유학생이 음악학교에 입학한 것을 치하하면서, 읊는 운문으로 나름의 미학을 발전시켜온 전통적인 시·사·산곡이 사회가 발전하는 데 전혀 도움이 되지 않는다고 일거에 부정하며 그것을 짓는 이들을 사회의 '버러지'라고까지 불렀다. 그러면서 중국문학이 부흥하느냐 마느냐 하는 관건은 새로운 노래, 구체적으로 새로운 군가와 학교 창가에 있다고 강조했다. 물론 이것은 과장된 표현이라고 하겠지만, 그러한 표현으로 그동안 새로운 시의 모습을 다각도로 탐색하던 그의 고민은 퇴색하고 만다. 부강하고 영광스러운 국민국가에 대한 믿음을 갖도록 하는 데 아주 용이한 '노래'가 '시'의 자리를 차지하면서, 새로운 감수성과 시대의식을 복잡한 미학적 장치들을 통해 구현할 새로운 시에 관한 사유는 부차적인 일로 밀려난 셈이다.

이러한 구도는 결국 근대 중국에서 기존의 '문(文)' 질서가 무너지면서 근대적 문학체계로 재편되는 과정에 깊숙이 개입한 욕망을 드러내며, 그 중심에 자리하는 원리가 부강한 중국에 대한 열망이었음을 분명히 보여

주었다. 이는 중국의 철학자 리쩌허우(李澤厚)가 지적하듯이, 구망의 열망
이 계몽의 열정을 쉽게 압도해버릴 수 있음을 보여준 예라 하겠다.

5. 청말 민국초 문학의 성격과 5·4 문학과의 관계

근대 중국인의 주요한 과제는 새롭게 마주한 세계질서 속에서 스스
로의 자리를 찾는 것이었다. 천하의 중심이라는, 아니 천하 그 자체라는 자
부심은 '왜 우리는 저들보다 못한가'라는 자괴감에 찬 의문으로 대체되었
으며, 세계의 정세를 다소나마 이해하게 된 개명한 지식인들은 어떻게 하
면 중국을 영국이나 프랑스 같은 부강한 나라의 반열에 올려놓을 수 있을
지를 고민하였다. 따라서 이 시기의 글쓰기는 기본적으로 이와 같은 시대
적 위기감과 떼려야 뗄 수 없는 관계에 있었다.

20세기 전반기 중국의 지식인들을 고민하게 한 '계몽'과 '구망'이라
는 이중 과제가 이 시기에 대두했으며, 이는 바로 문학의 과제이기도 했다.
이와 같은 시대적 과제는 새로운 사유를 요청했으며, 이는 오랜 세월 동안
중국 문인의 글쓰기를 지배해온 유구한 원리들을 통해서는 원활히 표출될
수 없는 것이었다. 새 술은 새 부대에 담겨야 했다. 문학의 언어와 형식과
내용 면에서 획기적인 작품들은 20세기 들어 1910년대 후반에 가서야 출
현하지만, 그 가능성은 19세기 후반의 여러 실험 속에서 이미 배태되고 있
었다.

생각할 거리

1. 글쓰기 매체의 변화와 문학 성격의 변화가 어떤 상관관계를 갖는지에 대해 생각해보자.

2. 다음은 황쭌셴의 〈오늘날의 이별〉과 〈군가〉이다. 각 작품에 나타나는 현대성의 서로 다른 측면에 대해 이야기해보자.

> 이별하는 심정은 바퀴와 같아
>
> 순식간에 천번 만번 굴러가네.
>
> 내달리는 바퀴를 보고 있노라면
>
> 마음속 수심은 더해만 가지.
>
> 그 옛날에도 산과 강은 있었고
>
> 그 옛날에도 수레와 배는 있었건만
>
> 그 수레와 배는 이별을 싣고 가더라도
>
> 가고 멈춤이 자유로웠지.
>
> 요즈음의 배와 수레는
>
> 이별의 수심을 돋우기만 한다네.
>
> 순간의 경치조차
>
> 미련을 허용치 않네.
>
> 시간 맞춰 종소리 울리면
>
> 일분 일초도 기다려주지 않는구나.
>
> 거대하고 무거운 조향타를 달고서도
>
> 부드럽게 운항하네.
>
> 어찌 역풍이 없으랴마는
>
> 뱃길 막는다는 석우풍(石尤風)도 두려워 않네.
>
> 당신을 전송하고 채 돌아오기도 전에
>
> 당신은 저 먼 하늘가에 도착하겠지.
>
> 멀어지던 그림자 홀연히 사라지고
>
> 아득히 파도만 넘실거리네.
>
> 떠나갔네, 이렇게 순식간에.

돌아올 때도 머뭇거리지 않겠지요?

바라건대 돌아올 때는

'기구(氣球) 타고 얼른 오시길!

(別腸轉如輪, 一刻旣萬周. 眼見雙輪馳, 益增中心憂. 古亦有山川, 古亦有車舟.
車舟載離別, 行止猶自由. 今日舟與車, 倂力生離愁. 明知順史景, 不許稍綢繆.
鐘聲一及時, 頃刻不少留. 雖有萬鈞柁, 動如繞指柔. 豈無打頭風, 亦不畏石尤.
送者未及返, 君在天盡頭. 望影倏不見, 烟波杳悠悠. 去矣一何速, 歸定留滯不.
所願君歸時, 快乘輕氣球.)

사천여 년의 오랜 나라

우리의 온전한 땅일세.

이십 세기엔 누가 주인이더냐?

우리들 천지신명의 후예들이지.

보아라, 무수한 황룡 깃발 춤추는 것을.

울려라! 북소리, 울려라!

(四千餘歲古國古, 是我完全土. 二十世紀誰爲主, 是我神明胄. 君看黃龍萬旗舞.
鼓鼓鼓!)

3. 5·4 신문학운동 세대가 청말 민국초의 문학을 과도성 또는 '미달'의 문
학으로 간주하며 전통문학과 함께 비판한 이유를 알아보자.

권하는 책

김시준, 《중국현대문학사》, 지식산업사, 1992.

조너선 D. 스펜스, 정영무 옮김, 《천안문》, 이산, 1999.

리쩌허우, 임춘성 옮김, 《중국 근대사상사론》, 한길사, 2005.

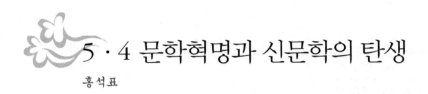

5 · 4 문학혁명과 신문학의 탄생

홍석표

1. 《신청년》의 창간과 신문화운동

1911년에 중국은 봉건왕조체제를 무너뜨리고 공화정을 탄생시켰다. 이른바 신해혁명이 일어나 중화민국이 들어선 것이다. 그러나 봉건군벌인 위안스카이(袁世凱)는 총통이 된 뒤 개인적 야심이 발동해 봉건왕조체제로 복귀하고자 했다. 위안스카이는 유교를 국교로 정하고 경서 읽기를 강조하여 봉건사상을 부활시켰다. 이렇게 역사가 퇴보하고 신해혁명이 실질적으로 좌절되는 현실이 눈앞에 닥치자, 중국의 많은 지식인들은 그 원인과 혐의를 국민들의 구태의연한 사상에 두었다. 국민들이 사상을 바꾸지 않으면 어떠한 개혁도 이룰 수 없으며, 따라서 민주적 정치체제도 성공할

1915년 9월에 '청년잡지'라는 이름으로 나온 《신청년》 창간호의 표지.

수 없다고 생각했다. 말하자면 중국이 민주 공화국을 수립하기 위해서는 먼저 국민들을 진작시켜 민주주의의 신사상·신도덕·신문화를 수립해야 한다는 생각이었다. 이에 천두슈(陳獨秀: 1879~1942)는 종합계몽지 《신청년(新青年)》을 창간하여 신사상과 신문화를 보급하기 위한 사상문화운동을 전개하고자 했다. "서양식의 새로운 국가와 새로운 사회를 건설함으로써 생존에 적응하려면, 근본문제는 우선 서양식 국가의 기초인 이른바 평등과 인권이라는 새로운 신앙을 수입해야만 하는 것이다. 따라서 새로운 사회와 국가의 새로운 신앙과 융합될 수 없는 공자의 유교를 물리치기 위해 철저하게 각오하고 맹렬하게 결심해야만 한다." 이렇게 천두슈는 정치를 개혁하기 위해 그 전제조건으로 사상과 문화를 개혁하는 운동을 먼저 추진해야 한다고 생각했다. 그는 진정한 혁명이란 대다수 국민들이 역사와 혁명에 대해 각성하고 스스로 역사의 주체임을 자각할 때 이루어질 수 있다고 보고, 중국인들이 각성하도록 계몽하는 운동이 무엇보다 시급하다고 판단한 것이다.

《신청년》은 천두슈의 주도로 1915년 9월에 상하이에서 창간되었다. 《신청년》은 처음에 '청년잡지(青年雜誌)'라는 이름으로 나왔으나, 1916년 9월부터 이름이 바뀌었다. 이 잡지는 1926년에 종간되기 전까지 당시 중국 지식인들에게 많은 영향을 끼쳤고, 특히 창간된 뒤부터 1919년의 5·4 운동을 전후한 시기까지 진보적 잡지의 대명사로서 수많은 지식인들에게 중요한 매개체 역할을 했다.

《신청년》은 제호(題號)가 암시하듯이 계몽과 각성의 주요 대상을 청

신문학운동을 대표하는 인물들. 당시 베이징 대학 총장인 차이위안페이를 비롯하여, 천두슈, 후스, 루쉰, 저우쮀런, 첸쉬안퉁, 류반농 등이 보인다.

년들로 상정하였다. 청년들은 계몽하고 각성시킬 수 있는 가능성이 가장 큰 계층으로, 차후의 정치운동을 담당할 주체 세력이기 때문이었다. 천두슈는 《신청년》 창간호에 발표한 〈청년들에게 삼가 고함(警告青年)〉이라는 글에서 청년들에 대한 기대를 이렇게 표현했다. "청년은 이른 봄과도 같고, 아침 해와도 같고, 온갖 풀들이 싹트는 것과 같고, 예리한 칼날이 이제 막 숫돌에서 갈려 나온 것과 같아서 인생에서 가장 소중한 시기다. ……병을 고치자면 탄식이나 개탄으로 해결할 수 있는 것이 아니다. 이는 끊임없이 자각하고 용맹하게 분투하는 청년들이 인간의 고유한 지혜와 능력을 얼마나 발휘하고 인간의 여러 사상 중 어느 것을 선택하느냐에 달려 있다." 이렇게 청년들에 대한 기대를 표명한 천두슈는 청년들이 지켜야 할 원칙으로 여섯 가지를 제시했다. '자주적일 것, 진보적일 것, 진취적일 것, 세계적일 것, 실리적일 것, 과학적일 것'이 그것이다. 선언적이고 웅변적으로 제시된 이 여섯 가지 원칙은 당시 침체된 분위기에 빠져 있던 청년들에게 강한 메시지를 던져주기에 충분했다.

청년들에게 자신들이 개혁의 주체임을 각성할 것을 강력하게 촉구한 《신청년》의 계몽운동은 구체적으로 신사상운동으로 전개되었다. 신사상운동의 내용은 전통문화를 비판하고 서양의 문화를 소개하고 수입하는 것이었다. 특히 유교로 대표되는 전통사상과 그에 의해 형성된 중국의 정치제도와 사회제도에 대해 회의와 비판을 진행하는 것이었다. 천두슈가 "윤리에 대한 각오는 우리들 최후의 각오 중에서도 최후의 각오다"라고 하여 '윤리에 대한 각오'를 제기한 것은 바로 그러한 목적을 위한 것이었다. 중국에서 '윤리'란 단순히 도덕의 범주를 넘어서 사람들의 의식을 지배하는 정신 또는 사상의 문제라고 할 수 있는데, 천두슈는 '윤리에 대한 각오'를 제기함으로써 사상혁명이 필요함을 역설한 것이다. 이러한 《신청년》의 유교비판운동은 신사상운동의 하나로 전개되었지만 당시 위안스카이가 지원하여 진행되던, 캉유웨이와 공교회(孔敎會)의 공자존숭운동에 대해 우회적으로 공격하는 것이기도 했다.

천두슈를 비롯한 《신청년》 진영이 중국의 유가사상을 통렬히 비판한 이유는 공화혁명이 좌절되는 것을 지켜보면서 공화체제의 내실을 기하기 위해 그 이념적 기반인 자유와 평등, 민주와 과학 등 서양의 근대정신을 도입하기 위해서였다. 그래서 《신청년》은 '민주'와 '과학'을 구호로 내걸고, 서양의 자유평등설, 개성해방사상, 사회진화론 등을 소개하는 데 주력했다. 천두슈가 〈공자의 도와 현대생활〉, 〈구사상과 국체 문제〉 등을 발표하고, 우위(吳虞)가 〈가족제도는 전제주의의 근본이다〉, 〈유가가 주장하는 계급제도의 폐해〉 등을 발표하여 유가사상이 더는 중국의 현실을 규정하는 윤리체계가 될 수 없음을 주장한 것은, 바로 그러한 맥락에서였다. 더욱이 그들의 비판은 비단 유가사상에만 한정하지 않고 중국의 전통사상과 제도 전반으로 확대되었다.

결국 《신청년》의 창간은 신해혁명에서부터 위안스카이가 봉건왕조 체제로 복귀시키는 일련의 정치적 과정을 겪으면서 중국 지식인들이 정치운동에서 사상문화운동으로 그 방향을 전환하였음을 의미한다. 대중적인 지지 기반이 없는 정치운동의 허구성을 깨닫고 총체적인 개혁은 사상문화운동부터 시작해야 한다는 자각에서 비롯되었다. 그 결과 사상문화운동의 구체적인 매체이자 기초라고 할 대중의 언어와 대중의 문학의식을 새롭게 확립하지 않고서는 사상문화운동이 대중 속에 확산될 수 없다는 인식이 팽배해졌고, 그에 따라 문학개혁의 필요성이 대두되어 '문학혁명(文學革命)'에 대해 구체적으로 논의하기 시작하였다. 문언문을 반대하고 백화문을 제창하며 구문학을 반대하고 신문학을 제창하는 문학혁명운동이 싹트기 시작한 것이다.

2. 문학혁명의 제기

문학혁명의 도화선이 된 것은 후스(胡適 : 1891~1962)가 1917년 1월에 《신청년》에 발표한 〈문학 개량에 관한 초보적 의견(文學改良芻議)〉이라는 글이다. '문학혁명'이라는 용어는 후스가 미국에서 유학하던 시기에 코넬대학에서 쓴 시에 처음으로 등장한다. 후스는 이 무렵 백화가 생명력이 있는 문학의 도구가 될 수 있다며 학술적인 논쟁을 벌이고 증명하기에 힘썼다. 후스 이전에도 백화의 중요성을 인식한 사람들이 적지 않았다. 청말의 사상가

1917년 2월호 《신청년》에 실린 천두슈의 〈문학 혁명론〉, 〈문학 개량에 관한 초보적 의견〉, 〈인간의 문학〉.

와 신문·잡지에 종사하던 사람들도 백화를 계몽의 수단으로 선전하고 사용했다. 그러나 그들은 백화가 정치와 교육을 보급하는 매개 역할을 할 수 있다고 보았을 뿐, 그것을 문학을 표현하는 주요 형식으로 인정하지는 않았다. 차이위안페이(蔡元培)의 지적처럼 "당시 백화문으로 지은 것은 통속적이고 이해하기 쉽도록 하기 위한 것이었으니, 상식을 보급할 수 있었을 뿐 결코 문언을 대체하지는 못한" 것이다.

그런데 후스는 과거 천여 년 동안 중국문학의 주류는 결코 고전문체(古典文體)의 시문(詩文)이 아니라 백화문학(白話文學)이었다고 강조했다. 그가 보기에 문언은 이미 '반은 죽은' 언어이며, 문학의 내용을 경직되게 하고 형식을 지나치게 조탁했다. 특히 고전시가는 그러한 경향을 조장하는 데 중요한 역할을 했다. 그에 비해 백화는 문학이 진화해온 자연스런 결과이며, 살아 있는 언어의 생명력을 지니고 있었다. 그리하여 후스는 살아 있는 언어를 확립하는 것이 신사상운동이 선결해야 할 조건이라고 판단하고, 문학혁명의 가장 중요한 임무는 백화문으로써 문언문을 대체하는 것이라고 여겼다. "죽은 문자는 결코 살아 있는 문학〔活文學〕을 생산할 수 없다. 만약 살아 있는 문학을 만들어내려면 반드시 살아 있는 도구가 있어야 한다. ……우리는 반드시 먼저 이러한 도구를 높이 들어 그것으로 중국문학의 공인된 도구로 삼아야 하고, 그것으로 이미 반은 죽었거나 완전히 죽은 낡은 도구를 대체해야 한다. 새로운 도구가 있어야 비로소 우리는 신사상과 신정신 등 그 밖의 여러 문제들을 논의할 수 있다." 후스는 '죽은 문자'로 '살아 있는 문학'을 생산할 수 없다고 보고, '살아 있는 도구'로서 백화문을 제창하고 그것이 신사상과 신정신을 논의하는 주요한 수단이라고 인식했다. 이러한 인식에서 출발하여 후스는 백화문을 확립하기 위해 문학혁명을 제기하기에 이른 것이다.

후스는 〈문학 개량에 관한 초보적 의견〉에서 먼저 현재 문학 개량에 대한 논의가 진행되고 있음을 확인하고, 그에 따라 토론하기 위한 여덟 항목의 명제를 제시한다고 하였다. 그 여덟 항목이란 다음과 같다. "첫째, 반드시 내용이 있는 글을 써야 한다. 둘째, 옛 사람을 모방하지 않는다. 셋째, 문법을 강구해야 한다. 넷째, 무병신음(無病呻吟)하지 않는다. 다섯째, 진부한 상투어를 힘써 버려야 한다. 여섯째, 전고(典故)를 쓰지 않는다. 일곱째, 대구(對句)를 따지지 않는다. 여덟째, 속자와 속어를 피하지 않는다." 이 여덟 가지 항목이 바로 "오늘날 문학이 극도로 부패한" 현상을 타파하기 위해 제안한 문학혁명의 강령이다.

후스가 원래 의도한 바는 문학언어를 개혁함으로써 '살아 있는 문학'을 확립하는 것이었다. 후스는 백화문을 사용하여 언문일치가 이루어지면 곧 '살아 있는 문학'을 확립할 수 있다고 여겼다. 그러나 《신청년》의 동인들은 문학혁명을 신사상운동의 한 축으로 염두에 두고 있었으므로, 사상내용의 개혁을 더욱 중시했다. 천두슈는 "서양의 대문호는 대철학자로 분류되는데, 현대에만 그런 것이 아니라 예부터 그러하였다. 예를 들어 영국의 셰익스피어, 독일의 괴테는 모두 그 시대의 문호이면서 대사상가로 세상에 이름이 널리 알려져 있는 사람이다"라고 하여 문학과 사상을 동일한 맥락에서 파악하였다. 그리하여 후스는 사상내용을 중시해달라는 《신청년》의 요구를 받아들여 문체(언어형식)의 문제보다 내용의 문제를 먼저 제기하였다. 후스가 문학혁명의 강령으로 제시한 여덟 항목 중에서 "반드시 내용 있는 글을 써야 한다"라는 강령을 첫 번째로 제시하고 그 조항에 상세한 설명을 덧붙인 것은 바로 이 때문이다.

후스는 먼저 '내용'에 대해, 옛사람들이 '글은 도를 담아야 한다(文以載道)'라고 말한 바와 달리 그것이 '감정'과 '사상'이라고 풀이했다. 후스는 '감정'에 대해, "감정이란 바로 문학의 영혼이다. 감정이 없는 문학은 영혼이 없는 사람과 같아서 허수아비요, 움직이는 시체요, 걸어 다니는 고깃

덩이일 뿐이다"라고 했다. 또한 자신이 말하는 '사상'이란 '식견[見地]', '통찰력[識力]', '이상(理想)', 이 세 가지를 가리킨다고 했다. 그리고 "사상은 반드시 문학을 통하여 전달되는 것은 아니지만, 문학은 사상이 있어야 더욱 값지게 되며 사상도 문학적으로 가치가 있을 때 더욱 값지게 된다"라고 설명했다.

후스가 보기에 중국문학이 몰락한 것은 내용이 없이 형식에만 집착했기 때문이다. "근세 문인들은 성조와 글귀에만 힘을 기울여 높은 사상도 없거니와 진지한 감정도 없다. 문학이 몰락한 가장 큰 원인이 여기에 있다. 이처럼 형식이 압도하는 병폐는 바로 글에 내용이 없기 때문이다. 이러한 폐단을 없애자면 마땅히 그 내용부터 고쳐야 한다. 그 내용이란 바로 감정[情]과 사상[思] 두 가지다." 그렇다면 후스가 생각하는 '살아 있는 문학'이란 개인의 '사상'과 '감정'을 표현할 수 있는 문학이다. 그런데 후스는 사상과 감정의 구체적인 내용이 무엇인지는 명확하게 제시하지 않았다. 이것은 후스가 구상한 문학혁명의 주요한 과제가 언문일치의 문학을 창출하기 위한 백화문을 확립하는 것이었기 때문이다. 여덟째 항목으로 제시된 "속자와 속어를 피하지 않는다"라는 백화문의 확립이 후스의 문학혁명론에서 핵심적 과제였다. 그러나 이 주장도 그럼으로써 개인이 '높은 사상'과 '진지한 감정'을 표현할 수 있을 때 의미를 갖는다. 그러므로 후스가 말한 '사상'과 '감정'은 주관성 원리에 입각해 근대적 주체를 확립하고 그것을 문학적으로 표현한 것을 가리키는 듯하다. 이렇게 되면 비로소 "속자와 속어를 피하지 않는다"라는 주장과 후스가 '내용'으로 제시한 '감정'과 '사상'이 자연스럽게 연결된다.

후스의 〈문학 개량에 관한 초보적 의견〉에 이어 천두슈는 1917년 2월 《신청년》에 〈문학혁명론〉을 발표하여 언어형식뿐만 아니라 사상내용의 측면에서 좀더 적극적으로 문학혁명의 기치를 들어올렸다. 후스의 문장에 나타난 근엄한 어조와 학자적 태도는 《신청년》 편집자들의 급진적인 정서에 비하면 실제로 매우 온화한 것이었다. 천두슈의 입장에서 보면, 백화문이 문언문을 대체해야 한다는 것은 자명한 것이었다. 그는 학술적인 토론을 거칠 겨를이 없었다. 천두슈는 개혁에 대한 후스의 온화한 주장에서 전진하여 문학혁명이 이미 시작되었음을 선포하면서, '문학혁명군(文學革命軍)의 3대 주의'를 내걸고 '국민문학 · 사실문학 · 사회문학'을 수립할 것을 제창했다. "수사적이고 아첨하는 귀족문학을 타파하고, 평이하고 서정적인 국민문학을 수립하자. 진부하고 허식적인 고전문학을 타도하고, 참신하고 진실한 사실문학을 수립하자. 모호하고 난해한 산림문학을 타도하고, 명료하고 통속적인 사회문학을 수립하자"가 그것이다. 천두슈의 주장은 여전히 추상적인 구호에 가깝지만, 언어형식의 개혁에만 한정하지 않고 사상내용의 개혁을 좀더 적극적으로 제시하였다는 점에서 문학혁명에 대한 진전된 논의라고 할 수 있다.

천두슈가 '귀족문학 · 고전문학 · 산림문학'의 구문학을 타도하고 '국민문학 · 사실문학 · 사회문학'의 신문학을 수립하고자 한 것은 다음과 같은 이유 때문이다. "귀족문학은 장식적이고 의타적이어서 독립과 자존의 기상을 상실했다. 고전문학은 말을 늘어놓는 데다가 군더더기가 많아서 서정과 사실(寫實)의 취지를 상실했다. 산림문학은 난해하여 스스로 명산에 보관할 만한 저술이라 여기지만 대다수 군중에게는 도움 되는 바가 없다. 그 형식이 진부하여 살은 있지만 뼈가 없고, 형체는 있지만 정신이 없으며, 장식품일 뿐 실용품이 아니다. 그 내용은 제왕과 귀족, 귀신과 신선, 그리고 개인의 부귀영달에 국한되어 있다. 이른바 우주와 인생 및 사회는 그들이 구상하는 대상이 아니었다." 천두슈의 주장은, 주로 문학언어를 근대적으로 개혁하려 한 후스의 주장과 그 방향을 약간 달리한다. 후스의 관심이 문학의 표현도구인 언어 자체를 근대화하는 데 집중되어 있었다면, 천두슈의 관심은 문학이 담아낼 근대적 이념을 확립하고 그것을 통해 신사상운동에 기여하려는 데 있었다.

　이렇게 본다면 문학혁명은 처음부터 언어형식적 혁명과 사상내용적 혁명을 함께 포함하는 것이었다. 언어형식적 혁명이란 과거에 정통의 지위를 차지하며 군림하던 문언문을 폐기하고 그것을 백화문으로 대체함으로써, 새로운 문체를 창출하여 새로운 문학언어를 확립하는 것이었다. 사상내용적 혁명이란 전통적인 유가와 도가 등 봉건적 사상문화를 비판하고 서양의 근대정신을 수용함으로써, 그것을 새로운 문학내용으로 확정하는 것이었다. 후스의 〈문학 개량에 관한 초보적 의견〉에서 촉발된 문학혁명에 관한 논의는 천두슈의 〈문학혁명론〉을 거치면서 더 많은 사람들에게 주목받고 본격적인 궤도에 오를 수 있었다.

　다만 주의할 것은 〈문학 개량에 관한 초보적 의견〉과 〈문학혁명론〉이 각각 문학의 언어형식과 사상내용의 혁명을 전면적으로 요구한 것이지만, 초기에 진행된 문학혁명에 대한 논의는 주로 언어형식의 개혁에 초점이 맞추어졌다는 점이다. 첸쉬안퉁(錢玄同)은 〈문학혁명의 반향〉에서 문자학의 측면에서 백화가 문언을 대체해야 하는 역사적 필연성을 논증했다. 류반눙(劉半農)은 〈나의 문학개량관〉에서 운문과 산문을 개혁하고, 구두점(표점부호)을 사용할 것을 제안했다. 더욱이 후스는 〈건설적인 문학혁명론〉을 발표하여 '국어의 문학, 문학의 국어'를 제기함으로써, 문학을 통해 표준국어를 확립하고 나아가 표준국어로 된 문학을 확립하자고 주장했다. "우리들이 제창하는 문학혁명은 다만 중국에 일종의 '국어의 문학'을 창조하려는 것이다. 국어의 문학이 있음으로써 비로소 '문학의 국어'가 있을 수 있다. 문학의 국어가 있음으로써 우리들의 국어는 비로소 참다운 국어라 할 수 있다." 따라서 후스가 제기한 문학혁명은 일차적으로 문체개혁의 성격을 띠고 있었고, 또 문체개혁은 중국에 표준국어를 확립하기 위한 것이었다는 결론을 자연스럽게 도출할 수 있다. 이러한 일련의 과정 속에서 《신청년》이 1918년 5월의 제4권 제5호부터 백화로 전면 개편되며 같은 호에 루쉰의 단편소설 〈광인일기(狂人日記)〉가 발표되고, 1919년에 5·4 운동이 일어나면서 문학혁명은 실질적으로 성공을 거둔다.

3. 서양문학의 영향과 '인간의 문학'

문학혁명이 서양의 근대문학[modern literature]에서 많은 영향을 받았다는 사실에도 주목할 필요가 있다. 문학혁명이 일어난 원인을 따져볼 때 내부적으로 퇴락한 정치적 상황 속에서 사회를 개혁해야 한다는 필요성이 대두했기 때문이지만, 외부적으로는 서양의 근대문학이 번역되고 소개되면서 그로부터 많은 자극을 받았기 때문이다.

20세기 초부터 중국에서는 해외 유학 붐이 크게 일어났고, 일부 해외 유학생들이 문학에 관심을 가지고 서양의 근대문학을 열심히 번역하고 소개했다. 특히 일본 유학생들은 서양의 근대문학에서 영향을 받아 탄생한 일본문학에 크게 주목하였다. 그들은 일본이 서양으로부터 무엇을 배우고 어떻게 배워서 근대화에 성공했는지를 알아내고 그것을 따라가는 것이 서양의 근대문학을 배우는 지름길이라 여겼다. 이러한 이유로 서양의 문학작품 및 문학이론과 관련된 책들이 일본을 거쳐 중국으로 많이 번역되고 소개되었다.

실제로 문학혁명에 참여한 사람들 대부분이 서양의 근대문학으로부터 영향을 받았다고 할 수 있다. 천두슈는 찬란한 유럽 문학을 모범으로 삼자고 제안했고, 후스는 서양의 근대문학을 모범으로 삼자고 주장했다. 저우쭤런(周作人)은 서양의 휴머니즘 문학을 모범으로 제시하고, "지금 절실한 방법을 찾는다면, 그것은 외국의 저작을 번역하고 연구할 것을 제창하는 일이다"라고 했다.《신청년》이 창간호부터 투르게네프, 오스카 와일드, 체홉, 입센 등 러시아·영국·프랑스·북유럽 작가의 작품을 번역하여 게재한 것은 서양의 근대문학으로부터 자극을 받기 위해서였다.

　　천두슈는 〈현대 유럽 문예사담〉이라는 글에서 현재 유럽에서는 자연주의가 유행하고 있지만 중국에서는 찾아볼 수 없다고 전제하고, 따라서 중국이 앞으로 밟아야 할 문예사조는 유럽의 문예사조 흐름에서 자연주의 이전 단계에 해당하는 사실주의라고 언급했다. 후스는 소설을 창작하는 방법과 기교 면에서 중국이 서양에 비해 훨씬 낙후되어 있다고 보고, 중국의 소설 창작을 제고시키고 풍부하게 하려면 서양에서 유명한 작가들의 작품을 번역해야 한다고 제안했다. 후스는 미국에서 유학하던 시기에 1912년부터 틈틈이 유명한 서양 작가의 단편소설 17편을 번역했는데, 프랑스, 영국, 러시아, 미국, 스웨덴, 이탈리아의 작품들이었다. 후스가 서양소설을 번역하여 소개한 목적은 '신선한 혈액'을 수입하여 '낡은' 중국의 전통문학을 새롭게 하기 위한 것이었다.

　　서양 근대문학을 더 많이 이해함에 따라 중국 지식인들은 전과는 다른 새로운 문학관을 갖게 되었다. 중국의 전통문학에서는 인성(人性)을 자연스럽게 표현하는 것이 항상 억제되었다. 전통문학은 '문이재도'라는 말에서 알 수 있듯이, 대체로 우주만물의 근원 또는 본체를 가리키는 '도(道)'를 표현할 수 있을 때 의미가 있었다. 그러나 이제는 문학이 '문이재도'의 관점에서 논의되지 않고, 개성을 자연스럽게 표현하기 위한 것으로 여겨졌다. 마오둔(茅盾)은 5·4 시기의 신문학을 평가하여 "인간의 발견, 즉 개성의 발전과 개인주의는 5·4 시기 문학운동의 주요한 목표가 되었다"라고 하였고, 루쉰 역시 5·4 시기 문학운동을 회고하면서 "최초 문학혁명자들의 요구는 인성의 해방이었다"라고 하였다. 서양 근대문학의 영향으로 인해 중국인들은 문학의 내재적 가치에 주목하고, 문학은 인성을 자연스럽게 표현해야 한다는 관념을 가지게 되었다.

　　이러한 서양 근대문학의 영향을 받아 문학혁명운동 과정에서 신문학의 실질적인 내용을 구체적으로 제시한 사람이 바로 저우쭤런이다. 저우쭤런은 〈인간의 문학〉, 〈사상혁명〉, 〈평민문학〉 등 일련의 평론적인 글을 발표하여 후스의 언어형식적 혁명과 천두슈의 추상적인 사상내용의 혁명에서 더 나아가 신문학에 실질적인 내용을 구체적으로 부여했다. 저우쭤런은 인생을 위한 '인간의 문학'을 제안함으로써, 어떤 구문학을 제거해야 하고 어떤 문예사상을 기본으로 삼아 신문학을 수립해야 하는가라는 문제에 대해 대답하고자 했다. 그는 "인간의 문제는 여태껏 해결되지 아니하여…… 생겨난 지 4000년이 되었지만 지금도 인간의 의미를 논하고 있다. 따라서 다시금 '인간'을 발견하고 '인간의 황무지를 일구어야만 한다"라고 강조했다. 그래서 그는 신문학이 휴머니즘을 이념으로 삼아 유교와 도교를 선전하는 '비인간적인 문학'을 철저히 배격하고, 사회에서 대다수를 차지하는 억압받고 착취당하는 사람들의 생활을 반영하며 새로운 '이상적인 생활'을 표현하는 참된 문학을 창조해야 한다고 주장했다. 또한 그는 〈평민문학〉에서 '인생을 위한 문학'이라는 구호를 제창하고, 영웅호걸의 업적이나 재자가인의 생활을 묘사할 것이 아니라 세상에서 살아가는 평범한 인간들이 느끼는 삶의 진실과 진지한 사상을 묘사해야 한다고 했다. 그래서 통속적인 백화언어와 대다수가 좋아하는 문학 장르로써 보통 사람의 진실한 생활을 묘사하고 '보통 세상 남녀의 희비(喜悲)와 이합(離合)'을 반영해야 한다고 주장했다. 게다가 '우둔한 충효'와 '충신과 절개' 같은 봉건도덕에 반대할 것을 주장하면서, 대다수 사람들이 서로 실행할 수 있는 '평등한 인간의 도덕'을 요구했다. 저우쭤런의 이러한 주장은 신문학의 주요 정신, 서술의 대상과 방법 등의 측면에서 기본 골격을 수립했다고 할 수 있는데, 이처럼 신문학에 실질적인 내용을 구체적으로 부여함으로써 마침내 많은 신문학 작품이 창작될 수 있었다.

4. 신문학의 탄생

《신청년》동인들은 문학혁명을 열렬하게 주장했지만, 정작《신청년》은 1918년 이전까지 문언문으로 발간했다. 이러한 사실은 그때까지 문학혁명이 이론적인 주장에 머무르고 구체적인 실천으로는 나아가지 못하고 있었음을 의미한다. 이러한 이론과 실천의 괴리는 1918년에《신청년》이 백화문으로 전면 개편되면서 극복되기 시작한다. 그것은 문학혁명의 이론에 걸맞은 신문학 작품을 창작하려는 노력으로 구체화되었다. 신문학은 먼저 시 분야에서부터 창작되기 시작했다. 후스는 자신이 문학혁명에 대해 주장한 대로 백화시를 실험적으로 창작하여 1917년에《신청년》에 최초로 발표하였다. 1918년에는 백화시가 점점 더 많이 창작되어《신청년》제4권 제1호에 백화시 아홉 수가 발표되었다. 예를 들면, 후스의 〈비둘기(鴿子)〉, 선인모(沈尹默)의 〈달밤(月夜)〉, 류반눙의 〈종이 한 겹 차이(相隔一層紙)〉 등이 그것이다. 이러한 초기의 백화시는 전통시의 엄격한 형식미에 익숙해 있던 당시 독자들에게 훌륭한 것으로 받아들여지지는 않았지만, 신문학을 뿌리내리려는 최초의 시도로 그 의의가 자못 컸다.

신문학을 창작하려는 노력은 시 분야를 넘어서 다른 분야로까지 확대되었다. 1918년에《신청년》제4권 제4호에 리다자오(李大釗)의 근대적 산문 〈지금(今)〉이 발표되었다. 이 작품을 본격적인 문학작품이라고 보기는 어렵지만 최초의 현대산문으로 평가된다. 따라서 리다자오는 1920년대에 뛰어난 예술적 산문을 많이 창작한 저우쭤런에 앞서 신문학에서 비중 있는 장르로 자리 잡은 산문문학의 길을 터놓았다고 할 수 있다. 그러나 이 시기의 문학혁명은 아직 이론적으로 검토해보는 수준에 머물러 있었으므로, 운동의 규모나 형세가 그다지 광범위하게 형성되지는 못했다. 더구나 진정으로 신문학을 대표할 만한 작품은 아직 출현하지 않았다.

문학혁명이 거둔 성과를 가장 잘 드러내고 문학혁명의 발전단계에 새로운 이정표를 세운 것은 루쉰의 백화소설이었다. 1918년 5월에 《신청년》에 루쉰의 단편소설 〈광인일기〉가 발표되면서, 신문학은 이론에서뿐만 아니라 구체적인 창작 면에서 그 성과를 입증하게 되었기 때문이다. 루쉰은 〈광인일기〉에 이어 〈쿵이지(孔乙己)〉, 〈약〉, 〈풍파〉, 〈고향〉 등의 단편소설을 발표함으로써, 창작을 통해 신문학의 기초를 확립했다. 〈광인일기〉는 한 정신병자의 일기 형식을 빌려 '사람을 잡아먹는' 봉건예교의 심각한 폐해를 고발하여, 봉건사상에 대한 강렬한 비판의식을 형상화하였다. 이 작품은 전통문학과 구별되는 신문학의 새로운 사상내용을 모범적으로 제시하였을 뿐 아니라, 형식 면에서도 종래의 장회체소설(章回體小說)의 형식과 기법에서 완전히 탈피한 새로운 수준을 보여주었다. 루쉰이 거둔 뛰어난 창작성과 덕분에 소설은 신문학을 이끌어가는 중심 장르로 자리 잡을 수 있었다. 루쉰의 백화소설 가운데 가장 큰 반응을 불러일으킨 작품으로는 아무래도 중편소설 〈아큐정전〉을 들어야 할 것이다. 이 작품은 자기기만과 굴종으로 가득 찬 '아큐'라는 인물을 통해 그가 가진 노예근성을 '정신승리법'이라는 말로 풍자하면서, 중국 민족의 나약한 국민성을 통렬하게 비판하고 있다. 루쉰의 백화소설은 사상내용과 언어형식 면에서 참신한 면모를 보여준, 신문학의 진정한 걸작으로 구문학과 확연히 구분되는 작품들이었다.

희곡 분야에서도 신문학 정신에 입각하여 이론을 세우고 창작하고자 하는 노력이 뒤따랐다. 1918년 6월에 《신청년》은 노르웨이의 희곡작가 입센의 특집호를 꾸몄다. 후스의 〈입센주의〉라는 글이 실리고, 입센의 희곡 세 편이 번역되어 소개되었다. 이어 10월호 《신청년》은 희극 특집호를 마련하여 후스의 〈문학 진화와 희극 개량〉, 푸쓰녠(傅斯年)의 〈희극 개량의 여러 가지 측면〉, 어우양위첸(歐陽予倩)의 〈나의 희극 개량관〉 등의 희곡평론을 게재하였다. 이들의 주장은 "사회가 진화함에 따라 희극도 시대의 추세에 부응해 구극(舊劇)에서 탈피해야 한다"는 것이었다. 이러한 희극 개량에 관한 활발한 논의에 힘입어 1919년에 《신청년》 제6권 제3호에 최초의 근대적 극본인 후스의 〈종신대사(終身大事)〉가 발표되었다. 입센의 희곡 《인형의 집》에서 착상하여 봉건사회의 혼인풍습을 비판하고 결혼의 자유를 주장한 이 작품은 여자주인공 역을 맡을 배우를 구하지 못해 상연에는 실패했지만, 중국의 현대희극운동이 진전하는 데 기초를 다져놓았다.

결국 문학혁명은 문학관념, 언어문체, 내용과 형식 각 방면에서 전면적으로 혁신을 이루고 구문학에서 탈피하였다. 문이재도나 소일거리의 문학관념에서 벗어나 인생을 개량하고 사회적 책임을 중시하고 개성을 표현할 수 있는 휴머니즘의 새로운 문학관념이 형성되었다. 경직된 문언이 폐기되고 백화가 문학을 창작하는 중심 도구가 되었으며, 백화문학이 문학의 주류로 떠올랐다. 서양의 다양한 문학 양식과 수법이 도입되어 신문학의 창작에 적용됨으로써 신시(新詩)가 성립되고, 소설이 혁신되고, 연극이 도입되고, 새로운 산문이 창작되었다. 중국문학은 문학혁명을 통해 마침내 전통과 전혀 다른 새로운 근대적 문학을 형성하였다.

생각할 거리

1. 5 · 4 신문화운동의 역사적 배경에 대해 좀더 알아보자.

2. 문학혁명의 의의를 정리해보자.

3. 중국 고전문학과 현대문학은 어떻게 다른가?

권하는 책

김시준, 《중국현대문학사》, 지식산업사, 1992.

황슈지(黃修己), 고대중국어문연구회 옮김, 《중국현대문학 발전사》, 범우사, 1991.

천쓰허(陳思和), 한국외국어대 중국현대문학연구회 옮김, 《20세기 중국문학의 이해》, 청년사, 1995.

홍석표, 《현대중국, 단절과 연속》, 선학사, 2005.

_____, 《천상에서 심연을 보다—루쉰의 문학과 정신》, 선학사, 2005.

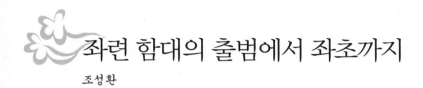

좌련 함대의 출범에서 좌초까지

조성환

1. 중국좌익 작가연맹의 출범

상하이 베이쓰촨로(北四川路)와 더우러로(竇樂路)가 만나는 공동
조차지에는 노르웨이 사람이 운영하는 커피숍 '궁페이(公啡)'가 있었다. 이
커피숍은 수십 년의 역사를 가진 곳으로, 1920년대 초반에 도쿄에서 유학
하고 돌아온 톈한(田漢)도 수차 이곳을 드나들었고, 이곳을 배경으로 단막
시극〈커피숍에서의 하룻밤(咖啡店之一夜)〉을 썼을 정도로 유명한 곳이다.
이곳 2층 룸에서 1929년 10월 중순에 '중국좌익 작가연맹' 준비모임이 비
밀리에 열렸다. 이 모임에는 판한녠(潘漢年), 펑쉐펑(馮雪峰), 샤옌(夏衍),
양한성(陽翰生), 첸싱춘(錢杏邨), 펑나이차오(馮乃超), 펑캉(彭康), 러우스

(柔石), 홍링페이(洪靈菲), 장광츠(蔣光慈), 다이핑완(戴平萬) 열한 명이 참석하였다. 판한녠의 사회로 열린 이날 의제는 두 가지, 즉 좌련 발기인 명단 선정과 좌련 강령을 기초하는 일이었다. 여러 번의 협상을 거친 끝에 창조사의 정보치(鄭伯奇), 펑나이차오, 양한성, 펑캉(4명), 태양사의 첸싱춘, 장광츠, 홍링페이, 다이핑완(4명), 기타 루쉰, 펑쉐펑, 러우스, 샤옌(4명) 열두 명이 준비위원회 위원으로 선정됨으로써, 좌련의 준비모임은 박차를 가하게 되었다.

　　일주일에 한 번씩 회동을 거쳐 마침내 1930년 3월 2일에 중국좌익작가연맹이 상하이에서 탄생하였다. 비록 이전에 보여준 대로, 그리고 좌련 해산 후의 결과에서도 나타났듯이 종파주의적이며 집단주의적이라는 선천성 약점을 안고 있긴 했지만, 이는 중국문학계에서 가장 규모가 큰 문인연합이었다. 각지에 분회가 설립되었고, 문화계의 다른 영역에서도 극련(劇聯), 영련(影聯), 미련(美聯), 사련(社聯), 기자련(記者聯) 등의 좌익단체가 우후죽순 격으로 설립되었다.

　　1930년 3월 2일 오후 2시에 상하이예술대학(上海藝術大學) 1층에서 열린 성립대회에서 먼저 루쉰, 첸싱춘, 샤옌 세 명을 주석단으로 추천하였다. 이어서 회의 일정에 따라 펑나이차오가 그동안의 경과를 보고하고 정보치가 좌련의 강령에 대해 설명한 뒤, 문위(文委) 서기 판한녠이 당 조직을 대표하여 〈좌익 작가연맹의 의의와 그 임무(左翼作家聯盟的意義

1930년 3월 2일에 '중국좌익 작가연맹'이 결성된 상하이예술대학 건물. 지금은 '좌련기념관'으로 쓰이고 있다.

及其任務)〉라는 논제로 발언하였다. 그리고 중국자유운동대동맹의 대표자 판모화(潘漠華)가 축사를 낭송한 데 이어, 루쉰·펑캉·톈한·양한성이 잇달아 발언하여 좌련의 강령을 통과시켰다. 오후 네 시경! 이때부터 선거가 시작되어 13인의 좌련집행위원회가 선출되었고, 여기에서 표를 가장 많이 받은 7인을 상무위원으로 확정하였다.

　　참석자는 루쉰, 펑쉐펑, 러우스, 선돤셴(沈端先), 펑나이차오, 리추리(李初梨), 펑캉, 장광츠, 첸싱춘, 홍링페이, 톈한, 양한성 등 49명이었다.

2. 좌련의 구성과 활동

　　좌련이 탄생함으로써 혁명문학 활동이 왕성하게 전개되었다. 이론 방면에서 마르크스주의 문예이론연구회를 만들어 마르크스주의 문예사상을 체계적으로 번역하여 소개하는 등 좌련 함대는 힘차게 출항하였다.

　　그렇지만 출범 이후 좌련의 활동은 거의 집회와 시위에 치중하였다. 1930년 4월 29일에 열린 제1차 전체맹원대회는 '붉은 오월'을 맞아 각종 시위를 준비하기 위한 모임이었고, 5월 29일에 열린 제2차 맹원대회도 이튿날 5·30 기념일을 맞아 시위를 준비하기 위함이었다. 이날 모임은 징안쓰로(靜安寺路) 104호 화안빌딩(華安大厦) 3층에서 거행되었는데, 루쉰과 마오둔도 참석하였다. 이날 참가한 성원들의 의견을 들어보면, "왼편에서 올라와 오른편으로 내려간다"(루쉰), "문예단체를 가장한 정당"(마오둔), "작가들이 전부 붓을 팽개치고 거리로 나가는 바람에 창작이 중단되는 느낌"(왕런수), "제2당"(저우양) 등으로 좌련의 활동을 평가하고 있다.

　　우선 좌련에서는 상무집행위원회에 샤옌·펑나이차오·첸싱춘·루쉰·톈한·정보치·홍링페이(득표순) 7인과 후보위원 저우취안핑(周全平)·장광츠 2인을 선출하여 업무를 주관하였고, 상무집행위원회의 하부

조직으로는 비서처·조직부·선전부를 두었으며, 다시 비서처 아래에 대중문예위원회·창작비평위원회·이론연구위원회·국제연락위원회 및 편집부를 두었다. 이를 보면 엄밀하고 조직적이며 체계적인 군중단체였음을 알 수 있다. 1931년부터는 행정서기를 두어

좌련 시기의 주요 간행물인 《척황자》와 《맹아월간》의 표지.

행정업무를 총괄하기도 하였다. 그리고 샤옌, 양한성, 첸싱춘 등으로 구성된 당단(黨團, 당원으로 구성된 좌련 내 소조직)을 두었는데, 초대 당단의 서기는 펑나이차오가 맡았다.

그리고 좌련의 간행물로는 전후로 《맹아월간(萌芽月刊)》(루쉰·펑쉐펑 주편), 《척황자(拓荒者)》(장광츠 주편), 《빨치산(巴爾底山)》, 《세계문화(世界文化)》, 《전초(前哨)》(이후 《문학도보(文學導報)》로 개명), 《북두(北斗)》(딩링 주편, 1931년 9월 20일 창간, 1932년 4월 정간), 《십자가두(十字街頭)》(루쉰 주편), 《문학》, 《문학월보》(야오펑쯔·저우치잉 주편) 등이 있었다.

좌련은 국내외에 여러 지부를 두고 있었다. 북방좌련은 1930년 9월 18일 오후에 베이핑대학(北平大學) 법학원(法學院) 강당에서 성립대회를 열었다. 타이징눙(臺靜農)·리지예(李霽野)·판원란(范文瀾)·웨이충우(韋叢蕪)·웨이쑤위안(韋素園)이 암묵적으로 지지하는 가운데 쑨시전(孫席珍)·판모화(상임위원, 이후 당단 서기), 리쥔민(李俊民)·양강(楊剛)·셰빙잉(謝冰瑩)·돤쉐성(段雪笙)·장장(張璋)·량빙(梁冰)·류쭌치(劉尊棋)·정인타오(鄭吟濤)·장위탕(張郁棠)·양쯔제(楊子戒)·돤무훙량(端木蕻良)·루완메이(陸萬美) 등이 전후로 활약하였는데, 이들은 주로 전단을 살포하고 시위나 집회를 조직하며 반동문인을 비판하는 등 주로 정치적인 활동을 중심으로 활약하였다. 《북방문예》, 《북방문학》, 《문학잡지》 등의

간행물을 편집하기도 하였다. 이들의 활동을 보면, 칭화대학(淸華大學)에서 좌련 대표대회를 열어 소련의 문예정책에 대해 토론하였고, 베이하이(北海) 오룡정(五龍亭)에서 공개적으로 제1차 문예다화회(文藝茶話會)를 열었으며, 리다자오 영구 운송 때 시위를 벌였고, 루쉰이 북상하여 다섯 차례 강연한 '베이징 5강' 등의 방식으로 그 활동을 전개하였다.

1920년대와 1930년대에 수많은 중국 지식인이 일본 유학을 선택한 것은 지리적으로 가까운 데다가 일본의 좌익문화운동이 상당히 활발했기 때문이기도 하지만, 한편으로는 당시 일본이 경제 위기에 봉착함에 따라 엔화가 하락하여 유학비용이 저렴했기 때문이기도 하다. 당시 1원 은폐(銀幣)가 2, 3엔 정도 하였다 하니, 은화 300원 정도면 1년 동안 유학생활을 거뜬히 할 수 있었다고 한다. 이 가운데 도쿄지부를 결성하고자 가장 먼저 관심을 가지고 추진한 사람은 휘상(徽商) 가문 출신인 예이췬(葉以群)이다. 그는 1929년 가을에 일본으로 유학 오면서 일본무산계급과학위원회에 가입하였고, 나프의 성원인 아키타 우자쿠(秋田雨雀), 고바야시 다키지(小林多喜二) 등 일본 작가들과 깊이 접촉하면서 일본의 좌익문예이론과 작품들을 번역하였다.

1930년 여름에 귀국하여 좌련과 끈을 이은 예이췬은 1931년 초에 도쿄로 돌아와 준비작업을 거쳐, 셰빙잉(1931년 유학), 런쥔(任鈞, 1929년 여름 유학), 멍스쥔(孟式鈞), 후펑(胡風, 1929년 9월 유학), 녜간누(聶紺弩, 1932년 초 도피) 등을 중심으로 좌련 '도쿄 호'의 돛을 정식으로 올리고 항해를 시작하였다. 그러나 예이췬이 귀국한 후 다른 성원들도 줄줄이 귀국하는 바람에 도쿄지부는 멍스쥔 한 사람만 남아 거의 정지 상태에 처했다. 그러던 중 9·18 사변 후 린환핑(林煥平)이 도쿄로 오면서 재건작업이 시작되어, 1933년 12월에 정식으로 회복되었다. 회원은 린웨이량(林爲梁), 천페이친(陳斐琴), 천이옌(陳一言), 웨이진(魏晉), 어우양판하이(歐陽凡海), 멍스췬, 린환핑으로 모두 7인. 그 뒤로 회원이 점차 불어나면서 기관지《동류(東流)》를 간행하여 단편소설과 번역작품 및 논문 들을 실었다. 또 총서로 천쯔구(陳子谷)의 시집《우주의 노래(宇宙之歌)》와 장톈쉬(張天虛)의 장편소설《철륜(鐵輪)》을 간행하기도 하였다. 또 기관지《잡문(雜文)》을 내다가 일본 경시청으로부터 경고를 받은 후《질문(質文)》으로 개명하고《신시가(新詩歌)》를 내기도 하는 등 문학적인 활동을 주로 하였다. 도쿄지부는 좌련의 유일한 해외조직이기도 하다.

텐진에서도 1932년 가을에 청련독서회(靑聯讀書會) 성원들이 북방좌련의 영향을 받아 텐진좌련을 만들기로 결정했는데, 발기인은 바로 청련독서회의 발기인이자 난카이중학(南開中學)의 학생운동 영도인 왕스중(王士鍾)이었다. 이곳의 활동도 각종 탄압으로 길지는 못하였다.

칭다오좌련은 차오톈화(喬天華), 두위(杜宇), 장훙(姜宏), 황징(黃敬), 왕후이페이(王會非) 등이 발족하였고, 나중에는 20여 명으로 늘었다. 칭다오좌련은 당시 칭다오에 머물던 저명한 작가 선충원(沈從文), 왕퉁자오(王統照), 짱커자(臧克家) 등을 민보관(民報館)에 초빙하여 문학좌담회를 열기도 하였다. 칭다오좌련의 활동도 길지 못했다. 1933년 여름에 좌련 조직이 파괴되었고, 장훙 등의 좌련 성원들도 체포되었다. 결국 칭다오좌련의 활동을 책임지던 차오톈화가 당의 명령을 받아 지부를 철수하고 웨이 현(濰縣) 당위원회 서기로 부임함으로써, 칭다오좌련의 활동은 종지부를 찍었다.

1932년 9월에 어우양산(歐陽山)은 광저우에서 시밍(襲明), 차오밍(草明) 등을 초청하여 비밀리에 '광저우프로작가동맹(廣州普羅作家同盟)'을 결성하고, 대외적으로는 광저우문예사(廣州文藝社)로 선포한 뒤 주간인《광저우문예(廣州文藝)》를 출판하였다. 1933년에는 상하이사회과학연맹 및 상하이문총(上海文總)과 연락하는 데 성공한 지하당원 원성강(溫盛剛)

과 국민대학(國民大學) 교수 허간즈(何干之)가 당의 명령을 받고 광저우로 돌아와서, 광저우문예사와 사회과학연맹 광저우분맹, 좌익 작가연맹 광저우분맹 및 희극공작가협회 광저우분맹 등의 조직을 연합하여 광저우좌익 문화총동맹을 결성했다.

그러나 1933년 여름에 국민당 당국이 좌익단체들을 탄압하기 시작하자 어우양산과 차오밍은 체포령을 피해 비밀리에 상하이로 떠나고, 어우양산의 뒤를 이은 책임자 시밍도 체포되어 희생되었다. 1934년 여름에 배반자의 밀고로 광저우문총은 파괴되고, 좌련·사련·극련의 일부 책임자들도 잇달아 체포되었다.

3. 좌련의 이론 논쟁

국민당 정권을 수립한 후 당 간부들은 신생활운동이니 삼민주의 문예운동 등을 제창하여 대중들로부터 호응을 받고자 하였으나 일이 쉽지 않았다. 그러자 좌련을 의식한 상하이 국민당 간부들이 1930년 6월 1일에 민족주의 문예운동을 발기하였다. 그리고 10월 10일에는 기관지 《전봉월간(前鋒月刊)》을 간행하여 "문예의 최고 의의는 민족주의다"라고 선전하였다. 그 이론적 지침은 푸옌창(傅彦長)의 〈민족의식을 중심으로 하는 문예운동(以民族意識爲中心的文藝運動)〉으로 제시했고, 성과물로 황전샤(黃震霞)가 장제스(蔣介石)·펑위샹(馮玉祥)·옌시산(閻錫山)의 중원대전(中原大戰)을 그린 〈룽하이 전선에서(隴海線上)〉, 13세기 몽골이 러시아를 원정한 시대극 〈황인종의 피(黃人之血)〉, 그리고 완궈안(萬國安)이 1929년 중소전쟁을 묘사한 〈국경 전쟁(國門之戰)〉 등의 작품을 꼽았다.

이를 바라보던 좌련 작가 취추바이(瞿秋白), 마오둔, 루쉰 등은 이들의 이론과 논점을 통렬하게 비판하였다. 민족주의 문학에 대해 취추바이는 《백정문학(屠夫文學)》에서 "살인과 방화를 꼬드기는 문학"이라고 했으며, 마오둔은 〈'민족주의 문예'의 본모습(民族主義文藝的現形)〉에서 "국민당이 프로 문예운동에 가한 백색 테러보다 더한 사기와 마취의 방책"이라고 지적했고, 루쉰은 〈민족주의 문학의 임무와 운명(民族主義文學的任務和運命)〉에서 제국주의의 "가장 요긴한 노예이며 유용한 하수인"이라고 비판하였다. 이를 계기로 고립무원이 된 민족주의 문예운동은 와해되었다.

문예 자유에 관한 논쟁을 일으킨 사람은 자칭 '자유인' 후추위안(胡秋原)과 '제삼종인(第三種人)' 쑤원(蘇汶)이다. 1931년 12월에 후추위안은 《문화평론》 창간호에 〈어중이떠중이 문예론(阿狗文藝論)〉을 실어, 민족주의 문예운동을 비판하는 논조를 빌려 무산계급 문예운동을 비판하였다. 이어서 〈문예를 건드리지 말라(勿侵略文藝)〉, 〈첸싱춘 이론의 청산(錢杏邨理論之淸算)〉, 〈자유인의 문화운동(自由人的文化運動)〉 등의 글을 발표하였다. 이에 좌련 측에서 뤄양(洛揚)의 〈'어중이떠중이 문예' 주장자의 추악한 얼굴(阿狗文藝論者的醜臉譜)〉을 발표하며 즉각 반격에 나섰다.

바로 이때 쑤원이 양자의 조정자로 자임하면서 〈'문예신문'과 후추위안의 문예논변에 관하여(關於文新與胡秋原的文藝論辯)〉에서 "'지식계급의 자유인'과 '부자유하고 당파를 가진 계급'이 문단의 패권을 쟁탈할 때 가장 고통 받는 사람은 이 두 종의 계급 밖에 있는 제삼종인이다. 이 제삼종인이 바로 작가의 무리다"라고 주장하였다. 하지만 사실 그 의도는 후추위안을 옹호하기 위한 책략이었다. 이에 취추바이가 〈문예가의 자유와 문학가의 부자유(文藝家的自由和文學家的不自由)〉로, 저우양(周揚)이 〈도대체 어느 누가 진리와 문예를 요구하지 않는단 말인가(到底是誰不要眞理, 不要文藝)〉로 반격에 나섰고, 쑤원은 다시 〈'제삼종인'의 출구(第三種人的出路)〉와 〈문학상의 간섭주의를 논함(論文學上的干涉主義)〉으로 응전하였다. 이에 루쉰은 〈'제삼종인'을 논함(論第三種人)〉을, 펑쉐펑은 〈결코 낭비가 아닌 논쟁(幷非浪費的論爭)〉과 〈'제삼종 문학'의 경향과 이론에 대하여 (關於第三種文學的傾向與理論)〉를 발표하여 사실상 이 논변을 마무리 지었다.

이 논쟁은 좌련 시기에 가장 오랫동안 가장 큰 규모로 진행되었으며, 비교적 수준 높은 문예 논쟁이었다. 이러한 논쟁을 통해 좌익문단은 자신의 이론을 정리하고 유아독존적 태도를 바로잡을 수 있었다.

좌련이 생길 때부터 이미 문예대중화연구회가 설립되었고 이어서 기관지로 반월간 《대중문예》를 간행했을 정도로, 문예대중화는 줄곧 좌련이 풀어나가야 할 숙제였다. 문예대중화 논쟁은 모두 세 번에 걸쳐 토론이 제기되었다. 제1차는 1930년 봄에 《대중문예》 편집부에서 문예대중화에 관한 좌담회를 열면서 제기되었는데, 그저 말로만의 구호와 공담에 그쳤다. 그러다가 막 화두가 열리려는 순간에 문예대중화 문제는 작가들의 시위와 집회 참여 때문에 흐지부지되고 말았다.

제2차는 1932년 전후로 취추바이가 두 논문에서 문예의 대중화 문제를 논급함으로써 전개되었다. 이에 《문학월보》 편집부에서는 취추바이가 제기한 문제를 놓고 마오둔, 천왕다오(陳望道), 정보치, 선돤셴 등을 초청하여 토론을 벌였다. 이 토론에서는 통속적인 형식을 채용하여 노동자·농민 작가를 배양해야 한다는 실질적인 문제를 다루었지만, 취추바이와 마오둔이 문예대중화의 개념을 이해하는 정도가 달랐기 때문에 특별한 결론을 끌어내지 못했다. 그러나 대중화에 대한 여론의 분위기는 한층 고조되었다. 제3차 논쟁은 1934년에 발생하였는데, 국민당 교육부 관료들을 주축으로 왕마오쭈(汪懋祖)·쉬멍인(許夢因) 등이 주창한 '문언부흥운동'을 반박하기 위해 전개되었다. 좌련 문예계에서 이에 대하여 반격을 시작하자 문언과 백화 논쟁이 벌어졌다. 이후 대중어와 라틴화 논쟁으로 확대되었다. 주로 문자개혁, 즉 '대중어'의 문제를 토론하였다. 이러한 토론을 계기로 대중화에 관한 지대한 관심을 일으켰다.

결국 좌련에서 발기한 문예대중화운동의 토론은 대중어운동으로 확대되어 반향을 일으키긴 했지만, 논쟁자들의 관점이 난삽하여 결론을 끌어내지는 못했다. 작가들이 여기에 투입한 열정과 노력에 비하면 그 결과는 초라했다. 마오둔의 표현을 빌리자면, 정치환경이 너무나 열악하여 작가들이 한 발로 걸을 수밖에 없었기 때문이다.

4. 좌련의 창작 성과

이처럼 환경이 열악했지만 좌익문학은 루쉰을 중심으로 한 잡문, 마오둔을 대표로 하는 사회분석소설, 톈한과 샤옌을 대표로 하는 화극을 탄생시켰다.

이름난 좌련 시인으로는 루쉰에게 극찬을 받은 인푸(殷夫 ; 1909~1931), 장광츠(1901~1931), 후예핀(胡也頻 ; 1903~1931) 등이 있다. 이들과 더불어 좌련시가조(左聯詩歌組)에서 조직한 중국시가회(中國詩歌會)의 활약상도 주목된다. 이 모임은 좌련 오열사가 희생된 뒤 1932년 9월에 무무톈(穆木天)·양싸오(楊騷)·런쥔·푸펑(蒲風) 등이 상하이에서 발기하여 활동하였고, 이듬해 2월에 《신시가》를 발행하였다. 중국시가회의 성취를 들자면 시가의 대중화를 전개했다는 점이다. 이들은 가요특집호(歌謠專號), 창작특집호(創作專號)를 출판하여 풍자시·아동시·낭송시·대중합창시 등의 신시체 형식을 널리 실험하였다. 전기에는 주로 민중의 고통스런 생활을 그리다가, 후기에는 국방시가(國防詩歌)를 제창하여 항일을 선전하였다. 또 대중합창시, 신시낭송운동 등 다양한 실험을 제창하였다. 그중 대표적인 시인이 푸펑(1911~1942)이다. 그는 1930년대에 《망망한 밤(茫茫夜)》,《강철의 노래(鋼鐵的歌唱)》,《6월 유화(六月流火)》(장편서사시)

같은 시집을 출판하였으며, 아울러 《항전》 삼부곡을 쓴 국방시가운동의 주요 인물이기도 하다.

중국시가회는 또 베이핑(北平, 1928년 국민당 정부가 수도를 난징으로 정하면서, 6월 28일에 베이징을 '베이핑'으로 개명하였음), 광저우, 칭다오, 톈진, 후저우(湖州), 샤먼 및 일본 도쿄에 지부를 두고 활약했는데, 각지의 회원이 200여 명이 넘었다고 하니 그 활약상을 미루어 짐작할 수 있다. 그중 베이핑분회의 왕야핑(王亞平), 광저우분회의 원류(溫流)가 뛰어났다.

1930년대에 들어오면 좌련 소설계에 몇 가지 뚜렷한 특징이 드러난다. 신인 소설가의 대두, 다양한 소설양식, 곧 중편·장편 소설 및 역사소설의 급증, 삼부작 소설의 대량 출현 등이다.

대표적인 삼부작 소설로는 마오둔의 《식(蝕)》 삼부작, 《농촌》 삼부작, 바진(巴金)의 《격류(激流)》 삼부곡, 《애정(愛情)》 삼부곡, 리제런(李劫人)의 《큰 풍파(大波)》 삼부작(장편 〈고인 물의 잔잔한 물결(死水微瀾)〉, 〈폭풍전야(暴風雨前)〉, 〈큰 풍파〉) 등이 돋보인다. 이 밖에도 장광츠, 〈노예가 된 어머니(爲奴隷的母親)〉(1930년 1월 발표)의 러우스, 〈광명은 우리 앞에(光明在我們的前面)〉(1930년 창작)의 후예핀, 〈웨이후(韋護)〉(1930년 1월 《소설월보》에 연재)와 〈홍수(水)〉(1931년)의 딩링(丁玲), 〈풍작(豊收)〉의 예쯔(葉紫), 〈눈 내린 대지(雪地)〉의 저우원(周文), 장톈이(張天翼), 어우양산, 차오밍, 거친(葛琴), 추둥핑(丘東平), 뤄수(羅淑) 등이 주목을 받으며 등장했다. 이들의 소설은 1930년대 중국 사회의 역사 교과서라고 부를 만하다.

그런가 하면 1920년대에 주로 가정, 혼인, 애정 같은 소재를 다루던 영화가 1930년대에 접어들면서 중대한 시대적 주제들을 다루면서 예술적으로도 향상되었다. 1931년 9월에 좌련극련(左翼劇聯)에서는 〈최근의 강령(最近行動綱領)—현 단계의 백색구역 희극운동에 관한 영도강령(在現階段對於白色區域戲劇運動的領導綱領)〉을 통과시켰으며, 강령의 제3조에서 영화의 기본 정신, 원칙, 방법과 책략 등을 언급하였다. 1931년 9월의 9 · 18 사변, 1932년 1 · 28 상하이사변에 직면해서는 항일과 관련된 뉴스 영화, 다큐멘터리 영화, 만화 영화가 속속 출현하였다.

1932년 7월에 좌련극련에서 영평소조(影評小組)가 설립되었는데, 상하이의 잡지나 신문에 영화 부간을 내고 이론비평 간행물인 《전영예술(電影藝術)》(주간)도 펴냈다. 아울러 각 신문사에서도 《매일전영(每日電影)》[《신보(晨報)》], 《본지 증간 전영 전간(本埠增刊電影專刊)》[《신보(申報)》], 《영담(影譚)》[《민보(民報)》], 《전영신지(電影新地)》[《중화일보(中華日報)》], 《전영시보(電影時報)》[《시보(時報)》]와 같은 부간을 보유하였다. 또 1933년 3월에 전영소조(電影小組)가 성립되면서, 샤옌(조장), 아잉(阿英), 왕천우(王塵無), 스링허(石凌鶴), 쓰투후이민(司徒慧敏) 등이 크게 활약하였다.

이러한 노력으로 1933년은 중국영화의 해라고 불린다. 각 영화사에서 제작한 70여 편 중에 좌익사상과 진보적 경향을 갖는 것이 3분의 2를 차지했다고 한다. 대표적인 것으로 〈도시의 새벽(都會的早晨)〉(차이추성蔡楚生 감독), 〈봄누에(春蠶)〉(샤옌 개편, 청부가오程步高 감독 연출), 〈상하이 24시(上海二十四小時)〉(샤옌 편극, 선시링沈西苓 감독 연출), 〈여성의 고함(女性的吶喊)〉(선시링 편극 감독), 〈향초 미인(香草美人)〉(마원위안馬文源 · 홍선洪深 편극, 천경란陳鏗然 감독 연출), 〈압박(壓迫)〉(홍선 편극, 가오리헌高梨痕 감독 연출), 〈민족 생존(民族生存)〉(톈한 편극 감독), 〈지분 시장(脂粉市場)〉(샤옌 편극, 장스촨張石川 감독 연출), 〈세 모던 걸(三個摩登女性)〉(톈한 편극, 부완창卜萬蒼 감독 연출), 〈도시의 밤(城市之夜)〉(허멍푸賀孟斧 · 펑쯔츠馮紫墀 편극, 페이무費穆 감독 연출) 등이 있다.

5. 해외 문학의 수입과 좌련 문학의 수출

통계에 의하면, 1919년부터 1949년까지 중국에서 출판된 번역서는 1700여 종으로 집계된다. 그중 1930년대에 간행된 번역서만 700여 종으로 약 40퍼센트를 차지한다. 그중에서도 소련의 문학작품이 상당히 큰 비중을 차지했으며, 소련문학 중에서도 소설이 3분의 2를 차지한다.

좌련에서는 마르크스주의 문예이론연구회를 두어 이들의 이론을 번역하고 소개하고 연구하는 데 주력하였다. 1928년 이후로 진행된 프롤레타리아 혁명문학 논쟁이 이들의 이론 수입을 더욱 부추겨, 좌련이 성립된 뒤에 번역작품을 소개하는 작업이 더욱 활발해졌다.

좌련에서는 세계 프롤레타리아 문학운동과 보조를 같이 하기 위해 국제문화연구회까지 두면서 소련 문학작품을 수입하였다. 고리키의 《어머니》, 파제예프의 《궤멸》, 세라피모비치의 《철의 흐름》, 솔로호프의 《개척된 처녀지》 등 소련의 작품뿐만 아니라, 싱클레어의 《도살장》과 《석탄왕》, 레마르크의 《서부전선 이상 없다》, 드라이저의 《미국의 비극》 등 서구의 진보적 작품들도 중국 대륙에 소개되었다.

1930년대에는 번역문을 전문적으로 싣는 《역문》(월간, 1934년 9월 창간)과 외국문학을 중점적으로 간행하는 총서 '세계문고'(정전둬 주편)를 출간함으로써 중국 번역문학을 발전시키고자 했다. 이 가운데 '세계문고'는 '전국 작가 총동원' 프로젝트로 시작되어 차이위안페이 · 루쉰 · 마오둔 등에게 호응을 얻어, 1935년 5월에 상하이 생활서점에서 제1책을 출판한 이래 항일전쟁이 벌어지기 전까지 모두 37책 100여 종을 간행하였다.

좌련 작가들의 작품 해외 수출은 주로 당시 중국 문단의 현상을 해외에 소개함으로써 국민당 당국이 자행한 박해와 탄압을 폭로하는 데 중점을 두었다. 좌련 오열사가 희생되었을 때 루쉰은 아그네스 스메들리의 요청에 따라 미국《뉴 피플(New People)》〔중국명은《신군중(新群衆)》〕에 〈어두운 중국 문예계의 현상(暗黑中國的文藝界的現狀)〉을 발표하였고, 딩링이 체포되어 살해되었다는 소문이 돌 때는 마오둔이 〈여작가 딩링〉을 지어 미국인이 주편하던《중국논단(中國論壇)》제2권 제7기(1933년 6월)에 발표하였다. 1934년 11월에 루쉰은 영문잡지《현대중국》에 〈중국 문단의 도깨비(中國文壇的鬼魅)〉를 발표하였는데, 이는 다시 독일어와 프랑스어로 번역되어《국제문학》에 실린 바 있다.

해외에 소개된 문학작품으로는 1931년 10월에 출판된 일역본《아큐정전》이 있는데, 역자는 일본 연합신문사 특파 기자 야마가미 마사요시(山上正義)이다. 아울러 이 책에는 좌련 오열사 가운데 러우스·후예핀·펑경(馮鏗)의 작품과 소전 및 사진이 실려 있다. 이 책은 좌련 오열사를 기념하고 중국 무산계급 문학운동을 지원하기 위해 편역한 중요한 문집이다. 1933년에 미국인 스노가 편역한《살아 있는 중국(活躍的中國)》에는 루쉰의 소설과 산문시, 잡문 등 일곱 편과 마오둔·딩링·러우스 등의 작품이 실려 있다.

이러한 문집 이외에 외국 잡지에 실린 글로는 루쉰의 일어 잡문 〈중국에 관한 두세 가지 사건(關於中國的兩三件事)〉(1934)·〈현대중국의 공부자(在現代中國的孔夫子)〉(1935)·〈사기(我要騙人)〉(1936)와 마오둔의 단편소설 〈수조행(水藻行)〉(야마가미 마사요시 옮김, 1937) 등이 있는데, 이들은 모두 일본 잡지《개조(改造)》에 실렸다.

차오위(曹禺)의 〈뇌우(雷雨)〉도 1934년에 《문학계간》에 발표되자마자, 일본희극계의 주

좌련 5열사. 왼쪽부터 인푸, 러우스, 리웨이썬, 후예핀, 펑경.

목을 받았다. 중화화극동호회는 아키타 우자쿠와 다케다 다이준(武田泰淳) 등의 도움을 받아 1935년 4월에 간다(神田) 히토츠바시 강당(一橋講堂)에서 공연하였다. 이는 〈뇌우〉 역사상 최초의 해외 공연이었다. 성공적인 공연에 힘입어 1936년 2월에 일역본 《뇌우》가 일본 기적사(汽笛社)에서 간행되었다.

이 시기 혁명문학의 수출은 외국문학의 수입에 비하면 형편없는 수준에 지나지 않았지만, 당시 출판법에 걸려 진보적인 책들이 판금되던 상황을 고려하면 어쩔 수 없는 일이었다. 1934년 2월에 상하이 지역에서만 이론서적과 문예서적 149종이 압수당할 정도였다고 한다. 그나마 이러한 상황에서 중국의 혁명문학과 진보적 문예작품을 외국에 수출할 수 있었던 것은 중국혁명에 동조한 극소수 외국인들의 노력에 힘입었기 때문이다. 이들의 직업은 사회활동가나 기자 또는 편집자였을 뿐, 전문 번역가나 연구자가 아니었다. 따라서 그들의 소개는 전면적이고 체계적일 수가 없었다. 이나마 미미한 문학 수출의 길마저도 1937년 이후 중일전쟁이 전면적으로 폭발하면서부터는 끊기고 만다.

6. 조용한 해산

1936년 봄에 좌련은 중국공산당의 지시에 따라 해체하였다. 1935년 봄 상하이 지하당 조직이 파괴되고 좌련의 활동도 마비 상태에 이르자, 당 중앙에서는 항일통일전선을 구축하자고 호소하였다. 이에 문화계에서 1935년 하반기에 마샹보(馬相伯)·선쥔루(沈鈞儒)·쩌우타오펀(鄒韜奮), 장나이치(章乃器)·타오싱즈(陶行知) 등 변호사·기자·편집자·대학교수·의사 들을 주축으로 하여 상하이 문화계구국회가 결성되었다. 문예계에서도 항일구국을 기치로 하는 문예 관점을 가진 사람이라면 누구라도 가입할 수 있는 새로운 조직을 꾸리기 위해 이미 역사적 사명을 다했다고 판단한 좌련을 해산시키고자 하였다.

이에 대해 루쉰은 문예가들이 항일통일전선을 꾸리는 데에는 찬성하지만, 좌련을 해산시키지 말고 좌련이 이 임무를 맡아야 한다고 주장하였다. 이로써 좌련의 핵심인물인 저우양이나 샤옌과 루쉰의 사이는 점점 더 나빠졌다. 할 수 없이 루쉰과 사이가 좋은 좌련의 행정서기 쉬마오융(徐懋庸)에게 다리를 놓게 하여 결국은 좌련을 해산할 때에 따로 해산 선언을 하겠다는 전제하에 루쉰의 동의를 얻어냈다. 문총에 소속된 무수한 좌익 문화단체들이 모두 해산 선언 발표를 하면 골치가 아프다는 이유로 문총에서는 일괄적으로 해산 선언을 하겠다는 생각을 가지고 있었다. 그러나 그때 문총은 문화계구국회를 꾸리던 중이어서 문총에서 해산 선언을 해버리면 국민당 당국으로부터 문화계구국회가 좌련의 후신으로 오해받을 수 있었다. 그러자 좌련은 구국회에 불리할까 봐 아무 소리 소문 없이 해산하고 말았다.

생각할 거리

1. 좌련 문학이 중국 좌익문학에서 차지하는 위상과 그 의의가 무엇인지 알아보자.

2. 좌련 문학이 발생하게 된 역사적 · 문화적 배경에 대해서 알아보자.

3. 소련의 라프(RAPP), 일본의 나프(NAPF), 한국의 카프(KAPF)의 상황을 정리해보고, 그것이 중국의 좌련과 어떻게 다른지 비교 검토해보자.

4. 중국 좌련 작가와 한국 카프 작가의 대표 작품을 읽어보고, 그 작품들이 가진 문제점이 무엇인지 토론해보자.

권하는 책

전향희, 〈좌익 작가연맹 연구〉, 경북대학교 대학원 석사학위논문, 1987.

류샤오칭(劉小淸), 《적색의 세찬 물결(紅色狂飆)—좌련 실록(左聯實錄)》, 인민문학출판사, 2004.

팡웨이바오(方維保), 《적색 의의의 생성(絶色意義的生成)—20세기 중국 좌익문학 연구(二十世紀中國左翼文學硏究)》, 안후이교육출판사, 2004.

린웨이민(林偉民), 《중국 좌익문학 사조(中國左翼文學思潮)》, 화둥사범대학출판사, 2005.

항일전쟁 속에서 피어난 리얼리즘 문학

백영길

중국현대문학사에서 1940년대 항전기 문학이란, 일반적으로 항일전쟁 및 그에 뒤이은 국공내전 시기(1937~1949) 문학을 가리킨다. 알려진 바와 같이 1937년 7월 7일에 루거우차오(蘆溝橋)에서 중국과 일본 양군이 충돌했고, 이를 계기로 양국간에 전면전이 시작되었다. 8월에는 국공합작이 성립되고, 공산당군도 중앙군의 일원으로 국민당군과 함께 싸우는 전시체제가 갖추어졌다. 한편 일본군은 같은 해 12월에 난징을 점령하고 1938년 10월에는 우한(武漢)에 진출하였다. 이에 따라 중국 측은 임시수도를 충칭(重慶)으로 옮겨 지구전에 들어갔다. 이리하여 중국 대륙에는 이른바 국통구(國統區, 국민정부 지구) · 해방구(解放區, 공산당 지구) · 윤함구(淪陷區, 피점령 지구)라고 하는 세 지역과 정권이 존재했으며, 문학예술도 그에 상응하는 새로운 전개 양상을 띠게 되었다.

이러한 항일전쟁은 중국인에게 진정한 근대적 국민국가체제를 세우기 위한 싸움이면서, 동시에 아시아 여러 나라의 민족해방과도 밀접한 관련을 맺고 서로 영향을 미치며 전개된 세계사적 사건의 일환이기도 하였다. 따라서 이 시기에 중국 문학예술의 주요한 과제는 항일과 혁명(국내 개혁)을 어떻게 연결시키는가 하는 문제였으며, 그 구체적인 실천 방향은 이른바 민족화와 대중화였다고 할 수 있다. 이와 더불어 전쟁과 혁명이라는 격변기에 처한 실존적 삶의 의미를 탐색하는 등 모더니즘적 문학예술 사조가 심화되기도 하였다. 결국 항전기 문학은 5·4 이래의 리얼리즘과 1930년대 좌익문학을 발전적으로 계승하는 측면을 가지면서, 동시에 새로운 근대적 문학체제를 건설하기 위한 질적 전환기의 문학이었다고 할 수 있다.

1. 다양한 문학논쟁과 문학이론

중일전쟁이 발발하면서 전개된 1940년대 항전기 문학은, 전쟁 시국의 변화에 따라 기존의 상대적으로 안정되고 통일되어 있던 문학공간이 무너지면서 전국이 국통구·해방구·윤함구라고 하는 상이한 담론공간으로 분열되었다. 그리고 각 담론공간의 정치적 구조와 지역적 특색 및 시대 상황의 변화에 따라 다양한 문학논쟁이 전개되고, 새로운 문학이론의 틀이 모색되었다. 이러한 과정을 통해 1940년대 항전기 문학은 5·4 이래의 현대문학을 계승하면서 통합적인 국민국가의 문학담론을 형성해갔다.

문협의 결성과 활동

'중화전국문예계항적협회(中華全國文藝界抗敵協會, 이하 문협)'는 항일전쟁이 발발한 이후 결성된 문학인과 예술인의 통일조직으로, 국민당과 공산당 양당의 통일전선정책을 배경으로 1938년 3월에 우한에서 정식으로 성립되었다. 궈모뤄(郭沫若)·마오둔·바진·라오서(老舍)·딩링 등 45인을 이사로 하고, 주석은 두지 않고 라오서가 총무주임으로서 실질적인 일상업무를 담당하였다. 문협은 1938년 5월에 기관지 《항전문예(抗戰文藝)》를 창간하여 1946년 5월(10권 6기, 총 71기)까지 발간하여 항전기 문학의 가장 대표적인 문예지로 자리 잡게 했다.

문협은 처음부터 '문학을 농촌으로, 문학을 군대로(文章下鄕, 文章入伍)'라는 슬로건을 내걸고, '전지방문단'이나 '전지봉사단'을 조직하여 농촌과 군대 속에서 문화활동을 전개하였으며, 특히 항전의 현실을 보도하는 보고문학을 발전시키는 데 크게 기여하였다. 1938년 10월에 우한에서 철퇴하여 충칭으로 옮긴 뒤로 국민당계와 공산당계, 중간파의 통일전선적 형태를 유지하지만, 항일전이 대치 단계에 들어서면서부터는 통일적 운동에 한계를 지닐 수밖에 없었다. 다만, 항일전이 승리한 뒤에는 '중화전국문예계협회'로 개칭하면서, 마침내 1949년 7월에 '중화전국문학예술공작자대표대회(中華全國文學藝術工作者代表大會)'의 주요 발기단체로까지 이어졌다.

'민족형식' 논쟁

항전 초기의 중국문학계에서는 이른바 '민족형식(民族形式)'의 문제를 둘러싸고 치열한 논쟁이 전개되었다. 항전기인 1938년 말부터 1941년 무렵까지 전개된 이 민족형식 논쟁은, 일단 항전기의 광범위한 민중적 기반 위에 선 중국이 민족적 특색을 살린 문학예술 형식을 모색해간 과정으로 이해될 수 있다. 이 논쟁에서 추구된 것은 결코 전통 문학예술을 계승하거나 민족문화를 발전시키는 측면만 있었던 것은 아니다. 마오쩌둥(毛澤東)이 '민족형식을 통한 마르크스주의의 중국화'라는 명제를 제시하여 그 직접적인 계기가 된 데서도 분명히 나타나는 바와 같이, 이 논쟁의 진정한 초점은 결국 마르크스주의를 어떻게 중국화할까, 마르크스주의를 어떻게 하면 민족적 현실의 토양에 정착시킬 수 있을까 하는 광범위한 정치적·사상사적 실천 방향과 관련된 것이었다.

따라서 옌안(延安)과 충칭을 포함한 광범위한 지역에서 많은 문학인들이 참여한 이 논쟁이 전개되는 과정에는, 민족형식의 기본 개념이나 문제가 제기된 출발점에 대한 상이한 이해와 처지의 차이에서 생겨난, 여러 측면에 걸친 논점의 불일치와 대립이 있었다. 특히 1940년 이후 충칭 등 국통구에서 전개된 민족형식을 둘러싼 논쟁 과정에서는, 민족형식의 원천에 대해 5·4 이래 신문학의 형식을 부정하고 대중적 민간형식을 강조하는 의견과 5·4 이래의 신문학을 계승하여 새로운 민족형식을 창조해야 한다는 의견이 대립하면서, 5·4 신문학의 평가, 구형식의 이용, 민간문예 형식의 이해 등에 의견의 엇갈림이 적지 않았다. 결국 국통구에서 벌어진 민족형식 논쟁은 후펑이《민족형식 문제론》(1940)을 발표하고《민족형식 토론집》(1941)을 정리함으로써, 대체로 5·4의 리얼리즘 문학 전통에 입각하여 새로운 정세에서 문예대중화를 이루기 위한 구체적 방안으로 이해하려는 의견으로 어느 정도 수습되었다고 할 수 있다.

물론 이 논쟁의 전반적인 흐름을 살펴본다면, 광범위한 민중의 현실적 문화 수준에 적합하게 '구형식'을 운용해야 한다는 견해가 많은 문학인들에게 일종의 구속력을 지녔던 듯하고, 실제로도 그 후 해방구에서 '인민문학'을 형성하는 과정에서 이러한 방향이 커다란 영향력과 실천력을 발휘한 것도 사실이다. 그런 의미에서 이 민족형식 논쟁은 사실 정치적 민족주의를 배경으로 5·4 이래의 계몽주의적 전통이 배제되거나 부정되는 측면이 있었다고도 할 수 있다. 그럼에도 이 논쟁을 통해 항전기의 문학인들이 전통문학과 신문학의 관계 및 평가의 문제, 민족문학과 세계문학의 바람직한 관계 설정의 문제 등을 검토함으로써, 항전기 문학을 구체적으로 인식하고 전면적으로 재검토하는 계기를 맞이하였다는 점도 간과할 수 없는 성과였다.

전국책파의 민족문학론

항일전쟁기인 1940년대 초 국민정부 지역인 쿤밍(昆明)·충칭 등지에서는 이른바 '전국(戰國) 시대의 재연(再演)'이라는 기치 아래 독자적인 항전문화론을 제창하는 '전국책파(戰國策派)'라는 학파가 형성되었다. 《전국책(戰國策)》(1940~1941), 《전국(戰國)》(1941~1942) 등의 간행물을 중심으로 천취안(陳銓)·린퉁지(林同濟)·레이하이쭝(雷海宗) 등 일군의 시난연합대학(西南聯合大學) 교수들을 주축으로 한 이들 전국책파의 활동은, 철학으로 '유의지론(唯意志論)' 및 '영웅숭배론', 역사학으로 '문화형태사관', 문학 창작론으로 '특무문학(特務文學)', 문학운동 이론으로 '민족문학'을 제창하는 등 정치·철학·역사·문학 등 다방면에 걸쳐 이론을 모색하고 구체적인 운동을 전개하였다.

이들 전국책파의 문화론과 문학활동의 기본적인 출발점은, 무엇보다도 항전기 중국의 시대 상황 및 제2차 세계대전 하의 세계 역사를 '전국시대'의 기본 구도로 파악하려는 입장이었다. 이러한 맥락에서 특히 주목할 것은 전국책파에 의해 제기되고 전개된 '민족문학운동'이다. 이들의 민족문학운동은 1930년대의 민족주의 문학운동처럼 정부가 조직한 문학운동이라기보다, 학술적인 역사문화론과 독자적인 문학미학론이 형성되는 과정에서 도출된 측면이 강하였다. '개성의 각성'과 '국력의 강화'를 변증법적으로 통일하여 '열국(列國) 시대'의 정신을 구현하고자 한 문화보수주의적 민족주의 사상, 혹은 니체의 권력의지와 영웅숭배 개념이 궁극적으로 지향하고 있던 낭만주의적 민족주의 미학 등이 바로 그 예가 될 것이다.

전국책파의 낭만주의 미학 및 민족문학론이 구현된 성과물로는 천취안이 쓴 일련의 항전희곡이 있다. 그중에서도 실제 공연 효과와 작품구성에서의 예술적 완성도 등에서 비교적 주목되는 작품이 《들장미(野玫瑰)》,《금반지(金指環)》 등이었다. 그러나 항전기의 좌익문예계에서는 이들 작품이 칭송하고 있는 '강력한 힘에 대한 의지'와 영웅적 인물 형상이 지향하는 파시즘적 성향을 집중적으로 비판하였다. 그럼에도 천취안의 희곡작품이 그런대로 성공을 거둘 수 있던 데에는 항전구국의 투쟁을 전통적인 경극(京劇)이나 무협소설 같은 창작수법으로 묘사함으로써 '특무문학'으로서 대중성을 확보했기 때문이다.

결국 전국책파의 문화론과 미학 및 민족문학적 개념과 그 창작성과는, 좌익 리얼리즘 문학을 주류로 한 항전기 중국문학사의 흐름에서 낭만주의를 포함한 다양한 문학사조와 창작방법이 전개될 수 있다는 새로운 시각을 제시한 것이다. 그러한 의미에서 전국책파의 문학론 및 문학활동은 외부의 침략에 대해 민족 전체가 저항하고 내부적인 분열과 갈등을 벗어나 민주적으로 통합하고자 고투를 계속한 항전기 중국의 문학운동사에서 결코 부정되거나 간과되어서는 안 될 중요한 역사의 일부다.

마오쩌둥의 〈문예강화〉

마오쩌둥의 〈옌안문예강화(在延安文藝座談會上的講話)〉는 항일전쟁 중인 1942년 5월에 옌안에서 행해진 강연의 내용이다. 1940년대 초의 해방구는 군사적 · 경제적 면에서 극심한 곤경에 처해 있었으며, 이러한 위기를 타개하기 위해 중국공산당은 1942년에서 1943년에 걸쳐 대대적인 생산운동과 정풍운동을 통해 물질적 곤란을 극복하고 공산당을 사상적 · 조직적으로 강화하고자 하였다. '옌안문예좌담회' 역시 이러한 배경에서 전개된 정풍운동의 일환으로서, 주로 옌안의 문화 지식인 · 예술가 들을 정신적 · 사상적으로 무장하고 개조하기 위해 개최된 것이었다. 그리고 여기에

1942년에 '옌안문예좌담회'가 끝난 후에 찍은 합동사진.

는 당시 중국공산당 당원의 90퍼센트를 차지하는 지식인과 기층 당원 및 행정 간부, 그리고 일반 민중의 괴리를 극복해야 한다는 현실적 문제가 관련되어 있었다.

　그런데 이 강연에서 마오쩌둥이 상정한 문학·예술의 기본적인 성격은 공산당의 정책을 민중에게 계몽·선전하고 민중의 요구를 당에 전달하는 문화적 매체로서 의미를 지니고 있었다. 그러므로 〈문예강화〉에서 제기된 민중적 문학예술이란 민중의 개별적 경험과 의식을 조직화하고 서로 전달하는 기능에 바탕을 둔, 말하자면 마오쩌둥이 대중노선으로 선택한 지도방침이자 문화혁명론의 일환이었다. 그리고 그 주된 내용은 무엇이 '군중을 위한(爲群衆)' 것이며 '어떻게 군중을 위할(如何爲群衆)' 것인가를 핵심 명제로 하는, 이른바 '노농병 방향(工農兵方向)'이라는 문학예술운동의 실천 방향을 제시하는 것이었다.

　1942년 5월 2일의 문제제기와 23일의 결론으로 이루어진 〈문예강화〉의 내용은 먼저 서론 부분에서 문예 활동가의 태도, 활동대상, 활동, 학습에 대해 문제를 제기함으로써 좌담회의 취지와 목적을 밝히고 있다. 그리고 결론 부분에서는 우리의 문예는 누구를 위한 것인가, 어떻게 봉사할 것인가, 문예계의 통일전선, 문예비평의 기준, 정풍운동의 필요성에 관한 관점과 실천 방안이 제시되어 있다. 이러한 〈문예강화〉의 핵심은 문예를

'문(文)과 무(武)의 두 전선' 중 하나로 규정하고, 따라서 혁명사상의 일환인 문예는 노동자·농민·병사의 인민대중 입장에서 그들에게 봉사해야 하며, 질의 향상보다는 보급을 통해 민중이 이해할 수 있는 문예를 창조해야 하고, 그를 위해서 민중의 현실 투쟁 속으로 들어가 스스로를 개조하고 민중과 결합하여 진정한 혁명문예가로 변화해야 하며, 여기에는 예술적 기준보다도 정치적 기준을 우선해야 한다는 것이었다.

〈문예강화〉에서 이른바 '생활 근거지론'으로 자주 인용되는 '삶 속에 깊이 들어가라(深入生活)'는 요구가 문학인에게 삶과 혁명을 직접 체험함으로써 민중과 결합하고 계급적 입각점을 전이할 것을 촉구하는 핵심적인 사항임은 물론이다. 결국 〈문예강화〉는 항전기 해방구라는 군사적·경제적 위기 상황 속에서 항일전에서 승리하고 사회주의적 국민국가를 건립하기 위해 민중적 역량을 동원해야 한다는 시대적 과제를 해결하기 위한 문예정책이었다고 할 수 있다. 따라서 그 의도 및 문학사적 의미는 지식인 문학 예술가들에게는 민중과 결합함으로써 자기를 변혁할 것을 요청하고, 민중을 주요 독자 대상으로 하며 그들의 문화 수준과 예술적 감수성에 바탕을 두는 이른바 '인민문학'의 탄생을 촉구한 점이라고 하겠다.

그러나 〈문예강화〉를 항전기의 문학이론으로서 객관적으로 살펴본다면, 거기에 민중적 리얼리즘론이라는 긍정적 측면과 함께 창작의 주체인 지식인 작가에 대한 부정적 시각, 그리고 리얼리즘 문학의 진실성과 예술적 독자성을 경시하는 경향이 존재하고 있는 것 역시 부정할 수 없는 사실이다. 특히 〈문예강화〉에는 전통적인 서민의 문학세계, 또는 농민적 감성과 표현방식에 편향된 성격이 강하다는 측면에서, 사회주의 신중국이 성립된 이후 도시를 포함한 근대 국민국가의 문예정책으로서는 오히려 바람직한 문학예술의 전개를 속박하는 부정적 측면까지 내포하고 있었다는 점을 부정할 수 없다.

후펑의 리얼리즘론

1940년대 국통구의 주요 문학이론으로는 좌익문학계의 주요 문학 비평가인 후펑(1902~1985)의 이른바 '주관전투정신론(主觀戰鬪情神論)'을 바탕으로 한 창작주체론적 리얼리즘 이론을 들 수 있다. 후펑의 문학이론은 '주관전투정신론'이라고 하는 그의 독자적 리얼리즘 이론 및 미학체계를 바탕으로, 작가들이 창작하는 과정에서 주관적 기능을 중시하는 리얼리즘론이었다. 이러한 문학론이 제기된 데에는 국통구의 정치·사회 상황과 관련이 있으며, 해방구의 문예정책인 〈문예강화〉의 영향력에 대응하기 위한 것이라는 배경이 있었다.

그리고 후펑의 이러한 주관전투정신을 구성하는 요소로는 5·4 신문학 전통을 계승하는 측면, 항전기 '칠월파(七月派)' 문학이 실제적으로 비평을 전개하는 측면, 그리고 비교문학적으로 서구 및 일본문학이론을 수용하는 측면 등이 거론될 수 있다. 무엇보다도 후펑의 리얼리즘론은 5·4 신문학의 반봉건적 사상을 강조하고, 그중에서도 특히 루쉰 문학의 반봉건적 전투정신과 인도주의 정신을 적극적으로 계승하고자 하였다. 즉 후펑은 루쉰의 문학에 생명력을 부여하는 요소를 그의 생활 및 창작실천 과정에서 구현된 '전투정신' 혹은 '인격역량' 등의 개념으로 파악하고, 이를 '냉혹한 분석 속에서 연소하고 있는 애증의 화염' 혹은 '자아 연소의 전투 요구' 같은 작가의 주관적 정서 또는 내면적 격정이라는 측면에서 이해함으로써, 그 자신의 주관전투정신론과 연결시킨 것이다.

그 밖에 후펑의 주관전투정신론은 문학예술의 창조를 '고민의 상징'으로 파악한 구리야가와 하쿠손(廚川白村)의 '내부적 생명력의 표현' 요구와 함께, 헤겔의 미학과 루카치의 리얼리즘 문학론에서도 중요한 영향을 받았던 것으로 평가된다.

또한 이러한 리얼리즘 이론은 후펑의 영향 아래 형성된 칠월파 문학

그룹의 시론(詩論) 및 소설 비평론을 통해 더욱 구체화되고 체계화되는 과정을 거친다. 즉 "시의 생명은 대상(제재)과 시인의 주관이 결합하는 데에서 비롯되어 더욱 높은 승화를 필요로 한다"는 그의 리얼리즘 시론에 의해 칠월파의 격정적인 항전의식을 담은 서사시 및 템포 빠른 리얼리즘 시가가 성립되었다. 아울러 그의 리얼리즘론은 칠월파 소설이 '열정적, 체험 중시적 리얼리즘의 색채를 구현하는 데 결정적 역할을 하기도 하였다.

그런데 후펑의 주관전투정신론이 리얼리즘 창작과정에서 작가가 견지해야 할 태도 및 정신에 관한 문학이론이었다고 할 때, 여기에는 창작의 주체인 작가와 그 표현 대상인 인민의 관계에 대한 사회적 · 역사적 위상의 탐구라는 문제가 제기될 수밖에 없었다. 그리고 그의 창작주체론에서 가장 중요한 사항은, 인민을 창작의 대상으로 하는 작가의 창작행위 자체가 현실 인생의 중요한 실천적 행위라는 점을 제기한 점이다. 진정한 리얼리즘 작가의 창작행위는, 그 자체가 바로 "객관 대상과 상생상극하는 격투를 거쳐 객관 대상의 살아 있는 본질적 내용을 체험하는" 과정이기 때문이다.

이처럼 창작실천에 의미를 부여하는 후펑의 이론이 리얼리즘 문학창작의 기본 전제로 프티부르주아 작가들에게 인민과 결합하고 사상을 개조해야 한다고 주장하는 〈문예강화〉의 노선과 대립했음은 자명하다. 그러나 후펑은 "인민이 있는 곳이면 그 어디에건 역사가 있다. 생활이 있는 곳이라면 그 어디에건 투쟁이 있으며, 생활이 있고 투쟁이 있는 곳이라면 시가 있어야 하고, 또 있을 수 있는 것이다"(〈인민을 위해 노래하는 가수들에게(給爲人民而歌的歌手們)〉)라는 주장에서도 분명히 드러나고 있듯이, 리얼리즘 창작과정에서 진실성을 추구함으로써 세계관의 결함을 극복할 수 있다는 일관된 주장을 굽히지 않았다.

그리고 1940년대 후반에 들어서면서 주관전투정신론 및 인도주의 정신에 바탕을 둔 후펑의 리얼리즘론은 그 나름의 이론적 체계화를 이루어나감과 동시에, 사상(계급성)을 중시하는 인민문학 노선 문학인들의 반발과 비판에 직면한다. 즉 공산당 측의 좌익 비평가들은 후평의 리얼리즘론을 '개인주의 의식의 강렬한 표현' 또는 '초계급적' 인도주의 정신의 주장이라고 규정하고 격렬하게 비판하였다. 문학사에서 거론되는 이른바 '주관 논쟁'의 전개가 바로 그 과정이다.

2. 지역별 문학사조의 전개 양상

1940년대 항전기 문학은 기본적으로 '항전'과 '구국'이라는 시대적 과제를 중심으로 리얼리즘 문학사조가 주된 흐름을 형성하고 있었다. 이 시기에 리얼리즘은 항일구국과 민족해방이라는 공통의 시대적 목표와 공리성을 지닌 문학운동의 중심축으로 받아들여졌다. 그러나 이러한 주류적인 리얼리즘 문학사조 외에도 이 시기에는 전쟁문화의 틀을 넘어서서 실존적 삶의 의미와 현실을 초월하는 가치를 지향하는 신낭만파 혹은 모더니즘이라는 비주류적 문학과 사조도 존재하였다. 아울러 이러한 항전기 문학사조는 국통구 · 해방구 · 윤함구의 지역적 상이성에 따라 각각 특징적인 성격을 띠며 전개되는 양상을 보이기도 하였다.

국통구의 문학사조

국민당 정부가 통치하는 지역인 국통구는 가장 광범위한 지역적 기반 위에서 1930년대 이래의 각 문학유파와 문학사조가 병존하는 경향을 지니고 있었다. 또한 이러한 문학사적 흐름은 전쟁의 추이에 따라 변화하는 양상을 보이기도 하였다. 먼저 항전 초기(1937년 7월~1938년 10월)는 민족적 항전의 열기 속에서 문학운동도 고조를 맞이한 시기이다. 그러므로 이 시기의 문학은 애국주의 및 민족의식을 공통된 주제로 하면서 창작 경향상

낙관적 분위기를 띠는 유사성을 드러내기도 하였다. 아울러 문학양식 혹은 장르에서 소형화 및 유형화가 그 주된 형태를 이루었던바, 스케치풍 소설·벽보시·낭송시·가두극의 성행과 르포르타주 문학의 번창 등이 대표적인 경우이다.

항전 중기(1938년 10월~1944년 9월)는 우한이 함락되면서 비롯된 전쟁 대치 단계가 장기화되고 완난 사변 등 국공합작이 실질적으로 균열되고 정치형세가 긴장됨에 따라, 항전 초기 문학운동의 열기가 식으면서 장기전에 대비하여 항전문학의 지속적인 방향을 모색하고 전환하려 노력한 점을 그 특징으로 한다. 작가들은 항전 초기의 고양된 낙관주의로부터 벗어나 더 냉철한 의식으로 현실을 직시하고, 또한 국통구의 현실 사회에 존재하는 부정적인 면에 대한 비판의식을 작품화하는 데 더욱 주력하였다. 이에 따라 문학양식에서도 대형화 및 장편서사문학으로 변화하는 양상을 띠었다. 주요 장편소설들의 창작이나 장편서사시 형식의 대두, 다막극의 활발한 창작 등이 그 대표적인 경향이다.

항전 후기 및 국공내전 전기(1944년 9월~1949년 9월)는 전쟁 종결을 전후하여 국민당과 공산당이 정치적으로 대립하는 양상 속에서 민주화운동이 활발해졌으며, 그에 이은 국공내전의 격변기에는 어두운 현실에 대한 비판과 풍자, 미래에 대한 초조함과 기대가 혼재된 현실 비판적 리얼리즘과 풍자문학이 성행하였다. 또한 이 시기에는 해방구의 문예정책이 국통구의 문학계에 더욱 영향력과 지도력을 미침에 따라, 문학이론 및 비평 분야에서 공산당 계열 좌익문학이 주도적 역량을 한층 강화해가는 양상을 띠었다.

그런데 이러한 항전기 국통구 문학의 시대적 변화 과정 속에서도 문학사의 전반적 흐름을 주도한 문학사조는 역시 리얼리즘이었다. 마오둔·라오서·바진 등 기존 중견작가들의 항전기 장편소설 등은 기본적으로 리얼리즘 창작의 범주에서 평가될 수 있는 중요한 성과였다. 또한 이 시기 국통구의 주요 문학 그룹인 칠월파가 창작한 소설과 시가 역시 항전기 리얼리즘 문학사조가 다양하게 전개된 양상을 반영하는 예라고 할 수 있다. 그 밖에도 이 시기에는 이른바 비주류적 주변문학으로 우밍스(無名氏)·쉬쉬(徐訏) 등 '후기 낭만파' 소설의 미학적 낭만주의, '구엽파(九葉派)' 시가의 모더니즘 등이 있어, 항전기 국통구 문학사조가 다원적으로 전개될 수 있었다.

해방구의 문학사조

　　항일전쟁이 발발하면서 제2차 국공합작을 이루어낸 중국공산당의 통치 지역인 옌안 등의 해방구에는, 대량으로 주둔하던 노농홍군(工農紅軍, 국민혁명군 제8로군) 외에도 국통구의 억압적인 현실에 절망한 많은 지식인 청년들이 광명을 찾아 흘러 들어왔다. 그러나 해방구는 1940년대 초에 일본군의 공격과 국민당군의 봉쇄정책에 의해 군사 및 정치·경제적으로 극도의 위기 상황을 맞이하고 있었다. 옌안 지역의 정풍운동과 마오쩌둥의 〈문예강화〉는 바로 이러한 곤경을 극복하기 위한 정치·사상적 투쟁의 일환이었다.

　　실제로 〈문예강화〉 이후 해방구의 문학 분야에서는 이른바 노농병 방침에 따라 새로운 대중적 제재와 주제를 갖춘 작품들이 창작되었다. 보통 '인민문학'으로 불리는 이들 작품들은 민족적·계급적 투쟁 및 노동과 생산에 관련된 제재를 묘사함으로써, 해방구 민중의 삶과 투쟁을 그들에게 익숙한 형식으로 표현해낸 것들이었다. 이러한 인민문학 계열의 문학작품 중에서도 자오수리(趙樹理)의 소설은 그 특유의 대중

'옌안문예강화'의 경향을 대표하는 작가 자오수리.

1943년에 옌안에서 루쉰예술문학원 소속 예술가들이 앙가극 〈형매개황〉을 공연하는 모습.

적 표현형식과 농민들의 투쟁적 삶이라는 작품내용으로 말미암아 〈문예강화〉의 정신 및 그 방향을 가장 성공적으로 구현한 경우로 평가된다. 해방구 농민이 각성해나가는 과정과 투쟁적인 삶의 모습을 탁월하게 형상화한 〈샤오얼헤이의 결혼(小二黑的結婚)〉, 〈리유차이의 판화(李有才板話)〉, 〈리씨 마을의 변천(李家莊的變遷)〉 등이 그의 대표적인 작품이다.

　또한 〈문예강화〉가 발표되기 전에도 해방구에서는 이미 '화극의 민족화'에 대한 논의와 시도 속에서 전통 민간예술을 흡수한 노천연극으로 '광장연극'이 활발하게 전개되었다. 〈문예강화〉가 발표된 이후인 1943년부터 추진된 '신앙가(新秧歌)' 운동은 이러한 민중적 공연예술의 오락성에 공산당의 정책 및 시대적 요청을 담은 새로운 광장연극 양식을 창출하는 계기가 되었다. 허징즈(賀敬之) 등의 집단창작에 의한 신가극(新歌劇) 〈흰머리 소녀(白毛女)〉는 이러한 바탕 위에서, 전통적 민간문예의 형식과 인간의 해방이라고 하는 5 · 4 이래 신문학의 주제, 그리고 여기에 공산당의 신정권을 예찬하는 시대적 요청이 함께 어우러진 해방구 민중문학의 가장 성공적인 공연예술작품으로 평가되었다. 그 밖에 리지(李季)의 장편서사시 〈왕구이와 리샹샹(王貴與李香香)〉 등은 해방구의 가요체 신시운동이 거둔 성과가 집약된 새로운 민중적 시가가 창작될 수 있음을 보여준 예였다.

윤함구의 문학사조

　1937년의 8 · 13 사변 후 상하이는 함락되었지만, 아직 일본과 교전에 들어가지 않은 영국·미국·프랑스 등의 상하이 조계지는 1941년 12월에 태평양전쟁이 발발할 때까지 윤함구에 둘러싸인 이른바 '고도(孤島)'라는 특수한 상황을 유지하였다. 그리고 상하이에 남아 있던 문학인들은 공개적이거나 억제된 항전문학활동을 통하여 '상하이 고도문학'을 성립시켰다.

이후 태평양전쟁이 발발하면서 윤함구로 편입된 상하이 문예계는, 문예와 관련된 40여 종의 간행물을 통하여 굴절된 전쟁문화의 일면을 표출했다. 특히 4년에 걸쳐 일본이 점령하고 있던 상하이의 문학은 기성 작가군이 소실된 비정상적인 상황에서, 오히려 장아이링(張愛玲)·쑤칭(蘇靑) 등 신예 여성작가들이 등장하여 독자적인 페미니즘 문학을 표현하는 공간을 구축하기도 하였다. 이 가운데 장아이링은 중국 고전문학의 서정성과 통속성에 서구 모더니즘 문학의 기저를 이루는 인간의 정욕과 허무의식을 접맥시켜, 1930년대 해파(海派) 문학이 새롭게 전개될 가능성을 보였다.

그 밖에도 항전기의 윤함구 문학으로는 1931년 9·18 사변 이래 이미 실질적으로 일본의 식민지가 된 만주국(滿洲國)의 둥베이(東北) 윤함구 문학, 1937년에 중일전쟁이 발발한 이후의 화베이(華北) 윤함구 문학 및 그 뒤에 윤함구가 된 난징·홍콩 등지의 윤함구 문학이 있었다. 이들 지역에서는 일본 및 난징 괴뢰정권이 사상을 극심하게 통제하고 이른바 '대동아 신질서 건설'에 동원하기 위해 선전문학 창작을 강요하는 등 피점령 지역으로 억압적인 문화환경에 처해 있으면서도, 중국인이라는 정체성을 잃어가는 위기 상황과 굴절된 사회적 삶의 아픔을 표현하는 독특한 항전기 윤함구 문학을 낳았다.

🌸 생각할 거리

1. '항전기 문학'의 시기 구분 및 그 문학사적 의미를 정리해보자.

2. 〈문예강화〉의 성립 배경과 문학이론적 특징은 무엇인가?

3. 국통구·해방구·윤함구의 문학사조적 특징과 창작성과를 비교하여 설명해보라.

🌸 권하는 책

기쿠치 사부로(菊地三郎), 정유중·이유여 옮김, 《중국현대문학사—혁명과 문학운동》, 동녘, 1986.

마오쩌둥, 이욱연 옮김, 《모택동의 문학예술론》, 논장, 1989.

조너선 D. 스펜스, 김희교 옮김, 《현대중국을 찾아서 1·2》, 이산, 1998.

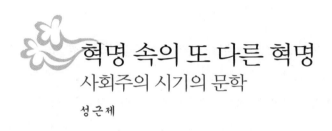

혁명 속의 또 다른 혁명
사회주의 시기의 문학

성근제

1. '새로운 중국'의 꿈과 그들이 마주한 '세계'

1949년 10월 1일에 마오쩌둥은 톈안먼(天安門)에 올라 중화인민공화국이 수립되었음을 공식적으로 선포하였다. 이것은 1920년에 중국공산당이 수립된 뒤로 30년에 걸쳐 처절하게 싸워 얻은 결과물이었다. 그들은 변변한 무기 하나 제대로 갖추지 못한 채로 막강한 일본군과 국민당의 군대에 맞서 기적적으로 승리하였다. 따라서 그 역사적인 순간에 중국공산당과 그들을 지지한 중국 인민들의 가슴에는 승리로 팽배한 자신감과 '새로운 중국'에 대한 희망이 가득하였다.

그러나 그들의 앞에 놓여 있는 현실은 그야말로 참담했다. 승리를 거둔 그들에게 남은 것이라곤 전쟁으로 폐허가 된 거대한 땅덩어리와 헐벗고 굶주린 수많은 농민들뿐이었다. 그러나 더 심각한 것은 기나긴 전쟁과 혁명의 과정 속에서도 끈질기게 살아남은 낡은 습관과 관념, 문화였다. 문맹률이 심각할 정도로 높았으며, 낡은 신분질서와 남존여비 사상과 고질적인 부패 등은 여전히 중국을 위협하고 있었다. 이것은 치명적인 결함이었다.

물론, 심각한 도전들은 바깥에서도 있었다. 100여 년에 가까운 제국주의의 침탈을 이겨내고 마침내 독립국가를 세운 그들 앞에 또 다른 봉우리가 기다리고 있었으니, 그것은 바로 '냉전'이라는 새로운 국제질서였다. 그들에게 1950년에 발발한 한국전쟁은 아시아판 냉전의 서막을 알리는 위협적인 신호탄으로 인식되었다. 중국은 어쩔 수 없이 한국전쟁에 개입함으로써 냉전의 소용돌이로 빨려 들어갔다. 이후 냉전의 와중에서 소련이 지속적으로 원조와 지지를 보낼 것으로 기대하던 중국은 1950년대 초반 스탈린 사후에 시작된 소련공산당의 방향 전환을 계기로 소련과 심각한 이념분쟁을 벌이게 되었다. 그들은 안으로는 구중국이 남긴 낡은 관행과 문화를 타파하기 위한 싸움을 벌여야 하고 밖으로는 미국과 소련이라는 두 강대국의 틈바구니에서 살아남아야 하는 새로운 난제에 봉착하였다.

1949년, 마오쩌둥과 중국공산당은 여전히 '혁명'의 출발선 앞에 서 있었다.

2. 어둠은 걷혔으나 눈앞은 여전히 짙은 안갯속

1930년대 이후 일본의 노골적인 대륙 침략에 맞서기 위해 이른바 '해방구'와 '전선'으로 몰려간 수많은 좌익 작가들은 중국공산당이 최종적으로 승리를 거두자 그들이 문학의 꿈을 키우던 도시로 돌아왔다. 1949년 7월에 바야흐로 공산당의 최종적인 승리가 임박했을 때, 베이징에서는 제1차

중화전국문학예술활동가대표대회(이하 '대표대회'로 약칭)가 개최되었고, 회의에 참석한 작가들은 '신중국의 인민문예 건설'을 다짐하였다. 작가들에게는 전쟁터와 부대에서 돌아와 작가조직을 결성하게 된 것 자체가 벅찬 일이었고, 앞으로 '새로운 문학'을 할 수 있다는 예술가로서의 꿈이 있었다. 이들은 물론 '혁명가'들이었지만, 그와 동시에 '예술가'들이었기 때문이다.

1948년 11월, 전족을 한 한 노인이 플랫폼에 앉아 기차에서 흘러내린 곡식 낟알을 쓸어 모으고 있다.

　　그러나 1차 대표대회가 결의한 '신중국의 인민문예 건설'이라는 것이 구체적으로 무엇을 의미하는지는 여전히 모호했다. 중국의 문학사가들은 흔히 1차 대표대회를 기점으로 중국의 혁명문예가 사회주의 문예의 단계로 진입하였다고 주장하지만, 적어도 1949년이라는 시점에서 대부분의 작가들에게 '사회주의 문예'라는 개념은 경험적으로든 이론적으로든 대단히 모호한 것이었다. 왜냐하면 그것은 전국적인 단위에서 시행되어야 할 제도화된 교육과 조직, 창작, 유통에 이르는 전 과정을 아우르는 새로운 모델을 창출하는 일과 관련된 것이었는데, 아직 이들에게는 이러한 국민문학을 운용해본 경험이 전혀 없었기 때문이다.

　　더 근본적인 문제는 '사회주의 문예'의 개념이 아니라 '사회주의'라는 더 상위의 개념이 갖는 모호성에 있었다. 물론 그것은 문예계만이 아니라 사회주의 건설사업 전 부문에 걸친 근본적인 문제였다. 소련의 경험이 유일한 참고자료였지만, 그것은 여전히 먼 나라 이야기였다. 중국은 여러 모로 혁명 초기의 소련과 달랐으며, 소련의 사회주의 건설과정에 대한 실질적인 정보나 이해조차도 극히 제한되어 있었기 때문이다. '인민문예'의 앞길은 여전히 오리무중이었다.

3. 자선가와 혁명가 — 사회주의적 인민은 어떠해야 하는가

1951년 5월에 시작된 '영화 〈무훈전(武訓傳)〉 비판운동'은 앞서 이 야기한 사회주의 개념의 모호성을 잘 보여주는 사례다. 1950년 12월에 개 봉된 영화 〈무훈전〉은 가난한 농민 가정에 태어나 글을 배우지 못한 설움을 달래기 위해 '의학(義學)'을 세워 돈 없는 아이들에게 글을 가르친 무훈 (1838~1898)의 생애를 그리고 있다. 수없이 많은 설움과 고난을 이겨내고 마침내 의학을 세우기까지의 과정은 실로 감동적이다. 그리하여 이 영화는 대중들에게 크게 환영받았으며, 신문과 잡지에 무훈을 칭송하고 찬양하는 글이 줄을 이었다. 그러나 1951년 5월 《인민일보》에 '영화 〈무훈전〉에 대한 토론을 중시해야 한다'는 제목의 〈무훈전〉을 비판하는 사설(이 사설은 후에 마오쩌둥이 쓴 것으로 밝혀짐)이 실린 뒤부터 논조 자체에 변화가 일어나기 시작했고, 결국은 '〈무훈전〉 비판운동'으로 발전하였다.

이 사설에서 지적한 첫 번째 문제는 그가 돈을 모은 방법이었다. 무 훈은 노동이 아니라 구걸과 고리대를 통해 돈을 모았다. 그는 길거리에서 사람들에게 기행을 선보이기도 하고, 때로는 매를 맞고 돈을 벌기도 했으 며, 농민봉기를 부정하고 지주에게 엎드려 동정을 구하기도 했다. 의학을 세우기 위해 그가 한 노력은 나름대로 가치가 있는 것이었지만, 구걸과 아 첨이라는 굴종적인 태도와 방법은 분명 그들이 지향하는 사회주의적 가치 관과 다른 것이었다. 따라서 사설은 무훈의 사상과 축재 방법에 대해 분명 한 어조로 '반동적'이라고 비판하였다. 더욱이 문제가 된 것은 무훈이 농민 들의 저항과 봉기를 부정하고 오로지 서당을 세워 아이들을 가르치는 일만 이 세상을 구하는 유일한 길이라고 주장한 점이었다. 이러한 자선가적 개 량주의는 사회를 근본적으로 개조하고 혁명을 일으켜야 한다고 주장하는 공산당의 역사관과 거리가 있다. 그리하여 마오쩌둥이 보기에 이러한 이질적인 이데올로기를 담고 있는 작품에 대한 (특히 공산당원들의) 찬양은 중국 사회 내부의 사회주의에 대한 몰이해가 심각함을 보여주는 것으로 받아들여졌다.

〈무훈전〉 비판운동 이후 잇따라 진행된 1952년의 《홍루몽 연구》 비판, 1954년의 후펑 비판 등과 같은 일련의 논쟁과 비판운동들은 〈무훈전〉 비판과 어느 정도 맥을 같이하는 것이었으며, 이를 통해 중국공산당과 문예계는 사회주의와 사회주의 리얼리즘, 사회주의 문예라는 것에 대한 인식의 편차를 좁히는 성과를 거두었다. 그러나 그 과정에는 어쩔 수 없이 부작용이 뒤따랐다. 그것은 바로 창작과 비평 전체가 갈수록 도식화되는 것이었다. 창작도, 비평도 나아가 심미안까지도 점차 이데올로기화해갔다. 이렇게 생산된 작품과 비평은 이상적인 사회주의 이념을 진지하고 엄숙하게 표현해냈지만, 역설적이게도 그럴수록 작품과 비평은 사회의 실제 현실과 동떨어진 것이 되었으며 대중들과도 점점 멀어져갔다. 농촌과 공장의 열악한 조건 속에서 힘겹게 노동하는 인민 대중들은 작품이 그처럼 이상화되고 엄숙해질수록 작품들 속에서 자기들의 실제 모습이 점차 희미해져가는 것을 발

▨ 《홍루몽 연구》 비판

1952년 출판된 류핑버(劉平伯)의 《홍루몽 연구》의 학술적 경향에 대한 비판운동. 류핑버는 후스의 실증주의적 연구방법을 계승하여 《홍루몽》을 연구하였으며, 그 결과 《홍루몽》은 작가 조설근(曹雪芹)이 자신의 신세를 한탄한 일종의 자서전이며, '색공(色空)' 관념을 선양하고 자신의 허망한 애정행각을 참회하기 위해 쓴 작품이라는 결론을 제시하였다. 그러나 1954년에 이러한 류핑버의 연구방법과 결론이 부르주아적 관념론에 젖어 있다는 지적이 나오면서 비판운동이 시작되었다. 비판가들은 《홍루몽》이 단순한 자서전이 아니라 봉건 시대를 비판적으로 반영하고 있는 사회 비판적 작품이며, 따라서 작품의 주제 역시 색공 관념에 대한 관념적 도해가 아니라 봉건 사회의 비참함에 대한 현실주의적 폭로라고 주장하였다. 이러한 논쟁은 비록 고전작품 비평을 둘러싼 토론이라는 형식을 취하고 있지만, 실제로는 학술과 철학의 영역에 뿌리 깊이 박혀 있는 서구 실증주의적 방법과 관념론의 영향을 제거하고 그것을 역사적 유물론이라는 사회주의적 방법으로 대체하고자 한 일종의 사상투쟁이었다.

견하였다. '인민의 예술'은 갈수록 지식인과 이데올로그들의 것으로 변해갔으며, 그것을 보급하고 유통하는 과정도 관료들에 의해 장악되어갔다.

4. 피어라, 들꽃!

그러던 중 1956년 문예계에 중대한 변화가 일어났다. 마오쩌둥이 '백화제방, 백가쟁명(百花齊放, 百家爭鳴)'(이하 '쌍백(雙百)'으로 약칭함)이라는 유명한 정책 방침을 제시한 것이다. 이것은 기본적으로 전문성과 창의성을 생명으로 하는 과학과 예술 영역에 관련된 정책적 지침이었다. '쌍백'은 말 그대로 서로 다른 꽃들이 모두 저마다 꽃을 피우고 서로 다른 생각이 자유롭게 논쟁하도록 함으로써, 과학과 예술이 꽃피게 하자는 것이었다.

그러나 '이상'에 그치는 모든 정책과 구호는 그 반면의 '현실'에 대한 역설적인 증언이기도 하다. 자유롭게 논쟁하도록 하자는 제안은 실제로는 논쟁을 허용치 않는 어떤 존재가 있음을 강하게 암시한다. 그렇다면 해방된 사회주의 인민의 나라를 표방하는 중국에서 무엇이 '백화'들이 개화하는 것을 가로막고 있었을까? 정책의 제안자인 마오쩌둥의 견해를 빌려 이야기하자면, 그것은 중국공산당 내부에 존재하는 교조주의와 종파주의, 관료주의와 엘리트주의였다. 현실 사회주의의 고질적 병폐라고 할 수 있는 이러한 경향들은 사회 모든 영역의 발전에 부정적인 영향을 미치지만, 특히 악영향을 미친 영역은 전문성과 창의성을 생명으로 하는 학술(과학)과 예술 부문이다.

실제로 1950년대 중국 사회 내부에서는 강력하지만 세밀하게 발전하지 못한 관료적 기구와 관행 들이 '과학 연구'와 '예술 창작'이라는 전문적이고 미묘한 영역에 대해 단순한 정치적 잣대를 일방적으로 들이대는 일이 빈발하였다. 이러한 태도와 관행은 연구자들과 예술가들을 적잖이 위축시켰다. 1950년대 중반에 중국은 기술적·문화적 후진성을 떨쳐버리고 안팎으로부터 밀려오는 위기에 대처하기 위해 국가의 모든 부문에서 활용할 수 있는 모든 고급 생산력을 이끌어내는 것이 절실했다. 따라서 마오쩌둥은 과학과 예술 영역에서 교조적이고 관료적인 획일성과 간섭을 제거함으로써, 다양하고 생산적인 견해가 발전하기를 기대하였다. 이것이 쌍백 방침의 중요한 한 측면이다.

그러나 마오쩌둥이 제기한 쌍백 방침의 핵심적 내용은 학술과 예술 영역에서 '다양성을 보장한다'는 순수한 '자유주의적 발상'과는 거리가 있는 것이었다. 쌍백운동의 구도는 '국가와 지식인'이라는 자유주의적 논제를 설정하는 것만으로는 결코 온전히 이해될 수 없는 것이라는 점에 유의해야 한다. 두 가지 측면으로 나누어 살펴보자.

첫째는 마오쩌둥이 우려한 것이 학술과 예술의 침체 그 자체만이 아니라는 점이다. 그에 못지않게 우려한 것은 바로 당내의 교조주의와 관료주의, 엘리트주의 같은 문제들이 점차 심화되고 있다는 점이었다. 마오쩌둥은 1950년대 중반에 이미 이러한 문제들에 대해 사회주의 체제를 내부에서부터 좀먹는 심각한 부정적 요소로 인식하고 있었다. 쌍백 방침이 칼끝을 겨누고 있는 곳은 바로 이 지점이었다. 쌍백은 과학과 예술 영역의 지식인들에 대해 소극적인 '발언을 허용하는 것'에 그치지 않고, 그들이 더 적극적으로 발언하고 비판하게 함으로써 당과 정부 내부의 관료주의와 획일주의, 종파주의를 견제하는 데에 중요한 목적을 둔 정치적 판단의 산물이었다.

둘째, 이것이 좀더 중요한 측면인데, 쌍백 방침의 핵심적 발상 속에는 국가적(관료적) 획일성과 전문가적 다양성이라는 대립구도 외에 또 다른 종류의 비민주적 권력 '독점'과 관련된 일종의 '계급적' 문제의식이 포함되어 있다. 일반적인 근대국가 내부에서 흔히 발견되는 이른바 '관료 대 지식인(과학자 · 예술가)'이라는 대립구도는 사실 엘리트 내부의 갈등에 해당하는 것으로서, 원칙적으로 계급모순과는 성격이 다르다. 그러나 쌍백 방침의 발상은 명백한 계급적 문제의식, 그러니까 과학과 예술 영역에서 발언 · 통제 · 표현의 권한을 독점하고 있는 엘리트 집단과 그렇지 못한 인민(대중) 사이의 권력적 불균형과 관련된 문제의식을 담고 있다. 이 관점에 따르면 독점의 주체가 관료냐 지식인이냐 하는 것은 부차적인 문제가 되어버리고 만다. 왜냐하면 이 경우 전선은 관료와 지식인 사이가 아니라 (관료와 지식인을 포함하는) 엘리트와 대중 사이에 그어지기 때문이다.

이 문제는 특히 문학예술과 관련된 영역에서 더 격렬하게 제기되었다. 과학(학술)의 영역은 상대적으로 전문적인 지식과 기술을 지닌 지식인들이 배타적 주도권을 더 강하게 행사하는 영역이다. 물론 예술 역시 전문적 작가들의 창작역량이 결정적이며 주도적이긴 하지만, 예술의 영역에서는 아마추어적인 창작과 향유 역시 가능하며 실제로 이것이 매우 중요한 부분에 해당한다. 더구나 '인민문예'를 지향하는 경우라면 말할 나위도 없다. '인민문예'란 인민을 위한 문예인가, 아니면 인민에 의한 문예인가? 물론 두 측면 모두 중요하다. 그러나 굳이 이야기하자면 인민문예의 궁극적 이념은 후자에 더 근접해 있다. 인민들 스스로가 작가들이 자신들의 견해와 미의식을 대변해주는 것에만 의지하지 않고 자신들의 관점과 생각을 문예를 통해 발언하고 표현해내는 것, 말하자면 농민도 시를 짓고 노동자도 자신들의 이야기를 소설로 써냄으로써 진정으로 예술의 주인이 되는 것, 그것이 바로 인민문예의 중요한 이념 가운데 하나다.

이 운동은 실제로 다양한 부문에서 효과를 나타냈다. 운동이 진행되는 과정에서 문예와 학술에 대한 관료적 통제장치들이 상당 부분 비판되거나 해체되었고, 작가들은 중국 사회주의 사회 내부의 문제들을 적나라하게 파헤쳐내기 시작했으며, 학술 영역에서도 금기시하던 부분에 대한 다양한 연구와 문제제기들이 봇물처럼 터져 나왔다. 지식인 사회에는 전례 없이 생기가 넘쳐나기 시작했다. 그러나 이들과 함께 수많은 '들꽃'이 함께 피어났다. 지식인들은 관료적 통제를 공격했지만, 인민 대중들은 지식인(혹은 관료)들에게서 창작과 발언의 독점권을 빼앗아오려 했다. 따라서 이 과정에서 지식인들은 매우 모호한 위치에 놓였다. 그들은 도전하는 자이기도 했고, 동시에 도전받는 자이기도 했다.

5. 변덕스러운 봄 날씨

이 모든 경향이 그야말로 백 가지 꽃들이 만발하듯 뒤섞여 나타났다. 따라서 백화제방운동의 성격과 지향점은 적어도 운동이 시작되던 초기에는—그 안에서 작가와 지식인이 놓인 위치가 모호한 것만큼이나—모호해 보였다. 그러나 시간이 갈수록 운동의 지향점이 분명해졌다. 운동의 궁극적인 목적은 지식인(만)이 아니라 인민 대중의 적극성을 이끌어내고자 하는 데에 있었으며, 따라서 지식인에게 주어진 발언의 자유라는 '관용'은 상황에 따라서 얼마든지 철회될 수도 있는 것이었다. 그러한 상황은 예상보다 훨씬 빨리 다가왔다. 1957년 5월에 당내 관료들에 의해 주도된 반격이 시작되었다. 이들은 공산당에 대해 공개적으로 비판할 수 있도록 허용한 것에 상당한 불만을 지니고 있었다. 이들은 운동이 진행되는 과정에서 제출된 의견들 가운데 관료주의를 비판하는 정도를 넘어 당과 사회주의 자체를 반대하는 '우파'의 목소리가 존재함을 지적하며 반우파투쟁(反右派鬪爭)을 시작했다. 그러나 한번 시작된 반우파투쟁은 걷잡을 수 없이 확대되었고, 비판과 발언을 권장받던 지식인들은 하루아침에 우파의 낙인이 찍힌 채 비판대 위에 오르는 신세가 되고 말았다.

하지만 꽃샘추위가 모든 꽃을 시들게 한 것은 아니었다. 인민 대중들의 창작과 발언의 기회는 반우파투쟁 속에서도 그다지 축소되지 않았으며, 오히려 대약진운동의 낭만적 열기 속에서 대중들의 창작이 더욱 적극적으로 권장되었다. 이러한 움직임은 마침내 신민가운동(新民歌運動)으로 거대한 폭발력을 과시하였다. 1958년 한 해 동안 중국의 각 성(省)마다 민가가 1000만 수 내외로 수집되었다는 통계는 그 규모가 어느 정도였는지를 잘 보여준다. 그러나 이러한 양적 확대가 중국 문예의 전반적인 발전을 의미하는지는 회의적이다. 물론 대중 창작의 경우 작품의 질과 예술성은 부차적인 문제일 수 있다. 대중들이 자발적인 창작활동을 통해 성취감을 느

▨ 대약진운동

1958년부터 1960년 사이에 경제를 획기적으로 발전시키기 위해 전개된 대규모 군중운동이자 경제개혁운동이다. 1950년대 후반에 소련과 갈등이 시작되면서 소련의 경제 모델을 대체하고자 하는 목적에서 시작되었다. 중국공산당은 마을 단위로 흩어져 있는 농민들을 대규모 인민공사로 조직화한 다음에 거대한 규모의 인민공사 내부에 공업 생산시설을 동시에 유치함으로써, 도시와 농촌(노동자와 농민) 사이의 격차를 해소하고 지역 단위의 자립적 경제 모델을 창출하려 하였다. 그러나 이 운동은 농민들의 자발성을 지나치게 강조함으로써 현대적이고 전문적인 기계가 아니라 농민들의 열정적인 노동력에 더 많이 의존하고자 하는 경향을 보였다. 결국 운동은 1960년대 초반에 인민공사 운용상의 문제점과 자연재해(가뭄)로 인해 대규모 식량 부족 사태를 거치면서 철회되었다.

▨ 신민가운동

1958년부터 대약진운동의 열기와 함께 진행된 대중적인 창작운동이자 민가수집운동이다. 1957년부터 농업합작화운동이 진행되는 동안 전국 각지에서 전통적인 민가 형식의 혁명가요들이 농민들에 의해 창작되기 시작했다. 대단히 낭만적이고 이상주의적인 혁명적 열정을 표현해낸 이 시가들에 당의 지도자들이 주목하기 시작하면서 점차 거대한 운동으로 발전되었다. 이 운동의 목적은 농민들과 민가 특유의 낭만적 경향을 강조하고 고취하는 것이었다. 신민가운동은 지식인들의 현실주의를 농민 대중의 '혁명적 낭만주의'로 대체하고 보완함으로써 당시 중국의 열악한 자본과 기술의 한계를 뛰어넘으려 했으나, 이 운동 역시 대약진운동이 실패하면서 함께 종결되고 말았다.

끼고 그것이 노동과 일상을 풍요롭게 한다면, 그것 나름의 가치를 지니기 때문이다. 하지만 한 해에 시가 몇억 수나 창작되었다는 놀라운 통계적 보고는 기실 그 운동이 순수하게 자발적인 것이 아니었음을 보여줄 뿐이다. 그렇기 때문에 신민가운동은 정치적으로 성공했는지 모르지만, 문학적 측면에서는 오히려 파괴적이었다. 이 기간 동안 중국 혁명문학을 발전시켜온 전업적 시인들의 현대시 창작은, 그들이 즐겨 창작하는 양식이 서구적인 현대시이며 이것은 농민들이 이해하고 즐길 수 있는 것이 아니라는 이유 때문에 격렬하게 비판받는 대상이 되었다. 이 모든 것은 결국 중국현대시가 지속적으로 발전하지 못하도록 가로막았다. 실제로 신민가운동과 대중 창작의 열기마저 그리 오래 지속되지 못한 채 사그라지고 말았으며, 이후로 중국의 문학은 오랜 기간 침체를 면치 못했다.

6. 혁명 속의 또 다른 혁명

1960년대 중반, 중국 문예계에는 또 한 번의 결정적인 시련이 찾아왔다. 1966년을 전후로 한 일련의 사건들을 계기로 중국공산당 내부의 권력 균형이 급격하게 무너지면서, 이른바 '무산계급 문화대혁명(이하 '문혁'으로 약칭)'이 시작된 것이다. 마오쩌둥은 다시 한번 중국공산당 내부의 관료주의와 지식인들의 전문가주의적 독선에 문제를 제기하였다. 마오쩌둥은 당 관료와 전문가 지식인들이 새로운 지배계급으로 자리 잡았으며, 그들은 인민들의 새로운 개혁과 지속적인 혁명을 허락하지 않고 있

문혁 시기의 포스터. 사회주의 조국을 보위하기 위해 군사체육활동을 전개하자는 구호를 담고 있다. 이 포스터는 특히 여성들의 군사적·신체적 단련을 권장하기 위한 선전물이다.

다고 비난했다. 당 외부의 젊은이들이 이와 같은 마오쩌둥의 비판에 동의하며, 그의 새로운 혁명노선을 옹호하기 위해 모여들었다. 1966년 8월 18일, 톈안먼 광장에는 각지에서 몰려든 수십만 홍위병(紅衛兵)들이 마오쩌둥의 어록을 들고 사회주의 혁명 정권 내부의 수많은 '새로운 모순'과 '구시대의 유산'을 철저하게 청산하겠다고 다짐했다.

마오쩌둥의 지지를 얻은 홍위병과 조반파(造反派) 그룹들은 공산당, 기업, 학교 등 권력을 지닌 모든 조직을 향해 대대적인 탈권투쟁(奪權鬪爭)을 전개했다. 사실 문혁이 내세운 이념과 명분은 어느 정도 설득력을 지니고 있었다. 실제로 1960년대 당시에 사회주의 사회 내부의 관료독재는 심각했으며, 팽배한 권위주의와 문화적 보수성은 사회주의 본연의 이념과 분명 다른 것이었다. 물론 관료와 지식인이 권력을 독점하는 문제가 비단 사회주의 사회만의 문제는 아니었다. 그리하여 권력을 독점한 폐쇄적인 주류 집단의 비민주성에 대해 대중들이 정당하게 저항한다는 초기 문화혁명의 이념은 당시 중국뿐 아니라 세계 각지의 젊은이들을 매료시켰다. 1960년대 말 프랑스 · 미국 · 일본 등 전 세계를 뒤흔든 급진적 학생운동, 체 게바라로 대표되는 중남미의 혁명투쟁 등은 문화대혁명과 그 이념을 직간접적으로 공유하고 있었다.

그러나 실제 중국에서 진행된 문혁은 그 명분이나 이념과 별개로 수많은 문제점을 안고 있었다. 그 이념은 매력적인 것이었을지 모르지만 그것이 실행되는 구체적인 현장의 상황과 실천방식은 지나치게 급진적이고 폭력적이었으며, 그 논리는 놀라울 만큼 조악했다. 급격한 변화와 혼란 속에서 '사인방(四人幇)' 같은 야심가들이 운동에 편승하는 것을 막아낼 방법이 없었으며, 격렬하게 분출되는 대중의 거대한 에너지를 감당할 어떤 장치도 마련되어 있지 않았다. 상황은 점차 악화되어 모든 관공서와 공장, 학교가 문을 닫았고, 급기야 무력을 동원한 내전 상황으로 치달았으며, 결국 중국은 마비되어갔다.

　　문화대혁명의 이러한 문제점들은 문화와 예술 영역에서도 동일하게 나타났다. 초기 홍위병운동의 소용돌이 속에서 권력의 중심으로 부상한 문혁 그룹의 지도자들은, 거의 모든 문예계 인사들에게 과도하게 노골적으로 적대감을 드러내었다. 이들은 놀랍게도 1930년대 이후의 모든 혁명문학이 반동적인 것이라고 규정하였다. 이들은 자신들이 지도하여 제작한 이른바 '모범극[樣板戱]' 이외에는 어떤 문예작품도 인정하거나 허용하지 않았다. 이러한 시도는 어떤 의미에서도 민주적이거나 혁명적인 것이 아니었다. 물론 예술적인 것은 더더욱 아니었다.

문혁 시기에 대중들에게 허용된 거의 유일한 문예작품이던 이른바 '모범극'의 인물도.

　　중국의 혁명문학을 발전시킨 수많은 작가들이 반동으로 규정되어 창작을 금지당하고 억류되고 구금되었으며, 그중 모멸감과 좌절감을 이기지 못한 몇몇은 스스로 목숨을 끊기도 하였다. 문혁 시기의 문화예술 정책과 이념은 1950년대 말 쌍백운동과 신민가운동에서 시도된 혁명적 대중문예의 모델과 유사한 측면이 있지만, 실제로는 그 모델의 부정적 측면만을 극대화한 꼴이 되고 말았다. 그리하여 10년 후 문혁이 종결될 때까지 중국은 모든 장르의 작품 창작이 중단되는 극도의 문화적 빈곤 상황을 면치 못했다. 이 기나긴 문화적 공백기를 일컫는 명칭이 '문화대혁명'이라는 것, 그리고 그 공백의 시대가 개혁과 개방 이후 수많은 작가들이 작품을 창작하는 데 영감과 소재의 원천이 되고 있다는 것은 그야말로 아이러니가 아닐 수 없다.

7. 거대한 열정과 실험이 남긴 유산

1949년부터 1976년에 이르는 이른바 중국의 사회주의 시기는 적어도 문예작품의 성과로 이야기한다면 결코 성공적이지 못한 시대였음이 분명하다. 그것은 현실 사회주의의 문화와 예술에 대한 이데올로기적 편향과 관료적 통제라는 고질적 한계가 낳은 자연스러운 결과다.

그러나 한 나라의 역사와 문화를 이해하고자 하는 사람들에게 이 시대는 분명 차분하고 꼼꼼하게 고찰해볼 만한 또 다른 가치를 지니고 있는 시대라는 점 역시 간과해서는 안 될 것이다. 1949년부터 1976년까지의 중국 사회주의와 그들의 문화예술은 때로는 정치적 이데올로기에 의해 억눌리고 세련된 형식을 갖추는 데에 둔감했을지언정, 인간의 해방과 자유, 현대예술이 나아가야 할 방향에 대한 진지하고도 열정적인 질문이자 거대한 실험이었기 때문이다.

그것은 비록 우리가 경험해보지 않은 사회주의 체제하의 역사이지만, 결코 이미 지나가버린 다른 세계의 이야기로만 치부될 수 없다. 그 속에는 현대의 문학과 예술이 과거에 고민했고, 그리고 지금까지도 해결하려 애쓰고 있는 중요한 이론적·실천적 문제들에 대한 소중한 경험이 녹아 있으며, 시대와 상황은 많이 달라졌지만 여전히 유효성을 지니는 근본적인 질문들이 함축되어 있기 때문이다. 정치와 예술, 이데올로기와 미학, 현실과 이상, 국가(관료)와 지식인, 작가와 대중, 전문성과 대중성, 민중과 지식인, 서구적 현대예술과 전통예술……. 이러한 질문들 속에서 중국의 사회주의를 살아간 '그들'도, 그리고 21세기 한국 사회를 살아가는 '우리'도 똑같이 갈림길에 서 있다. 그렇게 끊임없이 기로에 서는 것, 그것이 바로 문학이며 예술이 아닐까?

1. 백화제방운동 당시의 역사적 배경이 무엇이며 그때 창작된 작품들이 이후 중국의 문예와 정치에 미친 영향에 대해 조사하고 토론해보자.

2. 전업적인 지식인 작가들의 창작과 대중의 아마추어 창작이 지닌 문화적 의의에 대해 토론해보자.

3. '인민예술'이라는 개념과 '대중예술'이라는 개념을 서로 비교해보고, 둘 사이의 차이가 사회주의 사회와 자본주의 사회의 문화 속에서 어떻게 다르게 드러나고 있는지를 구체적인 사례와 함께 생각해보자.

권하는 책

김시준, 《중국 당대문학사》, 소명출판, 2005.

모리스 마이스너, 김수영 옮김, 《마오의 중국과 그 이후 1·2》, 이산, 2004.

조너선 D. 스펜스, 김희교 옮김, 《현대중국을 찾아서 1·2》, 이산, 1998.

홍쯔청, 박정희 옮김, 《중국 당대문학사》, 비봉출판사, 2000.

이데올로기를 넘어 포스트 시대로
신시기 문학

김언하 · 이정훈

1. 이데올로기를 넘어, 현대 또는 후현대로!

　'신시기(新時期) 문학'이란 문화대혁명이 끝난 뒤의 중국문학을 가리킨다. 시기적으로는 마오쩌둥이 사망하고 장칭(江靑)을 비롯한 사인방이 체포된 1976년 10월 이후의 문학이 여기에 해당한다. 물론 문화대혁명이 붕괴할 것이라는 조짐은 이보다 상당히 오래 전부터 있었고, 신시기 문학의 개막을 알린 《담임 선생님(班主任)》 같은 작품도 1977년 11월에 벌써 출현했다. 하지만 신시기 문학의 특성이 뚜렷하게 드러나는 작품이 대량으로 출현한 것은 아무래도 1979년 이후라고 보아야 할 것이다. 여기에서는 1989년 '톈안먼 사건'을 분기점으로 1980년대와 1990년대로 나누고, 1980년대는 문학을 중심으로, 1990년대는 문화현상을 중심으로 살펴보고자 한다.

신시기 문학은 크게 네 가지 특징을 가지고 있다. 첫째, 문화대혁명에 대한 비판과 문학의 주체성 회복이다. 이는 문학의 자율화 추세를 가리킨다. 둘째, 서양문학의 수용과 전통문화에 대한 탐구이다. 이는 문학의 개방화 추세를 가리킨다. 셋째, 거대 담론에 대한 거부와 문학 자체에 대한 관심이다. 이는 문학의 심미화 추세를 가리킨다. 넷째, 시장경제의 심화와 인문정신의 위기이다. 이는 문학의 상품화 추세를 가리킨다. 대체적으로 말해서 문학의 자율화와 개방화는 1985년을 정점으로 해서 그 중요성이 점차 약해졌고, 문학의 심미화와 상품화 추세가 1987년을 기점으로 더욱 가속화되고 있는 실정이다.

문화대혁명 비판과 문학의 주체성 회복(자율화)

문화대혁명이 준 상처는 참혹했다. 하지만 더욱 참혹한 것은 상처를 드러내고 고통을 호소할 수조차 없었다는 사실이다. 문학 스스로 자신이 해야 할 일과 하지 말아야 할 일을 결정할 힘이 없었기 때문이다. 만일 그렇게 하려고 한다면 그것은 즉시 반혁명이자 반사회주의가 되었다. 신시기 문학은 자신의 주체성을 회복해가는 첫 단계에서 역사의 상처를 드러내고 고통을 호소하는 일을 우선적으로 했다. 이것이 이른바 '상흔문학(傷痕文學)'이라는 것이다.

상흔문학은 가장 먼저 발표된 류신우(劉心武)의《담임 선생님》과 상흔문학이라는 이름의 기원이 된 루신화(盧新華)의《상흔(傷痕)》(1978)을 대표작으로 들 수 있다. 두 작품은 각각 문화대혁명이 빚어낸 청소년들의 정신적 황폐함과 교장 선생님이던 어머니와 의절한 소녀의 고통을 그려냈다. 이 작품들은 문화대혁명의 폐해를 처음으로 고발했다는 점에서 역사적 의의가 있다. 그러나 그 폐해의 책임을 전적으로 사인방에게만 묻는 작가의 입장 때문에 이들이 겨냥한 문화대혁명에 대한 비판은 충분한 깊이를 가질 수 없었다.

신시기 문학의 특성이 뚜렷하게 드러난 것은 1979년부터 1984년에 걸쳐 쏟아져 나오다시피 한 '되돌아보기 문학[反思文學]'에 와서다. 이는 작가들이 문화대혁명의 과오와 상처를 드러내는 동시에 이런 엄청난 비극을 만들어낸 근원까지 깊이 있게 반성함으로써 문학의 주체성 회복을 알리는 신호가 된다. 그들 가운데는 왕멍(王蒙)처럼 문화대혁명이 일어나기 훨씬 전인 1957년부터 이른바 우파분자로 몰려 박해를 받은 사람이 있는가 하면, 다이허우잉(戴厚英)처럼 문화대혁명을 겪고 나서야 비로소 우파분자들의 사상에 공감한 사람도 있다. 하지만 이들은 공통적으로 반우파투쟁과 문화대혁명을 동일한 선상에서 파악한다는 특징을 지닌다. 말하자면 그들은 문화대혁명의 비극이 몇몇 정치적 투기분자가 부린 농간의 결과나 우연한 역사의 해프닝이 아니라, 30년에 걸친 중국의 사회주의 실천과정 자체에 내재한 어떤 심각한 결함이 만들어낸 것이라고 인식하였다.

다이허우잉은 사회적 논란을 불러일으킨 장편소설 《사람아, 아, 사람아!(人啊, 人)》(1980)에서 "우리들이 어깨 위에 달고 있는 것은 혹이 아니다"라는 말로 정치가의 지도를 받지 않고도 자유롭게 생각하고 글을 쓸 수 있는 작가의 주체성에 대한 인식을 간결하게 드러냈다. 이 밖에도 바이화(白樺)의 《고련(苦戀)》(1979), 구화(古華)의 《부용진(芙蓉鎭)》(1981) 등을 대표작으로 들 수 있다. 왕멍의 《변신인형(活動變人形)》(1987) 같은 작품은 이런 반성을 중국과 서양의 충돌로 빚어진 5·4 신문화운동 시기까지 밀고 올라가 현대사의 전개과정 전체를 그 범주로 삼았는데, 이는 되돌아보기 문학 같은 특정한 이름으로 부르기에는 이미 그 용량과 수준이 한도를 넘은 것이었다.

신시기 전기에 문학의 주체성 문제를 더욱 날카롭게 제기한 것은 당시 문단을 풍미한 '몽롱시(朦朧詩)' 운동이라고 할 수 있다. 이는 작가의 사상과 감정이 아무래도 소설보다 직접적으로 드러날 수밖에 없는 시의 장르적 특성 때문에 문화대혁명 기간에 시인이 가장 크고 깊은 억압을 느낀 탓이었을 것이다. 몽롱시의 대표 시인으로

1990년대에 간행된 주요 시인들의 시집.

는 베이다오(北島), 구청(顧城), 수팅(舒婷), 양렌(楊煉), 장허(江河)를 들 수 있다. 그들은 모두 문화대혁명 시기에 노동을 통해 재교육을 받기 위해 가난하고 외진 산골이나 농촌으로 떠난, 이른바 '상산하향(上山下鄕)' 운동에 참가한 경험을 지닌 '지식청년(知識靑年)'들이었다. 몽롱시의 시인들은 상흔문학과 되돌아보기 문학의 소설가들처럼 시를 통하여 문화대혁명에 대한 환멸과 그것이 빚어낸 상처를 고발하기도 했지만, 다시는 정치가의 지도에 따라 꼭두각시처럼 움직이지 않고 목숨을 걸고라도 애국적 정치행위에서부터 개인의 일상생활에 이르기까지 모든 것을 새롭게 깨달은 자아의 입장에서 주체적으로 판단하고 행동하겠다는 강렬한 의지를 드러냈다. "비겁은 비겁한 사람의 통행증이요, 고상은 고상한 사람의 묘비명이다"로 시작하여 심지어 "나는 하늘이 쪽빛임을 믿지 않는다"라고 선언한 베이다오의 격앙된 시 〈회답(回答)〉이 대표적인 예가 될 것이다.

이들은 시에 정치가와 대립하는 문학적 자아의 이미지를 뚜렷하게 각인시켰을 뿐만 아니라, 몽롱시라는 이름에서도 드러나듯이 문학적 표현에서도 굳이 대중이 이해할 수 있느냐 없느냐를 가르는 범주에 갇히지 않고 주체적으로 시적 표현 영역과 방법을 개척하고자 하였다. 창작방법이나 문학적 기교를 새롭게 탐색하려는 시도는 일부 되돌아보기 문학에서도 상

당한 수준으로 진행되었지만, 몽롱시에서처럼 신시기의 독자들에게 낯설고 강렬한 충격을 주지는 못했다. 문화대혁명을 비판하고 문학의 주체성을 회복한다는 측면에서 신시기의 상흔문학, 되돌아보기 문학, 몽롱시, 사회문제극 등은 제 나름의 역할을 담당했다. 하지만 이 시기의 문학은 문화대혁명을 비판하는 데 기울인 지극한 관심에서 알 수 있듯이, 중요한 정치적·사회적 이슈에 대한 관심이 다른 모든 문학적 주제를 압도했으며, 문학의 주제에 걸맞은 창작방법이나 표현기교에 대한 탐색 또한 전면적으로 이루어지지 못했다. 문학이 새롭게 발전해나가기 위해서는 문학의 주체성이 확보된 바탕 위에서 다양하게 활용할 수 있는 문학적 자원을 충분히 발굴하는 것이 관건이었다.

서양문학의 수용 및 전통문화 탐구(개방화)

서양문학에 대한 억압은 문화대혁명 시기에 최고조에 이르렀다. 서양의 문학작품을 읽고, 문학이론을 학습하는 것은 타락한 부르주아 문학에 투항하는 일종의 범죄행위였다. 이러한 분위기가 만연하자 누구도 감히 서양문학에 접근하려 하지 않았고, 서양문학에 무지한 것을 오히려 자랑으로 여기는 어처구니없는 풍조가 유행했다. 이런 점에서 본다면, 신시기의 중국문학이 '정신적 오염〔精神汚染〕'이라는 관방의 비난에도 굴하지 않고 그토록 급속하고 열렬하게 서양문학에 경도된 것은 결코 이상한 일이 아니다.

중국의 전통문화에 대한 억압 또한 서양문학만큼은 아니지만 문화대혁명 시기에 역시 극단적으로 횡행했다. 전통문화에 관심을 갖는 것은, 역사의 유물로 전락한 낡아빠진 봉건문화에 덜미가 잡힌 채 허우적거리는 한심한 작태로 여겨졌다. 사람들이 문화대혁명을 거치면서 중국 민족으로서 느끼던 문화적 정체성이 존망의 위기를 경험하고 나자 전통문화에 새로이 열렬한 애정을 보이기 시작한 것 또한 쉽게 수긍이 가는 일이다.

이처럼 횡적으로는 서양문학과의 연관을 회복하고 종적으로는 전통문화와의 연관을 회복함으로써, 빈약한 자원 때문에 겪어야 했던 문학적 빈혈 현상을 극복할 수 있는 길이 열렸다. 신시기의 중국문학이 서양문학을 수용하고 전통문화를 탐구하면서 이루어낸 성과는 크게 모더니즘 문학과 뿌리찾기 문학〔尋根文學〕으로 구분할 수 있다. 시기적으로는 1985년을 정점으로 신시기 문학의 새로운 발전단계를 보여주었다.

　　모더니즘은 신시기 초기의 일부 되돌아보기 문학 소설가들, 예를 들어 왕멍·루즈쥐안(茹志鵑)·다이허우잉 등에 의해서 시험적으로 도입되었고, 또 같은 시기의 몽롱파 시인들에 의해서 더욱 적극적으로 수용되었다. 하지만 정신과 방법, 표현기교에 이르기까지 온전한 모습을 갖춘 모더니즘 문학이 출현한 것은, 1985년에 동시에 발표된 류쒀라(劉索拉)의 〈넌 별다른 선택의 여지가 없어(你別無選擇)〉, 쉬싱(徐星)의 〈무주제 변주곡(無主題變奏曲)〉, 찬쉐(殘雪)의 〈산 위의 작은 집(山上的小屋)〉 같은 작품에 와서이다. 이들 작품에 이르면 고난을 겪으며 새롭게 각성한 주체가 갖는 비장한 의지와 낭만적 자신감은 이제 보이지 않는 대신, 탈출구 없는 거대하고 강력한 사회관계 속에 꼼짝없이 갇힌 개인의 숙명적 공포와 당혹감이 작품의 주제를 이룬다. 그들은 마치 알려져서는 안 되는 엄청난 세계의 비밀을 알리기 위해서는 어쩔 수 없는 선택이라는 듯이 낯설고 충격적인 표현을 예사롭게 구사하기 시작했다.

　　시에서도 몽롱시에 이어 새로운 변화가 나타났다. 이른바 '신생대(新生代)' 시라는 것이 그것이다. 어우양장허(歐陽江河), 위젠(于堅), 한둥(韓東) 등의 시인들을 통해, 국가·민족·이데올로기·현대화 같은 크고 무거운 정치적·사회적 주제 대신에 개인의 일상과 평범한 세상사를 지적으로 걸러낸 시들이 나타났다. 신생대 시인들의 작품에서 몽롱시의 시인들이 가지고 있던 공통된 시적 이념이나 문학적 표현은 찾아볼 수 없다. 문화대혁명이라는 집단적 기억과 체험이 없는 그들은 전국 각지에서 자생적으로 나타난 문학 서클을 따라 다양하게 분화했고, 동인지를 중심으로 활동하면서 시 자체와 시인 자신에 더 주목하는 경향을 드러냈다. 시의 사회적 영향력은 현저하게 줄어들었고, 이러한 경향은 그 뒤에도 여전히 변함이 없다.

한편, 1985년에 정점을 이룬 뿌리찾기 문학으로 신시기의 중국문학이 전통문화와 연관성을 회복했음을 알 수 있다. 서양문학과의 연관을 회복하여 문학의 세계화가 진행될수록 중국문학의 문화적 정체성에 대해 고민하는 것은 피할 수 없는 일이었다. 무엇을 가지고 세계문학, 특히 서양문학과 대화할 것인가 하는 문제에서 뿌리찾기 문학이 제시한 대답은 "가장 민족적인 것이 가장 세계적"이라는 것이었다. 이는 모더니즘 문학이 추구하는 방향과 완전히 상반된 것이지만, 적어도 '세계 속의 중국문학' 또는 '중국문학의 세계화'라는 공통된 문제의식에서 출발한 것이라는 점에서 신시기 문학의 개방화 추세를 설명해준다. 뿌리찾기 문학은 그들보다 앞서 같은 문제를 고민한, 제3세계에 속하는 남미의 소설가들, 특히 가브리엘 마르케스의 《백 년 동안의 고독》이나 미국의 흑인 소수민족 작가인 알렉스 헤일리의 《뿌리》 같은 작품에서 크게 영향을 받았다고 할 수 있다.

뿌리찾기 문학의 대표적 소설가로는 한사오궁(韓少功), 자핑와(賈平凹), 아청(阿城), 리항위(李杭育), 왕쩡치(王曾祺), 왕안이(王安憶) 등을 들 수 있다. 그들은 사회주의 건설과정에서 낡고 봉건적인 것으로 치부되어 쉽사리 버림받았던 전통문화를 문학의 뿌리로 새롭게 인식하고 깊이 있게 발굴했다. 이런 점에서 그들은 우매하고 야만적인 봉건문화를 비판하는 데 중점을 두었던 1920년대의 향토문학가들과 거리가 있었다. 특히 유가문화처럼 겉으로는 배척하면서 속으로는 수용하던 주류 문화보다 비주류에 속하는 도가문화나 그보다 더욱 원시적인 전통문화에 주목했다. 아청의 대

표작인 3왕 시리즈, 즉 《장기왕(棋王)》, 《나무왕
(樹王)》, 《아이들의 왕(孩子王)》은 부드럽고 담백
한 도가문화의 전통을, 문화대혁명을 비판하고
나아가 현대사회를 비판하는 데 절묘하게 접목
시킨 수작으로 꼽힌다. 후난(湖南) 성의 원시문
화를 그린 한사오궁의 《아빠, 아빠, 아빠(爸爸
爸)》, 산시(陝西) 성의 전통문화를 그린 자핑와의
'상저우(商州)' 시리즈 소설들, 각각 저장(浙江)

뿌리찾기 소설의 대표 주자인
아청의 대표작 《장기왕(棋王)》
의 표지.

성과 장쑤(江蘇) 성의 민속과 풍물을 묘사한 리
항위의 '거촨 강(葛川江)' 시리즈와 왕쩡치의 소
설들이 뿌리찾기 문학의 성과를 대표한다고 할 수 있다.

그들이 전통문화에 각별한 관심을 기울인 것은 단순히 회고하기를
좋아해서가 아니라 전통과 현대를 이어주는 어떤 접점을 찾아내고, 나아가
현대인과 현대사회가 상실한 항구적인 문화적 동력을 재발견하려는 적극
적 의도 때문이었다. 뿌리찾기 문학이 제기한 이러한 문제의식은 앞서 설
명한 되돌아보기 문학이 그러한 것처럼 나중에 뿌리찾기 문학의 범주를 뛰
어넘어 신시기 문학의 대작을 탄생시키는 공통의 문학적 자산으로 활용되
는데, 왕안이의 소설들에서 그 뚜렷한 실례를 확인할 수 있다.

거대 담론 거부와 문학 자체에 대한 관심(심미화)

신시기의 개혁·개방이 진행된 지 10년이 지난 1987년경이 되자 문
학은 정치·사회·문화와 관련된 거창한 주제들에서 벗어나 개인의 시민
적 일상을 꼼꼼하게 묘사하기 시작했으며, 한편에서는 문학적 글쓰기 자체
에 대한 관심을 뚜렷하게 드러내기 시작했다. 비평가들은 앞의 경향을 신
사실(新寫實) 또는 신사실주의(新寫實主義)라고 불렀다. 그 속에서 작가는

도시민의 일상생활을 구성하는 가족관계, 사랑, 외도, 직장생활, 출세, 승진, 입당, 보너스 등에 얽힌 세속적 사건들을, 되도록 사건들의 가치를 평가하는 일에서 물러나 객관적으로 그려냄으로써 삶의 진실에 더 가까이 다가가려고 하였다. 뒤의 경향을 선봉문학(先鋒文學) 또는 실험소설이라고 불렀는데, 문학이 전달하는 내용이나 이야기보다는 내용을 전달하는 방법 또는 글쓰기 자체의 효과를 실험적으로 모색했다. 다시 말해 선봉문학가들은 그들의 주의력을 형식을 실험하는 데 과도하게 쏟아 부었다.

선봉문학과 신사실소설은 신시기 이래 전개된 문학적 경향 전체를 비판의 대상으로 삼아 일종의 해체작업을 급진적으로 진행했다는 공통점을 지니고 있다. 차이가 있다면 선봉문학은 글쓰기의 형식에 더 치중하여 비판했고, 신사실소설은 글쓰기의 내용에 주력하여 비판하는 경향을 보였다는 점이다. 다시 말해서 선봉문학의 시각에서 본다면 문학적 글쓰기란 애초부터 어떤 형식을 전제하기 때문에 이뤄지는 것이지만, 동시에 바로 그 형식 때문에 완전함에 도달하기 어려운 딜레마를 숙명처럼 지고 있는 것이었다. 그들은 이런 딜레마를 끝까지 밀고 나갔다. 말하자면 작가나 독자는 어느 정도까지 냉혹한 글쓰기를 감당할 수 있는가, 묘사와 회상 같은 글쓰기의 순서는 어디까지 섞어놓을 수 있는가, 시점은 얼마나 다양하게 또 빠르게 이동할 수 있는가 하는 것 등이다.

쑤퉁(蘇童), 거페이(格非), 위화(余華)로 대표되는 선봉문학의 작가들은 기존의 작가들이 관습적으로 전제하고 의심하지 않던 글쓰기의 자세 또는 형식을 문제 삼았으며, 의식적으로 36.5도라는 인간적인 온도를 버리고 '0도의 글쓰기' 같은 것을 실험하고자 했다. 예를 들어 위화의 〈열여덟에 집을 나서 먼 길을 떠나다〉 같은 작품은 세계의 폭력성과 부조리함에 대해 고통스러운 인간적 항의를 보내는 대신, 마치 감정이 없는 자연을 묘사하듯이 냉혹한 서술방식을 선택했다. 이는 루쉰이 〈광인일기〉에서 주인공으로 하여금 세계의 일상성·합리성에 대해서조차 과도하게 경멸하고 과민한 구토로 반응하게 한 것과 마찬가지로 지극히 의도적인 장치로, 독자들에게 터무니없는 느낌을 주었다. 두 작품 모두 언뜻 보아 터무니없어 보이는 글쓰기 형식을 통하여 현실과 인간이 지니고 있는 폭력성과 불안을 효과적으로 드러냈다.

팡팡(方方), 류헝(劉恒), 류전윈(劉震雲), 츠리(池莉)로 대표되는 신사실소설 작가들은 또 다른 측면에서 기존 작가들이 가지고 있던 관습적 시각에 의문을 제기했다. 그들은 도시민 개개인의 일상생활을 구성하는 근본적 동력을 사회주의 현대화 건설 같은 고상한 사회적 의식이 아니라, 사회적 인간의 내면을 지배하고 있는 권력이나 성에 대한 집착 같은 원초적 욕망에서 찾았다. 그들은 이 원초적 욕망에 대해서 마치 선봉문학가들이 시도한 '0도의 글쓰기' 태도처럼 인위적 평가를 유보하고 냉정하게 거리를 유지했다. 그들이 공을 들인 부분은 오히려 이 원초적 욕망이 사회적으로 발현해가는 형태를 꼼꼼하게 추적하는 것이었다. 그들은 이렇게 해야 비로소 삶의 객관적 진실에 이를 수 있다고 믿었다. 이 과정에서 신사실소설 작가들은 선봉문학가들이 시도한 글쓰기 형식의 실험을 어느 정도 차용했다.

팡팡은 그녀의 대표작《풍경(風景)》에서 권력과 성에 대한 치명적인 집착을 중심으로 가족사를 그려내기 위해 죽은 사람의 시각을 빌려서 서술한다. 류헝은《애정의 소용돌이》에서 사회적으로 출세 가도를 달리고 있지만 원초적 욕망을 감당해내지 못하는 지식인 주인공의 허약한 내면세계를 애증을 숨긴 채 담담하게 그려낸다. 류전윈은《직장(單位)》에서 출세하고 싶지만 자신에 대한 상급자의 오해로 말미암아 입당 신청이 번번이 좌절되어 곤혹스러워 하는 좀스러운 인물을 별다른 경멸이나 연민 없이 그려낸다. 츠리는《번뇌 인생(煩惱人生)》에서 무슨 고상하고 거창한 주제 때문에 괴로워하기보다 일상의 초라함을 벗어나려 발버둥치고, 상여금을 둘러싼 기대와 좌절이 삶의 주선율(主旋律)을 이루는 소시민을 주인공으로 그려낸다. 이처럼 신사실소설의 작가들이 그려내는 인물은 사회적으로 출세했거나 그렇지 않거나, 당원이거나 비당원이거나, 지식인이거나 아니거나 하는 차이는 있을지라도 그것은 표면적인 차이에 지나지 않는다. 그들 모두가 원초적 욕망 앞에서 자신을 지켜내지 못하고 무력하게 투항하거나 곤혹스러워하는 허약하고 초라한 인간 존재들이라는 점에서는 아무런 차이가 없기 때문이다.

위대한 인간, 보편적 진리에 대한 환상이 깨어진 자리에서 탄생한 신사실소설과 선봉문학은 원초적 욕망을 투시함으로써 문학의 기존 사명과 관습적 글쓰기를 급진적으로 해체하고자 했다. 이를 통하여 거대 담론을 거부하고 문학 자체에 대한 관심을 집요하게 드러내면서 신시기 문학의 심미화 추세를 공동으로 완성했다.

시장경제의 심화와 인문정신의 위기(상품화)

신시기 문학이 정치의 간섭에서 벗어나 자율성을 획득하고, 서양문학과 전통문화의 자양분을 개방적으로 흡수하고, 개인의 생존과 글쓰기 자체에 주목하면서 심미화 추세를 완성해가는 과정에서, 뜻하지 않은 가장 강력한 위협에 직면한다. 1992년에 덩샤오핑(鄧小平)의 남순강화(南巡講話)를 계기로 신시기의 개혁·개방이 새로운 단계로 진입함으로써 사회주의 시장경제체제가 확고하고 전면적으로 뿌리내리기 시작하자, 1990년대의 중국문학 역시 역사상 유례가 없던 대변혁을 경험하게 된 것이다. 문학의 생존과 발전이 정치적 판단이나 사회적 인정 또는 예술적 안목에 의해서 결정되는 것이 아니라, 수요와 공급의 냉정한 원리, 즉 시장경제의 원리에 의해서 좌우되는 시대가 되었다. 이제 문학은 고상한 정신적 산물이기 이전에 소비 대중의 수요를 만족시키는 경제적 상품이라는 가치를 먼저 입증해야 생존의 활로를 개척할 수 있었다.

　다수의 독자 대중이 시장을 통해서 자신을 상품처럼 구매해주지 않으면 더는 생존할 수조차 없는 상황이 문학 영역에 나타나자, 1980년대 후반부터 이러한 시장 원리와 상품화 추세에 적극적으로 부응하는 통속적이면서도 세련된 작품들이 나타나 선풍적인 인기를 끌기 시작했다. 문학은 이제 스타벅스 커피나 베스킨라빈스 아이스크림처럼 세련되게 소비하는 감각적인 문화상품이 되었다. 이러한 문학의 상품화 추세를 주도한 인물이 바로 왕숴(王朔)이다. 그는 신시기 문학이 이룩해낸 모든 성과들, 즉 정치적 자율성, 문화적 개방성, 문학적 심미성이라는 모든 글쓰기 자원을 자유자재로 동원하여 사회주의 시장경제시대의 총아로 자리 잡았다. 말하자면 왕숴의 소설은 출간될 때마다 통제에 짓눌린 사회에서 일탈을 꿈꾸는 독자들에게 감각적인 즐거움을 제공하는 세련된 문화상품이 된 것이다. 《사회주의적 범죄는 즐겁다》(1986), 《노는 것만큼 신나는 것도 없다(玩的就是心跳)》(1989)가 그랬고, 영화 〈햇빛 쏟아지던 날들〉의 원작소설인 《사나운 짐승들(動物凶猛)》(1991)이 그랬다.

　비록 종류는 다르지만 '독자에게 감각적인 즐거움을 제공하는 세련된 문화상품'으로 반드시 언급해야 할 것이, 홍콩에서 활동한 무협소설의 대부 진융(金庸)의 작품들이다. 왕숴가 독자에게 일탈의 욕망을 충족시켜줬다면, 진융은 성공과 로맨스에 대한 독자들의 욕망을 만족시켰다. 진융의 작품을 대표로 하는 무협소설이 중국 대륙의 독자에게 알려진 것은 물론 개혁·개방 이후로 1980년대 내내 일종의 붐을 형성했지만, 그래도 폭발적인 인기를 누린 것은 1990년대 이후 시장경제가 심화되고 나서이다. 그의 대표작인 《사조영웅전》, 《의천도룡기》, 《녹정기》 같은 소설들은 한동안 거의 서점가를 휩쓸다시피 했다. 중국의 독자들은 이를 통해 신시기 이전에 오랫동안 억압받은 '감각적인 즐거움을 제공하는 세련된 문화상품'에 대한 욕구를 마음껏 발산했다. 왕쉬의 건달문학이나 진융의 무협소설은 문학의 상품화 추세를 알리는 신호탄이 되었고, 그 등장은 중국에서 대중문학의 위세를 증명하는 일대 사건이 되었다. 한 가지 덧붙여야 할 것은 건달문학이나 무협소설 같은 대중문학이 무시할 수 없는 새로운 시대적 조류인 대중문화의 한 영역을 형성하면서, 동시에 대부분의 작품이 대표적인 대중문화라고 할 수 있는 영화와 텔레비전 연속극으로 만들어져 엄청난 대중적 영향력을 발휘했다는 점이다.

※ 인문정신 논쟁

1990년대 초반에 이루어진 상업출판의 성공은 문학의 양적 팽창을 가져왔지만, 오히려 진지한 문학담론의 입지를 좁히는 결과를 낳았다. 문학성에 대한 엄정한 평가와 무관하게 시장에서 성공을 거두느냐 아니냐가 곧장 작품의 가치로 평가되는 풍조가 널리 퍼지자, '비평'의 입지는 전례 없이 축소되었다. '본격문학'의 옹호자들은 갈수록 노골적으로 변하는 상업주의 경향을 관망하던 중 대단히 충격적인 발언을 접한다. 당시 폭발적인 인기를 모아 '왕쉬 신드롬(王朔熱)'이라는 신조어까지 유행시킨 왕쉬의 작품에 대해 전직 고위관료(문화부장)이며 중국의 대표적 원로작가 가운데 한 사람인 왕멍이 매우 호의적이고 긍정적인 평론을 발표한 것이다. 문학은 '유희'에 지나지 않으며 자신의 창작 역시 유희적 태도로 일관한 결과물이라고 주장하는 왕쉬에 대해, 왕멍은 '시장경제'라는 새로운 사회의 방향에 적절하게 부응하는 훌륭한 작가라고 높이 평가했다. 이러한 왕멍의 발언은 범람하는 상업문학 속에서 소외와 위기감을 동시에 느끼던 정통파 문인들에게 상당한 충격으로 다가왔다.

이런 상황에서 상하이에 근거를 둔 일군의 비평가들이 중심이 되어 '인문정신의 회복'을 주장하고 나선다. 왕샤오밍, 쉬지린(許紀林) 등은 이미 대세로 굳어져가는 문학의 위기적 상황을 적시하면서, 문학의 위기는 곧 인문정신의 위기이며 이는 곧 사회의 정신적 위기로 이어질 것이라고 경고했다. 문학담론의 입장에서 달라진 당대의 현실에 적극적으로 개입하고자 한 이들의 시도는 지식인 사회의 관심을 어느 정도 불러일으키는 데는 성공하였으나, 그에 뒤따라야 할 높은 수준의 현실 인식과 대안을 제시하는 데는 실패했다. 더구나 종국에는 매체의 상업적 조작에 의해 문학의 진지함이 위협받는 현실을 비판한 논쟁 자체의 전개과정이 사회적 관심을 끌자, 역으로 매체의 상업적 조작을 통해 흥미 위주의 이전투구(泥田鬪狗) 논쟁으로 귀결되는 결과를 빚고 말았다. 이런 의미에서 인문정신 논쟁은 정당한 문제를 제기했지만 문학을 통한 현실 비판이 가지는 한계점을 드러내 보이는 역설적인 결과를 낳았다.

이러한 상황에서 중국의 문화계는 1993년에 중국현대문학계의 거장 왕멍과 상하이의 저명한 대학교수인 왕샤오밍(王曉明)이 주축이 되어, 이른바 '인문정신(人文精神)' 논쟁을 벌였다. 왕멍은 왕숴를 필두로 하는 대중문학을 자유로운 문학이라며 긍정하는 입장에 섰고, 왕샤오밍은 대중문학이 인문정신의 위기를 불러왔다며 부정하는 논지를 견지했다. 이 논쟁은 고급문학의 입지가 갈수록 좁아지는 시장경제체제에서 고급문학이 느끼는 위기감을 토로하고 새로운 출로를 모색하는 내용이 중심 주제를 이루었다. 하지만 대중문학을 긍정하느냐 부정하느냐에 관계없이 대중문학은 시장경제가 심화되는 현실 속에서 '독자에게 감각적인 즐거움을 제공하는 세련된 문화상품'이라는 존재가치를 상실하지 않을 것이며, 대중문학을 비난한다고 해서 고급문학의 입지가 넓어지지 않을 것임은 명백한 사실이다.

2. 1990년대 중국의 변모와 문학의 새로운 존재조건

톈안먼 사건 이후의 지식 상황

1949년에 중화인민공화국이 건국된 이래 문혁 시기까지 전개된 마오쩌둥의 사회주의 노선에서 벗어나 덩샤오핑의 주도로 개혁·개방 노선을 추진하기 시작한 신시기는, 말 그대로 중국 현대사에서 하나의 '새로운 시기'로 이해되었다. 그러나 1989년에 발생한 6·4 톈안먼 사건은 문혁이 종결된 뒤 개혁·개방기의 이념적 정체성, 그 이념이 지속될 것이라는 믿음을 근저에서부터 뒤흔들어 놓았다. 개혁·개방을 더욱 광범위하고 철저하게 이행할 것을 촉구하며 톈안먼 광장에서 농성을 벌이던 학생과 시민들에 대해 동구 사회주의 진영의 몰락을 지켜보며 불안감을 느낀 지도부는 탱크와 특수부대를 앞세워 유혈진압 명령을 내린다. 이 사건은 그동안 개혁·개방노선에 따라 추구해온 체제 개혁을 둘러싼 각종 모색과 실험을 일

순간에 무색하게 했다. 이념적 개혁·개방의 파고가 드높던 1980년대 내내 국가권력의 암묵적 승인과 우회적 지지를 받으며 지적·문화적 모색과 실험을 거치는 동안 많은 지식인들이 정부정책의 중요한 지지세력으로 존재해왔다. 그러나 예기치 못한 당국의 유혈진압 사태는 이들 지식인에게 엄청난 충격으로 다가왔고, 따라서 문학을 포함한 제반 영역의 지식인들은 자의 반 타의 반으로 '침묵' 상태에 빠져들 수밖에 없었다.

시간이 지나고 사태의 파장이 다소 가라앉자 침묵하고 있던 지식인들의 발언이 점차 수면 위로 다시 떠오르기 시작했다. 초기에는 학생들의 '과격성'을 비판하고 정부의 조치가 어쩔 수 없었음을 인정하는 목소리들이 주류를 차지했다. 이들은 민주주의에 대한 깊은 이해와 책임의식이 결여된 학생들과 그들을 올바른 방향으로 이끄는 데 실패한 무력한 지식인 집단에 불행한 사태를 일으킨 일차적 책임이 있다는 '자기반성론'을 내세운다. 일부 지식인들이 이처럼 발 빠르게 대응했지만, 대다수는 여전히 '실어증' 상태에 빠져 있었다. 이들은 정부의 유혈진압에 대해서는 물론 비판적이었지만, 제반 상황을 고려할 때 그 책임을 단순히 권력의 폭력성 문제로만 돌리는 것에도 비판적이었다. 오히려 이들은 당시 상황에서 가장 절실한 문제는 1980년대의 개혁·개방 노선 자체가 가지고 있는 근원적 문제를 되짚어보는 데 있음을 강조하였다.

국가권력과 지식인 사이에 1980년대와 같은 협조관계가 붕괴되자, 지식인 내부에서는 자신들이 1980년대에 누려온 지위를 한순간에 상실하고 주변으로 밀려날지도 모른다는 집단적 불안감이 싹트기 시작한다. 지식인의 정치적 주변화 현상으로 불러야 할 이 같은 상황은, 시장경제가 급속하게 확산되는 새로운 환경과 맞물리면서 지식인들로 하여금 자신들이 경제적인 면에서조차 주변으로 밀려나지 않을까 하는 불안감을 불러일으켰다. 상황이 이렇게 변해가자 지식인들은 우선 국가권력의 관리와 통제에서 벗어나 자립적이고 자율적인 방식으로 자신들의 사회적 존립근거를 마련하는 일이 절박함을 깨닫는다. 이들은 점차 지식인 집단의 사회적 중요성이 감소하여 공적 영역의 주변부로 밀려나는 상황을 적극적으로 타개하기 위해 현실 문제 속에 구체적으로 개입하여 집단적인 방식으로 존재감을 드러냄으로써 대사회적 발언권을 강화하는 전략을 선택한다.

　1989년 6·4 톈안먼 사건부터 1991년 말까지는 중국의 개혁·개방이 가져올 미래가 어떠할지 한 치 앞도 내다보기 힘든 '안개정국' 같은 상황이었다. 그러나 1992년 벽두에 경제특구인 선전(深圳)에서 덩샤오핑이 최고 지도자로서 중국의 미래에 대한 청사진을 펼쳐 보였다. 이른바 '남순강화'는 개혁·개방을 지속하고 시장경제를 확대한다는 기존의 노선을 대내외에 공표함으로써, 이를 둘러싼 안팎의 논란에 확실한 종지부를 찍은 것이다. 1989년 사태 이후 상당 기간의 모색과 내부 토론 끝에 중국공산당 지도부가 내린 결론은 개혁·개방을 정부가 주도하여 더욱 강력하게 밀고 나간다는 것이었다. 기존의 시장화 개혁노선을 견지하는 한편 큰 규모의 외자 유치 같은 더욱 과감한 개방정책을 실시함으로써 공업생산력을 단기간에 끌어올리려는 공산당의 야심찬 정책노선은, 내부의 불안요소를 극소화하고자 하는 권위주의적 정국 운영과 표리 관계를 이루면서 성장과 안정이라는 두 마리 토끼를 동시에 좇는 것을 목표로 했다.

　이처럼 최고 지도자가 개혁·개방을 지속적으로 추진한다는 노선을 공개적으로 천명함으로써 정치적으로 경색되어 있던 국면이 크게 완화되기에 이른다. 이러한 변모는 경제적 측면에서 더욱 뚜렷하게 나타났는데, 시장적 요소를 전면적으로 도입한다는 특단의 조치는 물질적 이익의 추구를 삶의 가장 중요한 동력으로 바꾸어놓았다. 그리하여 매우 짧은 기간에 사회적 기풍이 급변하여 '샤하이(下海: 돈의 바다에 뛰어듦)'와 '징상(經商: 상업활동에 종사함)' 같은 말이 지식인들의 입에서도 자연스럽게 오르내리고, '즈푸광룽(致富光榮: 부를 축적하는 것은 명예로운 일이다)' 같은 구호가 거리 곳곳을 장식했다. 이처럼 언뜻 보아서는 사회주의를 포기하고 자본주의로 급속히 경도하는 것으로 해석할 수밖에 없는 현상들이 도처에서 나타남으로써, 눈 깜짝할 사이에 사회의 큰 흐름을 바꾸어놓았다.

이 같은 급격한 '우경화'는 또 다른 의미에서 지식인들의 현실적 입지를 축소시켰다. 줄곧 지식인에 의해 비판받던 국가권력이 급작스럽게 지식인들의 기대와 예상을 훨씬 넘어서는 급진적 방식으로 기존에 금기시되던 자본주의를 허용하고 심지어 고무하기까지 했다. 인민들 역시 지식인들이 기본적으로 전제하고 있는 1980년대식 계몽주의 입장에서는 이해하기조차 어려울 만큼 적극적으로 정부가 제시하는 '시장적 합리성'에 빠르게 적응해가기 시작했다. 이런 예견치 못한 상황 속에서 지식인들은 자신들이 비판하는 대상과 목표가 눈앞에서 '전도'되는 상황을 허탈하게 바라볼 수밖에 없었다.

매체 개혁 조치와 문학의 새로운 존재조건

1990년대 들어 연이어 실시된 정부의 개혁 조치 가운데서 문학과 지식 담론의 판도에 가장 큰 영향을 미친 것은 '매체 개혁'과 관련된 조치였다. 정부는 비대해진 비효율적 공공 부문에 대해 각급 '단웨이(單位, 도시 주민 전체에게 소속 부서에 대한 인격적인 예속을 유도하는 현대중국의 교묘한 도시 장원제. 임금·주거공간·각종 특권·복지혜택 등의 분배를 통하여 그 부서에 속한 사람들을 사회적·정치적으로 통제함)'에 책정한 예산 가운데 정부가 직접 책임지는 비율을 일정 수준 이하로 줄이고 그 밖에 필요한 예산에 대해서는 '단웨이'별로 책임 경영을 통해 해결하라는 내용의 예산 관련 개혁을 실시한다. 이 조치는 광범위한 언론·잡지·출판 매체들에 대해서도 예외 없이 적용되었는데, 이를 계기로 언론과 출판의 운영방식에 커다란 변화가 생겨난다. 이전까지 정부의 보호와 관리 안에서 정부의 입장을 충실하게 선전하는 것을 기본 임무로 삼던 매체의 상대적으로 안일한 존재방식이 더는 통하지 않게 되었다.

낡고 뻔한 내용으로는 변화된 환경에서 생존할 수 없다는 판단이 서자 상당수 매체들은 과감하게 변신을 꾀한다. 시장과 경쟁의 원리 속에서 살아남을 수 있는 잘 팔리는 '콘텐츠'를 생산하기 위해 목을 매게 된 것이다. 매체에 강요된 새로운 게임의 규칙은 정부의 통제가 아닌 시장의 수요 공급 원리였으며, 이는 곧장 매체를 지배하는 가장 중요한 행동준칙이 되어 이에 적응하지 못한 많은 매체들이 통폐합되거나 심지어 문을 닫는 사태까지 생겨났다.

살아남는 것을 지상과제로 삼은 매체들은 우선 양적으로 규모를 확대해나갔다. 지면을 늘림으로써 판매 부수와 광고 수입을 늘리는 것이 살아남기 위한 일차적인 방책이었고, 늘어난 지면을 채우기 위해 자체 기사 말고도 상당량의 외부 기고를 받아들였다. 매체들 사이의 경쟁도 점차 강화되어 독자들에게 '어필'할 수 있는 콘텐츠들, 특히 '사회적 명망가'와 '유명 문인'들의 원고는 매체들이 쟁탈을 벌이는 대상이 되기도 했다. 이러한 매체의 급작스런 활황은 문학 및 지식 담론이 이전과 다른 방식으로 사회적 영향력을 확대할 수 있는 기회를 가져왔다. 즉 매체 공간이 확장됨으로써 지식인이 활동할 수 있는 공간이 회복되어, 종전보다 훨씬 느슨한 이념적 규제 속에서 사회에 대한 더 넓은 유통 채널을 확보할 수 있는 물리적 조건이 마련된 것이다.

그러나 이런 상황이 그 자체로 문학이 사회적으로 존립하는 데 유리하게 작용한 것만은 아니었다. 오히려 그것은 어떤 점에서는 문학이 직면한 하나의 새로운 도전이었다. 문학잡지 및 문학작품의 단행본 출간 같은 문학의 사회적 유통·출판 구조 전체가 상업적 이해타산에 따라 재편되는 과정은 작가들에게 기존의 정치적 · 이념적 제약과는 다른 방식으로 창작의 자유를 제약했다. 작가들은 이제 쓰고 싶은 것을 쓸 수 없으며, 시장이 필요로 하는 '잘 팔리는' 글을 써야만 했기 때문이다. 1980년대에 문단에서 활발하게 시도되던 문학적 실험은 뒷전으로 물러났고, 그 빈자리를 새롭게 등장한 베스트셀러 소설들이 차지했다. 문학 담론은 톈안먼 사건 이후 권력에 의해 강제된 침묵에서 채 회복하기도 전에, 문학의 전면적 시장화 현상이라는 새로운 시련에 부딪힌 것이다.

문학 담론의 위상 변화: 슈퍼코드의 해체

거시적으로 볼 때 1990년대는 문학의 사회적 위상이 추락해가는 시기였다. 가깝게는 문혁 이후, 멀리는 5 · 4 운동 이래 문학이 누려온 사회적 위신과 권위는 1990년대 이후부터 더는 유지될 수 없었는데, 두 가지 문제를 그 원인으로 지적할 수 있다.

첫째, 문학계를 포함한 지식인 사회 전반의 무기력과 자포자기적 심리 상황을 그 원인으로 들 수 있다. 1989년 톈안먼 사태의 충격 이후 문학계 전반에는 문학이 그동안 대변해온 이상주의적 삶의 태도를 회의하고 부정하는 심리적 경향이 만연하였다. 개혁과 자유의 확대를 요구하던 학생과 청년 들을 군대를 동원하여 '학살'에 가까운 방식으로 진압하는 권력의 맨얼굴을 목도한 이후 중국 사회 전반의 이상주의는 설 곳을 잃고 말았다. 건조하고 냉정하게 행사되는 국가폭력의 잔인성은, '인간성'에 호소하면서 '감동'이라는 미학적 기제를 통해 궁극적으로 세상을 바꾸어갈 수 있으리라는, 문학을 떠받치던 오랜 믿음을 파괴시켰다. 그러면서 그동안 지탱돼온 '문학' 역시 권위를 잃을 수밖에 없었다.

둘째, 문학에 허용된 특권적 지위가 더는 유지될 수 없게 되었다는 점을 들 수 있다. 사회주의 중국에서 문학은 무엇보다도 일종의 '선전'으로서 권력과 특수한 관계를 맺어왔다. 이에 대한 일종의 반대급부로서 문학은 정치적으로 민감한 문제들까지도 언급할 수 있는 영역이라는 상대적 자율성을 인정받아왔다. 역사와 철학과 사회과학 영역의 담론들이 공산당의 이념적 지도 아래 철저히 통제되던 상황에서도 문학은 최소한의 자율적 영역으로 인정되었다. 1950년대와 1960년대에는 왕왕 문학을 둘러싼 논쟁들이 일종의 이념투쟁으로 번지는 경우가 허다했는데, 이는 다른 각도에서 보면 비문학적인 정치적·이념적 주제들까지도 굳이 문학이라는 안전하고 중립적인 영역으로 들어와서 문학의 형식을 빌려 자신의 입장을 개진하는 것이 하나의 관행으로 통용되었음을 보여준다.

그러나 1989년 이후의 냉엄한 정치 상황은 공산당의 지도 방침을 충실하게 따르는 태도, 이른바 '주선율'에서 벗어난 어떠한 발언도 잠재적으로 정치적 위험에 노출될 수 있다는 믿음을 지식계 전반에 퍼지게 했다. 이러한 분위기에서 문인들은 기존에 자신들에게 용인되던 스스로의 '예외성'을 자진 반납하고 침묵으로 일관했으며, 이는 향후 문학이 과연 현실에 비판적으로 개입할 수 있을지에 대한 의혹으로 이어져, 1992년 이후의 상대적 '해빙 국면'에 접어들어서도 문학이 전과 같은 권위를 회복할 수 없게 하는 중요한 요인이 되었다.

1990년대 초중반의 양상은 어떤 의미에서 그동안 사회주의 중국에서 문학에 부여하던 어떤 초월적 지위, 이를테면 '슈퍼코드(Super-code)로서의 문학'이라고 부를 수 있는 것이 해체되는 과정이라고 할 수 있다. 중국 사회 내부의 독특한 조건 속에서 문학 영역이 근대적 의미의 문학(literature)을 넘어서는 사회적 기능을 담당해왔다는 의미에서, 문학은 일종의 초월적이자 복합적인 속성, 즉 일종의 '슈퍼코드'적 성격을 가지고 있었다. 문학 속에 문(文)·사(史)·철(哲)을 아우르는 개념으로 전통적 '문'의 관념이 자연스럽게 함축되어 있었는가 하면, 정치적으로 민감한 사회과학적 논의들을 대신하여 정치에 비판적인 목소리를 내는 소통창구 기능까지 떠맡기도 하였다.

　　그러나 앞서 서술한 1990년대부터 진행된 변화는 이제까지 뭉뚱그려져 있던 문학의 복합적 기능을 기능별로 분화시킴으로써, 종래 문학이 담당해온 일종의 슈퍼코드적 성격을 해체하는 방향으로 전개되어갔다.

생각할 거리

1. 대학에서 중국문학을 공부하고 있는 우리들의 궁극적 목표는 중국 사회 전반을 더 깊이 있게 이해하는 일일 것이다. 그렇다면 문학이라는 영역에 대한 탐구가 그러한 우리의 목표에 입각해서 볼 때 얼마나 효율적인 방안일 수 있는가? 만약 문학이 다른 정신적 · 문화적 영역보다 우선적으로 중국 사회를 심도 있게 이해할 수 있는 수단이 된다면, 그것은 문학의 어떠한 속성과 관계된 것일까?

2. 사회주의 사회에서 문학이 존재하는 방식은 우리가 살고 있는 자본주의 사회에서의 그것과 차이가 있기 마련이다. 1990년대 중국문학에서, 문학의 사회적 위상이 급격하게 변화한 원인 역시 위의 문제와 결부지어 생각해볼 수 있다. 사회주의 사회에서 문학은 어떤 사회적 · 문화적 기능을 수행하며, 그것은 자본주의 사회의 그것과 어떤 차이를 가지고 있는가?

3. 최근 한국에서도 인문학의 몰락과 위기가 사회적 문제로 제기되고 있다. 1990년대 초중반에 중국에서 벌어진 인문정신 논쟁과 한국에서 제기되는 인문학의 위기에 대한 담론을 비교하여 어떤 유사성과 차이점이 있는지 알아보자.

권하는 책

루신화(盧新華) 외, 박재연 옮김, 《상흔(傷痕)》, 도서출판 세계, 1985.

바이화(白樺) 외, 박재연 옮김, 《고련(苦戀)》, 백산서당, 1986.

장셴량(張賢亮), 김의진 옮김, 《남자의 반은 여자》, 미학사, 1991.

다이허우잉(戴厚英), 신영복 옮김, 《사람아, 아, 사람아!》, 다섯수레, 1991.

왕멍(王蒙), 전형준 옮김, 《변신인형》, 문학과지성사, 2004.

왕쉬(王朔), 박재연 옮김, 《노는 것만큼 신나는 것도 없다》, 빛샘, 1992.

자핑와(賈平凹), 박하정 옮김, 《폐도》 상 · 중 · 하, 일요신문사, 1994.

백원담 편역, 《인문학의 위기》, 푸른숲, 1999.

주변부 의식에서 주체 의식으로

타이완문학과 홍콩문학

박재우

    역사적 고난을 배경으로 탄생한 중국현대문학의 우여곡절에 찬 '풍성한' 역사가 중국 대륙을 중심으로 전개되었기에 우리가 쉽게 놓칠 수 있는 지역의 문학이 있다. 타이완문학과 홍콩문학, 그리고 세계 각지에 흩어져 있는 해외 화인들의 디아스포라 문학이다.

    홍콩에서 발간되는 《아주주간(亞洲週刊)》에서 지난 세기말에 〈20세기 중화소설 100편〉을 발표하였는데, 그중에 타이완 작가의 소설이 20여 편, 홍콩 작가의 소설이 10여 편이었다. 해외 화인들의 소설도 몇 편이 포함되어 있다. 전체의 40퍼센트에 가까운 작품이 타이완이나 홍콩, 혹은 해외 화인의 문학작품이니 놀라운 수치라고 하지 않을 수 없다. 우리나라에서 중국 대륙의 문학에만 치중하고 타이완문학이나 홍콩문학을 홀시해온 것과는 대조적이다.

두 지역 문학에 대해 살펴보기 전에 타이완과 홍콩에 대해서 간단히 알아보자. 우선 공통점을 들어보자. 타이완과 홍콩은 중화권 가운데 특이한 역사적 배경을 지닌 지역이다. 반식민지·반봉건 상태에서 사회주의 혁명을 일으키는 데 성공하여 중화인민공화국을 건립한 뒤, 문화혁명 등 극단적 길을 걷다가 개혁과 개방을 통해 시장경제로 진로를 수정한 중국 대륙과 그 역사적 배경이 확연히 다르다. 타이완은 일본 제국주의의 식민 통치 50년, 홍콩은 영국 제국주의의 조차 통치 155년이라는 특수한 지역적·정치적 환경 속에서 각각 식민지와 자본주의의 길을 걸어왔다. 두 지역 모두 전후에 빠르게 경제 성장을 이룩하면서 한국, 싱가포르와 함께 '아시아의 네 마리 작은 용'으로 불려왔고, 문화적인 면에서 상당히 서구화되어 있다.

다음은 차이점이다. 중국 대륙이 거대한 대륙형 공동체(960만 제곱 킬로미터)라면, 타이완은 도시와 농어촌이 공존하는 섬나라형 유기체(3만 6000제곱킬로미터)이고, 홍콩은 대도시형 자치체(1060제곱킬로미터)이다. 타이완은 일본이 패망한 후 중국국민당의 통치에 귀속되어 의연히 '중화민국'으로 존재하고 있고, 홍콩은 1997년에 중국으로 반환되어 지금은 중화인민공화국의 '일국양제(一國兩制)' 체제에서 한 축을 이루고 있다. 타이완은 근년 들어 주체성과 독립을 추구하는 세력이 크게 성장하여 집권세력이 될 정도로 상황이 바뀌었고, 홍콩은 중국에서 파견한 장관 치하에서 자치를 누리지만, 홍콩을 이끌어나가는 수장을 직접 선출하겠다는 정치민주화의 요구가 매우 높다. 타이완 주민들은 베이징어 외에 민난어(閩南語)를 주로 사용하고, 홍콩 주민들은 광둥어(廣東語)를 사용하지만, 학교에서 베이징어 교육이 의무화되어 베이징어 사용이 점점 보편화되고 있다.

1. 타이완 문학사와 홍콩 문학사

타이완문학과 홍콩문학을 정의할 때, 가장 쉽게 동의할 수 있는 점은 타이완의 문학은 타이완에서 탄생하여 타이완의 독특한 역사와 함께 굴곡을 겪으며 성장해온 문학이고, 홍콩문학은 홍콩만의 독자적 역사 속에서 생성되고 변화해온 문학이라는 점일 것이다. 이 두 지역의 문학은 위에서 언급한 두 지역의 역사적 상황과 궤를 같이하면서, 각각 중국 대륙 문학과 다른 자신만의 특성을 일구고 있다.

타이완의 경우, 송나라 시절부터 이주해온 중국 대륙인들이 고전 시사와 문장을 지었기에, 고전문학은 중국 전통문학의 주변부 문학이라는 특성을 갖고 있으며, 당연히 주로 한자로 된 문언문학이었다. 50년간의 일제 식민지 시기 중 전반 25년은 문언을 사용하는 고전문학이 주로 발전했다면, 1920년경부터 그 뒤 25년은 신문학이 주류가 된 시기였다. 이 시기에는 중국 대륙과 같이 백화문으로 작품을 창작하기도 했지만, 점차 일제의 언어정책에 의해 일본어로 창작하도록 강요되고, 1937년에 중일전쟁이 발발한 뒤에는 중국 백화문을 완전히 사용할 수 없게 되어 일어로만 창작해야 했다. 이른바 일본제국 신민으로 완전히 동화되기 위한 황민문학의 시대가 된 것이다. 그러다가 일제가 패망한 뒤 국민당 정부가 타이완을 통치하면서부터는 일어 사용이 전면 금지되고 백화문만이 유일한 문학언어가 되었다. 그 뒤 타이완문학은 대체로 1950년대의 반공문학, 1960년대의 모더니즘 문학, 1970년대의 향토문학, 1980년대와 1990년대, 그 이후의 다원화 문학이라는 흐름을 보였다. 타이완 본토화론자들이 집권한 뒤에는 문학이 상업화되는 거대한 흐름 속에서도 타이완의 주체성과 독자성이 대단히 강조되고 있다. 그 가운데 고산족 원주민의 작품이나 민난어의 특성을 반영한 작품도 많이 창작되고 있다.

타이완에서 활동한 타이완문학의 작가들은 수를 헤아리기 힘들 정도로 많지만, 대표 작가로는 리얼리즘 계열로 일제 시기 타이완 현대문학의 어머니로 일컬어지는 라이허(賴和: 1894~1943)와 걸출한 저항작가 양쿠이(楊逵: 1905~1985)·우줘류(吳濁流: 1900~1976), 국민당 시기의 중리허(鍾理和: 1915~1960)·천잉전(陳映眞: 1937~)·황춘밍(黃春明: 1939~)·예스타오(葉石濤: 1925~)·리양(李昂)과 원주민 문학을 발굴해낸 우진파(吳錦發) 등을 들 수 있고, 모더니즘 계열로는 샤지안(夏齊安)·지쉬안(紀弦)·위광중(余光中)·바이셴융(白先勇: 1937~)·왕원싱(王文興) 등이 있다. 그리고 통속문학 작가로는 충야오(瓊瑤) 등을, 잡문작가로는 리아오(李傲), 바이양(白楊), 룽잉타이(龍應臺) 등을 들 수 있다.

홍콩은 1842년에 영국의 조차지가 된 이래 급속히 경제 성장을 이루고 동방의 명주라고 불릴 만큼 찬란한 도시를 건설해냈지만, 문화의 사막 지대라고 부를 정도로 이렇다 할 독자적인 문학을 키워내지 못하고 있었다. 물론 이곳에도 문언문으로 쓴 고전문학은 있었다. 그러다가 1927년에 루쉰이 홍콩 중화기독교청년회의 초청으로 홍콩에 와서 청년들에게 "중국을 목소리가 있는 중국으로 변혁시키기" 위해서 "대담하게 말하라"라고 호소하는 강연을 한다. 그 영향으로 다음 해인 1928년에 백화문 문학잡지 《반려(伴侶)》가 창간되고 신문학이 태동한다. 초창기의 대표적인 홍콩 토박이 작가로는 셰천광(謝晨光), 뤼룬(呂倫)을 들 수 있다. 그 뒤 중국 대륙의 신문학 작가들이 항일전쟁 시기와 국공내전 말기 등 몇 차례에 걸쳐 대륙의 험난한 정치 정세를 피해 홍콩으로 남하하여 문학활동을 함에 따라 홍콩문학을 풍성하게 만들었다.

그러다가 중화인민공화국이 성립한 뒤 대륙과 전혀 다른 체제를 유지한 1950년대부터, 홍콩문학의 개성과 주체성의 싹을 보여주는 문학 현상으로 《중국학생주간》이나 《문예신조》 같은 잡지가 창간된다. 중국과 영국

당국자 사이에 홍콩을 중국에 반환하기로 결정한 1984년부터는 본격적으로 홍콩문학의 개성과 주체성에 대한 인식이 심화되어, 홍콩작가연합회 같은 문단조직도 생기고 '홍콩성' 또는 '홍콩 의식'을 지닌 문학이라고 할 만한 흐름이 형성되기 시작하여 1997년의 중국 반환을 거쳐 오늘날에 이르고 있다.

대표적인 홍콩문학 작가로는 통속문학 작가로 쉬쑤(徐速) · 진융 · 이수(亦舒) 등을, 홍콩 현실을 반영한 작가로 뤼룬 · 류이창(劉以鬯) 등을, 모더니즘 계열 작가로 시시(西西) 등을, 포스트모더니즘 계열 작가로 예쓰(也斯, 량빙쥔梁秉鈞) 등을 들 수 있다. 특히 시시나 예쓰의 시가에는 홍콩 토착성에 대한 강한 애정이 담겨 있다.

이렇게 볼 때, 타이완문학과 홍콩문학이 걸어온 길은 구체적으로 다르지만, 역사상의 공통적인 특성을 한마디로 규정하라고 한다면 '주변부 의식에서 주체적 의식으로' 발전해왔다고 할 수 있지 않을까 한다.

※ 홍콩 대표작가 시시

시시(西西, 1938~)는 2005년 말 말레이시아에서 전 세계 화교들을 상대로 주는 '화종(花蹤) 세계 화문문학상'을 받았다. 2001년에 대륙의 왕안이가 받았고, 2003년에는 타이완의 천잉전이 받은 데 이어, 2005년에는 홍콩의 시시가 전 세계 화인 사회에서 영향력이 큰 이 문학상을 받은 것이다. 시시는 시, 소설, 산문, 아동문학, 시나리오 등을 창작하면서 훌륭한 번역 솜씨까지 보여주고 있다. 〈나와 같은 여자〉·〈두루마리〉·〈유방에 대한 애도〉·〈나는 모포〉 등이 대표작이다. 수상 당시의 "묵묵히 창작의 밭갈이를 했고, 묵묵히 인정을 받았다"는 평가 이전에, 그녀는 이미 풍부한 실험정신과 다양한 내용들의 전개, 제재를 독특하게 처리하는 방식, 변화무쌍한 창의성 있는 글쓰기 수법 등으로 이미 널리 인정받고 있었다. 왕안이는 그녀의 글쓰기 방법에 대해 "시시는 다년간 그가 살고 있는 홍콩과 소리 없이 거리를 유지하고 있었다"라고 지적하고 "그녀는 기이한 능력을 갖고 있는 것 같다. 스스로 홍콩의 현실에 발을 담그지 않도록 하면서, 홍콩으로 하여금 겸손하게 그녀의 시야 안에 오똑 서서 잘 보이도록 하고, 그에 대해 생각한 뒤에 글을 쓴다"라고 하면서, 그녀를 "홍콩을 대신하여 꿈을 꾸는, 홍콩의 꿈 이야기꾼"이라고 평했다.

2. '아름다운 섬' 타이완 문단 근황

타이완을 '아름다운 섬〔美麗島〕'이라고 처음 부른 사람은 16세기에 동방을 원정하기 위해 중국 대륙 동남쪽 바다 가운데에 있는 타이완 근해를 지나던 포르투갈 선원들로, 섬을 발견하자마자 "일라 포르모사(Ilha Formosa)"라고 외쳤는데 바로 '아, 아름다운 섬'이라는 뜻이라고 한다. 이때부터 타이완 사람들도 이를 받아들여 '아름다운 섬'을 타이완의 별칭으로 부르기를 좋아했다.

대한민국 대학에서 몸담고 있는 50세 이상의 중국문학 교수 가운데는 이 아름다운 섬 타이완 유학생 출신이 상당히 많이 있다. 그들이 유학한 1970년대와 1980년대의 타이완은 국민당의 파시즘적 통치 아래에서 학문과 사상, 언론의 자유가 상당히 제한되어 있었고, 학풍이 현실과 동떨어져 중국문학 연구는 주로 중국의 문화 국수주의에 입각한 고전 연구에만 국한되어 있었다. 당시 루쉰 등의 중국현대문학이나 타이완 현대문학에 관심을 갖는 유학생은 아주 드물었다. 타이완의 대표적 작가 천잉전이 마오쩌둥과 루쉰의 저서를 읽었다 하여 장기간 투옥되었고, 타이완 독립을 말하는 것은 금기 중의 금기에 속했다.

그러나 이제는 가는 곳마다, 혹은 서점에 진열된 책 곳곳에 '타이완 본토화'라는 구호가 승하고 있다. 이 말은 타이완의 정치적 · 역사적 · 문화적 주체성을 강조하는 탈중국화 현상으로 볼 수 있다. 문학만 하더라도 '본토화'의 문학이 이미 타이완 문단의 주류를 이루고 있고, 전리대학(眞理大學)과 청궁대학(成功大學), 타이완대학 등에 타이완문학과 혹은 타이완문학연구소가 속속 생기고 있다. 타이완 현대문학을 전공하는 젊은 학자들은 날카로운 문제의식으로 대개 타이완 본토화론에 입각하여 발언권이 무척 강하다는 느낌이 든다. 반면 구체제와 연결되어 있던 기득권 성향의 일부

문인들은 과거 국민당 독재에 대한 공범 혹은 암묵적 동조자로 치부되어 도덕적으로 많이 위축되어 있는 듯하다. 반체제적이던 타이완 본토화론자가 아니면서 도덕성에서 당당할 수 있는 지식인으로는 과거 파시즘적 현실과 온몸으로 맞선 작가 천잉전이나 비판적 학자 뤼정후이(呂正惠)와 천광싱(陳光興) 정도인데, 여전히 타이완 본토화론자에 맞서 일정한 목소리를 내고 있기는 하지만 매우 고립되고 고단해 보인다.

3. 타이완 현대문학의 흐름과 주요 작가

이제 타이완문학의 배경으로 '아름다운 섬' 타이완의 역사에 대해 간략히 알아보고, 다음으로 현대문학사를 시기별로 나누어 각 시기 문학계의 동향에 대해 살펴보자.

우선 타이완의 역사를 개괄적으로 살펴보자. 고대에 고산족인 원주민이 최초로 정착한 시기, 송나라 때 중국 한족이 이주한 시기, 1624년부터 1661년까지 네덜란드가 들어와서 지배한 시기, 1661년부터 1683년까지 정성공 일가가 봉건 통치한 시기, 1683년부터 1895년까지 만주족 청조가 봉건 통치한 시기, 1895년에 타이완민주국을 선포하고 항일독립을 시도했으나 실패한 시기, 1895년부터 1945년까지 일본 제국주의가 식민 지배한 시기, 1945년에 국민당의 파시즘적 지배가 시작되고 1987년에 계엄이 해제된 때부터 2000년까지의 시기, 그 뒤부터 지금까지 타이완 본토파가 집권하는 시기로 정리할 수 있을 것이다. 이렇게 보면 타이완의 역사는 타이완 본토화파가 집권하기 전까지는, 그야말로 타이완 민중들의 뜻이 정권이 형성되고 권력이 집행되는 데 제대로 반영된 적이 거의 없는 외래 점령자 중심의 역사였다고 해도 과언이 아닐 것이다.

타이완은 한국처럼 강한 항일독립운동을 펼치지 못했지만, 일제 전반기에 일제로부터 해방되기 위해 섬 내외에서 원주민이나 애국적 · 진보적 지식인들이 단속적으로 상당한 투쟁을 전개하였다. 1945년에 일제가 패망한 뒤 1947년에 외래 국민당 세력과 타이완 본토인 사이의 갈등이 2 · 28 사건으로 터져 나와 3만 명에서 4만 명에 이르는 타이완 본토인이 피살된다. 당시를 회고하면서 이민족인 일본의 식민지적 통치가 동포를 학살하는 국민당 통치보다 차라리 나았다고 기술하는 타이완 작가가 있을 정도다. 타이완에서 탈중국적 정서가 강하고 거꾸로 일본을 거부하는 정서가 약하거나 친일적인 정서가 있다고 한다면, 바로 이 사건이 그 역사적 배경이라고 할 것이다. 아무튼 이 과정을 통해 국민당은 실질적으로 일당 지배체제를 확립한다. 그 뒤 50여 년 동안 타이완 사회는 기본적으로 대륙 이주인과 타이완 본토인의 모순, 북부와 남부의 지역적 모순, 산업화에 따른 계급 · 계층 간의 모순, 그리고 통일 추구 세력과 독립 추구 세력, 현상 유지 세력 사이의 모순 등이 복잡하게 얽혔다.

　　　타이완의 현대문학사는 타이완에서 신문학운동을 최초로 시작한

※ 타이완 대표작가 천잉전과 한국

천잉전(陳映眞; 1937~)은 본명이 천잉산(陳映善)으로, 타이베이 현 출신이다. 《장군족》, 《첫 번째 공무》, 《야간 화물열차》, 《구름》(《워싱턴 빌딩》 제1부) 등의 소설집을 냈고, 《천잉전 작품집》이 열다섯 권으로 출간되어 있다. 그는 32세인 1968년에 당시의 1급 금서인 마오쩌둥과 루쉰의 저작을 읽었다는 이유로 체포되어(《문학계간》 사건), 8년간 옥살이를 하고 1975년에 출옥했다. 그 뒤로부터 창작 · 문학평론 · 정치평론 · 언론 등의 활동과 사회운동 · 통일운동을 끊임없이 병행하고 있는 타이완의 대표적 반체제 작가다. 지금도 타이완 독립론을 비판하면서 타이완 해협 양안의 통일을 위해 다양한 활동을 펼치고 있다. 그는 1986년 6월에 반독재항쟁을 취재하러 서울에 와서 '타이완의 향토문학'이라는 제목으로 강연한 바 있고, 1992년에는 '타이완 현대문학' 국제학술대회에 참석한 바 있다. 그 뒤에도 광주민중항쟁 관련 학술회의, 인권회의 등에 참석하기 위해 자주 방한하고, 소설가 황석영과 좌담회를 갖는 등 한국과 인연이 깊다. 타이완 광복서국의 중국어판 《황석영 소설집》의 편집 책임을 맡기도 하였다. 그는 특히 한국의 민주화운동을 세계 제일로 평가한다.

《타이완청년》이 창간된 1920년 7월을 그 시발점으로 잡는 게 보통이다. 그 발전 단계에 대한 시기 구분에는 몇 가지 학설이 있다. 천팡밍(陳芳明; 1947~)은 '식민지 시기(1920~1945)→ 재식민지 시기(1945~1987)→ 후식민지 시기(1987년 계엄령 해제 이후)'로 나누지만, 대체로 시대적 특성과 문학적 특성을 참작하여 크게 '일제 점령기(1920~1945)→ 과도기(1945~1949)→ 국민당 지배기(1949~2000)→ 본토화 세력 집권기(2000~현재)'로 나눈다. 이를 다시 세분하여 일제 점령기는 '개척기(1920~1927)→ 발전기(1927~1937)→ 전쟁기(1937~1945)'로, 과도기는 그대로 하나의 시기로, 국민당 지배기는 '1950년대→ 1960년대→ 1970년대→ 1980년대와 1990년대'의 네 시기로, 본토화 세력 집권기 이후는 아직은 하나의 시기로 두는 것이 무난할 것이다.

일제 점령기에서 '개척기'에는 1920년에 '신민회'가 창립되고, 1921년에 '타이완문화협회'가 설립되어 신문화운동을 추진하면서 그들의 잡지 《타이완청년》과 반월간 《타이완민보》(1923년 4월 창간)를 중심으로 문언문과 구문학을 반대하고 백화문과 신문학을 제창하는 운동을 전개하였다. 이 시기 주요 작품으로는 라이허의 〈저울대〉·〈투쟁열〉 등과 장워쥔(張我軍; 1902~1955)의 타이완 최초 시집 《어지러운 도회의 사랑》을 들 수 있다. '개척기'와 '발전기'를 가르는 기점은 《타이완민보》가 일본 도쿄에서 타이완으로 발행지를 옮긴 1927년 8월이 된다. '발전기'는 타이완공산당과 타이완민중당의 성립과 활동 및 좌절, 노동·농민운동의 발전, 고산족의 무사(霧社) 항일봉기와 진압에 의한 백색 공포의 만연 등이 그 정치적 배경이다. 이때 신문학운동은 타이완으로 옮긴 《타이완민보》에 의해 계속 추진되고 이어 여러 신문학 단체와 문예잡지 들이 계속 새로이 창립·창간되다가, 1934년 봄에는 문예계의 좌우 통일전선이라고 할 수 있는 '타이완문예연맹'을 결성한다. 이 시기의 작품적 성취로는 역시 라이허의 소설 〈일내기〉·〈풍작〉 등과 일찍이 노동운동에도 참여한 바 있는 탁월한 저항소설가 양쿠이의 〈신문배달부〉 등을 꼽을 수 있다. '전쟁기'는 1937년 7·7 사변 뒤 일제가 벌인 전시체제 강화정책과 '황민화운동'을 바탕으로 하였기에, 비록 문예활동이 있었으나 대부분의 작가들이 붓을 꺾거나 '황민문학(皇民 文學)'으로 흘러간 시기다. 이 시기에 거론할 만한 작품으로는 뛰어난 현실 주의 작가 우줘류의 소설 〈아시아의 고아〉(해방 직전에 탈고, 1946년 발표)와 저명한 향토작가 중리허의 〈협죽도〉 정도이다.

1945년 8월 15일 이후 1949년까지의 과도기에 타이완 작가들은 언어 전환의 고통을 겪는다. 일본어로 작품을 쓰다가 이제 중국어로 써야 했던 것이다. 우줘류는 이 시기에 열띤 비판정신으로 〈포츠담 과장〉 등 정치 풍자소설을 계속 발표했다.

1950년대에 들어서면 국민당 군대를 따라 타이완으로 퇴각해온 대륙인들이 정치권력을 장악하고 문예를 주도하는데, 이들은 반공적인 '전투 문예'의 구호 아래 반공을 표방하는 많은 정치적 작품들을 발표했다. 그 대표적인 작품이 장구이(姜貴; 1908~1980)의 〈선풍〉과 왕란(王藍; 1922~)의 〈남과 흑〉이다. 1950년대 후기에는 두고 온 대륙의 고향을 그리는 정서를 담은 '향수문학'이 한 흐름을 형성하게 되니, 바이셴융의 〈타이베이인(臺北人)〉이 대표작이다. 그 밖에는 기껏해야 무협소설, 괴기소설, 애정소설, 환상소설, 유학생 소설 등 타이완 현실과 괴리된 문학으로 일관된다. 그리하여 1950년대의 본격적 문예작품으로는 중리허의 장편소설 《리산(笠山) 농장》(1955년 탈고, 1961년 발표) 정도가 꼽힌다.

1960년대에 들어서면 1950년대부터

〈타이베이 인〉의 작가 바이셴융.

홍기하기 시작한 모더니즘 계열의 다양한 작품들이 대량으로 산출된다. 본래 모더니즘은 서구문학의 영향 아래 형성되기 시작한 것으로 1953년에 지쉬안이 창간한《현대시》를 바탕으로 한 '현대파(現代派)', 1954년에 성립된 탄쯔하오(覃子豪)와 위광중 등을 중심으로 한 '남성(藍星)' 시사, 뤄푸(洛夫)와 야쉬안(瘂弦) 등 군중(軍中) 시인들이 중심이 된 '창세기' 시사 등을 모태로 하여 발전해간다. 1960년대 모더니즘 계열의 대표작가로는 국민당을 따라 타이완으로 넘어온 대륙인이 대륙 시절과 타이완 시절을 대조하는 내용의 작품을 쓴 바이셴융이 있는데 〈영원한 인쉐옌(尹雪艶)〉이 그의 대표작이다. 그리고 실존주의적 작품으로 치덩성(七等生)의 〈나는 검은 눈동자를 사랑해〉가 있다. 이 시기 현실주의 작가로는 소설《탁류》삼부작과《타이완인》삼부작을 쓴 중자오정(鍾肇政: 1925~)을 꼽는다.

1970년에 이르면 센카쿠 열도(중국명은 댜오위타이釣魚臺 열도)를 미국이 일방적으로 일본에 이양한 데 대해 타이완에서 최초로 민족주의적 항의운동이 일어나는데, 이러한 현실적 각성을 시작으로 하여 유수한 향토문학 작가들이 출현해 타이완의 왜곡된 현실 속에 내재한 문제나 모순을 작품 속에 담기 시작한다. 현실주의 문학운동은, 1972년과 1973년 사이에 탕원뱌오(唐文標)가 네 편의 문제 평론을 발표하면서 시단에 논쟁을 불러일으킨 '탕원뱌오 사건'이 발단이 되었다. 그 대표적인 작품들로는 반체제 작가 천잉전의 〈야간 화물열차〉·〈워싱턴 빌딩〉, 우리나라에 그의 〈두 페인트공〉이 연극 및 영화 〈칠수와 만수〉로 각색되어 널리 알려진 저명한 현실주의 작가 황춘밍의 〈아들의 큰 장난감〉·〈사요나라, 짜이젠〉, 노동자 작가 양칭추(楊靑矗: 1940~)의 〈공장 사람〉·〈공장의 여공들〉이 있으며, 그 외에 문학평론가로 예스타오와 웨이톈충(尉天聰: 1935~)이 있다. 이들의 사회 비판적이고 민중 지향적이며 타이완 본토화 지향적 문학활동은 파시즘 체제를 옹호하는 문인이나 모더니즘 계통 문인들의 조직적인 반발을 불러일으켰으니, 1977년부터 1978년 사이에 이른바 유명한 '향토문학 논전'이 폭발한다. 그들은 '반공 견지' 혹은 '인성론' 문예 등의 입장에서 향토문학을 사악한 '노농병 문학'이라고 공격했고, 현실주의 문학 진영은 모더니즘의 근거가 되는 '전반적 서구화론' 등을 비판하면서 이론을 더욱 정비하고 심화함으로써 지지층을 넓혔다.

1980년대에도 민주변혁적 문학운동 진영이 문학계를 주도해갔다고 할 수 있지만, 1982년에 이르러 정치적으로 '독립' 주장과 논리적 맥락이 닿아 있는 '타이완 본토 문학론'과 '통일' 주장과 밀착되어 있는 '제3세계 문학론'으로 뚜렷하게 분화하며, 갈수록 대립구조가 심화되어 이제는 적대적인 상황이 된 지 오래다. 문단의 주류는 '타이완 본토 문학론'이 장악하고 있고, '제3세계 문학론'은 소수라고 할 수 있다. 전자의 이론적 대표가 예스타오와 천팡밍 등 다수라면, 후자의 이론적 대표는 천잉전과 뤼정후이 등 극소수라고 하겠다. 1987년 7월 15일에 계엄령이 해제되면서 타이완은 성숙한 산업사회에서 정치적 민주화를 지향하는 새로운 개량 국면이 펼쳐졌고, 억눌려 있던 각 부분의 정치적 · 사회적 욕구가 분출하면서 농민운동 · 노동운동 · 시민운동도 전보다 많이 발전한다. 문화도 상업문화의 주도로 다원적인 국면을 맞이하는데, 이러한 경향은 실제로 문학 창작 쪽에서도 나타난다.

다원화 문학의 조류는 문자 그대로 다양하게 나타나고 있다. 정치, 이산가족 탐방, 여성주의, 원주민, 환경생태, 영화, 텔레비전 드라마, 인터넷, 의술, 여행 등을 소재로 한 문학들이 있고, '신인류 작가'들의 세기말 문학도 유행하고 있다.

우선 정치문학은 1947년의 '2 · 28' 사건 관련자들이 복권되고, 정치와 언론에 대한 자유가 보장되면서 타이완 현대사의 민감한 제재를 다룬 다양한 작품이 나왔으니, 스밍정(施明正)의 감옥소설 〈목말라 죽은 자〉와 천잉전의 정치소설 〈산길〉·〈자오난둥(趙南棟)〉이 대표적인 작품이다. 이산가족 탐방 문학은 타이완 당국이 대륙에 있는 친척을 방문할 수 있도록 허용한 후, 대륙을 방문한 작가들이 그것을 소재로 하여 쓴 작품들이다. 그중 여러 명이 함께 쓴 〈40년 만에 온 고국〉이 대표작이다. 여성주의 문학은 서구로 유학을 다녀온 여성작가들이 모더니즘의 세례를 받으면서 전통에 대한 반역과 자아에 대한 긍정 등의 태도로 현대의식과 여성의식을 고양시킨 문학으로, 랴오후이잉(廖輝英)의 〈참깨 씨〉, 리양의 〈남편 살해〉 등이 대표작이다. 원주민 문학은 타이완 고산족의 피가 섞인 '제4세계 문학운동가' 우진파가 발굴해내기 시작하여, 이제는 부눙족(布農族)의 톈야거(田雅各)와 와리쓰눠간(瓦利斯諾干), 야메이족(雅美族)의 보얼니린(波爾尼林), 파이완족(排灣族)의 모나넝(莫那能) 등 많은 작가들이 작품을 발표하고 있다.

환경생태문학으로는 산업화 이면에 가려진 환경생태 파괴에 대한 비판과 환경보호에 대한 관심을 반영한 문학으로 한한(韓韓)·마이궁(馬以工)의 〈우리에게는 단 하나의 지구밖에 없다〉 등이 이에 속한다. 영화 시나리오 문학은 1950년대와 1960년대부터 소설을 제재로 한 영화가 촬영되기는 했지만, 주로 1980년대 들어 많은 영화인들이 소설에서 제재를 찾는 흐름이 생겨난 결과다. 황춘밍의 〈아들의 큰 장난감〉과 〈바다를 바라보는 날〉·〈사요나라, 짜이젠〉, 바이셴융의 〈서자〉, 랴오후이잉의 〈참깨 씨〉 등을 시나리오화한 작품이 이에 속한다. 텔레비전 드라마 문학은 소설작품이 극본화되어 텔레비전 드라마로 방영된 결과로, 충야오의 많은 애정소설이 이에 속한다. 텔레비전 드라마화의 결과 역으로 중고등학교 여학생들과 가정주부들이 충야오의 소설을 폭발적으로 즐겨 읽게 되었다고 한다. 세기말 문학은 1960년대와 1970년대에 출생한 '신인류 작가'들이 더욱 분방하고 더욱 맹렬한 자세로 자신만의 가치와 담론 체계를 구축하면서 세상을 깜짝 놀라게 할 만한 세기말적 정서를 표현해내려는 문학으로, 여성작가들이 주도했다. 주톈원(朱天文)의 〈세기말의 화려〉, 장만쥐안(張曼娟)의 〈나의 남자는 파충류〉 등이 대표작이다. 그 밖에 병적 심리 등을 세밀하게 묘사한 의술문학, 국내나 해외의 여행을 문학적으로 담아낸 여행문학, 그리고 근년에 인터넷이 전 국민에게 급속히 보급되면서 영향력을 더욱 심화하고 있는 막강한 인터넷 문학이 있다.

4. '동방명주' 홍콩 현대문학의 흐름

다음으로 홍콩문학의 배경으로서 '동방명주' 홍콩의 역사를 간략히 알아보고, 홍콩의 현대문학사를 시기별로 나누어 그 동향을 살펴보자.

현재의 홍콩은 홍콩 섬과 주룽(九龍) 반도, 신계(新界) 세 지역으로 구성되어 있다. 홍콩의 역사를 살펴보면 5000년 전에 사람이 살기 시작한 후, 진나라 이래 중국의 관할 아래 있었다. 1840년에 아편전쟁이 일어나기 전에 이미 수천의 인구가 이 광둥 성의 한적한 항구인 홍콩에 거주했다. 1842년에 아편전쟁에서 패배하면서 난징조약에 의해 홍콩 섬이 먼저 영국에 할양된 후, 1860년에는 제2차 아편전쟁의 패배로 베이징조약에 의해 주룽 반도를 점령당하고, 1898년에는 영국의 강압에 의해 신계마저 99년 동안 조차를 당한다. 1997년에 홍콩 섬만 따지면 155년, 신계까지 합치면 99년간의 조차 시기가 끝나 홍콩 전체가 식민지 역사의 막을 내리고, 중화인민공화국에 반환되어 특별 행정구역으로 편입됨으로써 '일국양제'의 중국 현실에 적응해가고 있다.

홍콩에는 1853년에 중문 잡지인 《샤얼관전(遐邇貫珍)》이 창간되어 서양의 《이솝우화》나 《실낙원》 같은 작품이 소개되거나 기행문이 실리기도 하였다. 1987년에 창간된 《순환일보》에는 개명한 지식인 왕타오가 쓴 당당한 정론 산문들이 많이 실렸고, 1900년에는 민주공화혁명을 추구하는 동맹회가《중국일보》를 창간하여 문예면에 많은 작품을 실어 혁명의식을 고취하였다.

최초의 백화문 문학잡지인《반려》는, 1927년에 루쉰이 홍콩을 방문하여 강연한 데 영향을 받아 1928년에 창간되어 '홍콩 신문단의 첫 번째 제비'라는 칭호를 얻었지만 오래가지 못하였다. 1933년에는 문학잡지인《붉은 콩(紅豆)》이 출간되어 매우 인기를 끌었다.

그 뒤 중국 대륙의 신문학 작가들이 세 번에 걸쳐 홍콩으로 남하했는데, 제1차는 항일전쟁 시기인 1938년부터 1939년까지로 마오둔·쉬디산(許地山)·다이왕수(戴望舒)·예링펑(葉靈鳳) 등이, 제2차는 1949년부터 1950년까지로 쉬쉬·리후이잉(李輝英)·류이창·진융·시시 등이, 제3차는 개혁·개방 초기인 1970년대 말과 1980년대 초로 타오란(陶然)·옌휘(彥火)·왕스젠(王詩劍)·수페이(舒非) 등이 남하하여 홍콩문학을 풍성하고 내실 있게 하였다.

1946년에 창간된《화상보(華商報)》문예면에는 대륙의 작가 궈모뤄의〈홍파곡〉, 홍콩 작가 황구류(黃谷柳)의〈새우살 전기〉와 뤼룬의〈가난한 골목〉 등이 실렸다. 특히〈가난한 골목〉은 이 시기 홍콩을 배경으로 몇몇 밑바닥 인생들의 궁핍하고 어려운 생활을 그렸다. 이 작품은 대표적 리얼리즘 작품으로 손꼽히며, 최초로 홍콩문학의 토착성과 주체성의 싹을 보여준 의미 있는 작품이기도 하다.

1950년대에는 위에서 언급한 1949년부터 1950년 사이에 남하한 대륙 작가들이 주류를 이루며 활동하였지만, 홍콩 출신이거나 오래 거주한 토착성 작가들, 예컨대 황톈스(黃天石)·우치민(吳其敏)·뤼룬·샤이(夏易)·수상청(舒巷城)도 부단히 문학활동에 참여한다. 이때는 홍콩이 국제적 상업도시로 성장하여 통속적 소비문화가 유행하던 시기였기에, 남하한 작가들은 생계를 유지하기 위해 시장의 수요에 걸맞은 작품들을 써야 했

다. 잡지로는 1952년에 《인인문학
(人人文學)》과 《중국학생주간》 등
이, 1956년에 모더니즘 성향의
《문예신조》가, 1957년에 리얼리즘
노선의 《문예세기》가 각각 창간되
어 작품을 발표할 수 있는 다양한
공간을 제공했다. 대표 작품으로

홍콩의 저명한 잡지 《명보월간(明報月刊)》과 《홍콩문
학(香港文學)》.

는 차오쥐런(曹聚仁)의 〈주점〉, 자오쯔판(趙滋蕃)의 〈반하류 사회〉, 쉬쉬의
〈강호행〉, 쉬쑤의 〈별, 달, 해〉, 샤이의 〈변고〉, 수상청의 〈잉어문의 안개〉
등이 있다. 이 시절 몇 년간 홍콩에 머물던 장아이링은 〈앙가(秧歌, The rice
sprout song)〉·〈황무지의 사랑(赤地之戀, Naked earth)〉 등 중국공산당이
통치하는 대륙의 생활을 묘사한 소설을 발표하기도 하였다.

　　1960년대에도 많은 신문의 문예면이 창작작품을 발표하는 공간으
로 부침하는데, 여기에는 우파와 좌파의 매체들이 고루 포함된다. 홍콩의
지정학적 위치상 의식류(意識流)나 상징수법을 주로 사용하는 제임스 조이
스와 카프카, 엘리엇 등의 서구 모더니즘 대가들과 사르트르와 카뮈 같은
실존주의 작가들의 작품이 대거 수용되고, 타이완의 많은 모더니즘 계열
작가들의 작품도 여기에 소개된다. 1960년대 홍콩 토착 작가로 류이창의
《술꾼》과 다이톈(戴天)의 모더니즘 시들도 높이 평가받았으며, 진융의 《사
조영웅전》과 《의천도룡기》 같은 무협소설들도 통속문학계에서 큰 비중을
차지했다.

　　1970년대 전반기에 홍콩 경제는 세계적인 석유 위기 등으로 타격을
받았으나, 곧 회복되고 금융업과 부동산업, 관광산업 등이 흥기하여 동남
아 국제금융의 중심지로 부상한다. 경제가 호전되고 교육도 널리 보급되었
으며 홍콩 정부도 문화활동을 지원하는 가운데, 전후에 출생한 신세대가

성장하여 홍콩 문화와 문학에도 홍콩 본토의식이 대두된다. 아울러 많은 문학잡지들이 발간되는 등 활동조건이 좋아지자 위광중 등 타이완 작가들이 홍콩으로 와서 활동했다. 홍콩의 학자들도 대거 창작 대열에 참가하였는데, 진야오지(金耀基)와 류사오밍(劉紹銘), 황웨이량(黃維梁) 등이 그들이다. 중국이 개혁·개방되면서 1977년부터 1981년 사이에 50만 명의 중국 대륙인들이 홍콩으로 이주해오고, 그중에는 많은 지식인과 문인이 포함되어 있었다. 그 뒤 그들도 문학활동에 참가하면서 홍콩의 문학활동 인구가 급속히 늘어났다.

1980년대와 1990년대가 되면 1970년대 말부터 홍콩으로 이주한 작가들이 활약하는데, '부단히 새로운 변화를 모색하는 실력파 작가'라는 평가를 받은 타오란은 〈회전 무대〉·〈너와 함께 가리〉 등의 소설을, '문화인 정보 창고'라는 별명을 얻은 언론인 겸 작가 옌휘는 〈매력적인 여행길〉·〈아이오와 인상〉 등의 기행산문을, 링난대학(嶺南大學) 교수 왕푸(王璞)는 〈막내 외삼촌의 엽기적인 이야기〉 등의 소설을 써서 홍콩 문단에 활력을 불어넣었다. 또한 1980년대부터는 신문 칼럼을 통한 글쓰기 활동이 활발해지면서 칼럼 작가들이 대거 출현하는데, 후쥐런(胡菊人)·니쾅(倪匡)·천이페이(岑逸飛) 등이 그들이다.

1982년에 홍콩의 미래에 그림자가 드리워지고, 1989년에 톈안먼 민주화운동이 좌절되고, 홍콩이 1997년에 중국으로 반환된 뒤의 상황에 대한 부정적 예측이 난무하는 등 정치적 풍랑으로 인하여 이러한 현실을 소재로 한 작품들이 많이 창작되었다. 류이창의 〈1997〉과 타오란의 〈대저울〉, 류사오밍의 〈97 홍콩 유랑기〉가 후자의 대표적 예라면, 린옌니(林燕妮)의 〈나를 위해 산다〉와 이수의 〈상처 입은 도시 이야기〉가 6·4 톈안먼 민주화운동을 다룬 대표적 예다. 이 시기에 특별히 거론할 만한 작가는 '날카로운 감각의 창의성 있는 작가'로 평가받는 시시와 링난대학 교수 예쓰 등이다.

시시의 소설로는 〈나의 도시〉·〈춘망(春望)〉·〈나와 같은 여자〉 등이 있는데, 홍콩에서보다 타이완에서 더 주목과 환영을 받았다. 시시와 마찬가지로 남미의 마술적 사실주의에서 영향을 받은 예쓰는 모던에서 포스트모던으로 향한 대표 작가로 평가받는데, 〈종이 자르기〉가 대표적 모더니즘 작품이라면 〈프라하에서 온 엽서〉는 포스트모더니즘 계열의 전형적인 작품으로 꼽힌다.

1997년에 영국 식민지에서 벗어난 뒤, 홍콩 문단은 새로운 전망을 갖고 홍콩성과 홍콩 의식을 심화시키며 활발한 문학활동을 펴나가고 있다. 한편 한국의 텔레비전 드라마 〈대장금〉을 비롯한 문화상품들이 소개되고, 한국 중문학계와 학술적 교류도 다양하게 진행되는 등 한국과의 교류가 활발하다.

1. 왜 중국 대륙의 문학뿐 아니라 타이완과 홍콩의 문학에도 주목해야 할까? 그 객관적 근거는 무엇이고, 주관적으로는 어떠한 필요에서일까?

2. 중국 대륙의 문학과 비교할 때 타이완문학이 지닌 독특한 성격은 무엇일까? 또 타이완문학과 홍콩문학의 차이점과 공통점은 무엇일까?

3. 우리나라의 문학과 타이완문학의 흐름을, 일제 식민지 시기와 독재체제 하 산업화 시기, 민주화 시기로 나누어 비교하여 정리해보시오.

🦋 **권하는 책**

황춘밍(黃春明), 이호철 옮김, 《사요나라, 짜이젠》, 창비, 1983.

바이셴융(白先勇), 허세욱 옮김, 《타이베이인》(《중국현대문학 전집》), 중앙일보사, 1989.

천잉전(陳映眞), 유중하 옮김, 《야간 화물열차》(《중국현대문학 전집》), 중앙일보사, 1989.

왕원싱(王文興), 송승석 옮김, 《가변》, 강, 1999.

진융(金庸), 김용소설번역연구회 옮김, 《사조영웅전》, 김영사, 2003.

2부

중국현대문학의 갈래

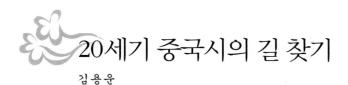

20세기 중국시의 길 찾기

김용운

     중국현대시의 과제는 크게 두 가지였다. 첫째는 형식에 관한 문제로, 오언(五言)과 칠언(七言) 형식이 당(唐) 이전부터 계속되어온 중국에서는 이 틀을 벗는다는 것 자체가 큰 과제였다. 둘째는 현실과 시 사이의 거리에 관한 문제였다. 혁명에 의하여 시의 내용을 채워야만 하던 20세기의 가치 취향은, 우연과 필연을 넘나드는 삶의 의미나 무아(無我)와 유아(有我)가 교차하는 자유의지의 신비, 나아가 새로운 격률을 추구하는 것 등을 반동(反動)의 영역으로 몰아갔다. 또한 문화대혁명이 끝날 때까지 계속된 정치에 대한 시의 봉사는 진지한 만큼이나 황당무계한 판타지와 코미디를 낳았다.

1. 5·4 시기 시의 반봉건주의

중국현대시의 출발점인 후스의 《상시집(嘗試集)》은 '시험 삼아 써 본다'는 겸손한 제목이 붙어 있지만, 구어로 쓰인 반봉건의 기치였다. 그중에서도 〈예(禮)〉는 반봉건 이념이 극적인 과장을 통해 확대된 작품이다.

아버지가 죽어도 절을 하지 않았기에/ 그대들은 그를 욕했다/ 그대들의 예(禮)를 행하지 않았다 하여/ 그대들은 그를 치려 했다//그대들이 모두 법석을 떨며 울어대는 통에/ 그는 터져 나오는 웃음을 가까스로 참아야 했다/ 그대들은 준비된 눈물을 갖고 있었으나/ 그런 눈물이 없던 그는/ 그저 달아날 수밖에 없었다.

1920년 3월에 후스가 펴낸 최초의 백화시집 《상시집》의 표지.

이야기하듯 상주(喪主)를 쫓아내는 상황을 서술한 뒤, 행간을 나누는 것만으로 새로운 시를 완성했다고 우기는 후스의 〈예〉는 낯선 느낌을 넘어 혁명적이었다. 후스가 시를 통해 이성으로 반봉건을 제기했다면, 반봉건 이념을 넘치는 감성의 판타지로 빚어낸 시인은 궈모뤄였다.

1921년에 출판된 궈모뤄의 시집 《여신》의 표지.

우리는 다시 태어났다!/ 우리는 다시 태어났다!/ 모든 것 중의 하나, 다시 태어났다!/ 하나의 모든 것, 다시 태어났다!/ 우리는 '그'이며, 그들은 나다!/ 내 속에 네가 있고, 네 속에도 내가 있다!/ 나는 너!/ 너는 곧 나!/ 불은 곧 봉황!/ 봉황은 곧 불!/ 날아오른다! 날아오른다!/ 노래한다! 노래한다!

남녀관계가 젊은이들의 주요한 관심사였기 때문일까? 반봉건의 기치를 내거는 것만으로도 젊은이들에게 전폭적인 지지와 성원을 얻었던 1920년대의 시인들은, 대부분 자유연애를 추구함으로써 반봉건에 동참했고, 그 속에서 상처 받고 또 좌절했다. 〈한 번 만나〉의 잉슈런(應修人)이나 〈누이를 기다리는〉의 판모화 모두가 대동소이한 상황이다.

기다림으로는 '도래할 수 없는' 오늘을 기다려/ 이렇듯 손쉽고 가볍게 헤어져야 하는가?

누이여, 네 손길을 걷어낸 지 이미 사흘/ 그러나 여전히 파여 있는 내 가슴/ 구름이 몰려드는 동서남북/ 내 가슴의 빈자리 가릴 수 없으니

결혼이 당사자 간의 사랑이 아니라 가문의 이해관계를 위한 거래인한, 사랑하는 사람과 결혼하는 것은 개인적 차원이 아니라 사회적·역사적 차원에서 인간해방과 관련된 문제가 되고 만다. 하지만 1920년대 중국 젊은이들에게 현실의 벽은 너무나도 높았다. 자유연애를 가능하게 하는 최소한의 일자리조차 확보할 수 없던 그들은 사랑을 쟁취하기 위하여 나아갈 수도 물러설 수도 없는 곤경에 빠져버리고 만다. 그런 의미에서 부조리한 전통의 무게를 성찰하면서 1920년대의 상황을 정확히 꿰뚫은 루쉰의 《들풀》은 젊은이들의 민감함과 서글픔을 벗어난 깊이 있는 랩소디다. 특히 〈그림자의 고별〉은 이러한 사유의 과정을 보여준다.

그러나 결국은 명암의 경계를 서성이게 되리라/ 황혼인지 여명인지도 모르는 채/ 나는 잠시 회색 손을 들어 한잔 술을 마시는 시늉을 하고/ 때조차 분간 못할 때 혼자서 멀리 가리라//아아, 아아, 만일 황혼이라면 물론

어두운 밤이 나를 잠기게 하리라/ 아니면, 백일(白日)이 나를 지우리라/ 만일 지금이 여명이라면.

시는 미래의 내용과 형식을 담는 쪽으로 나아가고 있었지만, 시와 현실이 일체가 된 것은 아니었다. 미래가 누구의, 누구에 의한, 누구를 위한 내용이어야 하는가에 관심이 집중되면서 개화한 지식인들이 좌우로 나뉘었지만, 시의 문제는 시다운 형식과 현대적인 구조를 갖추는 일이었다. 시인이건 독자건 일상 속의 말과 다를 바 없는 시 형식에는 싫증을 내기 시작했다.

2. 서구문학의 수용과 민족형식

생활에서 현대의 내용을 갖추지 못한 탓이었을까? 중국시의 현대화는 주로 자본주의와 사회주의 이념에 의하여 이끌려졌다. 사회주의를 지향하는 쪽에서는 계급투쟁을 통해 시를 혁명으로 이끌고자 했고, 자본주의식 현대화를 꿈꾸는 쪽에서는 서구화를 통해 자유 · 사랑 · 꿈 등을 거론하고자 했다. 그렇지만 1920년대 말에 중국현대시가 모색하고 지향하고자 한 것은 뜻밖에도 상징주의와 낭만주의를 중국화하고 현실화하는 것이었다.

무엇보다도 중국에는 영원과 무한을 주재하는 창조주와 나의 관계가 배제되어 있었다. 따라서 죄를 명백하고도 숨김없이 긍정하고 타락한 삶을 고해성사하며 이를 통해 절대자와 교감하는 것이 불가능하던 중국 시인들에게 상징주의는, 느낌의 진실함을 벗어나지 않은 시각과 청각이 통일된 미의 형식 정도로 이해되고 있었다. 오랫동안 유럽에서 유학하여 자신의 시 속에 기독교적 분위기를 받아들인 리진파(李金髮)에게도 구원을 향한 영혼의 비상은 없었다.

아! 수천 년을 하루 같은 달빛이/ 끝내 나의 상상(想像)을 알아버렸
으니// 이 세상 모퉁이에 나를 버려둔 채/ 너는 분명 아무런 의미 없는 흙길
위에 내 그림자를 거꾸로 비추리// 하지만 집 뒤쪽 어둔 그림자를 더욱 선명
하게 하는 이 변함없는 반사(反射)는/ 너무나도 기계적이고 우스워// 신(神)
이여! 그대 닻을 올리시라/ 저는 모든 생물의 땀 냄새가 싫사오니

낭만주의도 마찬가지였다. 중국의 낭만주의는 자신의 십자가를 지
고 가는 구원의 길이 아니라, 이념에 대한 열광이 정치적 판타지로 나아가
는 과정이었다. 특히 중국에서는 현실을 변혁하기 위한 조직적 실천이 절
대적으로 필요하였기 때문에, 집단이 개인보다 우위에 서야 했고 사실주의
가 다른 사조들을 압도해야만 했다. 따라서 개인의 이상에 의존하여 예술
적인 꿈·자유·사랑 등을 빚어내는 일은 쉬즈모(徐志摩) 같은 시인의 특
별한 재능에, 그것도 잠시 의존하고 말아야 하는 분위기였다.

내가 만약 눈꽃이라면/ 하늘을 펄펄 자유롭게 날아다니리/ 난 내 갈 곳을
분명 알고 있네/ 날아서, 날아서, 날아가리/ 이 땅에 내 갈 곳 있네// 차갑고
으슥한 골짜기에 가지 않고/ 쓸쓸하고 싸늘한 산기슭에 가지 않으리/ 스산
한 거리에서 슬퍼하지도 않으리/ 날아서, 날아서, 날아가리/ 그대 보아요,
나는 내 갈 곳 있어요.

쉬즈모가 미래에 속한 이상을 묘사했다면, 중국의 현대를 중국인의
격률로 담는 문제를 해결한 시인은 다이왕수였다. 다이왕수는 1928년에 발
표한 〈비 내리는 골목(雨巷)〉에 이르기까지 선보인 외재율과 1929년에 발
표한 〈나의 기억〉 이후에 선보인 내재율을 통해, 중국의 1920년대 말과
1930년대 초를 중국인의 느낌과 맥박으로 표현해냈다.

내 기억은 내게 충실하다/ 내 가장 친한 친구보다 충실하다/ 그것은 타오르는 담배 위에 살아 있다/ 그것은 백합을 그리는 붓 위에 살아 있다/ 그것은 낡은 분통 위에 살아 있다/ 그것은 허물어진 담장 나무딸기 위에 살아 있다/ 그것은 반쯤 마셔버린 술병 위에 살아 있다/ 찢어버린 지난날 원고 위에, 말린 꽃잎 위에/ 희미한 등불 위에, 고요한 수면에/ 영혼이 있거나 없는 모든 것 위에/ 그것은 모든 곳에 살아 있다, 내가 이 세상에서 사는 것처럼.

그렇지만 현대파의 이 같은 성과는 소멸할 수밖에 없는 운명이었다. 시는 이제 미적(美的) 구조의 문제가 아닌 사회적·역사적 실천에서 의의를 찾는 쪽으로 급선회하는 중이었다. 더욱이 국민당의 공산당 섬멸작전과 항일전쟁의 분위기가 시 창작에 광범위하게 영향을 끼치기 시작하자, 시의 문제는 개인과 격률의 차원을 지나서 항일과 계급투쟁으로 확대되었다. 중국시가회의 《신시가》 〈발간시〉는 새로운 시의 시대가 도래했음을 알리고 시에 대한 시대의 요구가 어떤 식으로 관철될 것인지를 미리 엿보게 하는 작품이다.

현실을 움켜쥔 우리는/ 신세기의 의식을 노래하리/ …… / 압박, 착취, 제국주의의 도살/ 반제, 항일, 그것은 전체 민중의 고조된 정서/ 우리는 이러한 모순과 의미를 노래하여/ 모순 속에서 위대한 세기를 창조하리/ 우리는 속어와 방언을 사용하여/ 이 모순을 민요, 속요, 고자사(鼓子詞), 동요로 쓰고/ 우리의 시를 대중가요로 만들어/ 우리 자신도 대중 가운데 하나가 되리.

승리를 위해서는 대중을 확보해야 하며, 그들을 훈련된 병사로 거듭

나게 하기 위해서는 반드시 사상적으로 무장시켜야만 한다. 이 상황이 변하지 않는 한, 민족해방과 계급해방을 위해 시가 창작으로 봉사하는 것은 중국현대시의 기본 노선이었다.

3. 혁명과 전쟁

파시즘 대 반파시즘의 대립구도가 2차 세계대전으로 더욱 격화되고 국민당과 공산당이 우여곡절 끝에 항일전쟁을 위한 국공합작의 틀을 이루어내자, 시에서도 전쟁에서 승리하는 것이 그 무엇보다도 중요한 상황이 조성되었다. 문제는 농민이었다. 농민이야말로 이 전쟁의 승패를 좌우할 결정적인 요소였기 때문이다. 전쟁에서 승리하기 위해서는 농민에게 토지를 분배하고 지식인이 농민 속으로 들어가서 그들을 혁명의 편으로 만들어야 했다. 〈20세기 중국문예 일별〉에서 리쩌허우는 이것이야말로 지식인들이 고통과 동요가 교차하는 가운데 자기를 헌신하는 과정이었다고 서술한 바 있다. "진실하고 절박하게 인민과 혁명을 추구한 그들은 불꽃같은 열정과 신념을 가지고 있었다. 그러나 자아와 개성의 섬세하고 복잡하며 고급한 문화에 의해 배양된 민감함과 유약함을 포기하지 않는다면, 도저히 농촌에서 함께 어울려 살아갈 수 없었다. 이것은 마음속에 진정으로 깊고 고통스러운 동요를 수반하였다."

그러나 전쟁이 공산당 통치구의 시에 끼친 영향은 선전을 위해 거짓과 과장을 수용하는 것이었다. 노동자와 농민을 동원하기 위해서는 진실을 왜곡하고 화약 냄새와 피비린내를 과장하는 것이 시대를 초월하는 문학의 가치였기 때문이다. 다음은 항전 시기에 쓰인 〈지뢰가(地雷歌)〉의 한 대목이다.

커다란 수박처럼 지뢰는/ 신선한 흙을 파서 자신을 숨긴다/ 놈들의
피와 살을 흩뿌리며/ 한 송이 붉은 꽃으로 그것은 피어난다.

반면에 자신의 시를 대중들에게 전하는 것이 불가능하던 국민당 통치구의 좌익시인들은 자신의 신념을 지키는 것이 급선무였다. 대중과의 관계가 단절된 상태였기 때문에 혁명의 불꽃을 터뜨리기 위한 전투적인 노력은 자아의 범주로 제약될 수밖에 없었던 것이다. 칠월파 시인 뤼위안(綠原)이 〈갈릴레이가 진리 앞에서〉에서 그랬듯이 시한폭탄 같은 자아의 분출을 준비한 것은 이런 이유 때문이었다.

중국이여, 너는 우리에게/ 밤낮으로 쉬지 않는 도살장/ 맨손의 인민들은 (결코 달가워하지 않는)/ 너의 짐승이었다//⋯⋯ / 돈은 법률의 새끼에 꿰어져/ 해골로 만든 염주처럼/ 가슴에 걸려 있다. 그것/ 그 유령은 ─/ 지폐 한 뭉치로 날짜를 대체하면서/ 몽상한다. 돈 있는 자에게/ 내일도 있는 법!

1940년대 모더니스트인 구엽파는 생명의 우연성과 죽음의 무게, 삶의 고독과 사랑의 당혹스러움, 현실의 낯선 느낌 등을 다룬 시인들이다. 항일전쟁과 국공합작의 갈등을 경험하면서 점차 현실 속으로 걸어 들어간 이들은 사실주의─ 좀더 정확하게 말하자면 중국공산당─를 향한 시적 변화, 즉 제국주의와 국민당에 반대하는 태도를 보인다. 예를 들어 두원셰(杜運燮)의 '물가를 좇는 사람'은 이미 모더니스트가 아니다.

물가는 이미 항전의 홍군/ 전엔 나처럼 걸어 다녔지만/ 지금은 자동차가 있을 뿐 아니라 비행기를 타기도 하고/ 적잖은 요인(要人)과 부호

(富豪) 들을 사귀기도 해서/ 그들이 모두 그를 떠받들고 껴안고 등용하더니/ 연기처럼 가벼워져, 그의 몸뚱이는/ 날아오른다. 하지만 난 그를 따라잡아 야 한다. 뒤쳐져선 안 된다.

4. 인민공화국 이후의 딜레마

중화인민공화국이 출범한 1949년 10월 1일은 20여 년 동안 시인들 이 꿈꾸어오던 이상이 실현된 날이었지만, 이는 동시에 시의 딜레마가 시 작된 날이기도 했다. 이상을 위하여 싸우던 자들이 이미 실현된 이상에 의 해 끌려 다니기 시작한 것이다. 그래도 아직까지 이 시기 시인들의 사고와 정서는 매우 순수하고 희망찼다. 아이칭(艾青)의 〈평화를 보위하자!〉는 이 시절의 사진첩에서 꺼내 든 희망과 행복에 대한 기억이다.

공장의 기적 소리는/ 즐거이 외쳐대며/ 이쪽과 저쪽에서 서로 호응 한다/ 수양버들 사이로/ 우뚝 솟은 굴뚝은/ 달리는 말꼬리 같은 짙은 연기 를 뿜어대고/ 무수한 노동자들이 큰소리로 떠들면서/ 보무도 당당하게/ 석 탄 가루가 깔린 길을 지나/ 공장의 대문으로 들어선다.

하지만 1949년 이후부터 시인은 자신이 아닌 단위에 속하는 삶을 살아야 했다. 그들 모두 자신이 속한 단위 안에서 생로병사의 전 과정을 향 유하는 대신, 독자적인 가치 판단과 세계 인식, 그리고 운동의 추구 등이 허용되지 않는 사회관계에 갇혔다. 이에 따라 시인은 창작활동을 포함한 거의 모든 영역, 심지어 도덕적으로 판단을 내리거나 정서적인 행위를 할 때조차 당과 조직의 통제를 받아야만 했다.

이러한 분위기에서 벌어진 1955년의 후펑 반혁명집단(胡風反革命

集團) 사건은 1930~1940년대의 국통구 사실주의자인 칠월파를, 1957년의 쌍백운동과 반우파투쟁은 1940년대의 모더니스트들을 겨냥한 것이었다. 국통구의 좌우파 모두를 없애버린 이 필화는 앞으로 시가 권력의 눈치를 보도록 충동질하는 현실적이고도 심리적인 계기가 되었다. 어떤 시인이건 권력의 눈 밖에 나기만 하면 반당 반혁명 분자로 낙인 찍혀 단위에서 추방(의식주의 박탈)될 뿐 아니라 자녀의 장래까지 망칠 수 있다는 두려움이 권력에 대한 외경심과 결합하면서 강제적으로 또는 자발적으로 자아를 수단화하게 된다.

그중에서도 가장 극적인 경우는 궈샤오촨(郭小川)의 사례다. 1957년에 당시 반우파투쟁을 진행하는 자리에 있던 궈샤오촨은 그 해 겨울에 〈흰 눈의 찬가〉를 발표하며 집중적으로 비판을 받았고, 다시 1959년 11월에 장편서정시 〈별 하늘을 보며〉 때문에 더는 재기할 수 없는 상태에 빠져버린다.

나는 내 동지처럼/ 절대로 홍등녹주(紅灯綠酒) 앞에/ 정신이 흔들리지 않으리/ 우리는 지구와 우주 사이에/ 회랑을 지어/ 대지 위의 망루와 누각 들을/ 광활한 저 천당으로 옮기리/ 우리는 끝없이 높은 하늘에/ 다리를 놓아/ 세상의 모든 산해진미를/ 아득히 먼 저 창공으로 보내리.

궈샤오촨이 비판받은 것은 이 시의 초계급적 성격보다는 마오쩌둥의 시(詩)나 사(詞)를 초월하는 이 시의 규모와 분위기 탓이었다. 마오쩌둥이 아니면 시인이라도 시공(時空)에 대해 이런 식으로 깨달을 수 없는 것이 1950년대 말 1960년대 초의 분위기였다.

지식인의 시를 퇴출시키고 남은 유일한 대안은 사회주의 문학의 오랜 소망이던 '노농병의 시'였다. 그런 의미에서 농민시인 왕라오주(王老九)의 등장은 사회주의 중국의 기대가 실현된 새로운 소식이었다. 그가 〈마오

주석을 떠올리며〉로 센세이션을 불러일으킨 것도 당시의 문학사적인 기대에 부응해 노농병의 시가 지식인의 시를 완전히 대체했기 때문이다.

꿈속에 마오 주석 떠올리니/ 삼경 한밤에 해가 뜬다/ 밭 갈며 마오 주석 떠올리니/ 천근 짐도 무거운 줄 모른다/ 밥 먹으며 마오 주석 떠올리니/ 만두에 국물뿐이어도 맛이 절로 난다.

5. 문화대혁명

1966년에 시작된 문화대혁명은 감성이 이성을 압도하고, 집단의식이 개인의 생각과 느낌을 지배하며, 마오쩌둥을 종교적 차원에서 숭배하는 상황이 지속되면서, 의식 전반에서 주체·비판·자율·문화·휴머니즘 등을 빼앗아버리는 일탈의 과정이 되었다. 1966년부터 1976년에 이르는 이 운동은 문단에 남아 있던 옌안 출신 시인들과 인민공화국이 성립한 뒤에 이름을 떨치기 시작한 젊은 시인들 모두를 우파로 몰아버림으로써, 지식인들이 창작한 작품은 완전히 사라지게 되었다. 이미 존재하는 노농병의 시와 함께 이 시기에 또 다른 대안은 중화인민공화국이 성립한 뒤에 태어난 홍위병들의 시였다. 자본주의의 때가 전혀 묻지 않은 이른바 '순수한 영혼'일 뿐 아니라, 당과 마오쩌둥의 가장 충성스러운 자녀들인 이들은 지도자에게 절대적 지지를 보냈다. 신흥종교에 가까운 이들의 당과 마오쩌둥에 대한 열광은 대약진운동 이후에 닥친 정치적 위기 때문에 신이 되기로 한 마오쩌둥의 바람과도 맞아떨어지는 것이었다. 자신의 저작을 인간의 오류를 바로잡는 '붉은 경전'으로 규정한 마오쩌둥은 톈안먼 광장에서 사열 의식을 거행해 이 젊은이들에게 '계급투쟁의 세례'를 줌으로써 신과 신도의 관계를 완성한다. 〈불처럼 붉은 태양 마음속에 떠오르니〉에서 보이듯 현실을 초월해버린 종교의 경지가 열린 것이다.

    마오 주석이 웃으시니/ 두터운 얼음 가에 붉은 매화 피어나며/ 소나무는 눈바람과 맞싸우며 힘을 겨루고/ 온 대륙에 세찬 불꽃 하늘로 솟아오르고/ 바다에서는 교룡들이 용솟음치며 날아오른다.

    열광의 과정이 폭력이 되면, 그 폭력의 끝은 허무가 될 수밖에 없다. 수많은 젊은이들이 스스로가 더 좌파적임을 보여주기 위해 경쟁하며 무장 투쟁으로 죽어가자, 인민해방군을 동원하여 이 운동을 수습하기로 한 마오쩌둥은 전국의 홍위병들에게 산간벽지나 농촌의 당 지부로 들어가 그곳에서 삶의 기본적인 문제를 해결하며 살아가라는 '상산하향'을 명령한다. 스즈(食指)의 〈여기는 네 시 팔 분 베이징〉은 병단(兵團)이나 농촌, 산간의 오지로 떠나는 젊은이들의 운명을 예감하는 시다.

    여기는 네 시 팔 분 베이징/ 손들이 파도처럼 출렁이는/ 여기는 네 시 팔 분 베이징/ 날카로운 기적 소리 길게 우는// 베이징역 높은 건물이/ 갑자기 심하게 흔들려/ 나는 깜짝 놀라 창밖을 보았지만/ 무슨 일이 일어난 건지 알 수가 없다/ 홀연히 나는 가슴에서 심한 통증을 느꼈다. 이건 분명/ 단추를 달아주시던 어머니가 실을 꿴 바늘이 내 가슴을 뚫어버린 탓이다/ 그 순간, 내 마음은 한 조각 연이 되고/ 연실은 어머니 손에 쥐어져 있었다/ 연줄을 너무 팽팽히 당기신 걸까. 이윽고 연줄이 끊어져버리고/ 난 어쩔 수 없이 차창 밖으로 머리를 내밀었다/ 바로 이때, 바로 이때에/ 나는 비로소 무슨 일이 일어났는지 알게 되었다.

    스즈의 시가 자신의 삶을 결정하는 바깥 상황에 살갗이 감응하는 내용이라면, "나는 이미 환상의 끝에 도달했다"면서 삶의 끝에서 살아온 과정을 바라보는 무단(穆旦)의 그것은 자유의지의 좌절을 체험한 자의 깊이를 보여준다. 이 시인에게 문화대혁명의 막바지로 치닫고 있는 현실은 "낙엽 휘날리는 숲 속"이며, "조각조각 낙엽들은 갖가지 기쁨을 드러내며/ 이제 누렇게 말라 마음속에 쌓여가는" 중이다. "젊은 날의 사랑은 방향도 알 수 없이 영원히 사라져버렸거나 발밑에 떨어져 차갑게 굳어버렸다." "왁자지껄한 우정 또한", "사회의 구조가 피의 들끓음을 대체하더니/ 생활의 냉기는 열정을 현실로 주조해버린다." 시인에게 "이상을 위한 고통은 두려운 것이 아니다. 두려운 것은 그것이 끝내 웃음거리가 되어버리는 것"이다. 그리하여 시인은 〈지혜의 노래〉를 부르며 자신의 선택을 후회하기 시작한다.

고통만이 아직 남아, 그것은 일상생활/ 날마다 자신의 오만하던 과거를 징벌하고/ 저 눈부신 하늘조차도 욕을 먹는데/ 어떤 색깔이 아직도 이 황무지 위에 남아 있을까?

6. 자성과 재구성

문화대혁명 때문에 대부분의 시인이 수용소에서 노동개조를 당하고, 홍위병조차도 산간벽지나 병단 또는 농촌의 오지에서 '지식청년'의 삶을 꾸리고 있었지만, 중국공산당과 마오쩌둥을 탓하는 사람은 없었다. 당과 마오쩌둥은 오류를 범할 리 없는 절대선이며 문제는 자신에게 있을 것이기 때문에, 자신의 자본주의적 과오를 육체노동을 통하여 개조해야 한다는 것이 이들의 진심이었다. 그런 의미에서 "씨앗이/ 바람에/ 날려/ 낯선 들판에 떨어졌다// 새카만 흙이/ 씨앗을 묻어버렸지만/ 그로 인해 슬퍼할 필요는 없다/ 더욱이 흙을 미워할 필요도 없다// 씨앗은 흙에 묻혀서야/ 싹

을 틔울 수 있음이다"라고 노래한 뉴한(牛漢)의 〈씨앗〉은 특별한 시다. 이
작품이 그러하듯 중국현대시는 여태까지의 자아비판과 자기비하를 벗어나
당의 오류로 희생된 자아의 가치를 새로운 생명의 층위에서 바라보게 된
다. 〈운명의 곤혹스러움〉은 이 늙은 사실주의자를 현실과 자아를 관철하는
깊이 있는 인성의 소유자로 바꾸어가고 있다.

　　　　　누군가 그랬다. 얼굴이 천국을 향하고 있으면 발걸음은 끝내 지옥
　　으로 들어선다고// 하지만 내가 이해할 수 없는 건, 내 얼굴이 지옥을 향하
　　고 있는데도 발은 왜 천국에 들어서지 못하는 것인지

　　뉴한과 달리 20여 년에 걸쳐 칭하이(靑海) 성에서 보낸 유배생활을
회고하면서 자신을 가둔 견고하고도 질긴 정치의 그물을 벗어난 '큰 산의
죄수' 창야오(昌耀)도, 자아와 당의 관계가 뒤바뀌는 놀랍고도 허망한 순
간을 이렇게 표현했다.

　　　　　나는 대지의 사병/ 그러나 운명은 나를/ 큰 산의 죄수로 만들었다/
　　육천 개의 황혼이/ 마모시키지 못한 형해(形骸)는, 시종/ 정신의 형체가 없
　　는 쇠고랑을 끌고 다녔다/ 그렇다. 나는 고통스러웠다/ 이 사방을 둘러싼
　　담벼락은/ 본래 조국이었다/ 자랑스럽던 관문은/ 이제 진리를 유폐하는/
　　성이 되고 말았다/ 혁명의 선배들이/ 사랑과 뜨거운 진정으로/ 재배하던
　　상록수 위에/ 어찌하여 이리도 많은/ 돌연변이 과일들이/ 찢긴 가지와 이
　　파리 들이 생겼단 말인가.

　　의식의 코페르니쿠스적인 전환은 홍위병이던 젊은이들에게도 마찬
가지였다. 당과 마오쩌둥 사상에 충성을 바친 그 오랜 세월의 진지함을 한

순간의 허망함으로 바꾸어버리는 이 전환은, 동시에 희극적인 상황에 둘러싸인 왜소한 자아가 이제는 희망찬 미래를 예감하는 순간이기도 하다. 베이다오는 이렇게 '회답'한다.

신시기를 대표하는 시인 베이다오 · 수팅 등의 시집.

비겁은 비겁한 자의 통행증/ 고상은 고상한 자의 묘비명/ 보라, 저 도금한 하늘엔 온통/ 죽은 자들의 흰 그림자 거꾸로 떠다닌다//…… / 내가 이 세상에 온 것은/ 단지 종이, 새끼줄, 그림자를 가져와/ 심판에 앞서/ 판결의 목소릴 선언하기 위해서였단 말인가//너에게 이르노니, 세상아/ 난 믿지 않아!/ 설사 너의 발 아래 천 명의 도전자가 있더라도/ 나를 천한 번째로 세어다오

베이다오를 비롯해《오늘(今天)》에 참여한 그룹이 문화대혁명 시기의 시적인 시간을 해체해버린 뒤에 중국이라는 플랫폼을 떠나야 하는 시인들이라면, 린망(林莽) · 망커(芒克) · 둬둬(多多) 등 바이양뎬(白洋澱) 그룹은 남겨진 현실을 재구성해야 하는 시인들이다. 이제 중국에서 과거보다 더 위태로운 것은 현재이며 시적인 시공간이 재구성되지 않고서는 시의 정치적 위기가 반복될 수 있기 때문에, 시와 현실, 간행물과 시인, 작품과 독자의 관계 등을 바꾸기 위해 동분서주하는 린망의 시는 시와 인간, 시와 현실의 관계를 다시 쌓기 위한 〈깊은 밤의 울림〉이라 아니할 수 없다.

환상과 실망/ 참을 수 없는 모든 것을 가지고/ 사라져갈 생명 뒤에서 하나의 의혹이 되기로 결심했을 때/ 시간은 더는 비통으로 고통스레 뒤

엉키지 않았다/ 이미 무정하게 흘러가/ 점점 희미해져버린 시간의 그림자처럼/ …… / 우리는 조금씩 늙어갈 터/ 너는 늘 그래 온 것처럼/ 똑같은 나날들과 함께하고/ 나는 적막 속에서 깊은 울림을 들으며/ 그 거부할 수 없는 갈망들과 마주하고 있다/ 진심으로 반성한 이 누구던가.

7. 남은 과제

이제 중국시의 과제는 혁명이 아니라 시장경제 속에서 변화하는 것이다. 상업주의와 권력에 대항하면서도 자본과 권력의 지배로부터 자유로울 수 없는 이들의 앞날은 전보다 더 험난해 보인다. 그렇지만 다양하다 못해 잡다하기까지 한 여러 방면에 걸쳐 미래를 모색해나가는 과정에서 새로운 가능성이나 생기가 느껴지는 것은, 이제 이들의 체험이 집단의식이나 정치적 캠페인에 의하여 제한당하지 않을 뿐 아니라 세계를 향해 열려 있기 때문이다. 자신의 문화적 전통이나 내면의 깨달음은 물론, 종교적 구원까지도 시의 영역으로 승화시키고 있는 중국시에 많은 과제가 가로놓여 있는 것은 사실이다. 그중에서도 민족 문제를 비롯하여 정교일체적인 권위를 극복하고 휴머니즘을 확대하는 것이 가장 어려운 일일 것이다. 그럼에도 중국시의 미래는 밝은 편이다. 적어도 이들의 앞날에 유사종교적인 열광이나 진지하고도 잔혹해서 가해자와 피해자 모두를 허무와 회한으로 몰아가는 고통스러운 코미디는 다시 없을 것이기 때문이다.

생각할 거리

1. 이념과 정치에 대한 중국시의 종교에 가까운 열광이 나타난 것은 20세기가 처음이었을까?
2. 중국현대시의 유사종교적인 분위기와 사회주의는 어떤 관계가 있을까?
3. 21세기에 중국시와 기독교는 어떤 관계를 맺을까?

권하는 책

홍쯔청(洪子誠)·류덩한(劉登翰), 《중국 당대신시사(中國當代新詩史)》, 베이징대학출판사, 2005.

리쩌허우 지음, 김형종 옮김, 《중국 현대사상사론》, 한길사, 2005.

셰몐(謝冕), 《낭만성운(浪漫星雲)》, 광둥인민출판사, 1999.

뉴한(牛漢), 김용운·김소현 공역, 《몽유(夢遊)》, 시놀로지, 2000.

창야오(昌耀), 《창야오의 시(昌耀的詩)》, 인민문학출판사, 1998.

린망(林莽), 《린망의 시(林莽的詩)》, 인민문학출판사, 1990.

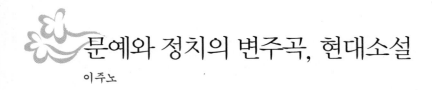

문예와 정치의 변주곡, 현대소설

이주노

      중국문학사 전체를 놓고 볼 때 시가와 산문이 문학의 주류이자 정통으로 인정받은 반면, 소설은 줄곧 문학의 주변부에 위치해왔다고 할 수 있다. 비록 당대(唐代)에 전기(傳奇)가 제법 독자적인 서사 장르로 성장하기는 하였지만 여전히 시가와 산문을 보조하는 지위에 머물러 있었으며, 송대(宋代) 이후에 중국문학사를 빛낸 수많은 소설이 창작되고 널리 읽혔어도 소설은 여전히 오락거리의 하나로 간주되었을 뿐 문학의 전당에는 들어갈 수 없었다. 소설이 문학적 지위와 의미를 부여받은 것은 청말의 변혁운동을 통해서였다고 할 수 있다.

1. 청말: 현대소설의 싹을 틔우다

청말의 소설에 새로운 사회적 지위를 부여한 이는 변법운동을 주도한 량치차오였다. 그는 사상을 계몽하고 사회를 개혁하는 가장 효과적인 글쓰기 방식으로 소설의 역할에 주목하고, 1902년에 일본에서 중국 최초의 소설잡지인 《신소설》을 창간하였다. 그는 "소설이 문학에서 가장 뛰어난 것"이라고 주장하며, "정치를 개량하고자 한다면 반드시 소설계 혁명에서 시작하지 않으면 안 된다"라고 역설하였다. 전통적인 문학관을 전복하고 소설의 정치적 공용성을 극대화한 그는 1899년에 일본의 정치소설인 도카이 산시(東海散士)의 《가인기우(佳人奇遇)》를 번역하여 발표하였을 뿐만 아니라, 1902년에는 《신중국 미래기》를 창작하기도 하였다.

량치차오의 《신중국 미래기》에서 엿볼 수 있듯이, 청말의 소설 가운데에는 '신(新)'이나 '미래(未來)'라는 글자가 들어간 작품이 대단히 많다. 이 작품들은 대개가 서구를 전범으로 삼아 정치와 교육의 개혁, 여성해방 같은 계몽주의적 전망을 담아냈다. 예컨대 춘마펑(春馬風)의 《미래세계》와 루스어(陸士諤)의 《신중국》은 중국이 입헌을 달성한 뒤의 새로운 삶을 그려 냈는데, 이들 정치소설은 《신중국 미래기》와 함께 지식인들이 새로운 중국에 대해 품고 있던 기대와 '유토피아적' 이상을 잘 보여준다.

청말 소설 가운데 가장 소설적 성취가 높은 작품은 사회소설류이다. 이들 작품은 후에 루쉰의 《중국소설사략》에서 견책소설이라 일컬어졌는데, 당시 사회, 특히 관계의 부패와 세태의 타락을 폭로하고 꾸짖으면서 국민의 자성을 촉구하였다. 대표적인 견책소설로는 리보위안(李伯元)의 《관장현형기(官場現形記)》와 《문명소사(文明小事)》, 우젠런의 《20년 동안 목도한 괴이한 일들》, 류어의 《라오찬 여행기》, 쩡푸의 《죄악의 바다에 핀 꽃》 등을 들 수 있다.

이들 작품이 현실에 대한 깊은 통찰력과 비판정신을 바탕으로 현실 사회를 반영했다면, 쑤만수(蘇曼殊)와 쉬전야(徐枕亞)는 또 다른 방식으로 낭만적 격정을 토로하였다. 쑤만수는 일찍이 영국의 낭만파 시인 바이런과 셸리의 작품을 번역하여 소개하였다. 그가 처음 쓴 소설이자 대표작인《단홍령안기(斷鴻零雁記)》는 주인공의 인생역정을 일인칭 객관자 시점으로 풀어나가는 자서전 색채가 강한 작품이다. 이 작품은 특히 이야기의 서사에 치중하는 전통소설의 글쓰기 방식에서 벗어나, 작가 자신의 자아를 표현하는 데 중점을 두었다. 또한 작가 자신의 개인적 체험을 바탕으로 한 쉬전야의《옥리혼(玉梨魂)》역시 편지와 내면 독백을 통해 서정적인 문체로 자아를 표현하는 데 중점을 두었다. 이 두 사람은 5·4 신문학운동기 원앙호접파의 대표 작가로 과소평가되는 경향이 있지만, 이들의 작품이 5·4 신문학운동기의 낭만파 소설에 미친 영향은 심대하다고 할 수 있다.

청말 소설을 되돌아볼 때, 린수에 의해 번역된 이른바 '임역소설(林譯小說)' 또한 중요한 의미를 지닌다. 린수는 원래 외국어를 해독할 수 있는 능력이 없었기 때문에 외국어를 잘하는 사람이 구술하면 고문으로 받아 적는 형식으로 번역을 진행하였다. 그래서 그의 번역에는 일정한 체계가 없었고, 원저가 뛰어나지 않거나 번역이 원저 내용의 절반에도 채 미치지 못하는 경우가 있었다. 그러나 대부분의 경우 원저의 줄거리를 충실히 소화해내고 있으며, 중국어의 언어습관을 최대한 활용하여 원저의 맛을 미려하게 살렸다는 평가를 받는다. 그가 번역한 작품으로는 알렉상드르 뒤마의《춘희(巴黎茶花女遺事)》, 디포의《로빈슨 크루소 표류기(魯濱孫漂流記)》, 세르반테스의《돈키호테(唐·吉訶德)》, 스토 부인의《톰 아저씨의 오두막집(黑奴籲天錄)》,《이솝우화(伊索寓言)》등이 있다. 중국소설이 현대화되는 과정에서 량치차오가 중국소설을 새롭게 전환하고자 했다면, 린수는 중국소설의 현대화에 새로운 모델을 제시함으로써 5·4 신문학에 기여하였다고 할 수 있다.

　　청말에 소설이 이렇듯 활발하게 창작되고 번역될 수 있었던 까닭은 우선적으로 당시의 역사적 상황에서 찾을 수 있다. 즉 제국주의 열강의 침탈이 가속화되는 국가적 위기 속에서 새로운 사고로 새롭게 전환하고 다양한 가치를 모색해야 한다는 것이 당대의 주요한 문화심리로 자리 잡고 있었으며, 이로 인해 소설에 대한 기존의 관념을 뛰어넘어 새로운 내용과 형식을 담아낼 수 있었다. 이와 함께 소설을 생산하고 유통하며 소비하는 주체가 형성될 수 있는 사회적·문화적 조건이 갖춰졌다는 점을 들 수 있다. 즉 1905년에 과거제가 폐지됨으로써 재능 있는 문인들이 문단으로 유입되어 창작활동에 종사하였으며, 인쇄업과 출판업이 발전함에 따라 소설을 게재하고 판매할 수 있는 근대적 매체와 유통망이 생겨났으며, 근대적 교육기관이 설립되어 소설을 소비할 수 있는 도시 중심의 문화지식 기반이 형성되어 있었다.

2. 1920년대와 1930년대: 꽃망울을 터뜨리다

　　1920년대의 소설 창작은 바로 이러한 청말의 역사적 상황과 사회적·문화적 조건, 창작 성과 위에서 성장하였다고 할 수 있다. 그러나 한편으로 이 시기의 소설은 청말의 소설과 확실히 다른 면모를 보여주는데, 이는 1910년대 중반에 펼쳐진 신문학운동의 성격과 직접적인 관련을 맺고 있다. 즉 신문학운동가들은 기본적으로 문언 대신에 일상언어인 백화를 문학언어로 사용하자고 주장하였으며, 나아가 백화문학을 중국문학의 정통으로 간주하는 한편, 명·청대 백화소설의 문학적 가치를 높게 평가하였다. 이들은 소설이 사회 현실을 진실하게 그려내야만 진정한 문학이 될 수 있고, 인도주의를 근본으로 삼아 인생의 여러 문제를 다루어야만 인간의 문학이라 할 수 있다고 주장하였다. 아울러 단편소설의 개념과 함께 중국 단편소설의 역사를 정리하고 외국의 소설과 소설이론을 번역하여 소개하는 한편, 이에 근거하여 문언으로 쓰인 구파 소설이 통속적으로 대중에 영합하며 문학이론에 대한 이해가 없다고 비판하였다.

　　이러한 분위기 속에서 새로운 시대정신을 담은 백화소설의 창작은, 1918년 5월에 《신청년》에 발표된 루쉰의 〈광인일기〉에 의해 처음으로 이루어졌다. 중국 최초의 현대소설이라 일컬어지는 이 소설에서 루쉰은 중국 사회의 본질이 '식인[吃人]'임을 밝혀내면서, '예전부터 그래왔다면 옳단 말인가?'라는 회의정신과 '그래서는 안 된다'는 부정의 정신 위에서 '자신 또한 피해자이자 가해자'라는 참회의식을 드러낸다. '국민성의 개조'라는 루쉰의 문학정신은 그 뒤 〈쿵이지(孔乙己)〉, 〈약(藥)〉, 〈아큐정전(阿Q正傳)〉 등을 통해 지속적으로 관철된다. 이들 작품 가운데에서도 특히 〈아큐정전〉은 신해혁명 당시 중국인의 사유체계를 '정신승리법'으로 개괄하면서 중국인의 허위적이고 기만적인 의식구조를 파헤쳤다. 이로써 루쉰의 소설은 신문학운동이 낳은 대표적인 문학적 성과로 자리매김되었으며, 루쉰은 1920년대 시대정신의 대변자가 되었다.

1923년에 출판된 루쉰의 첫 번째 소설집 《외침(吶喊)》의 표지. 이 책에는 〈광인일기〉와 〈아큐정전〉 등이 실려 있다.

　　루쉰에 의해 발현된 사회 현실에 대한 비판 정신은 5·4 운동 직후 문제소설로 계승되었다. 문제소설은 계몽이라는 문제의식에서 출발하여 중국 사회의 갖가지 문제, 인생의 목적과 의의를 제기함으로써 현실 사회와 삶을 개량하고자 하는 소설로, 작가의 현실주의 정신과 계몽주의 경향이 결합된 것이라 할 수 있다. 문제소설의 대표작으로는 빙신(冰心)의 〈두 가정(兩個家庭)〉과 〈이 사람만 홀로 초췌하네(斯人獨憔悴)〉, 왕퉁자오의

〈봄비 내리는 밤(春雨之夜)〉과 〈깊은 생각(沈思)〉, 쉬디산의 〈명명조(命命鳥)〉와 〈집 짓는 거미(綴網勞蛛)〉 등을 들 수 있다. 그러나 문제소설은 실제 생활을 관찰하고 체험하여 창작한 것이라기보다는 세계관이나 인생관 같은 어떤 명제에서 출발하였기에, 이야기나 인물형상이 구체성이나 현실성을 지니지 못하였다. 또한 작가의 인생체험이 깊지 못하던 터라 사회문제의 근원을 깊이 파고들지

1923년 미국 유학 시절의 빙신.

못하고, 사회문제에 대한 대안에도 작가 자신의 주관적 관념이 지나치게 개입함으로써 심각하게 관념화하는 폐단을 드러냈다.

　　이러한 문제소설의 폐단을 극복하기 위해 제창된 것이 자연주의였는데, 이 사조는 작가의 주관적 사상과 감정이 작품에 지나치게 개입하는 것을 비판하면서 '실제적 관찰'과 '객관적 묘사'를 강조하였다. 자연주의가 제창됨에 따라 1920년대 초·중기에 베이징과 상하이에 거주하던 농촌 출신의 젊은 작가들은 자신이 잘 알고 있는 농촌의 현실과 농민의 삶을 작품의 제재로 취하였다. 루쉰에 의해 '향토소설파'라고 일컬어진 이들은 피폐한 농촌 사회와 비참한 농민의 삶을 그려내거나, 농촌의 봉건적 악습과 농민의 우매하고 마비된 의식을 그려내기도 하고, 도시문명에 대한 회의 속에서 농촌을 목가적인 전원으로 묘사하며 향수의식을 드러내었다. 향토소설의 주요 작품으로는 왕쓰뎬(王思玷)의 〈전염병(瘟疫)〉, 쉬친원(許欽文)의 〈채석공(石宕)〉과 〈코흘리개 아얼(鼻涕阿二)〉, 쉬제(許傑)의 〈끔찍한 안개(慘霧)〉와 〈도박꾼 지순(賭徒吉順)〉, 젠셴아이(蹇先艾)의 〈수장(水葬)〉, 타이징눙의 〈톈얼거(天二哥)〉, 펑원빙(馮文炳)의 〈죽림 이야기(竹林的故事)〉 등을 들 수 있다.

문제소설과 향토소설이 사회 현실을 반영한다는 현실주의 성향을 짙게 띠고 있다면, 위다푸(郁達夫)와 궈모뤄의 소설은 낭만주의 경향을 지니고 있다. 특히 위다푸의 〈몰락(沈淪)〉과 〈은회색 죽음(銀灰色的死)〉, 〈남방 요양기(南遷)〉, 궈모뤄의 《표류(漂流)》 삼부곡은 작가 자신의 직접적인 체험을 바탕으로 내면세계를 솔직하게 드러내고 있다. 이들의 소설은 20세기 초에 일본에서 크게 유행한 '사소설(私小說)'에서 영향을 받았으며, 대체로 강렬한 주관적 정서를 통해 자신의 병태적 심리를 대담하게 드러냈다. 이 가운데 〈몰락〉은 이상과 현실, 전통과 현대의 괴리에서 비롯된 정체성의 위기를, 성적 욕망으로 고뇌하는 젊은이를 통해 잘 묘사해냈다.

다소 평면적이던 1920년대의 소설 창작은 1920년대 후반부터 중국 사회에 이데올로기적 긴장이 고조되면서 다양한 창작방법을 통해 풍성한 성과를 보여주기 시작한다. 이는 중국 사회의 정치 형세가 변화한 것과 세계 프롤레타리아 혁명운동이 고조된 것과 관련이 있다. 즉 1927년 4월에 장제스의 반공 쿠데타에 의해 중국 혁명의 성격이 부르주아 민주주의 혁명에서 프롤레타리아 사회주의 혁명으로 바뀌었다는 점, 1920년대 말에 전 세계적으로 자본주의의 위기가 대공황으로 표출되면서 사회주의 혁명에 대한 기대가 높아졌다는 점, 그리고 1931년에 만주사변 등을 통해 일본 제국주의의 군사적 침략이 노골화되었다는 점 등을 들 수 있다. 이러한 정치적 동요와 사회적 혼란 속에서도 새로운 변혁의 길을 모색하는 논의가 더 활발하게 이루어졌다. 그런 의미에서 1930년대는 논쟁의 시기이기도 하였다. 바로 이러한 사회적·문화적 분위기 속에서 여러 색깔의 창작방법론이 서로 밀고 당기면서 다양한 작품을 생산해낼 수 있었다.

1920년대 말부터 1930년대 초까지 성행한 이른바 '프로(pro)소설'은 대혁명을 위한 투쟁적 삶과 계급의식의 각성을 형상화하였다는 점에서 중국현대소설의 지평을 새로이 개척하였다. 그러나 프로소설은 주로 '혁명

더하기 연애'로 특징지어지는 뻔한 공식화와 인물의 빈약한 형상화로 인하여 마치 정치해설서처럼 모든 것을 개념화하는 폐단을 지니고 있었다. 이에 따라 이들 작품은 맹목적 낙관주의와 과장된 역사적 전망을 보여주는데, 취추바이는 후에 이러한 경향의 작품을 '혁명적 로맨스'라 개괄하면서, 프티부르주아의 혁명에 대한 환상을 드러냈다고 비판하였다. 이러한 경향의 대표작으로는 장광츠의 〈들제사(野祭)〉와 〈리사의 애원(麗沙的哀怨)〉, 홍링페이의 〈유랑(流亡)〉 등을 들 수 있다.

프로소설의 폐단을 극복하기 위해 작가들은 현실에 대해 객관적 태도를 유지하고 유물변증법을 정확히 이해할 것을 요구받았다. 작가들은 계급적 관점에 의거하여 사회 현상의 이면에 감추어져 있는 본질을 파헤치고 대중들이 혁명적으로 각성해가는 과정을 점차 반영하기 시작하였는데, 1931년의 대홍수로 인한 재난을 그린 딩링의 〈홍수〉, 1932년의 대풍작으로 농촌 사회가 붕괴해가는 모습을 그린 예쯔(葉紫)의 〈풍작(豊收)〉, 예사오쥔(葉紹鈞)의 〈서너 말을 더 거뒀는데(多收了三五斗)〉 등이 바로 그 좋은 예다. 이들 작품은 사회 현실을 진실하게 반영하는 데서 한걸음 더 나아가 사회주의적 전망까지도 담아냈는데, 뒤에 '사회해부소설'로 일컬어진 마오둔의 농촌 삼부곡〔〈봄누에(春蠶)〉, 〈가을걷이(秋收)〉, 〈늦겨울(殘冬)〉〕과 〈린씨네 가게(林家鋪子)〉,《한밤중(子夜)》이 그 대표작이라 할 수 있다.

사회 현실을 반영하는 데 중점을 둔 이들 소설과 달리, 상하이를 배경으로 기형적 도시문명 속에서 자라나는 병태적 심리를 주로 다룬 작가들도 있었다. 이들은 일본의 신감각파를 모방하였다고 하여 '신감각파'로 일컬어지는데, 이들은 상하이 조계지라는 특수한 현대도시의 화려하고 번화한 겉모습 속에서 공허한 삶과 단절된 인간관계를 끄집어내었다. 이들 작품은 중국 최초의 진정한 모더니즘 소설로 평가되는데, 주관정서를 순간적이고 감각적으로 표출하는 데에서 의식의 흐름과 심리를 분석하는 데까지

베이징 서민의 삶을 잘 그려낸
소설가 라오서.

나아가기도 하였다. 대표작으로는 류나어우(劉吶鷗)의 〈두 시간의 불감증
환자(兩個時間的不感症者)〉, 무스잉(穆時英)의 〈상하이의 폭스트롯(上海的
狐步舞)〉, 스저춘(施蟄存)의 〈장맛비 내리는 저녁(梅雨之夕)〉 등을 들 수
있다.

이러한 주요한 흐름 외에 중국현대소설사를 빛낸 뛰어난 작가들로
바진과 라오서, 선충원을 들 수 있다. 바진의 《집(家)》은 봉건대가족이 붕
괴하는 과정을 통하여 구세대의 몰락과 신세대의 성장을 보여주었으며, 라
오서의 《뤄튀샹쯔(駱駝祥子)》와 〈초승달(月牙兒)〉은 베이징 하층민의 삶을
사실적으로 그려냈다. 선충원의 《변성(邊城)》은 도시문명의 허위와 냉혹함
에 맞서 샹시(湘西)로 대표되는 변방의 원시적 생명력을 노래하였다. 이 밖
에도 만주사변 이후 남하한 둥베이 인민들의 삶과 투쟁을 그린 작가들이
있는데, 대표작으로는 샤오쥔(蕭軍)의 《8월의 향촌(八月的鄕村)》과 샤오훙
(蕭紅)의 《삶과 죽음의 터(生死場)》 등이 있다.

이 시기를 전체적으로 조망해볼 때, 1920년대에 주된 사회 담론이
계몽이었다면, 1930년대에는 혁명이 그 자리를 대신했다. 그리하여 1930년
대로 갈수록 소설은 정치적 경향성을 더 짙게 드러냈다. 좌우의 이데올로
기 대립과 긴장이 격화되고 문화계에 대한 탄압 역시 가중되었지만, 혁명

을 둘러싼 논쟁과 문예를 가로지르는 논의는 더욱 심화되었다. 바로 이처럼 다양한 토론에 의해 만들어진 문화적 공간이 오히려 다양한 창작방법을 운용하여 다채로운 창작성과를 낳게 하였으며, 이러한 의미에서 1920년대와 1930년대는 중국현대소설이 현대화되는 과정에서 괄목할 만한 발전을 이룬 시기라고 할 수 있다.

3. 1940~1970년대: 꽃은 시들고

1937년에 중일전쟁이 발발하자, '항일'이라는 기치 아래 '구망(求亡)'이 사회의 거대 담론으로 자리 잡았다. 따라서 모든 문예활동은 '항일'과 '구망'을 위한 정치적 도구가 되는 것이 당연하게 여겨졌다. 더욱이 1942년에 행해진 마오쩌둥의 〈문예강화〉는 '문예는 노농병을 위해 복무해야 한다'는 전제 아래 공산당의 이념과 정책에 복종하기를 요구하였다. 나아가 문예는 1949년에 중화인민공화국이 수립된 뒤 '사회주의 건설을 위해 복무'하고 사회주의적 가치와 이상을 선전하는 정치수단이 되기를 요구받았으며, 1966년에 문화대혁명이 시작된 뒤에는 극좌적인 공산당의 이념과 정책을 선전하는 정치수단으로 전락하고 말았다.

문예가 정치에 갈수록 종속되고 그 정치적 공용성이 강조됨에 따라, 특정 시기의 특수한 문학운동론에 지나지 않던 〈문예강화〉가 신성불가침한 도그마로 굳게 자리 잡았다. 〈문예강화〉에서 제기한 왜곡되고 왜소화한 현실주의론은 반발하는 일부 작가들을 대중투쟁 방식으로 비판하면서 현실주의 독존론이라는 편향으로 나아갔다. 현실의 요구와 정치의 논리가 문예를 압도하고 획일성과 맹목적 복종이 미덕으로 간주되면서, 소설이 반영하는 제재 영역이 날로 협소해진 채 정치이념과 경제정책의 도해서로 전락하고 말았다.

항일전쟁 초기의 소설은 주로 중국 인민의 항전 의지를 고취시키기 위해 일본 제국주의가 저지른 만행을 고발하거나 중국 인민들이 보여준 영웅적 투쟁을 그린 작품이 주류를 이루었다. 그러나 중일전쟁이 점차 대치기에 접어들어 항전 초기의 속승론(速勝論)과 낙관적 영웅주의의 흥분과 열정이 사라짐에 따라, 작가들은 항전 중에 나타난 중국 사회의 병폐를 향해 눈을 돌리기 시작했다. 이러한 경향의 대표작으로 장톈이의 〈화웨이 선생(華威先生)〉과 사팅(沙汀)의 〈치샹쥐 찻집에서(在其香居茶館里)〉를 들 수 있다. 이 두 작품은 각각 풍자적인 수법으로 입으로만 항전을 외치는 지식인의 허위와 기만을, 병역제도의 부패를 폭로하였다. 이들 작품 외에 항전 시기를 대표할 만한 작품으로는 상하이에서 활동한 장아이링의 〈황금족쇄(金鎖記)〉, 국민당 통치구역에서 활동한 마오둔의 《부식(腐蝕)》, 라오서의 《사세동당(四世同堂)》, 바진의 《항전》 삼부곡 등이 있다.

그러나 항전 시기에 소설을 창작한 주류는 아무래도 공산당 통치구역인 해방구의 작가들이었다고 할 수 있다. 해방구의 소설 창작은 〈문예강화〉의 정신을 가장 잘 구현했다고 평가받던 자오수리, 토지개혁운동을 소설화한 딩링과 저우리보(周立波)로 대표된다. 자오수리는 구소설의 장회체와 서사 전략을 이용하여 해방구에서 펼쳐지는 삶의 변모와 환희를 형상화하였는데, 〈샤오얼헤이의 결혼〉, 〈리유차이의 판화〉와 〈리씨 마을의 변천〉 등을 통해 일약 해방구의 대표작가로 떠올랐다. 또한 딩링의 《태양은 쌍간강을 비추고(太陽照在桑乾河上)》와 저우리보의 《폭풍취우(暴風驟雨)》는 농촌에서 직접 체험한 것을 바탕으로 공산당의 토지개혁정책을 해설하고 그 실행과정에서 나타나는 갖가지 문제와 대안을 제시함으로써 토지개혁운동의 교과서로 일컬어졌다.

1949년 10월에 중화인민공화국이 수립된 뒤의 소설 창작은 항전 시기 해방구에서 쌓아온 창작경험을 이어받았다고 할 수 있다. 즉 1950년대와

1960년대의 소설은 기본적으로 새로운 시대의 새로운 생활을 찬양하는 작품, 지난날의 혁명투쟁과 한국전쟁의 영웅적 인물을 형상화한 작품, 농촌사회의 농업합작화운동을 그린 작품 등이 주류를 이루었다. 이들 작품들은 문학과 현실, 문학과 정치의 관계를 더욱 강화하여 선명한 시대색을 띠면서 사회주의 사회가 요구하는 새로운 인물형상 혹은 영웅적 인물형상을 창조해냈다. 이 가운데에서도 당시의 경제정책, 특히 농업합작화운동의 당위성과 필요성을 선전하고 설명하는 작품이 대량으로 창작되었는데, 대표작으로 자오수리의 《삼리만(三里灣)》, 류칭의 《창업사(創業史)》, 저우리보의 《산향거변(山鄕巨變)》 등을 들 수 있다.

이 시기에는 혁명투쟁이나 사회주의 건설을 제재로 하여 소설을 창작하되 철저하게 프롤레타리아적 세계관에 입각해야만 했다. 이러한 틀에서 벗어난 작품은 비록 사회주의 사회를 찬양하고 혁명투쟁과 관련되어 있다 하더라도 혹독하게 비판받았다. 이를테면 1950년대 초에 발표된 샤오예무(蕭也牧)의 〈우리 부부 사이(我們夫婦之間)〉와 주딩(朱定)의 〈관 중대장(關連長)〉은 각각 프티부르주아적 정서와 부르주아 인도주의를 드러냈다는 비판을 받았다. 또한 쌍백 방침에 따라 인민 내부의 모순이나 사회주의 사회의 어두운 면을 그리거나 남녀간의 애정을 그린 작품 역시 비판으로부터 자유롭지 못했다. 즉 당 관료의 관료주의와 무사안일주의를 그린 왕멍의 〈조직부에 온 젊은이(組織部新來的靑年人)〉와 리귀원(李國文)의 〈재선거(改選)〉, 남녀 사이의 애정문제를 다룬 덩유메이(鄧友梅)의 〈벼랑 위에서(在懸崖上)〉와 쭝푸(宗璞)의 〈붉은 콩(紅豆)〉 등은 현실의 어두운 면을 지나치게 부각시켰다거나, 부르주아적 애정관을 유포하였다는 비판을 받았다.

소설을 창작하는 과정을 당이 지도하고 간섭하면서 작품이 좌편향되는 상황은, 1960년대 중반 문화대혁명 이후 더욱 심해졌다. 문예계에는 '삼결합(三結合)', '노농병의 아마추어 창작(工農兵業餘創作)', '사작조(寫

作組)에 의한 집체 창작'이 크게 유행하였으며, '근본임무설', '삼돌출(三突出) 원칙', '주제 선행', '제재 결정' 등이 문예작품을 창작하는 데 최고의 준칙이 되었다. 당시 이러한 창작방법을 통하여 사인방의 정치적 음모에 철저히 부응한 작품으로 상하이 현 사작조의 《홍난 작전사(虹南作戰史)》와 광저우 군구(軍區) 사작조의 《우전양(牛田洋)》 등을 들 수 있는데, 이들 작품은 소설의 형식을 빌린 정치 교재라고도 할 수 있다. 이 밖에 문화대혁명기의 소설 창작을 대표하는 작품으로 하오란(浩然)의 《금광대도(金光大道)》와 《염양천(艷陽天)》을 들 수 있다. 당시 서점에 루쉰의 저작과 하오란의 《금광대도》만 놓여 있었을 정도로, 하오란은 문화대혁명기의 대표적 소설가로서, 철저하게 계급투쟁적 관점에 입각하여 농업합작화운동을 그려낸 작품들을 발표했다.

문화대혁명의 엄혹한 상황에서 기형적인 소설이 유행하던 시절, 그나마 사인방의 담론에 맞서 소설 창작의 명맥을 유지한 것은 필사본 형태로 유포된 지하소설들이었다. 지하소설의 대표작으로는 장양(張揚)의 《두 번째 악수(第二次握手)》, 진판(靳凡)의 《공개된 연애편지(公開的情書)》, 자오전카이(趙振開, 베이다오의 본명)의 《파도(波動)》 등을 들 수 있다. 《두 번째 악수》는 지식인의 애국심과 정의감, 선진성과 창의성을 긍정적으로 묘사했으며, 나머지 두 작품은 문화대혁명기에 젊은이들이 경험한 방황과 고뇌를 통해 당시의 암담한 현실을 고발하였다. 이들 작품은 문화혁명기의 경직되고 획일화된 제재에서 벗어나 현실의 암울함을 비판적으로 그려내고 있다는 점에서 그 뒤 1980년대 소설 창작의 길잡이가 되었다.

4. 1980년대 이후: 만발한 꽃

1976년 9월에 마오쩌둥이 사망한 데 이어 사인방이 체포됨으로써

10년 동란의 문화대혁명이 막을 내렸다. 덩샤오핑은 사인방의 극좌정책이 빚어낸 오류를 바로잡는 한편, 국가의 기본 정책으로 개혁 · 개방을 실시하였다. 이러한 정치 형세의 변화에 발맞추어 문예계 내에서도 사인방의 교조주의적 문학이론을 비판하는 한편, 새로운 문예이론을 모색하는 움직임이 시작되었다. 그리하여 문학과 현실, 문학과 정치의 관계를 극좌적으로 이해하던 데서 벗어나 문예의 특수성을 인정함으로써 문예의 심미적 특징을 논의하였으며, 문예비평에서도 단일한 정치적 · 계급적 관점에서 벗어나 서구의 다양한 문학이론과 비평이론을 소개하였다.

　　이 시기의 소설 창작은 기본적으로 문화대혁명 시기 또는 중화인민공화국이 수립된 뒤의 역사 · 문화를 비판적으로 성찰하는 내용을 특징으로 한다. 사인방이 몰락한 후 맨 처음 등장한 것은 이른바 '상흔문학'이었다. 상흔문학은 문화대혁명의 극좌노선이 중국 인민에게 끼친 육체적 · 정신적 해악과 상처를 되돌아본 문학이다. 상흔문학의 대표작으로는 류신우의 〈담임 선생님〉과 루신화의 〈상흔〉, 저우커친(周克芹)의 《쉬마오와 그의 딸들(許茂和他的女兒們)》 등을 들 수 있다. 상흔문학에 이어 창작의 주요한 흐름을 형성한 것은 뒤돌아보기 문학이었다. 뒤돌아보기 문학은 중화인민공화국이 수립된 뒤의 역사에서 극좌 사조의 근원을 찾으려 했다는 점에서 상흔문학의 연장이자 보충이라 할 수 있다. 다만 상흔문학에 비해 더 폭넓은 시공간 속에서 복잡한 사건과 다양한 인물을 다루었기 때문에, 대부분 중편이나 장편의 형식을 취하고 있다. 뒤돌아보기 문학의 대표작으로는 가오샤오성(高曉聲)의 〈리순다의 집짓기(李順大造屋)〉, 루엔저우(魯彦周)의 《톈윈 산의 전설(天雲山傳奇)》, 천룽(諶容)의 《중년이 되어(人到中年)》, 구화의 《부용진》, 왕멍의 〈볼셰비키의 경례(布禮)〉 등을 들 수 있다.

　　1970년대 말부터 1980년대 초까지 상흔문학과 뒤돌아보기 문학이 작품을 풍성하게 내놓았지만, 1980년대 중기에 접어들어 소설계에는 다소 적막한 현상이 나타났다. 여전히 장편소설이 창작되었지만 사회적 반향을 불러일으키는 작품은 갈수록 감소하였으며, 소설의 수준 역시 상흔문학이나 뒤돌아보기 문학을 뛰어넘지 못하였다. 이제 소설계는 새로운 출로를 찾아내야만 했으며, 새로운 이론이 긴급히 모색되어야만 했다. 바로 이러한 상황에서 1985년 소설계에 나타난 것이 '문화 뿌리찾기〔文化尋根〕'에 대한 논의와 모더니즘의 수용이었다.

다시 말해 중국문화의 '뿌리찾기'는 우선적으로 개혁과 개방 이후 중국의 지식인들이 겪은 문화적 충격에서 비롯되었다고 할 수 있다. 오랫동안 폐쇄 상태에 놓여 있던 중국의 지식인들은 중국문화와 세계문화의 격차에 당혹감을 금치 못하는 한편, 개혁·개방정책이 실시된 뒤 물밀듯이 쏟아져 들어오는 외래문화로 정체성의 위기를 심각하게 느낄 수밖에 없었다. 아울러 1982년에 콜롬비아의 작가 마르케스가 《백 년 동안의 고독》으로 노벨문학상을 수상한 사실 또한 중국의 지식인들에게 커다란 충격을 안겨주었다. 바로 이러한 문화적 충격은 세계문학과 대화하기 위해서는 민족의 자아를 수립함과 동시에 민족문화를 새로이 인식하지 않으면 안 된다는 결론에 이르게 했다.

뿌리찾기 소설의 제창자들은 민족문화를 깊이 인식하고 전통문화를 발양하는 기초 위에서 신문화를 수립함으로써 문화의 품격을 새로이 만들어내야 한다고 주장한다. 그들은 민족문화의 정수가 향토에 응결되어 있는 민간에 존재한다고 보고, 민족과 지역의 특색이 풍부한 문학을 수립해야 세계문학과 어깨를 겨룰 수 있다고 여겼다. 뿌리찾기 소설은 크게 세 부류, 즉 전통문화 심리구조를 드러내는 작품, 특정한 지역색과 문화의 특징을 발굴하여 지역문화를 재현하는 작품, 그리고 중국문화 내부에 오랫동안 형성되어온 열근성(劣根性)과 폐쇄성을 폭로하는 작품으로 나누어볼 수 있다. 뿌리찾기 소설의 대표작으로는 아청의 〈장기왕〉, 장청즈(張承志)의 《흑

준마(黑駿馬)》, 한사오궁의 《아빠, 아빠, 아빠》, 왕
안이의 《샤오바오좡(小鮑莊)》 등을 들 수 있다.

뿌리찾기 소설가의 한 사람인
장청즈의 《북방의 강》 표지.

　　뿌리찾기 소설과 거의 같은 시기에 모더니
즘을 수용한 모더니즘 소설 역시 문단의 주목을
받았다. 문단에서 모더니즘에 관한 논의가 벌어진
것은, 일찍이 1930년대의 신감각파 이후 40여 년
이 지난 1981년에 가오싱젠(高行健)의 《현대소설
기교 초보적 탐색(現代小說技巧初探)》이라는 책
이 출판되고서부터다. 그 후 1982년에 펑지차이
(馮驥才)와 류신우를 비롯한 몇몇 소설가들이 '중국은 현대파를 필요로 한
다'는 통신식 대화를 시작하여 사회적 반향을 불러일으키면서 모더니즘에
대한 논의를 심화시켰다. 이 무렵 왕멍의 〈봄의 소리(春之聲)〉와 〈나비(蝴
蝶)〉, 모옌(莫言)의 《투명한 당근(透明的紅蘿卜)》 같은 일부 작품에 모더니
즘의 기법이 운용되었지만, 모더니즘을 본격적으로 수용했다고 보기는 어
려웠다.

　　모더니즘이 본격적으로 수용된 것은 1985년에 류쒀라의 〈넌 별다른
선택의 여지가 없어〉와 쉬싱의 〈무주제 변주곡〉이 발표되고서부터이다. 이
들 작품에서 현실세계는 냉소와 야유, 조롱의 대상이 되며 기성의 권위와
가치가 철저히 부정된다. 이들에 이어 찬쉐와 마위안(馬原)이 모더니즘을
나름의 예술형식으로 빚어낸다. 찬쉐의 〈구정물 위의 비누 거품(汚水上的
肥皂泡)〉에서 보여주는 세계는 현실적이고 구체적인 세계가 아니라 꿈과
같은 환각과 부조리의 세계이며, 마위안의 〈갠지스 강의 유혹(岡底斯的誘
惑)〉은 서술자의 인칭을 뒤바꿈으로써 우리에게 익숙한 서사방식을 전복
시킨다.

　　모더니즘 소설은 이후 1980년대 후기에 선봉파로 이어지는데, 이들

은 1960년대에 태어나 사회의 주류의식이나 혁명전통 등에 매우 냉담한 세대이다. 이들은 기성의 권위와 가치에 선천적으로 회의감과 거부감을 보이는데, 대표적인 작가로 위화·거페이·쑤퉁 등을 들 수 있다. 선봉파와 함께 1980년대 후기에 두각을 드러낸 작가들이 신사실파다. 신사실파는 전통적인 현실주의와 달리, 객관 묘사에 대한 진실성을 강조하고 평범한 일상사에 주의를 기울임으로써 전형화나 경향성에 반대했다. 이들은 보통 사람의 생존환경, 즉 정신과 물질의 궁핍, 세속의 부침과 삶의 초라함을, 작가의 주관적 판단을 배제한 채 보여주려 했다. 신사실파의 대표작으로는 팡팡의 《풍경》, 츠리의 《번뇌 인생》, 류전윈의 《직장(單位)》 등을 들 수 있다.

5. 마치면서

지금까지 문학과 현실(혹은 정치)의 관계, 창작방법의 다양성을 중심으로 중국현대소설의 부침을 간략히 훑어보았다. 최근 100여 년 동안의 현대문학을 살펴보노라면, 소설은 문예 창작의 중심을 이룰 뿐만 아니라 시대정신을 가장 잘 구현하는 장르라고 할 수 있다. 중국현대문학의 역사가 그러했듯이 중국현대소설 역시 역사적 상황과 정치적 변동에 민감하게 반응하였으며, 따라서 때로는 정치의 축음기나 투쟁의 선전도구, 혹은 정책의 도해서라는 역할을 부여받기도 하였다. 아마 이러한 처지는 급변하는 사회 환경과 시대적 요구에 비켜서서 문학의 순수성을 온전히 지킬 수 없는 상황이 끊임없이 이어졌기 때문일 것이다. 다만, 개혁·개방정책이 실시된 뒤 중국의 현대소설이 이전의 경직된 모습과 달리 다양성과 대중성을 기반으로 역동성을 보여주고 있다는 점에서 앞으로 활기 넘치는 창작 성과를 기대해볼 수 있을 것이다.

🌸 생각할 거리

1. 중국현대소설에 나타나는 문화와 정치의 함수관계를 정리해보자.
2. 중국 전통소설과 현대소설은 서사 면에서 어떤 차이와 특징을 보여주는 가?
3. 외국의 번역소설이 중국소설의 현대화에 끼친 영향을 살펴보자.
4. 루쉰의 〈광인일기〉를 중국 최초의 현대소설로 여기는 까닭은 무엇일까?
5. 중국현대소설의 현대화와 민족화의 상호연관성을 고찰해보자.

🌸 권하는 책

허세욱 · 김시준 외, 《중국현대문학 전집》, 중앙일보사, 1989.

류성준 옮김, 《중국 현대 단편선》, 혜원출판사, 1999.

아청, 박소정 옮김, 《아이들의 왕》, 지성의샘, 1993.

팡팡 외, 김영철 옮김, 《중국 현대 신사실주의 대표작가 소설선》, 책이있는마을, 2001.

김영문 외 옮김, 《인물로 보는 중국현대소설의 이해》, 역락, 2002.

지식인과 대중의 연결고리, 현대산문

유영하

1. 산문, 자유로운 문장

산문은 특정한 틀에 얽매이지 않으므로 독자에게 전달하고자 하는 개념에 대해서 서사도 서정도 논의도 가능하다. 산문은 서술방식에 따라 대체로 서사성과 서정성, 논의성이라는 세 가지 각도에서 조명할 수 있다. 넓게 보면 현대중국에서 산문의 체제가 매우 다양함을 알 수 있는데, 신변잡감[雜感] · 단평(短評) · 소품(小品) · 스케치[速寫] · 보고(報告) · 통신문[通信] · 여행기[游記] · 서신(書信) · 일기(日記) · 회고록[回憶錄] 등을 모두 산문의 범주에 넣을 수 있다. 서술방식에 따라 크게 분류해보면 논의성에 중점을 두는 잡문(雜文), 서사와 서정 두 가지를 병행하는 산문소품(散

文小品), 서사적 요소를 철저히 배제하는 산문시(散文詩), 서사성을 가장 중시하는 보고문학(르포르타주) 등이다.

다시 말하면 작가 자신의 감정을 섞지 않고 주로 사실을 서술하는 서사성 산문, 작가 자신의 정서를 고스란히 토해내는 서정성 산문, 서사와 서정을 적절하게 병행하여 기록하는 소품 또는 소품산문, 사회문제나 논쟁거리에 대해 논의를 펼치는 논의성 산문인 잡문으로 나눌 수 있다. 1930년대 이후에는 서정성을 강조하는 산문시와 서사성을 강조하는 보고문학이 광범위하게 나타난다.

넓게 보면 산문의 반대말은 운문(韻文)이다. 그러니까 운을 맞추는 것[押韻]이나 대구를 맞추는 것[排偶]에 신경 쓰는 문장이 운문인데, 산문은 그 모두로부터 자유로운 문장이다. 쉽게 말해 이것저것 격식을 따지지 않고 누구나 쉽게 쓸 수 있는 글이 바로 산문인 것이다. 물론 쉽게 쓸 수 있다고 해서 문장에 기교가 필요하지 않다는 뜻은 아니다.

역사적으로 보면 중국에서 문학의 장르는 한 시대를 의미하기도 했다. 한대(漢代)에 산문이 유행하여 한문(漢文)이라는 어휘가 정착되었다면, 당시(唐詩)와 송사(宋詞), 명청소설(明淸小說)도 일반 명사처럼 되었다고 보아도 무방하다. 시(詩), 사(詞), 소설(小說)이 당(唐), 송(宋), 명청(明淸) 왕조를 대표한다면, 현대중국이나 20세기 중국을 대표하는 문학 장르는 산문이라고 할 수 있다.

예전부터 중국에서 문장을 말하면서 빠지지 않는 경구가 존재하였는데, '문장에는 도(어떤 가르침)가 실려야 한다' 또는 '문장은 도를 싣는 수단이다'라는 뜻의 '문이재도(文以載道)'가 바로 그것이다. 문이재도의 '문'이란 엄격히 말해서 산문만을 가리키는 것은 아니지만, 대체로 산문적이고 서사적인 것을 말한다. 이와 같은 중국의 전통 역시 또 다른 측면에서 현대 산문이 고유한 위치를 확립하는 데 크게 영향을 주었다.

현대중국의 저명한 작가 위다푸는 "예로부터 중국의 문장은 줄곧 산문이 주요 문체였는데, 중국에서 그냥 문장이라고 하면 바로 산문을 가리켜왔기 때문"이라고 했다. 그는 또한 '산문'이라는 말이 중국에 없는 어휘이고 최근 서양에서 수입된 어휘가 틀림없지만, 산문이라는 형식은 중국에서 오랫동안 주요 문학 장르로 전래되어왔다고 보았다.

2. 개인의 발견

표면적으로 보면 문학과 정치는 관계가 없는 것처럼 보인다. 그러나 한 시대의 정치적 상황은 문학에 지대한 영향을 미친다. 특히 중국에서 현대문학 또는 신문학이 탄생한 것은 19세기 말부터 20세기 초까지 진행된 중국의 정치적 상황과 아주 밀접한 관계를 가지고 있다.

청말부터 두드러지게 나타난 문학의 정치효용론은, 5·4 시기까지 진행된 역사적 상황과 더불어 5·4 시기의 문학가들로 하여금 문학이 일종의 사회적 수단이라는 인식을 갖게 하는 정도로까지 발전한다. 이것이야말로 20세기에 중국산문이 발전한 가장 중요한 배경이라고 할 수 있다.

그리하여 산문은 초기에 제국주의와 봉건주의에 대항하는 '민주'와 '과학'이라는 현대화 구호의 전도자로서 긍정적인 역할을 했고, 오늘날까지 계몽을 위한 사상적 도구로 그 역할을 다해왔다. 계몽은 산문이라는 문학 장르가 존재하는 이유이면서 절대적 목표이기도 하였다.

20세기 중국문학을 대표하는 문학 장르가 산문이라면, 이 시기를 대표하는 산문작가는 루쉰이라고 할 수 있다. 그는 현대중국에서 중화민족의 자존심이다. 이런 측면에서 "루쉰의 방향이 바로 중화민족 신문화의 방향이다"라는 마오쩌둥의 평가는 정확하다. 루쉰의 방향은 소설·산문·잡문·편지·일기 속에 고스란히 표출되고 있는데, 소설 이외에 그의 문학적 활동 전부를 산문의 영역이라고 해도 과언이 아니다. 루쉰은 5·4 이후의 문학 창작을 평가하면서, "소품산문의 성공은 소설, 희곡이나 시가 위에 있다"라고 했다. 후스는 "백화산문은 대단히 발전하였는데, 그중 장편논의문의 발전이 매우 두드러진다"라고 했다. 주쯔칭(朱自淸) 역시 당시 문학 창작 중 "가장 발달한 것은 소품산문이라 할 수 있다"라고 했다.

주지하다시피, 중국에서 20세기 100년만큼 문학과 역사가 현실적으로 접근한 시기는 전무하다. 5·4 이래 산문이라는 문학형식이 성공한 데는 뚜렷한 원인이 있다. 바로 산문이 시대의 수요에 적극적으로 호응했다는 점이다. 여기서 시대적 수요란 개인의 자아 발견을 의미한다. 위다푸는 산문이 '개인의 자아 발견'과 그것을 위한 '사상적 질곡의 타파'를 목표로 삼으면서 성장하였다고 보았다.

물론 그 외에도 산문 자체의 특성이라는 측면도 있다. 진실한 문학은 그것이 산문이든 시가든 장르를 가리지 않고 사회를 반영하고 독자의 정서를 순화시키면서 더욱 아름다운 삶을 창조하고 영위하게 해야 한다. 하지만 다양한 계층의 독자에게 가장 용이하게 접근할 수 있는 형식은 역시 산문이라고 할 수 있다.

사르트르가 "산문은 본질적으로 효용적이다"라고 했는데, 그만큼 산문이 전달하고자 하는 의미가 뚜렷하다는 이야기다. 산문의 의도는 분명하다. 시나 소설, 혹은 회화나 조각, 음악보다도 그렇다. 여기에 20세기 중국의 산문이 존재한다.

3. 시대별 경향

중화인민공화국이 수립되기 전 30년

5·4 이래 산문 창작에서 크게 발전을 이룬 동시에 사람들에게 심

원한 영향을 미친 장르는 논의적 산문인 잡문이다. 당시에 반봉건적 사상을 계몽하고 보수 문인들에 대항하는 수단으로 비수나 투창처럼 짧고 예리한 문장이 특별히 발달한 것이다. 당시 대다수의 신문과 잡지는 거의가 고정란을 설치하여 정치적이고 사회적인 평론을 게재하였다. 당대 최고의 잡지《신청년》의 '수감록(隨感錄)'이 대표적인 공간이었다고 할 수 있다.

천두슈와 후스, 첸쉬안퉁의 논의성 산문 한편 한편은 신문화운동이 발전해간 자취와 뗄 수 없는 관계가 있다. 즉 민족적 위기 앞에서 계몽에 대한 사명감으로 불타오르던 지식인과 시대 환경이 급격하게 변화하여 어리둥절하던 대중이 잡문이라는 고리로 연결된 것이다.

5·4 운동이 저조기, 이른바 '고민의 시대'로 접어들면서 현대적 의미의 서정산문이 일시적으로 유행한 적이 있다. 빙신·저우쭤런·주쯔칭·위핑보(兪平伯)·쉬디산·루쉰·궈모뤄·위다푸·예사오쥔·쉬즈모 등이 이 시기부터 서정산문을 창작하기 시작해서 현대중국의 명작가가 되었다. 이 시기에 한쪽으로는 보수와 진보의 갈등이 첨예하게 대립하면서 문화전선의 내부도 급격하게 분화한 반면, 한쪽으로는 개인적 사색이나 자성에 대한 요구도 팽배했다.

따라서 '자아 표현' 역시 지식인들의 작품에서 매우 중요한 자리를 차지하게 되었다. 사회·문화의 개방적인 분위기와 함께 외국과 교류한 경험 역시 이 시기 산문의 특색을 형성하는 데 크게 영향을 준다. 작가들의 유학 경험, 서구 사상과 문화의 대량 유입, 특히 서구 산문과 산문이론의 수입은 중국현대산문 작가들의 시야를 크게 넓혀주었다.

사회 상황은 1927년에 4·12 사건이 발생한 때부터 다시 급변하기 시작한다. 더욱 많은 지식인들이 개성 해방의 추구에서 민족과 대중의 해방 쟁취라는 대주제로 방향을 전환하고자 하였다. 자연히 서정산문은 자아를 주로 표현하던 개인적 서정에서 대중들의 정서에 직접 영향을 줄 수 있는 사회적인 것과 시대적인 것으로 선회하였다.

　이중에서도 루쉰의 잡문이 보여준 영향력은 실로 놀라웠다. 루쉰 덕분에 잡문이라는 형식이 중국문학사에서 중요한 지위를 획득했다. 1926년에 발표한 〈류허전 군을 기념한다(紀念劉和珍君)〉는 1926년 3월 18일에 정부가 학생시위대를 향해 발포하여 47명이 사망한 사건에 통분하는 내용이 담긴 작품이다. 이것은 선동성과 호소력 짙은 잡문으로 전편에 걸쳐 비애와 울분이 교차하는 명작이다. 사회 비평을 담당하는 비수 같은 그의 잡문은 1920~1930년대 군벌이나 정권이 야기한 사회 전반의 비합리적이고 불합리한 요소를 공격하는 데 그 전투적 역할을 충분히 수행하였다.

　루쉰의 산문시집《들풀(野草)》은 1924년부터 1926년 사이에 창작된 산문시 23편을 수록하고 있다. 베이양 군벌이 통치하던 시기에 베이징에서 창작한 것으로, 루쉰이 자기 철학의 전부라고 말한 바 있다. 지극히 풍부한 상징성과 철학적 함의로 류짜이푸(劉再復)에 의해 20세기 중국산문의 최고봉으로 인정받는《들풀》은, 루쉰 자신의 심경과 사상 사이에 발생한 모순에 대한 해부이자 시대를 비판한 기록이라고 할 수 있다.

　서사와 서정적 요소가 함께하는 소품산문이 발달한 것 역시 주목할 점이다. 소품산문에는 반봉건적 자아를 해방하고자 하는 작가들의 욕구가 실현되어 있으며, 시대적 아픔을 겪는 민중의 정서를 안정시키기 위한 노력이 배어 있다. 고대의 소품산문 전통을 이어받은 대표작가로 문학연구회의 주쯔칭 · 빙신 · 예사오쥔 · 정전둬(鄭振鐸)와 창조사의 궈모뤄 · 위다푸 등을 들 수 있다. 1920년대 소품산문의 창작 경향은 매우 다양했는데, 이는 당시 사회와 사상의 조류를 반영했기 때문이라고 보아야 할 것이다. 저우쭤런과 쉬즈

20세기 중국산문의 최고봉으로
인정받는 루쉰의《들풀》표지.

모의 소품산문은 보수적인 입장에서 보면 전통적 소품산문에 가장 근접한 것이다.

보고문학 장르에서는 서구 보고문학의 창작과 이론에서 영향을 받아 환경을 묘사하고 분위기를 전달함으로써 실제 사건의 인물을 선명하게 그려냈다. 더불어 중국 전통소설과 전통산문의 기교가 자연스럽게 조화를 이루어 참신한 민족적 풍격을 창조했다고 인정받는다. 샤옌의 《노예 같은 노동자(包身工)》는 등장인물 성격의 선명함, 깊은 사색, 짙은 서정성으로 지금까지 보고문학의 경전으로 손꼽히고 있다.

1930년대에 린위탕(林語堂)과 함께 '한가롭고 유머스러운(閑適幽默)' 소품산문을 창작하자고 제창하여 좌익 작가를 비롯한 진보적 작가들에게 맹렬하게 비난을 받은 저우쭤런의 산문은, 그 작품성으로 보아서도 그냥 지나칠 수 없다. 저우쭤런은 영국 수필과 명말(明末) 공안파(公安派)의 소품산문, 일본 하이분(俳門)의 특징을 결합한 산문 특색으로 유명하다. 1930년대로 진입하면서 5·4 지식인들에게 정치적 입장을 선택할 것이 더욱 강렬하게 요구되었으나, 린위탕과 저우쭤런 등의 작가는 개인주의와 인도주의적 입장을 고수한다. 명대의 소품산문 중 유머스러운 특색을 계승한 린위탕은 인생 잡사를 초탈하여 유머 경지에까지 도달한 내공을 보여주는 작품으로 일세를 풍미했다.

주쯔칭 역시 소품산문의 대가라고 할 수 있는데, 수많은 사람들이 애독하고 인용하는 그의 대표작 〈뒷모습(背影)〉은 20세기 중국문학사의 명작이라고 할 수 있다. 역사학자 우한(吳晗)은 주쯔칭의 이름과 〈뒷모습〉은 이미 서로 떨어질 수 없는 한몸이 되었다고 한 바 있다.

중화인민공화국이 수립된 후 30년

사회주의 건국(1949)과 더불어 진행된 6·25 전쟁(1950) 참전, 쉼 없이 전개된 반우파투쟁, 대약진운동 등 각종 개조 운동 역시 산문이라는 문학 장르의 정치성을 유감 없이 발휘하게 만들었다. 각종 정치운동은 작가의 의도대로 또는 그것과 전혀 상관없이 창작에 큰 영향을 주었다. 따라서 이 시기에 산문 창작을 포함한 문학 창작의 대부분이 공산당의 정책노선을 의식하거나 지지를 유도하는 서사성과 기록 성향을 강하게 내포한 작품이었다. 특히 산문은 '문예의 경기병'이라고 불렸는데, 이것은 현실을 신속

항미원조 시기의 산문을 엮은 책 《항미원조 산문 선수(抗美援朝散文選粹)》의 표지.

하게 반영하는 산문 고유의 기능과 시대적 특징을 단적으로 보여준다.

건국 초기에 산문 창작의 성과는 주로 통신문이나 보고문학 형태로 출현했다. 웨이웨이(魏巍)는 북한을 지원하는 중국 지원병의 활동을 영웅적으로 기리는 〈누가 가장 사랑스런 사람인가(誰是最可愛的人)〉를, 바진은 〈우리는 펑더화이 사령관을 만났다(我們會見了彭德懷司令員)〉를 발표하여 중국에 항미원조전쟁(抗美援朝戰爭, 6·25 전쟁 또는 한국전쟁을 중국에서 지칭하는 말. 미국에 대항하고 조선을 지원하는 전쟁이라는 뜻) 열풍을 조성하는 데 크게 공헌하기도 했다.

또한 농촌과 공장으로 향하는 작가의 시야에 따른 작품, 즉 신중국이 도래함을 찬양하고 사회주의 미래에 거는 기대를 담은 작품이 주류를 이루는데, 류칭(柳靑)의 〈1955년 황푸 촌에서(一九五五年在皇甫村)〉 등이 있다. 1959년에 출판된 《건국 10년 문학창작선(建國十年文學創作選)》을 보더라도 대다수 작품이 노동자·농민·병사 등 각종 인물의 새로운 각오를 찬양하고 있으며, 그들의 영웅주의와 낙관주의적 생활태도를 표현하고 있다.

1956년에 중국작가협회가 편집한 《산문소품선(散文小品選)》은 표

면적으로 사상의 자유를 보장한 '백화제방, 백가쟁명' 운동의 영향으로 여유가 생긴 작가들의 정서를 쉽게 엿볼 수 있는 작품집이라고 할 수 있다. 대표작으로 허웨이(何爲)의 〈제2차 시험(第二次考試)〉, 양쉬(楊朔)의 〈샹산 산의 단풍(香山紅葉)〉, 친무(秦牧)의 〈사직단 서정(社稷壇抒情)〉, 웨이웨이의 〈나의 선생님(我的老師)〉, 펑쯔카이(豐子凱)의 〈뤼산 산의 진면목(廬山眞面目)〉, 선충원의 〈톈안먼 앞에서(天安門前)〉, 라오서의 〈꽃 기르기(養花)〉 등이 있다.

이 시기의 작품 중에서 푸레이(傅雷)의 작품은 독특하다. 요행히 전해지는 푸레이의 작품은 전형적인 서신형 산문이라고 할 수 있다. 그는 1966년 문혁 초기에 홍위병의 박해로 자살할 때까지 일생 동안 자신의 양심과 신념대로 살다 갔다. 지식인으로서 당시 정치 상황에 대한 고뇌와 인생 경험과 철학이 이국 만리에서 유학하고 있는 자식에게 보낸 편지 속에 고스란히 전해지고 있어, 개혁·개방 이후에 그의 작품집은 수백만 부의 판매부수를 기록했다.

1956년에 제1차로 산문이 부활한 시기가 지나고 반우파투쟁, 대약진운동, 수정주의 반대라는 정치적 폭풍이 닥쳐와 사회는 한순간에 얼어붙었다. 그 뒤 1960년대 초기에 저우언라이(周恩來) 총리와 천이(陳毅) 부총리 등 공산당 지도부가 지식분자를 우대하고 문예의 보편성을 중시하는 정책을 펴자, 창작과 사유 방면에 일시적으로 활기가 생겨났다. 이때가 제2차로 산문이 부활한 시기라고 할 수 있다. 비교적 자유로운 창작 공간에서 상대적으로 정치적 입장을 고려할 필요성이 약화된 시기에 서정산문과 루쉰식의 잡문이 한동안 활발하게 창작된 적도 있다. 대표작으로 류바이위(劉白羽)의 〈등화(燈火)〉, 〈창장 강 삼일(長江三日)〉과 빙신의 〈벚꽃 예찬(櫻花贊)〉, 친무의 〈토지(土地)〉, 리젠우(李健吾)의 〈빗속에 타이산 산을 오르다(雨中登泰山)〉 등이 있다.

특히 1960년대 초기에 다섯 권으로 나뉘어 출판된 덩퉈(鄧拓)의 잡문집《연산야화(燕山夜話)》는 잡문의 새로운 출구를 개척한 작품으로 전국적으로 호응을 받았으나, 문화대혁명이 시작되자마자 '흑서(黑書)', '반공산당·반사회주의의 독풀'로 규정되어 무자비하게 비판받기도 했다. 1966년부터 불어 닥친 '10년 동란'의 문화대혁명은 그나마 억지로 전해오던 산문 전통의 맥을 완전히 끊어버린 시기였다. 중국 역사에 전례가 없던 문혁이라는 정치운동으로 산문은 물론 모든 예술이 암흑기로 진입했으며, 소수 지도자들의 정치적 의도에 부합하는 '모범문예[樣板文藝]'만이 살아남았다.

개혁·개방 이후에 나타난 문화 열풍

1976년 10월에 장칭을 중심으로 한 사인방이 체포됨으로써 10년 동안 중국 전체를 공전의 혼란 상태로 몰고 간 문화대혁명이 해체되면서 중국은 신시기로 진입한다. 이것은 건국한 지 30년 만에 중국 사회주의가 새로운 단계로 진입하였음을 의미한다. 신시기로 진입하자, 지난 30년 동안 진행해온 사회주의화 과정의 부작용과 폐해에 대해 반성하고 회고하는 작품이 주류를 이룬다. 그것은 거대한 역사의 수레바퀴 아래에서 스러져간 지인들을 애도하고 순간순간 부서진 자존심을 복구하려는 노력으로 구체화되었다. 그것은 5·4 이래의 현실주의 전통을 회복하는 것이기도 했다.

특히 원로 작가 바진은 1978년부터 문혁에 대한 반성과 논의가 어우러진 산문대작《수상록(隨想錄)》을 8년에 걸쳐 완성한다.《수상록》은 바진 말년의 기념비적인 작품이라고 할 수 있다. 이 작품에서 바진은 문혁의 책임이 사인방을 비롯한 정치지도자들 몇 명에게만 있는 것이 아니라, 인간의 본성을 포함해 중국인 개개인에게도 있음을 지적하여 사회적으로 큰 찬사를 받았다.

개혁·개방 이후 사회의 개방적인 분위기에 부응하여 예술 표현의 길이 매우 다양하게 전개되었다. 신시기와 후신시기 산문의 특징은 사회와 역사, 삶에 대한 사고가 더욱 실제적이고 전면적이라는 점이다. 1970년대 말부터 문학은 '진실'과 '자아'를 표현한다는 고유의 사명으로 돌아가고 있었다.

1980년대 중기부터 산문은 '문학은 바로 인학(人學)'이라는 속성을 회복하면서 주관적 정서를 다투어 표현하기 시작했다. 인간의 사상과 감정, 느낌을 거리낌 없이 풍부하고 복잡하게 그려냈다. 이 시기에 가장 활발하게 활동한 산문작가로는 위추위 · 자평와 · 장청즈 · 스톄성(史鐵生) 등이 있다.

산문형식은 사회주의가 신시기로 진입한 뒤부터 '현대와 후현대의 각종 사조를 담아내는 그릇'이라는 중요한 문학형식으로 대접받았다. 특히 소설 창작에 불어 닥친 초현실주의의 조류는 산문의 영역에도 예외가 아니어서 잠재의식과 환각을 다룬 작품이 대거 출현하기도 했다. 쭝푸의 《폐허의 소환(廢墟的召喚)》, 장캉캉(張抗抗)의 《지하삼림 단상(地下森林斷想)》, 장제(張潔)의 《꿈(夢)》, 자평와의 《복숭아나무 한 그루(一棵小桃樹)》, 펑지차이의 《진주새(珍珠鳥)》 등이 대표작이라고 할 수 있는데, 상징과 암시적 수법이 농후하다.

요컨대 1980년대에 나타난 서정산문에는 작가의 개성적 성격이 뚜렷이 나타났는데, 이는 시대적 정서와 비교적 잘 융합된 경우라고 할 것이다. 이 시대 작가들은 자신의 진실한 감정과 반성, 생각이라는 토대 위에서 독특한 경지와 견해를 표현하였다. 그들 역시 개인적 고통과 심사를 표현했지만, 독자에게 부담과 상처를 주지는 않았다. 이것이 바로 1920년대와 1930년대의 소품산문이나 1954년부터 1960년대까지의 산문과 다른 점이다.

특히 정부로부터 '국가급 전문가'라는 칭호를 받은 위추위는 중국의 역사와 문화를 재해석하는 산문집 《중국문화 답사기》 등을 연속적으로 출간하여 1980년대와 1990년대 중국에 '문화 열풍'을 선도할 만큼 큰 영향을 주었다.

타이완과 홍콩의 산문

20세기 초, 타이완의 현대문학 역시 중국 대륙의 5 · 4 신문학운동의 영향 아래 출발하였다. 타이완 현대문단의 주요 활동가인 라이허와 양쿠이는 모두 5 · 4의 심장부라고 할 수 있는 베이징에서 공부하고 타이완으로 돌아와서 활동한 경우이다. 양쿠이는 '인생을 위한 예술'이라는 기치를 내걸고, 잡지《타이완 신문학(臺灣新文學)》을 창간하고 타이완의 신문학운동을 주도했다. 그의 〈신문 배달부(送報夫)〉, 〈원예사 일기(園丁日記)〉, 〈물소(水牛)〉 등의 작품은 일본 제국주의에 대한 불굴의 투쟁의식을 표현했다.

1945년에 일본으로부터 독립하면서 문화 · 교육이 보급되고 신문업 · 출판업이 발전하자 산문이 더욱 발전하게 된다. 특히 1949년에 대륙에서 중화인민공화국이 출범하면서 타이완으로 대거 이주한 작가들이 타이완의 산문 창작에 새로운 활기를 불어넣었다.

소품산문의 경우 저우쭤런의 영향을 크게 받았는데, 량스추(梁實秋) · 우루친(吳魯芹) · 쓰귀(思果) · 옌위안수(顔元叔) 등이 대표 작가이다. 그들의 작품은 정취 · 유머 · 지혜로 가득한 것이 특징이다. 그 다음으로 서사산문을 들 수 있는데, 일상생활이나 과거의 추억을 담담하게 서술하는 것이 특징이다. 대륙의 작가로는 주쯔칭이 유명하며, 타이완 작가로는 치쥔(琦君), 린하이인(林海音), 장튀우(張拓蕪), 쉬다란(許達然), 린원웨(林文月) 등이 있다.

낭만적이고 인생 초탈적인 서정산문의 흐름 역시 쑤쉐린(蘇雪林) · 위광중 · 천즈판(陳之藩)의 작품에 강하게 흐르고 있다. 특히 현재까지 타이완 산문 문단의 대표자로 공인되는 위광중은 1963년에 〈산문의 변발을 자르자〉라는 글을 발표하여 5·4 이래 산문의 결점을 비판하면서 '탄력성〔彈〕·밀도(密度)·재료〔質料〕'를 제대로 갖춘 현대산문을 창작할 필요성이 있음을 제기하여 주목받았다.

룽잉타이(龍應台)의 이름 또한 거론하지 않을 수 없는데, 1985년에 출판한 산문모음 형태의 문화비평서《들불 문집(野火集)》은 재판에 재판을 거듭하여 룽잉타이 선풍을 일으켰다. 그는 1983년에 미국에서 귀국하여 타이완 사회 곳곳에 남아 있는 불합리하고 전근대적인 요소를 서구와 비교하는 시각으로 〈중국인, 당신은 왜 화를 내지 못하는가?(中國人, 你爲什麽不生氣)〉, 〈아가씨라니?(小姐什麽)〉 등의 산문에서 파헤쳤다. 1985년에 중국

룽잉타이의 문화비평서 《들불 문집(野火集)》 표지.

인의 민족성에 보이는 단점을 단호하게 비판하는 산문모음집 《더러운 중국인(醜陋的中國人)》을 출판하여 선풍적인 반향을 불러일으킨 보양(柏楊)은, 산문이 중국 지식인의 역할에 얼마나 중요한 위치를 차지하는지 여실히 보여주었다.

한편 홍콩의 산문 역시 중국산문사의 중요한 부분을 구성하고 있다. 홍콩만큼 동서의 문화, 전통과 현대가 함께하는 공간이 또 있을까? 홍콩작가들의 세계관은 매우 다양한 형태로 작품에서 체현되었다.

보양의 《더러운 중국인》 표지.

홍콩문화의 변호인이라고 자처하는 홍콩의 산문작가들은 홍콩문화의 장점을 다각적으로 제시하면서도, 이성에서 출발하는 우환의식을 상당히 비중있게 내비쳤다. 이것은 작가의 내면 깊숙한 곳에 자리 잡은 지식인의 책임감에 뿌리를 두고 있다.

일반적으로 '홍콩식 잡문'의 전성기인 1980년대와 1990년대의 잡문 작가는 크게 두 파로 나눈다. 황웨이량(黃維樑)·량시화(梁錫華)·샤오쓰(小思)·류사오밍·예쓰·황궈빈(黃國彬) 등 10여 명을 학원파로, 둥차오(董橋)·쩡민즈(曾敏之)·천이페이(岑逸飛)·다이텐·차이란(蔡瀾)·저우미미(周蜜蜜) 등 10여 명을 언론파로 나눈다. 특이한 점은 이 작가들이 중국계(대륙, 홍콩, 타이완 포함) 신문의 가장 큰 특징이라고 할 수 있는 문화면[副刊]의 고정란을 중심으로 활동했다는 것이다. '홍콩식 잡문'이 홍성한 이유로 언론의 자유, 수십 종의 신문, 바쁜 독자들의 수요를 들 수 있다. 따라서 매우 짧은 분량일 수밖에 없는 '홍콩식 잡문'은 매우 풍부하고 다양한 내용을 지니고 있다.

황웨이량은 누구보다도 홍콩이라는 대상에 정통한 작가다. 그의 산문 창작은 홍콩이라는 입체적 공간과 심리적 공간에 대한 해명이라고 할 수 있다. 황웨이량 산문이 담고 있는 내용은 시민의식을 제고하고, 기득권층이 양보할 것을 권하고, 시민들끼리 접촉할 수 있는 공간을 확대하고, 천민자본주의를 경계하는 것이다. 물론 그 이면에서 가장 큰 영향력을 발휘하고 있는 힘은 지식인의 우환의식이다.

'둥차오의 문장은 홍콩의 특산품'이라는 말이 있듯이, 둥차오의 산문 역시 매우 중요한 홍콩 현상이다. 둥차오는 동서를 넘나드는 교육을 받았으며 오랫동안 문화 업무에 종사한 다채로운 경력을 가지고 있다. 그의 작품은 넓은 시야와 높은 품격을 갖추고 있다고 인정받는다. 그는 중국어로 창작하고 있지만, 그의 작품에 대한 첫 느낌은 영미 문학세계의 에세이에 매우 근접했다는 것이다. 언론인 쩡민즈의 산문은 사물의 표상을 통하여 본질에 접근하는 데 능숙하다. 그의 산문은 주로 시적 정취와 철학적 이치를 교차시켜 독자들에게 깊은 성찰을 요구한다. 역시 홍콩산문에서 주요한 흐름으로 평가받는다.

🌸 생각할 거리

1. 루쉰은 5 · 4 이후의 문학 창작을 평가할 때, "소품산문의 성공은 소설이나 희곡, 시가보다 위에 있다"라고 했다. 5 · 4 산문이 특별히 발전한 원인은 무엇인가?

2. 20세기라는 시대와 산문이라는 문학 장르의 상관관계를 정리해보자.

3. 양안 세 지역(대륙, 타이완, 홍콩)의 산문 특징을 분석하여 각각의 시간과 공간을 비교해보자.

🌸 권하는 책

유영하 편역, 《중국 백년 산문선》, 신아사, 2003.

허세욱 편역, 《한 움큼 황허 물》, 학고재, 2002.

푸레이(傳雷), 유영하 옮김, 《상하이에서 부치는 편지》, 민음사, 2001.

린페이(林非), 김혜준 옮김, 《중국 현대산문사》, 고려원, 1993.

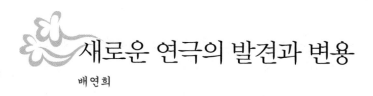

새로운 연극의 발견과 변용

배연희

1. 중국연극의 개념

연극은 무엇인가. 연극은 사실이 아니면서 사실로 받아들이도록 환영을 만들어내는 장르다. 또한 연극은 휘발성이 강한 장르다. 생산되는 동시에 사라진다. 그런데 놀라운 것은 아무런 흔적이 남지 않는데도, 시간과 함께 흘러가버린 것 같은데도 여운을 남긴다는 사실이다. 이 기이한 매력은 연극이 가지는 특성이자 한계이다.

중국에서 연극을 통칭하는 개념으로 '희극(戲劇)'을 사용하는데, 이를 좀더 세분하면 '희곡(戲曲)'은 전통극을, '화극(話劇)'은 서구에서 들어와 중국에 정착된 무대극을 의미한다. 이 글에서는 화극을 중심으로 살펴보고자 한다. '화극'이라는 명칭은 1928년에 홍선(洪深)이 제의하고 텐한과 어우양위첸이 찬성함으로써 결정된 것이다. 화극은 사실적인 이야기와 서구식 무대, 대사를 위주로 하는 연극이었기 때문에 새로운 시각적 체험을 선도하였다. 캄캄한 객석에 앉아 서구식으로 만들어진 무대를 바라봐야 하는 화극의 극적 관습을 기존의 전통극에 익숙한 중국 관객은 낯설어 했다. 이렇게 낯설고 이질적인 장르가 중국에 수용되고 기존의 것과 충돌하고 교류하며 변용되는 과정을 거치면서 중국의 현대연극은 성장해갔다.

2. 새로운 연극의 발견

일반적으로 중국현대연극은 1907년에 일본 유학생을 중심으로 결성된 춘류사(春柳社)가 〈톰 아저씨의 오두막집〉을 공연한 데서부터 그 기점을 잡는다. 이 작품은 미국 스토 부인의 소설을 연극으로 개편한 것으로, 억압받는 자들의 반항정신을 다룬다는 점, 막을 사용하고 대화와 동작으로 이야기를 엮어가고 전편을 공연한 점, 사실적인 무대형상 등의 새로운 연극적 요소를 가지고 있다는 점에서 현대연극의 기점으로 삼는다. 춘류사는 1906년 겨울에 일본에서 유학하고 있는 중국 유학생들을 중심으로 성립된 단체로, 유럽 근대극의 영향을 받아 만들어진 일본 신극(新劇)을 자신들의 연극적 모델로 설정하였다.

1907년 6월 1일에 춘류사가 도쿄에서 〈톰 아저씨의 오두막집〉을 공연할 때 만든 포스터.

이들 춘류사와 달리 일본의 신파극(新派劇)에서 영향을 받은 런텐즈(任天知)는 1910년 말에 상하이에서 진화단(進化團)을 결성한다. 이 극단은 중국의 주요 도시를 돌며 봉건통치를 공격하고 혁명을 고취하는 내용의 연극을 무대에 올렸다. 그러나 경제적 압박과 내부 갈등으로 1921년 말에 해산된다. 1907년부터 1919년 5·4 시기까지 전개된 신극을 연극사에서는 '문명희(文明戱)'라고 부른다. 문명희는 새로운 것과 예전의 것이 서로 혼합된 형태로, 인물 이름과 대강의 줄거리만 제시된 막표(幕表)를 가지고 공연을 했다. 그러나 장르적 느슨함이라는 내적 요인과 상업화라는 외적 요인에 의해 점차 초기의 신선함을 잃고 쇠퇴의 길을 걷는다.

한편 1910년대에 톈진에서 난카이대학을 중심으로 난카이신극단(南開新劇團)이 조직되어 새로운 형태의 신극을 전개하였다. 이들은 〈일원(一元錢)〉·〈신촌정(新村正)〉 등을 공연하였는데, 사실주의 기법으로 현실 문제를 극 속에 반영하고자 했다는 점에서 당시 극단에 신선한 활력을 불러일으켰다.

3. 화극, 서서히 뿌리 내리다

1917년에 신문학혁명(新文學革命)이 전개되고 1919년에 5·4 시기를 거치면서, 현대문학은 인간과 개성을 발견하고 문학이 사회와 만나는 접점과 역할을 중심으로 논의를 전개해간다. 이 시기에 지식인들에게 전통은 봉건 사회의 잔재로서 청산되어야 할 낡은 것으로 인식되었고, 서구의 문학에서 새로운 문학의 틀을 찾고자 하였다. 이런 맥락에서 당시 연극인들도 비판의 예봉을 전통극과 문명희에 겨눔과 동시에, 입센으로 대표되는 사실주의극을 하나의 전범으로 받아들였다. 새로운 연극에 대한 지향과 열망으로 전통극이 가지고 있는 나름의 특성을 살필 겨를도 없이 서구 근대극을 유일한 대안으로 설정한 것이다. 한편 이들과 달리 1925년에 미국에서 연극을 전공한 위상위안(余上沅)·자오타이머우(趙太侔), 그림을 전공

1929년 7월 남국사의 〈살로메〉 공연 장면.

한 원이둬(聞一多)가 귀국하여 아일랜드 문예운동식의 '국극운동(國劇運動)'을 전개하여, 서구 현대연극의 이론과 형식을 소개하는 동시에 전통극의 가치도 함께 추구하였다.

5·4 시기를 전후로 중국에서는 입센 열기가 뜨겁게 일어나는데, 당시 지식인들에게 입센은 다수의 횡포에 맞서 개인의 가치를 주장한 대표적인 서구의 사상가로 받아들여졌다. 특히 입센의 대표작 〈인형의 집〉에서 주인공 노라가 자신도 하나의 인간임을 밝히고 집을 나서는 내용은 당시 상당한 파장을 일으켰고, 그 뒤 사회문제극을 성행시킨다. 후스는 이 작품에서 영향을 받아 〈종신대사〉라는 작품을 1919년 3월 《신청년》 제6권 제3기에 발표한다. 입센의 〈인형의 집〉이 가정주부 노라의 인권, 곧 여권에 중점을 두고 있다면, 후스의 극본은 강제결혼에 반대하고 자유결혼을 주장하는 신여성 톈야메이(田亞美)를 형상화하고 있다. 후스의 〈종신대사〉가 겉으로는 신여성이 봉건예교와 가부장제에 저항하는 것으로 보이기도 하지만, 가출의 동인이나 각성의 계기가 신여성 내부에서 오는 것이 아니라 계몽된 남성으로부터 온다는 취약점을 갖는다. 하지만 여성의 인권이 발견되고 인식되었다는 점에서 그 시대적 의의를 찾을 수 있다.

1920년대에 서구에서 들어온 화극은 처음에는 일부 계층에게서만 향유되고 창작되었지만 서서히 중국에 뿌리를 내린다. 그것은 다음과 같은 사실에서도 확인할 수 있다. 즉 연극단체인 민중희극사(民衆戱劇社)·희극협사(戱劇協社)·남국사(南國社) 등이 결성되고 《희극(戱劇)》·《극간(劇刊)》 등의 전문 연극잡지가 간행되었다는 점, 새로운 내용의 극본이 창작되고 전문적으로 연극을 교육하는 기관이 생겨났다는 점이 바로 그러하다. 전반적으로 이 시기에는 현실주의극이 주종을 이루지만, 영국 극작가 와일드의 유미주의극, 벨기에 극작가 마테를링크의 상징주의극, 미국 극작가 오닐의 표현주의극, 이탈리아의 미래주의극 등 다양한 유파들도 수용되었다.

1920년대 대표적인 극작가의 작품으로 톈한의 〈명배우의 죽음(名優之死)〉·〈커피숍에서의 하룻밤(咖啡店之一夜)〉·〈호랑이를 잡은 날 밤에(獲虎之夜)〉, 궈모뤄의 〈탁문군(卓文君)〉, 훙선의 〈조염왕(趙閻王)〉, 딩시린(丁西林)의 〈한 마리 나나니벌(一隻馬蜂)〉·〈압박(壓迫)〉, 어우양위첸의 〈집으로 돌아온 후(回家以後)〉, 천다베이(陳大悲)의 〈애국적인 도둑(愛國賊)〉·〈미스 유란(幽蘭女士)〉 등을 언급할 수 있다. 또한 이들 남성작가의 작품 말고도 위안창잉(袁昌英)의 〈공작동남비(孔雀東南飛)〉, 바이웨이(白薇)의 〈유령탑을 나오며(打出幽靈塔)〉, 푸순칭(濮舜卿)의 〈세상의 낙원(人間的樂園)〉 같은 여성작가의 작품도 많이 발표되었다.

4. 연극, 현실 속으로 걸어 들어가다

1931년에 9·18 사건이 터지면서 일본의 중국 침략이 서서히 가시화되고, 중국 내 이념 갈등이나 사회문제도 더욱 첨예화된다. 1920년대를 거치면서 중국화극은 대중성과 민족성이라는 문제에 봉착한다. 당시 화극은 일부 계층에 한정된 것으로, 전통극에 익숙한 중국인들에게는 낯선 장르였다. 화극 종사자들은 종래 화극과 대중의 거리를 인정하고 대중이 있는 곳을 찾아 나선다. 이는 중국현대연극사에서 새롭게 발견되고 변용된 특성으로, 화극은 1930년대에 공장, 농촌, 장시(江西) 소비에트, 혹은 일본군과 대치하고 있는 전선으로 달려간다.

1929년에 성립한 상하이예술극사(上海藝術劇社)는 1930년에 프롤레타리아 연극을 공개적으로 선언하며 진보적인 작가 로맹 롤랑과 싱클레어의 작품을 공연하였으나, 같은 해 4월에 국민당 정부에 의해 봉쇄당한다. 같은 해에 톈한은 과거 남국사의 활동이 감상적·낭만적·퇴폐적이었다고 반성하는 내용으로 자기비판을 하면서 〈카르멘〉을 개편하여 공연하였다. 1930년에는 중국좌익희극가연맹이 상하이에서 출범하여, 진보적인 연극계 인사들을 이념적 틀로 묶었다. 이들은 국방연극(國防戱劇)이 전개되기 전까지 상징적인 존재로서 진보 세력과 좌익 세력에게 이정표를 제시해주었다.

　이렇게 연극의 사회성과 이념성을 강화시키는 한편, 직접 농민과 노동자들의 현장 속으로 들어가 더욱더 활발하게 연극활동을 전개하였다. 1932년에서 1933년 사이에 일부 화극계 인사들은 상하이 공장으로 가서 블루칼라극단(藍衫劇團)을 설립하고 노동자연극을 상연하였다. 일본군의 침략이 장기전으로 확대되자, 1936년에 일부 연극인들은 국방연극을 제기하며 모든 연극인이 연극을 무기 삼아 항일 구국활동에 매진해야 한다고 주장하였다. 국방희극의 역작으로 샤옌의 〈사이진화(賽金花)〉, 홍선의 〈밀수(走私)〉·〈비장군(飛將軍)〉을 들 수 있다.

　1930년대 화극은 차오위와 샤옌 등 극작가의 손을 빌려 자신들의 과거와 현재를 담아내기 시작한다. 중국의 셰익스피어라고 불리는 차오위는 1933년, 그의 나이 스물세 살 되던 해에 〈뇌우〉를 창작하여 1934년에 발표하였다. 〈뇌우〉는 1920년대 전후 중국 사회를 배경으로 봉건적 자본가 저우푸위안(周樸園) 가정의 비극을 묘사한 작품이다. 차오위는 이후 〈일출(日出)〉·〈원야(原野)〉 등을 잇달아 창작하며 필력을 유감없이 발휘하였다. 샤옌은 1920년대 말부터 연극활동에 종사하는데, 1937년에 창작된 그의 대표작 〈상하이 처마 아래〉는 1939년에 충칭의 노후극사(怒吼劇社)에서 처음으로 공연되었다. 이 작품은 부부의 재회를 중심에 놓고, 상하이 조계지 내 스쿠먼(石庫門)에 사는 평범한 다섯 가정의 이야기를 그렸다.

이 밖에 대표적인 작가로 슝푸시(熊佛西)를 언급할 수 있는데, 그는 1932년에 허베이 성(河北省) 딩 현(定縣)에 가서 5년 동안 농민연극을 실험하였다. 그 결과 1년 사이 농촌에 100여 개에 달하는 농민극단이 만들어졌고, 당시 빈터만 생겨도 극장이 되었으며 공연할 때도 무대 위아래가 한데 어우러지는 연출이 이뤄졌다고 한다.

1930년대는 중국현대연극사에서 주요한 극작가가 배출된 시기인 동시에 전문적인 직업극단의 출현이 두드러진 시기였다. 특히 1933년에 상하이에서 결성한 중국여행극단(中國旅行劇團)은 '중국현대화극의 순례단'이라는 칭호가 붙을 정도로, 중국현대화극에 중요한 역할을 하였다. 이들은 남국사 출신 단장 탕화이추(唐槐秋)를 중심으로 중국의 주요 도시를 돌며 서구와 중국의 유명한 극을 공연하였다. 특히 이들은 차오위의 작품을 주로 공연하여, 뒤에 차오위가 이들을 위해 작품을 창작하기도 하였다. 이러한 중국여행극단의 활동 덕택에 차오위의 작품이 오늘날까지 사랑받는 것이다.

5. 전쟁의 포화 속에서도 연극은 성장한다

1930년대를 거치면서 연극운동이 여전히 사회를 변혁하는 수단으로 전개되는 측면이 강조되었지만, 과거 일방향적인 관계는 조금씩 개선되어갔다. 대중들에게 낯설고 당혹스런 극 양식과 생경한 무대, 과도한 의미부여라는 1920년대 연극의 문제점은 1930년대 항전이라는 환경 속에서 조금씩 극복되어간다.

1917년에 베이징을 중심으로 신문학혁명이 전개된 이래 1928년까지 베이징은 중국 신문학 작가와 지식인의 주요 거점도시였다. 그러나 1928년부터 많은 지식인들이 상하이로 이동하여, 상하이가 다시 문화의 중

1937년 8월 7일 중국극작가협회와 상하이극연의사가 칼튼 극장에서 〈루거우차오를 보위하라〉 연합 공연을 하는 장면.

심지가 된다. 1937년 7월 7일에 일본의 침략이 본격화되자, 상하이에 모인 연극인들은 〈루거우차오를 보위하라(保衛盧溝橋)〉를 무대에 올린다. 연극인들은 같은 해 11월에 일본군에 함락되기 전까지 상하이를 중심으로 항전활동을 하다가, 13개 항일구망연극대(抗日救亡演劇隊)를 결성하여 전국 각지에서 연극운동을 전개했다. 1937년에 항전이라는 공간 속에서 화극을 비롯한 5·4 신문학은 중국의 대다수 농민과 역사적인 대화를 시작하였다. 이 시기 일본에 맞서는 중국의 전세에 따라 지역별로 다른 양상을 보이며 연극운동이 전개된다. 이를 크게 국민당 통치지역, 피점령 지역, 공산당 통치지역으로 구분할 수 있다.

안개 낀 충칭

충칭은 해마다 10월부터 이듬해 5월까지 안개가 자욱하게 끼어 적군의 비행기가 감히 폭격을 할 수 없을 정도였다. 그리하여 충칭에 안개 끼는 시기가 돌아오면, 이곳은 전쟁으로부터 상대적으로 안전한 상태가 되었다. 이런 까닭에 1941년에서 1945년까지 안개 끼는 계절이 돌아오면 충칭은 연극의 도시로 변모하였는데, 당시 공연된 대형 화극만 100여 편이 넘었다고 한다. 충칭에서 활동한 주요 작가로는 천바이천과 궈모뤄 등이 있다.

천바이천은 항전 시기에 많은 희극(喜劇) 작품을 창작하였는데, 1942년에 창작한 〈결혼행진곡(結婚行進曲)〉에서는 여성의 결혼과 직업에 대한 사회적 편견과 차별을, 1945년에 창작된 풍자희극 〈승관도(升官圖)〉에서는 두 도둑의 꿈을 빌려 당시 관료 사회의 부패한 현실을 희화적으로 그려냈다. 귀모뤄는 이 시기의 대표작 〈굴원(屈原)〉·〈산앵두꽃(棠棣之花)〉 등에서 전국 시대의 역사를 빌려 현실을 은유하였다. 특히 〈굴원〉에서는 굴원의 비극적 생애와 시대에 대한 분노에 초점을 맞춰 극을 창작하였는데, 1942년에 충칭에서 초연되어 성공을 거두었다. 1940년대 충칭과 상하이 지역에서는 역사극이 대량 창작되는데, 이는 정치적 검열 때문에 취한 선택이었다. 역사극은 자신이 처한 현실과 심미적 거리를 가짐으로써 창작의 자유로움을 누릴 수 있는 양식이었기 때문이다.

고립된 섬, 상하이

고도(孤島) 시기는 1937년 11월에 일본군이 조계지를 제외한 상하이 전 지역을 점령한 시기부터 1941년 12월에 일본이 태평양전쟁 참전으로 상하이를 완전히 함락한 시기까지를 가리킨다. 1937년에 일본이 상하이를 침략하여 상하이의 문화가 잠시 소강 상태에 접어들지만, 1938년 이후 조계 지역을 중심으로 문화적 활력을 다시 분출하게 된다. 이 시기 전반에 걸쳐 전문극단의 공연과 아마추어 연극단체 간의 교류가 활발하였는데, 전문극단으로 파랑새극단(靑鳥劇社), 상하이극예사(上海劇藝社), 중국·프랑스극단(中法劇社) 등이 있었고, 아마추어 극단은 난민수용소, 노동자야학, 은행, 우체국, 해관, 무녀회 등 각계 대중단체마다 만들어져 당시 극단 수가 120여 개에 달했다고 한다. 이로써 연극을 보는 행위가 문화활동의 하나로 자리 잡았으며, 화극은 내용과 형식 면에서 중국인에게 환영받는 극 양식으로 점차 정착되었다. 이 시기의 대표작으로 위링(于伶)의 〈야상해(夜上海)〉, 아잉의 〈벽혈화(碧血花)〉 등이 있다.

1941년 함락 시기 이후부터 미국 영화가 수입되지 않고 그 사이를 연극공연이 메움으로써 상하이 연극활동은 외견상 여전히 활발한 모습을 보였지만, 정치적 검열과 탄압 외에 상업화와도 힘겨운 싸움을 치러야 했다. 대체적으로 이 시기에는 창작된 극본도 적었으며, 현실 생활을 반영한 작품도 소수에 지나지 않았다. 개편극이 많았으며 희극(喜劇)과 역사극 창작이 많았다. 이 시기에 희극작품이 많은 것은, 함락된 후 봉쇄된 지역에 살고 있는 사람들의 답답한 정서를 희극이 배설해주는 기능을 했기 때문이다.

중국의 붉은 별, 옌안

옌안은 중국공산당 통치지역으로, 장시 소비에트 지역에서의 연극운동과 대장정 정신을 계승하며 연극운동을 전개하였다. 1937년 7 · 7 사변 후 옌안에 들어온 상하이의 구망연극대, 베이핑학생이동선전대(北平學生流動宣傳隊)를 토대로 루쉰예술학원(魯迅藝術學院)이 설치되었다. 이들 루쉰예술학교와 졸업생들을 중심으로 결성된 실험극단(實驗劇團)의 도움 아래 옌안을 비롯한 공산당 통치지역에서 연극운동이 활발하게 전개되었다.

이 시기 대표극으로는 신가극 〈흰머리 소녀〉를 들 수 있는데, 이 작품은 1945년에 열린 중국공산당 제7차 대회를 축하하기 위해 루쉰예술학원에서 집단창작한 신가극이다. 이것은 서북전지복무단(西北戰地服務團)이 실화를 바탕으로 창작하였는데, 앙가극 개혁운동의 성과 위에 화극 · 전통희극 · 지방희 등의 요소를 가미시켰다. 이 작품은 1951년에 스탈린문학상을 받기도 하였고, 그 뒤 이를 바탕으로 영화화되기도 하였으며, 문혁 시기에는 발레극으로 각색 · 개편되기도 했다.

1945년 1월, 루쉰예술학원이 옌안에서 신가극 〈흰머리 소녀〉를 공연하는 장면.

6. 사회주의 정치권력과 연극의 함수관계

1949년에 중화인민공화국이 성립된 뒤 연극계는 본격적으로 전통 희곡 개혁을 전개했다. 1950년대 희곡 개혁은 애국주의와 혁명적 영웅주의를 증진시키는 작품 창작을 원칙으로 하면서, 이에 맞지 않는 작품은 금지시켰다. 문화대혁명이 본격적으로 전개되지 않은 1950년대는 정치권력과 연극의 함수관계가 표면적으로 드러나지 않았다. 하지만 정치지도자들이 불완전한 사회주의 국가 건설로 인해 생긴 문제점들을 이념에 기대어 해결하려고 하고 연극을 체제를 유지하고 수호하기 위한 선전물로 인식하는 이상, 역사와 현실 속에서 성장해온 중국현대연극과 정치가 충돌하는 것은 피할 수 없는 것이었으며, 결국 연극의 자율성이 상대적으로 협소해질 수밖에 없었다.

1950년대 중반에 '백화제방, 백가쟁명'이라는 구호가 제기되자 양뤼팡(楊履方)은 가난한 농부의 삶을 그린 〈뻐꾹새 다시 울었다(布穀鳥又叫了)〉 등을 창작한다. 1950년대의 가장 대표적인 작품으로 1957년에 창작된 라오서의 〈찻집(茶館)〉을 들 수 있는데, 이 작품은 베이징의 찻집을 배경으로 전통극과 설창(說唱)의 요소를 접목시켜 중국 근현대사를 압축적으로 표현하였다. 또한 1958년에 톈한은 〈관한경(關漢卿)〉을 창작하여, 중국 원대(元代)의 극작가 관한경을 약자 편에 서서 폭군에 대항하고 악을 폭로하는 영웅으로 형상화하였다.

1958년에 대약진운동이 실패하고 정치적 · 경제적 위기가 초래되자, 마오쩌둥은 더욱더 극좌 노선을 취하였다. 1960년대 초에 경극 형식으로 신편 역사극 두 편이 창작되는데, 판쥔훙(范均宏)의 〈양씨 가문의 여장군(楊門女將)〉과 우한의 〈하이루이의 파직(海瑞罷官)〉이 바로 그것이다. 전자의 경우 여성이 정치와 군사 방면에 참여할 것을 적극적으로 주장하고 있고, 후자의 작품은 역사적 인물 하이루이를 대중의 편에 서서 부패한 권력자들에게 대항하는 인물로 그리고 있다.

7. 그들의 선택: 문혁 시기 모범극

1949년에 중국 문예계의 주요 기조는 옌안 시기에 만든 마오쩌둥의 〈문예강화〉의 틀을 근거로 한다. 이러한 틀은 1966년에 발표된 〈부대문예 공작 좌담회 기요(部隊文藝工作座談會紀要)〉에서 더욱 완고하게 규정되는데, 〈기요〉는 문혁 이전의 모든 질서와 성과를 부정하면서 이상적 모델로 개혁된 경극 작품들을 문혁의 모델로 선택한다. 마오쩌둥과 사인방은 문예속에서 이상적인 모델을 추구하는 한편 현실 속에서도 이러한 모델을 찾았는데, 그들이 바로 문혁 시기 홍위병들이었다.

1950년대부터 1970년대 사이에 연극은 과도한 관심과 중시를 받으며 성장해가는데, 정치적 입김에 의해 연극의 성장이 좌지우지되는 결과까지 초래되었다. 앞선 시기에 활동한 연극인들 대부분은 활동을 중지당하거나 심각한 수준의 제약과 탄압을 받았다. 1962년에 마오쩌둥의 아내 장칭은 문예계를 본격적으로 통제하고 간섭하기 시작한다. 당시 그녀는 대부분의 작품을 공연하지 못하도록 금지시켰는데, 이 작품들이 사상적으로 부적합한 인물을 다루고 있다고 보았기 때문이다.

연극이 이 시기에 주도적인 장르였던 만큼, 문혁이라는 중요한 역사적 계기도 〈하이루이의 파직〉이라는 한 편의 역사극에 대한 평가에서 시작되었다. 〈하이루이의 파직〉은 역사가 우한이 1960년대에 경극 형식으로 쓴 신편 역사극이다. 그러나 1965년에 사인방의 한 사람인 야오원위안(姚文元)은 이 작품이 마오쩌둥에 반대하기 위해 쓴 것으로, 역사를 빌려 현재를 풍자하고 있다며 비판하였다. 이로써 길고 긴 문혁이 시작된다.

장칭은 린뱌오(林彪)의 지지를 받아 '모범극'을 제창하며, 영웅과 악한의 선명한 계급투쟁을 그린 작품을 창작하도록 요구하였다. 그녀에게 연극은 선악의 세계를 드러내는 데 더없이 좋은 장르였으며, 대립된 두 세계 간의 모순과 충돌을 통해 계급투쟁의 정당성, 나아가 문혁의 당위성을 입증할 수 있다고 보았다. 이에 장칭을 비롯한 사인방은 이상적인 사회주의 문예 모델로 모범극 여덟 편을 제시하기에 이른다. 그리하여 경극 〈홍등기(紅燈記)〉·〈사자방(沙家浜)〉·〈웨이후 산을 꾀로 얻다(智取威虎山)〉·〈바이후단을 기습하다(奇襲白虎團)〉·〈항구(海港)〉, 발레극 〈홍색낭자군(紅色娘子軍)〉·〈흰머리 소녀〉, 교향악 〈사자방〉만 공연이 허용되었다.

8. 다시 연극성을 묻다

1976년에 마오쩌둥의 죽음, 곧 이은 사인방의 몰락으로 문혁은 종결된다. 1981년 6월에 중국공산당 제11기 6중전회에서는 문화대혁명을 완전히 부정하였지만, 마오쩌둥에 대해서는 1957년 이전까지의 업적만을 평가하기로 공식 방침을 정했다. 이에 중국의 학술계는 1976년 이후를 '신시기'로 칭하며, 문혁과의 단절을 표방하였다. 연극계에서는 이전까지 금지된 전통극 양식과 가극이 부활하여, 대표적 가극 〈흰머리 소녀〉가 다시 공연되었다.

1980년대에 〈절대신호(絕對信號)〉를 시작으로, 기존의 사실적인 극무대와 고정화된 형식적인 틀을 깨고 상실감과 새로운 세계에 대한 동경 등을 형상화한 '실험극 운동'이 전개되었다. 1982년에 가오싱젠과 류후이위안(劉會遠)이 공동집필한 이 작품은 린자오화(林兆華)의 연출로 초연되었다. 이 극은 실업청년들을 다룬 작품으로, 중국 사회의 여러 문제 중 청년실업 문제를 상징주의적 방식으로 그렸다.

가오싱젠은 1983년에 〈버스 정류장(車站)〉을 발표하는데, 이 극은 오지 않는 버스를 한없이 기다리는 여덟 명이 풀어놓는 삶과 기다림을 형상화하였다. 가오싱젠은 우리에게 2000년에 노벨문학상을 수상한 중국 극작가로 잘 알려져 있다. 문혁 시기 홍위병으로 활동하기도 한 그는 '차가운 문학'을 주장하며, 작가는 정치와 권력과 거리를 가지며 철저하게 독립적이어야 한다고 보았다. 참고로 그는 1987년에 독일 예술재단의 초빙을 받아 출국한 후, 1988년에 정치적 난민의 신분으로 프랑스에 망명했다. 그리고 1989년에 톈안먼 민주화운동을 계기로 중국공산당 탈당을 선언했다. 그러자 중국 정부는 그의 노벨문학상 수상을 강력하게 반대하였다.

이 밖에도 싱이쉰(刑益勛)의 〈권력과 법(權與法)〉·〈큐브(魔方)〉, 진윈(錦雲)의 〈거우얼 영감의 열반(狗兒爺涅槃)〉, 주샤오핑(朱曉平)의 〈쌍수핑 이야기(桑樹坪紀事)〉, 왕페이쑹(王培松)의 〈우리(W. M.)〉 등이 있었다. 바이펑시(白峰溪)는 〈밝은 달빛 아래(明月初照人)〉·〈비바람과 함께 온 옛 사람(風雨故人來)〉 등을 창작하여, 여성의 권익을 옹호하고 남녀의 사랑을 의미 있게 다루었다.

문혁을 거치면서 연극의 위상은 다시 조정되었다. 정치권력의 도구로 활용되어 높은 자리에서 군림하던 연극은 이제 사람들 사이로 내려왔다. 그러나 시각적 문화와 상업화의 물결 속에서 연극은 다시 위기에 직면하였다. 역으로 위기는 새로운 출발을 의미하기도 한다. 중국현대연극은 이제 정치와 사회에 대해 가졌던 과도한 책임감과 부담감에서 벗어나 어떻게 연극의 지평을 펼쳐갈 수 있는가 하는 원론적인 의문에 스스로 답을 찾아가야 한다.

1. 중국현대화극은 그 시작부터 극본의 영향이 컸다. 영화에서도 문학화 현상이 두드러지는데, 1980년대 이후 연극은 작품의 줄거리보다 연극 자체에 주목하여 연극의 연극성에 새삼 질문을 던지고 있다. 극본 없이도 연극이 성립될 수 있다고 한다면, 연극의 연극성은 어디에 기반하는 것일까?

2. 연극과 영화의 장르적 차이는 무엇이며, 다른 장르와 비교할 때 연극이 지닌 장점은 무엇인가?

3. 중국현대연극에서 민족 · 국가 · 여성이 어떻게 그려졌으며, 그것들을 어떻게 해석해야 할까?

🌺 권하는 책

차오위, 구광범 옮김, 《북경인》, 선학사, 2004.

콜린 맥커라스, 김장환 · 하경심 · 김성동 공역, 《중국연극사》, 학고방, 2001.

차오위, 김종현 옮김, 《뇌우》(《중국현대문학 전집》 18), 중앙일보사, 1989.

김학주 · 김영구 · 이창숙 · 김우석 공저, 《중국공연예술》, 한국방송통신대학교출판부, 2004.

김종진, 《중국근대연극 발생사》, 연극과인간, 2006.

홍쯔청, 박정희 옮김, 《중국당대문학사》, 비봉출판사, 2000.

라오서, 오수경 옮김, 《찻집》(《중국현대문학 전집》 18), 중앙일보사, 1989.

가오싱젠, 오수경 옮김, 《버스 정류장》, 민음사, 2002.

천바이천(陳白塵) · 둥젠(董健) 주편, 한상덕 옮김, 《중국현대희극사》, 한국문화사, 1996.

고대중국어문연구회, 황수기 옮김, 《중국현대문학 발전사》, 범우사, 1991.

마틴 에슬린, 전형기 옮김, 《드라마의 해부학》, 한양대학교출판부, 1992.

궈푸민(郭富民), 《삽도 중국화극사(揷圖中國話劇史)》, 지난출판사(濟南出版社), 2003.

《중국현대화극 교정(中國現代話劇敎程)》, 중국희극출판사, 2004.

톈번샹(田本相) 주편, 《중국화극(中國話劇)》, 문화예술출판사, 1999.

3부

중국현대문학의 거장들

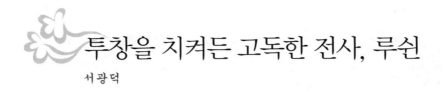

투창을 치켜든 고독한 전사, 루쉰

서광덕

1. 루쉰의 출생과 일본 유학

루쉰(魯迅: 1881~1936)은 중국 저장 성 사오싱 현(紹興縣)의 사대부 집안에서 장손으로 태어났다. 불행하게도 집안이 서서히 기울어가고 있었으나, 사오싱의 유년 시절은 그의 창작에 밑바탕이 되었다. 그를 유명하게 만들어준 〈광인일기(狂人日記)〉, 〈약(藥)〉, 〈쿵이지(孔乙己)〉, 〈아큐정전(阿Q正傳)〉 등의 초기 소설작품은 대부분 사오싱을 배경으로 하고 있다. 집안의 몰락이 그의 사고와 성격을 형성하는 데도 어떤 영향을 주었겠지만, 이 대가정의 몰락은 상징적으로 바로 문명대국 중국의 몰락과 교묘하게 오버랩 된다. 루쉰은 이 대가정을 탈출하기로 마음먹고 난징으로 간다.

루쉰은 자신의 글쓰기를 '구멍이 파기'라고 하면서, 결국 글쓰기는 그 구멍이 속에 자신을 파묻는 행위와 다름없다고 이야기했다.

이 행위는 결국 새로운 문명과 대면하는 것을 상징한다. 그는 난징에서 처음으로 서양문물을 접하는데, 고향 사오싱에서 '십삼경(十三經)' 같은 전통적인 교양을 학습한 루쉰이 난생 처음 서구로 대표되는 '근대'를 경험한 것이다. 이곳에서 그는 세상에 수학, 물리학, 진화론 같은 학문이 있음을 알게 된다. 특히 진화론을 접하고서 "세상에는 이런 생각을 하는 사람도 있구나"라고 놀라움을 표현하였다. 새로운 세계를 경험한 사람들이 다시 옛 세계로 복귀하기는 어려운 법, 루쉰은 더 많은 새로운 문물을 흡수하기 위해 비슷한 시기에 서양문물을 받아들이기 시작했으나 중국보다 빠르게 근대화를 수행하고 있던 일본으로 유학을 떠난다.

1902년부터 1909년까지 약 8년간의 유학생활에서 루쉰은 황혼에 들어선 중국의 문명과 그와 대조적으로 화려한 태양빛을 발산하는 서구의 문명을 비교하게 된다. 중국의 전통문명이 그 생명을 다하고 병폐만을 드러내고 있다고 본 그가 치료약으로 찾아낸 것은 당연히 서구의 근대가 주는 빛이었다. 하지만 루쉰이 발견한 치료약은 현상적이고 표면적인 것만이 아니었다. 그는 그 눈부심 뒷면에 감추어져 있는 근원적인 것을 파악해냈는데, 그것은 바로 서구 근대의 '정신'이었다. 그 '정신'은 루쉰을 자연스럽게 '문학'으로 이끌고 갔다. 그가 쓴 최초의 단편소설집 《외침(吶喊)》의 서문에서 문학가 루쉰의 탄생을 설명하는 유명한 대목, 이른바 환등기 사건은 어떻게 보면 부차적인 것일지도 모른다. 즉 중국 국민성의 결함을 치유하기 위해 문학을 해야겠다고 한 말은 루쉰이 회고조로 《외침》의 서문을 쓰면서 집어넣은 것일 터이다. 루쉰이 문학에 관심을 갖게 된 것은 그보다 더 깊은 것, 즉 문명에 대한 고민에서부터 나오지 않았을까. 이것이 결국 루쉰이 (인)문학을 하지 않으면 안 되게끔 한 이유일 것이다. 비록 성사되지 않았지만, 서구 근대의 정신을 깊이 호흡해보기 위해 귀국에 앞서 유럽, 특히 독일로 가고 싶어 했던 것 또한 바로 이러한 해석을 밑받침하는 것이 아닐는지.

2. 베이징 시대, 작가 루쉰의 탄생

일본에서 귀국한 루쉰은 고향 사오싱의 학교 선생으로 부임하여 자신이 배운 과학적 지식을 학생들에게 가르쳤다. 그러는 가운데 혁명의 분위기가 고조되고 있는 중국의 현실을 목도하고 자신 또한 여기에 적극적으로 가담한다. 이 혁명이 바로 1911년의 신해혁명이다. 잘 알다시피 신해혁명은 일본에서 유학하던 시절에 루쉰도 적극적으로 동조한, 쑨원과 장타이옌을 중심으로 결성된 '중국동맹회'가 주도한 것이다. 이 혁명에 대한 루쉰의 인상은 그의 중편소설 〈아큐정전〉에 잘 드러나 있다. 〈아큐정전〉은 중국의 혁명이 사오싱이라는 작은 마을 사람들에게 어떤 식으로 이해되었는지를 보여주는 소설로도 읽힌다. 신해혁명은 실패한 혁명이다. 실제적으로 정치적 협상에 의해 끌어들인 보수파 위안스카이가 배반한 탓도 있었지만, 그보다 〈광인일기〉와 〈아큐정전〉에서 볼 수 있듯이 중국은 이 혁명을 수용할 만한 토대를 전혀 갖추고 있지 못했고, 그래서 이 혁명은 일부 선각자 지식인들만의 혁명이었던 것이다.

루쉰은 신해혁명이 현실적으로 실패하고 중국 사회가 변화하기 어렵다는 것을 깨달으면서 깊은 절망의 심연으로 빠져든다. 그가 할 수 있는 일은 죽음과 만나는 일이었다. 1918년에 〈광인일기〉로 일약 중국 사회에 이름을 알리기 시작하기 전까지 루쉰은 저우수런(周樹人)이라는 본명으로 혁명의 부산물인 교육부의 관리생활에 자신의 일상을 맡기거나 비석 탁본이나 골동품 수집 같은 전통문화를 정리하는 작업들로 시간을 보낸다. 이것을 일반적으로 그의 절망을 표현하는 행위로 간주하지만, 어떤 의미에서는 새로운 희망을 향해 내적으로 고투(苦鬪)하는 과정이라고 해석하는 이도 있다. 루쉰은 교육부가 베이징으로 옮겨가자 처음으로 양쯔 강을 건너 중국 북부 지역에서 살게 된다. 베이징에 올라온 사오싱 사람들을 위한 동향인 숙소 사오싱회관(紹興會館)에 머물면서 교육부 일을 하고 고서를 정리하던 중에 《신청년》이라는 잡지에 관여하던 친구의 청탁으로 소설 한 편을 발표하는데, 그것이 유명한 〈광인일기〉다. 때는 바야흐로 이른바 '5·4 신문화운동' 시기, 〈광인일기〉는 전통적 인습에 갇혀 좀처럼 변화하기 어려운 중국 사회를 '광인(곧 선각자)'의 입을 빌려 폭로한 작품이다. 5·4 신문화운동이란 바로 정치혁명이 실패한 뒤, 몇몇 뜻있는 지식인들이 일으킨 일종의 정신계몽운동이었다.

　　루쉰이 1918년부터 1925년까지 발표한 많은 소설과 산문은 바로 중국의 전통문화, 그리고 그것이 낳은 중국인의 국민성, 나아가 서구의 것으로 포장된 중국의 새로운 전통문화에 대한 매서운 비판이었다. 베이징은 800년 역사를 자랑하는 오랜 역사와 문화의 도시이자 중화문명을 대표하는 도시다. 여기서 중화문명을 부정하는 외침이 일어나고 있었다는 것은 의미심장하다. 베이징에서 일어난 5·4 신문화운동은 그런 의미에서 대단히 상징적인 사건이다. 그만큼 보수파도 크게 반발했다. 이 운동에 참여한 많은 지식인들이 5·4 운동의 퇴조기에 해당하는 1922년 이후에 중국의 전통문명을 재평가하는 작업으로 전환한 것을 보면 중국의 문화가 얼마나 강고한지를 다시 한번 깨닫게 된다. 루쉰은 이러한 전통과 반전통의 갈등 속에서 조금도 주저하지 않았다. 정신계몽운동의 깃발을 함께 치켜든 많은 계몽가들이 사라져간 황량한 벌판에서 여전히 혼자서 깃발을 놓지 않았다. 이 당시 그의 주장들이 소설집 《외침》과 산문집 《무덤(墳)》, 《열풍(熱風)》, 《화개집(華蓋集)》 등에 들어 있다.

이때 그가 가장 곤혹스러워한 점은 적이 분명하게 보이지 않는다는 점이었다. 5 · 4 신문화운동 시기에는 견해 차이는 있어도 분명한 대립선이 있었다. 그것은 바로 '낡은 것[舊]과 새로운 것[新]'이라는 단순한 대립구도였다. 그는 중국의 전통문화를 유효한 것과 그렇지 못한 것으로 가려서 비판적으로 계승하는 데 머무를 수 없었다. 그는 그것보다 중국을 낙후할 수밖에 없게 한 더 근원적인 것에 주목했다. 아큐에 빗대어 얘기한다면, 아큐가 나약하고 비겁하고 위선적인 성격을 갖게 된 근원적인 무엇이라고 할 수 있다. 그는 이 베이징 시기에 발표한 글에서 개성해방, 근대적 교육, 여성해방, 국수주의, 미신과 구습 타파 등등 계몽적인 주장을 펼쳤다. 하지만 그보다 중요한 것은 그러한 봉건적인 현상이 어떻게 이루어졌는가를 찾는 데 있었다. 이것을 치료하지 않으면 전통을 비판적으로 계승한다는 것도 무의미하다고 생각한 것이다. 그렇기 때문에 〈아큐정전〉에 등장하는 '가짜 양놈'처럼 서구의 것도 중국에 들어오면 그것의 진정한 의미가 퇴색하고 오히려 중국의 봉건문화를 강화하는 역할을 하는, 다시 말해 서양의 탈을 쓴 중국 봉건문화가 되고 마는 것을 심각하게 경계했다. 그래서 그는 〈왔다(來了)〉(1919)라는 글에서 "우리 중국인들은 외래의 어떤 '주의'에 동요되는 일이 절대로 없다. 그것을 말살하고 박멸하는 힘을 갖고 있기 때문이다"라고 했는데, 이것은 차이와 타자를 무화시키고 자기화 또는 동일화해내는 중국문화의 단단한 구조를 지적한 것이다.

또 1924년에 쓴 산문시집 《들풀(野草)》의 〈이러한 전사(這樣的戰士)〉 가운데 "그러나 그는 투창을 치켜들었다. 그가 미소를 지으며 옆구리를 겨냥하여 던지자, 바로 그들의 심장을 꿰뚫었다. 모든 것이 무너졌다. 웃옷만이 남았다. 그 안은 무물(無物)이었다. 무물의 물(物)은 이미 도망쳐 승리를 얻었다. 왜냐하면 그는 자선가 같은 사람들을 살해한 죄인이었으므로"라고 말한 대목에서, 이름만 있을 뿐 실체가 드러나지 않는 중국 사회의 기묘한 구조를 '무물의 진(陣)'으로 표현한 것은 바로 자신이 싸우고자 하는 적이 분명하지 않음을 일컬은 것이다.

　　루쉰은 이렇게 모든 것을 동일화시켜내는 가공할 만한 중국문화의 구조, 이로 인해 변화가 거의 어려운 중국 사회의 구조에 두려움을 느끼면서도 작은 힘이나마 그 변화를 추진하고자 하는 주체들이 있다는 사실에 희망을 걸었다. 그러나 그들조차 하나둘 전향해버리는 것을 목도하고 방황한다. 하지만 그는 "그러나 그는 투창을 치켜든다"라고 표현한 '이러한 전사'와 같이 자신의 절망에 저항하면서 베이징 시대를 마감한다. 그것은 《무덤》이라는 산문집의 제목에서 알 수 있듯이 봉건적 세례를 받은 자신까지도 죽임으로써 이룬 것이다. 1926년에 발표한 《무덤》의 후기에서 자신을 '역사적 중간물'로 자리매김한 것은 바로 이런 맥락에서다.

3. 상하이 시대, 루쉰의 문학과 사상

　　1926년에 루쉰이 베이징을 떠나 남하하여 상하이로 가기 전에, 먼저 머문 곳은 샤먼과 광저우였다. 그는 베이징을 떠나기 전에 시국이 평안하다면 다른 학자들처럼 자신이 좋아하는 연구에 종사하면서 어떤 소동도 일으키지 않으며 조용히 살고 싶다고 말한 적이 있다. 하지만 당시 중국은 루쉰을 가만히 놓아두지 않았다. 6개월 동안의 샤먼 생활을 청산하고, 그가 찾은 곳 광저우는 바로 혁명의 도시였다.

　　광저우는 잘 알다시피 중국 국민혁명의 대부인 쑨원의 근거지이다. 1924년에 북벌(北伐)을 개시하는 와중에 죽음을 맞이한 쑨원의 유지를 받들어 국민혁명군은 승승장구 북쪽의 군벌 세력을 제압해나갔는데, 그 북벌전쟁의 중심부가 바로 광저우였다. 따라서 광저우는 루쉰에게 쑨원과 국민혁명의 도시로 인식되었다. 하지만 그가 찾은 광저우와 잠시 교편을 잡은 중산대학(中山大學)은 그에게 실망을 안겨주었다. 그는 '혁명'이라는 구호만이 난무할 뿐 실제 혁명은 사라졌다고 느꼈다. 다시 말해 쑨원의 유언만이 떠돌 뿐, 그것을 받들어 진정한 혁명을 완수하려는 이는 보이지 않은 것이다. 이와 관련하여 루쉰은 이미 베이징 시절에 '영원한 혁명가' 쑨원의 죽음을 애도하면서, 〈전사와 파리(戰士和蒼蠅)〉(1925)라는 글을 썼다. 여기서 그는 "전사가 전사(戰死)했을 때 파리가 맨 먼저 찾아내는 것은 그의 결점과 상처다. 붙어서 빨고 붕붕 날며 의기양양하여 죽은 전사보다도 영웅인 체한다"라고 하면서 혁명가 주위에는 혁명가의 허명만을 빌리려는 파리떼가 난무한다고 신랄하게 비판을 퍼부은 적이 있다. 당시 광저우의 상황도 여기서 크게 벗어나지 않았다. 국민당은 권력다툼으로 분열되었고, 이어서 권력을 잡은 국민당 우파는 1927년에 4·12 쿠데타를 일으키고 대학살을 자행했다. 이로써 국민혁명의 정신은 소멸되고 말았다.

광저우에서 실망한 루쉰이 죽기 전까지 마지막 불꽃을 태운 곳이 상하이다. 세계에서 가장 큰 도시 가운데 하나인 상하이는 베이징이나 난징 같은 도시와는 그 도시의 역사에서 많은 차이가 있다. 실제 상하이의 역사는 중국 근대의 역사와 동일하다. 아편전쟁에서 영국에 패배한 중국이 그 대가로 연 개항장 가운데 하나가 상하이다. 1920년대 후반에 상하이는 중국에서 가장 근대적인 도시였다. 이곳은 서구와 중국의 문명이 충돌하면서 조화를 이룬 지역이자 중국인과 외국인이 함께 공존하는 공간이면서, 또 민족주의가 대두하는 지역이며 근대적인 대중문화가 꽃을 피운 공간이었다. 게다가 중국근대사에서 국민당과 공산당이 대립하는 공간이기도 했다. 이전에 살던 지역과 성격이 전혀 다른 공간에 발을 디딘 루쉰이 받은 인상은 어떠했을까.

루쉰은 상하이에 쉬광핑(許廣平)이라는 자신의 제자와 함께 왔다. 루쉰이 죽기 전까지 평생의 반려자였던 쉬광핑은 루쉰이 새로운 삶의 의지를 불태우는 데 힘이 되어준 동반자라고 할 수 있다. 광저우에서 실망한 루쉰이 새로운 희망을 건 존재는 중국공산당이었던 듯하다. 죽을 때까지 공산당에 가입한 적이 없는 루쉰이지만, 적어도 상하이에 입성하기 전에 무산계급혁명 등 마르크스·레닌주의를 학습한 적이 있었고, 또 문학운동과 관련해서 '태양사'와 '창조사'라는 무산계급혁명을 주창하는 젊은 문학가들에 대해서도 이미 알고 있었다. 다시 말해, 루쉰은 상하이에 새로운 꿈을 안고 왔던 것이다. 그것도 중국공산당을 위시한 좌익 작가들과 함께 말이다. 상하이는 루쉰에게 근대적인 도시이며 조계지역이기 전에 중국혁명의 새로운 근거지였다. 하지만 그는 도착하자마자 기대하던 태양사와 창조사의 젊은 문예활동가들에게 호된 비판을 받는다. 그들은 루쉰을 그 자신이 버렸다고 생각한 봉건성을 몸에 간직한 '늙은 영감탱이'로 바라본 것이다. 그들의 비판은 꿈을 안고 찾아온 루쉰에게 찬물을 끼얹었다.

　　루쉰은 이들에게 비판을 받고 가만히 있지 않았다. 자신이 낙후된 정신의 소유자라고 하는 것은 모욕적인 일이지만, 그래도 그들의 주장이 일리가 있다면 그들의 비판을 겸허히 받아들였을 것이다. 하지만 이들의 비판은 인신공격이기 이전에 루쉰이 창작활동을 해오면서 몸으로 터득한 '문학'에 대한 인식과 배치되는 것이었기 때문에 이들을 강하게 비판했다. 그는 "문학이 선전·선동이 될 수는 있지만, 선전·선동이 문학이 되는 것은 아니다"라고 하면서, 문학에 대한 이들의 단순한 사고를 비판하였다. 이렇게 시작된 이름하여 '혁명문학 논쟁'은 결국 중국공산당이 중재하여 '좌익 작가연맹'(1930)을 결성하는 것으로 일단락 지어졌지만, 이 사건은 루쉰에게 중국공산당의 혁명활동에 대해서도 객관적인 태도를 유지하게 하였다. 관념의 폭풍처럼 중국을 비롯한 동아시아 지역의 지식인들을 강타한 마르크스·레닌주의와 공산주의 운동에 루쉰이 거리를 둘 수 있었던 것은 바로 개인적인 학습 때문만이 아니라, 이렇게 젊은 공산주의자들과의 논쟁을 통해서였다고 할 수 있다.

　　본의 아니게 '좌익 작가연맹'의 상무집행위원이 된 루쉰은 그 뒤 연속적으로 좌익문예계 내부의 논쟁에 휩쓸린다. 죽기 직전에 진행된 '국방문학 논쟁'에 이르기까지 루쉰은 상하이 시절 내내 중국혁명사의 한가운데에 서 있었다. 이 가운데 루쉰이 당시 국민당의 수배를 피해 도피 중이던 취추바이라는 중국공산당 서기를 자신의 집에 숨겨주면서 그와 나눈 대화는 상하이 초창기에 젊은 마르크스주의자들에게서 받은 불쾌감을 씻어주는 데 큰 역할을 했다. 문학을 아는 취추바이를 통해 루쉰은 무산계급 문학운동의 의미를 새롭게 깨달았고, 반면 취추바이는 루쉰을 통해 이념적 선명성을 내세운 당시 무산계급혁명 문학가들의 생경한 주장에 반해 문학을 알면서도 중국 무산계급혁명에 우호적인 동반자 작가군의 존재를 믿게 되었다. 취추바이는 이때 교류하는 과정에서 루쉰이 쓴 글들을 모아《루쉰 잡감 선집(魯迅雜感選集)》을 만들고 서문을 썼다. 그리하여 이 서문은 루쉰에 대한 후대의 평가를 가늠하는 기준이 되었다. 여기서 취추바이는 '루쉰 정신'의 특징을 거론하면서, 첫째 '깨어 있는' 현실주의, 둘째 '끈질긴' 전투정신, 셋째 반자유주의, 넷째 허위에 대한 반대라는 네 가지로 요약하였다.

　　이 밖에 루쉰이 상하이에서 무엇보다 공을 들인 일은 목판화운동이었다. 당시 중국공산당은 문예정책의 하나로 '문예대중화론'을 제기하였다. 물론 이 정책을 입안한 이는 취추바이였다. 문예대중화란 말 그대로 대중들이 쉽게 감상하고 받아들일 수 있도록 하기 위해 문학과 예술로 어떻게 작품을 만들 것인가 하는 문제에 대한 고민의 표현이었다. 문학을 비롯한 예술작품은 역사적으로 지식인들의 전유물이었기 때문에 대중들이 이것을 향수한다는 것은 원칙적으로 불가능했다. 무산계급혁명을 외치는 중국공산당의 관점에서 볼 때, 무산계급이 문예를 즐겁게 감상하고 나아가 그들이 창작까지 할 수 있는 예술적 환경이 만들어지지 않는다면, 이것은 진정한 혁명과 거리가 먼 일이었다. 이를 위해 일단 문맹률을 낮추는 것이 필요했고, 그러기 위해서는 언어의 개혁이 이루어져야 했으며, 이러한 노력은 현재 중국 대륙에서 쓰고 있는 간체자(簡體字)의 탄생으로 이어졌다. 그럼에도 문학은 이처럼 언어상의 문제가 크기 때문에 다른 예술 장르에 주목했는데, 이때 소련이나 서구의 국제공산주의 운동에서 대중적인 예술 장르가 된 목판화를 중국에 수용하는 데 가장 크게 공헌한 이가 루쉰이었다. 그는 목판화 전시회뿐만 아니라 젊은 목판화 작가를 양성하는 일에 많은 노력을 기울였다.

상하이 시기에 루쉰은《삼한집(三閑集)》,《이심집(二心集)》,《위자유서(僞自由書)》,《남강북조집(南腔北調集)》,《준풍월담(准風月談)》,《꽃띠문학(花邊文學)》등 문화평론적 성격이 짙은 산문집을 연속적으로 발표하였다. 이러한 절대다수의 산문집과 미완으로 남겨둔 소설집《고사신편(故事新編)》을 출판한 것이 이 시기에 그가 창작한 전부다. 건강 문제뿐만 아니라 대외적인 활동에 많은 시간을 들일 수밖에 없던 그로서는 어쩔 수 없는 일이었다. 자신을 작가라고 생각하느냐는 물음에 그가 "장편소설 하나도 갖고 있지 못한 점에서" 운운한 것을 보면, 작가로서 무언가 아쉬움이 있었음을 알 수 있다. 아울러 앞에서도 말했듯이, 대학 강단에서 중국소설사를 비롯한 문학사를 강의한 연구자로서 연구에 대한 욕심까지 접을 수밖에 없었던 아쉬움도 토로한 것을 보면, 루쉰이 중국의 변혁을 위해 얼마나 많은 노력과 희생을 경주했는지 잘 알 수 있다. 그가 마지막 순간까지 미래를 걸었던 중국 공산주의자들도 신랄하게 비판하는 것을 보노라면, 상하이에 오기 전 베이징에서 보수파뿐만 아니라 서구의 탈을 쓴 전통주의자들에게 가하던 예리한 필봉을 다시금 느끼게 한다. 이것은 루쉰이 자신의 개인적인 소망을 상쇄할 만큼 중요한 일이었고, 그렇기 때문에 후대의 중국인들이 루쉰을 일러 '근대중국의 가장 위대한 영웅'으로 평가하는지도 모르겠다.

🌀 생각할 거리

1. 중국현대문학사에서 문학과 정치의 문제는 가장 중요한 주제 가운데 하나다. 루쉰을 통해 이 문제를 다시 한번 생각해보자.

2. 루쉰을 사상적으로 평가해보면 하나의 '모순의 집적체'라고 할 수 있다. 루쉰을 이해함으로써 획일화된 사고를 지양하는 방법을 모색해보자.

3. 서구 근대의 문학가와 비교할 때 근대 동아시아의 작가는 어떤 특징을 보이는가? 루쉰을 통해 근대 동아시아에서 작가가 가졌던 의미를 생각해보자.

4. 루쉰은 일제 강점기 때부터 우리 지식인들에게 잘 알려진 인물이었다. 그렇다면 우리에게 외국 문학가 루쉰이 던지는 의미는 무엇일까? 이것을 우리의 근대사와 관련해서 생각해보자.

🌀 권하는 책

김시준 옮김, 《루쉰 소설 전집》, 서울대학교출판부, 1991.

다케우치 요시미(竹內好), 한무희 옮김, 《루쉰 문집》 전6권, 일월서각, 1985.

_____, 서광덕 옮김, 《루쉰》, 문학과지성사, 2003.

마루야마 노보루(丸山昇), 한무희 옮김, 《루쉰 평전(魯迅評傳)—문학과 사상》, 일월서각, 1982.

전인초·유중하 외, 《민족혼으로 살다》, 학고재, 1999.

루쉰읽기모임 옮김, 《페어플레이는 아직 이르다》, 케이시, 2003.

자서전체 소설의 선구자, 위다푸

강경구

문학작품은 작가의 자서전일 수밖에 없다. 천인합일(天人合一)의 세계를 지향한 고전문학에서도 그러하거니와, 세계와 자아의 분리와 대립을 특징으로 하는 현대문학에서는 더욱 그러하다. 우리가 〈광인일기〉에서 루쉰을 발견하려 하고,《영혼의 산(靈山)》에서 가오싱젠을 찾는 것도 그 때문이다. 따라서 소설 속에 작가의 자아가 드러나는 것은 현대소설의 한 특징이라 할 만하다. 그중 특히 위다푸(郁達夫; 1896~1945)의 소설은 자서전적 경향이 농후한데, 그런 점에서 그의 소설은 흔히 일본의 사소설에서 영향을 받은 자서전체 소설로 이해되곤 한다. 그렇다고 하여 작품을 구성하는 세세한 요소들이 모두 작가에게 실제 일어난 일이라는 것은 아니다. 위다푸 자신도 이와 관련하여 독자들에게 소설 속의 사건을 작가의 그것과

"머리를 써가면서 맞춰보려는 공연한 시도"를 하지 말아달라고 부탁한 바 있다. 그럼에도 위다푸의 작품은 그의 현실 삶과 너무도 닮아 있다. 따라서 위다푸의 생애에 대한 고찰은 그의 작품을 더 넓고 깊게 이해하기 위한 전제조건이 된다.

1. 위다푸의 삶

위다푸는 갑오 청일전쟁에서 중국이 패전한 지 3년 뒤인 1896년, 수려한 자연경관으로 유명한 항저우(杭州) 근처의 푸춘 강(富春江)에 인접한 한 소도시에서 태어났다. 그곳은 항저우를 능가하는 아름다운 곳이었다. 위다푸는 성장하는 동안 고향의 자연에 깊은 애정을 느낀다고 회고한 바 있다. 그가 그 뒤 현실과 싸워 패퇴할 때마다, 아름다운 자연으로 돌아가 그 속에서 위안받고자 한 것도 이러한 성장환경과 무관하지 않다. 패망한 국가와 무너진 사회에 대한 실망, 국토의 자연에 대한 사랑이 위다푸의 문학을 키운 토양이 된 것이다.

위다푸는 태어난 바로 다음 해에 아버지를 잃는다. 국가의 패망과 아버지의 죽음, 그야말로 그는 아버지 없는 시대에 아버지 없는 개인으로 태어나 성장해야 했다. 그것은 작가 위다푸의 문학을 이해하는 키워드가 될 만하다.

이렇게 하여 그는 자연스럽게 국가와 사회 대신 자연, 아버지 대신 어머니, 남성 대신 여성에 집착하고 의지하며 성장하게 된다. 위다푸에게 어머니, 여성, 자연은 나누면 여럿이 되고 묶으면 하나가 되는 '일즉다(一

왕잉샤와 상하이를 떠나 항저우로 왔을 때 위다푸의 모습. 38세 때.

即多)'의 관계였다. 다음은 어린 시절의 그가 어떻게 자연에 경도되어 있었는지를 보여주는 글이다.

> 무성한 나무의 짙은 그늘과 노란 흙이 드러난 절벽 사이에서 그렇게 뒹굴고 게으름을 피우면서, 강 위의 범선들과 강 건너 아득히 보이는 나무들과 청산을 바라보곤 하였다. 그렇게 한나절씩 있으면서 엉뚱한 꿈을 꾸곤 하였다. 대자연에 대한 사랑은 내가 어릴 적부터 지닌, 일종의 천성인 듯하다.
>
> ―〈부끄러운 고백(懺餘告白)〉

이러한 자연은 바로 어머니와 등치되기도 하고 아름다운 여인으로 착각되기도 하며, 나중에는 세 가지가 하나로 뒤섞여 서로 연상작용을 일으킨다. 한편 그는 어린 시절 혼자 놀다가 물독에 빠지는데, 이때 그를 물에서 건져준 시녀 추이화(翠花)의 영상이 그에게 깊게 각인된다. 그 뒤 위다푸에게 여인은 항상 구원의 주체였다. 그가 만난 최초의 여인이 자신의 고독과 불행을 위로해주는 헌신적인 여인이었을 뿐만 아니라, 어머니를 대신해준 여인이었기 때문이다.

위다푸는 일곱 살 되던 해 서당에 들어갔는데, 이 춘장서원(春江書院)이 그가 열세 살이 되던 1908년에 푸양현립고등소학당(富陽縣立高等小學堂)으로 개칭되어 서양식 교육을 시행하게 된다. 위다푸는 이 양학당에 들어가 1년간의 수업이 끝난 뒤, 매우 우수한 성적으로 학교장의 표창을 받고 월반을 하는 등 특전을 누린다. 이로 인해 그는 고향에서 유명인사가 된다. 위다푸가 보여주는 끝없는 우월감이 여기에서 촉발된 것은 아닐까?

16세 되던 1911년에 위다푸는 고향을 떠나 자싱중학(嘉興中學), 항저우우중학 등을 전전하다가, 1912년에 끝내 자퇴하고 귀향한다. 그러고는 1913년에 일본의 사법제도를 시찰하러 가는 큰형 만타(曼陀)를 따라 일본

으로 건너간다. 길고 긴 10여 년간의 유학생활이 시작된 것이다. 위다푸는
이 시기에 뒷날 그를 끊임없이 괴롭히는 신경쇠약증과 만성호흡기 질병을
얻는다. 그는 1919년에 나고야 제8고등학교를 졸업하고 도쿄제국대학 경
제학부에 입학하는데, 이 해에 잠시 귀국하여 외교관 시험과 고등문관 시
험에 응시한다. 결과는 모두 낙방이었다. 위다푸는 이에 대해 극단적으로
실망하고 분노하였다.

> 별 재능 없는 평범한 사람이 도리어 영광의 자리에 오르고, 인품과
> 학식을 갖춘 사람이 쫓겨나 버려졌다. 세상일이 이러하니 내가 어찌 뜻을
> 얻을 수 있겠는가?　　　　　　　　　　　　—〈일기, 1919년 9월 26일〉

이로 인해 그는 더욱더 문학에 경도되었고, 1921년에 그의 일본 숙
소에서 뒷날 중국현대문학사에서 가장 중요한 문학사단이 되는 창조사의
발기 모임을 갖기에 이른다. 그의 본격적인 문학생활이 시작된 것이다.
1921년 9월에 그는 일시 귀국하여 순수문예지를 표방하는 계간지《창조(創
造)》를 발간하기 위해 준비활동을 하였다. 그 뒤 1922년에서 1938년에 이
르는 16년 동안 한때는 대학교수, 한때는 실업자로 신분을 바꿔가면서 많
은 소설, 수필, 시, 여행기를 발표한다. 그 사이에 왕잉샤(王映霞)와 연애하
여 결혼했고(1927), 푸젠 성(福健省) 관리로서 득의한 세월도 있었으며
(1936), 우한에서 항일운동에 전념하던 시절도 있었다(1938).

1938년 말에 그는 갑자기 왕잉샤와 아들 위페이(郁飛)를 데리고 싱
가포르로 건너간다. 그는 왕잉샤가 다른 남자와 부정한 관계를 가졌다고
확신한 듯하다. 그래서 그가 싱가포르에 이주한 것은 왕잉샤와의 악화된
관계를 개선해보려는 의도가 아니었을까 하고 추측하기도 한다. 그러나 그
는 왕잉샤의 부정을 폭로하는 작품을 홍콩 신문에 발표함으로써 결국 12년

간 지속된 그들의 부부생활을 청산한다.

그 뒤 1942년에 일본군을 피해 당시 네덜란드령이던 수마트라로 도피한다. 그곳에서 화교들의 도움으로 술 공장을 경영하던 그는, 우연히 일본어에 능통하다는 것이 밝혀져 일본군의 통역을 맡는다. 그리고 일본이 패망한 직후인 1945년 8월 29일, 그는 행방불명되고 말았다. 현재까지 밝혀진 자료에 의하면 일본 헌병에 의해 피살된 것으로 추측된다. 이것이 위다푸의 문학과 관련한 49년 생애다.

2. 위다푸 문학 개관

위다푸는 《몰락(沈淪)》 삼부작을 발행하면서 일약 중국 문단의 총아로 부상한다. 1921년에 발표된 이 세 편의 소설[〈몰락〉, 〈남방 요양기(南遷)〉, 〈은회색 죽음(銀灰色的死)〉]에서 그는 몰락해가는 신경질적 개인의 성적 추구를 집중적으로 표현하였다. 이 작품들은 특히 그 퇴폐적이며 자아 폭로적인 경향에 대해 찬양과 비난이 엇갈리면서 열띤 문학토론의 대상이 되었다. 그의 작품은 발표될 때마다 커다란 반향을 불러일으키면서, 문학사적으로도 높이 평가받았다.

그 뒤 그는 〈잃어버린 양(迷羊)〉(1927), 〈그녀는 약한 여자(她是一個弱女子)〉(1932) 등의 작품에서 퇴폐적 성욕의 추구에 대한 문제를 더욱 확대하여 표현하였다. 위다푸를 성욕을 표현한 작가 또는 퇴폐 경향의 작가로 볼 때, 이 작품들이 그의 대표작 범주에 들어간다고 할 수 있다.

이에 비해 〈봄바람에 흠뻑 취한 밤(春風沈醉的晚上)〉(1923), 〈늦게 핀 계화(遲桂花)〉(1932) 등의 작품은, 본질적으로 성욕을 표현한 소설의 범주에 들면서도 퇴폐성을 벗었다는 점에서 중국현대소설사가 샤즈칭(夏志清) 등에게 특별한 작품으로 평가받았다.

특히 〈봄바람에 흠뻑 취한 밤〉은 담배 공장에 다니는 여공에 대한 동질감을 표현하였다는 점에서, 또 〈초라한 제사상(薄奠)〉(1924)은 가난한 인력거꾼의 죽음을 애도하고 민중에 대한 관심을 표현한 사실주의 작품이라는 점에서 중국 대륙의 학자들에게 비교적 높은 관심을 받아왔다.

3. 위다푸 소설의 특징

충동적 육욕과 도덕주의

위다푸의 소설 전체에는 일종의 공통된 주제의식이랄까, 어떤 경향성 같은 것이 나타난다. 예컨대 충동적 육욕의 표현, 모성애에 대한 집착, 자연으로의 경도 등이 그것이다. 그런데 위다푸 소설의 이러한 경향성에는 항상 반대되는 힘이 작용하고 있음이 발견된다. 즉 충동적 육욕에는 도덕주의적 죄책감이 작용하고, 모성애에 대한 집착에는 부성애에 대한 갈망이 짝을 이루고 있으며, 자연으로의 경도에는 사회적 명예욕이 그 동력으로 작용하고 있다.

> 그 눈 같은 흰 가슴!
> 탄력 있는 흰 다리!
> 전신의 곡선!
> 숨도 쉬지 못하고 한참을 자세히 보던 그의 안면근육이 경련하기 시작하였다.
> —〈몰락〉

〈몰락〉의 주인공이 목욕하는 여관집 딸의 벗은 몸을 훔쳐보면서 몰아 상태로 빠져 들어가는 장면을 묘사한 부분이다. 이러한 여성의 몸 훔쳐보기와 성애 상황 훔쳐듣기 등은 〈몰락〉의 특징적 요소들이다. 주인공은 이러한 훔쳐보기로 인해 충동적 육욕을 느끼고, 해소할 수 없는 욕망으로 습관적 자위행위에 빠져든다. 또한 그것은 상황에 따라서 더욱 극단적이고 변태적인 행위로 발전하기도 하는데, 다음과 같은 자학행위가 그것이다.

> 멍하니 거울을 보며 일이 분 있다가 갑자기 바늘로 자신의 뺨을 사정없이 찔렀다. ……거울에 비친 얼굴 위의 핏방울과 수건 위의 선홍빛 핏자국을 보고 바늘과 수건의 냄새를 맡으며 수건의 주인이던 여인의 모습을 생각해보노라니, 일종의 쾌감이 그의 전신을 적시는 것이었다.
>
> ─〈아득한 밤(茫茫夜)〉

〈아득한 밤〉의 주인공 즈푸(質夫)가 충동적 육욕을 이기지 못해 여인이 쓰던 물건들로 행하는 변태적 행위에 관한 내용이다. 이 밖에 많은 작품에 '떳떳하지 못한 음란한 쾌락'으로 규정되는 기생과의 관계가 표현되어 있다.

그런데 위다푸 소설의 특징은 주인공들이 음란한 쾌락에 몸을 던지면서도 금욕적 도덕주의에 의해 자신을 단죄한다는 점이다. 그래서 음란한 쾌락을 추구하고 나면 곧 한없이 후회하며, 심지어 〈몰락〉의 주인공처럼 죽음을 선택하기까지 한다.

> 내가 어쩌다 그런 곳에 갔던가? 나는 이제 가장 하급의 인간으로 변하고 말았구나. 후회해도 소용이 없다. 차라리 여기서 죽어버리자.

이처럼 성적 충동과 도덕주의가 서로 충돌하면서 동전의 양면처럼 공존한다. 샤즈칭도 이 점에 착안하여 위다푸 소설의 주인공들이 표면적으로는 퇴폐적 인물이지만 내면적으로는 도덕적 인물이라고 규정한 것이다.

그러나 내면적으로 도덕적인 인물이라는 샤즈칭의 말은 다소 오해를 받을 여지가 있다. 내면적이라는 말이 본질적이라는 뜻으로 이해된다면 말이다.

그것보다는 충동적 육욕과 도덕주의 사이에서 어느 쪽으로도 쏠리지 않는 줄타기를 하고 있다고 말해야 옳다. 그것을 보며 느끼는 조바심과 불편함이야말로 위다푸의 작품이 독자들에게 주는 현대적 선물이다.

자기도취와 사회적 소통의 갈망

위다푸의 소설에서 우리는 외부세계와 정상적인 관계를 형성하지 못하는 인물들을 만난다. 무엇이 위다푸의 인물과 현실 사이를 가로막고 있는가? 역설적이게도 그것은 바로 위다푸의 인물들이 갖고 있는 자기도취 경향에서 비롯되는 것이라고 할 수 있다. 위다푸의 인물들은 자신의 용모를 천재의 표상으로, 자신의 영혼을 고귀함의 표준으로 이해한다. '흰 얼굴, 붉은 입술, 형형한 눈빛의 소년'(《사람요정(人妖)》), '마르고 큰 키에 용모가 청수(淸秀)한 중년'(《신기루(蜃樓)》) 같은 표현에서 보이듯, 자신을 남과 다른 사람으로 묘사한다. 또한 돈을 가볍게 여기고 정의를 중시하는 대장부이며(《가을 버들(秋柳)》), 이태백이나 자라투스트라에 스스로를 비유하여(《몰락》, 《채석강 물가(采石磯)》) 표현한다. 특히 역사적 인물들의 삶에서 자신과 유사한 점을 찾아내 그들과 자신을 동일시함으로써 이러한 자기도취에 설득력을 부여한다. 리어우판(李歐梵)은 이렇게 형성된 인물을 '제2의 자아'라고 부른 바 있다. 이들의 우월함에 대해서는 이미 역사적 평가가 완료된 상태이다. 따라서 그들과 동일시된 작가의 인물 또한 저절로 우월성을 갖는다. 그것은 종종 독선에 가깝기까지 하다. 예컨대 《채석강 물가》의 황중쩌(黃仲則)는 자신에 관한 모든 것을 신성불가침의 것으로 규정한다. 따라서 그는 자신에 대한 비평은 물론 가벼운 이의라도 전혀 용납하지 않는다.

결국 위다푸의 인물에게 외부세계는 자기를 중심으로 재해석되고 재구성된다. 예컨대 〈봄바람에 흠뻑 취한 밤〉의 '나'는 한 여공의 눈물에 대해 다음과 같이 반응한다.

> 그녀는 여기까지 말하고는 갑자기 눈물을 몇 방울 떨어뜨렸다. 나는 그것이 N공장에 대한 원한 때문에 흘리는 눈물임을 잘 알고 있었지만, 아무리 해도 그렇게 생각되질 않았다. 나는 그녀의 눈물이 나에게 충고하기 위한 눈물로 이해되었다.

이 소설의 천씨네 둘째 딸(陳二妹)은 주인공에게 담배를 끊으라고 권유하다가, 담배 공장에서 받는 비인간적 처우에 생각이 미쳐 눈물을 흘린다. 그는 이 눈물의 의미를 명확히 알고 있으면서도, 그것을 자신을 위한 눈물로 해석하는 것이다. 객관적으로 분명한 사실조차 자기를 중심으로 재해석한다. 그러나 분명한 것은 위다푸의 인물이 로빈슨 크루소처럼 고립된 섬의 주민이 아니라는 점이다.

오히려 이러한 자기도취는 사실 사회적 인정과 상호소통에 대한 갈망이 변형된 형태라 할 수 있다. 주변 사람들이 자신의 절대적 불행과 고독을 이해해주기 바라는 것도 그 때문이고, 그것이 만족스럽지 못할 때 극단적 소외감을 느끼는 것도 그 때문이다.

모성애의 추구

일반적으로 애정을 나눌 때 남성은 적극적 · 능동적 입장에 서고, 여성은 그에 비해 상대적으로 소극적 · 수동적 입장을 취한다고 이해된다. 그러나 위다푸의 인물들에게서는 이러한 성적 특징이 역전되어 나타난다. 그리하여 애정 사건의 경우, 여성들이 접근하고 제안하고 유혹하고 보살피는 역할을 하는 동안, 위다푸가 창조한 남성들은 그것을 수용하기만 한다.

만약 어떤 미인이 나를 이해해준다면, 그녀가 나에게 죽음을 명한다 해도 그대로 따를 것이다. 만약 어떤 부인이, 그녀가 아름답건 추하건 간에, 진심과 진정으로 나를 사랑해준다면 나는 또한 그녀를 위해 죽을 수 있다.

―〈몰락〉

〈몰락〉의 주인공이 갈망하는 사랑은 이러하다. 이처럼 사랑에 대해 수동적인 태도는 위다푸의 소설에 공통적으로 발견되는 모성애의 추구라는 측면에서 설명될 수 있을 것이다. 모자간의 관계는 일방적으로 사랑을 베풀고 그것을 수용하는 것을 특징으로 한다. 유아에게 어머니는 모든 것을 해결해주는 전능적 존재다. 위다푸의 인물들은 연인과의 관계에서도 바로 이러한 전능적 모성애를 추구한다. 〈몰락〉의 주인공이 지식과 명예 대신 위로와 이해, 동정과 애정을 갈구하는 것도 그것이 모든 것을 해결해주는 전능적 애정이기 때문이다. 그리하여 그는 여성에게 항상 다음과 같은 말을 듣고자 한다.

아아! 불쌍한 아가야! 그들이 너를 기만하고 업신여기더냐?

―〈남쪽 요양기〉

말하자면 위다푸의 인물들은 결국 정신적으로 미숙하여 보호해주고 위로해줘야 하는 심리적 유년 상태에 있다. 그래서 위다푸의 인물들은 여성에게 자신의 고통을 호소하고 병약함을 알리고자 한다. 예컨대 〈가을 버들〉의 대학교수 즈푸는 열세 살의 어린 기생 비타오(碧桃)에게 자신의 불쌍한 처지를 호소한다. 상식적으로 볼 때 불행을 호소할 사람은 비타오이고, 위로와 동정을 보낼 사람은 즈푸다. 그러나 여성과 모성을 완전히 동일시한 결과, 여성의 나이나 상황에 상관없이 모두 어머니를 대신하는 존재로 이해하는 것이다.

자연과 고향에 대한 동경

타향에서 지내는 삶은 우리로 하여금 고향을 그리워하게 하고 자연을 그리워하게 한다. 특히 위다푸에게 자연과 고향은 소설의 내용과 형식을 구성하는 데 양적·질적으로 모두 주목할 만한 요소다. 나아가 위다푸의 소설에서 자연과 고향은 서로 동일한 것으로 묘사된다. 그곳은 생존 경쟁이 없는 곳, 낯익은 곳, 조용한 곳, 자유로운 곳, 우울과 번뇌가 해소되는 곳이라는 공통적 특징을 지니고 있다. 이곳에서는 나의 시공간과 외부의 시공간이 하나로 통일되어 순환과 반복만이 남는다. 해 뜨면 일하고 해 지면 쉬는 나날이 있을 뿐이다. 이로 인해 위다푸의 인물들은 순간이 영속적이며 유구하다고 느낀다. 이 순간 위다푸의 인물들은 종교의 기원에 선다.

> 자연을 바라보면서 그는 무슨 이유인지 알 수는 없었지만 자신도 모르게 일종의 감사하는 마음이 생겨났다. 잠시 후 그는 갑자기 스스로에게 말하였다. "이 겸허한 마음! 이 겸허한 마음! 이것이야말로 바로 종교의 기원이리라."
>
> ─〈망망한 밤〉

자연 속에서 느끼는 감사함과 겸허함은 자아와 세계의 모순이 해소되는 순간에 나타난다. 자연이 개인의 자아를 위협하지 않으므로 자아 또한 스스로를 주장할 필요가 없는 세계이다. 유년의 고향 또한 자아가 확립되기 전이므로 세계와의 갈등이 나타나기 전이다. 이런 점에서 자연과 고향에 대한 동경은 현대적 상황에서는 이루어질 수 없는 꿈이다. 자연과 고향에 대한 동경이 잘 드러나는 작품들로 〈망망한 밤〉 외에 〈봄 물결(春潮)〉, 〈신기루(蜃樓)〉, 〈표주박 스님(瓢兒和尙)〉, 〈동재 마을(東梓關)〉 등이 있다.

4. 위다푸와 중국의 현대

위다푸의 소설은 자아와 세계의 분열을 특징으로 하는 현대의 상황을 잘 드러내고 있다. 그러나 그것은 작가의 철학적 사색과 결단의 결과가 아니었다. 차라리 그것은 과거 세계가 무너지고 남은 폐허에서 서성대는 그림자였다고 말할 수 있다. 그 속에서 개인은 유령처럼 흔들리며 상반된 방향으로 정처 없는 방황을 계속한다. 위다푸의 인물들이 보여주는 자아의식, 자연의식, 애정의식, 모성애에 대한 추구 등에서 공히 자아분열적 지향이 발견되는 것은 이 때문이다. 사실 이것이야말로 중국적 현대의 특징이기도 하다. 현대화를 지향하면서도 끝없이 과거를 꿈꾸고, 세계화를 지향하면서도 중화주의로 끝없이 회귀하는 중국의 현대! 위다푸의 작품에는 바로 이러한 중국의 현대적 상황과 그 속에서 살아가는 개인의 내면적 상황이 여실히 드러나 있다.

1. 일본의 사소설은 중국의 위다푸나 우리나라 이상의 소설에 많은 영향을 끼친 것으로 이해된다. 지식인을 국가를 운영하는 주체로 여기던 전통시대에 한 개인의 일거수일투족은 국가의 운명과 긴밀히 연결되어 있었다. 개인과 사회가 하나로 통합되어 있었던 것이다. 이에 반해 현대의 지식인은 있어도 좋고 없어도 그만인 잉여의 존재가 되고 말았다. 이러한 점에 착안하여 위다푸의 〈몰락〉과 이상의 〈날개〉에 드러난 자아의식을 고찰하고 서로 비교해보자.

2. 위다푸 작품의 인물들에게서 발견되는 자아분열적 인격에 대해 살펴보자. 특히 〈몰락〉, 〈남방 요양기〉, 〈은회색 죽음〉 세 작품을 통해 개인, 자연, 애정, 모성 추구 등의 측면에서 상반된 지향이 어떻게 나타나는지 살펴보자.

3. 위다푸의 작품에는 음란성과 진지한 성적 고민이 함께 발견된다. 이에 대해 〈몰락〉, 〈늦게 핀 계화〉, 〈잃어버린 양〉을 서로 비교하여 살펴보자.

🌀 **권하는 책**

텐중지 외 주편, 김영문 외 옮김, 《인물로 보는 중국현대소설의 이해》, 역락, 2002.

강경구, 《위다푸 · 선충원 소설의 연구》, 중문, 1999.

_____, 《중국현대소설의 탐색적 연구》, 세종, 2005.

쩡화펑(曾華鵬), 《위다푸 평전(郁達夫評傳)》, 백화문예출판사(百花文藝出版社), 1983.

고독한 근대적 자유인, 저우쮀런

김미정

저우쮀런(周作人), 그는 누구인가? 루쉰의 친동생, 현대산문가, 친일매국노 등 각자의 관심사에 따라 그는 다르게 정의될 듯하다. 여기에 중국현대문학사를 조금 알고 있는 사람이라면 5·4 신문학운동의 대표적 논의문 〈인간의 문학(人的文學)〉을, 작품에 관심이 많은 이라면 그의 대표 산문 〈검은 뜸배(烏蓬船)〉를 거론하지 않을까? 그렇지만 이러저러한 이유로 그에 대해 깊이 있게 이해하기는 쉽지 않은 것 같다. 많은 이들이 중국현대문학사상 최고의 지성으로 꼽는 저우씨(周氏) 형제이지만, 저우쮀런에게는 형 루쉰에게 바쳐진 지고한 영예도, 자유주의의 전사 후스를 따르던 강대한 문화권력과 영향력도, 심지어 입담 좋은 린위탕이 누린 대중적 지지와 열광도 없었다. 그저 평범한 중국의 지식인, 아니 민족적 지조를 지키지 못

했다는 면에서는 평범하지도 못한 모자란 중국 지식인일 따름이다. 그럼에
도 그의 삶과 글 속에는 차마 외면할 수 없는, 근대중국을 살다 간 지식인
의 고민과 비애가 서려 있다. 특이할 것 없는 특이한 인물, 평생 대부분의
시간을 서재에서 보내면서 살아서는 암담했고 죽어서는 적막한, 빛나는
5 · 4 신문화운동의 창도자 저우쮜런. 그의 눈부신 성공과 참담한 실패의
뒤안길에는 보이지 않는 역사와 문화의 강고하고 복잡하며 풍부한 의미가
자리하고 있다.

1. 살아온 길

저우쮜런은 1885년 1월에 저장 성 사오싱에서 태어났다. 그의 친형
루쉰과는 네 살 차이로, 루쉰과 비슷한 어린 시절을 보냈지만 어린 시절에
대한 기억은 형제가 조금 다르다. 루쉰이 몰락한 대가정의 장손이라는 책
임을 온몸으로 짊어져야 했고, 그리하여 현실의 냉혹함과 각박함을 몸서리
치도록 느껴야 했다면, 저우쮜런의 동년은 밝고 온화한, 그야말로 '황금시
대'였다. 그의 회상 속에는 고향 사오싱의 풍속과 자연스런 인성에 대한 무
한한 동경과 그리움이 담겨 있다. 동년을 함께 보낸 형제의 기억이 이토록
다른 영상으로 나타나는 까닭은 무엇일까? 아마도 두 사람의 기질 차이가
근본적인 이유일 터이고, 사회성의 형성이라는 점에서 보자면 현실과 온몸
으로 맞서야 하는 장남과 형을 바람막이로 둔 차남이라는 처지의 차이일
수 있을 것이다. 이 차이는 그 뒤 두 사람의 행보에서 상당히 상징적인 의
미를 띤다.

어쨌든 그는 집안이 몰락했지만 체계적인 전통교육을 받으며 13세
부터는 과거시험까지 치른 중국 최후 전통세대의 지식인이었다. 이것은 그
가 중국 전통문화의 시대적 한계와 역사적 퇴각을, 그럼에도 소멸되지 않는

내재적 매력과 감수성을 가장 잘 체득하고 있
는 마지막 세대의 지식인임을 의미한다. 그러
한 그가 전통적 삶의 방식을 포기하고, 스스
로 신식교육을 받기 위해 1901년에 난징 장난
수사학당(江南水師學堂)으로 떠난다. 난징에
서 유학하던 시기에 저우쮜런을 자극한 것은
옌푸(嚴復)가 번역한 〈진화론(天演論)〉, 량치
차오 주편의 《신민총보》·《청의보》, 린수가

5·4 신문화운동의 한 축을 담당한 작
가 저우쮜런.

번역한 서구의 문학작품들이었다. 이러한 신문과 서적을 통하여 그는 서구
문화를 받아들였고, 그 충격 속에서 민족의 위기감을 맛보며 계몽의 필요성
을 절감하기 시작했다. 특히 형 루쉰의 뒤를 이어 1906년에 그도 국비유학
생 자격으로 일본 유학길에 오르면서, 불타는 학구열로 안목을 넓혀간다.

　　　당시 '세계의 창구'로 불리던 근대일본의 출판계와 독서계는 서구의
사상과 조류에 대단히 민감했고, 언제나 새로운 서적이 빠르게 번역되고
출판되었다. 그는 가장 서구적 근대학문이라 할 수 있는 인류학을 시작으
로 인간에 대한 이해를 둘러싼 갖가지 영역에 관심을 기울이기 시작한다.
도덕관념 발달사, 생물학, 성 심리학, 아동문학, 동화, 의학사, 마술사, 민
속학, 그리스의 문학과 신화 등 그가 섭렵한 학문의 범위는 동시대 어느 누
구보다 광범하고 정밀했다. 루쉰 등과 함께한 《신생(新生)》잡지 출간이 무
위로 돌아간 뒤, 적막감에 빠진 루쉰을 묵묵히 지지해준 사람도 그였다. 이
에 저우쮜런과 루쉰 합작의 이정표라 할 수 있는 《역외 소설집(域外小說
集)》1, 2권(저우쮜런이 총 16편 중 13편 번역)이 1909년 출판된다. 또한 그는
이 해에 두고두고 말 많은 일본 여인 하부토 노부코(羽太信子)와 결혼하여,
자유결혼을 실현하는 근대인의 삶을 구가한다(이 점은 루쉰이 원치 않던 구식
결혼을 한 것과 확실히 비교되는 부분이다).

1911년에 귀국한 저우쭤런은 고향에서 교직생활을 하다가, 1917년에 당시 신문화운동의 중심지이던 베이징대학(北京大學)에 초빙된다. 이에 그는 당시 신문학의 논객 천두슈·후스·첸쉬안퉁 등과 함께 그의 생애에서 가장 중요한 논문인 〈인간의 문학〉·〈평민문학(平民文學)〉·〈사상혁명(思想革命)〉 등을 발표하기 시작하면서 신문학운동 최고의 이론가로 등장한다. 그의 글들은 5·4 신문화운동의 핵심적 개념인 '새로운 인간관의 확립'이라는 주제에 따른 가장 참신하고 충실한 내용을 담고 있다. 신문화운동이 최고조기에 이른 5·4 시기에, 그는 거침없는 필치로 봉건 전통문화의 비인간성을 폭로하면서 신문화를 건설하기 위한 이론적 토대를 쌓아나감으로써 명실 공히 신문화 전사이자 건설자의 면모를 보여준다. 그러나 이후 신문학운동 진영의 정치적 분화, 형 루쉰과의 의절, 개인적 와병 등 일련의 사건 속에서 그는 점차 5·4 신문화운동의 운동방식에 회의를 느낀다. 그러면서부터 그는 획일적 대중주의 혹은 열광적 낭만주의에 더는 사로잡히지 않았다. 따라서 이 시기에 그는 전통 봉건예교뿐 아니라 상당수 지식인이 투신한 혁명운동에 대해서도 예각을 세우며, '자유주의'와 '개인주의'라는 근대적 가치를 확립하기 위해 분투했다. 이러한 그의 일련의 노력은 루쉰과 더불어, 그러나 차츰 혁명운동에 다가선 루쉰과는 다르게 1920~1930년대 지식계의 양대 산맥을 형성한다.

그의 비판정신은 문학작품 속에도 구현되어 있다. 그는 개인의 '자유'와 '개성'을 중심으로 하는 현대산문을 창도함으로써, 잡문과 대별되는 현대산문의 새로운 영역을 개척하고, 당대 제1류의 산문가로 평가되었다(이 평가는 아이러니하게도 이미 그와 의절한 형 루쉰에 의해 이루어졌다. 루쉰은 미국 기자 아그네스 스메들리와 대화를 나누던 중에 현재 중국 최고의 산문가로 저우쭤런을 거론하였다). 그러나 사회운동의 대세에 거리를 두던 그의 글쓰기는 날로 한적(閒適)과 평담(平淡)에 치우쳤고, 급기야 '문 걸고 독서하기(閉

戶讀書)'와 '국사(國事)에 관여하지 않겠다'는 입장을 표명하면서 문화전선의 최전방에서 완전히 물러난 듯하였다. 하지만 1930년대에 그는 지속적으로 다양한 문체를 실험하면서 전통적 미학과 근대적 자아가 만날 수 있는 가능성을 모색하였다. 전통에 대한 재평가와 재성찰이라는 그의 작업이 거둔 학술적인 결과는 중국의 신문학을 명말 공안파의 부흥으로 인식하는 《중국 신문학의 원류(中國新文學的源流)》로 발표되어 단절된 중국현대문학사를 연속의 문학사로 볼 수 있는 시야를 제시하기도 하였다.

  그러나 중일전쟁이 발발한 뒤 베이징에 남아 있던 그는 결국 친일 화북정권의 교육부장관 격인 교육독판에 취임함으로써, 그의 지적 명성에 커다란 오점을 남긴다. 전쟁이 끝난 뒤 국민당 정부에 의해 10년형을 선고받았지만 1949년에 석방되었고, 그 뒤 수많은 번역 · 저술 · 회상 등을 남기다가, 문화대혁명이 한창이던 1967년에 홍위병에 의해 곤욕을 치르고 병사한다. 그에 대한 정치적 평가는 대부분 부정적이었다. 중국국민당 입장에서 보자면 민족적 문제가, 공산당 입장에서 보자면 민족적 문제뿐 아니라 계급적 문제까지 걸려 있었기 때문이다. 그러나 1980년대에 중국의 사상해방운동 이후 그는 실제적으로 복권되어 저우쭤런 붐을 일으키면서 중국 학술계에서 가장 중요한 화두 가운데 하나가 되었다. 1980년대 중국 사상계의 흐름 속에서 그의 계시가 새롭게 읽혔기 때문일 것이다.

2. 〈인간의 문학〉이 말하는 근대적 인간

  5 · 4 시기는 한마디로 계몽의 시대, 각성의 시대, 해방의 시대였다. 계몽과 각성과 해방의 핵심은 무엇일까? 인간이다. 즉 5 · 4 시기는 봉건적 인간관계의 사슬에서 탈피한 '독립된 개인'의 가치를 각성하고 계몽한 시대였다. 그것은 곧 중국에서 근대적 인간관이 탄생했음을 뜻한다. 저우쭤런의

〈인간의 문학〉은 바로 5·4 시기에 새로운 인간을 이해하는 척도였다.

〈인간의 문학〉은 근대적 인간을 새롭게 정의하는 것에서부터 시작한다. 정의의 두 중심은 자연인성론과 개인주의로, 그 가운데 5·4 운동의 흐름 속에서 더욱 강력하게 영향력을 발휘한 것은 자연인성론이었다. "동물에서부터 진화"한 인간의 "모든 삶의 본능은 모두 아름답고 선한 것이며, 마땅히 완전히 만족되어야 한다"는 〈인간의 문학〉의 선언은, 인간의 자연본능에 대해 그 자체로 존재할 가치가 있음을 인정했을 뿐 아니라, 아름다운 품격과 선한 도덕성까지 갖춘 것으로 인식하고 있다. 인간의 생존본능과 욕망에 대한 긍정은 모든 감성적 삶의 자유와 환희를 찬양하는 것으로 나아가며, 5·4 시기에 주된 비판의 표적이던 전통적 송명(宋明) 이학(理學)의 극단적인 이성적 금욕주의를 탈피하는 것이었다. 이런 면에서 저우쮜런의 자연인성론이 실제로 담당한 역할은 감성적 색채 속에서 유교의 도학적 전통을 비판하는 것이었다.

두 번째 요소는 개인주의다. 동양 사회의 많은 사람들은 개인주의라는 말에 여전히 부정적 뉘앙스를 느낀다. 그 말은 곧바로 이기주의와 동의어가 되면서 남을 배려하지 않는 독선의 이미지, 질서와 권위를 무너뜨리는 방종의 이미지로 착색되어왔다. 더욱이 전 민족이 일치단결하여 위기를 돌파해야 할 민족 존망의 시기에 개인의 존엄, 자유의지 등 개인주의를 운운한다는 것은 그 자체로 반민족행위와 다름없는 것으로 여겨졌다. 저우쮜런은 이러한 전통적 문화심리에 정면으로 대항했다. 그에 의하면 '이기(利己)는 곧 이타(利他)', 즉 자신을 위하는 것이 다른 사람을 위하는 것이었고, 나아가 민족과 국가와 전 세계 인류를 행복하게 하는 것이었다. 그것은 마치 숲이 무성하려면 나무 한 그루, 한 그루가 모두 튼튼해야 하는 것과 마찬가지 원리였다. 자신을 위하는 것이 나라를 사랑하는 길이요, 인류의 행복을 증진시키는 지름길이라는 소박한 유토피아적 믿음, 이것이야말로 욱일승천하던 5·4 계몽정신의 한 단면이었다.

3. '나만의 정원'은 어디인가

그러나 5·4 운동의 거센 물결은 곧 잦아들었다. 거침없이 근대를 구가하던 드높던 5·4 계몽정신도 퇴색했다. 이에 따라 봉건문화를 비판함으로써 새로운 역사를 창조하고자 하던 신문학 진영도 각자의 정치적 입장에 따라 분화했다. 이제 또다시 전처럼 정치적 역량이 있고 없음이 위기를 극복하고 신세계를 건설하는 지름길이 되었다. 그러자 문화비판 영역에서 활약하던 많은 5·4 지식인들이 스스로 정치·혁명운동에 뛰어들었다. 이에 혁명의 권위와 더불어 민족·국가·사회 등의 집단적 가치들이 다시 살아났고, 개개인의 각성을 바탕으로 민족성을 개조하는 것에서부터 민족의 위기를 극복하고 근대사회로 도약한다는 근대적 계몽 프로그램이 군중운동 방식으로 치우치는 가운데 군중을 '이상화'·'우상화'하는 낭만적 경향까지 생겨났다.

사실 그 전부터 저우쭤런은 누구보다도 군중들의 사상혁명이 중요하다고 강조했다. 신문화운동이 후스의 백화문 위주의 문자개혁운동이라는 외형적 방식으로 흘러갈 때부터 그는 재삼재사 무엇보다 사상혁명이 중요하다고 역설했다. 사상혁명은 낡은 사상과 도덕에 대한 자아비판이며, 동시에 새로운 신념과 가치로 무장한 새로운 인생관을 세우는 것이었다. 그것이야말로 그가 중국역사를 관찰하면서 느낀 모종의 불안감, 역사는 끊임없이 순환한다는 그의 강박관념을 돌파할 수 있는 유일한 방법이었다. 역사 순환의 고리를 끊을 수 있는 희망은 결국 인간이 자아를 갱신하겠다는 의지 속에 있을 뿐이다.

그러나 5·4 이후 그가 체득한 것은 군중사상혁명의 지난함, 나아가 불가능함에 대한 절망적 인식이었다. 그것은 곧 사상 해방에 대한 회의였다. 그는 획일적인 군중운동의 논리 속에 다수의 논리로써 소수의 자유와 존엄을 침해하는 독단적 경향이 내재하고, 군중을 신성시하는 가운데 우매와 마비라는 군중들의 정신적 약점이 간과되며, 회의하는 명철한 이성 대신 동양적 '전제적 광신'이 도사리고 있음을 간파했다. 따라서 이 시기에 그는 군중운동의 논리를 제공하고 지지하는 혁명적 지식인들의 행태를 비판하면서, 지식인으로서 본연의 비판정신을 환기할 것을 거듭 촉구하였다.

그러나 거듭되는 혁명운동과 반동 속에서 그는 계몽적 지식인의 무력함을 곱씹으며, 지식인의 역할에 대한 자신감을 차츰 잃고 만다. 급기야 그가 '교훈의 무용'을 선언하며 지식인 주체의 계몽지상주의가 파산했음을 선고했을 때, 전부터 막연히 느껴오던 역사 순환의 직감이 현실로 되고, 이러한 현실은 역사를 진보시키기 위해 노력한 모든 열정과 포부를 조롱하고 말았다.

천하에서 가장 잔인한 학문은 역사다. 그것은 우리 눈에 씌운 껍질을 벗겨낸다. 비록 우리들에게 천년, 백년 후 발전을 기대하게 하기도 하지만, 동시에 천년, 백년 전의 그림자가 현재에도 투사되고 있음을 알게 하여 그 귀신의 힘에 놀라게 한다. 나는 중국의 역사를 읽고 중국 민족과 내 자신에 대하여 90퍼센트 이상의 신앙과 희망을 잃고 말았다.

—〈역사 · 잡감 12〉

역사가 정말 순환할 뿐이라면 역사를 변화시키기 위한 어떠한 노력도 의미를 가질 수 없을 것이다. 한때 역사 창조의 주체로 자부하던 저우쭤런은 이제 역사의 허무감을 온몸으로 느끼며, 그 허무에 대항하는 방법을 찾아야 했다.

이미 있었던 일은 반드시 후에 다시 있고, 한번 행해진 일은 반드시 후에 다시 행해진다. 이 때문에 인생은 허무를 위한 허무인가? 허무에 대한 유일한 방법은 허무를 추적하는 것이다. 망령됨과 우매함을 밝게 살피는 것이야말로 이 세상에서 가장 흥미 있는 일인 것이다.

—⟨위대한 바람잡기⟩

자신을 파고드는 허무를 극복하기 위해 저우쭤런이 제시한 방법은 망령됨과 우매함을 관찰하는 것, 이를 그의 다른 용어로 표현하자면 '문예'라는 '나만의 정원(自己的園地)'에서 '문 걸고 독서하기'가 될 것이다. 즉 그는 뼛속까지 파고드는 허무를 지자(智者)의 지적 유희 혹은 서재 속에서 고독하게 지내는 것으로 바꾸었다. 그가 1930년대 이후 주장한 '한적', '평담', '취미' 등도 사실상 허무에 대한 저우쭤런식 반항이라고 하겠다. 따라서 그의 유명한 한적산문에서 끊임없이 고미(苦味), 곧 비애와 우울의 정조가 나타나는 것도 전혀 이상한 일이 아니다. 한적 뒤에 자리 잡은 숨길 수 없는 우환의식, 이것이 저우쭤런 산문을 읽을수록 깊고 씁쓸한 맛이 느껴지는 이유다.

4. 현대산문의 길: 우아하고 여운 있는 글쓰기를 위하여

산문이라는 장르는 참으로 모호한 장르다. 그것은 소설처럼 허구적인 구성을 필요로 하지 않고, 시처럼 고도로 응축된 언어를 요구하지 않으며, 때로 문학성을 담보로 비문학의 경계를 자유롭게 오간다. 이러한 자유로움과 민활함은 5·4 시기 사상계몽운동에서 산문이 맹활약할 수 있었던 근본 요인이었다. 봉건예교를 공격하는 효과적인 문예병기로 전투적인 잡문이 등장한 것이다. 그러나 잡문은 항상 문학적 정체성에서 논란이 되었다. 그것은 문학인가, 아니면 정치·시사 평론문인가? 이러한 논란의 배후에는 문학은 문학다워야 한다는 요구, 즉 문학은 그 자체로 도덕적·윤리적 가치와 다른 미적 가치를 지니며 근본적으로 '무목적적'이고 '자주적'이라는 근대미학의 이상이 투영되어 있다. 그것은 또한 전통적 '문이재도'의 이상과 문학의 '사회적 공용성'이라는 비문학적 잣대에 반항하는 것이었다. 따라서 더 순수한 아름다움을 추구하는 문학의 요구는 분명히 근대문학의 요구와 합치되는 부분을 지니고 있다.

저우쮜런은 잡문에도 명수였다. 그러나 그는 미문(美文)을 쓰기 위해 더욱 힘을 기울였다. 중국의 전통 문언문은 수천 년 동안 단련을 거치며 확실한 미학성을 확보할 수 있었다. 그렇지만 지금 막 발걸음을 시작한 현대 백화문은 지나치게 단순하고 투명하여 함축적인 여운이 없다는 미학적 약점을 지니고 있었다. 끊임없이 새로워지면서도 근원적으로 긴 세월 동안 문화적 축적에 의해 감수되는 아름다움에 대한 감각, 저우쮜런은 현대 백화문을 이처럼 깊고 우아한 맛을 지닌 진정한 문학언어로 단련하기 위해 노력했다. 이러한 그의 노력은 중국현대문학사에서 최고의 성취를 이루었다고 평가되는 현대소품문으로 나타난다. 그가 와병 중에 시산(西山) 산에서 쓴 〈산중에서 쓴 편지(山中雜信)〉라는 편지체 글을 읽으며 현대산문의 운치를 함께 느껴보자.

요즈음 반야당의 분위기는 한가하고 여유로워 조급한 마음을 차분히 풀어줍니다. 이러한 상황은 마음으로 깨달을 수는 있어도 말로 전하기 어렵군요. ……이곳 뜰에는 한 무리의 닭이 있습니다. 모두 대여섯 마리 되는데, 그중에는 암놈도 있고 수놈도 있습니다. 낮 동안 닭들은 자줏빛 등나무 꽃 아래 숨어 있다가 밤에는 입구가 좁고 배가 부른 광주리 안에 넣어집니다. ……밤 일고여덟 시경이면 승려들도 북을 치고 각자 돌아가 쉽니다.

그런데 광주리 속의 닭들이 이상하게 울기 시작했습니다. ……그러자 선방 안에서 스님들이 '쉬이, 쉬이' 하는 소리가 연이어 들려왔습니다. 이러한 상황이 한참 계속되더니 광주리 안과 선방 안이 다시 조용해졌습니다. 그리고 날이 밝을 때까지 더는 소동이 없었습니다. 무슨 일이 있었느냐고 물었더니 족제비가 닭을 훔치러 왔었다는 것입니다. 사실 입이 작고 배가 부른 그 광주리에는 족제비가 들어갈 수 없습니다. 만약에 광주리 안으로 떨어져 들어간다 해도 다시 나올 수가 없을 터이니까요. 아마도 족제비는 미련을 버릴 수가 없었던 모양입니다. 그래서 잠깐이라도 만족을 느끼기 위해 살피러 왔을 따름입니다. 만약 광주리 위에 덮개를 덮어둔다면 — 이미 말한 것처럼 덮개가 없어도 안전하지만 — 족제비가 살피러 오는 수고도 덜어줄 수 있겠지요. 그러나 스님들은 영원히 덮개를 덮지 않을 것이고, 족제비도 끝없이 염탐하러 올 것입니다. 그리하여 광주리와 선방 안에서는 사흘이 멀다 하고 족제비 쫓는 일이 계속되는 것입니다.

'한가하고 여유로움(長閒逸豫)'을 설명하고자 하는 작자는 그것이 '마음으로 깨달을 수는 있지만' '말로 전하기는 어려움'을 토로한다. 이에 그는 자신이 느끼는 직접적인 정서와 충동을 감춘 채 눈에 보이는 경물과 사실을 객관적으로 묘사함으로써 그 자체를 느끼게 한다. 고요한 야밤에 산사에서 벌어지는 족제비와 닭의 소동은 어느덧 세속의 미련을 떨치지 못하는 스님과의 관계로 확장되고, 세속의 정을 잊지 못하는 스님의 존재로 인해 산사의 '한가하고 여유로움'은 더욱 깊어진다. 그렇지만 이러한 상황은 오직 묘사 뒤편에 숨어 있을 뿐, 겉으로 드러나지 않는다. 이는 이성과 논리로 자신의 말을 분명하게 내뱉는 양각의 표현방식(백화문식·잡문식 표현방식)이 아닌, 자신의 감정과 충동을 언어의 막 뒤에 숨기고 깃들이는 음각의 표현방식이다. 저우줘런의 이러한 언어 사용 방법은 여백과 여운 속에서, 혹은 말해진 것과 숨겨진 것 사이에서 비로소 형체를 완성하고 의미를 완성하며 유유한 한적의 정취를 증폭시킨다. 그리하여 후스의 말대로 중국 현대 백화문은 비로소 미문으로 자기 가치를 증명해낸다.

생각할 거리

1. 중국의 전통적 인간관과 저우쭤런에 의해 확립된 근대적 인간관은 어떤 점에서 구분되는가?

2. 5·4 운동 이후 중국에서 자유주의자나 개인주의자가 당시의 혁명운동과 불화한 까닭은 무엇이었을까?

3. 저우쭤런의 소품문은 담담하고 온화하면서 깊이 있는 미문으로 알려져 있다. 루쉰의 날카롭고 강렬한 잡문과 함께 각각의 문학적·미학적 특징을 음미해보자.

4. 저우쭤런은 중국현대산문이 다른 장르에 비해 서구문학의 영향을 가장 적게 받았고, 심지어 문학혁명의 산물이라기보다는 문예부흥의 산물이라고 지적한다. 중국현대산문의 어떤 면을 설명하고 있는 것일까?

5. 저우쭤런의 생애에서 많은 사람들이 관심을 갖는 부분이 친일 부역에 관한 문제라고 할 수 있다. 그의 친일 부역 행위의 내적 논리에 대해 생각해보자. 그리고 우리나라 친일 지식인의 내적 논리와 비교해보자.

권하는 책

방철환 옮김, 《연애편지 쓰는 법》, 태학사, 2003.

쑨위, 김영문·이시활 옮김, 《루쉰과 저우쭈어런》, 소명출판, 2005.

중국 최고의 로맨티스트, 쉬즈모

정성은

1. 쉬즈모의 삶과 시

쉬즈모(徐志摩: 1897~1931)는 중국현대시사에서 가장 전기적인 인물로 꼽히는 시인이다. 당대 최고의 재녀로 일컬어지는 린후이인(林徽因)과 나눈 사랑과 우정, 당시 베이징 사교계의 꽃으로 이름을 날린 루샤오만(陸小曼)과의 결혼, 타고르 등 세계 명인들과의 교류, 비행기 사고로 마감한 35세의 짧은 삶, 사회의 도덕이나 윤리 등에 전혀 아랑곳하지 않는 자유분방한 행동과 아이와 같은 천진함……. 이 모든 요소가 우리들에게 시인을 경이로운 눈빛으로 바라보게 한다. 중국에서는 이토록 남다른 삶을 살다 간 시인을 '당대 제일의 재자(才子)'·'중국의 셸리'·'5대 시기의 이후

주(李後主, 이욱李煜)'로 높이 추켜세우거나, 이
와 정반대로 '세상을 망치는 건달'·'살롱시
인'·'중국 부르주아 계급의 시조이자 말대의
시인' 등으로 깎아내리기도 했다.

영국 유학 시절의 쉬즈모.

　　쉬즈모의 원명은 쉬장쉬(徐章垿)로, 저
장 성 하이닝(海寧)의 한 부호 집안에서 태어났
다. 베이양대학·베이징대학을 거쳐 1918년에
미국으로 유학을 떠나 클라크대학에서 경제학
을 공부하면서 중국의 해밀턴이 되고자 꿈꾸었
다. 1920년 9월에 석사학위를 취득한 그는 러셀에 심취하여 콜롬비아대학
박사학위 과정을 포기한 채 영국으로 떠났다. 1920년 10월에서 1922년 8월
까지 유학한 케임브리지에서 시인은 삶의 전환점을 맞이한다. 이곳에서 운
명의 여인 린후이인을 만났고, 바이런·셸리·키츠 등 낭만주의 시인의 영
향을 받아 처음으로 시를 썼다. 또한 러셀·디킨슨·카펜터·맨스필드 등
과 교류함으로써 서구 인문주의 철학과 정치, 문학과 예술의 영향을 받아들
여 자유주의적이고 '자아' 중심적인 인생철학을 형성하게 된다. 시인은 "나
의 눈은 케임브리지가 뜨게 해주었고, 나의 지적 욕구는 케임브리지가 일깨
웠고, 나의 자아의식은 케임브리지가 배태시킨 것이다"라고 하였다(〈흡연과
문화〉).

　　그는 1922년에 귀국하여 베이징대학·광화대학(光華大學)·난징중
앙대학 등의 교수를 역임했고, 1924년에 후스·천시잉(陳西瀅) 등과 주간
잡지 《현대평론》을 만들었다. 그 해에 타고르가 중국을 방문하자 통역을 담
당하였다. 1926년에 《신보(晨報)》의 《시전(詩鐫)》을 주편하고, 1928년에
원이둬·라오멍칸(饒孟侃) 주편의 월간지 《신월(新月)》을 창간하였다. 주
샹(朱湘)·류멍웨이(劉夢葦)·쑨다위(孫大雨)·천멍자(陳夢家)·린후이

인 · 사오쉰메이(邵洵美) 등이 신월파(新月派) 시인으로 활약하면서 현대시의 율격을 추진하여 당시 시단에 크게 영향을 미쳤다.

쉬즈모는 신월파의 대표 시인으로, 사랑 · 자유 · 아름다움에 대한 집착적인 추구와 그것을 얻지 못한 고뇌와 실망, 삶의 우수를 시의 주제로 삼아 절실하게 표현하여 중국 최고의 낭만시인으로 평가된다. 물론 그도 1920년대 중국의 어두운 현실과 군벌전쟁에 대한 불만, 사회 하층계급의 참상 등을 묘사함으로써 당시 사회에 대한 강렬한 불만을 표현해냈다. 그

▩ 쉬즈모의 주요 작품

• 시집

《즈모의 시(志摩的詩)》, 중화서국(中華書局), 1925.

《피렌체에서의 하룻밤(翡冷翠的一夜)》, 신월서점(新月書店), 1927.

《호랑이(猛虎集)》, 신월서점, 1931.

유고시집 《떠도는 구름(雲遊)》, 신월서점, 1932.

• 산문집

《낙엽(落葉)》, 북신서국(北新書局), 1926.

《파리의 편린(巴黎的鱗爪)》, 신월서점, 1927.

《자아분석(自剖文集)》, 신월서점, 1928.

《가을(秋)》, 상하이양우도서인쇄공사(上海良友圖書印刷公司), 1931.

• 소설집

《핸들(輪盤)》, 중화서국, 1931.

• 극본

《변곤강(卞昆岡)》, 신월서점, 1928.

• 루샤오만 편

《사랑하는 샤오만에게 보내는 편지(愛眉小札)》, 상하이양우도서인쇄공사, 1935.

《쉬즈모의 일기(志摩日記)》, 신광출판(晨光出版), 1937.

• 번역서

《맨스필드 소설집(曼殊斐爾小說集)》, 북신서국, 1927.

볼테르, 《캉디드(贛第德, Candide)》, 북신서국, 1927.

제임스 스테판, 《마리, 마리(瑪麗, 瑪麗)》, 신월서점, 1927.

러나 그는 개인의 자유와 개성을 발전시키는 것을 가로막는 모든 이념과 사상에 반대했고 루쉰과 태양사의 혁명문학을 공격한 신월파의 대표 인물이었기 때문에 중국이 공산화된 뒤로 줄곧 비판받았으며, 1968년에는 그의 무덤이 폭파되고 불태워지는 참변을 당하기도 하였다. 그러나 1983년에 그의 무덤이 다시 복구되고 《쉬즈모 시집(徐志摩詩集)》(저장문예출판사)이 간행되기 시작하면서, 본격적으로 새롭게 평가받고 있다.

2. 쉬즈모의 사랑과 세 여인

쉬즈모의 짧은 인생은 온전히 사랑을 위한 것이었다 해도 과언이 아니다. 그가 위대한 시를 지은 것도 그가 가장 사랑하는 여인을 위해서였고, 그가 삶을 마감한 것도 한 여인을 위해서였다. 쉬즈모의 아름답고 슬픈 사랑 이야기는 현대인을 감동시키고 마음 깊은 곳으로부터 공감하게 한다. 그는 "저는 망망한 인간의 바다에서 내 유일한 영혼의 짝을 찾으려 합니다. 찾으면 저의 행운이요, 찾지 못하면 저의 운명입니다"라고 했는데〔〈량치차오에게 보내는 편지(致梁啓超)〉〕, 이는 시인이 스스로 자신의 짧은 일생을 해설한 주석이라고도 볼 수 있다. '영혼의 짝'을 찾기 위해 시인은 일생 동안 세 번의 커다란 감정 변화를 겪었고, 장유이 · 린후이인 · 루샤오만 세 여인의 삶과도 얽혀야 했다. 그들은 함께 시인 쉬즈모를 창조해냈고, 그들 각자도 시인으로 인해 자신들의 운명을 수정해야 했다.

첫 부인 장유이(張幼儀: 1900~1988)는 쑤저우사범학교 출신으로, 당시 저장의 부호이던 두 집안의 혼약으로 시인과 열여섯 살에 결혼하였지만 둘째아이를 임신한 채 이혼에 합의하는 아픔을 겪는다. 그녀는 이혼한 뒤 독일에서 홀로 아이를 출산하고, 페스탈로치대학에서 유아교육을 전공하였다. 귀국하여 시인의 부모를 봉양하면서 윤상회사와 상하이여자저축

은행 등을 경영하여 큰 성공을 거둔다. 그녀의 종손녀 장방메이(張邦梅)가 1996년 9월에 미국에서 출판한 영문저서 《전족과 양장— 장유이와 쉬즈모의 가정과 그 변화(Bound Feet and Estern Dress)》에 의하면, 그녀는 이혼한 뒤에도 쉬즈모 부모님의 수양딸이 되어 쉬즈모의 아들과 손녀를 잘 보살폈고, 타이완판 《쉬즈모 전집》도 주도적으로 계획하여 출간했다고 한다. 쉬즈모는 1922년에 이혼할 당시 〈웃으며 번뇌의 매듭을 풀고— 유이에게 드림(笑解煩惱結—送幼儀)〉이라는 시에서 통절하게 봉건예교를 비난하면서 쓰디쓴 번뇌의 매듭을 풀고 자유를 찾은 기쁨을 노래하였다.

린후이인(1904~1955)은 저장 성 항저우 출신으로 페이허(培花)여자중학을 졸업한 뒤, 아버지 린장민(林長民)을 따라 영국에 가서 1920년에 런던 성마리학원에 합격하였다. 쉬즈모는 영국에서 린장민을 찾아갔다가 그녀를 만나 첫눈에 반하였다. 당시 린후이인은 여덟 살 연상인 쉬즈모가 구애하자 마음이 흔들렸는데, 그녀는 이미 국학의 큰 스승 량치차오의 장자 량쓰청(梁思成)과 혼담이 오가고 있었다. 시인은 그녀와 결혼하기 위해 장유이에게 이혼을 요구하였다. 그러나 린후이인은 1921년 가을에 중국으로 돌아와 쉬즈모 대신 량쓰청를 선택하였고, 1928년에 그와 결혼한 뒤 미국으로 유학을 떠나 건축과 무대예술을 공부하여 중국 건축학 방면에 많은 업적을 남겼다. 이 일로 많은 이들이 그녀가 쉬즈모의 구애에 우유부단한 태도를 취함으로써 시인을 고뇌에 몰아넣었다고 오해하였다. 또한 시인이 그녀의 강연을 들으러 가던 중에 비행기 조난사고를 당한 것을 두고도 그녀를 비난하였다. 그러나 그녀는 세상의 이목에 상관하지 않고 그가 죽은 뒤 〈즈모를 애도하며(悼志摩)〉, 〈쉬즈모의 죽음 4주년을 기념하며(紀念志摩去世四周年)〉 등의 작품을 통해 그에 대한 사랑과 우정을 솔직하게 표현하였다. 시인의 영향으로 그녀는 1931년 봄부터 시를 지었다. 만약 쉬즈모가 없었다면 그녀가 신월파의 명성 높은 여류 시인이 되기는 힘들었을 것이다.

버리지 말아요

지나간 이 한 줌의 열정을,

지금 흐르는 물처럼,

살며시

그윽하고 차가운 산속 샘물 아래,

어둔 밤에, 소나무 수풀에,

탄식 같은 아득함 속에,

그대 여전히 그 진실 간직하고 있어주세요!

— 린후이인, 〈버리지 말아요(別丟掉)〉에서

위 시는 1931년에 쉬즈모가 죽은 이듬해에 쓰인 것으로, 과거의 열정은 산속에 흐르는 샘물처럼 이미 차갑게 식었고 소나무 숲 속의 탄식처럼 아득하지만, 그래도 진실을 버리지 말라고 요구한다. 비록 '밝은 달', '산 너머의 등불', '온 하늘의 별'은 예전 그대로인데 그 사람만 보이지 않아 모든 것이 한바탕 꿈처럼 느껴지지만, 두 사람이 나누던 사랑은 영원히 잊힐 수 없다고 호소한다. 그녀는 시인과의 사랑, 시인의 죽음 이후 잊은 것 같지만 영원히 잊을 수 없는 마음을 시적 화폭에 은유적으로 표현해냈다. 이에 주쯔칭은 "나는 여전히 너를 그리워하고 있음을 나타낸 이상적인 애정시"라고 평가하였다.

린후이인과 사랑을 이루지 못한 쉬즈모는, 당시 유부녀이자 베이징 사교계의 꽃으로 이름을 날리던 루샤오만(1903~1965)과 다시 사랑에 빠진다. 1924년 가을에 쉬즈모는 베이징대학 교수로 임명되어 영미문학을 강의하면서 신월사의 일을 주관하였다. 시인과 루샤오만의 남편인 왕경(王賡)은 친구 사이로, 시인은 그들 부부와 자주 친하게 지내다 군인이던 왕경이 하얼빈으로 발령이 나면서 루샤오만과 가까운 사이가 되었다. 그녀는 결국 남편을 설득하여 이혼하고, 두 사람은 1926년에 결혼하였다. 이 결혼으로 시인에게 분노한 부모로부터 경제적 도움이 끊겼고, 루샤오만의 아편중독과 사치로 불행한 생활을 하다가, 결국 시인이 죽기 전에 별거 상태에 들어간다.

쉬즈모의 작품 경향은 크게 두 시기로 나뉘는데, 초기의 시풍이 정열적이고 동적인 데 반해 후기로 갈수록 침울하고 소극적으로 바뀐다. 후기 시의 깊은 절망과 우수, 죽음과 영혼 해탈에 대한 추구 등은 모두 사랑의 환멸에서 기인한 것이라고도 볼 수 있다. 그녀와의 사랑은 일기 형식으로 그녀에게 보낸 《사랑하는 샤오만에게 보내는 편지(愛眉小札)》를 통해서도 알 수 있다.

내가 만약 눈꽃이라면
하늘을 펄펄 자유롭게 날아다니리
난 내 갈 곳을 분명 알고 있네
날아서, 날아서, 날아가리
이 땅에 내 갈 곳 있네

차갑고 으슥한 골짜기에 가지 않고
쓸쓸하고 싸늘한 산기슭에 가지 않으리
스산한 거리에서 슬퍼하지도 않으리
날아서, 날아서, 날아가리
그대 보아요, 나는 내 갈 곳 있어요

공중에서 예쁘게 춤을 추다가
그 맑고 그윽한 거처를 알아놓아요

그녀가 화원에 멀리 보러 오시길 기다려

날아서, 날아서, 날아가리

아! 그녀 몸에 붉은 매화의 맑은 향기 넘치네!

그때 얼른 내 가벼운 몸 덕분에

사뿐히, 그녀의 옷깃에 묻어서

부드러운 물결 같은 그녀의 가슴에 다가가리

녹아들어, 녹아들어, 녹아들어

부드러운 물결 같은 그녀의 가슴에 녹아버리리!

— 〈눈꽃의 즐거움(雪花的快樂)〉

〈눈꽃의 즐거움〉은 시인이 루샤오만과 뜨거운 사랑에 빠진 1924년에 지은 작품으로, 여인의 품에서 자신을 소멸시키려는 시적 화자의 강렬한 사랑이 낭만적인 죽음으로 표현된다. '눈꽃'은 구속 없이 자유로운 시인 '자아'의 상징으로, 녹으면 사라질지라도 분명한 방향과 목적지를 알고 있다. 그 목적지는 바로 붉은 매화의 맑은 향기 넘치는 아름다운 여인의 '부드러운 물결 같은 가슴'이다. 눈꽃은 호시탐탐 시기를 노리다 그녀가 화원에 오면 '내 가벼운 몸 덕분에 사뿐히 그녀의 옷깃에 묻어서' 그녀의 가슴에 녹아든다. 세 번이나 반복되는 '녹아들어'는 그녀의 가슴에서 죽는다는 강렬한 사랑과 굳은 의지를 표현하고 있다. 또한 호응하는 시행의 글자 수를 일치시키고 압운(押韻)을 활용하여 현대적 구어로 아름다운 리듬을 완성시켰다.

후스는 1932년에 쉬즈모의 조난을 애도하는 글인 〈쉬즈모를 추도하며(追悼志摩)〉에서 "그의 인생관은 단순한 신앙, 곧 사랑·자유·아름다움에 대한 신앙이다. 그는 이 이상적인 조건이 능히 한 사람의 인생 속에서 결합될 수 있으리라고 몽상하였다. 그의 인생은 오로지 이런 단순한 신앙을 추구하고자 한 역사다"라고 평했다. 또한 량스추는 〈쉬즈모를 말함(說徐志摩)〉에서 "이 세 가지 이상은 별개의 것이 아니라 함께 혼재된 것으로, 그 실상은 아름다운 여인을 추구한 것"이라고 밝혔다. 쉬즈모와 세 여인의 사랑 이야기는 2000년에 중국과 홍콩에서 텔레비전 연속극으로 총 20부가 방영되어 큰 인기를 끌었는데, 그 제목은 〈세상의 4월 하늘(人間四月天, April Rhapsody)〉로 린후이인의 시 제목이었다.

3. 진실한 마음, 이미지, 음악

시인이 이토록 '영혼의 짝'을 찾아 방황한 이유는 무엇일까? 시인은 《사랑하는 샤오만에게 보내는 편지》에서 "진실한 사랑은 죄가 아니오. 필요하면 우리는 정사(情死)해야 하오. ……내 살아 있음에 그대 없을 수 없소. 육체뿐만 아니라 나 그대의 성령(性靈)을 원하고, 그대 육체가 완전히 나를 사랑하기를 원하오"라고 적었다. 그에게 사랑이나 여인은 시인이 말한 이른바 '성령'을 추구하는 한 방식으로 인식된 것 같다.

그러면 도대체 시인이 말하는 '성령'이란 무엇인가? 그는 〈맞으러 나아가세(迎上前去)〉에서 "내가 원하는 것은 늑골에서 분출되는, 혈액에서 뿜어져 나오는, 생명력이 충돌되어 나오는 진실하고 순수한 사상이다"라고 했다. 그는 또 "나는 내 감정을 믿고 사는 사람"이라며 숨김없이 마음의 진실을 드러내고 행동에 옮기는 것을 중시하며, 비겁하고 나약한 행동이나 위선과 거짓을 저주한다. 나아가 "나는 절름발이 눈 먼 말을 타고, 어둔 밤을 향해 채찍을 때리며"〔〈밝은 별 하나를 찾아서(爲要尋一顆明星)〉〕 이상을 찾아 배회하는 '꿈을 찾는 사람(尋夢者)'으로 자처한다. 그리고 사랑을 용인하지 않는 세상을 나약하고 겁 많다고 야유하며, "그대의 머리를 풀어헤치고/ 그대의 두 다리를 드러내고/ 내 사랑이여, 나를 따라오라/ 이 세상을 버리고/ 우리의 사랑을 순장하자"〔〈이것은 비겁한 세상(這是一個懦怯的世界)〉〕고 외친다. 그의 시는 이처럼 사랑과 자유와 아름다움을 추구하는 거칠 것 없는 용기, 사랑을 받아들이지 않는 비겁한 세상에 대한 분개, 거짓과 위선에 대한 지독한 혐오, 실망과 좌절에서 기인한 비애와 체념에 이르기까지 이 모든 것을 거침없이 담고 있어, 어느 하나 시인의 절절하고 진실한 감정과 진실한 삶의 기록이 아닌 것이 없다. 그가 말한 '성령'이란 바로 마음에서 우러나오는 진실한 감정이나 순수한 영혼을 가리키며, 위선과 거짓에 상반되는 개념임을 알 수 있다.

쉬즈모 시의 주제는 이런 '거짓 없는 진실한 마음'에 대한 끈질기고 줄기찬 추구다. 그는 늘 '자아'나 추구하는 대상을 구름이나 야생마, 새, 눈꽃, 달, 시냇물 등 자유롭게 소요하는 형상 계열로 이미지화한다. 그는 "추상적인 감정을 구체적인 이미지로 바꾸는 능력이 어느 시인보다 탁월했다." 그는 또한 줄곧 중국 전통의 소요(逍遙)와 도(道)를 서구 낭만주의의 자아 개념과 합치시키고자 했다. 즉 중국 전통의 도가 · 불가와 타고르의 사변적이며 신비주의적인 우주관, 니체의 자유와 구속의 해탈, 영국 낭만파의 정열과 우울, 자연 찬미 등의 특성을 모두 결합시켜, 자아와 개성을 추구하는 독특한 인생관을 형성했다고 볼 수 있다.

나는 하늘의 한 조각 구름,

어쩌다 그대 가슴에 그림자를 드리우면

그대 놀라지 마세요

더더욱 기뻐하지도 마세요

한순간 사라질 그림자이기에!

— 〈우연(偶然)〉에서

시인은 우리의 인생이나 사랑, 청춘 등이 찰나처럼 덧없음을 노래하였다. 모든 것이 한 조각 구름처럼 한순간 사라질 그림자와 같다는 생각은 노장의 소요나 불가의 무상에 맞닿아 있다. 그의 시에서 이상적인 여인이나 아름다움 또는 자신의 상징으로 자주 형상화되는 '구름'의 신비롭고 초현실적인 분위기는 인생무상의 애잔한 슬픔을 더욱 강하게 느끼게 한다. 전 시는 2연으로, 3음보와 2음보의 리듬을 통해 구름과 물, 그대와 나, 검은 밤의 바다와 서로 비추는 빛 등 이미지와 이미지 사이의 구성과 시어의 긴장을 통해, 겉으로는 담담한 것 같지만 오히려 영원히 잊을 수 없는 사랑의 감정을 내비친다. 볜즈린(卞之琳)은 "이 시는 작가의 시 중 형식상 가장 완미한 한 수다"라고 평했다.

　　살며시 내가 왔듯이,
　　살며시 나는 가련다
　　살며시 손을 흔들며,
　　서녘 하늘의 구름과 작별하리라

　　강가의 금빛 버들은
　　석양 속의 어여쁜 새 신부
　　물결 속 아른대는 고운 그림자
　　내 가슴에 출렁출렁 물결이 이네.

　　　　　　　　　　　　　　　　　　　　　　— 〈굿바이 케임브리지〉

　　쉬즈모는 또한 현대시가 고전시와 같은 함축과 리듬감을 획득할 수 있기를 희망하였다. 중국고전시는 다섯 글자나 일곱 글자 등 자수의 제한과 행마다 마지막 글자의 운을 맞추는 압운을 통해 음악미를 추구하였다.

현대구어는 대체로 2, 3음절로 이루어지기 때문에 자수를 획일화하기보다는 읽을 때 끊어지는 단위, 즉 음보를 중심으로 리듬이 형성된다. 그는 산문시, 장시, 14행시(소네트) 등 여러 서구시의 형식을 통해 중국현대시의 새로운 리듬과 형식을 모색하였다.

〈굿바이 케임브리지〉는 1928년에 시인이 수년 전 유학한 케임브리지를 다시 찾아가서 느낀 그리움과 이별의 슬픔을 담은 작품이다. 시인의 정신적인 고향이라고 볼 수 있는 케임브리지에서 느끼는 무상의 감정이 아름다운 대자연의 경치와 하나가 되어 담담한 슬픔을 불러일으킨다.

형식 면에서 전편 모두 압운하고 차례로 환운(換韻)했으며, 각 행의 글자 수는 많지 않지만 읽으면 낭랑하여 음악미가 풍부하다. 동시에 케임브리지를 아름답게 채색하여 회화미가 풍부하며, 시행을 독특하게 배열하여 건축미를 구현하였다. 주쯔칭은 쉬즈모의 시에 대해 "음악미 · 회화미 · 건축미, 이 세 가지 아름다움을 갖추었다"라고 평했다.

4. 쉬즈모 시의 가치와 의의

쉬즈모의 시는 진실로 너무도 아름답고 감동적이다. 열정적으로 목숨을 다 바쳐 추구한 사랑과 그 좌절의 고통을 내보이는 시를 읽으면 마음에서 애잔한 솔바람 소리가 들리는 듯하다. 그 진실한 마음을 거칠 것 없이 묘사한 시를 읽으면 답답한 가슴이 뚫리는 듯 시원함을 느낀다. 아름다운 자연과 하나가 되어 자유롭게 소요하는 자아를 통해 마치 신선이 되어 구름을 부리며 달리듯 황홀감을 느끼고, 부드러운 서정과 운율은 따라 읽다 보면 저절로 시구를 흥얼거리게 한다.

쉬즈모의 시가 대중적으로 많은 사랑을 받는 이유는 비극적인 사랑과 죽음으로 얼룩진 시인 삶의 전기성이 강하게 부각되어 대중들의 호기심을 자극하는 측면이 없지 않다. 그러나 무엇보다 당시의 사랑이나 사회적 도덕에 대한 모든 금기를 넘어서 거짓 없이 진실하고자 한 인간적인 순수함과 용기가 많은 사람들에게 시로 남아 감동을 선사하는 듯하다. 사랑과 영혼의 구원, 개성과 자유를 추구하는 사상과 애정관은 최근 관심을 끌고 있는 사랑의 담론과도 일맥상통하며 앞으로 그에 대한 연구가 새로이 진행될 것임을 예견하게 한다. 그는 또한 현대시가 음송과 낭독을 통해 음악성을 획득할 수 있도록 많은 관심을 기울였다. 〈우연〉, 〈바다의 노래(海韻)〉, 〈굿바이 케임브리지〉, 〈나는 바람이 어느 방향에서 부는지 모른다(我不知道風是在哪一個方向吹)〉 등은 노래로 편곡되어 불렸고, 많은 작품이 지금도 시낭송 대회의 단골메뉴가 되고 있다.

그의 시엔 이처럼 이상, 자연, 성령, 사랑, 자유, 여성, 문채(文彩), 선율, 색채의 아름다움이 넘친다. 우리들은 그의 시를 읽으며 속세의 속기를 망각한 채 한순간 시가 줄 수 있는 최고의 미적 경지를 체험한다. 량스추는 "즈모의 시가 다른 사람의 시와 다른 점은 그의 풍부한 정감 속에 한 줄기 저항할 수 없는 '아름다움'을 가지고 있기 때문이다. 이 아름다움은 형용할 수 없으나 느끼지 않을 수 없게 직접 그대의 영혼에 호소한다"라고 평했다. 쉬즈모는 거짓 없는 진실한 마음과 한 송이 눈꽃처럼 순간적이고 영롱하며 구름 한 점 묻지 않은 듯 자유롭고 맑은 이미지, 그리고 천상의 노래처럼 절묘한 리듬감의 삼위일체를 통해 '그가 아니면 지을 수 없는' 시를 창작해냈다고 평가할 수 있겠다.

생각할 거리

1. 쉬즈모는 도가 · 불가의 사상과 고전시의 이미지와 음률 방면의 전통을 중국현대시에 구현하기 위해 서양의 시형식과 낭만파의 '자아' 개념을 중국화하려고 노력했다. 그가 중국과 서구의 사상과 예술을 결합하기 위해 어떤 시도를 했는지 알아보자.

2. 쉬즈모는 사랑과 영혼의 구원, 개성과 자유를 추구하는 거짓 없는 진실한 마음, 즉 '성령'의 추구를 시적 주제로 삼았다. 그러나 그의 시는 이념의 장벽으로 오랫동안 중국에서 제대로 평가받지 못했다. 정치와 작품 평가의 관계에 대해 생각해보고, 그가 1980년대 이후 중국에서 부활한 이유가 무엇인지 알아보자.

3. 현대시의 격률에 관심을 기울인 신월파 시인들과 그 특징을 살펴보고, 쉬즈모와 함께 자주 거론되는 원이둬의 시를 읽고 두 시인의 시풍을 비교해보자.

권하는 책

류다바이 외, 허세욱 역주, 《중국 현대명시선 1 · 2》, 혜원출판사, 1990.

허세욱, 《중국현대시 연구》, 명문당, 1992.

이종진 · 정성은 · 이경하 엮음, 《떨리듯 와서 뜨겁게 타다 재가 된 노래―중국 현대애정시 선집》, 이화여자대학교출판부, 2005.

정수국, 《중국현대시와 산문》, 동양문고, 2001.

두려움 없이 비상한 여성주의 작가, 딩링

김미란

 북서쪽은 높고 동남쪽은 낮은 중국 지형에서 드물게 남에서 북으로 거슬러 흐르는 강이 있다. 후난 성(湖南省)의 둥팅후(洞庭湖)로 흘러드는 샹장(湘江) 강이 그것인데, 후난 성은 강줄기의 독특한 거스름만큼이나 마오쩌둥과 류사오치(劉少奇)처럼 굵직한 반골들을 배출해낸 곳으로 유명하다. 샹장 강은 20세기 초에 창더(常德)라는 항구도시를 중심으로 근대 서구의 영향을 받아들여 신문학의 새 바람을 일으켰고, 딩링(丁玲; 1904~1986)은 창더를 통해 신문학과 만났다.

 일본 여성사학자가 쓴 《현대중국 여성해방의 선구자들》이라는 책을 보면, 현대중국의 여성해방에 기여한 활동가 열다섯 명 가운데 유일하게 작가라는 신분으로 딩링의 생애를 다루고 있다. 이러한 시각은 딩링의 '여성

으로서의 자의식'을 높이 평가하여 그녀를 여성주
의자로 본 것인데, 그런 관점에서 본다면 딩링의
대표작은 초기작《소피의 일기(莎菲女士的日記)》
(1927)가 된다.

　　그러나 다른 한편으로 그녀는《태양은 쌍
간 강을 비추고(太陽照在桑乾河上)》(1946)라는 사
회주의 토지개혁 소설을 써서 노벨문학상에 준하

젊음과 열정을 잃지 않고 풍
상을 견뎌낸 문혁 후의 딩링.

는 스탈린문학상을 수상하였다. 게다가 이 소설은 당시 800만 부를 찍은
베스트셀러였다. 이처럼 딩링은 1940년대를 전후로 하여 뚜렷한 창작상의
차이를 보여주는데, 그 원인으로는 그 어느 작가보다도 그녀가 권력의 중
심에 가까이 있었다는 점, 즉 계급문학의 요구에 부응해야 하는 책임이 있
었다는 점을 들 수 있을 것이다. 하지만 그녀의 내면을 꼼꼼히 들여다보면
전·후기를 일관되게 흐르는 '여성'으로 살아간다는 것에 대한 자각과 저
항이 읽힌다. 바로 이 점이 그녀의 창작이 빛을 발할 수 있게 한 원천이자,
그녀의 후반 20년을 앗아간 한 원인이기도 하였다.

1. '집' 밖을 서성거리는 여자들

　　딩링은 1904년 후난 성 창더에서 태어나 1986년에 세상을 떴는데,
그의 데뷔작《소피의 일기》는 거의 한 세기가 지난 오늘날까지 서점가의 베
스트셀러 순위를 장식하고 있다. 대다수 작가들이 그러하듯 딩링의 경우도
유년 시절과 청년기의 체험이 평생 동안 사상과 글쓰기의 원형이 되었다.
　　딩링의 부친은 청년 시절에 일본으로 유학을 다녀오기까지 한 인텔
리로 전통사회의 상류층에 속했고, 외가 역시 그러했다. 그러나 한량 기질
을 타고난 부친이 아편으로 일찍 세상을 뜨자 어머니는 서른 살에 미망인

이 되었다. 네 살에 부친을 잃은 딩링이 보고 자란 것은 홀로서기를 하며 변화해가는 어머니의 모습이었다. 어머니에 대한 이러한 기억은 딩링이 남편을 잃고 심신의 극한 고통을 겪던 1930년대 초반에《어머니(母親)》라는 작품으로 형상화되었다. 당시 어머니를 정신적으로 이끌어준 사람은 샹징위(向警予 : 1895~1928)였는데, 훗날 프랑스로 유학을 다녀온 뒤 후난 지역의 여성교육을 이끌며 사회주의 운동가로 활약한 샹징위는 어머니와 함께 유년 시절의 딩링에게 깊은 영향을 미친 인물이다.

열여덟 살이 되던 1922년 봄, 딩링은 구식 약혼을 깨고 대도시 상하이로 가서 그녀의 인생에서 잊지 못할 두 인물과 만난다. 친구 왕젠훙(王劍虹)과 취추바이가 그들인데, 두 사람은 부부의 연을 맺은 사이였지만 딩링에게 두 사람이 지니는 의미는 아이러니하게도 상반되었다. 왕젠훙은 페미니스트이면서도 당시로는 최첨단 사조인 마르크시즘을 그것과 결합시켜 고민하던 트인 인물이었다. 딩링은 왕젠훙의 영향으로 친가를 비롯한 전통 가족과 관계를 끊고 단발과 개명을 한 뒤 반전통적인 신사조를 받아들였다. 한편 중국공산당의 지도자이던 취추바이는 당서기라는 객관적 사실에 걸맞지 않게 딩링에게는 혁명의 어두운 면을 상징하는 인물이었다. 취추바이는 1942년에 딩링이 개인주의자라는 정치적 비판에 처했을 때 제일 먼저 떠올린 인물로, 계급혁명과 작가라는 자유로운 영혼이 충돌할 것임을 암시한 인물이었다. 왕젠훙이 딩링에게 신념을 불어넣어 주었다면, 취추바이는

※ 취추바이

1935년에 중국공산당이 국민당에 쫓겨 장정을 떠날 때, 한때 공산당 지도자이던 취추바이는 병든 몸으로 난징에 남겨진다. 그는 곧 들이닥쳐 자신을 처형할 국민당군을 기다리며 회한이 담긴 글 〈쓸데없는 말(多余的話)〉을 썼는데, 유약한 지식인 기질인 자신이 왜 문학의 길을 떠나 정치로 들어섰던가 하고 후회하는 내용이었다. 그는 이 글 때문에 문화대혁명 당시 무덤이 파헤쳐지는 비운을 겪는다.

신념의 좌절을 상징했다. 두 사람의 연애 이야기는 1927년에 국공합작이 결렬된 뒤에 딩링이 쓴《웨이후(韋護)》(1929)로 작품화되었다.

1920년대에 딩링은 특정한 사상을 수용하는 것에 대해 경박하고 유행을 좇는다는 인상을 갖고 있었는데, 이러한 냉소적인 태도가《웨이후》에서 왕젠훙의 입을 빌려 다음과 같이 묘사되어 있다.

> 당신의 체구, 당신의 손, 당신의 피부, 헐렁헐렁 몸을 겉도는 옷차림새, 우둔한 눈빛, 그리고 당신의 사랑스런 동료를 보니 당신이 영락없이 사회주의자라는 걸 알겠군요.

어린 시절에 경험한 부친과 동생의 죽음, 그리고 가난은 딩링을 소녀적 감상에 젖어볼 겨를도 없이 조숙하게 만들었다. 그런 만큼 그녀의 문학적 출발점은 기존의 모든 것에 대한 부정에서 발원하였고, 그러한 사고를 보여주는 것이 당시에 난징에서 만든 여학생 모임이다. 평범하게 사는 것을 거부한 구성원들이 원한 것은 '자유, 아름다움, 정신, 위대함'이라는 네 단어였다.

이러한 청년기 딩링의 반발적 심리와 추상적 경향이 잘 드러난 것이 자전적 소설《소피의 일기》이다('소피'라는 이름은 신해혁명 이전 세대에게 잘 알려진 러시아의 여성혁명가 '소피아 페로브스카야'에서 따온 것으로, 그 이름이 풍기는 신비함과 역동성은 시대정서를 간취하는 딩링의 기발한 감각을 잘 보여준다).

> 소피, 핏기 없는 얼굴의 그녀는 간헐적으로 터져나오는 기침을 참으려고 앞가슴을 꼬옥 누르는 병약한 어린 소녀다. 앙상하게 마른 그녀의 체구는 가방 하나를 멘다거나 사상적이거나 정서적인 파란을 견뎌낼 것 같아 보이질 않는다. 그러나 그녀의 파리한 이마 뒤로는 수수께끼처럼 난해한 사

상이 들어 있어, 그녀는 줄곧 기쁨과 분노의 감정으로부터 벗어날 수가 없다. ……소피가 릴케의 시를 읽었는지, 아니면 릴케의 그 유명한 시 〈표범〉을 기억하고 있는지는 알 수 없지만, 벽에 이런 시가 걸려 있었다.

그의 눈빛은 걸어도 끝이 보이지 않는 철창에 갇혀
이렇게 피곤에 지쳐 아무것도 볼 수 없다.
천 가닥 철 난간에 둘러싸여
천 가닥 철 난간 밖으로는 우주조차 존재하지 않는구나.

이처럼 소피는 야수성과 병약함이라는 모순된 기질을 지닌 여학생이다. 이런 성향의 소녀가 현실적으로 고민하는 것은 20대답게 '성(性)'의 문제였다. 소피는 잘생긴 청년 링지스(凌吉士)와 단둘이 마주한 방 안에서 억누르기 힘든 욕구를 느낀다.

고개를 들어보니 아, 발그레하게 부풀어 오른 촉촉한 입술, 오목하게 팬 입 언저리가 눈에 들어온다. ……그 육체의 미세한 구석구석을 탐색해볼수록 내 입술을 그 입술에 포개고 싶은 충동을 더욱 강렬하게 느낀다. 설마 내가 자기를 눈어림하고 이리저리 따져보고 있다는 걸 알아차린 건 아니겠지? 하지만 그는 가버렸고 나는 때늦은 후회를 한다. 키스할 수 있는 기회가 얼마나 많았던가? 그가 내 손을 잡았을 때, 조금만 더 애틋한 표정을 지어 보여 내 욕구를 거절할 수 없다고 느끼게 했더라면 그는 틀림없이 대담하게 나왔을 텐데…….

황색소설 작가가 아닌 인텔리 여성의 붓끝에서 이런 욕망의 시선이 드러난 경우는 흔치 않았다. 남성에게만 성적 본능과 선택권이 있다는 것을 부인하듯 여성의 욕망 어린 시선을 노골적으로 드러낸 묘사는 당시로서 파격이었다. 하지만 소피의 이러한 욕망은 충족과 동시에 해소되는 게 아니라 오히려 충족 자체가 자기환멸의 고통을 수반하였다는 데 독특함이 있다.

> "내가 그를 정복한 것일까, 아니면 그가 나를 유혹한 것일까? 내심 그토록 경멸하는 사람과 어떻게 키스할 수 있었단 말인가? 사랑하기는커녕 속으로 비웃고 있으면서 그의 포옹을 받아들이다니……. 단지 그 남자다움과 기사도 같은 매너 때문에 내가 이 지경으로까지 타락했단 말인가? 난 졌다. 그 사람이 아니라 나 자신에게 짓밟혔다. 원수는 그가 아니라 나 자신이다. ……가자, 베이징을 떠나자. 아무도 모르는 곳으로 가서 조용히 살다가 조용히 죽어버리자. 불쌍한 것, 소피. 너를 동정한다."

소피는 육욕의 만족이 아니라 '자유, 아름다움, 정신, 위대함'이라는 모호하고도 뚜렷한 방향을 응시하는 신비스런 반항아였다.

프로이트에 의하면 성적인 에너지가 억압될 때 일반적으로 남성은 가학 증상을 나타내지만 약한 여성의 경우는 신경증, 즉 히스테리 증세를 앓는다고 한다. 소피를 비롯한 1920년대 딩링의 소설에 등장하는 주인공들의 공통적 특징은 병을 앓고 있다는 점이다. 폐병을 앓는 소피, 애인의 외도를 목격하고 기절하는 멍커(夢珂), 동성애적 감정으로 서로에게 매달리는 《여름방학》의 여주인공들. 이들은 히스테리라는 몸의 증상을 통해 정신의 고통을 호소하였다. 그러면 이들은 어떤 고통을 호소하였는가.

> 특히 구식 결혼을 한 여자들에게, 시집간다는 것은 몸을 파는 거나 똑같은 거야. 헐값은 말할 것도 없고 몸뚱이째로…….
> 아가씨, 내가 무슨 신경과민 아니냐는 식으로 얘기하지 말아요. 근

데 참 우습기도 하지. 내 나이 스물도 훌쩍 넘었고 리리도 딸려 있으니까 당연히 처지에 맞게 주제를 알아야 할 텐데. 그런데도 때로 그런 환상(신식 연애—필자 주)에 젖어들 때면 내 운명을 더 비참하고 더 수습할 수 없는 지경으로 몰아가고 싶어져. 지금, 길거리의 창녀가 내 신세보다는 나을 거야! 실은 나는 그것조차도 부럽거든!

인용문은 《멍커》라는 작품에 나오는 올케의 자조적 탄식이다. 올케는 애정 없는 구식 결혼생활을 하면서 남편의 외도를 감내할 것을 요구받고 있다. 서술자 딩링은 이러한 올케의 삶을 '구식 결혼은 매음'이라는 한마디로 집약했다. 바로 여기에 연애와 결혼을 결합시키고자 한 당시 딩링의 인식이 드러나 있다. 5·4 시기에 연애는 혁명이자 반란이었다. 다소 자극적인 이 '매음'이라는 표현에는 당시 중국을 풍미하던 스웨덴의 여성운동가 엘렌 케이의 여성주의 영향이 드러나 있는데, 20세기 초에 서구에서 여성의 성욕을 긍정한 것이 기독교 금욕주의에 대한 도전이었다면, 5·4 시기 중국의 연애론자들에게 여성의 욕구는 종법사회의 질서로부터 이탈하는 것을 의미했다. 그러나 비극은, 아무리 구식 결혼이 매음이고 여성은 생식의 도구가 아니라고 외친다 하여도, 그 다음 발걸음을 내디딜 공간이 없다는 점이었다. 딩링은 신식 결혼이 구식 결혼의 대안이 될 수 없음을 다음과 같은 묘사를 통해 보여준다.

▒ 엘렌 케이

엘렌 케이는, 1차 세계대전 후 갑작스레 줄어든 인구를 보충하기 위해 국가가 나서서 생활능력이 없는 상이군인과 미혼 여성의 결혼을 권장하고 그것이 안 될 경우 미혼모가 사생아 낳는 것을 방조한 것을 비판하였다. 여성은 출산의 도구가 아니며 생계를 위해 남성과 결혼해서는 안 된다고 보았다. 당시 유럽은 성비 불균형으로 인해 여성 네 명 중 한 명이 배우자를 구할 수 없었다.

나는 유순하게 그의 천박한 애정표현을 받아들였고, 그가 그토록 흥미진진하게 여기는 저질스런 탐닉, '돈 벌고 돈 쓰는' 인생의 의미를 들어주고, 또한 은근히 내게 암시하는 여자로서 갖추어야 할 하찮은 본분을 받아들였다.

해외 유학까지 다녀온 엘리트 애인들은 멍커나 소피에게 '여자의 본분'을 요구하였다. 신여성도 수동적인 성(性)의 대상이나 현모양처 이외에 다른 역할을 허락받지 못한다는 사실을 현실적으로 인식한 덕분에, 딩링은 자유연애 다음 단계가 전통적 아버지의 품에서 남편이라는 남자의 품으로 '자리바꿈'일 뿐이라는 것을 볼 수 있었다. 딩링의 창작은 그녀가 1942년에 마오쩌둥에게 정치적으로 비판당하는 사건을 기점으로 전후로 나누어볼 수 있는데, 1927년부터 1929년 사이는 전기 가운데서도 절정기로 병적인 여성이 두드러지게 등장한다. 여주인공들은 '집(家)' 주위를 배회하며 이런 관계를 재생산해내는 제도인 '집'을 거부하기 위해 '병'을 매개로 자신의 욕구를 호소한다. 길은 뚫려야만 했다.

2. 호방한 여성의 탄생, 그리고 갈림길

1930년대 이후 딩링의 삶은 상실과 탐색, 극복과 타협의 시기였다. 딩링이 가정을 가진 어머니이자 작가로 활동하던 1931년, 시인이던 남편 후예핀의 죽음으로 딩링은 영예와 오욕을 동시에 경험한다. 공산당 활동에 깊숙이 관여하던 후예핀은 1931년에 국민당에 체포되어 딩링의 구명활동도 소용없이 20일 만에 처형되었다. 이때 후예핀과 함께 처형된 인푸 등을 '좌련(좌익 작가연맹) 오열사'라고 부른다.

1927년, 북벌 중이던 국민당이 공산당과 결성한 통일전선을 깨뜨린 사건을 계기로 해서 딩링은 좌익 쪽으로 기울었다. 열사의 미망인으로 세인의 주목을 다시 한번 받게 된 딩링은 본인도 1932년에 자원하여 공산당에 입당하였다. 비록 입당하였다고는 하나 당시 그녀는 남편의 죽음, 젊은 엄마 역할, 창작의 한계로 인해 고통이 극에 달해 있었다. 그러던 중에 고향 마을의 홍수를 다룬 소설 〈홍수〉를 썼다. 소설은 농민들의 분노와 항거라는 주제를 부단히 강조할 뿐 설득력 있는 인물을 형상화해내지 못한 실패작이었지만, 창작 경향이 전과 판이했다. 이듬해 그녀는 삼십만 자라는 방대한 집필계획을 세워 어린 시절 보아온 어머니를 소설화하였다. 변혁의 기운이 팽배하던 신해혁명기에 위만전(于曼貞)이라는 젊은 미망인의 삶을 그린 이 소설은, 당시 딩링의 심리 상태와 놀라우리만치 흡사하다. 몰락한 양반집의 한산한 상(喪)을 치르고 난 뒤에 만전이 한 첫 대사는 "만약 내가 남자였다면, 하나도 겁나는 게 없을 텐데(我要是個男人, 我一點也不會怕)"였다. 전족을 풀고 학교에 다니기 시작한 만전이 혁명에 합류하는 것은 딩링이 공산당에 입당한 것과 오버랩 된다. 사색적인 도시여성 소피는 사회 속에서 자아를 확립해가는 강한 여성으로 변신하고 있었다.

딩링이 새로운 문학적 탐색을 시도한 이 무렵은 딩링에게 평생 씻을 수 없는 시련의 씨앗을 안겨준 시기이기도 했다. 그녀는 《어머니》를 연재하던 중에 국민당원에게 납치되어 1933년부터 1936년까지 가택에서 연금생활을 한다. 국민당은 그녀가 반공적인 내용을 쓰지 못하도록 집필활동을 막았는데, 그녀는 이때 "고향에 돌아가 어머니와 지내겠으며 공산당 활동을 하지 않겠다"는 두 구절을 써주었다. 그러나 이 문구는 뒷날 문화대혁명과 반우파투쟁 때 그녀가 반당행위를 했다는 꼬투리가 되어 정치적 죽음을 초래했다. 또한 이 시기에 그녀가 함께 체포된 국민당 첩자 펑다(馮達)와 동거한 사실은 1956년에 딩링이 반혁명분자라고 비판받는 결정적 근거가 되었다. 그러나 이것은 되돌아볼 때의 이야기이고 이런 일이 벌어지리라고 예견할 수 없던 1936년, 그녀는 곧 고향의 품에 안긴다는 설렘으로 공산당 근거지를 향해 연금생활에서 탈출한다. 오랜 고립에서 벗어난 딩링은 억눌려온 열정을 발산하기 시작하여 홍군에 자원입대하고 행군으로 발에 생긴 물집을 실로 가볍게 터뜨릴 정도로 도시 인텔리의 습관을 벗어갔다. 이런 변화가 마오쩌둥으로 하여금 "어제의 문학소녀가 오늘의 군인[武將軍]"이라는 찬사를 자아냈음은 이미 알려진 사실이다. 그러나 이러한 자발적인 의욕은 1942년에 딩링이 쓴 글이 문제가 되어 옌안의 사상 비판을 계기로 막을 내린다. "여성이라는 두 글자, 도대체 어느 시대가 되어야 중시되지 않고, 특별하게 취급되지 않을 것인가?"로 시작하는 짤막한 수필 〈3·8절 여성의 날 소감〉에서 딩링은 옌안 여성의 현실을 다음과 같이 묘사한다.

여자들은 또한 (시대에) 뒤떨어질까 봐 두려워 사방으로 분주하게 뛰어다닌다. 그러면서 뻔뻔하게 아이를 탁아소에 맡길 것을 요구하고, 설사 어떤 처벌을 받게 된다 할지라도 달리 대안이 없어 생명의 위험을 감수하고 몰래 자궁을 긁어내거나 낙태하는 약을 먹는다. 그러나 그들에게 돌아오는 것은 이런 대답이다. "아이를 기르는 것도 일이 아닌가? 당신들은 오로지 제 몸 하나 편할 궁리만 하고 사회적으로 성공하려고 드는데, 당신들이 도대체 무슨 대단한 정치적 과업을 이루어본 적이나 있는가! 이렇게 아이 낳는 것을 두려워하고 또 낳고서는 책임을 안 지려고 할 바에야 누가 당신들더러 결혼하라고 했느냐?" 이렇게 해서 그들은 '뒤처지는' 운명을 면할 수 없게 된다. 능력 있는 여성이 자기 일을 희생하고 현모양처가 되려고 할 때 그들은 줄곧 사람들에게 칭송을 받지만, 10여 년이 지나면 예외 없이 '시대에 뒤떨어지는' 비극을 면치 못한다.

딩링이 고민한 것은 오래된 난제인 여성의 이중노동 문제였다. 딩링은 집안일과 바깥일을 다 해내야 하는 여성의 고충이, 계급혁명과 여성해 방을 함께 달성한다고 하는 희망의 실험실 옌안에서도 여전히 해결되지 않 았음을 비판하였다. 조강지처를 시대에 뒤떨어졌다고 버리는 옌안의 혁명 간부를 힐책한 글이 야기한 풍파 앞에서 딩링은 회의에 빠졌고, 이때 죽은 취추바이를 떠올렸다. 작가적 비판정신과 혁명사업이 요구하는 것 사이에 서 그녀는 흔들렸다. 하지만 딩링은 취추바이처럼 자신을 비하하며 후회하 기보다는 자신이 분파적이었다고 반성하는 길을 택했다.

'정풍운동'이라 불리는 이 사건은 한 개인의 태도에 대한 비판에 그 친 것이 아니라, 인텔리들에게 현대사에서 이른바 '옌안 정신'이라 부르는, 고난과 자기극복의 전통을 수립하는 것을 의미했다. 따라서 이 글에서 딩 링이 한 자기비판의 진실성을 따지기보다는, 이 비판을 계기로 하여 여성 담론의 성격이 변화했음을 읽어내는 게 생산적일 것이다. 19세기 말 유신 시기에 등장한, 아래로부터 시작된 다양한 여성운동은 이 비판을 계기로 하여 침묵하도록 단일화되었으며, 여성해방은 계급혁명과 상하관계를 분 명히 해야 했다. 그러나 돌이켜보면 유신파 량치차오가 여성교육론을 주장 할 때도 여성해방은 사회에 유익한(生利) 것이었지, 결코 남자와 권리를 다 투는(分利) 것이 아니라고 역설한 점, 그리고 유신파나 사회주의 혁명이 모 두 독립적인 국가를 건설하는 것을 목표로 했음을 상기한다면, 공산혁명기 에 여성의 주장에 대해 개인적으로 권리를 추구한다고 비판한 것은 필연으 로 보인다. 왜냐하면 5·4 시기를 제외하고 현대 중국인이 개인의 권리와 의무가 보편적 인권에 속한다고 자각하게 된 것은 극히 최근의 일이기 때 문이다.

좌절을 맛본 딩링이 택한 길은 정치바람이 적은 농촌생활이었다. 그 녀는 도시를 떠나 농민들 틈에서 질박한 정을 느꼈고, 그들 속에서 희망을 발견하고자 하였다. 이런 경험이 그녀의 《태양은 쌍간 강을 비추고》에 다음과 같은 생동감 있는 표현으로 나타났다.

> 다리와 허리가 휘고 얼굴에는 밭고랑처럼 깊은 주름이 팬 어느 농
> 민이 (토지 헌납을 강요하는 방식인) 표창의 대상이 되었다. 힘줄이 툭 불거진
> 손을 치켜들며 군중대회 단상에 오른 그는 허리띠를 단단히 졸라매고 있었
> 는데, 그것은 허리띠라고 하기에는 너무나 초라해서 넝마줄 같은 인상마저
> 주었다. 신고 있는 신발은 짝이 맞지 않았고 그나마 밑창이 터져 입을 벌리
> 고 있었다.

땅에 목숨을 걸고 사는 농민의 애환이 그녀의 감각 속에 들어와 있
음이 감지된다. 한편 옌안의 사상 비판에 이어 1957년부터 20여 년 동안
딩링은 투옥과 노동개조를 겪으며 소중한 창작 기회를 상실하였는데, 이렇
게 인생의 20년을 흘려보낸 그녀의 심경은 어떠하였을까?

1981년에 미국 기자가 죽의 장막에서 온 정치범에게 던진 호기심
어린 질문에 77세의 딩링은 이렇게 대답하였다.

> 제가 나라 안에 있을 때에도 한마디 원망을 안 했는데 하물며 밖에
> 나와서 원망을 하겠습니까?

부러진 날개를 보듬으며 그녀는 중국 사회주의가 '잘못'보다는 '공
로'가 크다고, 이상으로 간직해온 신념을 재확인했다.

💭 생각할 거리

1. 딩링은 《소피의 일기》를 발표하여 유명해진 뒤 자신이 '여류작가'로 불리는 것을 몹시 싫어했다고 한다. 그러면 여류작가와 여성주의 작가의 차이점은 무엇일까? 당시에 딩링처럼 여성주의자가 마르크시즘으로 돌아선 경우가 많은데, 이 둘은 어떤 점을 공유하고 있었을까?

2. 1949년 이후 사회주의 시기 영화와 딩링의 글쓰기를 보면, 씩씩하고 건강한 여성상이 등장한다. 시대 분위기에 따라 여성다움의 내용이 달라질 수 있다고 생각하는가?

3. 개혁 · 개방 이후 중국 여성의 삶은 오늘날 한국 여성의 삶과 어떤 점이 다르고 어떤 점이 같을까? 출산, 가족 내 양성관계, 노동 참여, 문화적 측면에서 사회주의 여성해방론은 자본주의 여권 신장과 어떤 차이가 있는지 생각해보자.

📚 권하는 책

조너선 D. 스펜스, 정영무 옮김, 《천안문》, 이산, 1999.

쭝청(宗誠), 김미란 옮김, 《딩링》, 다섯수레, 1998.

앵거스 맥래런, 정기도 옮김, 《피임의 역사》, 책세상, 1998.

장룽(張戎), 노혜숙 옮김, 《대륙의 딸》, 도서출판 대흥, 1993.

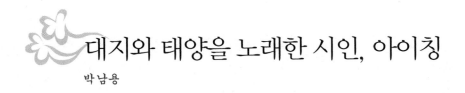

대지와 태양을 노래한 시인, 아이칭

박남용

1. 아이칭은 어떤 시인인가

아이칭(艾靑: 1910~1996)은 중국현대시단에서 노벨문학상 후보로 거론되며 국내에 가장 많이 알려진 시인이다. 그는 영화 〈일 포스티노〉의 주인공인 칠레 시인 파블로 네루다로부터 '중국시단의 큰 별'이라고 일컬어졌으며, 중국의 평론가 후펑은 그를 '피리 부는 시인'이라 불렀다.

아이칭은 1910년에 저장 성 진화 현(金華縣) 판톈장 촌(畈田蔣村)에서 아버지 장징원(蔣景鋆)과 어머니 러우셴처우(樓仙籌)의 장남으로 태어났다. 본명은 정한(正涵), 자는 양위안(養源), 호는 하이청(海澄)이다. 아이칭이라는 이름은 1933년에 감옥에서 시를 쓰면서부터 사용했다. 그는 원

래 1928년에 항저우에 있는 국립예술원에 입학하여 그림을 그리던 화가 지
망생이었다. 이듬해에 프랑스 파리로 미술 유학을 가서 집안의 경제적 원조
도 받지 못한 채 스스로 가난한 생활을 영위하며 서구의 새로운 학문과 사
상을 접했다. 파리에서 그는 그림공부보다도 철학서적이나 문학작품을 더
많이 탐독했다. 귀국한 뒤 좌익미술활동과 항전활동에 참여했으며, 미술에
서 시로 인생의 방향을 바꾸어 불후의 명작을 많이 남겼다. 그는 1933년에
감옥에서 〈다옌허—나의 유모(大堰河—我的保姆)〉라는 시를 써서 시단에
혜성같이 나타나 1996년에 숨을 거두기까지 살아 있는 현대시의 역사로서
중국 민중의 아픔과 고난을 노래한 대지와 태양의 시인이었다.

중국의 소설가 루쉰이 '아큐'라는 소설 속 인물 형상을 창조하고 아
큐가 다시 루쉰을 창조했다면, 아이칭 시인이 '다옌허'라는 서정적 주인공
을 창조한 것이 아니라 다옌허가 시인 아이칭을 창조했다고 할 수 있다. 이
시는 13연으로 된 자유시로써 서정과 서사가 적절히 결합되어 무한한 시적
감동을 준다. 이에 이 작품은 우리나라 근대시 중에 임화의 〈우리 오빠와
화로〉, 백석의 〈여승〉, 이용악의 〈낡은 집〉 등 당대 민중의 슬픈 삶을 노래
한 시들과 비교할 만하다. 이 글에서는 아이칭 시문학의 근원인 유모의 사
랑 속에서 대지와 태양을 노래하며 한평생을 살다 간 시인의 문학세계를
살펴보기로 한다.

※ 아이칭의 주요 작품

• 시집

《다옌허(大堰河)》(1936), 《북방(北方)》(1943), 《광야(曠野)》(1940), 《여명의 통지(黎明的通知)》(1943),
《봄(春天)》(1956), 《돌아온 노래(歸來的歌)》(1980), 《채색된 시(彩色的詩)》(1980)

• 장시

〈태양을 향해(向太陽)〉(1940), 〈햇불(火把)〉(1941)

• 시론

〈시론(詩論)〉(1941), 《신시론(新詩論)》(1952)

2. 대지의 어머니, 다옌허를 향한 그리움

아이칭 시인의 출생은 세상과의 불화에서 시작되었다. 신해혁명 바로 전 해인 1910년에 태어나 사주팔자에 부모와 상극이라 하여 집밖에서 유모의 손에 의해 5년 동안 길러져야 했다. 부모의 사랑을 모르고 유모의 집에서 젖을 먹고 자란 대지주의 아들. 아버지를 아버지라고, 어머니를 어머니라고 부를 수 없던 슬픈 운명의 주인공. 그는 그렇게 세상 밖에 버려져 자신이 태어난 마을과 자신을 길러준 대지의 어머니 같은 유모에 대한 찬미시를 감옥에서 쓴 것이다.

그는 1932년에 일본이 상하이를 침략하는 1·28 전쟁을 일으킬 무렵, 중국으로 돌아와 중국좌익미술가연맹에서 활동하다 체포되어 감옥에 갇혔다. 이 감옥에서 3년 동안 옥살이를 하고서야 집으로 돌아왔다. 하지만 이때의 체험은 그의 인생을 그림에서 시로 전환하게 한 중요한 결정적 시간이었다. 닫힌 공간인 감옥에 갇혀 지내는 동안 자신의 지난날을 돌아보며 자신을 길러준 유모와 고향에 대한 그리움을 〈다옌허—나의 유모〉라는 작품에 담아 1934년 5월 잡지 《춘광(春光)》 제1권 제3기에 발표함으로써 많은 독자들의 반향을 불러일으켰다.

시 속의 '다옌허(大堰河)'라는 이름에 대해서는 그 유래가 정확하지 않다. 원래는 그녀가 태어난 '다예허(大葉荷)'라는 마을의 이름이었는데, 아이칭의 고향 사투리와 발음이 유사하여 아이칭이 글자를 잘못 표기했다고 한다. 또한 프랑스에는 센 강, 독일에는 라인 강, 러시아에는 돈 강이 흐르는 것처럼, 중국에는 다옌허가 있다며 실제 강의 이름으로 여기기도 한다. 그녀의 이름

대지와 태양을 노래한 시인, 아이칭.

이 어찌 되든 간에 그녀의 이름은 '다옌허'로 '나의 유모'이고, '나'는 지주의 아들로 그녀의 젖을 먹고 자랐다는 것은 엄연한 사실이다.

　　나는 지주의 아들,
　　나는 당신 다옌허의 젖을 다 먹은 후에
　　나는 나를 낳아준 부모에게 이끌려 돌아갔습니다
　　아, 다옌허, 다옌허, 당신은 왜 우셨나요?

　　이처럼 5연에 가서 유모의 손에 자라던 '나'가 다시 부모의 집으로 돌아오는 상황을 표현하고 있다. 앞부분에서는 유모가 아궁이에 불을 피우고 밥을 지으며 집안살림을 하는 가운데에도 나를 품에 안고 쓰다듬어준 유년의 기억을 회상한다.
　　하지만 부모님 집에서는 새로 온 '손님'처럼 집안의 풍경도, 여동생의 얼굴도 모두 낯설고 불안하기만 했다. 그 뒤로도 다옌허는 살아가기 위해 되는 대로 막일을 하면서도 그녀의 젖먹이에게 변함없는 사랑을 주었다. 하지만 아이칭이 프랑스 유학을 마치고 다시 고향으로 돌아왔을 때는 이미 다옌허가 죽은 뒤였다.

　　다옌허는 눈물을 머금고 떠나갔습니다!
　　사십여 년 인생살이의 수모와 함께
　　셀 수도 없는 노예의 처참한 고통과 함께
　　4원짜리 관과 몇 묶음의 볏짚과 함께
　　관을 묻을 몇 평의 땅과 함께
　　타버린 종이돈의 한 움큼 재와 함께
　　다옌허, 그녀는 눈물을 머금고 떠나갔습니다.

전족을 해서 발의 크기가 10센티미터밖에 되지 않던 봉건시대 중국 여인의 비극적인 삶은 그 자신에 그치지 않고 그의 가족 전체의 비극으로 확대된다. 그의 주정뱅이 남편은 이미 죽었고, 그의 맏아들은 비적이 되고, 둘째는 전쟁에서 죽고, 셋째와 넷째, 다섯째는 공장주인과 지주의 욕설 속에 살아가고 있다고. 아이칭 시인은 "이 불공평한 세상에 주는 저주의 글을 쓰고 있다"라고 말한다.

다엔허는 비록 떠나갔지만, 그녀가 젖을 먹여 키운 '나'는 지금 다시 그녀를 그리워하면서 감옥에서 당신에 대한 찬미시를 쓰고 있다.

> 다엔허, 오늘 당신의 젖먹이는 감옥 속에서
> 당신에게 바치는 찬미시를 쓰고 있습니다
> 황토 속에 묻혀 있는 당신의 보랏빛 영혼에게 바치며
> 당신이 나를 안아주던 곧게 뻗은 팔에 바치며
> 당신이 내게 입맞춤해주던 입술에 바치며
> 당신의 검게 그을린 부드러운 얼굴에 바치며
> 당신이 나를 먹여 키운 젖가슴에 바치며
> 당신의 아들들, 나의 형제들에게 바치며
> 대지 위의 모든,
> 나의 다엔허 같은 유모와 그들의 아들들에게 바치며
> 나를 당신 자신의 아들처럼 사랑해준 다엔허에게 바칩니다.

세상에 이보다 아름다운 찬미시가 또 어디에 있을까. 다엔허는 나를 길러준 유모일 뿐만 아니라, 대지와 고향의 따뜻한 품을 가진 중국 민중의 어머니다. 이 시의 마지막에서 시인은 마침내 "다엔허, 당신의 젖을 먹고 자란 나는/ 당신의 아들/ 당신을 존경합니다/ 당신을 사랑합니다!"라고 끝

을 맺는다.

3. 대지의 따뜻함과 태양의 강렬함으로

아이칭 시의 가장 큰 특징은 예술형식 면에서 많은 이미지와 상징을 통해 작가의 사상과 감정을 표현한다는 데 있다. 그중에서도 특히 대지와 태양에 대한 이미지를 통해 중국의 시대현실과 대지와 조국을 향한 작가의 애국적인 열정을 살펴볼 수 있다. 대지 이미지를 담은 시편들 속에는 농민의 생활공간이 되는 대지와 조국과 민족의 국토로서 전쟁의 포연에 신음하는 대지가 함께 공존한다. 대지를 묘사한 많은 시 중에서 〈나는 이 땅을 사랑한다〉(1938년 11월 17일)라는 작품은 대지에 관한 아이칭의 뜨거운 사랑과 열정을 가장 잘 표현했다.

만일 내가 한 마리 새라면,
나도 목이 쉬도록 노래 부르리라
폭풍우가 휘몰아치는 이 땅을,
영원히 솟구치는 우리 비분의 이 강물을,
쉬지 않고 불어대는 격노한 이 바람을,
그리고 숲 속에서 온 비할 수 없이 온유한 저 새벽을……
— 그런 후에 나는 죽으리라
깃털까지도 땅 속에서 썩으리라

왜 나의 눈에는 항상 눈물이 고이는가?
내가 이 땅을 깊이 사랑하기 때문이리라…….

시인은 시 속에서 한 마리 새가 되어 중국의 대지인 땅과 강물, 바람과 새벽을 목이 쉬도록 노래 부르리라고 다짐하고 있다. 폭풍우가 휘몰아치는 땅은 바로 조국의 시대현실을 상징한다고 할 수 있다. 시인은 비분강개한 심정을 강물에 비유하며, 분노와 격노의 바람이 되어 부드러운 저 새벽까지 쉬지 않고 목이 쉬도록 외치겠노라고 다짐한다. 그리고 여기에서 한 걸음 더 나아가 "그런 후에 나는 죽으리라/ 깃털까지도 땅 속에서 썩으리라"라며 죽음까지도 무릅쓰고 고통 속에서 신음하는 대지를 사랑하겠노라고 굳은 의지와 열정을 보이고 있다. 하지만 마지막에서 보이는 것처럼 "왜 나의 눈에는 항상 눈물이 고이는가?/ 내가 이 땅을 깊이 사랑하기 때문이리라……"라고 하며, 다시 시인의 목소리를 통하여 눈물 흘리고 있는 자신의 모습을 보여준다.

이 밖에도 〈부활의 땅〉에서는 대지의 이미지가 더는 죽음의 땅이 아니라 생명과 열정이 넘쳐 오르는 희망의 땅으로 나타난다. 부활하는 대지는 시인의 예언을 입증할 뿐만 아니라, 항일해방전쟁을 맞는 전 중화민족의 정신이 부활하고 있음을 증명한다. 그리고 〈중국의 땅에 눈이 내리고〉라는 작품도, 1930년대 현대파 시인 다이왕수가 홍콩이 일본에 함락될 무렵에 쓴 〈찢어진 나의 손바닥으로〉라는 작품처럼 중국의 영토가 유린당하는 시대현실을 노래하며 중국의 대지를 시인이 영혼의 손으로 어루만지고 있는 작품이라고 할 수 있다. 아이칭은 이 시의 결말 부분에서 "중국이여,/ 불

※ **현대파**

'현대파(現代派)'는 1932년 5월에 스저춘(施蟄存) 등이 편집하여 《현대(現代)》라는 잡지를 발행하면서부터 얻은 이름이다. 다이왕수(戴望舒)가 1936년 10월에 현대시 전문지인 《신시(新詩)》를 창간하며 본격적으로 발전했다. 현대파는 상징주의를 계승하며 현대적인 정서와 언어, 조화와 직관을 중시했다. 다이왕수의 〈비 내리는 골목(雨巷)〉이 가장 대표적인 작품으로, 우수에 젖은 개인적 서정을 노래하며 고독하고 우울한 이미지를 암시적으로 표현했다.

빛 없는 밤에 쓰는/ 나의 힘없는 시구가/ 당신을 좀 따뜻하게 해줄 수 있을까?"라고 하며, 자신의 시가 중국과 중국 민중들의 삶을 위해 조금이라도 따뜻함을 전해줄 수 있기를 소망한다.

　　아이칭의 시에는 대지의 이미지 외에도 태양을 상징적으로 노래한 시들이 많이 있다. 대지가 시인이 발을 딛고 서 있는 조국의 시대현실과 유린당하는 국토를 상징한다면, 태양은 시인의 영혼이 추구하는 희망과 광명을 상징한다. 그 어떤 시인보다도 열정적으로 태양과 광명, 봄과 여명, 생명과 불꽃을 노래한 아이칭의 시세계는 격정적이면서도 냉철한 이성의식을 바탕으로 한 상상력의 소산이라고 할 수 있다. 아이칭의 시 중에서 태양을 가장 잘 노래하고 있는 작품은 〈태양〉(1937)이다.

　　아득한 무덤에서
　　어두운 시대로부터
　　인류의 죽음이 흐르는 곳으로부터
　　깊이 잠든 산맥을 깨우며
　　태양이 모래언덕을 선회하는 것같이
　　태양은 나를 향해 굴러오고……

　　덮어 가리기 힘든 태양 빛줄기는
　　생명이 숨 쉬게 하고
　　교목의 무성한 가지들이 태양을 향해 춤추게 하고
　　강물이 미친 듯이 태양을 향해 흘러가게 하며

　　태양이 왔을 때, 나는 듣는다
　　동면하는 애벌레가 땅 속에서 꿈틀대며

군중이 광장에서 큰소리 지르며

도시가 먼 곳에서

전력과 강철로 태양을 부르는 것을

그리하여 나의 가슴은

화염의 손에 찢기고

썩은 영혼은

강가에 내버려지며

나는 마침내 인류의 재생을 확신한다.

이 시의 전체적인 분위기는 봄과 재생의 이미지로 가득하다. 태양이 도래하기를 갈망하는 시인의 마음은 인류의 재생에 대한 열렬한 소망이라고도 할 수 있다. 이 시에서는 화원이나 나무 등의 풍부한 생명이 있는 식물세계나 강철과 전력의 도시로 상징되는 광물세계 등이 나타나며 인간의 세계는 자세히 나타나고 있지 않지만, 미친 듯 흐르는 강물을 통하여 부활과 재생의 확신을 꿈꾸는 시인의 시적 열정이 잘 나타나 있다. 〈북방〉이라는 시에서는 중국 농촌에 대한 시인의 뜨거운 사랑과 깊은 우울이 교차하며 조국의 고난과 인민의 불행을 상징하는 비극적 이미지가 많이 나타나는 반면에, 〈태양〉에서는 광명과 이상을 격정적으로 노래하는 가운데 희극적 원형 이미지가 많이 나타난다.

〈태양을 향해〉에서도 이상과 광명의 아름다움을 노래하고 있다. 시 전체가 9연으로 나누어져 태양이 뜨고 운행하고 지는 위치가 변화함에 따라 시적 자아인 '나'의 서정 역정이 서로 대응하는 구조를 이루고 있다. 아이칭은 이 시에서 "어제/ 나는 자신을/ 정신의 감방 속에 가두었다", "뜨거운 눈물을 흘리며/ 우리의 시대를 통곡했다"라고 하며, "내 영혼은/ 대낮이든

검은 밤이든/ 인류 운명의 슬픈 노래를/ 영원히 노래 부르리라"라고 다짐한다. 이러한 시를 통해 시대의 광명을 노래하고 민중에 대한 뜨거운 격정과 신념을 표현하고 있다. 또한 아이칭 시에서 태양의 이미지는 태양이 뜨기전 여명을 표현하는 것으로도 나타난다. 태양이 이미지 측면에서 강렬함과 장엄함을 갖추며 이상과 광명을 주로 상징한다면, 여명은 그 이상을 실현하기 위한 혁명의 불길, 자유와 광명의 도래 등을 의미한다고 할 수 있다.

4. 고난 속에서 다시 피어난 꽃

아이칭의 시에서 특이할 만한 것은 그가 당시 우리 조선 민족과 민중의 삶을 격정적으로 노래한 적이 있다는 점이다. 아이칭은 1939년에 구이린(桂林)에서 조선의용대 사람들과 접촉했는데, 그 뒤에도 당시 책임자이던 김창만의 이름을 기억하고 있었으며, 영화배우 김염의 여동생도 기억하고 있었다. 그리고 아이칭은 조선의 혁명가들이 일제 침략에 항거하는모습을 보고 뜨거운 존경과 사랑을 보내면서 아리랑의 가사를 따라 외우기도 했다. 1942년 9월 17일에는 〈추도사—조선독립동맹을 위해 희생된 조선 열사를 추도하며〉라는 시를 지어 독립을 위해 장렬히 희생한 열사들을 이렇게 추모하기도 했다.

> 우리는 다시 그대들을 기념하며
> 조국 조선의 해방사 위에
> 그대들의 용감한 투쟁을 기록하리라
> 조국 조선의 땅 위에
> 기념탑을 세우리라.

또한 아이칭은 1951년에 조선 최고의 춤꾼이던 최승희와 그녀의 딸 안성희를 위해 〈어머니와 딸〉이라는 작품을 지었다. 이 시에서 "조선 반도국의 딸/ 어려서 '아리랑'이라는 노래를 들으며/ 조국을 슬픔 가득한 눈길로 바라보았다/ 적들의 침략에 무너져/ 강건하고 굳은 의지의 민족에/ 무거운 쇠사슬이 채워졌다/ 그대의 슬픈 춤사위에/ 조선의 고난이 비친다"라고 식민지 조선의 슬픈 현실을 묘사하며 우리 민족의 고난을 형상화했다.

이렇게 우리 민족을 노래하던 시인은 1958년에 반우파투쟁 당시 우파분자로 낙인 찍혀 헤이룽장 성(黑龍江省) 베이다황(北大荒)으로 갔다가 다시 신장 성(新疆省) 우루무치(烏魯木齊)로 옮겨가서 문화대혁명이 끝날 무렵까지 약 20년 동안 유랑과 고난의 세월을 보내며 창작활동조차 할 수 없었다. 그는 홍위병들에게 원고를 압수당하고 화장실 청소를 해야 했고 끊임없는 자아비판에 시달렸으며 왼쪽 눈까지 실명했다. 사인방 세력이 타도되고 문화대혁명이 종결되자 다시 베이징으로 돌아온 아이칭은 복권되어 '귀래파(歸來派)' 시인으로 활동하며 〈물고기 화석〉 같은 뛰어난 시를 창

※ **칠월파**

칠월파(七月派)는 1937년 이후 국민당 통치지역에서 《칠월(七月)》이라는 잡지를 배경으로 활동한 시가 유파를 말한다. 대표적인 참여자로 후펑(胡風), 톈젠(田間) 등을 들 수 있다. 이들은 주로 항일의 우국적인 정서를 노래하며 국민당 통치를 강하게 비판하는, 사회 현실을 담은 시들을 창작했다. 아이칭은 칠월파 구성원은 아니었지만, 실제 창작 면에서 칠월파 시인들을 이끄는 역할을 했다고 할 수 있다.

※ **구엽파**

'구엽파(九葉派)'라는 이름은 1981년에 무단, 신디(辛笛), 천징룽(陳敬容), 정민(鄭敏) 등 아홉 시인이 《구엽집(九葉集)》이라는 시선집을 내면서 붙여졌으며, '중국신시파'라고도 한다. 1940년대 국민당 통치지역에서 《시창조(詩創造)》나 《중국신시(中國新詩)》라는 잡지를 배경으로 현실주의적이면서 서구 모더니즘 수법을 결합한 젊은 시인군(群)을 일컫는다.

작했다. 아이칭은 만년에 다시 파리를 방문하고 세계 각지를 여행하며 국제적 제재를 다룬 시들을 많이 남겼다. 그러다 1996년 5월 5일, 오랫동안 고난을 함께 한 부인 가오잉(高瑛)과 결혼 40주년이 되는 날 새벽에, 베이징 시에허병원(協和病院)에서 향년 86세로 세상을 떠났다.

아이칭 시인은 〈다옌허—나의 유모〉라는 시를 통해 유모에 대한 따뜻한 사랑을 서정과 서사를 결합하여 그려내어 독자의 심금을 울렸으며, 항전 기간 동안 항전의식을 고취하는 가운데 조국의 대지가 유린당하고 민중들의 삶이 황폐해져가는 현실을 대지와 태양의 이미지로 묘사했다. 그리하여 그의 시는 중국현대시사에서 항전기의 시가 유파인 칠월파와 1940년대에 무단(穆旦)이 참여한 구엽시파(九葉詩派)에 큰 영향을 주었다. 이 밖에도 더 읽을 만한 아이칭의 시들로 〈광야〉, 〈여명〉, 〈거지〉, 〈봄비〉, 〈여명의 통지〉 등 많은 작품이 있다. 아이칭의 시 원문을 큰소리로 직접 낭송하면 시인의 숨결과 시의 감동을 절로 느낄 것이다.

생각할 거리

1. 아이칭의 유년 체험, 파리 체험, 감옥 체험, 항전 체험, 문혁 체험 등 각종 인생 체험이 그의 시 창작과 어떤 연관성이 있는지 살펴보자.
2. 아이칭 시세계의 전체적인 주제는 무엇이며, 그의 시가 보여주는 주된 특징들은 무엇인가?
3. 아이칭은 우리 민족과 상당히 밀접한 관계가 있는데, 그의 시 속에 우리 민족이 어떻게 형상화되고 있는지 알아보자.

권하는 책

유성준 옮김, 《아이칭(艾靑) 시》, 한국외국어대학교출판부, 2003.
한창희 옮김, 《동녘은 어떻게 붉어지는가》, 일월서각, 1991.
박재연 옮김, 《기뻐 웃는 불꽃이여》, 한겨레, 1986.
성민엽 옮김, 《중국의 땅에 눈이 내리고》, 한마당, 1986.
유성준 옮김, 《들판에 불을 놓아》, 한울, 1986.
박남용, 〈아이칭(艾靑)의 근대 체험과 시적 이미지 연구〉, 한국외국어대학교 박사논문, 2006.
박종숙, 〈아이칭 시 연구(艾靑詩硏究)〉, 한국외국어대학교 박사논문, 1990.

현실과 문학 사이를 서성인 무정부주의자, 바진

조홍선

바진(巴金: 1904~2005)의 원래 이름은 리야오탕(李堯棠)으로, 자는 페이간(芾甘)이며, 쓰촨(四川) 성 청두(成都)의 관료 집안에서 태어났다. 5·4 시기부터 《신청년》·《매주평론(每週評論)》 등 진보적인 잡지의 영향을 받으면서, 중국의 3세대 무정부주의자로 성장했다. 1927년부터 1928년 사이에는 프랑스에서 유학하면서 처녀작 《멸망(滅亡)》을 발표했다. 귀국한 뒤에는 소설을 창작하면서 무정부주의와 관련된 이론서나 작품을 번역하기도 하였다. 작품활동 외에 그의 이력 가운데 눈에 띄는 점은 출판과 관련된 것이다. 1935년에 일본에서 돌아온 그는 문화생활출판사(文化生活出版社)의 편집을 맡으면서 '문화생활총간'·'문학총간'·'역문총서'와 《문계월간(文季月刊)》 등을 펴내, 선충원·차오위 등 1930년대와 1940년대에 발굴된 작가들 대부분에게 창작할 수 있는 공간을 제공했다.

　　중화인민공화국이 건국된 뒤에는 전국문련 부주석, 전국작가협회 부주석 · 주석 등을 역임하면서《문예월보(文藝月報)》·《수확(收穫)》등을 편집하기도 했다.

1. 무정부주의자, 바진

　　바진의 소설은 무정부주의와 밀접한 관련이 있다. 그가 소설을 창작하게 된 동기와 작중인물, 내용 및 창작 경향의 변화에 이르기까지 그가 쓴 소설의 모든 것이 무정부주의와 연관되어 있다 해도 과언이 아니다. 바진의 여러 작품 중에서도 대표작으로 꼽히는《멸망(滅亡)》·《집(家)》·《추운 밤(寒夜)》등에 등장하는 주인공의 삶은 바진 분신들의 일대기라 할 수 있으며, 이들에게서 보이는 변화는 바진의 창작 경향이 변화했을 뿐 아니라 그의 인생관 및 이상에 대한 태도까지 변화했음을 알 수 있는 중요한 기준들이다.

　　그의 창작 역정은 그의 이상이 현실 속에서 어떻게 변해가는지를 여실하게 보여주는 또 다른 증거이다. 바진이 프랑스로 유학을 떠난 1927년은 북벌전쟁(北伐戰爭)이 한창이던 혁명의 고조기였으나 그 주도권이 국민당과 공산당에 있었고, 무정부주의는 이미 몰락에 몰락을 거듭하던 때였다. 바진은 활력도 없고 대중적 기반도 잃어버린 중국 내의 무정부주의 운동에 실망한 나머지, 당시 무정부주의 운동의 중심지이던 프랑스에서 무정부주의 이론을 학습하기 위해 유학을 떠난다. 프랑스에 도착한 바진은 상하이에서 벌어진 4 · 12 사변 등 중국 내 정세에 괴로워하면서 자신을 '탈영병'이라 자책한다. 조국 · 가족 · 동료에 대한 근심, 동료들과의 추억, 투쟁과 희망, 고통과 동정 등은 그에게서 영혼의 안식을 앗아가고 말았다. 특히 '혁명을 위해 모든 것을 바치고 싶었으나, 끝내 실제적인 혁명활동에는 참여하지 못했다'는 죄책감까지 더해지자 그의 영혼은 무엇이든 출구를 찾아야 했다. 그는 이러한 영혼의 고통을 달래기 위해서 무언가를 낙서하듯 써보았고, 그것이 처녀작 《멸망》의 도입부가 되었다.

주인공 두다신(杜大心)은 바진의 분신으로, 그의 이상과 내면세계의 고통은 모두 바진을 대변한다. 그는 노동운동을 이끄는 지식인으로서, 극심한 빈부 격차로 인해 빚어진 사회의 여러 가지 부조리한 현실에 염증을 내면서 "다른 사람의 고통을 딛고 행복을 추구하는 사람들은 멸망해야 한다" 하고 저주를 퍼붓는다. 그는 사회를 개혁하고 인류를 구하는 방법은 이 세계를 멸망시키는 것밖에 없다고 믿으며, 자신이 먼저 죽을지라도 앞장서서 저항할 것이라고 다짐한다. 그에게 멸망은 곧 새로운 탄생을 의미했다. 그러던 중 군벌을 비판하는 전단지를 운반하던 동지 장웨이췬(張爲群)이 고문 끝에 참수당한다. 두다신은 장의 죽음에 죄책감을 느낀 나머지 계엄사령관을 암살하려다 실패하고 남은 실탄으로 자살하고 만다.

그의 테러행위는 조직에 의해서 계획된 이성적인 행위가 아니라, 감정의 거듭된 충동으로 인해 촉발된 자신을 파괴시키는 행위일 뿐이었다. 그러한 충동성과 무모함으로 인해 그의 테러행위는 계엄사령관을 살해하려는 혁명활동이라기보다 테러행위를 통해 자신을 멸망시키려는 자살행위

▩ 바진의 주요 작품

그의 작품은 경향이 극히 상반된 두 갈래로 나뉜다. 그중 하나가 혁명가들이 이상을 추구하는 과정에서 겪는 고뇌와 고통을 토로한 작품들로, 《멸망(滅亡)》(1929)·《신생(新生)》(1933)·《애정(愛情)》 삼부곡(1931~1935)·《항전(抗戰)》 삼부곡(1940~1945) 등을 들 수 있고, 다른 하나는 혁명가와 전혀 다른 평범한 인물들이 구식 가정과 부조리한 사회에 의해 스러지고 마는 현실을 고발하는 작품들이다. 이들 작품으로는 《격류(激流)》 삼부곡, 즉 《집(家)》(1931)·《봄(春)》(1938)·《가을(秋)》(1940)과 《게원(憩園)》(1944)·《제4병실(第四病室)》(1946)·《추운 밤(寒夜)》(1947) 등이 있다.

작품집으로는 《바진 전집(巴金全集)》 26권(베이징 인민문학출판사, 1986~1994)이 있다.

로 비쳐진다. 즉 이는 실제로 혁명에 참
여하지 않고 있다는 죄책감에 시달리
던 바진이 할 수 있는 가장 강렬한 속죄
의 표현이었고, 자신의 내면에 안녕을
가져다줄 유일한 처방이었다. 그러므
로《멸망》에서는 주인공인 혁명가 두다
신과 무정부주의자 바진이 동일인으로
보일 정도로 가깝다.

평생 속죄의식을 가지고 있었던 작가 바진.

　　　　한편 두다신의 죽음은 무정부주
의자 바진의 죽음을 의미하며, 바진의 내면에 생겨날 변화들을 예고한다.
그중 하나는 무정부주의 혁명에 대한 바진의 태도가 변화한 것이다.《멸망》
의 다음 작품인《죽어버린 태양(死去的太陽)》(1930년 5월에서 6월 사이에 창
작)을 보면 그 변화의 단서를 감지할 수 있다. 이 작품에는 혁명가와 주인
공이 왕쉐리(王學禮)와 우양칭(吳養淸)으로 각각 분리되어 있다. 독자는
혁명가 왕쉐리보다는 그를 이해하고 동조하려 하는 학생 우양칭을 통해,
혁명에 참여하려 했으나 참여하지 못한 바진의 모습을 엿볼 수 있다. 둘 사
이에 보이는 거리는 바로 바진과 무정부주의 혁명 사이에 발생한 거리라고
할 수 있을 것이다.

　　　　또 하나는 무정부주의 혁명이라는 이상을 대신하여 문학 창작에 대
한 욕구가 어렴풋이 생겨났다는 점이다. 바진은 프랑스에서 유학을 마치고
귀국하면서《멸망》의 후속작품으로 전 2부인《춘몽(春夢)》·《일생(一生)》
과 후 2부인《신생(新生)》·《여명(黎明)》을 써서《멸망》을 5부작 형태로 확
대하려는 계획을 세우는데, 이는 그가 과거에 문인을 "직접적인 약탈자 아
니면 약탈자의 도구가 될 뿐"이라며 경멸하던 것에서 상당히 변화했음을
보여주는 행동이라 하겠다.

2. 혁명가 바진에서 작가 바진으로

《멸망》의 후속작 — 혁명가 바진과 작가 바진의 분리

1930년 7월의 어느 날 밤, 바진은 엄청난 충동에 이끌려 프랑스 유학 중의 견문을 토대로 일련의 단편소설들—〈복수(復讐)〉, 〈불행한 사람(不幸的人)〉 등을 창작했다. 이 작품들에는 전쟁에서 아들을 잃은 프랑스의 노부인과 사랑 때문에 고뇌하는 가난한 이탈리아인 음악가, 자신의 처와 동포를 위해 복수하는 유대인 청년 등의 고통이 담겨 있다. 앞의 자전적인 소설이 무정부주의 혁명과 괴리된 자기 내면의 고통을 달래려는 무의식적인 것이었다면, 이 무렵의 단편소설들은 전 인류의 고통을 세상에 호소하고 이를 통해 자신의 무력감을 달래려는 의식적인 창작이었다. 혁명가 바진이 작가 바진으로 변화하는 과정이 시작되고 있다고 할 수 있다.

이듬해부터 그는 '정식으로' 소설을 창작하기 시작했다. 이 시기의 작품들로는 《신생》·《바다의 꿈(海的夢)》·《맹아(萌芽)》·《번개(電)》 같은 혁명가를 다룬 작품과 《집(家)》·《비(雨)》·《가을 같은 봄날(春天裏的秋天)》 같은 평범한 인물들이 나오는 작품이 섞여 있다. 이 시기에 혁명가를 다룬 작품들의 창작 동인이 무정부주의 혁명에 대한 미련과 죄책감이라면, 주요 인물이 평범한 인물들로 바뀐 작품들은 작가의식이 그 창작 동인이라 할 것이다.

혁명가를 다룬 소설들에서 보이는 특징은 《죽어버린 태양》에서 이미 우양칭과 왕쉐리를 통해 드러난 '분리'가 점차 뚜렷해진다는 점이다. 《바다의 꿈》은 일제의 검열을 피하기 위해 우화 형식으로 일제의 침략을 고발한 소설이다. 일인칭 시점으로 쓰인 이 소설에서 리나(里娜)는 억압받는 민족을 해방시키기 위해 가족을 버린 채 모든 것을 바치는 지칠 줄 모르는 혁명가이고, 화자 '나'는 리나와 같은 영웅을 찾아 그들의 이야기를 '전해주는 역할'을 하겠다고 다짐한다. 여기서 '나'는 스스로 혁명에 뛰어들려는 모습을 전혀 보여주지 않을 뿐 아니라, 우양칭처럼 사회의 모순을 고발하려는 학생운동가도 아니며, 단지 혁명가를 동경하고 그들을 숭배하면서 그들의 이야기를 전해주는 '전달자'이기를 자처한다.

　　우양칭과 왕쉐리의 분리보다 훨씬 멀어진 '나'와 리나 사이의 거리는 《광부(砂丁)》(1932)와 《맹아》에서도 분명히 드러난다. 이들 작품에는 바진이 친구에게서 들은 이야기와 자신이 방문한 적이 있는 탄광에서의 기억을 토대로 열악한 환경에서 노예처럼 혹사당하다가 죽어가는 광부들을 그리고 있다. 《광부》에서는 노동자들의 입을 통해서만 혁명가의 이름이 언급될 뿐, 광부들의 열악한 노동환경과 울분이 주를 이루고 있다. 주인공 차오원핑(曹蘊平)은 친구의 소개로 탄광에 사무직으로 취직하는데, 얼마 지나지 않아 탄광의 열악한 노동환경에 경악한다. 광부들은 노동운동가인 자오(趙)라는 사무직원의 지도로 파업을 전개하여 탄광의 사장, 경찰과 충돌한 끝에 승리하지만, 주인공 차오는 파업에 반대하면서 탄광을 떠난다. 차오는 떠나면서 자오에게 현실에서 도피할 줄밖에 모르는 비겁한 인간으로 매도당하기도 한다.

▨ 바진의 《수상록》

문화대혁명이 끝난 직후, 바진이 1978년부터 1986년까지 홍콩의 《대공보(大公報)》에 연재한 150편의 수필이 《수상록》·《탐색집》·《진화집》·《병중집》·《무제집》 다섯 편의 산문집으로 출판되었고, 이들이 다시 《수상록(隨想錄)》이라는 제목으로 합본되어 1987년에 출판되었다.
《수상록》은 '문화대혁명 고발 박물관'이다. 그러나 《수상록》이 돋보이는 점은 문화대혁명의 폐해를 고발하기보다 바진 자신을 해부하고 비판한 점이다. 문화대혁명 기간에 온갖 박해를 받고 아내까지 잃은 바진이지만, 당시 자신 역시 가해자였다는 자아비판—반우파투쟁에 찬동하는 문장을 썼으며, 자신을 보호하기 위해 다른 사람들과 함께 딩링·후펑·아이칭 등에게 돌을 던졌다—과 사인방만이 아니라 그들을 추종한 우리 자신을 꾸짖자는 그의 주장은 그에게 '20세기 중국의 양심'이라는 칭호를 안겨주었다.

《애정(愛情) 삼부곡》, 즉《안개(霧)》·《비(雨)》·《번개(電)》에서 바진은 혁명에 참여한 젊은이들이 혁명과 애정 사이에서 방황하는 모습을 주로 그리다가, 제3부인《번개》에서 여성운동·교육사업·노동운동·출판운동 등 각종 혁명활동에 몸담고 있던 친구들의 죽음을 차례차례 묘사함으로써 그나마 남아 있던 무정부주의에 대한 미련을 제거하고 만다. 이어서 창작한 항일전쟁소설《불(火)》1·2부(1938~1941)는 항일선전을 통해 정치적 욕구와 창작이라는 현실적 욕구가 결합하면서 속죄의식이나 부채의식이 사라짐으로써 바진의 작품 중 가장 명랑한 분위기를 띤다. 그리고 이어서《환혼초(還魂草)》를 창작한 뒤부터 평범한 인물들만을 다룬《게원(憩園)》,《추운 밤》등 자신의 새로운 대표작들을 내놓는다.

작가 바진 — 줴후이에서 줴신으로

《집(家)》에는 바진 소설의 두 가지 상반된 인물유형의 대표, 즉 평범한 인물의 대표 가오줴신(高覺新)과 혁명가적 인물의 대표 줴후이(覺慧)가 동시에 출현한다. 따라서 창작 시기와 내용 면에서 그의 창작 경향의 과도기를 대표하는 작품이라 할 수 있다. 이 작품은 바진의 창작 경향이 변화하는 실마리를 보이며, 그 직접적인 원인은 바진의 형 리야오메이(李堯枚)의 죽음이다.

바진이 형의 자살 소식을 접한 것은 그가《집》을 창작하던 와중이었다. 바진의 원래 계획은 봉건적인 대가정을 뛰쳐나와 혁명에 투신하는 줴후이를 그려냄으로써《멸망》에 등장하는 두다신의 전사를 쓰려는 것이었다. 그러나 형의 자살을 기점으로 그의 관심은 대가족 내부의 모순과 봉건예교에 의해 스러져가는 개인들에게로 향한다.

《집》의 줴신은 쓰촨 청두의 봉건관료 집안 장손이다. 장손이라는 지위로 인해 그의 인생은 그의 것이 아니었다. 베이징이나 상하이의 대학에서 학문에 정진하겠다는 그의 꿈은 한 집에 네 세대가 모여 사는(四世同堂) 이상을 실현하려는 할아버지와 집안을 맡으라는 부모의 강요에 의해 깨지고 만다. 결혼 역시 그가 사랑하던 사촌여동생 대신 점괘에 의해 결정되었다. 그에게는 인내와 순종만이 강요되었고, 부모가 일찍 사망하자 집안의 모든 부담이 그에게 지워진다. 그러나 인내와 순종은 그와 그가 아끼는 사람들에게 고통만을 안겨줄 뿐이다. 그가 결혼하려 한 사촌여동생은 결혼에 실패한 후 친정에 돌아와서 쓸쓸히 죽어갔고, 아내는 집안의 규율이라는 허울 좋은 미신으로 죽고 만다. 아이들마저 병으로 죽자 그의 인생은 과거에 대한 추억과 집안에 대한 책임으로만 채워진다. 그가 할 수 있는 것이라고는 인내와 굴종, 탄식과 타인에 대한 동정뿐이었다. 그는 자신의 존재를 애써 감추면서 봉건제도에 순종하기만 할 뿐 저항하지 않고, 억압받는 젊은 세대를 동정하기는 하면서도 지지하지는 않는다. 그는 순종하면서 혐오했으며, 동정하면서 동시에 고뇌에 빠지곤 했다. 그러나 그 고뇌가 저항으로 이어지지는 않는다. 이러한 내면심리와 행동 사이의 모순은 줴신의 특징이자, 두다신과 바진 사이에서 보이는 모순이라 할 수도 있을 것이다.

할아버지와 숙부·숙모로 대표되는 기성세대의 무시와 불합리한 요구에는 순종과 무저항으로 줴민(覺民)·줴후이 두 동생이 대표하는 젊은 세대의 반항에는 묵인으로 일관하면서 두 세력에게 협공을 받는 모습은, 훗날 《추운 밤》에서 어머니와 아내 사이에 끼어 있는 왕원쉬안(汪文宣)의 모습을 미리 보는 듯하다.

바로 뒤에 그가 창작한 《안개》(1931)와 《가을 같은 봄날》에는 줴신형(型)의 인물 저우루수이(周如水)와 부모의 반대로 연애에 실패하고 죽어가는 정페이룽(鄭佩瑢)이 등장한다. 《집》의 속편 《봄(春)》·《가을(秋)》에서 바진이 원래 계획한 바와 달리 줴신형의 인물들에 초점이 맞춰진 점이나 그 뒤 작품들에서 줴신형의 인물들이 계속해서 구세대와 충돌하고 불합리한 사회제도로 인해 사멸해가는 점, 그리고 이를 통해 봉건예교의 문제점을 고발하고 구사회의 필연적인 몰락을 예고하고 있는 점 등은 형의 죽음으로 인해 바진의 창작 경향이 바뀌었음을 분명히 보여준다.

이 밖에도 바진이 평범한 인물들에게 주의를 돌린 이유로, 한 연구자는 1930년대 중반부터 본격적으로 시작한 출판활동을 들기도 한다. 바진은 1935년 8월부터 문화생활출판사의 편집을 맡게 되는데, 이 출판사는 1935년 5월에 바진의 무정부주의 동료들인 우랑시(吳朗西)·류징(柳靜) 등이 공동의 이상을 목표로 하여 설립한 것으로, 출판물 중에 무정부주의와 관련된 바진의 번역물과 단편소설도 몇 편 있었다. 1930년대 중반까지 혁명과 창작 사이에서 방황하던 바진이 출판활동에서 혁명과 창작을 통일함으로써, 그동안 양자의 충돌로 생겨난 내면의 상처가 치유되었고, 따라서 그 뒤 작품 경향이 평범한 인물들을 다루는 작품들로 자연스레 기울어 갔다고 보는 것이다.

3. 왕원쉬안 — 현실의 바진

바진은 원래 《집》의 삼형제 중 자신처럼 막내인 줴후이를 통해 자신의 목소리를 냈지만, 《집》에서 줴신을 창조한 뒤 《봄》과 《가을》에서는 맏형인 줴신에게서 점차 자신의 모습을 발견한다. 줴신에게로 관심이 전이되면서 바진은 현실에 발을 디딜 수 있었고, 그 종착점은 《추운 밤》의 왕원쉬안이었다.

왕원쉬안은 소가정의 줴신이다. 왕은 한때 교육을 통해 사회를 개혁하겠다는 이상을 품고, 동기생 쩡수성(曾樹生)과 아무런 의식도 치르지 않은 채 동거에 들어간다. 그러나 항일전쟁으로 인해 상하이에서 피난을 떠나 왕이 충칭의 출판사에 취직하고 아내는 은행에서 '꽃병' 역할을 하면서 생계를 이끌어간다. 그는 직장에서 상사의 눈치만 볼 뿐 다른 사람과 다툴 줄도 모르는 선량하기만 한 사람이다. 그러나 그의 이러한 성격은 그에게 행복보다는 실망과 고통만을 안겨준다. 왕의 어머니가 한집에 살게 되면서, 왕은 과중한 업무 외에도 고부간의 갈등에 시달린다. 그의 어머니는 아들을 자신의 소유물로 여기고, 아들에 대한 며느리의 사랑을 자신의 권위에 대한 도전으로 받아들인다. 그녀는 며느리의 생활방식에 동의하지 못하면서 며느리의 결점만을 파고든다. 왕이 두 사람 사이의 충돌을 해결하려고 노력하지만, 그 노력은 어머니에게는 며느리를 감싸는 것으로, 아내에게는 남편의 연약함으로 보일 뿐이다. 그는 가정이 평화롭지 못한 책임마저 자신에게 전가하면서 끊임없이 자신이 무능하다고 자책한다. 그는 연로한 노모가 살림을 돌보는 것도 부끄럽고, 아내가 직장생활과 가정에서 겪는 고충 때문에 아내를 볼 낯도 없다.

※ 한국전쟁과 바진

한국전쟁에 참여하기 전부터 바진의 글에는 안중근과 윤봉길, 한국인으로서 중국영화의 황제라고 부르던 김염(金焰), 그리고 〈아리랑〉까지 등장할 정도로 그는 한국과 인연이 깊은 작가였다. 그에게 한국인은 동경과 숭배의 대상이었고, 작품의 대상 혹은 작중인물의 모델이 되기도 했다.

한국전쟁 중인 1952년 3월에 그는 '조선창작조'(문학 · 미술 · 음악 분야의 작가들로 구성됨)를 이끌고, 북한으로 가서 중국군 사령관 펑더화이(彭德懷)와 김일성을 각각 만났으며, 그 뒤 개성과 판문점 부근의 부대에서 200여 일을 보낸 후 10월 중순에 귀국했다. 휴전협정이 조인된 뒤 1953년 8월에도 북한에 가서 150여 일을 지냈다.

그는 이때의 경험을 토대로 《영웅들과 함께 한 나날들(生活在英雄們中間)》(1953) · 《평화를 수호하는 사람들(保衛和平的人們)》(1954)이라는 두 편의 산문집에 실린 19편의 산문, 단편소설집 《영웅 이야기(英雄的故事)》(1953) · 《명주와 옥희(明珠和玉姬)》(1956) · 《이대해(李大海)》(1961) 등에 실린 13편의 단편소설, 그리고 중편소설 《세 동지(三同志)》(1961, 《바진 전집》에만 수록) · 《양림 동지(楊林同志)》(1977년) 등 많은 한국전쟁 관련 소설을 써냈다. 그러나 이들 작품은 수기나 탐방기에 그치는 정도여서 그 예술적 수준을 인정받지는 못하고 있다.

전쟁이 확대되면서 부부 사이의 물리적인 거리마저 멀어진다. 아내의 직장이 전쟁을 피해 후방인 란저우(蘭州)로 옮겨가면서 그녀 역시 왕의 곁을 떠난 것이다. 그녀가 떠난 후 그의 폐병은 점점 악화된다. 그에게 유일한 낙은 아내가 보내오는 편지지만, 어느 날 아내는 결별을 통보한다. 병마와 씨름하던 왕은 결핵균이 성대까지 갉아먹는 바람에 말도 할 수 없게 되나. 결국 그는 "살고 싶다"고 혼자 절규하면서 죽어간다. 그는 개인의 이상과 행복과 사랑을 포기했지만, 이 세상이 그에게 돌려준 것은 고난과 죽음뿐이었다. 그의 성격은 1920년대 대가정의 줴신이 1940년대의 소가정으로 옮겨온 듯 줴신과 닮았다. 또한 왕원쉬안에 대한 바진의 회고—자신 역시 소설을 쓰지 않았다면 출판사의 직원이 되었을 것이고, 폐병이라도 걸렸다면 왕과 같은 최후를 맞았을 것—에서 보이듯, 왕원쉬안은 두다신에서 가오줴신으로 변화해가던 인물 혹은 바진 대리인의 종착점이라 할 수도 있을 것이다. 그의 비참한 운명은 당시 중국 사회의 일반 지식인들이 공통적으로 겪는 것이었고, 이 작품은 그를 죽게 한 전쟁과 사회에 대한 통렬한 비판이었다.

한편 왕원쉬안이 죽어가던 날에 주위 사람들은 항일전쟁에서 승리한 기쁨을 만끽하느라 한껏 들떠 있었다는 결말은, 실제 혁명에 참여하지 않은 것에 대한 바진의 참회와 속죄의식이 계속되고 있는 것으로 보인다. 마치 자신은 행복을, 희망을 즐기고 노래할 자격이 없음을 고백하는 듯한 이 속죄의식이 바진의 모든 창작물을 관철하는 요소로 작용하고 있다.

생각할 거리

1. '만인의 자유'를 중심 강령으로 하는 무정부주의는 사회주의 진영과 치른 논전에서 천두슈에 의해, 프롤레타리아 독재를 반대하며 인간 본성에 지나치게 낙관적이라는 점, 군중심리에 의존한다는 점 등을 공박당하며 파산했다. 또한 무정부주의 사상은 인간의 정신을 부패시키는 사상으로 낙인이 찍히고 말았다. 그럼에도 무정부주의자 바진이 중화인민공화국이라는 사회주의 체제가 수립된 뒤에도 대륙에 살아남은 이유는 무엇일까?

또한 중국 무정부주의 진영은 마르크스주의를 신봉하는 쪽으로 전향하거나, 소극적으로 은둔이나 퇴폐의 길로 빠지거나, 국민당 우파와 합류하거나, 여전히 무정부주의의 깃발을 고수하는 네 입장으로 분화되었는데, 바진은 어떤 입장을 견지했을까?

2. 《항전》 삼부곡을 쓰던 당시 바진은 전쟁과 상관없는 쿤밍·충칭·청두·구이린 등 후방만을 떠돈다. 그런데 한국전쟁에는 왜 직접 참여했을까?

권하는 책

최보섭 옮김, 《가(家)》, 청람, 1985.

강계철 옮김, 《가(家)》, 세계, 1985.

박수인 옮김, 《애정 삼부곡》 상·하, 일월서각, 1986.

김하림 옮김, 《추운 밤(寒夜)》(《중국현대문학 전집》), 중앙일보사, 1989.

연변인민문학출판사 편집부 옮김, 《봄(春)》, 백양출판사, 1995.

권석환 옮김, 《바진 수상록》, 학고방, 2005.

이데올로기 사막에서
인성을 추구한 이단아, 선충원

임향섭

1. 중국 현대문단의 이단아, 선충원

선충원(沈從文 : 1902~1988)은 1930~1940년대에 활발하게 활동한 중국 현대작가다. 1930년대에 중국 문단은 좌익문예 사상이 주류를 이루고 있어서 대부분의 문예 창작이 사회를 분석하거나 계급적으로 비판하는 성격이 강했고 정치적 성향이 분명하였다. 이러한 사회 분위기 속에서 선충원은 자신만의 독특한 문학세계를 구현했으니, 그것은 바로 자신의 고향인 후난 성(湖南省)의 외딴 시골 마을 샹시(湘西)를 배경으로 형성된 자연적 인성(人性)이 충만한 서정적 작품세계였다.

이러한 선충원만의 독특한 문학세계는 문학의 다양성이라는 측면에서 당시 중국 문단에서 환영을 받았을까? 작가로서 선충원은 중국현대사의 거대한 흐름 속에서 많은 어려움을 겪었다. 국민당의 정치적 입장을 문학적으로 대변하던 신월파의 잡지《신월》에 1929년에 작품을 발표한 것 때문에 자본주의 작가로 지목받게 되어, 1949년에 중화인민공화국이 수립된 뒤에도 중국 문단에서 배척받았으며 정치적 탄압으로 창작활동을 하지 못했다. 선충원이 작가로서 신분을 회복한 것은 훨

1956년에 역사박물관에서 복식을 연구하던 시절의 선충원.

씬 뒤에 와서다. 1978년 12월에 중국공산당 중앙위원회 전체회의에서 '사상해방(思想解放)'과 '실사구시(實事求是)'가 제기되고, 그 다음 해인 1979년에 선충원은 작가 신분이 회복되었으나 더는 창작활동을 하지 않았다.

　　1980년대 이후 서양에서는 '선충원 붐'이라고 할 만큼 선충원에 대한 관심이 대단하였다. 이를 계기로 중국에서도 선충원을 새롭게 조명하게 되었고, 중국 내외에서 주목받는 작가가 되었다. 국내에는 1980년대 후반에 그의 대표작인《변성》을 중심으로 소개되었다. 선충원과 그의 작품이 오랜 침잠의 시간을 거스르고, 다시 중국현대문학사의 수면 위로 떠오른 이유는 과연 무엇일까? 선충원이 그려낸 문학의 세계는 어떤 모습일까?

2. '인성'을 잉태한 샹시

　　선충원이 유년기와 청년기를 보낸 그의 고향 샹시는 원시적 자연성과 특수한 역사성을 지닌 복합적 공간이었다. 위안수이(沅水) 유역의 원시적인 자연환경은 문학적 상상력을 제공하였으며, 역사적으로 한족(漢族)과 소수민족인 먀오족(苗族)의 충돌이 끊이지 않던 특수한 현실은 사상적 근

간을 마련해주었다.

선충원을 '타고난 시인'이라고도 하는데 이것은 그가 샹시의 위안수이 유역에서 태어나고 성장했으며, 그의 본성 중에 초(楚)나라 사람의 자유분방함과 환상적인 성격이 풍부하였기 때문이다.

선충원은 1902년 12월 28일에 후난 성 평황 현(鳳凰縣)에서 아버지 선쭝쓰(沈宗嗣)와 어머니 황잉(黃英) 사이의 둘째아들로 태어났다. 그에게는 먀오족, 한족, 투자족(吐家族)의 피가 흘렀다. 선충원은 여섯 살 때부터 사숙(私塾)에 들어가 《유학경림(幼學瓊林)》·《맹자(孟子)》·《논어(論語)》·《시경(詩經)》 등의 전통적 교육을 받았으나, 날마다 책을 읽고 외우고 쓰는 것 말고는 하는 것이 없는 교육방식에 싫증을 느낀다. 그리하여 선배들을 따라 산과 들, 강을 찾아다니며 샹시 지역의 자연풍물을 접한다. 그는 수백 편의 소설 속에서 산과 언덕, 강, 작은 시내, 나무, 구름, 비, 이슬, 새벽, 황혼을 그려냈는데, 그것들의 모양과 빛깔이 각기 다르고 변화무쌍하여 마치 한 폭의 그림을 보는 것과 같으며 소리내어 읽으면 시 같은 느낌을 줄 만큼 낭만적인 성격이 짙다.

1911년에 선충원이 열 살 되던 해에 그는 잊지 못할 충격적인 사건을 목격하였다. 우창봉기를 시작으로 신해혁명이 일어났고, 그 여파는 샹시 지방에까지 급속도로 퍼졌다. 그러나 평황성(鳳凰城)을 진공하려던 봉기군의 계획은 실패했고, 샹시 지방의 청조 군인들은 한 달여 동안 봉기에 가담하지 않은 무고한 먀오족 주민들까지 무참히 살해하였다. 어린 소년 선충원은 정치권력에 의해 인간의 생명이 무참히 짓밟히는 것을 목격했다.

▨ 선충원의 주요 작품

《변성(邊城)》, 《장하(長河)》, 《바이쯔(柏子)》, 《소(牛)》, 《채마밭(菜園)》, 《팔준도(八駿圖)》, 《신사의 부인(紳士的太太)》, 《월하소경(月下小景)》, 《용주(龍朱)》

여기서부터 그의 탈정치적 의식이 형성된 것으로 보인다.

소학교를 졸업한 선충원은 이 지역의 풍속에 따라, 열다섯 살 어린 나이로 군대에 입대한다. 선충원은 1922년에 샹시 지방을 떠나 베이징으로 가기 전까지 약 5년 동안 부대가 이동함에 따라 샹(湘, 샹시), 촨(川, 쓰촨), 쳰(黔, 구이저우) 등지의 변경 지역과 위안수이 지역의 13개 현을 돌아보았다. 선충원은 이 시기에 도시의 빈민과 배우, 말단 직원, 농민, 뱃사공, 기녀, 객주, 과부 등의 참담한 생활상을 직접 볼 수 있었다. 선충원은 이를 통해 하층민의 생활에 대해 따스한 온정을 갖게 되었고, 뒷날 소설을 창작할 때 이때의 경험을 광범위한 제재로 사용한다.

1921년에 선충원은 창사(長沙)에서 온 한 인쇄공을 만난다. 이 인쇄공은 일본에서 유학한 적이 있는 신사상의 소유자였는데, 선충원은 그에게서 5·4 신문화운동의 사상적 영향을 받았다. 그는 선충원에게 5·4 신문화운동의 전개상황과 새롭게 발간되는 잡지들을 소개해주었고, 선충원은 이러한 새로운 세계와 접촉하자 강렬한 배움의 욕구를 키우게 되었다. 뜻밖에도 당시 부대의 부대장이 그를 격려하면서 약간의 재정적인 도움도 주어, 마침내 그는 새로운 공부를 위해 베이징으로 떠날 수 있었다.

선충원이 베이징에 간 본래의 목적은 대학에 들어가 학업을 계속하기 위함이었다. 베이징에 도착하자 베이징대학에 입학하려 했으나, 소학교 졸업이라는 학력으로는 입학할 수가 없었다. 그러나 당시 교장인 차이위안페이는 5·4 신문화운동 때 활약하던 사람으로, 정식 학생이 아니더라도 누구나 청강할 수 있도록 학교를 개방했다. 그래서 선충원은 같은 후난 출신인 딩링·후예핀과 함께 베이징대학 청강생으로 들어갔다. 이때 생활의 어려움을 견디다 못해 당시 문단에서 유명하던 위다푸에게 편지로 자신의 처지를 호소하기도 했다. 이에 위다푸는 그를 직접 찾아와 격려해주었고, 그는 이러한 계기를 통해 매우 큰 희망을 얻었다. 위다푸와 이렇게 시작된 인연은 그 뒤 중국 문단에서 선충원이 쉬즈모와 후스 등에게 주목받는 계기가 되었다. 이처럼 어려운 경제적 상황 속에서도 선충원의 창작활동은 점차 초기의 습작 단계를 넘어 성숙기에 접어들었다.

3. 낭만과 현실의 스타일리스트, 선충원

선충원은 1924년 12월에 그의 처녀작인 《아직 부치지 못한 편지(一封未曾付郵的信)》를 발표했다. 그 뒤 량치차오의 소개로 샹산(香山) 산의 츠환위안(慈幻園)이라는 도서관에 근무하였는데, 이곳에서 문학적 소양을 갖추기 위한 많은 서적을 접할 수 있었다. 선충원은 창작 초기에 거의 이삼 일 간격으로 《신보부간》에 작품을 발표하였다. 이때부터 1927년까지 주로 자신의 고향인 샹시 지역의 생활모습과 도시생활의 부패한 모습을 자연주의적 방식으로 서술하였다. 이 시기의 소설은 대체로 처량하고 우울한 정서에 젖은 작품들이 큰 비중을 차지하고 있는데, 그것들은 작가가 도시에 도착한 초기 시절에 만난 여러 사건들과 내적 감상을 서술한 것이기 때문이다.

1929년에 그는 후예핀 · 딩링과 함께 잡지 《홍여흑(紅與黑)》을 출판하면서, 또 한편으로 《신월》에 작품을 발표하였다. 당시 그는 이미 많은 작품을 발표하여 문단에 이름이 나 있었다. 1928년 후반기부터 1929년까지 선충원의 소설은 양적인 면에서뿐만 아니라, 질적인 면에서도 상당히 성숙하였다. 《바이쯔(柏子)》, 《소(牛)》, 《채마밭(菜園)》을 위시한 작품들은 인물의 비극적 운명을 역사의 광활한 환경 속에서 고찰하고 있는 것으로, 인생에 대한 작가의 폭넓은 이해가 반영되어 있다. 그리고 이 시기에 그는 시가와 희곡 창작을 그만두고 소설과 산문 창작에 열중하였다.

1931년에 칭다오대학(靑島大學)에서 생활한 시기는 선충원의 문학인생에 중대한 변화를 주었다. 그는 고독한 생활 속에서 인생에 대해 분석하고 사고함으로써 인생관을 확립해나갔다. 〈중국 창작 소설을 논함(論中國創作小說)〉과 10여 편의 작가론을 발표하여 신문화운동 이래 중국현대소설이 발전해온 과정을 검토하고 위다푸·쉬디산·페이밍(廢名)·라오서 등의 소설을 비평하였다. 그리고 이러한 비평을 통해 자신의 창작에 대해서도 반성하고 예술에 대한 견해를 확립함으로써 작품 창작의 성숙기를 맞이하였다. 작품의 경향도 초기에 자신의 경험이나 먀오족의 생활풍습을 나열하는 식으로 쓰던 것에서 탈피하여, 도시 상류사회와 향촌의 다양한 인생을 심도 있게 다루기 시작하였다. 《변성》과 《장하(長河)》는 바로 이 성숙기에 들어선 선충원이 도시 상류사회의 사람보다 향촌의 하층민이 도덕적으로 우월하다는 신념을 갖고 쓴 작품이다.

《변성》은 1934년에 발표된 작품으로 선충원의 대표작이라 할 수 있다. 《변성》에는 뱃사공 노인과 그의 손녀 추이추이(翠翠)의 소박한 생활과 그 지역 선주의 두 아들 톈바오(天寶)와 눠쑹(儺送) 형제가 동시에 추이추이를 사랑하여 벌어지는 비극적 사랑 이야기가 함께 전개된다. 비극의 명암이 시종일관 뱃사공 노인, 추이추이 모녀, 눠쑹 형제의 운명에 드리워져 있으나, 소설은 여기에 그치지 않고 향토의 풍속, 인간의 운명, 하층 인물의 여러 형상을 낭만적 기법을 통해 조화롭게 그리고 있다. 샹시를 배경으로 하는 선충원의 문학적 이상을 완벽히 실현한 작품이라 할 수 있다.

《장하》는 《변성》과 함께 선충원의 대표적 장편소설이다. 1942년부터 장별(章別)로 발표되었다가 1948년에 완결된 모습으로 출판되었다. 선충원은 본래 샹시를 배경으로 하는 장편 '향토역사소설'을 계획했으나, 국민당에게 검열당하고 삭제당하는 과정을 겪으며 불완전하게나마 홍콩에서 출판할 수밖에 없었다. 장하의 물은 아름다운 자연과 질박한 향촌의 풍경을 모두 가지고 있으며, 처음부터 끝까지 고향에 대한 무한한 애정과 소년 시절에 본 자연의 모습과 어우러지면서, 인류 창조의 아름다운 기억에서 인생의 비극으로 인한 슬픔, 부패한 사회에 대한 증오까지 담고 함께 흐른다. 이처럼 선충원은 자신만의 필법으로 사람의 심성을 정화할 수 있는 삶의 모습을 그려냄으로써 작품에 전원적 서정성과 현실을 비판하는 의식을 함께 드러냈다.

항일전쟁이 시작되자 쿤밍의 시난연합대학에서 '소설 습작 과정'을 가르치다가, 항전이 승리한 뒤 베이징대학 교수로 부임하였다. 또한 《대공보》·《익세보(益世報)》 등의 문학란 편집을 맡아 창작 활동과 후진을 양성하는 데도 힘썼다. 항전에서 승리했다는 역사적 사건은 선충원에게 큰 희망을 안겨주었을 뿐만 아니라, 그에게 중국 민족이 새롭게 태어날 수 있는 중요한 기회가 왔음을 일깨워주었다.

1948년 12월에 중국 인민해방군 둥베이야전군(東北野戰軍)이 베이징을 포위하였을 때, 그는 베이징대학의 진보적인 학생들의 권고를 받아들여 베이징에 남기로 결정하였다. 그러나 과거 신월파와 관련이 있었고 《신월》에 작품을 발표한 까닭에 공산당이 집권한 후 자본주의 작가로 낙인 찍혀 정치적으로 탄압을 받았다. 설상가상으로 누군가 베이징대학 벽보에 그를 '입장이 없는 기녀작가'라고 매도하면서 그의 작품을 '의식이 낙오되었다'고 공박하였다. 그러자 그는 1949년 봄에 자살을 기도하였으나 미수에 그쳤고, 베이징대학 교수직을 박탈당했다. 이러한 상황에서 더는 문학활동을 계속할 수 없었다. 1951년에 역사박물관(歷史博物館)으로 보직이 바뀐 뒤 문학활동을 중단하고 전통유물과 고대의 복식을 연구하는 데 전념하였다. 문화대혁명 시기인 1969년에 후베이(湖北) 셴닝(咸寧)에서 농장노동을 하던 시기에도 그는 계속하여 복식을 연구하였다.

1978년에 복권되어 중국사회과학원(中國社會科學院) 역사연구원으로 임명되었고, 제4차 전국문인대표자대회에서 작가라는 신분이 회복되었지만 더는 창작을 하지 않았다. 그리고 1988년 5월 10일에 베이징에서 심장마비로 일생을 마쳤다. 선충원이 출생하고 성장한 시대는 바로 중국이 정치적·사회적으로 급변하는 시기였다. 그러나 그는 이러한 모든 정치적 소용돌이 속에서도 향토에 대한 애정과 민족에 대한 열정을 갖고 자연적 인성의 모습을 작품화한 작가였다.

4. 정치 속에 자리매김된 문학의 생명력

선충원과 그의 작품에 대한 평가는 선충원이 활동한 당시 중국의 정치정세와 긴밀한 관계를 맺고 있다. 이는 문학에 뜻을 두고 활동한 이래 좌익과 우익이 대립하는 정치적·사회적 공간에서 줄곧 문학의 정치적 종속화를 반대해온 선충원의 입장과 깊은 관련이 있다. 대체로 1979년 이전까지 그는 이른바 '반동작가'로 분류되어 중국현대문학사에서 그 이름을 찾아보기 어려웠다. 1978년 11기 3중 전회에서 제시된 '사상해방'과 '실사구시'를 계기로 서서히 복권되어 그와 그의 작품은 새롭게 평가받는 대상이 되었다.

그러나 그의 작가적 신분이 회복된 뒤에도 그와 그의 작품을 평가하는 중요한 기준은 여전히 '현실주의(리얼리즘)'라는 잣대였다. 중국 현대문단은 '향촌'을 토대로 한 선충원의 작품이 '과학성과 현실적 의의'가 있으며, 1920년대에 루쉰이 제창한 '향토문학(鄕土文學)'의 한 계보를 형성하고 있다고 언급함으로써, 선충원 소설의 사회적 의미를 구축해주었다. 이로써 선충원과 그의 문학은 파란 많은 중국현대문학사 속에서 자리매김을 하게 되었다. 이른바 '역류(逆流)'에서 '정류(正流)'로 변화된 것이다. 이러한 변화들은 오랜 세월을 거치면서 참으로 힘겹게 이뤄진 것이었다. 이는 또한 중국현대문학사의 관점에서 본다면 '문학은 정치에 봉사해야 한다'는 극단적인 좌편향 관점에서 문학 자체의 독립성을 인정하려는 좀더 객관적인 관점으로 방향을 선회했음을 의미한다.

　　이른바 '반동작가'로 분류되던 선충원과 그의 문학을 '좌익'이라는 이데올로기의 사막 속에서 문학의 세상으로 끌어낸 것은 과연 무엇일까? 일반적으로 선충원을 지칭할 때, '향토작가(鄕土作家)'·'경파작가(京派作家)'·'문체작가(文體作家, stylist)'·'다산작가(多産作家)' 같은 많은 수식어가 붙는다. 이러한 말들은 선충원과 그의 문학세계를 표현하기에 모자람이 없다.

　　더불어 선충원 자신의 표현을 빌리자면, 선충원 문학의 출발점은 당시의 현실과 '민족에 대한 근심〔民族憂患意識〕'이었다. 그가 인식한 당시의 여러 부조리한 현실을 치유하기 위해 구체적으로 제시한 형상이 바로 '향촌'인 '샹시'를 모델로 하는 '자연적 인성'이었다. 이것은 비속하고 낙후되어 사막 속에 묻어버려야 할 퇴락한 것이 아니라, 타락한 물질문명 세계를 구원하여 건강하고 아름답게 삶을 영위하게 하는 생명의 오아시스인 것이다. 이 '인성'은 선충원만의 낭만적 정서를 머금고, 선충원만의 다양한 문체를 통해 시화(詩化)된 서정적 세계로 새롭게 태어났다. 이러한 그만의 독특한 문학세계는 작가 선충원을 다른 작가와 구별할 수 있게 하였으며, 좌익 이

▨ 향토문학

1935년 루쉰이 개념을 정의한 이래, 주로 농촌의 현실과 인정(人情) 등을 제재로 하는 소설을 가리키는 말로 중국현대문학사에서 사용된다. '향토문학'은 주로 소설 장르에 집중되어 있어서 '향토소설'과 거의 동일한 의미를 지닌다.

▨ 경파

1930년대에 베이징을 중심으로 활동한 작가들을 '경파(京派)'라고 한다. 문학이 시대나 정치와 일정한 거리를 두어야 한다고 주장했으며, 인성과 문학적 가치를 추구했다. 대표적 작가로 선충원 · 페이밍 · 샤오간(蕭乾) 등이 있다.

데올로기로 점철되어 있는 중국현대문학사에 다양성이라는 길을 열어주었다. 이러한 현실을 가능하게 한 것은, 선충원이 역사의 소용돌이 속에서 굴하지 않고 꿋꿋하게 자신만의 문학세계를 펼쳤기 때문이다.

생각할 거리

1. 선충원은 탈정치적 문학관을 갖고 있었기에 문학이 정치로부터 독립해야 한다고 강조했다. 그리고 자신을 가리켜 '시골 사람[鄕下人]'이라고 했으며, 시종일관 '시골 사람'의 잣대로 세계를 이해하고 평가하였다. 이 '시골 사람'이라는 정체성은 무엇을 의미할까?

2. 선충원을 연구한 학자 가운데 한 사람인 링위(凌宇)는 현대문학 작가 가운데 당대의 문학을 창작하는 데 가장 영향을 끼친 사람으로 라오서와 선충원을 꼽는다. 그는 라오서의 '도시소설'과 선충원의 '향토문학'이 당대의 작가들에게 지속적으로 큰 영향을 미쳤다고 보는데, 라오서의 소설과 선충원의 소설이 지닌 차이는 무엇일까?

권하는 책

원루민(溫儒敏), 김수영 옮김, 《현대중국의 현실주의 문학사》, 문학과지성사, 1991.

전형준, 《현대중국의 리얼리즘 이론》, 창비, 1997.

김진곤 편역, 《이야기 小說 Novel》, 예문서원, 2001.

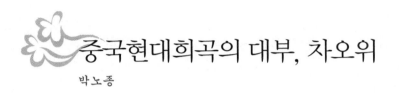

중국현대희곡의 대부, 차오위

박노종

1. 차오위의 연극 같은 삶

베이징 번화가 왕푸징 뒤편에 중국현대연극의 역사를 간직한 서우
두극장(首都劇場)이 자리 잡고 있다. 이 극장은 중국을 대표하는, 우리의
국립극단에 해당하는 베이징인민예술극원(北京人民藝術劇院)이 주요 무
대로 사용하고 있다.

극장 내부에는 사람들의 시선을 끄는 흉상이 하나 설치되어 있다.
한눈에 이 인물이 이 극장을 대변하는 산 역사임을 직감하게 한다. 이 조각
상의 주인공은 바로 중국현대연극을 대표하는 희곡작가 차오위(曹禺;
1910~1996)다.

차오위의 등장은 중국 극예술의 무대사적 견지에서 바라볼 때, 중국의 전통적 무대를 상징하는 메이란팡(梅蘭芳)의 시대에서 새로운 서구적 무대로 전이되는 노정을 보여준다.

당시 관객들은 이미 20세기라는 새로운 시대가 도래하였는데도 여전히 경극을 비롯한 자신들의 고전극에 환호하며 회상과 추억에 사로잡혀 있었다. 또한 그보다 앞서 선구자적인 현대희곡, 즉 화극의 작가와 무대예술가 들이 어려운 환경 속에서 이색적인 무대를 숱하게 선보였지만, 관객들의 반응은 호기심 정도에 그치거나 냉담하기 일쑤였다. 그러나 차오위의 무대는 달랐다. 그는 관객들에게 변별력 있는 무대를 제시했으며, 관객들의 가슴에 깊은 감동을 심어주었다.

차오위는 1910년, 혁명의 원년을 앞둔 쇠미한 왕조의 끄트머리에 톈진(天津)에서 태어났으며, 본명은 완자바오(萬家寶)이다. 아버지는 일본 육군사관학교를 수학한 신흥 엘리트 계층으로 대총통 리위안훙(黎元洪)의 비서로 임명되기까지 한다. 태어나자마자 사흘 만에 어머니를 여읜 차오위는, 그의 이모가 계모가 되어 어린 시절 경극 공연에 데리고 다니며 연극에 대한 흥미를 일깨워준 것으로 알려져 있다. 이처럼 유복한 가정에서 태어난 차오위의 가정환경은 고스란히 그의 작품에 배경으로 작용하였다. 〈뇌우〉의 배경이 되는 대저택, 〈베이징인〉의 배경이 되는 사합원은 바로 그의 생활과 가족관계에서 비롯된 것이라 할 수 있다.

그리고 무엇보다 그의 작품과 연극활동에 결정적 역할을 한 학창 시절을 언급하지 않을 수 없다. 그는 일찍이 사숙과 서양식 학당에서 전통학문과 신식학문을 익히다가, 톈진에 있는 난카이중학에 입학하면서 본격적으로 학업을 시작한다. 그는 이 무렵에 현대연극의 효시로 알려져 있는 난카이신극단에 가입하고, 이곳에서 초기 현대연극의 이론가이자 실천가인 스승 장펑춘(張彭春)과의 숙명적 만남을 통해 연극인생의 길을 걷게 된다.

이때부터 사용하기 시작한 필명인 '차오위(曹禺)'는 그의 본래 성씨인 '완(萬)' 자의 위아래 부분을 나누어 필명으로 삼은 것이다〔파자한 '草'와 '禺'에서 '草'가 《백가성(百家姓)》에 없는 성씨이므로 발음이 같은 '曹'를 차용함〕. 이러한 작명의 재기에서부터 이미 그의 연극적 잠재력이 꿈틀대고 있었던 것이 아닐까?

중국극작가협회 주석 시절의 차오위.

그럼에도 그는 의학대학을 지망했다가 실패하고, 난카이대학 정치과에 진학하지만 전혀 흥미를 느끼지 못한다. 그러다가 칭화대학 서양어문학과에 편입하면서 본격적으로 희곡을 창작하게 된다. 이미 재학 시절에 창작한 화제작 〈뇌우〉를 바진의 도움으로 《문학계간》에 발표하면서, 그는 연극계의 기린아로 추앙받으며 현대희곡의 고전적 레퍼토리로 거명되는 희곡들을 창작하는 데 몰두한다. 수적으로 결코 다산작가 계열에 속한다고는 할

▨ 차오위의 주요 작품

〈뇌우(雷雨)〉, 4막극, 1933.

〈일출(日出)〉, 4막극, 1935.

〈원야(原野)〉, 3막극, 1936.

〈전민총동원(全民總動員)〉(쑹즈더宋之的와 합작), 4막극, 1938.

〈태변(蛻變)〉, 4막극, 1939.

〈생각 중(正在想)〉, 단막극, 1940.

〈베이징인(北京人)〉, 3막극, 1940.

〈집(家)〉, 4막극, 1941.

〈새날(明朗的天)〉, 4막극, 1954.

〈담검편(膽劍編)〉(메이첸梅阡 · 위스즈于是之 공저, 차오위 집필), 5막극, 1961.

〈왕소군(王昭君)〉, 5막 역사극, 1978.

수 없지만, 그의 희곡은 모두 중국현대희곡사에서 빼놓을 수 없는 주옥들로 인정받고 있다.

그는 작품활동 이외에도 평생 연극교육과 연극 관련 행정에도 관여하며 예술계의 주요한 직책을 맡아 예술행정가로서의 입지도 탄탄하게 구축하였다.

1946년에는 미국 국무원의 초청을 받아 라오서와 함께 미군 운수선 스코트 호를 타고 미국으로 가서 각지에서 강연을 하였는데, 이 기간에 미국에서 〈베이징인〉이 공연되기도 하였다.

1949년 이후 그는 중앙희곡학원(中央戲曲學院) 부원장, 베이징인민 예술극원 원장을 맡는 등 일생을 연극계에 몸담으며 격랑의 중국현대사 속에서 드라마 같은 삶을 살았다.

2. 중국현대연극의 황금시대를 열다

그렇다면 차오위의 성공은 어떻게 가능할 수 있었을까?

지금도 연극이 어려운 처지에 놓일 때마다 차오위 때의 전성기를 떠올리는 현실을 감안하면 그의 족적과 그늘이 어느 정도인지 짐작할 수 있다. 이는 차오위 이전의 작가들이나 이후의 작가들이 한눈에 관객을 흡수하는 작품을 내놓지 못한 이유는 무엇이었을까 하는 질문과 함께 시작되어야 할 것이다.

이에 대한 대답은 그의 작품 곳곳에서 발견되는 관객에 대한 관심과 고찰을 통해 알 수 있다. 단순한 희곡작가였다면 고려할 필요가 없었을 연극의 무대와 객석의 관객들을 차오위는 항상 중요하게 고려하고 있었다.

그의 작품과 생애를 살피다 보면 그에게 관객은 단순한 수용자가 아니라 아예 작품을 함께 만들어나가는 창작의 주체로 이해된 것이 아닐까

하는 생각까지 하게 된다. '평범한 관객을 극장의 생명'으로 받아들인 그의 자세는 연극의 일반론을 충실히 따르면서 무대에 실질적으로 무엇이 필요한가를 직접 체득한 경험에서 비롯되었다.

그는 희곡을 창작한 작가이기 전에, 난카이중학 시절부터 중국 최초의 학생연극반에서 연극활동에 몸담았으며 적극적으로 연극운동에 참여한 연극인이었다. 따라서 그는 항상 완전히 새로운 이론을 창안하는 것이 아니라 전통적 이론의 바탕에서 관객의 역할을 강조했는데, 이것이 바로 차오위식 법고창신(法古創新)이었다.

일반적으로 희곡작품은 그 언어적 형식이 갖는 특성 때문에 다른 장르에 비해 읽기 어렵다는 선입감을 갖기 마련이다. 그러나 차오위의 희곡은 제목에서 드러나듯이 분명한 메시지를 전달했다. 그의 작품이 대중성을 지향하고 있다는 점은 발표한 당시부터 오늘날에 이르기까지 중국은 물론 전세계 연극무대에서 연출되고 있다는 사실로도 알 수 있다. 게다가 영화로까지 만들어진 것을 보면 작품의 뛰어난 드라마적 요소를 입증하고도 남는다.

차오위 희곡은 흥행의 보증수표처럼 무대에 올려질 때마다 큰 성공을 거두었다. 그것은 우선 기존의 창작 희곡과 비교해볼 때 내용과 형식에서 모두 획기적이었기 때문이다. 특히 4막의 장편희곡 〈뇌우〉가 일본의 중국 유학생들에 의해 처음으로 무대화되었다는 사실을 통해 이 작품의 독창성을 확인할 수 있다.

그 뒤 발표된 희곡 〈일출〉(4막극), 〈원야〉(3막극), 〈태변〉(4막극), 〈베이징인〉(3막극), 〈집〉(4막극)도 모두 대형 장막극인데, 작가의 역량을 짐작하기에 충분한 작품들이다. 차오위가 시작한 장편희곡 창작은 1930년대에 크게 유행하여 많은 대형 작품들이 발표되었다.

사실 문학예술의 이러한 장편화 추세는 1930년대의 한 특징이기도 한 것으로 보인다. 특히 소설 분야에서 장편소설 작품들이 대거 출현하여 소설계의 지도를 바꾸어놓았으며, 그 밖의 장르에서도 비슷한 현상이 나타난다. 이는 문학 영역 전반에서 그동안 축적된 경험이 일정한 수준에 이르러 한순간에 폭발한 것으로 보인다.

이들 대형 장막극은 당시 변화를 모색하던 극단들이 전문성을 갖춘 집단으로 전환하는 촉매제 역할을 하였다. 예컨대 전문 극단으로 출범한 중국여행극단이 1935년부터 차오위의 작품 〈뇌우〉와 〈일출〉을 그들의 고정 레퍼토리로 삼은 것도 이에 대한 유력한 증거다. 이 극단은 중국 전역을 순회하면서 차오위의 작품들을 무대에 올려 많은 관객을 모았는데, 이로인해 극단의 입지가 강화되고 차오위의 존재도 널리 알려졌다. 이전까지 중국의 작가들에 의해 창작된 작품 중에는 무대에 올릴 만한 대형 극본을 찾아보기 힘들었다.

그에 비하면 차오위의 작품은 그 규모나 내용 면에서 획기적인 것이었다. 이러한 점은 차오위가 단순한 희곡작가의 차원을 넘어, 연극의 메커니즘을 충분히 인식하고 연극의 활로를 모색하는 선견지명을 갖추고 있었다는 반증이기도 하다.

3. 작품세계와 연극관: 동서연극의 융화

연극은 가장 수용할 만한 서구적 산물이면서 아울러 중국에서 찾기 어려운 이국적 특징을 지니고 있었다. 그래서 화극에 '서구적' 또는 '현대적'이라는 수식어가 따라다닌 것이다. 따라서 이 서구의 연극을 무대에 옮기는 일은 선구적 작업에 속했을 뿐만 아니라, 때로는 개인의 용기와 희생을 필요로 하는 일이기도 하였다. 특히 연극의 독특한 내적 규율과 복잡한 구성은 연극을 받아들이기 어렵게 했다.

사실 서구의 연극을 무대에 옮기는 것은 전혀 이질적인 토양에 이국

종을 옮겨 심는 것처럼 어려운 작업이었다. 따라서 문화적 통념과 끝없이 싸우는 힘겨운 작업이기 전에, 처음 얼마간은 서구연극을 모방하면서 연극의 독특한 형식과 내용을 배울 수밖에 없었다.

자연히 초창기의 연극 대본에는 서구의 명작을 번역하고 번안한 작품이 주류를 이루었다. 간혹 창작극이 발표되기도 하였으나 역시 번안의 범주를 크게 벗어나지 못한 것으로 판단된다.

독창적인 희곡은 서구의 많은 작품을 번역하고 연출한 뒤에야 이뤄질 수 있는 일이었다. 그 창작극의 선두에 차오위가 있었으며, 그의 희곡 속에 서구의 다양한 연극사조가 엿보이는 것은 어쩌면 자연스러운 일이라 할 수 있다. 특히 그의 대표작으로 여겨지는 다음의 희곡 4부작은 이러한 작품경향을 잘 보여주고 있으며, 아울러 차오위 희곡의 진면목과 신랄한 비평을 위한 범주가 되기에 충분하다고 할 수 있다.

4. 그리스의 비극정신을 보다 ─〈뇌우〉

중국 최초의 모범적 정극이라 할 수 있는 〈뇌우〉가 그리스 비극의 원칙에 충실한 것은 특이한 일이 아니다. 〈뇌우〉는 당시로서는 충격적인 소재인 근친상간과 등장인물의 비극적 종말을 중국 현실에 대입하여 이야기를 전개한다. 극 속에는 하루의 시간과 두 개의 배경(저우 씨의 거실과 루 씨의 집)에서 벌어지는 두 집안 간에 얽혀 있는 비극적 상황과 인물들 사이의 갈등이 자리하고 있다. 저우 씨의 추악한 과거, 의붓남매의 근친상간, 계모와 아들의 불륜 등 복잡다단한 갈등구조가 이야기의 축을 이룬다.

본 극과 10년의 시간적 거리를 두고 설정되어 있는 서막(序幕)과 미성(尾聲)은 그리스 비극의 '코러스(chorus)'처럼 관객들의 정서를 광활한 사색의 바다로 끌어들이는, 이른바 '감상의 거리'를 두려는 장치임이 틀림없다. 작가가 언급한 것처럼 음악적 요소가 강하게 배어 있는 프롤로그와 에필로그의 설정은, 막 전체를 통해 합창 미사곡과 오르간 음악이 울려 퍼지도록 하여 그리스 비극의 코러스와 비슷한 효과를 추구하고 있다.

그는 신비롭고 근원적인 인간의 원초적 감성으로 작품 전체의 분위기를 이끌어갔는데, 이것은 관객이 작품과 일정한 거리를 두게 하여 작품을 관조하게 하려는 의도였다. 관객 또는 독자는 작품과 자신 사이를 오가며 동화와 이화를 반복함으로써 결국 카타르시스에 도달한다.

〈뇌우〉는 제재와 플롯을 통해 비극적 이야기를 전개하는 점이나 서막과 미성의 음악적 요소에서 그리스 비극과 닮았다. 그러나 특기할 점은 차오위가 〈뇌우〉를 통해 중국적 비극정신을 매우 현실적인 관점에서 이해하고 있으며, 또한 이러한 극적 전개가 당시 중국 관객들의 비극에 대한 관념과 잘 부합했다는 사실이다. 즉 한 개인의 숭고한 행동과 양식을 통해 자아와 세계가 통합될 수 있고, 그것은 결국 개인적 덕목이 된다는 것이 그의 비극관의 핵심이다. 그러나 이것은 서구의 비극정신에 대한 설명과 등치하지 않는다. 이를 통해 우리는 그의 연극관의 특징을 짐작해볼 수 있다.

5. 무대는 사실적이어야 한다 — 입센과 〈일출〉

19세기 말 세계 연극계에 큰 파장을 일으킨 사실주의 연극이 중국에 도입되어 소개되면서 역시 상당한 충격을 주었다. 사회의 문제를 지적하는 것에서 출발한 사실주의 연극은 중국에 도입되어서도 중국 사회의 문제를 그리는 데 큰 힘을 발휘하였다.

실제로 이들 서구 사실주의 연극이 소개되고 무대에 오르는 것 자체가 하나의 커다란 사회적 사건이었다. 그중에서도 입센의 작품이 갖는 의미와 영향력은 지대하였다.

1930년대가 되면서 중국 사회에서 변화를 향한 움직임이 더욱 활발해지는데, 이에 호응하여 연극계에는 사회문제극에 대한 논쟁이 활발하게 전개된다. 그중에서도 입센의 《인형의 집》에 나오는 주인공 '노라'에 대한 1935년의 논쟁이 언급할 만하다. 그것은 중국의 여성문제에 대해 관심을 표현한 최초의 논의였을 뿐 아니라, 그 뒤 여성문제의 해결을 중국 근대화의 한 지향으로 설정하는 계기가 되었다.

　　이러한 조류에 일치하는 〈일출〉의 발표는 사실주의 연극의 풍부하고 다양한 극적 기능과 소재를 확인시켜주는 일대 사건이라 할 수 있었다. 〈일출〉을 계기로 현실에서 일어나는 사소하고 일상적인 일들이 연극적 소재로 사용될 수 있게 되었으며, 사회 속의 비천하고 열악한 인물과 장소도 무대로 올릴 수 있는 시대가 되었다. 〈일출〉에서는 또한 인물형상을 창조하는 데 인물의 실제 모습을 사실적으로 그려 연극의 드라마적 요소를 한층 강화시킨 것으로 평가된다.

　　사회적 불평등과 모순이라는 큰 주제가 포섭하고 있는 무겁고 우울한 대립항의 치열한 갈등구조가 전체적인 조명을 받고 있지만, 〈일출〉은 빛의 공간 사이로 스며들어 오는 먼지와도 같은 사회적 존재들의 자질구레한 하소연까지 감당하고 있다. 사회의 온갖 선과 악의 인물들이 뒤죽박죽 엉켜 잠도 잊은 채 무대를 부단히 출입하고 있는 것이다. 그들에게 이상은 한갓 사치에 지나지 않으며 오늘을 반복하며 맹목적 삶에 찌들어 살아가느라고 바쁘다.

　　이처럼 차오위에게 현실은 그 자체가 하나의 극적인 무대였다. 특히 그는 자신의 문제의식이나 세계관과 별개로 사회적 현실을 드라마로 엮어낼 수 있는 작가적 능력을 갖고 있었다. 그는 구체적인 사회와 구체적인 인간의 삶을 창작의 근원으로 삼았던 것이다.

6. 무대에서 마음을 읽는다 — 오닐과 〈원야〉

차오위의 작품 중에서 가장 많은 논란을 불러일으킨 문제의 작품이
〈원야〉이다. 이 작품은 다른 희곡들과 확연히 구분되는 독특한 주제와 연극
적 형식을 지니고 있다. 그런 이유로 〈원야〉는 차오위의 작품들 중에서 가
장 연출하기 힘든 작품으로 여겨졌고, 무대에 오른 횟수도 가장 적은 작품
이 되었다. 심지어 작가 스스로도 무대에 올리기 힘든 '실패작'이라고 할 정
도였다. 이로 인해 이 작품은 오랫동안 주목을 받지 못했다.

그러다 1980년대 들어 서구의 문예이론을 적극적으로 수용하는 과
정에서 〈원야〉의 독특한 내용과 실험적인 방법에 주목하는 사람들이 나타
났고, 작품을 재평가하려는 작업들이 행해졌다. 그 결과 차오위는 〈원야〉로
인해 다시 한번 대작가로 재평가되는 영광을 누리게 된다.

〈원야〉에 대한 처음의 비판과 이후의 재평가 과정을 살펴보다 보면
중국현대문학계의 한 특징을 재확인하게 된다. 그것은 현대연극 초기에 연
극에 대한 이해가 부족한 채 사실주의 연극만이 폭력적으로 지배하던 연극
계 상황과 관련된 특징이다. 분명한 것은 이 작품이 사실주의 연극으로 규
정하기 힘든 극적 기교와 독특한 이야기를 가지고 있다는 점, 바로 그렇기
때문에 연극사적으로 매우 드문 작품이라는 점이다.

독특한 소재의 복수극으로 짜인 이 희곡은, 주인공이 자신을 절름발
이로 만들어 감옥에 집어넣고 집안을 파멸시킨 원수에게 복수하기 위하여
탈옥을 감행하지만 종국에는 복수의 화신이 된 자신을 깨닫는다는 산만한
줄거리와 인물의 심리적 갈등이 중층되어 나타나는 일종의 표현주의 연극
에 속하는 작품이다.

많은 논자들이 지적한 것처럼 유진 오닐의 〈황제 존스〉에 나오는 장
면처럼 대화의 요소보다 소리와 분위기 등으로 묘사된 사건이나 장면, 인물

의 표정 등에 의해 작품의 의미가 분출된다고 할 수 있다.

일세를 풍미한 미국 작가 오닐은 입센과 스트린드베리의 사실주의 연극을 계승하여 그 자신의 독자적인 색채를 띠는 연극적 기교와 새로운 주제를 선보이며 미국 연극의 새로운 시대를 연 인물이다. 특히 그의 강렬한 주제와 밀도 있는 극의 구성 및 그 전개방식은 극적 긴장을 불러일으켜 관객의 마음을 사로잡는 매력을 지니고 있다.

따라서 관객의 역할에 큰 관심을 갖고 있던 차오위가 이러한 특징을 갖는 오닐의 작품에 주목한 것은 당연한 일이었다. 그리하여 차오위의 연극에 오닐의 연극과 유사한 점들이 발견되는 것이다.

7. 서사의 공간를 찾아서 — 체홉과 〈베이징인〉

차오위의 〈베이징인〉은 앞서 나온 그의 작품들에 비해 작품의 분위기와 성격 면에서 많은 차이를 보인다. 이전의 작품이 동적인 성격이 강한 돌출적 주제와 줄거리를 특징으로 하는 데 비해, 이 작품은 고요한 정적 장면의 조합으로 이루어진 이른바 정태극(indirect-action)의 특징을 갖고 있다.

〈베이징인〉에는 인물의 성격에 대한 자세한 묘사가 자주 보인다. 또한 일상의 사소한 행동을 통해 인물들의 내밀한 내면세계를 그려낸다. 무대에서 표현하기에 곤란해 보이기까지 하는, 독백에 가까운 장황한 대사들은 그 깊은 내면세계에 대한 문학적 표현으로 넘친다. 이전의 중국희곡 작품을 통틀어 보아도 이렇게 언어문제에 천착한 작가나 작품을 찾기는 쉽지 않다. 특히 〈베이징인〉의 한 특징으로 꼽히는 민족적 색채와 그것을 바닥에 깔고 있는 문화적 자의식은 이 작품의 문학성을 더욱 높여주었다.

어느 시대에도 조응하지 못하고 밀려오는 시대적 조류를 무시한 채 과거의 추억으로 삶을 추슬러가며 몰락해가는 베이핑의 전통 사대부 집안이 이 희곡의 무대이다. 이 사합원의 인물들은 하나같이 생명력을 소진한 채 숨을 죽이고 살아간다. 두껍게 칠한 자신의 관만은 기필코 지키려는 할아버지, 이미 생존과 생명의 기틀을 상실한 아버지, 과거의 유령들을 짊어지고 가야 하는 손자, 그들은 소란을 외면하며 쓸쓸한 이 공간을 지키는 생명의 빈 껍데기들이다.

따라서 〈베이징인〉의 인물들은 문화적으로 전통적 의식에 사로잡혀 있거나, 혹은 그 반대로 비현실적인 이상을 꿈꾸는 인물들이 대부분이다. 이 인물들은 서로 판이한 가치관과 사유 공간에서 서로 만날 수 없는 말과 행동을 거듭한다. 인물들의 공허한 말의 성찬이 작품에 흘러넘친다. 오직 말만이 그들의 실존을 증명하고 그들을 존재하게 한다. 그래서 그들이 쏟아내는 말에는 열정이 없다. 그들은 마지못해 움직이며 작은 소리로 무표정하게 말한다. 이렇듯 〈베이징인〉에 등장하는 인물들은 체홉의 희곡 속에 등장하는 인물들이 갖는 서사적 표현기법의 특징을 공유하고 있다.

8. 무대의 뒤안길

현대희곡의 모범답안으로 추앙되는 차오위의 명성을 뒤로 하고 차분히 생각해보면, 그에게 쏟아진 과분한 찬사가 오히려 그늘이 되어 그를 가리고 있는지도 모른다.

실제로 그가 창작에 깊이 몰두한 기간은 1949년 이전 10여 년에 집약되어 있다고 할 수 있다. 이 시기에 그의 대표작이 집중적으로 발표되고 창작의 에너지가 분출되었다. 그 뒤 당시 대부분의 작가들처럼 일방통행의 노선을 따라 몇몇 작품을 발표하곤 했지만, 평가야 어찌되었건 이전 작품에서 보여준 치열한 창작 정신이 반감되었다는 비판을 모면하기는 어려워 보인다. 차오위의 경우, 1949년 이후로는 연극계의 실력자로서 그 위상이 더 부각되었다고 할 수 있다.

그러나 그에 대한 공과를 떠나 우리는 중국현대희곡의 맥을 전수하는 상징적 사건을 기억할 필요가 있다. 1983년에 차오위는 극작가 가오싱젠과 연출가 린자오화에게 베이징인민예술극원에서 공연한 〈절대신호〉를 격찬하는 편지를 보냈다. 그리고 이들 작가와 연출가 역시 원장인 차오위에게 정중한 답신을 보낸다. 이 장면은 어찌 보면 홍인이 육조대사에게 의발을 전수하는 장엄한 의식에 비견될 수 있을 것이다〔가오싱젠의 작품《팔월에 내리는 눈(八月雪)》은 가사전법을 둘러싼 육조대사의 생애를 다루고 있다〕. 가오싱젠은 이미 망명자 신세로 전락한 뒤에야 중국인으로서 최초로 노벨상을 수상했지만, 차오위의 법통을 계승하고 있다고 하면 지나친 비약일까?

생각할 거리

1. 중국에서는 '드라마(drama)'를 지칭하는 용어를 가려 사용하고 있다. 희곡(戲曲)은 경극·곤극(昆劇) 같은 각 지방에 전해 내려오는 고전극을 지칭하고, 화극(話劇)은 서구에서 들어온 현대연극을 지칭한다. 그리고 희극(戲劇)이라는 용어는 광범위한 의미의 연극적 개념으로 사용된다. 이러한 용어의 정의에서 볼 수 있듯이 중국의 지방극은 뚜렷하게 고유한 영역을 지니고 있으며 지금도 무대에서 활발하게 연출되고 있다. 이 고전극들이 중국의 연극을 대변하는 것으로 인식될 정도다. 중국의 현대희곡이 왜 이러한 추세를 극복하지 못하고 있는지 그 원인을 살펴보자.

2. 차오위의 희곡은 중국현대희곡으로는 보기 드물게 세계 각지에서 무대화되고 있다. 또 중국 내에서 빈번하게 연출되며 관객들로 성황을 이룬다. 차오위의 희곡에서 무대화에 성공할 수 있게 한 요소들을 살펴보자.

3. 차오위의 희곡은 중국연극으로는 드물게 한국에서도 자주 공연되는 편이다. 특히 〈뇌우〉는 1946년에 낙랑극회에서 이서향 연출로 처음 소개되었고, 1950년에 무대에 올려져 초유의 성황을 이루며 극립극단의 전설적 레퍼토리가 된 이래 최근까지 크고 작은 무대에 단골로 등장하고 있다. 차오위의 4부작에서 드러나는 동양적 사유의 특징을 우리나라 희곡작품과 비교해보자.

권하는 책

김종현 옮김, 《뇌우》(《중국현대문학 전집》 18), 중앙일보사, 1989.

구광범 옮김, 《북경인》, 선학사, 2004.

한상덕 옮김, 《일출》, 한국문화사, 1996.

_____, 《원야》, 한국문화사, 1996.

박노종, 《차오위의 연극세계》, 부산대학교출판부, 2004.

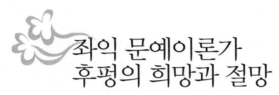

좌익 문예이론가
후펑의 희망과 절망

노정은

1. 중국 지식인의 트라우마, 후펑 사건

1995년 스산한 가을비가 내리던 어느 저녁, 전화 한 통을 받고 빗길에 도착한 자즈팡(賈植芳) 선생의 자택에는 백발이 성성한 노인 몇 분이 모여 있었다. 그들의 저녁식사 모임은 평범해 보였지만, 자못 엄숙하였고 서로 건네는 지극히 생략된 대화에서는 경건함마저 느껴졌다. 마치 비밀스런 종교모임같이 조심스러웠다. 뒤에 알게 된 사실이지만 그날은 루쉰의 기일이었고, 그들은 세칭 '후펑 반혁명집단'이었다. 그때부터 필자의 뇌리에 후펑 사건에 관한 야담이나 자료로는 납득되지 않는 후펑과 그들, 그리고 루쉰으로 이어지는 거친 질문들이 자리 잡았다. 후펑과 단 한 번의 만남도 없

중국 근현대문학의 비극을 상징하는 문인, 후평.

던 이들도 있었다. 그로 인해 기나긴 영어의 시간을 '억울하게' 보낸 이들이었다. 그런데 그들은 왜 이처럼 초라한 방식으로 조우해야만 했을까. 그들은 왜 루쉰을 기억하며 자신들의 시간을 봉헌했던 것일까. 그들은 한결같이 '루쉰 정신'을 이야기했다. 그들은 한결같이 '후평 원안(胡風冤案)'이라고 말했다. '후평 원안'과 '후평 사건'의 사이에 놓인 역사의 무게는 과연 어떤 것일까. 지금 생각해보면 필자 역시 이런 질문들을 시작으로 후평과 인연을 맺게 된 것 같다.

시인이자 좌익 이론가, 문예잡지 편집인으로 다양하게 활동한 후평에 대해서 여러 가지 문학사적 평가가 가능하지만, 이 글은 작가 후평에 초점을 두기보다는 후평의 문예이론과 이와 연관된 후평 사건을 중심으로 살펴보고자 한다. 이는 후평의 이론이나 후평 사건이 후평의 문학적 공과를 넘어서 중국현대문학의 특수성을 가장 문제적이고 효율적으로 보여주기 때문이다.

'후평 사건'과 '후평 원안'의 거리

1955년에 중국 대륙을 뒤흔든 '후평 반혁명집단' 비판운동이 정치사건으로 비화되면서, 이른바 '후평 사건'이 발생한다. 《인민일보》는 후평의 자아비판서와 그의 제자 쉬우(舒蕪)가 제출한 개인편지 일부를 발췌해서 '후평 반혁명집단에 관한 자료'라는 이름으로 공개하였고, 이들에 대한 숙청운동으로 팔천 명이 넘는 지식인이 연루되었다. 이 사건은 2년 뒤에 벌어지는 반우파투쟁의 예고편이라 할 수도 있겠지만, 한 인물을 표적으로 한, 그것도 공산당 내부 인물에 대한 대규모 숙청작업으로서 1949년에 중공 정권이 수립된 뒤로 유일무이한 일이었다. 그들은 스스로에게 왜 이런 일이 발생했는지, 그리고 누구의 책임인지에 대해서 수없이 되물었을 것이다. 하지만 반세기가 지나고서야 그들의 질문은 공론화될 수 있었다. 그러한 맥락에서 1990년대 이후 중국 지식계의 후펑 논의에는 그들의 절망이, 신 중국 지식인들의 방황과 좌절이 고스란히 투영되어 있다.

　　문화계에 문혁 종식의 이정표로 1979년에 제4차 문대회(文代會)가 개최된 뒤 1980년에 후펑은 25년간의 수감생활을 청산하고 명예회복되었 다. 문학적 동지들의 수많은 자살과 투옥, 그 가족들까지 겪어야 했던 고통 을 마주 대하면서도 정신을 놓지 않은 후펑이었지만, 정작 자유의 몸이 된 뒤 정신착란 증세가 악화되면서 1985년에 세상을 떴다. 그 뒤에 후펑에 대 한 연구들이 나왔는데,《후펑 평론집(胡風評論集)》을 필두로 1989년에 우

※ 후펑 사건

1949년 이전에 옌안과 별도로 비교적 독자적인 문학노선을 걸어온 후펑에 대한 경고는, 건국 초기부터 노골적으로 진행되었다. 제1차 문대회에 참석하지 못한 것은 물론, 1953년까지 직장 조차 배정받지 못했다. 옌안 중심의 당권파와 후방의 좌익문예를 실질적으로 지도해온 후펑 사 이에 팬 감정의 골은 좌련 시기로 거슬러 올라간다. 좌련의 선전부장과 상임이사로 활동하던 후펑은 좌련을 사임하면서 루쉰과 관계가 긴밀해졌고, 당시 좌련의 정치적 책임자 격인 단당 서기 저우양과 '두 가지 구호에 관한 논쟁'으로 갈등이 발생한다. 그 후 옌안 당권파의 핵심으 로 부상한 저우양은 '민족형식 논쟁'에서 제기된 후펑의 관점을 마오쩌둥의 문예정책을 반대 하는 견해라고 몰아세우고, 1948년에는 홍콩의《대중문예총간》을 중심으로 본격적으로 후펑의 문예이론을 비판한다. 1949년 이후 문예계 당권파에 대해서 여전히 강경한 입장을 고수하던 후펑은 대중운동 과정을 목도하면서 자신의 입지를 인식하게 되고, 약 1년의 집필기간을 거쳐 서 1954년에〈해방 이후의 문예 실천에 관한 보고서〉라는 일명 '삼십만언서'를 마오쩌둥에게 제출한다. 그러나 후펑의 마지막 상소문은 상황을 오히려 악화시켰으며, 이 과정에서 절망한 후펑의 제자 쉬우는 후펑과의 개인서신 백여 통을 당에 제출한다. 교묘하게 편집된 서신과 후 펑의 자아비판서는 1955년에《인민일보》를 통해서 후펑을 비판하는 핵심 자료로 공개된다. 이 사건으로 인해 약 팔천 명에 이르는 인사가 반혁명분자로 분류되고, 후펑과 함께 문학활동을 한 칠월파 작가 칠십여 명이 체포되고, 천여 명이 자아비판을 하게 된다. 그중 골수분자로 비판 받은 작가는 자즈팡 · 뤼위안 · 아룽(阿壟) · 뉴한 · 쩡줘(曾卓) · 루링(路翎) 등이다.

한에서 처음으로 그에 대한 토론회가 개최되고, 그 이듬해 후펑에 관한 연구서인 《후펑 논집(胡風論集)》이 출간된다. 비로소 그의 글들이 정치적 비판자료에서 학술적인 연구대상으로 평가받게 된 것이다. 이러한 분위기에 힘입어 사건 당사자들이 과거를 청산하는 회고록 형식의 책을 지극히 조심스럽게 출간한다. 정치적·정신적 부담을 떨쳐내고 싶은 심정은 사건의 피해자나 가해자 모두 마찬가지였다. 후펑 사건을 주도한 린무한(林默涵)·캉춰(康濯)·쉬우의 회고문이 발표되자 그 반응은 예상대로 격렬했고, 이에 반박이라도 하듯이 자즈팡 선생의 제자인 리후이(李輝)의 취재록《후펑 사건의 전모(胡風集團冤案始末)》와 후펑의 딸 장샤오펑(張曉風)에 의해 당사자들의 회고록 모음집《나와 후펑(我與胡風)》이 출간된다. 하지만 글의 성격에서 알 수 있듯이 양자 모두 지난 세월에 대해서 객관적일 수도 냉정할 수도 없었다. 그들은 분노했고, 억울했으며, 침묵할 수 없었다. 떠올리기에도 버거운, 여전히 현재형인 이 사건을 역사의 장으로 떠나보낼 수 없었다.

왜 지금 '후펑'이어야 하는가

1990년대 후반에 들어서야 후펑 문제는 감정적인 대응방식을 일정 정도 벗어난 듯, 후펑 사건이 발생하게 된 역사적 원인과 이 사건의 구체적 책임자는 누구인가에 관심이 집중되었다. 입장의 차이는 있었지만 중국의 지식계는 후펑 사건의 책임을 궁극적으로 정책적 오류나 정치지도자의 오판을 넘어서 지식인 내부에서 찾아야 한다는 데 공감하였다. 그들은 문학예술의 유일한 도그마로 작용한 통치권력에 대해서 질문하기보다는, 역사적 불가항력성을 인정한다 하더라도 역사의 필연 앞에서 개인이 거부할 수 있는 선택적 의지에 대해서 되물었다. 만일 이 뼈아픈 역사가 '필연'이라면 이는 지식인의 무력함 때문에 발생한 '필연'일 수 있다는 것이다.

당시 이러한 논쟁을 촉발시킨 논자로 린셴즈(林賢治)와 쉬우를 들수 있다. 1998년《황하(黃河)》에 연재한 린셴즈의 〈후펑 집단 사건: 20세기 중국의 정치 사건과 정신 사건(胡風集團案: 二十世紀中國的政治事件和精神事件)〉이라는 글은 그동안 이 사건을 원안으로 대하던 많은 이들에게 새로운 문제의식을 던져주기에 충분했고, 특히 많은 젊은 연구자들에게 후펑 문제가 과거형이 아닌 현재형이라는 인식을 환기시켜주었다. 무엇보다도 린셴즈는 이 사건이 당대 지식인의 정체성 문제이며 역사에 대한 지식인의 책임 문제임을 강조하였다.

이와 동시에 후펑 사건에 대한 관심을 촉발시키는 계기는 쉬우에게서 비롯되었다. 쉬우는 후펑의 제자이며 후펑 사건의 과정에서 '변절자'로 낙인 찍힌 인물이기도 하다. 쉬우는 《5·4로 돌아가서(回歸五四)》라는 책에서 자신의 '역사적 오명'에 대한 인간적인 고백을 시도했다. 그는 침착한 어조로 자신이 어떻게 후펑과 문학적 인연을 맺게 되었고, 어떻게 스승과 친구들을 밀고하게 되었는지를, 그리고 어떻게 만년에 루쉰과 저우쭤런을 통해서 5·4 운동에 대한 연구에 몰입하게 되었는지를, 한 편의 드라마처럼 고백했다. 이에 대한 반응은 거셌다. 많은 이들이 노작가의 용기에 감동했고 그의 '회개'를 받아들이자고 발언했다. 그러나 더 많은 이들이 그 '드라마적' 요소에 격분했다. 정치적 외압에 의한 '전향'을 인정한다면 후펑 사건은 중국당대사의 역사적 필연으로 묻혀버린다. 문제의 핵심을 역사적 상황으로 돌려버릴 때 제2, 제3의 후펑은 또 출현할 것이다. 그들의 반박에는 분명 용서할 수 없는 당사자 간의 개인적 원한도 담겨 있을 것이다. 그러나 그들이 쉬우의 발언에 격분할 수밖에 없는 더 중요한 원인은, 한 작가의 운명적 비극성을 강조할 때 지식인의 비극은 되풀이될 것이라는 위기의식 때문이었다.

5·4 정신과 후펑 사건

흥미롭게도 위에서 언급한 린셴즈와 쉬우의 입장에서 우리는 '5·4 정신과 후펑 사건'이라는 연결고리를 발견하게 된다. 서로 입장이 달랐는데도 그들은 왜 한결같이 5·4 정신을 회복하자고 외친 것일까. 그렇다면 5·4와 후펑 사건은 어떤 상관관계가 있는 것일까. 거칠게 보더라도 후펑 사건은 5·4 운동이 발견한 자유·민주·과학·계몽의 기치를 남김없이 소멸시킨 사건이었다. 지식인들에 의해서 주도된 운동과 그 실천적 가치들이 마오쩌둥의 정치 테제 속에서 지식인 탄압의 '실탄'이 되어 그들을 겨누었다. 계급투쟁의 지식만이 존재하는 사회에서 지식인의 독립적인 역할과 위치는 처음부터 불가능하였다. 마오쩌둥이 후펑 그룹에 대해서 그토록 가혹했던 것은 1949년에 막 시작된 국가 건설 과정에서 후펑 그룹이 주장한 지식인의 주체성에 관한 내용이 당의 정책에 반하는 이단적인 요소였기 때문이다. 후펑의 주장이 문예이론의 성격으로 제기되었다 하더라도, 마오쩌둥의 대중화 문화정책의 방향에서 지식인은 이제 주인공일 수 없었다. '집체주의 유토피아를 향하는 영광스러운 행진' 속에서 5·4 시기 계몽의 주체이던 지식인은 사상을 개조해야 할 대상일 뿐이었고, 사회주의 전체에 반하는, 사장되어야 할 개인주의의 상징일 뿐이었다.

1990년대 후반에 벌어진 후펑과 관련된 논쟁에서 논자들의 관심이 5·4 정신에 집중되는 것은, 바로 후펑 사건이 1949년 이후 정치사에서 5·4 정신이 실종되었음을 가장 적나라하게 보여주는 증거이기 때문이다. 그것은 절대적 정치권력 앞에서 경험한 중국 지식인의 처절한 '좌절'이었다. 이 정권의 방향성이 그들의 이념과 부합한다는 점을 지적할 때 결과는 더욱 참담하다. 후펑 사건은 중국 지식인의 트라우마다. 그래서 그들은 후펑 사건을 통해 지금의 중국 현실에서도 실현되지 못하는 자주적인 사상적 공간을 열망하는 것이다. 지식인들의 정체성에 대한 심각한 회의와 권력에 대한 콤플렉스를 그들 스스로가 비판하기 시작했다는 점에서, 후펑 사건은 여전히 진행형이다.

2. 후펑의 '주관적 전투정신'

후펑 사건을 중국 당대 지성사의 비극적 자화상으로 본다면, 후펑 이론이 거둔 성과는 20세기 중국 리얼리즘 이론의 중대한 전진이자 동시에 한계를 반영한다고 하겠다. 좌련의 비평가로 자신만의 이론적 성과를 이루었지만, 자신이 선택한 실천 공간에서 정치적 사건으로 이론적 생명을 마감해야 했던 그의 운명은, 분명 중국 리얼리즘 이론사의 '희망'이자 '절망'이라 할 수 있다. 후펑은 1949년 이전까지 총 아홉 권의 문학이론서를 집필한다. 여기에는 작품론·작가론·비평론을 비롯하여 문학유산의 계승과 혁신 문제, 작가의 세계관과 리얼리즘 창작 방법의 문제, 작가의 창작 태도 문제들이 다루어지는데, 이는 그가 중국현대문학사에 굵직굵직한 논쟁의 중심에 서 있었다는 사실과 무관하지 않다. 예컨대 1930년대 초반의 '전형 논쟁', 1930년대 중반의 '두 가지 구호에 관한 논쟁', 1940년대 초반의 '민족형식 논쟁', 1940년대 중반의 '주관론 논쟁' 등 여러 실천적 논쟁에 참여하면서 후펑은 좌익문학 내부의 문제를 비판하게 되고, 그 대안으로 '주관적 전투정신'을 핵심으로 하는 리얼리즘론을 제기한다. 그에게 리얼리즘 논의는 전망이 부재한 현실 속에서 이를 극복할 계기로 제기되었고, 현실 변혁의 문제로 제출되었다는 점에서 중요하다.

루쉰과의 만남, 후펑 이론의 전환점

1929년에 후펑은 혁명에 대한 동경을 품고 일본 유학길에 오른다. 그 뒤 그는 일본 프로문학 단체에서 좌익 문예이론을 접하고, 일본공산당에 가입하면서 본격적인 좌익 이론가로 활동한다. 1933년에 일본 경찰에 체포되어 강제로 추방당하고 상하이로 돌아온 후펑은 좌련 선전부장과 상임이사로 활동하면서 그의 인생에서 가장 중요한 인물인 루쉰을 만나게 된다. 그렇다면 루쉰과의 만남은 후펑의 이론에 어떻게 갈마들어 있을까.

후펑은 1936년에 전형 논쟁에 개입한다. 논쟁에서 드러난 후펑의 견해는 리얼리즘론을 자신의 이론적 방향으로 선언한 본격적인 출발이었다. 그의 전형론은 저우양을 반박하기 위해 쓴 글이지만, 저우양의 관점에 '수정'을 가하면서도 변증법적 논리를 획득하지 못하고 형식주의에 갇힌다. 그러나 이 시기에 후펑은 자신의 이론적 결함을 자각하기 시작하면서 '주관'이라는 개념을 자신의 이론으로 끌어들이게 되는데, 이 전환적 계기는 이 무렵 스승 루쉰과의 만남에서 비롯되었다. 실제로 후펑이 루쉰과 직접적인 관계로 발전한 것은 1934년에 그가 좌련을 사임하고 나서다. 후펑의 사임 소식을 전해 들은 루쉰은 "본분에 충실하여 붓을 들라"라고 충고한다. 루쉰의 충고는 바로 좌련 내의 종파주의적 소모전을 경계하는 데서 나온 것이며, 그가 보기에 진정한 작가정신은 조직적 명분으로는 실현될 수 없는 것이었다. 병상에 있으면서 극도로 예민해진 루쉰이 문단에 갓 데뷔한 비평가 후펑에게 이야기한 '본분'이란, 그가 일생 동안 지키고 감내해온 문학적 진실일 것이다. 결과적으로 본다면 루쉰과의 만남은 이후 후펑의 인생 경로와 이론 경로에 '비약적' 계기로 작용한다.

만년에 쓴 회고록에서 후펑은 자신의 초기 문예론의 한계를 극복하고 자신만의 리얼리즘론을 형성하게 된 계기를 조심스레 밝히고 있다. "이

※ **후펑이 남긴 글**

후펑은 평생에 걸쳐 시작활동을 했지만, 시인으로보다 문예이론가로 더 유명하다. 평론집으로 《문예필담》, 《민족형식 문제를 논함》, 《혼란 속에서》, 《내일을 위하여》, 《리얼리즘의 길을 논함》 등과 시집으로 《들꽃과 화살》, 《조국을 위해 노래함》, 《시간이 시작되었다》 등이 있다.

런 이론을 청산해야 한다는 글을 읽고 나 역시 그 흔적을 없애기 위하여 애썼다. 루쉰의 실천에 근거하여 사회주의 리얼리즘을 수용할 때에, 나는 '실감(實感)'에 의지할 수 있었다." 루쉰의 창작 실천에서 획득한 후평의 '실감', 그 깨달음은 어떤 이념이나 이론의 수사가 아닌 철저하게 자기를 부정함으로써 얻은 '주관적 진정성'에 대한 통찰이었다. 이러한 방향은 이미 루쉰이 그의 문학적 생애를 통해 치열하게 모색한 것이다. "가면을 벗기고, 참되고 진지하고 대담하게 인생을 들여다보고, 그것의 피와 살을 그려내야 한다"라는 루쉰 자신의 진술이야말로 루쉰 문학관의 핵심 정신이라 하겠다. 즉 루쉰에 의하면 객관적으로 진실하기 위해서는 주관적으로 성실해야 하며, 자기 자신까지 불태우지 않으면 객관적 진실에 도달할 수 없다는 것이다. 후평의 '주관력'은 바로 루쉰의 '주관의 진정성'에 대한 또 다른 이름이다. 그 뒤로 후평의 글에서 거듭 밝히고 있듯이, 그가 루쉰을 이해해가는 과정은 바로 후평 자신이 문예를 이해해가는 과정이었고, 자신의 사상과 이론적 좌표를 세우는 과정이기도 하였다.

반리얼리즘과 리얼리즘

　　루쉰을 통해 마련된 후평의 리얼리즘론의 좌표는, 당시 좌익문학 내부의 '주관주의'와 '객관주의'라는 두 가지 편향된 창작 경향을 비판하면서 완성된다. 후평이 설명한 바에 따르면 객관주의는 생활에 대해 '열정이 쇠퇴'한 채 '냉담한 직업적 심정'으로만 글을 쓰는 것이고, 주관주의는 주어진 '이념'에 따라 '내용이나 주제를 만들어내는 것'으로 객관주의가 '변장'한 것일 뿐이다. 또 다른 글에서 후평은 주관주의와 객관주의를 '반(反)리얼리즘'이라고 표현한다. 이들이 서로 상반된 것처럼 보이나 실제로는 동전의 앞뒤처럼 같은 경향으로, 작가 개인에게서 사상과 감성의 활동을 제외시키고 작가를 '정치의 유성기'나 '혁명의 도구'로 전락시킨다는 점에서 동일하다는 것이다. 중국 좌익문학은 태생적으로 정치적 성향이 강조되었는데, 이러한 성향은 계급투쟁의 논리가 문학에 스며들면서 형성된 것이었다. 전쟁과 혁명이라고 하는 격변기의 절박한 시대적 요구는 문학이 정치투쟁의 보조 역할을 하게 했고, 시간이 흐를수록 이데올로기의 선동자가 되게 했다.

후펑은 우선 일련의 작품에 대한 평론을 통해서 이 경향들이 갖는 위험성을 부단히 지적한다. 그리고 그들을 지속적으로 비판하는 과정에서, 후펑은 객관주의와 주관주의 모두에 결핍되어 있는 '그 무엇'에 주목한다. '그 무엇'이란 바로 1930년대부터 후펑이 꾸준히 제기한 '주관력'이며, 후펑은 그것에 대해 '주관적 전투정신'이라는 새로운 이름을 부여한다. '주관적 전투정신'은 쇠락해가는 문단을 향해 문학의 활기를 되찾게 할 치유책으로 그가 던진 가장 호소력 있는 화두였다.

후펑은 자신의 리얼리즘론에서 창작 주체의 역할을 강조하면서, 창작 과정에서 창작 주체의 능동적 역할을 설득력 있게 부각시킨다. 그에 의하면, 창작 과정에서 주체의 작용은 단순한 '용기(容器)'가 아니라 모든 재료를 '연소'하고 '화합'하고 '용해'하는 '용광로' 같은 것이다. 비록 주관적 전투정신의 구체적 내용에 대한 후펑의 이론적 설명이 치밀하지는 못하지만, 그 작용과 역할에 대한 논지는 명확하다. 그에 의하면, 창작의 과정에서 창작의 주체는 객관 대상에 부단히 스며들고 체험하여 마침내 객관 대상과 혼연일체가 되는 결합을 이루는데, 이 과정에서 작가는 '자아확장'을 하게 된다. 동시에 이 과정은 필연적으로 주체와 객체가 '상호박투'하는 과정을 동반하며, 작가로 하여금 객관 대상의 진실성 앞에서 자신이 가진 정신적 내용을 수정하거나 심지어 완전히 뒤바꾸게 한다. 이것이 작가의 '자아투쟁'이다. 후펑은 이러한 긴장되고 냉혹한 정신적 과정을 통해서 창작 주체의 주관 정신과 객관 진리가 결합하는 변증법적 창작 과정을 설명한다. 창작 과정에 대한 후펑의 설명은 상당히 조급하고 산만하게 기술되지만, 후평의 언급은 중국 리얼리즘 이론사의 중요한 공백을 메우고 있다. 그의 이론은 그가 비판한 주관주의와 객관주의의 한계, 즉 주체와 객체의 반영과 피반영이라는 교조적인 관계를 극복하고 있을 뿐 아니라, 현실의 모순에서 리얼리즘의 유효성을 찾는 차원을 넘어서 리얼리즘의 일반원리를 획득한다.

〈문예강화〉와 후펑

후펑과 옌안의 대립각이 구체화된 때는, 국통구에 〈문예강화〉(이하 '강화'로 줄임)의 논지가 알려진 직후부터다. 마오쩌둥의 문예정책이며 1942년 이후 옌안에서 절대적 문예강령이 된 〈강화〉는, 국통구 좌익문화계에서도 그 정치적 영향력을 자리매김하려 하였다. 〈강화〉는 문학을 정치기제의 유기적 부분으로만 파악하였고, 문학 자체의 특수성을 인정하지 않았다. 그러나 무엇보다도 〈강화〉가 우선적으로 해결하려 한 것은 지식인들을 '계급적으로 전이(轉移)하는 문제'였다. "만약 지식인이 공농 민중과 결합하지 않는다면 장차 어떤 일도 해낼 수 없다"라는 명제처럼, 실제로 모든 작가에게 사상개조가 강요되었다.

그러나 옌안의 특수 상황, 즉 전쟁과 혁명이라고 하는 긴박한 현실에서 나온 문예정책이 국통구에서 무조건 수용되기는 어려웠다. 이러한 정책적 이론에 반대하는 입장의 구심점에 바로 후펑이 있었다. 후펑이 보기에 역사 발전의 원동력으로 민중의 존재를 인정하는 것과, 현실의 민중에 대한 평가가 반드시 일치할 수는 없었다. 후펑이 보기에 문학이 무조건적으로 '인민 속으로 들어가는 것'은 리얼리즘을 보장해주지 않으며, 오히려 대중생활 속의 낙후성에 함몰되는 결과를 낳을 수도 있었다. 후펑은 이러한 대중화의 방향을 '민수주의(民粹主義)'라 부르며 이에 결연히 반대하였고, 문예 대중화를 정당화하는 실용주의적 관점을 인정하지 않았다. 시기

적절하지 못한 후평의 이러한 관점은 당시 옌안 당권파에게 맹렬하게 비판받았고, 후평은 이에 대한 항변으로 1948년 9월에 〈리얼리즘의 길을 논함(論現實主義的路)〉이라는 논문을 발표한다.

주목할 만한 것은 이 글에서 자신의 이론적 입장을 설명하는 후평의 방식이다. 앞에서도 언급했듯이, 이 논문은 후평이 전면적인 비판을 받고 나서 제출한 답변서이기에 글쓰기 방식에서도 후평 나름의 절박한 입장이 드러난다. 한편으로는 애써 〈강화〉를 옹호하고 절충하는 방식을 취하면서도, 한편으로는 〈강화〉와 근본적으로 대립되는 자신의 이론적 성격을 교묘하게 부각시키고 있다. 당시 당권파 이론가와 후평의 갈등은 바로 문화권력에 대한 해석권의 문제였다. 즉 마오쩌둥의 〈강화〉를 누구의 언어로 해석해내느냐, 어느 쪽이 담론이 주류가 되느냐 하는 권력의 문제였다. 논쟁의 쌍방은 모두 자신이 마오쩌둥의 문예 사상과 노선을 견지한다고 믿었으며, 자신의 '정당함'을 위해 상대방의 '왜곡됨'을 증명하려 하였다.

그러나 문제의 핵심은 후평과 마오쩌둥의 문학관이 갖고 있는 근본적인 차이에 있었다. 후평에 의하면, 작가는 예술적 실천을 통해 자기의 사상과 인격을 검증받을 수 있고 역사의 진실성을 얻을 수 있다. 즉 후평에게 리얼리즘을 획득하는 길은 〈강화〉가 제시하는 무조건적 사상개조에 의해서가 아니라, 작가 개인의 주관 정신을 얼마나 발휘하느냐에 달려 있는 것이 된다. 그러나 정치적 맥락에서 문학을 규정하려는 입장에서 본다면 이러한 견해는 엄연히 반대의 논조였고, 수용될 수 없는 '이견'이었다.

결국 이러한 간극은 후평으로 하여금 전략적 글쓰기 방식을 고안하게 한다. 먼저 마오쩌둥 이론에 대한 '선전권'을 부여받았다고 주장하는 당권파를 신랄하게 비판한다. 이렇게 비판하는 과정에서 후평은 기존의 관점과 일관되게 5·4 전통과 루쉰에 대한 이해를 자신의 이론적 근거로 내세운다. 그러나 다른 한편으로, 〈강화〉를 기준으로 자신의 실천을 검증해나가기 위해 때로는 〈강화〉와 모순되는 자신의 이론을 축소하여 해석하거나 〈강화〉 자체에 대한 오역을 유도하기도 한다. 결과적으로 평가해볼 때, 이 논문은 마오쩌둥의 〈강화〉에 기본적으로 동조하고 있으며, 〈강화〉를 기계적으로 수용하는 것을 비판하거나 도구론적 문예 현상을 지적하는 선에 그치고 있다. 이러한 자기모순적인 해석방식은 바로 후펑의 실존적 위기를 반영한다고 하겠다. 후펑의 위기의식과 타협적 글쓰기 방식은 1950년대 후펑의 마지막 항변서가 된 〈해방 이후의 문예 실천에 관한 보고서(關於解放以來的文藝實踐情況的報告)〉에서 더욱 극명하게 드러난다.

　　　바로 이 지점에서 우리는 후펑 리얼리즘론의 희망과 절망을 목격하게 된다. 후펑은 선험적으로 생활을 도식화하는 도구론적 문학관에 맞서서 인간의 능동성과 실천성을 중시하는 이론체계를 탐색하였다. 그러나 간과할 수 없는 것은 바로 후펑의 비판이 당시 문학적 절대 규범이던 〈강화〉의 존재를 부정하거나 회의하지 못했다는 점이다. 후펑과 그의 논적 간의 불

※ 후펑의 생애

후펑(胡風)은 1902년에 후베이 성 젠춘 현(蘄春縣)에서 태어났다. 본명은 장광런(張光人)이고, 후펑과 구페이(谷非)는 그의 필명이다. 두부를 팔아 생계를 유지하는 가난한 집안에서 셋째아들로 태어나 유일하게 학교교육을 받았다. 1925년에 베이징대학 예과에 입학하였다가 다음 해에 칭화대학 영문과로 옮겼다. 그 해 후펑은 5 · 30 운동에 참가하는 등 실천적 마르크스주의자로서 활동하면서 학업을 포기하고 혁명에 대한 동경을 품었으나, 현실이 여의치 않자 1929년에 일본으로 가서 게이오대학 영문과에 입학했다. 일본에서 유학하는 동안에 일본의 프로문학 단체에 가입하여 본격적으로 좌익 문예이론을 접하고, 일본공산당원으로도 활동했다. 그러나 1933년에 일본의 좌익 작가 고바야시 다키지의 희생에 문제를 제기하다가 경찰에 체포되어 강제로 추방당했다. 상하이로 돌아온 그는 루쉰과 펑쉐펑을 만나고 좌련에서 선전부장과 상임이사로 활동하면서 시와 문학평론을 발표했다. 1937년에 중일전쟁이 발발하자 후방에서 문예지 《칠월》과 《희망》 등을 창간하고, 후에 '칠월파'를 배출했다. 후펑은 1949년 이후 당권파에 의해 지속적으로 비판받다가 1955년에 '후펑 반혁명집단 사건'으로 숙청되었다. 1980년에 복권되었지만 옥고로 인한 후유증으로 1985년에 사망했다.

일치는 예술이 '진리'를 어떻게 드러내느냐의 문제이지, 예술이 마땅히 '진리'를 드러내는 도구인가에 대한 물음은 아니었다. 이것은 '예술—주관적 전투정신'과 '진리—역사의 방향'을 결합하려고 하는 데서 발생하는 후펑 이론의 자기모순적 한계가 아니었을까. 정치적 실체에 맞서 또 '다른 정치'를 꿈꾸는 일은 분명 어려운 일일 것이다. 후펑은 정치성과 예술성의 결합이라는 힘겨운 줄타기를 시도했지만 결국 실패했다. 하지만 이것은 분명 아름다운 시도였다.

🐚 생각할 거리

1. 지금 중국의 지식인들에게 후펑 사건이 남긴 의미와 과제에 대해서 생각해보자.
2. 후펑의 주관적 전투정신이 루쉰 정신을 계승한 측면과, 그가 주관주의와 객관주의 창작 경향을 반리얼리즘이라고 비판하는 근거가 무엇인지 생각해보자.
3. 후펑 이론의 관점이 〈문예강화〉와 대립되는 점과 후펑이 〈문예강화〉에 대해 취한 태도에 대해서 생각해보자.
4. 후펑 리얼리즘론의 성과와 한계에 대해서 생각해보자.

🐚 권하는 책

전형준, 《현대중국의 리얼리즘 이론》, 창비, 1997.
백영길, 《중국 항전기 리얼리즘 문학논쟁 연구》, 고려대학교출판부, 1998.
온유민, 《중국현대문학 비평사》, 신아사, 1994.
김시준, 《중국당대문학사 조사 연구》, 서울대학교출판부, 2001.

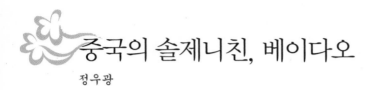

중국의 솔제니친, 베이다오

정우광

1976년 9월 9일에 마오쩌둥이 사망한 후 문화대혁명 기간 동안 성장한 새로운 세대의 문학가들은, 그들이 경험한 정치적 이데올로기, 문화, 윤리, 가치관 등에 회의와 이질감을 느끼기 시작했다. 이러한 그들의 문학적 행위들이 '상흔문학'이라는 예술의 흐름으로 나타났다. 상흔문학이란 문화대혁명 기간에 일어난 가정의 비극을 묘사한 루신화의 단편소설 〈상흔〉이 1978년 10월에 《문회보(文匯報)》에 최초로 실리면서 얻은 이름으로, 그 뒤 신문과 잡지에 이런 경향의 작품들이 질풍노도처럼 게재되기 시작했다. 상흔문학이란 1950년대 말 러시아 문학의 '해빙기'처럼 과거 문화대혁명 10년 간의 정치적 독재와 횡포를 폭로하고 고발하였을 뿐만 아니라, 2차 세계대전 후 독일의 '폐허문학'에서 나타난 것처럼 중국 민족이 경험한 '문혁'의 부정적인 측면들에 대한 자기반성이라고 할 수 있다. 중국 문단에서 상흔문학의 조류가 문학의 갈래에서 소설과 보고문학을 강타하고 있을 때, 시에서는 1979년 말부터 관변 잡지에 '몽롱시'라는 것이 출현했고

중국의 대표적인 저항시인, 베이다오.

그 뒤 2~3년 동안 문학지들은 몽롱시를 소개하고 비평하는 데 상당한 분량을 할애했다. 이러한 '몽롱시 논쟁'과 함께 가장 뜨거운 주목과 신랄한 비판을 받은 대표적인 시인이 바로 베이다오(北島; 1949~)라고 할 수 있다.

　　베이다오는 자오전카이(趙振開)의 필명으로 북중국의 섬, 즉 중국의 북부에서 고립되고 단절되고 격리된 인물임을 암시하며, 1970년대 초에 친구가 지어준 것이다. 그의 소설에서는 1976년에 물에 빠진 친구를 구하려다 사망한 여동생 산산(珊珊)을 기린 '아이산(艾珊)'이나, 바위 같은 과묵함을 뜻하는 '스모(石默)'라는 필명이 보이기도 하나, 시에서는 오로지 '베이다오'라는 필명만 보인다. 그 밖에 정식 기관지에 기고한 몇몇 단편소설과 장편소설에서는 본명 자오전카이를 쓰기도 했다.

　　그는 1949년 8월 2일에 베이징에서 삼남매 중 맏이로 태어났다. 그의 아버지는 1945년에 상하이에서 지식인들이 문화와 교육을 발전시키기 위해 설립한 중국민주촉진회(中國民主促進會)의 조직원이었으며, 가톨릭 집안에서 성장한 그의 어머니는 당시 간호사였는데 나중에 의사가 되었다. 이처럼 유복한 지식인 계층의 가정환경에서 베이다오가 태어난 1949년은 바로 국민당과 공산당의 내전에서 공산당이 승리하여 중화인민공화국이 수립된 해였다. 베이다오는 출신성분부터 공산당 체제에서 고통과 시련을 겪을 수밖에 없었다. 그의 아버지가 속했던 중국민주촉진회는 문화대혁명

기간에 활동이 정지되었다가, 1979년 10월에야 다시 활동을 재개하였다.

베이다오는 류사오치, 평전(彭眞), 보이보(薄一波) 등 마오쩌둥과 대립한 정치인들의 자제들이 다니던 중국 제일의 명문 베이징제4중학(北京第四中學)에 입학한다. 그는 재학 중에 문화대혁명의 소용돌이에 휩쓸려 잠깐 동안 홍위병에 가담하기도 했지만 곧 흥미를 잃었다.

1969년에 베이다오는 베이징에서 160킬로미터 떨어진 바이양뎬(백양 호수) 지역으로 강제 의무노동을 간다. 이 해에 그와 마찬가지로 교수, 작가, 시인 등 지식인 부모 아래 태어나 베이징에서 중학교를 다니다가 허베이의 농촌인 바이양뎬으로 의무노동을 가야 했던 젊은이들을 '바이양뎬 그룹'이라고 부른다. 교육 수준이 높은 이 젊은이들은 비참한 농촌 현실에

▨ 베이다오의 주요 작품

《베이다오 시선(北島詩選)》, 광저우, 1985(초판); 1987(중판: 초판보다 더 많은 시를 담고 있음).

《베이다오 시선》, 타이베이: 신지출판사(新地出版社), 1988.

《베이다오 시가집(北島詩歌集)》, 하이커우(海口): 남해출판공사(南海出版公社), 2003.

〈파도(波動)〉. 중편소설인 〈파도〉는 1974년 11월경에 초고를 썼고 1976년 4~6월경에 수정했으며, 《오늘(今天)》 4~6(1979년 6~10월): 31-71; 1-13; 29-48; 21-56에 '아이산'이라는 필명으로 게재됨.

〈폐허에서(在廢墟上)〉. 단편소설로 1978년에 썼으며 《오늘》 1(1978년 12월 23일): 3-10에 '스모(石默)'라는 필명으로 게재함.

〈돌아온 이방인(歸來的陌生人)〉. 단편소설로 1979년에 썼으며 《오늘》 2(1979년 2월): 21-31에 '스모'라는 필명으로 게재함.

〈선율(旋律)〉. 단편소설로 1980년에 썼으며 《오늘》 7(1980)에 '아이산'이라는 필명으로 게재함.

〈원고지 위 달빛(稿紙上的月亮)〉. 단편소설로 1980년에 썼으며 《오늘》 9(1980): 29-38에 '스모'라는 필명으로 게재함.

〈교차점(交叉點)〉. 단편소설로 1981년에 썼으며 《소설림(小說林)》 2(1982년 2월): 10-12에 '자오전카이(趙振開)'라는 본명으로 게재함.

〈행복대로 13번가(幸福大街十三號)〉. 단편소설로 1980년에 썼으며 약간 수정해서 《산시문학(山西文學)》 6(1985년 6월)에 '베이다오'라는 필명으로 게재함.

강한 분노와 저항감을 느꼈을 뿐 아니라, 더 나아가 중국의 현 체제 자체에 회의를 품었다. 그들은 이런 감정을 여가 시간을 이용해 글로 써서 함께 나누어 보았다고 한다. 그 글들은 대부분 시였다. 이들은 다시 베이징의 공장 노동자로 차출되었지만 계속해서 글을 썼고, 나중에 지하 간행물 《오늘(今天)》의 활동에 핵심적인 역할을 하였다. 베이다오 외에 이 무리에 속한 대표적 시인으로 망커, 수팅 등이 있다.

1969년에 베이징으로 돌아온 베이다오는 어느 건축 공사장에서 인부로 일했다. 이런 경험은 그가 당시 젊은이들이 맹목적으로 추구하던 이상주의에서 벗어나 현실에 눈을 뜨게 하였을 뿐 아니라, 뒷날 그의 시가 도시적 이미지들을 간직하게 하는 데 잠재적으로 도움을 주었다. 1970년에 베이다오는 중부와 연안을 따라 여행을 할 수 있었다. 그 해 말부터 시를 쓰기 시작했지만 현재는 대부분 실전되었고, 연대를 추정할 수 있는 것은 1972년 작품부터다. 1972년부터는 소설도 쓰기 시작했다.

1976년 4월 5일에 베이다오는 톈안먼 사건에 참여했다. 그의 대표작인 〈회답〉이, 1978년 12월에 커다란 글씨가 박힌 포스터 형식으로 베이징의 민주벽 등에 붙은 《오늘》 제1호에서 모습을 드러내었다. 이 〈회답〉이 중국에서 발간된 《톈안먼 시가집》에 수록되지 않았다는 것은, 이때부터 그의 시가 종래의 정치적 수사법과 상당한 거리를 두었다는 사실을 말해준다.

......
내가 이 세상에 온 것은
단지 종이, 새끼줄, 그림자를 가져와
심판에 앞서
판결의 목소릴 선언하기 위해서였단 말인가

너에게 이르노니, 세상아

난 믿지 않아!

설사 너의 발 아래 천 명의 도전자가 있더라도

나를 천한 번째로 세어다오……

당시 중국의 청년들에게 엄청난 감동과 반향을 불러일으킨 〈회답〉
은 새로운 인간으로 다시 태어나기 위해서는 강렬한 저항의식이 바탕이 되
어 존재하는 모든 것을 부정하는 것만이 해결책임을 선언하고 있다. 이 시
는 문화대혁명 동안 마오이즘이 파괴한 인간성을 회복하려면 존재하는 모
든 가치를 부정해야 함을 감지한 베이다오의 예리한 통찰력을 보여줌과 동
시에, 당시 젊은 지식인들이 펼친 민주화운동에 새로운 철학적 문제를 제
시한 시인 자신의 '회답'이라고 할 수 있다.

그 뒤 베이다오는 1974년 11월경에 중편소설 〈파도(波動)〉를 쓴 후
개작하여 1979년에 《오늘》의 4호에서 6호에 걸쳐 '아이산'이라는 필명으로
연재하였다. 〈파도〉는 그의 소설 중 가장 복합적이고 철학적인 소설로 다층
적인 서술양식, 내면의 독백, 주관성 등을 실험한 수작이다. 운명을 초월하
는 진실성, 절망을 초월하는 희망, 현상을 초월하는 추구 등이 그 주제라고
볼 수 있다. 이 소설은 린(林) 교수, 린둥핑(林東平), 양쉰(楊訊), 샤오링(肖
凌), 바이화(白華)라는 다섯 명의 주인공들이 각각의 입장에서 바라보는 일
련의 에피소드들로 이루어져 있다. 1970년대 중국 사회의 파괴와 관료의
부패를 아주 생생하게 묘사한 이 소설이 파편화된 구성을 사용하는 까닭은
현실에서 벗어나고자 하는 주인공들의 필사적인 몸부림을 대변하기 위해
서이다. 또한 상흔문학의 조류에서 그다지 벗어나지 않은 〈폐허에서(在廢
墟上)〉라는 단편소설을 1978년에 《오늘》 1호에 게재하기도 했다. 이 소설
속의 주인공인 왕치(王琦)는 영국에서 공부한 역사학 교수로 홍위병들에

의해 자아비판과 굴욕을 강요받은 수많은 지식인들을 상징한다. 이 밖에도 〈선율(旋律)〉(1980), 〈원고지 위 달빛(稿紙上的月亮)〉(1980), 〈교차점(交叉點)〉(1982), 〈행복대로 13번가(幸福大街十三號)〉(1985) 등의 단편소설을 발표하기도 하였다.

그가 중국 문단에서 주목받기 시작한 것은 친구인 망커와 함께 '민변간물(民辦刊物)'이라 부르는 지하 간행물인 《오늘》을 발행하기 시작하면서부터라고 할 수 있다. 《오늘》은 중국의 민주화운동 당시에 최초로 출현한 민변간물 중 하나로, 1978년 12월 23일에 베이징문화성 건물의 벽, 최대의 관영시집인 《시간(詩刊)》을 발행하는 곳의 대문, 베이징과 시단(西單)의 민주벽 등에 커다란 문자로 된 포스터 형식으로 그 모습을 드러냈다. 그 뒤 《오늘》에는 '바이양뎬 그룹' 시인들과 후에 편집총책이 된 천마이핑(陳邁平) 등 삼십여 명이 참여하였다.

1980년대 초반에 개혁 작가들이 새로운 시대의 문학을 낙관적으로 환호할 때에도, 베이다오는 관영 문학정책에 부합할 것을 요구하는 당의 압력이 커지고 있음을 눈치 채고 더욱 염세주의자가 되었다. 이러한 염세주의적 냉소로 자신의 과거와 현재의 상황을 진술하게 해부하는 예술적 특이성은 당국으로부터 체제를 비판하는 것으로 인식되어 당연히 작품을 발표할 수 있는 길이 막혀버렸다. 이 시기를 대표하는 작품으로 〈이력서(履歷)〉를 들 수 있는데, 이 시에서 베이다오는 자신을 주인공으로 하여 격렬한 익살과 과장, 위트, 비꼬기 같은 예술적 특이성을 보였다.

일찍이 나는 열병하며 광장을 걸었다
빡빡 깎은 머리로
태양을 더 잘 찾기 위하여
그러나 미쳐버린 계절에

방향을 바꾸었다, 울타리 너머

추위에 떠는 염소들을 보고는

알칼리성 토지 같은

백지 위에서 내 이상(理想)을 보기 전까지

나는 등뼈를 구부린 채

진리를 표현하는 유일한

방법을 찾았다고 믿고 있었다. 마치

불에 구워진 물고기가 바다를 꿈꾸는 것처럼

만세! 나는 한 번만 외쳤다. 제기랄!

그러자 수염이 자라기 시작해

뒤엉켰다. 셀 수 없는 세기(世紀)들처럼

나는 할 수 없이 역사와 싸우기 시작했다

그리고 칼날 아래 우상들과

가족을 결성한 것은, 결코 대항하기 위함이 아니었다

파리 눈 속의 분열된 그 세계와

언쟁이 그치지 않는 책더미 속에서

차분하게 우리는 똑같은 몫을 받았다

별을 하나하나 팔아서 마련한 적은 돈이었다

하룻밤 새에, 나는 도박으로 날렸다

내 허리띠, 그리고 발가벗겨진 채로 다시 세상으로 돌아왔다

소리 없는 담배에 불을 당긴 것은

한밤에 죽음을 불러온 총이었다

하늘과 땅이 자리바꿈을 할 때

나는 대걸레 같은 한 그루 고목나무에

거꾸로 매달려

먼 곳을 바라보고 있었다.

이 시에서 베이다오는 무의미하고 헛된 노력들로 점철된 자신의 과거를 자전적으로 쓰고 있다. 젊은 시절, 그는 위대한 지도자인 태양(마오쩌둥)을 추종하며 홍위병으로 참가한 적이 있었다. 그리고 방향을 바꾸어 혁명적인 백지(중국인은 한 장의 백지와 같다는 마오쩌둥의 생각) 위에서 이상을 찾았다고 굳게 믿으며 노동을 위하여 등뼈를 구부렸다. 그러나 나이를 먹음에 따라(자라나는 수염) 이 이상이 거짓이요, 그릇된 것임을 깨달았다. 과거의 혼란이 너무도 엄청나 시인은 할 수 없이 자신의 수염을 잘라버려야 (역사와 싸움을 함) 했다. 그럼에도 그를 둘러싼 분열된 세계를 시인은 통일할 수 없었다. 그 세계 속에서, 그 무질서 속에서, 한때 문화의 상징으로 존경의 대상이 되던 책은 쓸모없는 길잡이였으며, 하늘의 별조차 도박꾼의 밑천에 지나지 않았다. 시인은 자신의 옷마저 도박으로 날려버리고 벌거벗은 극빈 상태로 세상으로 돌아왔다. 담배가 자욱한 연기 속에서 타오르는 것은 총살형의 신호를 보내는 총구멍과 같았다. 밤은 죽음을 불러왔고 세상은 뒤집혀 있었다. 고집스럽게 시인은 세상을 더 정확히 볼 양으로 고목나무에 거꾸로 매달려 있었다. 무표정한 염소들, 백지, 황무지, 바다를 꿈꾸는 구워진 물고기, 파리 눈 속의 분열된 세계, 언쟁이 그치지 않는 책더미, 현금화된 별, 도박, 대걸레 같은 한 그루 고목나무 등 무의미한 상징들로 시 전체를 엮어가고 있다.

이때 쓴 〈공범(同謀)〉이라는 작품에서도 베이다오는 '문혁'의 죄악과 그것을 묵인하고 있는 현재 사이의 공범의식을 예리하게 분석해내고 있다. 이 시에서 시인은 자신의 세대를 어두운 밀림 속에서 길을 잃고 방황하는 어린 사슴에 비유하지만, 시에 가득한 냉소와 허무는 아래와 같은 천부적인 예술적 기재를 보여준다. 우리가 공범으로 살아가는 한 진정한 자유란 결코 획득할 수 없다며, 시인은 자기 세대가 저지른 죄악의 성격을 규명하고 있다.

자유란
사냥꾼과 사냥감 사이의 거리에 불과한 것이다.

1972년부터 1986년까지 베이다오의 작품들은 한마디로 '대체문학'이라고 할 수 있다. 즉 문화대혁명 당시 중국에는 자신들의 문학만이 사회가 생산한 삶을 진실하게 반영한다고 주장하던 관영 문학지들의 독단이 팽배해 있었다. 이러한 현실에 저항하기 위해 그는 1949년에 중화인민공화국이 수립된 뒤에 쓰인 모든 기성 문학의 정통성에 도전하는 '대체문학'을 창조함으로써 '대체현실'을 발견하고자 했다. 이런 문학들이 작가 자신의 경험에서 영감을 받아 쓰인 것은 사실이지만, 문학에 내재된 강인한 저항정신은 삶과 진실의 아름다움에 대한 최소한의 인본주의적 요구에 뿌리를 두고 있다. 따라서 그의 문학이 다룬, 중국 사회가 당면한 문제점들의 이면에는 현대사회의 근본적인 문제, 즉 인간의 딜레마를 이해하는 철학적 통찰이 놓여 있는 것이다.

1986년 봄, 베이다오는 시 강연을 위해 중국을 떠나 유럽과 미국을 방문했는데, 이때 종종 화가인 아내와 어린 딸과 함께 모습을 나타내기도 했다. 1988년 말 다시 중국으로 돌아온 그는 민주화와 인권을 위해 매우 활동적으로 일했다. 1989년 2월에는 민주투사인 웨이징성(魏京生)의 투옥에 반대하는 연명부를 작성하는 일에 참여했다. 그는 1989년 봄에 다시 중국을 떠나 여섯 달 동안 베를린에 머물면서 중국에서 자유와 민주를 위한 시위가 벌어졌으며, 6월 4일에 정부가 이를 잔인하게 진압했다는 소식을 잇달아 전해 듣는다. 이날 톈안먼 광장에 모인 학생들은 베이다오의 시를 인용하면서 시위하였다. 이때 인용된 시 〈종소리(鐘聲)〉와 〈길에서(在路上)〉를 보면 이 민주화항쟁이 결국 피의 진압을 가져올 것이라는 두려움이 짙게 배어 있다.

배들이 상륙한다
대설 위를 미끄러지면서
한 마리 면양(綿羊)이 먼 곳을 응시한다

그의 휑한 눈길은 마치 평화를 닮았다

바야흐로 만물이 새롭게 명명된다
이 속세의 귀들은
위험한 평형을 유지하고 있다

이건 결국 죽음의 종소리였다.

— 〈종소리〉에서

자유를 환호하는
사금(砂金)들의 소리가 물속에서 나온다
뱃속에서 쉼 없이 움직이는 아가의 입에는 담배가 물려 있고
어머니의 머리는 안개에 자욱히 감싸져 있다.

— 〈길에서〉에서

1989년 9월 오슬로에 가서 머문 석 달 동안 그는 다시 한번 가족들

과 재회할 수 있었다. 아울러 그곳에서 천마이핑을 만나《오늘》을 복간하는 작업에 착수하였다. 1989년 말에 베이다오는 여섯 달 일정으로 스톡홀름에 갔다가 1990년 5월에 오슬로로 돌아와《오늘》을 복간하기 위한 첫 편집회의를 가진 뒤, 1990년 말에 드디어 10년 만에《오늘》을 복간하여 제10호를 내고 1993년 23호부터는 홍콩의 옥스포드대학에서 출판하기에 이른다. 베이다오는 계속하여 계간지《오늘》에 신작을 발표하고 있다. 그의 시는 이미 각국의 언어로 번역되어 세계 문단에 회자되며 계속하여 노벨문학상 후보에 오르고 있다.

당국의 탄압으로 국외로 추방되어 망명생활을 하는 베이다오의 시도 변화의 조짐을 보이고 있다. 물론 6·4 민주화운동의 상처가 그의 1990년대 시들 속에서도 끊임없이 나타나고 있지만, 과거 경험에 대한 극단적인 재상상이라는 코드는 점차 대범해지고 안정화되기 시작한다. 현실의 세계에서 예측할 수 없고 불확정한 이미지들이 출몰하는 기법은 초현실주의에서 그 문학적 영양분을 섭취했다기보다는 이국의 풍경, 다른 문화적 코드, 어색한 환경 등을 몸소 경험함으로써 느끼는 실존의 인식으로부터 출발한다. 시에서 나타나는 이미지의 빠른 변환, 갑작스런 병치, 자주 반복되는 열린 구문 등은 이루 말할 수 없는 망명시인의 처지를 환기시키고 있다. 그가 말하려고 하는 것은 아마도 시에다 형식을 가져다주는 역사의, 기억의, 꿈의, 무의식의 예측할 수 없고 통제할 수 없는 힘이 가진 모순성이 아닐까. 그럼에도 베이다오가 시도하려는 작업은 시의 흐름 그 자체에 충실한, 경험의 소용돌이에 충실한, 그 소용돌이 안에 시간과 공간을 끊임없이 재배치하는 것에 충실한 하나의 형식을 만드는 작업일 것이다.

베이다오의 경우에는 그 텍스트가 출현한 문학사적 배경이 1919년 5·4 운동 시기의 문학 환경과 매우 유사하다. 5·4 운동의 가장 중요한 특징은 반(反)전통주의로, 이 반전통주의가 겨눈 과녁은 주지하다시피 유교적 전통이었다. 유교적 전통이 깊이 배어 있는 사회적 · 문화적 패러다임인 보수성 · 순종성 · 계급성을 철저하게 거부하는 지향과 서구로 향하는 '현대성'이라는 지향이 충돌했을 때, 신시(新詩)의 개척자들이 선택한 대안은 도교적 전통이었다. 기존의 모든 틀에 대한 부정과 주체로서 존립하는 인간의 자발성에 대한 인식은 과거에도 중국 전통문화의 한 축을 담당했지만, 새로운 시대의 이념적 · 문학적 대안으로도 손색이 없다고 하겠다.

신문학이 탄생한 뒤 반세기가 넘어 1980년대 초반에 대표적인 몽롱시인으로 등장한 베이다오는 〈회답〉에서 마오쩌둥 시대의 이데올로기에 대해 "난 믿지 않아!"라고 저항하면서 진실성과 인간성을 회복할 것을 주장했다. 이것은 마오쩌둥 시대의 집체적이고 영웅적인 자아로부터 벗어나 개인주의를 재확인한 것으로, 시의 고유한 순수성을 다시 부활시키고자 한 노력이었다.

베이다오는 현재 미국 노트르담대학교에서 학생들에게 문예 창작을 가르치고 있다. 조국의 민주화와 인권운동을 위해 헌신적으로 활동하다가, 1989년 봄부터 유럽과 미국에서 망명생활을 하고 있는 그에게 과거의 기억은 회한으로 얼룩진 정지된 화면일 것이다. 오랜 망명생활로 인한 시간적 피로감과 공간적 거리가 초기 몽롱시에 나타나던 피상적 허무주의와 소수 영웅주의에 대한 집착에서 그를 많이 여과시킨 듯싶다. 이제 지천명(知天命)이 넘은 나이에 그가 추구하는 문학세계는 틀림없이 중국문학이 앞으로 나아가야 할 방향에 커다란 이정표가 될 것이다.

🪶 생각할 거리

1. 베이다오라는 작가가 출현한 중국의 사회적·문화적 배경은 무엇이고, 이것은 우리에게 어떠한 교훈을 주는가?
2. 베이다오라는 시인이 추구한 반체제 비판의 경향은 어떠한 예술적 특이성으로 나타나는가?
3. 베이다오의 시가 우리에게도 커다란 반향과 감동을 준다면 그 주된 이유는 무엇인가?

🪶 권하는 책

정우광 옮김, 《뻬이따오의 시와 시론》, 고려원, 1995.
정우광 편저, 《베이다오 시선(北島詩選)》(《중국시인총서》 현대편), 문이재, 2003.
배도임 옮김, 《한밤의 가수(午夜歌手)》, 문학과지성사, 2005.

인생의 명랑한 항해를 꿈꾸는
중국 문단의 거목 , 왕멍

장윤선

1. 중국 문단의 거목, 왕멍

중국 문단에서 현대사의 산 증인으로 일컬어지며 지금까지 왕성하게 창작활동을 벌이고 있는 왕멍(王蒙: 1934~)은 중국인들이 가장 존경하는 작가이자 지식인이다. 왕멍이 창작한 소설만도 100여 권이 넘으며, 소설 외에도 시, 산문, 평론, 콩트, 번역 등 다방면에 걸친 문학적 편력은 타의 추종을 불허한다. 삶을 통찰하는 깊이 있는 사색, 문학에 대한 지칠 줄 모르는 열정, 그리고 끊임없는 변신으로 그는 중국 문단뿐 아니라 한국에도 많은 독자층을 갖고 있다. 왕멍은 얼마 전 출간된 에세이집에서 자신의 인생여정을 반추하며 삶과 인간, 역사, 문학 등에 관한 종합적 사고를 웅장한 필력으

온갖 풍상과 역경을 이겨낸 왕멍의 모습. 깊게 팬 세월의 주름과 머금은 미소 속에 역사와 조국에 대한 노작가의 진한 애정이 배어난다.

로 보여주었다. 그는 역사란 수많은 강줄기들이 한곳으로 모인 거대한 강이며, 자신이 살아온 인생은 거대한 강을 이루는 한 줄기 물이었다고 말한다. 그리고 역사의 물결 속에 자신이 살아온 칠십여 년의 인생여정은 수많은 고난과 시련의 가시밭길이었다고 회고한다. 왕멍이 고백한 대로 그는 중화인민공화국의 역사와 한 길을 걸어왔으며, 역사의 질곡 속에 동시대 어느 작가보다도 힘든 시련을 겪어왔다. 그러나 왕멍은 고난과 시련으로 점철된 자신의 인생을 오히려

우환과 고통을 감내하고 극복해낸 가치 있는 인생이었노라고 자평한다. 그리고 젊은이들에게 "인생의 돛단배를 몰고 한바탕 즐거운 항해를 떠나라"하고 역설한다. '고국 팔천 리, 풍운 삼십 년(古國八千里, 風雲三十年)'의 험난한 여정을 넘어서 '인생의 명랑한 항해를 꿈꾸기까지, 과연 중국 문단의 거목 왕멍이 살아온 인생여정은 어떠했으며, 또 그는 자신의 문학을 통해서 우리에게 무엇을 전달하고 있는가. 왕멍의 인생과 문학세계를 통해 인생의 참된 의미를 되새겨보고, 아울러 문학에 대해 진지하게 성찰해볼 수 있는 기회가 되길 바란다.

2. 소년 볼셰비키의 좌절

1934년에 베이징에서 태어난 왕멍은 겨우 열네 살 나이에 지하 공산당 조직에 가입했을 정도로 어려서부터 일찍 혁명과 이데올로기에 눈을 뜬 정치적 조숙아였다. 그에게 '당'과 '인민'은 자신이 살아가는 이유이자, 혁명의 이유였고, '문학'의 대전제였다. 그의 첫 작품은 〈청춘만세(青春萬世)〉

로, 이 소설은 당시 왕멍과 나이가 같은 열아홉 살 고등학교 3학년 여학생들의 신중국 탄생에 대한 환희와 열정을 낭만적 필치로 묘사한 작품이다.

왕멍의 이름을 정식으로 문단에 알린 작품은 1956년에 쓴 〈조직부에 온 젊은이(組織部來了個年輕人)〉이다. 이 소설은 작가로서 명성을 주었지만 한편으로 고난의 가시밭길로 인도한, 왕멍에게는 애증이 교차하는 작품이다. 소설에서 왕멍은 당 조직에 발령받아 온 린전(林震)이라는 젊은이를 통해 당 조직 내부에 만연해 있던 구태의연한 관료주의 행태를 강력히 비판하면서, 당을 과감하게 혁신하고 개혁의지를 불태우자고 촉구했다. 소설이 발표되자 문단은 청년작가 왕멍의 불의에 타협할 줄 모르는 패기와 현실에 대한 비판정신을 높이 사고, 아울러 그의 문학적 재능에 찬사를 보냈다.

그러나 작가로서 얻은 성공과 명성은 그 뒤 반우파투쟁의 소용돌이 속에서 물거품처럼 사라졌으며, 그는 '우파분자'라는 가혹한 꼬리표를 달게 된다. 잇달아 왕멍은 당적까지 박탈당하고 4년 동안 노동개조를 받는다. 그리고 자의 반 타의 반으로 1963년 12월에 온 가족이 돌아올 기약 없는

▒ 왕멍의 주요 작품

1953년 첫 장편소설 〈청춘만세(靑春萬世)〉 집필 완료(당시 미발표).

1956년 9월 문제작 〈조직부에 온 젊은이(組織部來了個年輕人)〉 발표.

1980년 〈몰려드는 중재자(說客盈門)〉로 《인민일보(人民日報)》 일등상을 수상.

1979~1980년 〈나비(蝴蝶)〉로 전국 우수 중편소설상 수상.

1986년 《변신인형(活動變人形)》 발표.

1987년 〈재미(來勁)〉 발표.

1988년 〈조합(組合)〉 발표.

1993~1996년 장편소설 《연애의 계절(戀愛的季節)》, 《실태의 계절(失態的季節)》, 《주저의 계절(躊躇的季節)》, 《광희의 계절(狂歡的季節)》 등 발표.

2003년 《왕멍 자서전─나의 인생철학(王蒙自述─我的人生哲學)》 출간.

신장(新疆)행에 오른다. 이로써 소년 볼셰비키 출신으로 그 누구보다도 조국과 당, 인민을 위한 사명감을 최우선으로 삼던 왕멍에게 '고국 팔천 리, 풍운 삼십 년'의 험한 가시밭길이 펼쳐진다.

　　왕멍은 자신의 파란만장한 인생여정을 '고국 팔천 리, 풍운 삼십 년'이라는 독특한 용어로 개괄하였다. '삼십 년'은 1949년에 중화인민공화국이 수립된 때부터 1979년에 베이징으로 돌아오기까지 혁명의 소용돌이 속에서 보낸 고난과 시련의 시간을 의미하며, '팔천 리'는 '베이징'에서 '신장'에 이르는 험난한 공간적 거리를 비유한다. 왕멍은 뒷날 신장에서 보낸 십육 년간의 세월에 대해 몸은 비록 육체적 노동으로 지치고 힘들었지만, 위구르 농민들과 생활하며 그들의 언어를 배우고 그들의 삶과 정서를 체험한 귀중한 시간이었다고 회고한다.

　　그러나 창작을 금지당하고 문학활동을 전혀 할 수 없던 세월은 작가에게 손발이 묶인 채로 감금당하는 것 같은 고통의 시간이었을 것이다. 더구나 소년 볼셰비키 출신이라는 자부심으로 당과 조국을 자아의 가치를 실현할 최우선의 공간으로 삼고 살아온 그에게, 우파분자라는 오명과 축출은 가혹한 정신적 형벌이었을 것이다. 비록 그가 이 지난하던 세월에 대해 모든 것이 자신이 선택한 고난의 결과물이었기에 감내할 수 있었다고 회고하지만, 상처받은 영혼의 흔적까지 부정할 수는 없을 것이다. 다만 그 상흔들이 흘러가는 세월 속에 점차 무뎌지고 아물고 봉합되었을 뿐.

　　1976년 10월에 마침내 문화대혁명이 막을 내리고 중국은 '신시기'의 문을 활짝 연다. 그리고 1979년 6월에 자그마치 십육 년간의 신장 생활을 접고 왕멍이 드디어 베이징으로 돌아온다. 창작의 자유를 금지당한 고통의 세월을 참을 수 없었던 탓이었을까. 베이징으로 돌아온 왕멍은 오랫동안 억눌린 창작 욕구를 일시에 분출하기라도 하듯 수많은 작품을 연속적으로 발표한다. 〈볼셰비키의 경례(布禮)〉, 〈나비(蝴蝶)〉, 〈봄의 소리(春之

聲〉〉 등 '의식류(意識流)' 작품을 비롯하여, 신장 생활에서 체험하고 느낀 것을 표현한 《이리에서(在伊犁)》 같은 계열소설 등이 주목할 만하다. 특히 그의 의식류 작품은 '고국 팔천 리, 풍운 삼십 년'의 풍운 속에서 왕멍 자신을 포함한 중국인들이 겪어야 했던 육체적 · 정신적 시련과 상처에 대한 이야기가 주를 이룬다.

〈볼셰비키의 경례〉와 〈나비〉에는 왕멍의 분신이라고 할 수 있는 혁명가 중이청(鍾亦成)과 당 간부 장쓰위안(張思遠)이 주인공으로 등장한다. 이들 모두 소년 볼셰비키 출신으로 조국과 당을 위해 헌신해왔지만 우파분

※ 반우파투쟁

1957년에 중국 사회는 내부적으로 많은 문제점들이 야기되고 있었다. 이에 중국공산당은 인민 내부의 모순을 처리하기 위해 '언자무죄(言者無罪)'를 제창하면서 중국공산당에 대한 지식인의 비판을 적극적으로 호소하였다. 그러나 예기치 않은 강도 높은 비판과 불만의 목소리가 터져나오자 당은 경악을 금치 못하고, 대대적인 정치적 공세로 방침을 바꾼다. 그리고 1957년 6월 말에 사회 내부의 비판적 목소리들을 반사회주의 독초라고 규정하고 이를 제거하기 위한 반우파 운동을 선언한다. 국가와 당과 사회를 발전시키기 위해서 비판한 자들을 오히려 우파로 몰아세우면서 국가의 반역자로 취급하는 반우파투쟁이 대대적으로 전개되었다. 그 결과 수많은 민주적 당파의 인사나 지식인, 특히 중국공산당에 대해 비판하거나 저항을 나타낸 사람들이 여지없이 모두 우파분자로 낙인 찍혀 숙청 대상이 되었고 노동개조 현장으로 추방되었다.

※ 의식류

'의식류(意識流, stream of consciousness, 의식의 흐름)'라는 말은 원래 심리학에서 사용하던 용어로, 20세기 들어 서방에서 인간의 의식세계를 다루는 소설들이 출현하자 이런 소설의 성격을 설명하는 문학적 용어로 사용하게 되었다. 왕멍이 그의 작품에서 사용하고 있는 것은 기법적 차원의 의식류로, 주로 내적 독백, 자유연상, 카메라 아이(camera eye) 등의 기법을 활용하여 시간과 공간의 자율성을 극대화시키고 있다. 왕멍의 의식류 작품은 인간의 내면세계에 눈을 돌림으로써 중국 당대문학에서 인간의 영혼을 탐색하는 새로운 영역을 개척했다는 점과, 사회주의 리얼리즘이라는 일원화된 문예원칙에서 탈피하여 서구의 문예기법을 수용하여 중국문학을 다양화하는 데 기여했다는 점에서 의의를 지닌다.

자로 내몰려 이십여 년 세월 동안 육체적·정신적으로 갖은 시련을 겪는다. 왕멍은 중이청과 장쓰위안의 굴곡 많은 개인사를 통해 자신을 포함한 중화인민공화국 1세대들이 당과 조국을 위해 얼마나 헌신했는가를 구구절절 호소한다. 그리고 그런 자신들에게 행해진 육체적·정신적 시련이 얼마나 가혹했는지를 부각시킨다.

그러나 두 작품 모두 문화대혁명의 비극성이 가져다준 개인의 육체적·정신적 상처에만 주안점을 둘 뿐, 문화대혁명이 발생하게 된 근본적 원인과 책임 소재에 대해서는 미온적인 자세를 보인다. 물론 주변인물들을 통한 비판과 질책이 있지만, 이 또한 상당히 제한적으로 나타나고 있다. 작품을 읽다 보면 주인공들의 맹목에 가까운 신념과 다분히 감상적인 호소 속에 주변인물들의 비판과 질책이 그대로 파묻혀버리는 느낌이다. 따라서 주인공들의 질질 짜는 듯한 신파조의 고백을 듣고 있노라면 공감이나 연민이 생기기보다는 오히려 책임을 회피하고 있다는 의심마저 든다. 주인공들은 피해자로서 자신들의 육체적·정신적 고통만을 호소할 뿐, 자신들이 가해자이기도 한 역사적 사실에 대해서는 자기변명으로 일관하고 있다. 혁명이라는 명분 아래 장구한 세월 동안 수많은 사람들이 불행한 삶을 살았는데도, 화해와 관용이라는 보편적 가치를 내세워 모든 상처와 한을 그대로 봉합하려는 작가의 입장에는 수긍할 수가 없다.

바로 이 점이 작품의 전체적 의미를 반감시키며 의식류 작품의 사상적 한계로 작용한다. 왜 작가는 역사적 비극 앞에서 냉엄한 심판을 내리지 못하는 것인가. 이런 의문과 함께 왕멍의 '볼셰비키 콤플렉스'를 떠올리지 않을 수 없다. 어려서부터 당과 조국에 대한 맹목적인 믿음과 복종이라는 의식화 교육을 받고 자란 왕멍으로서는, 당 자체의 절대적 과오를 인정하고 이를 비판하기가 힘들었을 것이다. 어려서부터 뇌리에 각인된 당에 대한 신념과 믿음이 과잉의식적으로 끊임없이 잠재적인 작용을 해서, 그로

하여금 역사에 대해 객관적이고 준엄한 반성과 비판을 행하지 못하도록 한 것이다. 이렇게 볼 때 왕멍의 삶과 문학을 지탱하고 본인의 정체성을 확립하는 데 중요한 심리기제이던 '볼세비키 정신'은 왕멍에게 최대의 아킬레스건인 셈이다.

3. 변신인형의 고통

아무튼 신시기 문단으로 돌아온 왕멍이 제일 먼저 찾고자 한 것은 '고국 팔천 리, 풍운 삼십 년'의 인생여정 속에서 자신이 잃어버린 정치적 자의식이었다. 그리고 중이청과 장쓰위안 같은 대변인을 통하여 정치적 자의식을 회복한 뒤, 왕멍은 비로소 '정치'에서 한 발 물러나 '문화'에 대한 반성과 성찰로 시선을 돌린다. 그리고 그 정점에서 나온 작품이 《변신인형(活動變人形)》이다. 《변신인형》은 국내에 이미 1989년에 번역·출판되어 호평을 받았다. 현실을 꿰뚫는 작가의 통찰력, 다양한 문학적 형식 실험, 풍자와 유머를 통한 치열한 현실 비판 등 이 작품은 그의 작품 중 가장 독보적이며, 중국현대소설의 위상을 높이는 데 크게 기여한 보기 드문 수작이다.

왕멍은 이 책의 서문에 다음과 같이 적고 있다. "나는 이 책을 쓰면서 대단히 고통스러웠다. 나는 지금까지 이처럼 고통스러운 책을 쓴 적이 없다. 추악하기 때문에 고통스러웠다. 사랑과 선량이 왜곡되어 이런 잔혹으로 변할 수 있고, 가까운 사람일수록, 사랑하는 사람일수록 더 서로를 괴롭히고 서로에게 정신적 혹형을 가할 수 있다는 사실 때문에 고통스러웠다." 이처럼 왕멍은 '고통'이라는 단어를 유독 강조한다. 무엇 때문에 그에게 이 책은 고통스러운 작업이었을까? 그는 왜 고통·추악·잔혹·혹형이라는 단어들로 이 책을 설명했을까? 그는 과연 우리에게 무엇을 말하고 싶었던 걸까? 꼬리에 꼬리를 무는 궁금증은 책장을 넘김과 동시에 엄습해오는 고통으로 전율을 느끼게 한다.

1986년 3월에 발표된 《변신인형》은 니우청(倪吾誠)을 주축으로 그의 아내 징이(靜宜), 처형 징전(靜珍), 어머니 장자오(姜趙), 그리고 그의 딸 니핑(倪萍)과 아들 니짜오(倪藻)가 한 집에 살면서 겪는 '문화적 갈등'을 그린 가족소설이다. 왕멍은 자신의 자전적 인물이기도 한 니짜오의 시선을 통해 이 가족의 비극사를 보여주고 있다. 니우청은 몰락한 지주가문 출신으로 신식교육을 받고 서구 유학까지 마치고 돌아온 인텔리이다. 그는 중국의 봉건적 전통문화에 극도로 반감을 표출하며, 반대로 서구의 문화는 맹목적으로 추종하는 극단적 서구주의자이다. 반면 아내, 처형, 어머니는 봉건적 전통문화의 수호자들로, 이들은 서로 연대하여 니우청에게 사사건건 대립각을 세운다. 징이는 신식교육을 받았는데도 '닭에게 시집을 가면 닭을 따르고, 개에게 시집가면 개를 따른다(嫁鷄隨鷄, 嫁狗隨狗)'라는 봉건적 혼례문화의 구습에 얽매여 스스로를 옭아맨다. 징전은 열여덟에 결혼하여 열아홉에 남편을 잃은 청상과부로 평생 수절하며 정절을 지켜야 한다는 남성 중심의 봉건적 도덕관념에 구속되어 평생 비극적인 삶을 살아간다. 특히 과부가 된 이유가 자신의 상이 '남편을 잡아먹는 상'이기 때문이라고 자책하며, 매일매일 거울 속의 자신을 욕하고 저주한다. 자신을 저주하는 이런 행동은 타인에게까지 분출되어, 그녀는 타인을 욕하고 저주하면서 자기만족과 위안을 삼는다. 니우청과 이들은 서로 다른 문화적 사고방식으로 번번이 대립하며 갈등을 일으키고, 가정은 결국 온통 불화와 적대감으로 가득 찬 고통의 집결지가 된다.

이처럼 니우청에게 가정은 봉건적인 쇠사슬과 족쇄로 그를 옭아매는 감옥이다. 이는 비단 니우청만이 느끼는 고통이나 비극이 아니다. 징이와 징전도 동일한 고통과 비극을 체험한다. 서구의 근대화된 선진문명과 문화에 매료되어 기계적으로 이를 답습하고 모방하려는 니우청에게서, 그녀들은 니우청이 자신들에게 느끼는 것과 동일한 구역질나고 몸서리쳐지는 고통을 느낀다. 결국 니우청의 서구문명에 대한 극단적 동경이나 징이와 징전의 봉건적 이데올로기에 대한 맹신처럼, 각자 자신들이 맹목적으로 믿고 있는 문화적 사상과 관념이 상대방에게는 그들을 옥죄는 고통의 족쇄와 올가미가 되는 셈이다.

스스로를 철저하게 서양인으로 변신시키기 위한 니우청의 갖은 노력들을 작가는 작품에서 희화적으로 묘사하고 있다. 서양인으로 완벽하게 변신하기 위해 니우청은 여러 외국어를 배우고 서양인의 취미생활이자 기호인 승마, 커피, 댄스, 수영 등을 배운다. 또한 청결과 위생을 강조하며 서양식 목욕문화를 예찬하고, 중국인들의 불결하고 비위생적인 문화를 혐오하고 저주한다. 이처럼 그에게는 중국적인 것과 철저하게 단절하는 것이 곧 자신을 화려하고 멋진 서양인으로 변신하고 개조하는 것이었다.

그러나 이런 그를 바라보고 있노라면 오히려 그의 처절한 고통과 몸부림에 연민마저 든다. 니우청이 변신을 위해 아무리 발버둥을 쳐도 그는 수천 년간 지속되어온 봉건적 문화 이데올로기로부터 도망칠 수 없다. 마치 늪에 빠져 허우적댈수록 더 깊은 수렁으로 빨려 들어가듯 그는 더더욱 그 속으로 침잠할 뿐이다. 바로 여기서 전근대적인 봉건적 족쇄에서 자유로울 수 없는 한 영혼의 처절한 몸짓과 삶의 고통을 체감할 수 있다. 그리고 작가가 제목을 왜 '변신인형'이라 했는지 비로소 이해가 간다. 작품에서 '변신인형'은 니우청이 니짜오에게 사다준 일본 장난감으로 머리, 몸통, 다리 각 부분을 떼어내서 다양하게 변신할 수 있는 인형을 가리키는 말이다. 즉 왕멍은 전통과 현대, 서구와 중국이라는 문화적 충돌 속에서 좌표를 잃고 배회하는 니우청의 왜곡되고 분열된 자아의 모습을 '변신인형'으로 상징한 것이다.

왕멍은 이 책의 서문 마지막에 다음과 같은 의미심장한 말을 남기고 있다. "이상은 현실을 개조하지만, 이상은 반드시 현실의 노력을 통해 현실을 개조해야 하기 때문에 현실도 이상을 개조한다. 이 과정은 비록 고통스러운 것이지만, 그래서 오히려 큰 의미가 있다." 결국 이 말은 중국인들의 머릿속에 수천 년간 축적된 봉건적 문화 잔재를 청산하고 현대화된 문화로 탈바꿈하기란 결코 쉬운 일이 아니라는 것, 즉 이상을 실현하는 것은 결국 현실에서 고통을 겪으며 치열하게 인내하는 과정을 통해서 점진적으로 실현될 수 있다는 의미일 것이다. 중국인들의 문화심리 구조를 철저하게 꿰뚫고 있는 그의 지적과 냉철한 현실비판 정신 속에 역사와 사회에 대한 작가의 예리한 통찰력이 엿보인다.

4. 나는 학생이다

정치에서 문화, 역사, 사회로 작가의 사고가 심화되면서 왕멍이 노년에 최종적으로 도달한 과제는 '인생'이다. 4년간 심혈을 기울인 끝에 2003년에 출간한 《왕멍 자서전―나의 인생철학(王蒙自述―我的人生哲學)》은 '인생'에 대한 그의 진지한 사색과 고민이 담겨 있는 결정체다. 이 책에서 작가는 70년이라는 긴 세월을 격동의 중국 역사와 함께 한 자신의 인생을 반추하며, 그 속에서 자신이 획득한 인생의 참된 가치와 의의에 대해서 말하고 있다.

《왕멍 자서전―나의 인생철학》은 국내에서 원저의 제목과 달리 《나는 학생이다》라는 제목으로 출판되었는데, 이는 원저 2장의 제목인 '我是學生'에서 따온 것이다. 원저에서 왕멍은 전체를 열두 개 장으로 세분하여 자신이 깨달은 인생의 여러 명제에 대해서 자세하게 서술하고 있다. 특히 2장에 보면 왕멍은 지나온 70여 년의 세월 속에서 결국 자신의 진정한 정체성을 깨달았다고 고백하는 내용이 있다. 그는 자신은 한때 당원이자 관리라는 정체성과 문학 창작 활동을 하는 작가라는 정체성, 이 두 가지 정체성을 갖고 있었다고 말한다. 그러나 이 두 가지 정체성은 역사의 모진 풍운 속에 점차 상실되어갔다. 물론 뒷날 복권과 더불어 당적도 회복되고 문화부 부장의 자리에까지 이르는 영예도 얻고 또 작가로서 지위와 명성도 쌓았지만, 이런 '정치적 자아'나 '문학적 자아'는 일시적인 것이었을 뿐 그가 획득해낸 참된 정체성의 모습이 아니었다. 그렇다면 그가 획득해낸 자신의 정체성은 과연 무엇인가. 이에 대해 왕멍은 70여 년간 극단의 영욕을 겪으며 깨달은 자신의 참된 정체성은 다름 아닌 '학생'이었노라고 천명한다. 뭔가 거창한 대답을 얻고자 한 바람이 실망이라기보다 일종의 의아함으로 대체된다. 왕멍은 왜 자신의 정체성을 '학생'으로 규정하고 있을까?

"나는 이미 고희의 나이를 넘긴 사람이다. 그러나 지금도 나는 '학생'이라고 스스로를 칭한다. 이것은 단순히 사람들을 감동시키기 위한 말이 아니라, 배움과 사색에는 끝이 없다는 인생의 참뜻을 말하고자 하는 것이다. '학생'은 나의 신분만이 아니고, 나의 세계관이자 인생관이다. 인생이란 배우는 과정이다." 이 말은 끊임없는 배움과 사색의 과정이 있었기에 인생의 가치를 높이고 인생을 향유할 수 있었다는 왕멍의 진솔한 고백이다. 그의 인생여정을 파노라마처럼 쭉 펼쳐보니, '학생이다'라는 그의 고백처럼 인생 굽이굽이마다 그는 배움에 몰두하고 사색하며 자신의 삶을 적극적으로 이끌어왔다. 16년이라는 긴 세월의 공허함과 고통도 소수민족의 삶과 문화를 배우고 체험하는 것으로 감내할 수 있었다. 또 그 뒤 개혁·개방의 시대와 세계화 속에서도 수많은 서적들을 독파하고 외국어를 학습하고 세계의 다양한 문화를 받아들이며, 그렇게 왕멍은 인생을 풍부하고 다채롭게 향유해왔다.

그리고 왕멍은 인생을 향유하기 위한 마음가짐으로 '명랑함'을 당부한다. '명랑함'은 신체적 건강, 마음의 평안과 홀가분함, 긍정적이고 낙천적인 마음가짐을 말하는 것으로, 왕멍은 책에서 다음과 같이 말하고 있다. "내가 말하고자 하는 '명랑함'은 초월과 비약으로 도달하는 인생의 경지를 의미한다. 이것은 우환과 고통을 이겨낸 후의 명랑함이며, 역경과 위험에 봉착했을 때의 차분함이며, 모든 인생의 고난을 능히 반추하고 소화할 수 있는 능력이다." 험난한 인생여정을 거쳐 어느덧 인생의 대단원에 도착한 그는 이 책을 통해 참으로 많은 이야기를 한다. 중국현대사의 굴곡이 그대로 아로새겨 있는 그이기에, 그가 던지는 말 한마디마다 삶의 진정한 깊이와 무게감이 실려 있다. 이처럼 낙관적이고 매사에 긍정적인 정신자세로 고난과 역경의 세월을 딛고 문단의 거목이자 사상계의 최고 지성인으로 자리매김하기까지, 왕멍이 살아온 인생은 일종의 배움의 장소였으며 사색의 공간이었다. 명랑한 자세와 태도를 갖고 배움을 통해 끊임없이 인생의 가치와 의미를 창출해내는 것, 이것이 바로 왕멍이 말하는 '학생'이라는 본인의 정체성이요, 그가 제시하는 진정한 인생철학이라 하겠다.

붉은 태양, 붉은 별로 상징되는 '혁명'의 낭만적 꿈을 향해 질주하던 14세 소년이 어느새 인생의 황혼기에 다다른 칠십대 노인이 되었다. '고국 팔천 리, 풍운 삼십 년'의 온갖 풍상 속에서도 왕멍은 부러지지 않고, 오히려 튼튼한 거목이 되어 역사 속에 우뚝 서 있다. 삶과 문학 속에서 보여주는 그의 낙관적 인생관과 부단한 배움의 자세는 고통과 시련을 극복하고 얻어낸 귀중한 인생의 경지다. 배움과 사색으로 인생을 풍요롭게 채워가며 삶에 대한 신념과 긍정으로 인생의 고난과 시련을 헤쳐나가는 것, 이것이 바로 바다 건너편 인생의 대선배이자 노스승이 우리에게 전하는 귀중한 당부의 말이다.

생각할 거리

1. 왕멍의 삶과 문학적 정체성을 확립하는 데 중요한 심리기제이던 '볼셰비키' 정신이 도리어 콤플렉스가 되어 사상적 한계로 작용하는 점에 대해 생각해보자.

2. 전통문화와 서구문화의 충돌을 통한 역사 발전의 올바른 방향은 무엇일지 생각해보자.

3. 자신이 생각하는 인생의 참된 가치와 의미는 무엇인지 생각해보자.

권하는 책

이욱연 · 유경철 옮김, 《나비》, 문학과지성사, 2005.

전형준 옮김, 《변신인형》, 문학과지성사, 2004.

임국웅 옮김, 《나는 학생이다》, 들녘, 2004.

황량한 도시를 배회한 상하이 작가, 장아이링

전윤희

1. 영원한 상하이인

장아이링(張愛玲; 1920~1995)은 1940년대 적막한 상하이 문단에 혜성처럼 나타나 인기를 누린 여성작가다. 그녀는 1944년에 단편소설집 《전기(傳奇)》와 산문집 《유언(流言)》을 출간하면서 왕성한 창작욕을 드러냈다. 1920년에 상하이 조계지의 한 가정에서 태어난 상하이 출신 작가로, 누구보다도 자신의 고향 상하이를 사랑했다. 천재를 꿈꾸던 그녀는 남달리 섬세하고 예민한 기질의 작가로서, 도시생활과 도시문화를 사랑하는 도시인이었다. 그녀는 산문 〈역시 상하이 사람(到底是上海人)〉에서 "상하이인을 위해 한 권의 홍콩 전기를 썼다. ……난 상하이인의 관점으로 홍콩을 관찰했기 때문에 한시도 상하이인을 생각지 않은 적이 없었다. 상하이인만이 내 글이 표현해내지 못하는 부분까지도 이해할 수 있을 것이다. 난 상하이인을 사랑한다. 상하이인들이 내 글을 좋아하길 바란다"라고 하면서 상하이인에 대한 그녀의 남다른 애정을 표현하였다. 이러한 장아이링의 소설들은 1930년대 상하이와 상하이인들의 우울하고 권태로운 일상을 소설 속에 담아내면서, 도시

대도시 상하이와 홍콩의 생활을 소설 속에 담아낸 장아이링.

문학의 선성(先聲)이 된 현대파 작가들과 함께 해파 문학의 흐름 속에 놓여 있다. 이야기를 해체하고 무질서하게 나열된 장면들을 보여주는, 네온사인이 번쩍이는 상하이 거리를 헤매던 현대파 작가들과 달리, 그녀는 이야기 위주의 서술구조로 다시금 회귀하여 1940년대 황량한 도시인의 삶을 이야기했다. 그녀는 고전문학의 통속적 표현방식과 서구 모더니즘 기조를 이루는 인간의 정욕과 허무의식을 한데 잘 융합하여 그녀 나름의 독자적인 문학세계를 구축하였다.

    그녀의 이러한 창작 경향은 그녀의 삶과 긴밀한 관계를 가진다. 청조의 명문세가 출신인 그녀는 남달리 불행한 삶을 살았다. 구습에 젖어 아편과 주색잡기를 일삼던 아버지와 신여성을 자처하던 어머니의 불행한 결혼생활 탓에 우울하고 적막한 유년기를 보내야 했다. 아버지의 방탕한 생활을 참다못한 어머니는 그녀가 네 살 되던 해에 유럽으로 유학을 가버렸고, 열 살 되던 해에 부모는 결국 이혼하였다. 얼마 지나지 않아 계모가 들어왔고 17세에 아버지에게 심하게 구타당하고 감금되었다가 집을 도망쳐 나올 때까지 그녀의 불행은 계속되었다. 그 뒤 유달리 청교도적이고 구속이 심한 성마리아 여학교 생활에 크게 만족하지 못했지만, 〈소(牛)〉, 〈패왕별희(霸王別姬)〉 등의 글을 학교 신문에 투고하여 타고난 글재주를 인정받

왔다. 학교를 졸업한 뒤 영국으로 유학을 가려던 꿈은 전쟁 때문에 좌절되고 결국 홍콩대학에 입학했는데, 이 무렵 〈나의 천재의 꿈(我的天才夢)〉을 월간지《서풍(西風)》에 투고하여 명예 3등상을 받기도 했다. 하지만 1941년 12월에 홍콩이 일본에 함락되자 그녀는 윤함구 상하이로 다시 돌아와 고모와 생활하면서 비로소 전업작가의 길로 들어선다. 1943년에 〈침향 가루, 첫 번째 향로(沈香屑第一爐香)〉, 〈침향 가루, 두 번째 향로(沈香屑第二爐香)〉, 〈자스민 차(茉莉香片)〉, 〈역시 상하이인(到底是上海人)〉, 〈도시를 뒤엎는 사랑(傾城之戀)〉, 〈황금 족쇄(金鎖記)〉, 〈심경(心經)〉, 〈봉쇄(封鎖)〉, 〈유리기와(琉璃瓦)〉 등을《보라난초(紫羅蘭)》,《잡지(雜志)》,《만상(萬象)》 등의 간행물에 계속 발표하였고, 1944년에《전기》와《유언》이 출판되면서 명성을 얻었다. 1950년에는 〈열여덟 번의 봄(十八春)〉을《역보(亦報)》에 발표하였고, 1952년부터 홍콩에 있는 미국 신문사에서 일하면서 1953년에 〈앙가(秧歌)〉와 〈황무지의 사랑(赤地之戀)〉을《금일세계(今日世界)》에 연재하였다. 그 사이 1944년에 비밀리에 결혼한 후란청(胡蘭成)과 1947년에 결별하고, 1955년에 마침내 중국을 떠나 미국으로 갔다.

삼십대 중반의 젊은 나이에 고국과 가족을 영원히 등지고 타국에서 생활한다는 것 자체가 장아이링에게는 고통과 번뇌였을 것이다. 자신의 선택에 일말의 후회도 없었는지 알 수는 없지만, 1995년에 미국 로스앤젤레스에서 75세 나이로 병들어 죽을 때까지 그녀는 빈궁하고 병든 몸으로 수십 번도 더 이사를 하며 고초를 겪었다. 물론 1956년에 자신보다 서른 살이나 많은 미국 작가 페르디난드 레이어(Ferdiand Reyher)와 재혼하여 한때 안정된 듯했지만, 1967년에 그가 죽은 뒤로는《홍루몽(紅樓夢)》연구에 전념하면서 은폐된 생활을 했다. 평생 늘 혼자 떠돌아다녀야 했던 그녀는 죽는 순간까지도 혼자 외롭게 죽어갔다. 죽으면 어떠한 장례의식도 치르지 말고 바로 화장하여 뿌려달라는 짧은 유서만 남긴 채 눈을 감았다. 외롭고 황량한 그녀의 삶 자체가 전기적이었고, 그녀의 소설작품 속에도 자신의 삶에서 연유한 듯한 비통하고 처량한 분위기가 짙게 배어 있다. 또한 몸은 비록 조국을 떠났지만 마음만은 늘 떠나온 조국을 잊지 못했다. 특히 그녀는 언제나 문단에 첫 발을 내디딘 1940년대와 그 시절의 작품세계에 머물러 있었다. 그녀는 영원한 상하이인이었다.

2. 비뚤어진 인성 이야기

장아이링이 소설을 창작할 때 항상 주안점을 둔 것은 비뚤어지고 비틀린 인성(人性)을 세밀히 묘사하는 것이었다. 인간이라는 동물의 본성이 환경적 요인에 의해 변질되고 비틀리면서 인성을 잃어버리고 비정상적이고 변태적인 인간으로 변해가는 참담한 현실을 그려냈다. 그녀가 〈인성을 말한다(談人性)〉에서 "인성은 가장 재미있는 책이어서 평생 보아도 다 볼 수 없다"라고 한 것처럼, 그녀는 내내 인성을 관찰하는 데 집중하였다. 진정한 의미의 가족과 집을 가질 수 없던 도시인들의 일그러진 인성 이야기를 그녀 특유의 색감이 느껴지는 화려하고 섬세한 묘사들로 가득 채워나갔다.

먼저 그녀의 대표작으로 가장 좋은 평가를 받고 있는 〈황금 족쇄〉[1966년에 이 소설을 개작한 〈원녀(怨女)〉를 발표함]는 황금 족쇄에 자신을 가두어버리는 차오치차오(曹七巧)라는 여자의 이야기다. 미천한 기름집 딸로 태어난 치차오는 조실부모하고 오빠와 새언니 밑에서 자란다. 그러다가 오빠와 새언니의 권유로 타고난 연골증 환자에게 시집을 가지만, 마음속으로는 늘 신분 상승과 물질적 풍요를 꿈꾼다. 하지만 병약한 남편은 하루 종일 누워서 아편만 피워댈 뿐 도무지 그녀의 마음을 잡아주지 못하고 집안의 시종들까지도 그녀를 무시하려든다. 비록 병약한 아이 둘을 낳긴 했지만 맘은 늘 외롭고 공허하기만 하다. 그러면서 점점 심사가 뒤틀리기 시작하고 언제부턴가 남편이 죽은 뒤에 차지할 유산만을 기다리게 된다. 하지만 그녀의 뒤틀린 심사를 더욱 어지럽게 하는 사람이 있었으니, 그가 바로 시동생 장지쩌(姜季澤)다. 가정에 충실하지 못하고 기방 출입만 해대는 한량이었지만, 침대에 누워만 지내는 남편과 달리 육체적으로 건강한 그에게 치차오는 은밀한 욕정을 느끼기 시작한 것이다. 하지만 세월은 무심히 흘러 10년이 훌쩍 지난다. 남편도 시어머니도 세상을 떠나고 적은 유산이라도 챙겨 겨우 작은 집으로 이사하자, 재산을 모두 탕진해버린 시동생이 찾아와 옛정 운운하며 돈을 구걸한다. 시동생을 본 순간 잠시 맘이 설레었지만, 이내 애정을 빌미로 돈을 뜯어내려는 그의 비열한 태도에 화가 치밀어 그를 때려서 내쫓아버린다. 그러고는 얼른 창가로 뛰어가 마음 한구석에 늘 그리움으로 자리하던 그의 뒷모습을 바라보며 허전한 가슴을 달랜다. 자신의 육체 속에 은밀히 자리하던 한 가닥 정욕이 이렇게 대상을 잃어버리자, 이런 허전함으로 인해 더욱더 황금에 집착한다. 돈에 대한 집착이 병적으로 강해지면서 자식들을 대하는 태도 역시 점점 비뚤어지고 심지어 변태적으로 변하기까지 한다. 자신의 딸 창안(長安)에게 적당한 혼처도 구해주지 않으면서 딸이 사랑하는 남자를 이유 없이 싫어하고 둘 사이를 방해한다. 물론 아들 창바이(長白)에 대해서도 마찬가지이다. 며느리를 못마땅해 하여 아들과 정상적인 부부생활을 할 수 없을 정도로 몰아붙여 결국 며느리를 자살하게 한다. 자신이 비정상적이고 애정 없는 결혼에서 경험한 고충을 자식들에게까지 되물림하는 뒤틀린 모성이다. 작품의 결말에 이르러 치차오의 삶이 파노라마처럼 독자의 눈앞에 펼쳐진다.

치차오는 자는 듯 마는 듯 가로누워 있다. 30년 동안 그녀는 황금 족쇄를 차고 살았다. 그녀는 침중한 족쇄로 몇 사람을 죽였고, 죽이지 않았다 해도 목숨을 반 끊어놓았다. 그녀는 딸과 아들이 자신을 사무치게 원망하고, 시댁과 친정 식구들이 자신을 원망하는 것을 알았다. ……30년 전의 달은 이미 져버렸고 30년 전의 사람도 이미 죽었지만, 30년 전의 이야기는 아직 끝나지 않았다.

돈의 노예가 되어 아편의 희뿌연 연기 속에서 평생을 살아온 치차오는 죽기 전에 자신의 젊은 시절을 되돌아보며 자신의 잘못된 선택에 대해 한줄기 회한의 눈물을 흘리며 눈을 감는다. 애정 없이 돈에 팔려온 그녀의 결혼 자체에 이미 크나큰 불행이 예고되어 있었다. 마지막 구절에서 장아이링은 치차오가 죽은 뒤에도 계속해서 가정비극의 희생자가 생겨날 것이라는 암울한 암시를 남긴다.

이렇듯 장아이링의 소설 속에는 '집'의 이미지가 강하게 드러나 있다. 〈황금 족쇄〉를 비롯하여 〈자스민 차〉, 〈심경〉, 〈꽃은 시들고(花凋)〉 등에서도 볼 수 있듯이 잘못된 결혼으로 생겨난 집이라는 물량적 공간이 집의 구실을 하지 못하고, 집안의 구성원들에게 고통과 절망감만을 안겨준다. 그 안에서 구성원들은 정상적인 가족 간의 도덕적인 유대감을 잃어버리고, 진정한 집의 상실만을 경험한다. 나아가 실존적 위기감이 팽배하던 시대에 진정으로 돌아갈 집이 없다는 극도의 상실감 때문에 각자의 정체성 찾기도

※ 장아이링의 산문

산문집 《유언》 속에는 소설세계와 다른 그녀만의 산문세계가 펼쳐져 있다. 〈의복변천기(更衣記)〉, 〈아파트 생활의 즐거움(公寓生活記趣)〉, 〈여인에 대해(談女人)〉, 〈사랑(愛)〉, 〈창작 논하기(論寫作)〉, 〈거리낌 없는 어린애의 말(童言無忌)〉, 〈그림에 대해(談畫)〉, 〈고모 어록(姑姑語錄)〉 등에서는 유년기의 기억, 남동생, 고모 등에 대한 이야기부터 자신이 유난스런 의복광이 된 연유라든가, 자신이 좋아하는 그림과 음악, 아파트 생활과 도시의 소음 등에 대해 재치 있고 솔직하게 밝히고 있다. 또한 전쟁의 참상 속에서 절망하고 외로워하는 자신과 주변 사람들의 이야기와 자신의 생활과 창작에 대한 이야기를 아주 담담하게 들려주어 독자들로 하여금 더욱 친밀함을 느끼게 한다.

실패하고 만다. 이런 점을 부각시키면서 그녀는 독자들에게 아득한 위협과 일종의 계시를 주었다. 이러한 '집의 부재'는 애정과 혼인이라는 틀 속에서 더욱 구체화된다. 가정은 있지만 애정이 없고, 애정은 있지만 사랑하는 사람과 진정한 가정을 꾸릴 수 없는 현실, 결국 진정한 의미의 집은 존재할 수 없다는 비극적인 깨달음을 주로 묘사하였다.

영국 생활을 마치고 귀국한 상류계급 한량 판류위안(范柳原)과 전혀 서구적이지 않은 고전적 미인 바이류쑤(白流蘇)의 애정과 갈등과 결합을 내용으로 하는 〈도시를 뒤엎는 사랑〉 역시 그러하다. 홍콩이 전화에 휩싸이자 이기적인 남자와 이기적인 여자인 둘은 결혼한다. 병난의 시대였기에 이 한 쌍의 부부가 탄생할 수 있었다. 그들의 결합은 애정에 대한 어떤 진지한 고려도 없이 전쟁이라는 극한 상황에서 서로를 선택한 비정상적인 경우라 할 수 있다.

그녀의 또 다른 작품 〈봉쇄〉에서는 이와 상반된 예가 나온다. 은행 회계사이자 기혼남인 뤼쭝전(呂宗楨)과 영문과 조교인 우추이위안(吳翠遠)은 전차를 타고 있다가 갑작스레 봉쇄가 시작되자 어둠 속에서 우연히 서로를 알게 된다. 둘은 순식간에 사랑에 빠지고 심지어 결혼 애기까지 나온다. 하지만 얼마 후 '떵떵떵' 하고 봉쇄가 끝났음을 알리는 종소리가 나고 전차 안이 환해지자, 추이위안은 어느새 자신의 원래 자리로 가서 앉아 있는 쭝전을 발견한다. 봉쇄 동안은 그녀에게 그만이, 그에게 그녀만이 있었지만, 봉쇄가 끝나자 쭝전은 내가 언제 그랬냐는 듯이 일찌감치 원래 자리로 돌아간 것이다. 봉쇄가 시공간을 초월한 비역사적 상태를 만들어 봉쇄 전과 후의 이질적인 두 세계를 만들어냈지만, 봉쇄 기간의 모든 것은 발생하지 않은 것이나 같다. 시공간을 초월한 세계 속에서 잠재된 남성의 정욕이 발화되어 아내가 아닌 다른 여성을 욕망하게 되지만, 현실세계로 돌아온 순간 도로 잠재의식 속으로 숨어버리는 남성의 허무한 정욕을 잘 묘사한 작품이다.

단편 〈붉은 장미와 흰 장미(紅玫瑰與白玫瑰)〉, 〈5·4가 남긴 일(五四遺事)〉, 〈침향 가루, 첫 번째 향로〉, 〈침향 가루, 두 번째 향로〉 등에서도 인간의 본능인 정욕에 대한 양성관계를 묘사했는데, 남성들의 지나친 방종과 전통 가부장제에서 철저하게 부정된 여성들의 성 의식을 대비하여 보여준다. 이들 작품 속에는 남녀 간의 진정한 애정이란 존재하지 않으며 애정이라는 것은 단지 정욕이 일시적으로 발현한 것에 지나지 않는다는 작가의 비관적 입장이 잘 드러나 있다.

'량징(梁京)'이라는 필명을 사용하여 발표한 〈열여덟 번의 봄〉에서도 역시 양성관계를 애정과 혼인이라는 얼개에 고정시켜 진정한 집의 부재를 보여주고 있다. 전편에 만전(曼楨)과 스쥔(世鈞)의 엇갈린 사랑, 기형적인 가족애와 집에 대한 이야기가 얽혀 있다. 이야기가 아주 곡절하지만 전처럼 화려하고 색채감 있게 묘사하기보다는 다소 담담한 필치로 이야기를 이끌어간다. 몹시 사랑했지만 결국 헤어져 18년이라는 시간을 보내버린 만전과 스쥔의 애달픈 사랑은 진정한 사랑이 존재하지 않는 현실에서는 결코 이루어질 수 없다. 그래서 더 애달프다. 만전이 사는 집은 가족의 생계를 위해 밤무대에 나가 댄서로 일하는 언니 만루(曼璐)의 희생적인 삶 위에 지어진 집이다. 멸시받는 비천한 댄서에서 정상적 규방여인으로 돌아오고 싶

※ 장아이링과 영화

장아이링은 대단한 영화광이었으며 그녀가 발표한 영화각본도 적지 않다. 1947년에 처녀작 〈끝나지 않는 사랑(不了情)〉을 비롯해, 1955년에 미국으로 떠난 뒤 홍콩의 디엔마오 영화사를 위해 〈전장 같은 사랑터(情場如戰場)〉, 〈인물과 재물을 모두 얻다(人財兩得)〉, 〈유월의 신부(六月新娘)〉, 〈남북일가친(南北一家親)〉 등의 시나리오를 창작하여 모두 영화화되었다. 내용으로 볼 때 도시낭만 코미디나 문제극 혹은 서구의 작품을 개편한 작품들이었다. 또한 그녀의 소설 〈반생연〉과 〈붉은 장미와 흰 장미〉가 영화로 만들어지기도 했다.

어 하던 언니는 결국 인면수심 방탕아 주홍차이(祝鴻才)와 결혼한다. 만루는 건강하지 못해 아이를 갖지 못하자 자포자기하는 심정으로 동생의 청춘을 담보로 자신의 삶을 꾸려보려 한다. 만전은 언니 부부의 계략에 말려들어 형부에게 폭행당한 뒤 임신을 하고, 만루는 그런 동생을 으리으리한 자신의 집에 감금시켜 아이를 낳게 한다. 그 후 만전은 탈출을 감행하지만 언니가 병으로 죽자 아이를 위해 형부 곁으로 돌아온다. 그렇게 18년이라는 세월이 흐른 어느 날, 이미 다른 여자와 결혼하여 아이 아빠가 된 스춴과 만전은 우연히 만난다. 스춴은 그녀가 지난날 겪은 고통을 위로하고 새로운 삶을 축복해준다. 이 작품은 이전 작품들과 달리 해방 후 생활을 긍정적으로 묘사하여 당시의 시대적 요구를 외면하지 못한 작가의 입장이 엿보인다. 장아이링도 이 부분이 맘에 들지 않아 중국을 떠난 뒤 해방 후 이야기를 몽땅 빼버리고 '반생연(半生緣)'이라는 제목으로 다시 출판한다. 아이를 낳지 못하고 병든 자신의 신세를 한탄하며 계획적으로 남편으로 하여금 동생을 폭행하게 하는 친언니의 행위와 심리는 가히 변태적이며 심하게 일그러져 있다. 언니의 변태적인 행동을 말리지 못하고 그저 방관하는 이기적인 가족들의 모습에서 또 한 번 진정한 가족애를 상실한 '집'을 서글프게 바라보아야 한다. 해방 후의 이야기를 빼고 볼 때 확실히 장아이링의 비극적 정서가 일관되게 흐른다.

그 밖에 그녀가 평소 다루지 않은 농촌생활을 묘사하여 눈길을 끈 작품으로 해방 후 발표된 〈앙가〉라는 작품이 있다. 그녀에게 일상적이지 않은 소재였는데도 암시적이고 상징적인 수법을 사용하여 그녀 특유의 황량한 정조를 잘 드러낸 작품이다. '앙가'란 원래 중국 북부 지방의 농촌에서 징과 북을 치며 추는 전래 민속춤이다. 장아이링은 이 '앙가'라는 표제를 통해 선량한 농민들의 인성이 공산당에 의해 얼마나 상처받고 핍박받았는가를 잘 보여주고 있다. 진건(金根)과 여동생 진화(金花), 진건의 부인 웨샹(月香),

딸 아자오(阿招), 그리고 당 간부 왕린(王霖)과 하방(下放)된 작가 구강(顧岡)이 주요 인물이다. 모범노동자 진건은 여동생을 시집보내느라 분주하다. 해방된 뒤 각자 토지를 분배받자 모두들 기분이 들뜨고, 상하이에서 식모살이하던 진건의 아내도 시골로 돌아온다. 하지만 기대와 달리 날이 갈수록 더 힘들어질 뿐이다. 날마다 죽을 먹으며 연명하면서도 공산당 간부 앞에서는 불평 한마디 할 수가 없다. 결국 해방군을 위해 설 선물을 준비하라는 독촉을 받고 진건은 분통을 터뜨리며 곡식창고에 쳐들어갔다가 부상을 입고, 어린 딸은 난리통에 밟혀 죽는다. 반역자로 몰린 그는 혼자 산으로 들어가 버리고, 웨샹은 한밤중에 곡식창고에 불을 지르다가 불구덩이 속에서 처절하게 죽는다. 작품 전편에 흐르는 처절하고 비통한 분위기가 사람을 압도한다. 마지막 부분에 아무 일도 없었다는 듯이 앙가대가 공연을 하지만, 희생된 젊은이들 대신 연지곤지 분장을 하고 나온 노인 앙가대의 모습은 황량한 정조를 더욱 짙게 한다. 이 작품에서 보이는 그녀의 반공산당 정서만으로도 그녀가 왜 조국을 떠나야만 했는지 이해할 수 있다.

3. 치열한 고독, 그 황량함에 대하여

그녀는 〈자신의 문장(自己的文章)〉에서 "나는 남녀 간의 자잘한 일을 썼을 뿐 내 작품에는 전쟁도 없고 혁명도 없다. 나는 사람이 연애할 때가 전쟁이나 혁명을 할 때보다 더 소박하고 거리낌 없다고 생각하며", "소설 속 인물들은 대부분 영웅이 아니라 이 시대의 짐을 짊어지고 살아가는 사람들일 뿐이다. 그들은 비록 철저하지 못하지만 오히려 진실하다. 그들에겐 비장함이 없고 황량함만이 있을 뿐이다. 비장함은 일종의 완성이지만 황량함은 일종의 계시"라고 밝히고 있다. 또한 자신의 작품 속에 일관되게 나타나는 비관적이고 비극적인 정서, 즉 황량함에 대해서《전기》재판의 서문에서 "개인이 때를 기다린다 해도 시대가 급작스러워서 이미 파괴 속에 있고, 또 더 큰 파괴가 있을 것이다. 언젠가는 우리의 문명이 승화하든지 부화하든지 간에 모두 과거가 되어버릴 것이다. 내가 자주 사용하는 글자가 '황량'이라면 그것은 사상배경 속에 아득한 위협이 있기 때문이다"라고 설명하고 있다. 이것은 그녀가 삼엄하고 절망적인 당시의 시대 상황에서 혁명정서를 고양하고 낙관적 전망을 제시해야 한다는 현실적 요구를 외면한 채 자잘하고 통속적인 사랑 이야기에 집중한 것에 대한 작가의 변명 아닌 변명이라 할 수도 있다. 분명 얼핏 보면 너무도 통속적인 남녀의 애정고사에 실망스러울 수도 있지만, 그녀는 이 일상적이고 자잘한 이야기 속에서 사람들의 용속하지만 진실한 현실을 적나라하게 보여주었다.

몰락한 황혼, 음산한 달밤, 봉쇄된 도시, 기형적인 성적 욕망, 사랑 없는 결혼, 일그러진 인성, 퇴폐적 인생, 이런 것들이 그녀의 소설 속 세계였다. 그녀는 남녀 간의 진정한 애정도, 희생적인 모성애도, 정상적인 가족이나 집도 존재하지 않는 비정하고 황량한 도시에서 펼쳐지는 적막한 삶을 반복적으로 보여주면서 아득한 암시를 던져주었다. 하지만 전쟁으로 봉쇄되었던 도시에 해방이 오자 그녀는 오히려 설 자리를 잃고 고국을 떠났고, 중국에서 그녀의 모든 문학적 자취는 사라져버렸다.

1944년에 푸레이가 "〈황금 족쇄〉는 자못 〈광인일기〉의 풍미가 있고, 중국 문단에서 거둔 가장 아름다운 수확 중의 하나"라고 칭찬하는 등 당시 평론가들의 평론이 이어졌지만, 그 이후 신시기 전까지 그녀의 존재는 완전히 잊혔다. 하지만 타이완에서는 1950년 말에 샤즈칭이 그의 《중국현대소설사》에서 처음으로 장아이링을 문학사에 포함시키고 그녀의 작품들을 높이 평가했다. 그는 특히 〈황금 족쇄〉와 〈앙가〉를 극찬하며 장아이링 열풍을 주도하기도 하였다. 중국에서도 문화대혁명이 끝나고 신시기에 접어들자 그녀의 작품에 대한 연구들이 나오기 시작했다. 그리고 지금껏 무수히 쏟아져 나온 중국과 타이완의 장아이링 소설 애독자, '장미(張迷)'들에 의해 많은 연구가 이어지고 있다.

　　장아이링의 작품세계에 보이는 온갖 비정상적인 결혼과 애정, 그리고 가족과 집 이야기는 그녀의 외롭고 비참하던 삶 자체에 고스란히 담겨 있다. 부모의 따뜻한 사랑도 애정이 넘치는 화목한 가정도 가질 수 없었으며 돌아가고 싶어도 돌아갈 집이 없던 그녀의 심정이 얼마나 황량하고 비통했을지는 충분히 짐작할 만하다. 분명 나를 찾기 위해 나를 버린 치열하게 고독한 삶이었다. 지극히 개인적이던 자유주의자 장아이링은 늘 혼자만의 세계 속에서 살아갔고 또 그렇게 외롭게 생을 마감했다. 죽기 얼마 전부터는 거의 침대에 누워만 있었을 것으로 전해지는데, 아마도 그녀는 죽는 순간 자신이 그렇게 사랑한 상하이와 상하이인들과 그들을 위해 쓴 소설 속의 주인공들을 생각했을지도 모른다. 아편 침상 위에 누워 희뿌연 연기를 뿜어대던 치차오를, 함락된 홍콩과 그곳의 친구들을, 자신을 버리고 자신이 버린 가족들을 생각하며 눈을 감았을 것이다.

🌿 생각할 거리

1. 중국현대문학사에서 처음으로 현대적 의미의 도시문학이 성립된 것은 언제부터일까?

2. 장아이링의 작품에 나타난 도시문학의 특징이 무엇인지 알아보자.

3. 장아이링의 황량한 정조가 작품 속에 어떻게 반영되어 있는지 살펴보자.

🌿 권하는 책

장쯔징(張子靜) · 지지(季季) 지음, 《나의 누나 장아이링(我的姊姊張愛玲)》, 원후이출판사(文滙出版社), 2003.

쯔퉁(子通) · 이칭(亦淸) 주편, 《장아이링 평설 60년(張愛玲評說六十年)》, 중국화교출판사(中國華僑出版社), 2001.

권효진 옮김, 《반생연(半生緣)》, 문일, 1999.

하정옥 옮김, 《앙가(秧歌)》, 지학사, 1987.

김순진 옮김, 《경성지련(傾城之戀)》, 문학과지성사, 2005.

_____, 《첫 번째 향로(第一爐香)》, 문학과지성사, 2005.

슬픈 기억의 자화상을 넘어선 작가, 자핑와

조영현

중국은 개혁·개방정책을 통해 사회주의 혁명과 '문화대혁명' 혹은 '죽의 장막'으로 표현되던 과거를 벗어던지고 경이로운 경제 발전을 보여주고 있다. 그러나 자본주의를 과감히 수용하며 급속도로 국가의 부를 축적한 이면에는, 그 부의 실질적인 혜택에서 유리되거나 상대적 빈곤감 혹은 박탈감을 느끼는 농민과 노동자, 도시 하층민들의 문제나 지역 간의 불균형 발전 문제 등이 내재되어 있다. 현대중국을 이해하려면 그러한 문제에 대한 중국 내부의 인식과 고민이 개혁·개방정책이 수행되던 초기부터 부단히 제기되고 있다는 점에 주목할 필요가 있다. 예컨대 1980년대 중반, 개혁·개방이라는 사회 변혁 속에서 자신들의 전통문화에 대한 재인식을 시도하며 새로운 정체성을 추구한 '뿌리찾기 소설'과 그 대표 주자인 자핑와(賈平

凹: 1952~)의 농민에 대한 천착은 그러한 문제의식을 잘 보여준다.

1. 민족과 개인의 실존에 대한 자핑와의 인식

우리에게 《폐도(廢都)》라는 작품으로 친숙한 자핑와는 흔히 에로 작가로 오해되기도 한다. 사실 그는 문혁 이후 숨 가쁘게 돌아가는 사회 변화의 물결 속에서, 부조리한 현실 속에 놓인 민족과 개인의 자아와 실존의 문제를 진지하게 고민한 대표적 작가이다.

자핑와의 이러한 창작 태도는 1980년대에 두드러지게 나타나는데, 이는 당시의 사회 조류와 무관하지 않다. 중국 문단에서 1980년대는 문혁의 광기로부터 시작하여 격동의 20세기 전반을 되돌아보며, 자신들이 꿈꾸던 이상이 얼마나 무의미하고 참혹한 환상으로 전락했는가를 확인하는 시기였다. 물론 그러한 회한의 장에서 그들이 발견한 것은 세계사에서 후진국으로 전락해버린 서글픈 자화상이었을 것이다. 이에 문단에서는 자신들의 민족문화를 총체적으로 재고찰하면서, 민족의 정체성 문제를 새롭게 조명하는 사조가 형성된다. 자핑와는 바로 그러한 사조가 생겨나는 데 중요한 역할을 수행한 작가로 평가된다.

과거 1950년대나 1960년대와 확연히 다른 1980년대 세계는 도대체 어떤 모양과 색채, 음향을 보여주고 있는가? 한 국가와 그 국가가 이 세계를 마주하여 발하는 마음의 소리는 계급 · 민족 · 정치 · 사회 · 제도 · 지리 · 습관의 제약을 받기 마련인데, 우리 중국인들의 마음의 소리는 또 어떠한가? 게다가 성격 · 기질 · 환경 · 취미 · 교양의 제약을 받는 나 개인의 마음의 소리는 또한 어떤 음률인가?

—《자핑와 산문자선집(賈平凹散文自選集)》에서

이러한 민족과 개인의 독특한 정체성과 그 자존을 추구하는 의문들은 마침내 그 뒤 그의 창작 경향을 결정한 기본적인 모태가 되었다. 일반적으로 자핑와의 1980년대 작품들 중에서 향토소설 혹은 뿌리찾기 소설로 분류되는 일련의 작품들은 외형적인 면에서 공통적인 특징을 지니고 있다. 그것은 바로 중국 고대의 진(秦)·한(漢) 문화에 대한 작가의 강한 동경과 고향에 대한 애

뿌리찾기 소설의 대가 자핑와.

착 등으로 말미암아, 중국 대륙의 축소판으로 볼 수 있는 산시 성(陝西省) 상저우(商州)라는 지역의 특수한 문화 공간에서 살아가는 농민들의 고뇌와 방황, 그들이 꿈꾸는 소박한 이상을 추적하는 것으로 나타난다.

2. 섣달과 정월의 대립

〈지워와의 사람들(鷄窩洼的人家)〉은 바로 작가가 농촌 지역에서 갈등과 충돌이 벌어지는 양상을 어떻게 이해하기 시작했는가 하는 점을 잘 보여주는 작품이다. 작가는 적극적이고 진취적인 허허(禾禾)와 옌펑(烟峰), 그리고 좀 둔하면서도 분수에 만족하며 본분을 지키는 후이후이(回回)와 마이룽(麥絨)이라는 두 유형의 인물형상을 대비시키면서, 개혁·개방의 물결 속에서 그들이 맞이하는 생활과 심리적 변화를 추적하여 낙후된 농촌 지역과 그곳에 사는 농민들의 고뇌를 담고 있다.

이 작품에서 작가의 이상은, 원래 부부이던 허허와 마이룽, 후이후이와 옌펑이 각각 이혼하고 다시 엇갈린 채 결합할 수밖에 없는 상황을 보여주면서 국가의 개혁·개방정책에 적극적으로 대처하는 허허와 옌펑의 생활태도를 강하게 부각시키는 데에서 찾을 수 있다. 특히 소극적인 인물

인 후이후이와 마이룽에 대한 묘사에서 작품의 문제의식이 더 선명하게 드러난다. 그들은 "다른 어느 집보다도 그 집 밀이 풍성하게 잘 자라서 뿌듯한 자부심과 만족감을 갖고 있는" 그런 평범한 농민이다. 그러나 나름대로 열심히 살아왔다고 자부하는 이 두 사람은 "농업사 시절에는 어떤 일이든 대장이 앞장서서 처리하고 집집마다 가난해도 평온하게 살았는데, 땅을 분배하자 모두들 제각각 능력을 뽐내며 새로운 희망을 품어보긴 하지만 생활이 오히려 혼란스러우니, 이게 도대체 어찌된 영문인지 모르겠네"라며 곤혹스러움에 빠진다.

물론 이것을 작품에서 보여주는 것처럼, 단순히 전통적이며 낙후된 토지 관념 때문이라고 간주할 수도 있다. 그러나 우리는 '먼저 일부분을 부유하게 하자'는 '선부론(先富論)' 정책이 갖고 있는 문제에 주의해야 한다. 사회구조가 틀이 꽉 짜여 변화가 결여된 '농업사회'에서 개인 간의 무한한 생존경쟁 상태로 전환함에 따라, 그들은 자신들의 기본 가치관이 무너지고 사회로부터 소외되는 현실을 무력하게 받아들일 수밖에 없는 지경에 이른다. 이런 묘사는 개인 생존의 문제뿐만 아니라 국가정책이 한 지역사회의 공동 규범질서에 끼치는 영향을 문제 삼고 있는 것이다.

그 뒤로 자펑와는 산문과 중·단편소설 형태로 '상저우' 시리즈를 연속해서 발표하는데, 그중에서 중편소설 〈섣달·정월(臘月·正月)〉이 돋보이는 작품이다. 이 작품은 '생산형식이 집체 소유에서 개인책임 도급제로 변하는' 시대에, 조그만 시골 마을에서 한 해가 저물고 새해가 밝아오는 무렵에 발생하는 일련의 사건들을 통해, 작가가 말한 바 있는 '신·구 농민의 세대적 차이'와 그 갈등을 다루고 있다. 개혁·개방과 그로 인한 경제체제의 변혁이 야기한 농촌 지역의 혼란과 그 속에서 지역유지 한쉬안쯔(韓玄子)가 느끼는 곤혹감과 그의 몰락과정을 통해, 새로운 생활방식과 삶의 지표에 대한 시대적 요구는 항거할 수 없는 흐름이라는 사실을 강조한다.

이 작품에서 또 다른 중심인물은 왕차이(王才)이다. 한쉬안쯔가 변화하는 시대에 대한 자신의 무력감을 숨기고 고루한 인습이나 개인의 재력, 공허한 명성으로 자신의 특권과 지위를 유지하려 하는 과거 지향형 인물이라면, 왕차이는 바로 그 정반대에 위치하는 인물이다. 그는 불우한 환경에서도 시대의 조류에 따라 자신의 운명을 장악하려고 노력하는 동시에, 충실하고 근면하면서 인정미 넘치는 개혁의 꿈을 실천하는 미래 지향형 인물이라고 할 수 있다. 작품은 바로 이 두 인물 간의 미묘한 대립관계—첫째 '중농경상(重農輕商)'으로 대표되는 한쉬안쯔의 관념과 상인으로 급성장한 왕차이의 충돌, 둘째 지역유지인 한쉬안쯔와 지역사회에서 나날이 영향력이 강해지는 왕차이의 충돌, 셋째 두 인물의 경제적 격차에서 오는 심리적 갈등[천지후이陳繼會 주편, 《20세기 중국향토소설사(二十世紀中國鄕土小說史)》, 388쪽, 중원농민출판사, 1996]—를 그리고 있다.

　　사대부 같은 고아함과 체면을 중시하는 한쉬안쯔는 늘 그래온 것처럼 왕차이를 무시하며 방해하지만 언제나 실패한다. 심지어는 작은아들 얼베이(二貝)조차도 왕차이 편에 서고 만다. 작가는 얼베이를 통해 일상생활을 지배하는 가치규범, 특히 전통적 가족관이 이미 해체되고, 새로운 가치기준과 신세대 인물이 중심이 되는 지역공동체가 점차적으로 형성되고 있음을 보여준다.

　　이 작품은 주제 면에서 또 다른 중요한 문제의식을 담고 있다. 과거의 전통 지식체계의 상징물로서 한쉬안쯔의 지식체계가 만들어낸 패권적 신화는 구세계의 공허한 껍데기에 지나지 않고, 따라서 그것은 현실 개혁의 무게를 감당할 수 없을 뿐만 아니라 외부세계의 충격으로 생성된 새로운 지식체계의 신화와도 공존할 수 없다. 그러나 한쉬안쯔는 자신의 무기력함만 깨닫게 되는 비극적 공간에 서 있으면서도 아직 이 공간에서 자신의 이상이 사라질 때가 되지 않았다고 굳게 확신한다. 이 점에서 우리는 작가가 토지 도급제 같은 개혁·개방정책은 필요하지만, 그 부작용 역시 만만치 않다고 여기고 있음을 알 수 있다. 지역의 발전은 당연히 필요하지만, 경제만능주의가 지역의 공동규범을 파괴하고 말았으니 이러한 현상에 어떻게 대처해야 하는가? 작가는 우리에게 보수와 개혁이라는 앙상한 개념들로 농촌의 문제를 판단해서는 안 된다고 요구하고 있는 것이다. 작가의 이러한 인식은 왕차이를 묘사하는 부분에서 분명히 드러난다.

> 그때가 되면 누구를 받아들이고 누구를 내치든, 바로 그 자신이 공장주이고 책임자이자 인사과장이다. 어쩌면 국가에서 노동자를 모집할 때처럼 뒷구멍으로 들어오려는 자가 있을지도 모르는 일이다. 그는 물론 마음속에 나름대로 누구를 고용하고 누구를 내칠지 생각해둔 바가 있다. 그는 머리가 잘 돌아갔고, 문제가 많은 사람들은 받고 싶어 하지 않았다. 그런 이들은 양식도 돈도 넘쳐난다. 그는 고지식한 이들을 고용하고 싶었는데, 그런 이들은 농사짓는 일 말고는 다른 능력이 없고 게다가 농촌에 그런 이들이 가득하다. 그들을 고용하면 그들의 살림살이에 보탬을 줄 수 있고, 반면에 그들은 목숨 걸고 열심히 일할 것이다.

우리는 여기에서 자본주의의 소외나 자본의 원시적 축적과정을 언급하지 않아도, 왕차이 같은 인물이 현실에서 자본의 논리에 따라서만 움직이는 착취자형 자본가가 될 가능성을 경계한 것임을 알 수 있다. 작가는 선부론의 구호가 어떻게 하든 나만 부유해지면 된다는 식으로 변질되는 것을 우려했을 것이다.

3. 민족지로서의 상저우

자핑와의 초기 장편소설《상저우》는 상저우 시리즈 작품들을 창작하게 된 배경이나 동기가 잘 드러나는 작품이다. 이 작품 역시 개혁·개방의 시대에 상저우 일대에서 살아가는 농민들의 실제 생활양상과 혼란, 민간문화, 자연환경 등을 산문식 문체로 묘사한 작품이다. 그렇지만 이 작품은 앞의 두 작품과 좀 다른 경향을 보여주는데, 순박한 두 청춘남녀의 비극적인 사랑을 중심 소재로 하여 상저우의 또 다른 측면을 완성한다. 자핑와는 작품의 서두에서부터 작가 자신의 모습이라고 추측되는 허우성(後生)이라는 젊은 문인에 대한 얘기를 기술하고 있다. 허우성은 무미건조하고 살벌한 경쟁이 난무하는 도시생활에 염증을 느낀 문인으로, 자연스럽게 고향에 대한 향수에 빠져든다. 그러나 이 향수는 일시적인 감상이 아니다. 작가는 허우성의 생각을 빌려서 사변적인 질문을 던진다.

그도 세계가 발전해나가는 추세가 당연히 도시화이고 상업 금융화이며 중국도 부흥해야 하는 시기이므로, 낙후된 경제를 보호하여 균형을 취하는 정책을 개조하거나 버리고 선진적인 경제를 도와 상업과 금융을 발전시키는 것에 중점을 두는 정책이 현명한 판단이라는 사실을 너무도 잘 알고 있다. 그러나 중국이 중국인 까닭은 스스로 역사전통과 도덕관념을 갖고 있기 때문인데, 도덕으로 법제도를 대체하다 보면 많은 문제들이 나타나기 마련이다. 이렇게 골똘히 생각하니 일종의 철학적인 의문이 들었다. 상저우와 성도(시안)를 서로 비교해 말하자면 각각 낙후와 문명일진대, 그렇다면 역사적 진보가 사람들에게 도덕적 하락을 가져와 허황된 분위기만 만연시키는 것은 아닐까? 성실하고 진지한 태도는 여전히 폐쇄된 자연경제 환경에서나 용납되는 것이 아닐까? 사회가 현대로 전진하다 보면 고

루하지만 아름다운 윤리도덕이 해체되고 실리적인 풍조의 싹만 야기하는 것은 아닐까?

이러한 의문은 곧 개혁 · 개방이라는 시대의 조류 속에서 작가 스스로가 당시에 가지고 있던 중국 사회 전체에 대한 인식임을 알 수 있다. 이 점은 허우성이 그러한 현실에 대한 의문에서 출발하여, "스스로 자신이 태어난 곳의 지리, 풍속, 역사, 습관을 조사하고 연구하며, 상저우 지역의 민족학과 민속학을 기술하려는" 결심을 하는 데서 더욱 분명해진다. 그 뒤에 전개되는 작품의 일부분은 허우성이 상저우 지역에 대해 느끼는 애정과 그의 눈에 비친 상저우의 여러 모습들로 채워진다.

다른 부분은 허우성이 등장하지 않지만 독립적인 소재들로 구성된 이야기들이 서술된다. 그중에는 지역의 전통문화와 역사적 · 지리적 배경, 토지 분배나 문혁 같은 정치적인 사건과 그 결과에 대한 역사적 평가, 새로운 경제정책으로 인한 상업의 발달과 농민의식의 변화, 혼란한 국정과 정책의 비일관성으로 인한 불안한 삶에 대한 두려움, 가난한 농민이나 노동자 들의 무기력과 배금주의, 난개발과 지역 갈등, 낙후되고 폐쇄된 공간에서 아직도 행해지는 각종 미신과 봉건의식 등 삶의 편린들이 각각 한 편의 산문처럼 서술된다. 물론 작품 속에서 허우성의 등장은 작품의 기본 서사 구조인 류청(劉成)과 전쯔(珍子)의 고통스런 사랑 이야기와 전혀 관련이 없으며, 독자적인 장으로 처리된다.

결국 이런 이중적인 구조는 작품의 모든 장면들이 작가(허우성)가 직접 체험하고 조사한 고향 상저우의 다채로운 지역 풍광과 삶의 모습들임을 암시하면서, 독자에게 소설이 아닌 기행문을 읽는 듯한 느낌을 준다. 사실성을 강화하기 위한 이러한 이중구조는, 작가가 낙후된 지역(혹은 중국 전체)에 대한 개혁의 필요성, 즉 '현대화'라는 1980년대 중국의 이상을 인정하지만, 선부론 중심의 경제 개혁이 결국 사람들의 삶의 방식을 바꾸고 인간미를 갉아먹는 현상을 배태하고 있음을 더욱 직접적으로 경고하는 역할을 하고 있다.

그러나 어쩌면 이런 문제점들은 황사바람 날리는 황토에서 개혁을 진행하는 과정에서 피할 수 없는 문제인지도 모른다. 따라서 자평와는 또 다른 상저우의 모습을 보여준다. 바로 외부세계가 문혁과 홍수나 지진 같은 대참사를 겪는 것과 상관없이 평온하고, 수려한 자연경관과 먹거리만 있으면 넉넉한 인심에 "시골 나름의 즐거움이 있는" 그런 상저우의 모습이다. 물론 작가는 새와 조롱의 비유를 들어, 상저우에 사는 사람들이 조롱에 갇힌 새처럼 푸른 창공으로 비상하려는 의지를 상실한 채 굳어버린 관습에 안주하는 모습도 지적한다.

이런 상저우 세계에 살고 있는 인물 류칭과 전쯔의 애정 이야기를 통해 작가가 말하려는 상저우의 새로운 모습은 분명하다. 세상은 힘 있는 자들이나 영악한 인물들이 주도권을 잡고 있고 세태는 물질에 대한 추구와 눈앞에 보이는 셈에만 관심을 갖는, 철저히 실리적인 삶의 경박함만 강조되지만, 상저우에는 순박하고 건강한 사람들이 자신들의 삶을 진지하게 살아가고 있다는 점을 강조한 것이다. 아무리 불합리한 세파가 자신의 삶을 비틀어도 본래의 강인한 품성과 주관을 지키는 사람, 자기를 잡으러 온 경찰을 구하기 위해 폭우와 산골짜기의 급류 속으로 뛰어들어 자신을 희생한 류칭처럼 말이다.

4. 슬픈 자화상을 넘어

자평와의 상저우 소설들 중에서 완성도가 가장 높은 작품으로는 〈조바심(浮躁)〉을 들 수 있다. 이 작품은 자평와가 당시 중국 농촌현실에 대해 가지고 있던 문제의식이 가장 집중적으로 체현된 작품이기도 하다. 작품에서 중심 갈등요소는 난쟁이 화공(畫工)의 아들 진거우(金狗)와 지역 사회의 패권을 움켜쥔 유지 톈씨(田氏) 집안과 궁씨(鞏氏) 집안 사이에서 벌어지는 대립이다. 새로운 세대인 진거우가 진보적인 삶의 방식으로 말미 암아 과거 혁명가의 집안이었으나 이제는 지역사회의 새로운 지배계층으로 바뀐 수구세력들과 갈등하면서, 자신의 자아뿐만 아니라 한 시대 중국인들의 총체적인 정체성을 탐구하는 것이 이 작품의 주요 내용이다.

그러나 작품에 담긴 내용은 몇 마디 말로 정리할 만큼 그리 간단치 않다. 범람하는 변혁의 세월 속에서 갈등하는 젊은이들의 사랑과 욕망, 문혁과 마오쩌둥에 대한 비판, 개인에게 불안감을 던져주고 때로는 삶을 비틀기까지 하는 국가정책의 변화와 그로 인한 혼란, 관료주의와 그 속에서 민중들이 겪는 고달픔과 무기력, 공산당과 사회주의 사회의 굳어버린 부패구조가 야기하는 민중들의 실존 문제, 불균등한 발전과 폐쇄성·보수성에 대한 비판, 각 개인들이 지닌 존재의 의미를 확인하는 일 등등, 개혁·개방 정책을 실시한 뒤로 나타난 총체적인 문제들이 담겨 있다. 바로 국가권력이 야기한 혼란에 대한 뼈아픈 자기반성, 민족과 개인의 새로운 정체성을 확립하려는 다양한 시도들을 통해 현재를 새롭게 인식하고 조화로운 미래를 건설하고자 하는 특정 정념들이 깔려 있다. 이러한 문제에 대해, 이 작품은 "우리 민족의 가장 고귀한 품성, 즉 강인한 정신을 발양시켜야 한다"는 대전제를 설정하면서, 다음과 같이 묘사한다.

1950년대 우리나라는 고통스런 전쟁에서 승리했다는 극도의 흥분 상태에 있었어요. 그때는 심리적으로 매우 적극적이어서 앞으로 나아가는 데 필요한 동력이 되고도 남음이 있었습니다. 그러나 우리 민족은 선천적으로 고유한 결함을 지니고 있어, 정상적인 흥분까지 극도의 병적인 흥분으로 전화시키고 말았습니다. 1957년의 실책, 1958년의 좌절, 1959년의 극도의 흥분, 그리고 이것은 그 뒤 10년간의 문화대혁명으로 이어졌지요. 지금에 와서야 눈을 뜨고 세상을 돌아보니 세계 각국은 우리보다 이미 100년은 앞서 있단 말입니다. 이에 대한 정신적 충격은 심리적 방황을 초래했고, 허망한 자존심은 심각한 열등의식으로 변했습니다. 이 때문에 사람들은 끝없이 불안해하고 어느 곳에서도 합일점을 찾지 못해 심각한 혼란에 빠져버렸습니다. 그 뒤로는 아무것도 믿지 못하고 사사건건 의심하고, 저마다 고집스럽게 자신의 주관적인 생각만을 내세우며 자신의 존재만 강조합니다. 그러다 보니까 매사를 부적합하고 불편하게 느끼게 되었으며 허망한 이상주의에 질질 끌려다니다가 결국은 극도의 근시안적인 실용주의에 빠져버린 겁니다.

이렇듯 1980년대 중국 문단은 과거 새로운 중국을 건설하겠다는 희망찬 미래가 문혁을 거치면서 철저히 붕괴되었음을 깨닫고, 머릿속에 남아 있는 슬픈 기억의 자화상을 지우기 위해 먼저 부정의 여행을 시작한다. 그리고 자신들의 잠재의식 속에 깔려 있는 중화민족의 전통과 문화에 대한 자존심을 상기하면서, 개혁·개방정책 이후 국가의 '현대화' 물결 속에서 기존의 가치관이 붕괴하는 과정을 고통스럽게 지켜본다. 마침내 중국 문단은 이러한 과정을 통해서 그들 자신의 모습을 새롭게 설계한 것이다.

〈조바심〉에서 진거우는 "사회 최하층의 가장 무능력한 농민의 아들"로 "지도 위에서는 보이지도 않는 곳에서" "마땅히 해야 할 일을 (묵묵히) 해나갈 뿐"인 자신을 인식한다. 이러한 인식은 다음과 같이 작품의 결론에 잘 나타나 있다.

중국에서 관료주의는 단지 몇몇 운동이나 글 몇 편만 가지고는 근절되지 않는다는 사실 말이야. 모든 인민들이 부유해진 토대 위에서만 문화와 교육이 발전해. 물론 부유해지는 과정 또한 문화수준을 향상시키는 과정이기도 하지. 모든 인민들의 문화수준이 향상되는 그때가 되면 관료주의의 토대가 비로소 붕괴되지. 내 생각에 인민의 문화수준을 향상시켜도 지금의 기본 정치구조가 유지될 뿐이고, 한발 한발 생산력의 발전을 이루면서 동시에 한발 한발 정치구조를 개혁하고 생산력과 문명을 점차 향상시키는 것이야말로 실제 현실에 정확히 부합하는 길이라는 말이야.

생각할 거리

1. 에로 소설로 낙인 찍혀 중국에서 한때 금서였던 《폐도》로 인해 한국의 일부 언론들도 자평와를 소개할 때 '에로 작가' 혹은 '쓰레기 작가'와 같은 수식어를 덧붙였다. 이를 '상저우' 시리즈에 내재된 진정성과 비교해보자.

2. 자평와의 작품들뿐만 아니라 대부분의 뿌리찾기 소설들은 작가별로 지역성이 뚜렷하게 나타난다. 이를 지난 20세기 중국문학의 '민족우언(民族寓言, national allegories)' 식의 거대 서사와 '현대화'의 달성이라는 담론체계 속에서 사장된 수많은 미시적 역사를 복원하고 본토성을 중심으로 하는 새로운 담론을 형성하는 전략의 표현이라고 볼 수 있는가?

권하는 책

박하정 옮김, 《폐도》, 일요신문사, 1994.
에드워드 사이드, 박홍규 옮김, 《오리엔탈리즘》, 교보문고, 1998.

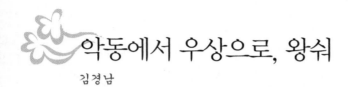

악동에서 우상으로, 왕쉬

김경남

1. 왕쉬는 건달작가인가

　왕쉬(王朔: 1958~)는 과연 건달작가인가? 건달작가라는 이 오명은 아마도 그를 비판하는 책의 제목과 그가 쓴 소설의 제목이나 내용 때문에 붙었을 것이다. 좀더 자세히 말하면, 어떤 비평가가 왕쉬를 비판하면서 책 제목을 《내가 건달인데 누구를 두려워하랴(我是流氓我怕誰)》(샤오성曉聲 편, 서해출판사書海出版社, 1993)라고 한 바 있다.

　그렇다면 그는 정말 건달작가인가? 이에 대한 대답은 아주 간단하다. 한마디로 아니기 때문이다. 다만, 백수의 입장에서 건달 세계를 가까이에서 지켜보고 경험하면서 사실적으로 써냈을 뿐이다. 그의 소설들을 들여

다보면 이런 점이 더 분명히 드러난다. 어떻게 보면 그가 건달 같은 생활과 의식세계를 가지게 된 것은 당시 중국 사회의 구조적 필연성에서 기인한다고 할 수 있다. 하지만 그가 어떻게 건달과 백수 세계에 몸담게 되었는가 하는 것보다도 그가 왜 그런 처지에 놓이게 되었는지가 더 중요할 것 같다.

그의 약력에서 그러한 필연성의 실마리가 보이는 듯하다. 왕쉐는 1958년에 베이징에서 태어났다. 그의 어린 시절에 대한 기억은 넓은 군인 병원 뒤뜰을 뛰어다니며 총싸움을 하고 자전거로 골목을 누비고 다닌 일들이 대부분이다. 작품 〈햇빛 찬란한 나날들(陽光燦爛的日子)〉〔원작은 〈동물은 사납다(動物凶猛)〉임〕에 이런 모습들이 잘 보인다. 문혁이 끝나던 1976년에 그는 고등학교를 마치고 몇 차례 대학입시에 떨어지자 베이하이함대(北海艦隊)에 자원하여 해군으로 복무했으며, 1978년부터 그는 습작을 시작했다. 당시는 마오쩌둥이 죽고 사인방이 몰락하면서 중국 사회가 거대한 변화에 직면한 시기였고, 한편으로는 새로운 문예사조들이 탄생하기 위한 몸부림이 시작되고 있었다. 왕쉐는 1980년에 제대하고 베이징에 돌아와 베이징제약회사에서 근무하였다. 실제로 그가 처음으로 작품을 창작한 시기는 1983년에 회사를 퇴직하고 나서 본격적으로 소설을 쓰기 훨씬 전인 1978년부터라고 한다. "1983년 하반기에 나는 정말 할 일이 아무것도 없었다. 소설을 쓰는 것 말고는 아무런 출로가 없었다."

어찌 됐건 왕쉐는 문학 창작의 개념이나 법칙, 체계적이고 구체적인 창작 방법을 제대로 공부한 작가가 아니다. 그러나 그는 당시 독자들의 인기와 문단의 관심을 얻는 데 성공했다. 이는 마치 무대 위의 가수에게 쏟아지는 각광 같았다.

왕쉐의 성공작은 1985년 이후부터 정식으로 발표되기 시작하였다. 〈물 위로 떠오르기

하층민의 삶에 천착한 신시기 작가, 왕쉐.

(浮出海面)〉[《당대(當代)》 1985년 6월], 〈고무인간(橡皮人)〉[《청년문학(青年文
學)》, 1986년 11·12월], 〈사회주의적 범죄는 즐겁다(一半是火焰, 一半是海
水)〉[《딱따구리(啄木鳥)》 1986년 2월], 〈건달(頑主)〉[《수확(收穫)》 1987년 6월],
《노는 것만큼 신나는 것도 없다》(작가출판사, 1989)와 같은 작품들을 중심으
로 많은 독자들에게 폭발적인 관심을 끌었다. 특히 그의 작품들이 영화 또
는 텔레비전 드라마로 제작되면서 '왕숴 붐(王朔熱)'도 생겨났다. 그 가운
데 〈사회주의적 범죄는 즐겁다〉는 평론가들에게 왕숴의 중요성을 깊이 각
인시킨 작품이다.

　　왕숴의 소설들을 보면 중국 사회가 변화하는 모습과 그에 수반된 의
식관념의 급속한 변화를 확인할 수 있다. 도시의 유랑자처럼 정처 없는 생
활방식과 변두리에서의 배회와 유희적 태도, 그리고 폭발적이고 파멸적인
언어 구사와 냉담한 서술형식이 이야기 줄거리와 훌륭한 조화를 이루고 있
다. 빈둥거리는 인물들이 당시 사회의 모습을 전적으로 대표한다고 할 수
는 없겠지만, 그들 생활환경과 교제 범위는 다양한 사회 인물군과 일반적
세태, 향락을 추구하는 소비 관념을 직접적으로 반영해내고 있다.

　　그의 성공은 어떻게 가능했고, 어디에서 온 것인가? 그의 작품은 당
시 젊은이들의 심리상태, 즉 폐쇄적이고 경직된 전체주의적 사회환경에 대
한 반항과 거부심리와 밀접하게 연결되어 있다. 사회가 변화하면서 더는
기존의 이데올로기나 가치관이 수용되지 못하는 상황 속에서 그는 자신이
직접 겪은, 당시로서는 새로운 제재라 할 수 있는 범죄나 법제를 다루는 소
설에 누구보다 익숙했고, 거기에 자기 스스로의 반항심리를 가미함으로써
공인된 시대의 반항아로 우뚝 솟구칠 수 있었던 것이다. 그는 반항적 정서
와 심리를 가진 당시 사람들을 대신해서 사회, 권력, 금전에 대해 반항하거
나 조롱하였다. 간단히 말해서 그의 작품은 신시기 중국이 표방한 개혁·
개방이 가속화된 구체적 결과라고 할 수 있는 "사회적 전변기의 상품경제

와 도덕관념이 빚어낸 충돌, 생활신념을 잃어버린 뒤의 왜곡된 심리상태"
를 정확히 반영한다고 할 수 있다.

2. 악동에서 우상작가로

왕쉬 소설은 같은 시기 다른 작가들의 소설과 너무도 많이 달랐다.
이제부터 어떤 부분이 어떻게 다른지 살펴보자.

첫째, 소설의 제재가 특이하고 참신했다. 이전의 소설들, 예컨대 상
흔소설, 뒤돌아보기 소설, 개혁소설(改革小說), 모더니즘 소설[現代主義小
說] 및 뿌리찾기 소설 등에서도 평범한 사람들을 주인공으로 삼기는 했지
만, 그 지향점과 정신세계를 무엇보다 중시했으며 이데올로기적 속박을 적
지 않게 받아왔다. 이에 비해 왕쉬의 작중인물들은 대부분 당시 사회의 주
된 흐름인 개혁·개방의 체계에 발맞추어 적응하려는 현실적 관념을 지닌
인물이 아니었다. 이들은 오히려 급변하는 현실에서 낙오되고 소외당하여
갈 곳 몰라 하는, 이른바 현실감이 모자란 변변치 못한 인물들이었다.

둘째, 소설 중 등장인물군을 파격적으로 선택했다. 왕쉬 소설 속의
등장인물들은 대부분 베이징 사회의 하층계층 사람들이다. 그가 이런 부류
의 사람들만을 주요 대상으로 삼은 이유는 무엇일까? 쉽게 생각해보면, 이
러한 처지에 있는 사람들은 될 대로 되라는 식이거나, 모든 것을 거부하고
반항하는 심리가 있기 때문이 아닐까? 하지만 더 직접적인 이유는 역시 왕
쉬 본인이 이런 부류의 사람과 그런 환경에 익숙해서 충분히 잘 써낼 수 있
었기 때문이 아닐까 싶다.

셋째, 소설의 주제를 상대적으로 경시했다. 다른 소설 같으면 보통
전체 작품을 통해 작가가 전하고자 하는 중심적 주제를 드러내기 마련이지
만, 왕쉬의 소설은 이야기 줄거리 자체에 더 많은 비중을 두기 때문에 종종

주제가 분명치 않은 경우가 있다.

넷째, 구어화된 소설 어투와 대화체 언어를 과다하게 사용한 점을 들 수 있다. 주지하듯이, 왕쉬 소설은 현대 베이징 구어의 전범이 될 만큼 실용적이며 구어적이다. 이러한 문체는 심리묘사나 배경묘사를 중심으로 하는 정적인 소설에서보다는 행위묘사와 대화가 중심을 이루는 동적인 왕쉬 소설에서 빛을 발했다. 이로써 말하자면 왕쉬는 소설미학이 규정한 내적·외적 형식규범을 비교적 충실히 따르고 있다고 할 수 있다.

왕쉬 소설의 특색과 관련지어 한 가지 빼놓을 수 없는 주목할 만한 점은 왕쉬 소설의 드라마화·영화화 현상이다. 예를 들어 〈스튜어디스(空中小姐)〉(베이징텔레비전예술제작센터, 1984), 〈갈망(渴望)〉, 〈편집부 이야기(編輯部的故事)〉(합작, 베이징텔레비전예술제작센터, 1991), 〈상의 없는 사랑(愛你沒商量)〉(베이징문화예술레코드사, 1992), 〈즐거움 후의 죽음(過把癮就死)〉〔〈즐거움(過把癮)〉으로 개명됨〕 등의 작품은 텔레비전 드라마로 제작되었고, 영화화된 것으로는 〈아듀, 내 사랑(永失我愛)〉, 〈사회주의적 범죄는 즐겁다(一半是火焰, 一半是海水)〉(베이징영화제작소, 1988), 〈햇빛 찬란한 나날들(陽光燦爛的日子)〉, 〈건달(頑主)〉(어메이영화제작소, 1988), 〈윤회(輪回)〉(시안영화제작소, 1988)가 있다. 이런 작품들은 개편되는 과정에서 원작 그대로 옮겨지거나 수정되기도 했다.

이 작품들이 이처럼 짧은 시간 동안 영화나 드라마로 집중적으로 제작된 현상과 관련지어 생각할 문제들이 있다. 첫째 왕쉬와 그 작품 자체에 대한 검토이고, 둘째 그것을 영화로 개편하는 상업주의의 문화적 책략이며, 셋째 그들을 도와 성공을 거두게 한 일반 대중들의 문화심리이다. 이 세 가지는 작가 왕쉬 개인에 대한 연구를 비롯하여 당대 문단에서 그가 차지하는 위치와 사회·문화 면에서 그에 대해 내려진 평가와 밀접하게 연계되어 있다.

왕숴 스스로 말한 바와 같이 그의 소설은 1989년에 발표된 〈진지함이란 하나도 없다(一點正經沒有)〉〔《중국작가(中國作家)》 1989년 4월〕와 〈날 사람으로 보지 마(千萬別把我當人)〉〔《중산(鍾山)》 1989년 4~6월〕부터 변하기 시작했다. 사실 이후에도 장난기와 반항기가 완전히 없어진 것은 아니지만, 비판하고 반항하는 이유가 이전과 현격하게 달라진 것이다. 왕숴는 이제 전처럼 맹목적이고 충동적이고 반항적이지 않게 변해갔다.

〈동물은 사납다〉(《수확》 1991년 6월)와 〈나는 네 아빠〉(《수확》 1991년 2월)에서 그는 '더는 까발리고 비웃지 않았으며' 오히려 한걸음 물러서서 '소년 시절 정감의 진실성'과 좋은 아빠 노릇하기의 힘든 고충을 써냈다. 이때부터 "그의 소설은 우선적으로 지식인들의 갈채를 받았다. 그의 소설은 보통 대중들의 언어로 특정 지식인들의 사고를 표현한 것이었다. 영화, 텔레비전, 특히 텔레비전 드라마 형식으로 창작했을 때 그는 비로소 대중들을 대면하게 되었다. 왕숴는 여러 차례 노동자들의 심리 상태를 표현할 것을 제기했는데, 뒤에 매스컴이 그를 정말로 대중들 앞으로 나아가게 했다. 그러나 대중들은 또한 그들 특유의 사회의식과 심미 요구로 왕숴를 개조시켜 그를 대중 마음속의 우상 작가로 만들었다."

이런 의미에서 다음과 같은 평가는 특별히 주목할 필요가 있다. "왕숴의 작품이 당대 상품경제의 문화적 수요에 갈수록 적응을 잘한 것은 순문학의 통속문학에 대한 자리높임이기도 하고, 통속문학의 순문학에 대한 일종의 개조이기도 하다. 왕숴는 평민화를 지향하고 세속을 지향하면서 동시에 지식인의 각도로까지 파고들기 시작했다."

왕숴의 소설은 내용 면에서도 변화를 보였다. 변화를 드러낸 소설양식의 표징은 다음 세 가지 측면으로 요약될 수 있다. 우선 그는 "자신을 사람으로 간주했고", 인간의 생존환경에 대한 관점이 변했다. 세 번째 변화는 반문화 태도의 측면이다. 독자 대중들의 관심 대상이 된 왕숴의 이 같은 변화는 이전의 공인된 시대적 반항아라는 이미지에서 벗어나 독자 대중들의 대변자로 변화해야 함을 자각하고 능동적으로 대처한 결과라고 보는 것이 타당할 것이다.

1980년대 중국당대소설 중, 왕쉬의 위상은 어디인가? 흔히 그를 통속작가로서 건달과 깡패의 세계를 익숙하게 써내는, 범죄문학 혹은 법제문학의 대표작가라고 한다. 그의 소설세계는 아닌 게 아니라 특별나게 암흑세계의 세부적이고 퇴폐적인 부분과 그러한 의식 세계의 반응형태를 잘 드러내 보이고 있다. 이는 왕멍을 중심으로 하는 이른바 '다시 핀 꽃(重放的鮮花)'이라는 이전 세대 작가군과는 확연하게 다른 창작 특색과 내용이다.

이전 세대 작가들의 '이상과 신념의 추구'라고 하는 공통적 경향은 왕쉬의 '이상 자체에 대한 회의와 부정'으로 대체되었다. 이전 세대 작가들이 개인적 삶의 원체험에 기반하여 역사·사회·인민·이상에 대해 확고부동한 신념을 품고 개인적 소망과 전체 사회의 이상을 통일시키는 유토피아를 줄곧 추구했다면, 왕쉬는 이와 정반대로 그러한 행위의 무의미성과 그 구조 해체의 필연성을 형상화했다고 할 수 있다. 왕쉬는 이에 대해 실제 창작물로써 우선 인물형상을 현대적 의미로 창조하는 것에서부터 시작하여 이야기를 전개하고 구성해나가는 중에 자연스럽게 드러나는 인물형상

※ 법제소설

왕쉬의 작품은 대부분 '법제문학', 혹은 '범죄문학'이라고 부르는 뚜렷한 특징을 가지고 있다. 여기서의 법제란, 법과 제도라는 뜻으로 사실 법규범에 대한 저촉과 거부를 달리 표현한 말이다. 간단히 말해서 '범죄소설'이라는 뜻으로, 그의 소설 대부분의 주인공들이 도시의 하층민 신분인 건달과 불량배, 룸펜, 백수 들이며 그 주위에는 행실이 경박한 여자와 범죄 공모자 들이 득실거린다.

소설에서 다루는 것 자체가 사기, 도박, 납치, 협박, 성매매이다 보니 제재 자체의 엽기성과 호기심으로 대중적 인기가 치솟았다. 물론 그의 작품이 발표될 때마다 찬반으로 갈린 논쟁이 열띠게 전개된 것은 두말할 나위가 없다.

의 개성 중에서 무료함과 퇴폐를 극단화함으로써 이전 세대 작가들과 극단적으로 이질적인 대조를 보였다.

따라서 왕숴의 소설에서는 사회적·정치적 창작 동기를 찾아보기 힘들다. 더 정확히 말하면 왕숴는 그것을 일부러 회피하거나 찾아보기 어려울 만큼 희석시켰다. 왕멍의 작품만 해도 정치적 담론이나 비판적 언변을 제외하면 논할 만한 것이 거의 없지만, 왕숴의 경우는 그와 정반대다.

3. 불황을 모르는 왕숴 소설

왕숴 소설이 성공하고 작가 왕숴가 우상 작가가 된 데는 그의 소설언어가 단단히 한몫을 했다. 그가 사용한 언어는 기본적으로 "베이징 '골목'의 어휘계통에서 온 것이지만, 그중 또 많은 양은 마오쩌둥의 어록, 격언, 고사성어와 아름다운 서면어가 뒤섞여 있다."

왕숴는 자신의 소설언어에 대해서 다음과 같이 말했다. "가장 많이 빌려 쓴 것은 도시 유행어다. 베이징 토박이 사투리는 나도 잘 알지 못한다. 이러한 말들의 뿌리가 매우 많기 때문이다. 어록 중에서, 중대한 사건 가운데에서, 또 새로운 전고 등에서 연원한 것들이 있다. 나는 이제껏 사투리를 쓰는 지역에서 생활해본 적이 없다. 내가 접촉한 생활언어는 역시 시사, 정치와 관련된 것들이다. 사실 그렇더라도 그대로 작품에 운반해 들여올 수는 없다. 구어를 직접 그대로 사용하면 독자들이 잘 모를 수도 있기 때문이다."

《왕숴 문집(王朔文集)》에서 우리는 왕숴가 그 소설언어에 들인 노력의 구체적 흔적을 쉽게 발견할 수 있다. 그래서 혹자는 그의 소설을 '우아함, 통속성, 건달기가 서로 결합하여 이루어진 언어체계'라고 하였다. 구체적으로 말해서, "몇몇 소설은 언어의 대전람회라고 할 수 있다. 그 소설어

휘 가운데는 순문학의 아름다운 언어, 고어, 서면어, 시사적·정치적 술어, 위인의 어록, 문학언어, 군사용어, 도시 유행어, 문혁 중의 모범극 언어, 속어, 직업적 전문용어, 은어, 암호와 외래어 및 뜻이 불분명하거나 차용한 성(性) 관련 언어 등이 있다. 그리고 구어에 가까운 도시 유행어들을 쓰고 싶은 대로 마음껏 운용한 것이 왕쉬 문체의 관건이라고 할 수 있다." 이로써 왕쉬 소설의 유행이 소설언어의 운용과 긴밀하게 연결되어 있음을 알 수 있다.

당대문학사에서 한 가지 이해하기 어려운 현상이 있다. 창작 정신과 중심 사상에 신경을 쓰지 않은 문학작품이 한 편도 없고, 문학언어의 진지함과 예술성에 공력을 기울이지 않은 작가가 한 사람도 없음은 재론할 여지가 없다. 그런데 이상하게도 작가들이 고도의 예술성을 가진 작품, 당대의 생활 분위기가 물씬 나는 작품을 만들기 위해 애를 쓰면 쓸수록 일반 대중들이 원하는 작품과는 갈수록 거리가 멀어져간다. 이러한 현상은 모르는 사이에 이미 당대소설 언어의 이면을 관통하는 일종의 법칙이 되다시피 했다. 즉 작가는 자신만의 독특한 언어세계와 예술적 매력을 지닌 이상적 작품을 만들어내기 위하여 서사자로서 그 언어를 둘러싸고 있는 긴장되고 대립된 틀을 만들게 된다. 단적으로 말해서, 결국 이러한 어떠한 작가도 구속에서 자유로울 수 없다고 하겠다.

그러나 왕쉬만은 예외가 아닌가 생각된다. 그의 소설 속에서는 현사회의 지식인 작가로서 독자를 계몽하고 이상을 추구해야 한다는 책임감을 전혀 찾아볼 수 없다. 그는 오히려 그것을 적극적으로 포기함으로써 이러한 근본적 제약을 떨어내고 새로운 글쓰기 지평을 열 수 있었다. 물론 이 때문에 인문정신과 서로 저촉되는 현상들이 적지 않게 수반되었지만, 동시대의 엄숙한 문학의 한계를 극복하고 보통 사람들의 구체적 생활과 일치되는 경지에 이를 수 있었다. 앞서 말한 대로 왕쉬 작품의 흥미성은 주로 구어체 언어, 제재와 주제의 통속성, 독특한 서사방식에 있다. 다시 말해서 왕쉬 소설이 흥행에 성공한 원인은 작품을 상품으로 간주하고, 그것을 다시 문화소비품으로 보는 방식을 따랐기에 가능했던 일이다.

그의 작품이 수많은 사람들, 특히 현대 중국의 젊은이들에게 환영을 받는 것은 소설 자체가 읽는 재미가 있고 다루는 제재를 참신한 영역으로 확장했기 때문만이 아니라, 왕쉬가 소설언어에서 각고의 취사선택과 절차 탁마를 거치고 중국 당대의 생활이 사람들에게 가져다준 갖가지 번민과 그들의 요구를 비교적 깊이 이해하고 있기 때문이다.

4. 왕쉬 소설과 중국 당대 독자들

신시기에 들어 개혁·개방이 가속화하면서 중국의 사회 현실은 급격히 재편되어갔다. 그 가운데 적지 않은 사람들이 현실 사회·문화의 갖가지 조류에 불만을 표시하기 시작했다. 그러나 사람들이 왕쉬가 만들어낸 건달 인물들이 제멋대로 행동하는 방식에 찬성하거나 지지했다기보다는, 눈앞의 현실에서 권력과 금전이 불공정하게 분배되고 기회가 박탈되는 것에 불만을 표출하고 비판함으로써 그들과 공감하고, 또 그들을 통해 대리만족을 하면서 세태를 거부하는 전체적 추세를 공개적으로 인정한 듯하다.

그렇다면 사람들은 왜 시대와 사회에 불만족스러워 하는가? 현실 세계가 그들을 저버렸기 때문인가? 그런 것 같지는 않다. 이와 반대로 문제는 기성 사회의 내부 질서와 체계, 각종 제약이 그들을 전체적 규율 속으로 강압적으로 몰아간 당시의 사회적 분위기와 긴밀하게 연계되어 있는 것으로 보인다. 사회화는 사회적 인간에 대해서 말하자면 매우 자연스러운 과정이자 당위이다. 그러나 사회화 과정 속에서 인성을 파괴하고 자아를 실현할 기회를 찾을 수 없게 하는, 불공평과 불만족으로 가득한 현실에 직면하면 누구든지 모두 회피하고 거부하고 반항하는 것이 인지상정이 아니겠는 가? 그렇기 때문에 그들은 자신들이 인정하거나 공감한 이 시대의 문화를 향해 반역의 기치를 든 반항아를 필요로 했다. 왕쉬와 그의 인물들은 바로 그들을 대표하는 시대의 반역자다. 물론 그 반항에는 충분한 이유가 있다.

　　"왕쉬는 주로 그의 입담, 농담과 우스운 몸짓으로 놀라운 성공을 거 두었다. 오늘날의 독자 대중은 왕쉬에게서 모든 것을 조롱하는 쾌감을 얻 는다. 이 자체가 바로 '엘리트 문화'가 강조한 '역사의식'이나 '주체성' 같은 관념에 대한 철저한 조롱이다. 왕쉬는 결코 특수한 예가 아니다. 그와 반대 로 그는 보편적 문화심리와 생활정서를 개괄하여 당대문화가 전면적으로 위기에 빠져들었음을 여지없이 밝혀주었다." 이 말은 상당히 의미심장하 다. 왜냐하면 당대 사회인들의 보편적 심리를 잘 개괄했을 뿐만 아니라, 왕 쉬와 위기에 빠진 엘리트 문화정신 사이의 상관성을 핵심적으로 개괄했기 때문이다.

　　왕쉬 소설의 디테일 속에 드러난 퇴폐, 관능, 향락 추구의 경향은 현 실의 소비주의를 반영하고 있다. "왕쉬와 그의 작품은 어느 순간 이미 회피 할 수 없는 문화현상이 되었다. 일찍이 당대 중국 젊은이들 마음속에 '반역 의 우상'이 되었으며, 이러한 '반역의 우상'은 다시 지금 사람들이 보통 말 하는 이른바 '청춘의 우상' 같은 천박한 노리개보다도 훨씬 더 내재적이고 더욱 근본적인 문화적 함의를 지닌다. 그것은 사는 법, 인생관, 문화적 태 도, 정신적 신앙을 크게 좌우한다." 그러나 이와 정반대로, 사회주의를 정 체로 하는 중국 사회 속에서 이러한 추세는 전체 사회의 정신문명과 좋은 관계를 유지하기 어려운 것이 현실이다.

　　왕쉬는 지식인에게 아무런 희망도 걸지 않았다. 그가 바라본 지식인 은 당대 문화풍조의 세속적 경향과 금전 지향의 저속한 분위기를 그대로 체현하고 있는 존재에 지나지 않았다. 왕쉬의 눈에 비친 지식인은 이기적이고 자기 자랑만 일삼는 사람일 뿐이다. 따라서 그는 소설 속의 지식인에게서 생명력과 흡인력을 제거함으로써, 그저 경멸과 조롱, 타매의 대상으로만 묘사했을 뿐이다.

"왕쉬는 펜으로 개혁·개방 후 중국의 경제시장에 매우 뚜렷이 자각적으로 참여한 사람이다." 어떤 측면에서 말하자면, 이 말은 왕쉬가 서사자로서 텍스트의 긴장을 완전히 해소시킨 것으로 해석될 수도 있다. 하지만 문제는 생각처럼 그렇게 간단하지 않다. 왕쉬의 소설을 순수한 상품이나 순수 통속문화라고만 할 수 없기 때문이다. 왕쉬 소설은 1980년대와 1990년대 중국의 사회와 문화를 재현한 파노라마라는 점에서, 그 문화적 의의가 문학적 의의보다 크다고 하겠다.

🌸 생각할 거리

1. 같은 시기의 다른 작가들과 구분되는 왕숴 소설만의 특징은 무엇일까?
2. 중국당대문학사에서 왕숴 소설이 가지는 의미는 무엇일까?

🌸 권하는 책

박재연 옮김, 《노는 것만큼 신나는 것도 없다(玩的就是心跳)》, 빛샘, 1992.

_____, 《물 위의 연가(浮出海面)》, 빛샘, 1992.

_____, 《사회주의적 범죄는 즐겁다(一半是火焰, 一半是海水)》, 들꽃세
상, 1991.

현실과 영혼의 경계를 갈마든 작가, 가오싱젠

이정인

1. 망명작가 가오싱젠

눈앞에 나무와 하늘, 하나의 줄이 허공을 가르고 있다. 한 손에 부채를 들고 하늘과 허공을 가르는 줄 위로 한 발을 내딛는다. 바람이 느껴지는 그 위에서 고요히 춤을 추는데 어디선가 환호성이 들린다.

부채를 한 손에 들고 허공에서 춤을 추는 재주꾼, 하늘도 아니고 땅도 아닌, 이쪽도 아니고 저쪽도 아닌 바로 그 경계선 위에서 춤추는 재주꾼은, 땅에 두 발을 디디고 위를 쳐다보며 환호하는 군중 속에서 외로이 춤을 춘다.

1987년에 중국에서 프랑스로 망명한 작가, 이쪽에서 저쪽으로 넘어

노벨문학상을 수상한 망명 작가
가오싱젠.

간 것 같지만 이쪽도 저쪽도 아닌 그 경계선 위에서 홀로 춤을 추고 있는 작가, 그가 바로 가오싱젠(高行健: 1940~)이다.

가오싱젠은 어린 시절, 민속촌에서 신기하게 쳐다보던 줄타기 재주꾼을 생각나게 한다. 사람들은 가오싱젠이 프랑스로 망명하여 자유롭게 글을 쓰고 더군다나 2000년에 노벨문학상을 수상하기도 했으므로 성공한 작가라고 평가한다. 그러나 그의 작품에서는 줄 위에서 홀로 춤을 추는 그의 몸짓과 외로움이 느껴진다. 이것이 아마 작가로서, 예술가로서 걸어야 하는 길인지도 모르겠다는 생각이 든다.

가오싱젠은 1957년에 베이징외국어대학 프랑스어과에 입학하고 학생극단을 결성하여 연극활동을 하며 희곡과 소설, 시를 창작한다. 1980년대 초에 그의 화제작들인 희곡 《절대신호》(1982), 《버스 정류장(車站)》(1983), 《야인(野人)》(1985), 《피안(彼岸)》(1986) 등이 발표된다. 이 가운데 《버스 정류장》과 《피안》이 공안당국에 의해 공연이 중지됐고, 그는 1987년에 프랑스로 망명한다. 망명하기 전까지 그는 희곡보다 소설을 많이 발표하였다. 예를 들어 《친구(朋友)》, 《길 위에서(路上)》, 《25년 후에(二十五年后)》 등이 있다. 그러나 1987년에 망명한 뒤부터는 장편소설 《영혼의 산(靈山)》, 희곡 《도망(逃亡)》, 《삶과 죽음 사이(生死界)》, 《죽음의 도시(冥城)》, 《산해경(山海經)》, 《한밤의 방랑자(夜遊神)》, 《8월의 눈(八月雪)》 등 소설보다 희곡을 많이 발표한다.

가오싱젠은 중국현대연극, 특히 초기 실험극에서 그 선두를 차지했지만, 망명 이후 중국에서는 그의 작품세계와 지위를 부정하고 있다. 따라서 그에 대한 연구가 미진한 반면, 홍콩과 타이완에서는 그의 작품을 활발하게 연구하고 공연하기도 한다. 이 글에서는 소설가이자 희곡작가이기도 한 가오싱젠의 희곡작품을 중심으로 살펴보고자 한다.

2. 망명 전 작품세계

그는 줄을 긋고 '이쪽은 내 것'이라는 식으로 경계 짓는 것을 거부한다. 그의 줄타기가 시작된 것은 1982년에 《절대신호》라는 작품을 발표하면서부터다. 이 작품의 내용은 리얼리즘 연극과 크게 다를 바 없지만, 형식면에서 리얼리즘 연극에서 볼 수 없던 다양한 형식들을 실험한 작품이다. 예를 들어, 조명과 음향을 통해 등장인물들의 심리를 묘사한 점, 무대의 삼법칙에 얽매이지 않고 시공간을 초월한 점 등은 초기 중국실험극에서 정부와 절충하며 본격적으로 새로운 형식을 시도한 예라고 할 수 있다.

그러나 그를 논쟁의 중심에 서게 한 작품은 《버스 정류장》이다. 이 작품은 초기 실험극으로 리얼리즘 연극과 실험극의 경계를 '침범'했다고 할 수 있다. 이전까지 초기 실험극들이 리얼리즘 연극에 기초하여 새로운 형식을 부분적으로 탐색했다면, 이 작품은 리얼리즘과 반리얼리즘이 오묘한 조화를 이루고 있다. 극의 초반에서 버스를 기다리던 현실적인 등장인물들은 버스가 오지 않고 세월이 흘러 점점 극의 후반부로 갈수록 철학적이며 상징적인 인물들로 변해간다. 사회와 생활의 모순에 대해 구체적으로 비판하던 사람들은 시간이 흐르면서 삶과 운명, 기다림, 꿈에 대해 사유하기 시작한다. 끝내 도착하지 않는 버스를 몇 년 동안 기다리면서도 결국 정류장을 떠나지 못한다.

"내 인물들은 가고자 하지만 내부와 외부의 구속으로 가지 못한다. 이는 그들이 행동하고자 하는 의도가 부족하기 때문이 아니라 행동에 제약을 당하기 때문이다"라고 한 가오싱젠의 말처럼, 극의 후반부에 이르면 역할에서 빠져나온 배우들이 "가고자 하지만 가지 못하는 행동의 자유와 억압은 어디서 오는가?"라고 묻는다.

중국공산당과 보수적 비평가들은 이 작품이 부조리극인 《고도를 기다리며》와 같다고 하면서, 가오싱젠이 서양을 무조건적으로 모방하며 중국 사회에 회의와 의심의 눈빛을 보낸다고 평한다.

'반정신오염운동'이 사회 전반에 펼쳐지면서 개혁 · 개방으로 인해 잠시 활발하던 창작 분위기가 주춤하자, 작가 가오싱젠은 《버스 정류장》에 대한 비판을 뒤로 하고 양쯔 강 유역으로 긴 여행을 떠난다. 뒤에 이 여행은 그의 작품에 지대한 영향을 미치게 된다.

여행에서 돌아온 뒤 그의 작품은 많이 달라진다. 1983년에서 1984년

▨ 반정신오염운동과 《버스 정류장》

1983년 10월에 중국공산당은 좌담회를 개최한다. 그 자리에서 펑전은, 공산당이 '정풍운동(整黨)'을 하게 된 배경을 설명하고 개혁 · 개방으로 사회의 기강이 문란해졌음을 우려하며 그 대책과 의견을 묻는다. 이에 10월 31일자 《인민일보》에 '사회주의 문예의 깃발을 높이 들어 정신이 오염되는 것을 확고하게 방지하고 철저히 제거하자(高擧社會主義文藝旗幟, 堅決防止和淸除精神汚染)'라는 제목의 사설이 발표되었다. '정신오염'의 범위가 당내의 불평이나 불만, 사회의 불량한 풍기 문제에서 사상과 문예 영역에까지 확대되어, 11월이 되자 그 범위는 문예 · 신문 · 교육 · 정치 · 법률 등 이르지 않는 데가 없게 된다.

그리하여 1984년 1월부터 '반정신오염운동'이 활발히 전개되었다. 1월 27일자 《인민일보》에 '현대파 사조의 실체를 똑똑히 알라'라는 제목의 사설이 게재되었는데, 이 사설에서 가오싱젠의 《현대소설 기교 초보적 탐색(現代小說技巧初探)》과 쉬츠(徐遲)의 평론 《현대화 현대파(現代化 現代派)》를 비판하였다. 이 두 편의 평론은 서구의 새로운 문예이론을 도입하여 충분히 소화하여 새로운 문학의 방향을 모색하자는 내용인데, 사설에서는 이것이 자산계급의 나쁜 풍조이며 반사회주의적 문학을 도입하여 문예계에 악영향을 끼친다고 비판했다.

이러한 사회 분위기는 주류가 아닌 비주류 성향을 가진 실험극에 영향을 미쳤다. 작가들은 과거부터 정치적 억압을 많이 받아왔기 때문에 자유롭던 창작 분위기가 수그러들었다. 가오싱젠의 《버스 정류장》은 이 운동의 비판 대상이 되었고, 이 작품이 사회의 어두운 면만 부각시켜 사람들에게 회의하고 의심하는 분위기를 조성했다는 비난을 받는다.

까지 가오싱젠은 여덟 군데 지방, 1만 5000마일을 돌며 중국문화의 뿌리를 찾았다. 원시적이며 에너지가 왕성한 샤머니즘[巫], 민속, 민요, 제의식 [ritual], 서사시 같은 것들이 강 주변에 사는 소수민족에 의해 보존되고 있었다. 그는 이 여행에서 중국의 다양한 민속문화(민족문화가 아닌)를 체험하고, 유교나 사회주의에 의해 훈도되지 않은, 주류문화가 지니지 못한 '원시적인 힘과 에너지'를 발견한다. 이렇게 양쯔 강 유역에서 발견한 원시적 에너지, 예를 들어 노가수가 부르는 '흑암전'이나 '결혼식 장면', '대들보를 올리는 의식' 등을 무대 위에서 보여준 작품이 《야인》이다.

세상은 과학과 이성만으로 설명될 수 없다. 전설과 신화 속의 불확실한 세계에서 경계가 모호해지고 그 속에서 상상력을 발휘한다. 1985년에 발표한 《야인》은 로고스만이 아닌 미토스가 존재함을 이들의 충돌로 표현하고 있다.

이 작품에서 인간들은 과학과 합리성을 주장하지만, 볼 수도 없고 증거도 없는 '야인'의 존재를 찾아다닌다. 존재하는지조차 알 수 없는 전설 속의 '야인'을 추구하는 인간들의 모습 자체가 모순적이다. 왜 인간은 '전설과 신화'를 좇는가? 인간의 이성적이고 합리적인 과학문명도 칠팔천 년 동안 이어져온 전설과 신화를 없앨 수 없었다. 그들은 지금까지 존재해왔고 또 영원히 존재할 전설과 신화로 회귀한다. 이에 대해 가오싱젠은 "'야인'에 대한 기록은 2000년 전에 시작되었다. 그 뒤로 야인에 대한 이야기는 중국뿐만 아니라 다른 문화와 언어에서도 발견되었다. 야인이 정말로 존재하는지는 여전히 수수께끼로 남아 있다. 작가로서 나는 그러한 지식도 없고 이 수수께끼를 풀려는 것도 아니다. 오히려 나는 영원히 이것이 수수께끼로 남기를 바란다"라고 말한다. '야인'의 존재 여부에 대한 갈등은 실제로 존재하는지 아닌지가 중요한 것이 아니라, '야인'과 고대문화에 대한 상상을 통해 예술이 정치나 법, 선전 등으로 명확하게 정의될 수 없는 것임을 암시한다. 《야인》은 상충되고 대립되는 주제들을 씨실과 날실처럼 얽어놓고 있다. 소설 《영혼의 산》도 양쯔 강 유역의 경험이 집약된 작품이다.

　　서구의 이분법적 사고방식은 정신과 육체를 나누고 정신을 육체의 우위에 두었다. 이에 이성과 과학이 사고의 중심을 이루었고, 감성과 육체는 주변부로 밀려났다. 그러나 인간의 이성에 대한 회의는 이러한 이분법적 구분에 의문을 던졌고, 육체 역시 인간을 이루는 구성 성분이며 정신의 하위 부류가 아님을 인지하기 시작한다. 따라서 인간의 몸은 정신과 나란히 부상하게 된다. 이러한 흐름은 연극에서도 나타난다. 무대는 이제 언어에만 의지하지 않고 언어로써 표현할 수 없는 부분들을 제2의 언어인 육체, 즉 배우의 몸으로 표현하고자 한다.

　　언어만으로 이루어진 무대의 한계를 가오싱젠 역시 인식하고 있었다. 《피안》은 배우의 몸과 언어에 대한 좀더 근원적인 실험이다. 가오싱젠은 일찍부터 "연극은 동작이다"라고 했으며, "가장 표현적인 행동은 시각적이고 상황에 따라 즉흥적으로 만들어진다. 따라서 배우는 다른 배우의 반응을 감지하기 위하여 눈과 귀, 몸 전체를 사용하는 방법을 배워야 한다"라고 주장했다. 이 작품에서는 소통으로서의 언어가 아닌 소리로서의 언어, 몸 등을 실험한다.

▨ 소설 《영혼의 산》

가오싱젠은 이 소설로 2000년에 노벨문학상을 탔다. 출판은 1990년에 이루어졌지만 1982년부터 쓰기 시작한 작품으로, 양쯔 강 유역을 여행하면서 떠오른 영감이 담겨 있다.

소설은 모두 81장으로 구성되어 있는데, 이는 16세기 《서유기》에 등장하는, 불경을 가져오기 위한 여든한 가지 모험을 암시한다. 소설은 서술자가 여행하는 동안 만난 중국의 하부 민간문화의 신비로운 인물들에 의해 살아 있다. 예를 들면 영매, 전통민요 가수 등은 가오싱젠이 '중국 민간종교'라고 부른, 도교와 불교와 샤머니즘이 혼합된 원시문화를 보여준다. 《영혼의 산》은 영혼을 탐험함으로써 주류문화에 의해 토막 난 중국문화의 다른 면을 보여준다.

줄놀이 배우: 여기에 줄 하나가 있습니다. 우리들은 진지한 게임을 할 것입니다. 아이들처럼. 이번 극은 게임을 하면서 시작합시다. 좋습니다. 당신은 이 줄의 끝부분을 잡으시오. 우리들 사이에 관계가 성립되었지요. 바로 전에는 나는 나, 너는 너였는데 이 줄이 있어서 저와 당신이 함께 연결되었지요. 이젠 너와 내가 되었지요. 지금 당신과 내가 양쪽으로 달리면 당신은 나를 끌어당기고 나도 당신을 끌어당기게 됩니다.

극의 초반부에 배우가 줄을 가지고 나와서 관객들에게 보여주는 퍼포먼스나 불교 승려들이 등장하여 경전을 암송하고 명상하는 장면은 사회적으로 약속된, 말하자면 정의된 언어로는 표현할 수 없는 말을 들려준다.

1. 사람   한 알의 씨앗이 땅에 떨어지다…….

2. 그림자   한 아이가 그 세상에 내려와 태어나다…….

3. 사람   바람이 숲을 지나다…….

4. 그림자   한 마리 말이 고원을 달리다…….

5. 사람   한 알의 모래가 눈에 들어가다…….

6. 그림자   한 쪽 눈에서 눈물이 흐르다…….

7. 사람   건조한 사막으로 흐르다…….

8. 그림자   시끄러운 시장으로 들어가는 것 같다…….

9. 사람   사람과 사람이 북적댈 뿐, 사람의 눈은 보지 못한다…….

10. 그림자   보이는 것은 죽은 생선…….

이는 언어가 내포하는 의미가 확장되는 것으로, 이렇게 함으로써 더 풍부한 표현력을 얻을 수 있고, 관객들과 독자들에게 상상력을 부추길 수 있으며 사고까지 확장된다.

3. 망명 후 작품세계

가오싱젠의 작품은 양쯔 강 유역을 여행하기 전의 작품들과 그 뒤의 작품들, 그리고 1987년에 망명한 다음의 작품들로 나누어 생각해볼 수 있다. 특히 망명한 뒤, 창작에 대해 치열하게 논쟁하고 토론하던 중국에서의 삶보다 창작의 자유가 무한한 외국에서의 삶이 망명작가에게 진정 자유로운 것일까 하는 의문이 든다.

외국에서 이방인으로 살다 보면 그 땅에 뿌리내리기 위해 민족적 특색을 자신의 특색으로 드러내고자 하는 유혹이 매우 클 것이다. 서양인들이 관심을 갖는 동양의 것을 자신의 것으로 하려는, 또는 해야만 하는 냉혹한 현실과 유혹 앞에 설 수 있다. 그러나 이는 가오싱젠이 가장 경계하는 점이기도 하다. 그는 국수주의ㆍ애국주의ㆍ민족주의를 거부한다.

그러나 가오싱젠은 자신의 뿌리를 정확히 인식하고 있었다. 1년여 동안의 여행을 통해, 중국의 문화(한문화)에 바탕이 된 소수민족의 원시문화들을 접하면서 그 문화의 원시성과 생명력을 느꼈기 때문이다. 따라서 그가 말하는 자신의 뿌리는 정통 한족의 문화나 주류문화가 아니라 그 생명을 공급한 원시문화이자 다양한 문화를 바탕으로 한다.

그는 '주의 없음(沒有主義, No Ism)'을 주장하며 중국에서 팽배하던 리얼리즘이나 근대에 등장한 포스트모더니즘, 애국주의, 국수주의 등의 경계 짓기를 거부한다. 이러한 성향은 1987년 이후 작품에서 더욱 뚜렷하게 볼 수 있다. 《삶과 죽음 사이》, 《대화와 반박》, 《죽음의 도시》, 《한밤의 방랑자》, 《8월의 눈》 등은 그의 이러한 고뇌와 숙고가 담겨 있다.

《죽음의 도시》, 《한밤의 방랑자》 같은 여러 작품들은 매우 사색적이다. 현실과 환상, 보이는 것과 보이지 않는 것, 진리와 거짓에 대해, 또는 무엇이 실제이고 환상인지에 대해 질문을 던진다. 관객들이 그저 줄거리만을 따라가며 이해할 수 있는 작품이기보다는 순간마다 생각하고 질문을 던져야만 하는 작품이며, 그래서 기승전결에 따른 깔끔한 결론이 맺어지기 어려운 작품이기도 하다.

《죽음의 도시》에서는 중국 철학자 장자가 오랜 여행 끝에 돌아와 자기 아내의 순결함을 시험하기 위해 거짓으로 자신이 죽었다고 알리고 관을 들여보낸다. 그리고 왕자가 아내를 유혹하자 아내는 그 유혹에 넘어간다. 왕자가 자신의 병이 나으려면 사람의 뇌가 필요하다고 말하자, 아내는 장자의 관을 주저 없이 연다. 이에 장자는 껄껄거리며 아내에게 자결할 것을 명하고, 이에 아내는 죽어 지옥의 여정에 들어선다. 후반부에서는 아내가 지옥으로 가는 장면들이 묘사된다.

《한밤의 방랑자》에서는 기차를 타고 여행하던 승객이 비가 흩뿌리는 밤의 도시를 묘사한 책의 내용을 중얼거리면, 그가 읽은 대로 무대가 가로등 밑 거리의 한 구석으로 변한다. 그렇게 극 속의 현실과 환상이 교차하면서, 극의 마지막에는 결국 기차 안에 책만 남은 채 승객도 사라진다.

마지막으로 그의 유일한 전기극(傳記劇)이자 경극인 《8월의 눈》을 살펴보자. 이는 6세기 선종에 지대한 공헌을 한 혜능대사(慧能大師; 638~713)의 이야기다. 중국 불교사에서 선종의 제5조인 홍인대사(弘忍大師)가 문맹이던 혜능을 후계자로 삼은 일은 일대 사건이었다. 이는 후계자 자리를 바라보며 열심히 공부한 다른 제자들에겐 용납할 수 없는 일이었고, 그들은 혜능을 죽이려 하였다. 혜능은 남쪽으로 도망가서 그곳에서 남종을 창립한다.

이 이야기를 바탕으로 한 《8월의 눈》은 그의 유일한 경극대본으로, 타이완에서 경극극단을 위해 쓰인 것이다. 경극이라고는 하지만 '무대 제시'에 보면, 반드시 음악을 새롭게 작곡해야만 하며 그래야 전통적인 경극에 새로운 생명을 불어넣을 수 있다고 쓰여 있다. '비관습적 경극'을 위해 경극의 창법과 악기를 사용하기는 하나 전체적인 극은 오페라와 비슷하다. 창법이나 음악 역시 서양의 오페라 창법을 사용하기도 하고, 얼굴 분장도 전통 경극과 다르다. 한마디로 경극을 상징적으로 사용했다고 할 수 있다. 경극 극단을 위한 대본이지만, 경극이라고 말하기 어려운 새로운 형식의 극을 위한 대본인 셈이다.

작품의 내용은 선종의 혜능대사에 관한 이야기이지만, 인물들의 대사들을 보면 보통 사람들을 떠올리게 한다. 언어이긴 하지만 소통을 위한, 줄거리를 전개하기 위한 대사가 아니다. 이는 일종의 음악으로 된, 불교에서 말하는 '공안(公案)'이 좀 길어진 형태와 비슷하다. 혜능대사의 일대기를 그렸다기보다, 혜능대사의 일생은 극의 줄거리일 뿐이며 대사를 매개로 한 아주 커다란 '사유'라고 할 수 있다.

혜능이 후계자가 된 뒤 16년간을 숨어 지내다 보림사(寶林寺)를 지나가게 된다. 그 앞에서 인종법사(印宗法師)와 학자들이 펄럭이는 깃발을 보며 바람이 펄럭이는 것인지 깃발이 펄럭이는 것인지 토론하고 있다. 이에 혜능이 "바람도 깃발도 펄럭이지 않습니다. 펄럭이는 것은 보는 이의 마음입니다"라고 대답한다. 또한 극의 후반부에서 혜능은 이렇게 말한다.

너희들에게 교리를 말하겠다. 이는 이름도 제목도 없고, 눈도 귀도 없다.
몸도 생각도 아니고 말도 몸짓도 아니다. 머리도 꼬리도 아니며 안도 밖도

※ 공안

공안(公案)이란 참선수행의 대명제이자, 선(禪)의 핵심이다. 선의 수행과 깨달음으로 이끄는 공안은, 선사들이 독자적인 언어와 행동을 남기고 떠나면 그 깨달음이 후학들에게 전해지면서 각 개인의 통찰이 투영되고 의문이 더해져 하나의 의문구조로 정착한 것이다. 선가에서는 이와 같은 공안을 참선수행하는 사람들에게 보이고 생각하는 대상 또는 단서로 삼도록 했다. 이러한 공안의 종류는 대단히 많다.

아니며 중간도 없다. 존재하지도 존재하지 않지도 않는다. 원인도 결과도 아니다. 너희 모두가 현명한 사람들이니, 이게 무엇이냐?

혜능의 이 말은 가오싱젠의 '화두'인 듯하다. 마치 '비어 있는 듯하나 빈 것이 아니다'라는 말처럼, 어떤 이해도 진리나 거짓이 아니며, 모든 것이 형체를 지닌 듯하나 형체가 아닐 수도 있으며, 보이는 듯하나 보이지 않는 것일 수도 있다.

4. 줄 위에서 춤추는 작가

가오싱젠은 '연극이 다른 예술 장르와 어떻게 다른가?'라는 질문에, 리얼리즘 연극처럼 무대 위에 실제 생활과 삶을 그대로 옮기려 하는 것은 영화 같은 다른 예술 매체들이 발달함으로써 이제 관객들을 만족시키지 못한다고 대답한다. 대신 연극을 가장 연극답게 만들어주는 것은 '무대의 현장성'이라고 이야기한다. 즉 한 공간에 낯선 사람들이 모여서 한 작품을 감상하고 하나의 공동체를 형성하는 것, 그리고 현장에서 배우와 관객이 내적 교류를 이룰 수 있다는 점을 꼽았다.

이렇게 가오싱젠은 희곡의 특징인 무대성 · 극장성을 철저하게 이해한다. 또한 언어가 지닌 소통의 한계를 느끼며 그 경계를 무너뜨리려는 여러 실험을 시도하면서도 글쓰기를 포기하지 않는다. 망명한 뒤에도 여전히 글쓰기를 하고 있는 그는 초기 작품에 비해 경계인으로서 느끼는 문화적 정체성을 찾아가며 작품을 쓰고 있다. 중국인이자 프랑스인이기도 하면서 또한 모두 아니기도 한 그는 그 경계선 위에서 동서양을 막론하고 인간이 느낄 수 있는 내적인 것을 탐구하고 있다.

'가오싱젠'이라는 줄타기 재주꾼은 자신이 올라온 땅에 대한 기억과 그 뿌리를 찾으며 저 너머 하늘을 향한 줄 위로 그 걸음을 옮긴다. 줄 위에 발을 옮긴 그 순간부터는 타협할 수 없다. 이쪽도 저쪽도 아닌, 하늘도 땅도 아닌 그 위에서 가오싱젠은 여전히 홀로 춤을 추고 있다.

생각할 거리

1. 문화의 정체성이란 무엇이며 어떻게 형성될까?
2. '실험극'이라고 하면 이해할 수 없는 연극이라고 막연하게 생각한다. '실험극'에서 '실험'은 무엇인지, 그리고 '전통'과 '실험'이 다른 것인지 생각해 보자.

권하는 책

박하정 옮김, 《나 혼자만의 성경》, 현대문학북스, 2002.

오수경 옮김, 《버스 정류장》, 민음사, 2001.

이상해 옮김, 《영혼의 산》, 현대문학북스, 2001.

크리스토퍼 인네스, 김미혜 옮김, 《아방가르드 연극의 흐름》, 현대미학사, 1997.

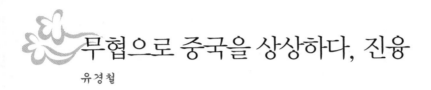

무협으로 중국을 상상하다, 진융

유경철

20세기 말 중국문학계의 최대 화제는 단연 진융(金庸: 1924~)이었다. "중국인이 있는 곳, 차이나타운이 있는 곳에는 진융의 무협소설이 있다"라는 말에서 알 수 있듯이, 진융의 무협소설은 수많은 중국인의 오락거리이자 위안거리였다. 짜임새 있는 이야기, 생동하는 등장인물, 풍부한 상상력과 문화적 소양으로 직조해낸 무림세계, 중국의 역사와 현재에 관한 재해석 등을 바탕으로 진융은 자신의 무협소설을 무협소설의 최고 경지에 올려놓았으며, 남녀노소와 계급·계층을 가리지 않고 엄청난 독자를 확보하였다. 또한 독자들의 전폭적 지지는 진융의 무협소설이 무협소설이라는 장르에 한정되지 않고 정식문학으로 평가받게 하는 원동력이 되었다. 하지만 진융의 무협소설을 순수문학 혹은 고급문학으로 봐야 한다는 주장 못지 않게 그에 반대하는 의견 또한 적지 않다. 대립되는 양측의 논란이 20세기 말 중국문학계의 최대 쟁점이 된 것이다. 이 논란이 쉽사리 결론에 다다르지 못할 것이라는 사실은 분명해 보인다. 하지만 고급문학으로든 통속문학으로든 진융의 무협소설은 중국문학에서 주목해야 할 부분이다. 왜냐하면 진융의 무협소설은 고급 혹은 통속이라는 규정과 별개로 이미 중국인들의 삶과 의식 속에 매우 깊숙이 자리 잡고 있기 때문이다.

1. 진융의 무협세계

진융은 1924년에 저장 성 하이닝 현에서 태어났다. 본명은 차량융(查良鏞)이며, 청초의 저명한 시인인 사신행(查愼行)의 후손이다. '진융(金庸)'이라는 필명은 본명의 마지막 글자를 파자하여 만든 것이다. 국민당 중앙정치대학 외교학과와 상하이 둥우대학(東吳大學) 법학원에서 수학하기도 한 진융은, 《대공보(大公報)》에 취직하여 1948년에 홍콩으로 파견된 뒤 홍콩에서 자리를 잡는다. 진융이 처음에 관심을 가진 것은 영화였다. 무협소설을 창작하기 전에 그는 《절대가인(絶代佳人)》(1952) 등의 시나리오를 썼으며, 무협소설로 유명해진 뒤에도 한동안 시나리오 작가와 감독으로 활동하였다. 그는 한때 기자, 영화인, 무협소설가라는 1인 3역을 소화하기도 하였다. 1959년 이후로 영화계 활동은 접었지만, 무협소설 창작을 그만둔 뒤에도 언론인으로서 활약하였다. 1959년에 신문 《명보(明報)》를 창간하고 언론인으로서 왕성한 활동을 펼친 데 힘입어, 1985년에 홍콩 특별행정구 기본법 기초위원회 위원으로 임명되어 활약하기도 하였다.

동료이자 절친한 바둑친구인 량위성(梁羽生)이 1952년에 무협소설 《용호투경화(龍虎鬪京華)》를 발표하여 성공을 거둔 데 자극받은 진융은 《서검은구록(書劍恩仇錄)》을 시작으로 무협소설 창작에 뛰어든다. 청의 건

중국 무협소설의 대부 진융.

룽(乾隆) 황제가 한족(漢族) 출신이라는 고향의 민간전설을 모티프로 삼은《서검은구록》은 청 왕조와 반청집단인 홍화회(紅花會)의 대립과 투쟁, 건륭과 그의 이복동생이자 홍화회의 총타주(總舵主)인 진가락(陳家洛) 간의 복잡한 사연과 인물 대비, 곽청동(霍靑桐)·향향공주(香香公主) 자매와 진가락의 삼각관계 등을 교묘하게 결합해냈다. 이 작품이 진융의 대표작이라고 할 수는 없지만, 진융 무협소설의 전체 면모를 알 수 있는 실마리가 된다.

진융의 무협소설은 실제 역사를 배경으로 삼은 것이 대부분이고, 이러한 작품들이 다른 작품들에 비해 독자들에게 더 사랑과 지지를 받았다. 이때 실제 역사라고 하는 것은 한족과 오랑캐 이민족의 대립과 투쟁의 역사다.《서검은구록》,《벽혈검》,《사조영웅전》,《신조협려》,《의천도룡기》,《천룡팔부》,《녹정기》 등은 한족과 거란족, 몽골족, 만주족 사이에 벌어진 대립과 투쟁의 역사를 배경으로 삼는다. 이 대립과 투쟁은《의천도룡기》 전까지는 주로 '한족'이라는 주체를 세우고 '한족'의 시각에서 서술되지만,《의천도룡기》부터는 그것이 회의되고 비판적으로 극복된다. 결국 진융의 봉필작인《녹정기》에서는 한족과 이민족을 초월한 대중화민족(大中華民族), 즉 '중국인'의 시각이 완성된다. 물론 진융은 역사적 사실을 무협소설 식으로 재해석하고 상상해내고 있지만, 그의 무협소설은 역사를 다룸으로써 애국주의를 선양하고 민족을 단결시키는 텍스트로 해석되고 중국인들에게 단순한 오락거리 이상의 것으로 인식된다.

진융 무협소설의 성공적인 면모 가운데 하나는 등장인물에게 다면적인 성격과 그것을 야기하는 복잡한 사연 등을 부여한다는 점이다.《서검은구록》에서 건륭은 자신의 과거와 출신을 알게 되지만 현재의 위치와 안위를 보존하기 위해 이중적인 계략을 펼치고, 주인공 진가락은 홍화회를 이끄는 영수지만 우유부단한 성격의 소유자이며 대업을 위해 사랑하는 이를 희생시키기도 한다. 진융의 무협소설에서 악인은 절대적인 악인이 아니며, 선인 역시 절대적인 선인이 아니다. 그들은 부유하고 고뇌하는 복잡한 성격의 소유자이며, 자신의 운명과 타협하거나 운명에 의해 희생되기도 한다. 이는 특히 《천룡팔부》에서 잘 나타나는데, 교봉(喬峯, 소봉蕭峯)과 단예(段譽), 허죽(虛竹)은 자신들의 뜻과 상관없이 전대(前代)의 업보를 짊어지고 수많은 은원과 갈등의 소용돌이 속에 내던져진다. 결국 진융 무협소설의 인물들은 절세의 무공을 소유하고 있다는 점을 제외하면, 삶의 고해에서 허우적거리는 보통의 인간들과 다를 바가 없다. 진융의 무협소설은 무

※ 진융의 무협소설

장(중)편소설	창작 개시년	등재 간행물	수정연도
서검은구록(書劍恩仇錄)	1955~1956	신만보(新晚報)	1975
벽혈검(碧血劍)	1956~1957	상보(商報)	1975
사조영웅전(射鵰英雄傳)	1957	홍콩상보(香港商報)	1976
설산비호(雪山飛狐)	1957	신만보	1974
신조협려(神鵰俠侶)	1959	명보(明報)	1976
비호외전(飛狐外傳)	1959	무협과 역사(武俠與歷史)	1977
의천도룡기(倚天屠龍記)	1961	명보	1976
백마소서풍(白馬嘯西風)(중편)	1961	명보	1977
원앙도(鴛鴦刀)(중편)	1961	명보	1974
천룡팔부(天龍八部)	1963	명보	1978
연성결(連城訣)	1963	동남아주간(명보 부간)	1977
협객행(俠客行)	1965	동남아주간(명보 부간)	1977
소오강호(笑傲江湖)	1967	명보	1980
녹정기(鹿鼎記)	1969	명보	1981
월녀검(越女劍)(단편)	1970	명보	

협소설이지만 말 그대로 인생의 축도(縮圖)이기도 하다.

한편 진융의 무협소설은 훌륭한 애정소설로 해석되기도 한다. 진융의 독자 중 여성이 차지하는 비중이 적지 않은 것은 바로 이 때문이다. 진융이 그려내는 애정은 《신조협려》의 양과(楊過)와 소용녀(小龍女)의 사랑처럼 지고지순하고 모든 명리를 초월하는 것이기도 하고, 《서검은구록》에서처럼 대업을 성사시키기 위해 뒷전으로 밀려나는 것이기도 하며, 《신조협려》의 이막수(李莫愁)나 《천룡팔부》의 엽이랑(葉二娘)처럼 사랑에 의해 버림받음으로써 인간성의 왜곡을 초래하는 그런 것이기도 하다. 위의 경우와 마찬가지로 진융의 협객들은 애정문제 앞에서 평범한 인간의 모습을 드러낸다. 하지만 진융이 그려내는 애정이 남성 중심적 시각에 바탕을 두고 있다는 비판도 적지 않다.

또 하나 진융 무협소설의 탁월한 성취는 무공의 표현이 심미적이고 철학적인 차원으로까지 발전하였다는 점이다. 물론 이것은 그의 탁월한 상상력과 중국문화에 대한 풍부한 이해를 바탕으로 한다. 《서검은구록》에서 진가락이 선보인 '포정해우(庖丁解牛)' 권법은 단지 초보적인 표현이었다. 《협객행》에서 진융은 이백(李白)의 고시(古詩) 〈협객행(俠客行)〉 속에 무학(武學)의 최고 비급을 숨겨놓았고, 《소오강호》에서 주인공 영호충(令狐冲)은 각기 음악·바둑·서법·회화에 심취하여 그것을 무공에 응용해낸 네 명의 고수 강남사우(江南四友)와 대결을 펼친다. 또한 《신조협려》에 등장하는 전설적인 검객 독고구패(獨孤求敗)의 검술 4단계에 대한 설파, 《소오강호》 풍청양(風淸揚)의 '무초승유초(無招勝有招)' 등에 이르면 무공은 '중국 철학이 꿈꾸는 최고의 경지'이자 '인생의 최고 경지'를 논하게 된다. 허구적이고 심미적으로 과장된 것이지만 진융이 상상해낸 중국문화는 진융의 무협소설을 읽는 중국 독자들에게 오락 이상의 의미가 있다. 그것은 독서행위를 전통문화에 대한 재인식이자 정체성에 대한 상기와 재발견의 기회로까

지 끌어올린다. 진융을 비롯한 량위성의 무협소설이 해외 화교들에게 중국
어와 중국문화 등을 학습하는 교재로 사용되었다는 사실이 이를 입증한다.

2. 또 다른 고수들

진융과 량위성의 무협소설이 발표되면서 무협소설은 홍콩, 타이완
등지에서 최고의 인기를 구가한다. 그리고 1960년대에 타이완의 무협소설
가 구룽(古龍)이 가세함으로써 이들 세 사람은 '신파(新派) 무협소설 3대
가'로 칭해진다. 이들은 각자 자신만의 특징과 개성을 가지고 있었다. 량위
성은 특히 역사적 지식과 문화적 소양이 뛰어났는데, 그것이 그의 필치에
드러나 우아하면서도 시적 풍취가 뛰어난 작품을 선보였다. 대표작으로
《백발마녀전(白髮魔女傳)》, 《칠검하천산(七劍下天山)》, 《운해옥궁연(雲海
玉弓緣)》, 《평종협영(萍蹤俠影)》 등이 있다. 하지만 그의 작품은 진융이나
구룽의 작품에 비해 오락적인 면이 약하고, 총 35부의 작품이 모두 뛰어난
것은 아니라는 게 중평이다. 게다가 그의 작품들은 시리즈물로 계속 이어
지면서 상투적인 전개와 자기복제를 피할 수 없었다. 이러한 결함은 구룽
역시 마찬가지였다.

1985년에 49세라는 비교적 젊은 나이에 세상을 떠나기까지 구룽은
총 68부의 작품을 창작했다. 천모(陳墨)이라는 무협소설 연구자는 구룽이
"창신(創新)을 주장하면서도 자신의 전작을 부단히 복제하였고, 예술적 탐
색을 시도하면서도 한편으로는 매우 무책임하여 어떤 작품들은 결말 없이
끝나기도 한다"라고 지적하였다. 하지만 구룽이 진융이나 량위성과 다른
독특한 일파를 이루었음은 사실이다. 그것은 그의 소설이 명확한 시대적
배경이 없이 전개되고 있다는 점과 무관하지 않다. 그 직접적인 원인은 당
시 타이완 당국이 무협소설에 시대적 배경을 제시하는 것을 불허하였기 때

문인데, 구룽은 시대와 역사가 부재한 이 자리를 추리극, 스파이물, 공포물 등의 요소로 메웠다. 또한 그는 무공을 대결하는 묘사를 거의 생략해버렸고, 고독과 허무주의에 휩싸인 현대적 인물을 주인공으로 채택하였다. 이로써 그의 무협소설은 동양과 서양, 전통과 현대가 기묘하게 조화를 이루는 독특한 분위기를 만들어냈다.《다정검객무정검(多情劍客無情劍)》,《천애명월도(天涯明月刀)》,《유성호접검(流星蝴蝶劍)》,《무림외사(武林外史)》,《초류향전기(楚留香傳奇)》등이 그의 대표작이다.

진융과 량위성, 구룽의 무협소설을 '신파 무협소설'이라고 지칭한 것은 당시 홍콩에서 유행하던 무협소설, 즉 황비홍(黃飛鴻), 홍희관(洪熙官) 등 광둥 지역의 협객들을 주인공으로 하여 광둥어로 쓰인 '광파(廣派) 무협소설'과의 차별성을 부각시키기 위한 것이었다. '신파 무협소설'은 광둥이라는 협소한 공간을 벗어나 광활한 중국 대륙을 배경으로 삼아 전개되었다. 진융 등의 무협소설이 '신파'로 분류되면서, 1920년대와 1930년대에 중국 본토에서 엄청난 인기를 누리던 무협소설은 '구파 무협소설'이라고 일컬어졌다. 최초의 '구파 무협소설', 즉 최초의 무협소설은 1923년에 상카이란(向愷然)이 '평강불초생(平江不肖生)'이라는 이름으로 발표한《강호기협전(江湖奇俠傳)》이다. 물론 전에도 무협소설이라는 이름으로 발표된 작품들이 있었다. 린수가 문언문으로 쓴 단편소설《부미사(傅眉史)》등이 그것인데, 이 작품들은 당시 그다지 인기를 끌지 못했으며, 나중에 대중통속소설로 자리 잡은 '무협소설'과 동일한 문학 장르로 보기도 어렵다.《강호기협전》은 당시 엄청나게 인기를 끌었고, 뒤이어 수많은 무협소설 작가들이 등장하면서 무협소설이 중국에서 가장 인기 있는 대중통속소설로 자리잡는다. 상카이란, 차오환팅(趙煥亭), 원궁즈(文公直), 구밍다오(顧明道), 리서우민(李壽民)(일명 환주루주還珠樓主), 왕두루(王度廬), 바이위(白羽), 정정인(鄭證因), 주전무(朱貞木) 등이 당시 무협소설 열풍을 선도하였다.

3. 진용 무협소설 연구와 그 대립점

　무협소설 본격적으로 정리되고 연구되기 시작한 것은 1987년경부터다. 비교적 일찍부터 무협소설을 전문적으로 연구해온 타이완의 예훙성(葉洪生)은, 1983년에 타이완에서《근대중국 무협소설 명저대계(近代中國武俠小說名著大系)》가 출간된 이후 자신의 연구가 본격화되었다고 밝혔다. 그 뒤 1987년에 홍콩의 중원대학(中文大學)이 '국제 중국무협소설 발표회(國際中國武俠小說研討會)'를 개최하고, 1989년에《무협소설논권(武俠小說論卷)》(홍콩 중원대학 중국문학연구소 주편)이 출판되면서 무협소설에 관한 학술적 연구성과들이 가시화되기 시작하였다. 이즈음에 중국 본토에서도 무협소설 연구서가 나온다. 왕하이린(王海林)의《중국무협소설사략(中國武俠小說史略)》(1988)은, 1940년대 쉬궈전(徐國禎)의《환주루주론(還珠樓主論)》이후 중국 본토에서 출판된 최초의 무협소설 연구서다. 뒤이어 량서우중(梁守中)의《무협소설화고금(武俠小說話古今)》(1992) 같은 저서들이 나오면서 중국 본토에서도 무협소설 연구가 본격화된다.

　　물론 이전에 무협소설에 관한 글들이 없었던 것은 아니다. 무협소설 애호가들이 무협소설에 관한 감상이나 기초적인 분석을 잡문식으로 발표하였으며, 이를 통해 서로 교류하기도 하였다. 이러한 방식은 특히 진용과 그의 작품에 집중되었다. 타이완의 위안징출판사(遠景出版社)가 내놓은《김학 연구 총서(金學研究叢書)》와《제자백가가 본 진용(諸子百家看金庸)》시리즈는 당시 무협소설에 관한 담론의 내용과 방식을 잘 보여준다. 이 책들은 타이완 최초로 진용의 무협소설을 정식으로 출판한 위안징 출판사가 홍보를 목적으로 기획하였는데, 그 자체로도 성공적이었다. 니쾅(倪匡)의《내가 본 진용 소설(我看金庸小說)》은 5권까지 시리즈로 발표되었으며, 싼마오(三毛), 원루이안(溫瑞安), 양싱안(楊興安) 등이 작업에 참여하여 진용과 그의 무협소설에 관한 감상과 분석, 진융과의 인터뷰 등을 진행하였다. '김학(金學)'이나 '김학파(金學派)'라는 말은 이러한 작업 속에서 생긴 말이다. 이들의 연구와 작업은 진융에 대한 학술적 연구에 많은 도움을 준 것이 사실이다.

하지만 이들이 엄정한 객관성과 학술성을 유지하고 있다고 보기는 어렵다. 린바오춘(林保淳)은 "그들이 진융의 이력과 진융 소설에 등장하는 인물, 그 안에 담긴 애정관, 역사의식 등을 폭넓게 다루고 있어 (그들의 글을) 관심을 가지고 볼 만하지만", "대개가 독자의 감상적 시각에서 출발한 것이고, 주관적 감정이 행간에 넘쳐나서 엄밀하게 연구하는 태도를 결여하고 있고", "가공송덕(歌功頌德)의 의도가 너무 농후하다"라고 언급함으로써 김학파의 장점과 오류를 명확하게 지적하였다.

진융의 무협소설에 관해 본격적으로 학술연구가 이루어진 것은 1994년에 중국 본토에서 《진융 작품집(金庸作品集)》이 정식으로 출간되면서부터다. 이 해에 진융은 베이징사범대학(北京師範大學) 교수 왕이촨(王一川)에 의해 루쉰, 선충원, 바진에 이어 '20세기 중국문학 대사(大師)'의 네 번째 자리에 등극하고, 또 베이징대학으로부터 명예교수 직함을 수여한다. 이 자리에서 중국현대문학 학계의 저명한 학자이자 베이징대학 중어중문학과의 원로교수인 옌자옌(嚴家炎)은 진융의 문학을 '조용히 진행된 또하나의 문학혁명'이라는 말로 치하하였다. 다음 해에 옌자옌은 베이징대 학생들을 대상으로 '진융 소설 연구'라는 수업을 개설하였고, 이를 바탕으로 1999년에 《진융 소설 논고(金庸小說論稿)》라는 중국 대륙 최초의 진융 전문 연구서를 출간한다. 이에 앞서 1995년에 출간된 《채색 삽도 중국문학사(彩色揷圖中國文學史)》는 "엄숙문학과 통속문학 사이의 경계와 분야를 소멸시켜 무협소설로 하여금 순문학의 예술전당에 올라서도록 했다"라는 평가와 함께 진융의 소설을 문학사 서술에 편입시켰다.

이러한 일련의 과정은 1980년대 중반 이후 중국 본토 문학계에서 제기된 '문학사 다시 쓰기[重寫文學史]'의 움직임과 더불어 진행되고 있다고 볼 수 있다. 기존의 5·4 문학사 혹은 신문학사가 견지한 '정치를 우위에 놓는 문학 인식과 문학사 서술'에 이의를 제기하고 그것에 의해 축소되거나 은폐된 작품과 작가를 재발굴하고 복권하고자 하는 움직임은, 선충원, 장아이링, 첸중수(錢鍾書) 등의 문학을 새롭게 발견하는데, 진융 역시 그중 한 사람이다. 특히 진융은 퇴폐적이고 저급하며 상업주의적이라는 이유로 문학사에서 거의 배제되다시피 한 원앙호접파 등의 통속문학을 재인식하게 하는 중요한 계기를 제공하였다. 따라서 1990년대 후반 진융의 무협소설에 대한 논의는 '진융의 무협소설과 20세기 중국문학의 관계'를 해설하는 데에 집중되었다.

옌자옌은 첫째, '삶'과 '오락'을 통일시켰고, 둘째 사실주의라는 창작 주류에 비범한 상상을 결합하였으며, 셋째 전통백화소설의 형식과 언어를 유지·개조·창신하였고, 넷째 고아문학(古雅文學)과 통속문학의 벽을 타파하고 진정한 '아속공상(雅俗共賞)'을 달성하였다는 점을 진융 소설이 중국문학을 발전시킨 공로로 보았다. 류짜이푸는 첫째, 본토문학(本土文學)의 전통을 계승하였고, 둘째 문학의 자유정신을 담고 있으며, 셋째 중국적 풍격의 백화문을 창조하였으며, 넷째 무협소설의 전통을 새로운 경지에 올려놓았다고 평가하였다. 또 천모는 첫째, 무협소설의 전통적 가치체계를 성공적으로 개조하였고, 둘째 인문적 사상과 주제를 참신하게 제련하였고, 셋째 인생의 예술적 경지를 창조하고 개척하였으며, 넷째 독특한 상상력을 보여주었고, 다섯째 완전한 장편소설 서사규범을 확립하였고, 여섯째 성숙하고 우아한 민족문학언어를 사용하였다는 점에서 진융의 소설이 공헌한 바를 확인할 수 있다고 주장하였다.

하지만 진융 소설의 문학적 성취와 중국문학에 공헌한 점에 대한 긍정적 평가만큼이나 그에 대한 부정적 평가도 적지 않다. 위안량쥔(袁良駿), 왕빈빈(王彬彬), 허완쯔(何滿子) 등이 이러한 점에서 같은 입장을 취하는데, 그들은 무협소설이 가지는 일반적 취약성을 바탕으로 진융 등의 무협소설을 비판한다. 특히 위안량쥔은 무협소설이 첫째, 현실적 삶에서 벗어나 있고, 둘째 억지로 모순을 만들어 싸움과 살인을 일삼으며, 셋째 협객들이 인간의 모습이 아니고, 또 조정의 앞잡이이거나 관료의 하수인이고, 넷째 인물과 이야기가 천편일률적이고, 다섯째 사용하는 언어가 천박하고 수준이 낮다고 비판한다. 따라서 진융 등의 무협소설이 이러한 한계를 어느 정도는 극복하고 있지만, 그것이 무협소설인 한 무협소설의 고질적 한계와 병폐를 벗어날 수 없다고 주장한다. 이들이 진융의 무협소설에 대해 부정적 견해를 표출하는 이유는, 그것을 인정하는 것이 기존의 문학사 서술체계는 물론 나아가 5·4 신문학운동 전체의 의의를 훼손하는 데로 귀결된다고 생각하기 때문이다. 따라서 이러한 비판의 끝은 진융에게 맞춰져 있다기보다 진융을 통해 새로운 문학사, 새로운 문학관념을 유포하려는 베이징대학을 중심으로 한 연구자들을 향하고 있다.

4. 한국의 무협소설 연구 현황

중국에서 진융과 그의 무협소설에 대한 연구가 그것의 문학성에 대한 판정을 중심으로 진행되었다면, 한국의 연구는 비교적 이에서 자유롭다. 1969년에 김현은 〈무협소설은 왜 읽히는가─허무주의의 부정적 표출〉이라는 글에서 한국의 무협소설 읽기 열풍을 당시 한국 중산층의 비개성적 허무주의의 발로라고 보았는데, 중산층에게 만연한 불안과 공포 같은 사회심리가 그들을 무협소설이 제공하는 도피와 대리만족으로 이끈다고 지적했다. 김현의 이 글은 여러 가지 한계가 있지만, 한국에서의 무협소설 연구가 문학적 · 사회학적 · 정신분석학적 차원에서 이루어지고 있음을 보여준다. 이는 중국에서 무협소설을 연구하는 방식이 결여하고 있는 부분이다. 2001년에 출간된 《무협소설이란 무엇인가》는 중국의 무협소설에 관해 소개하고 한국 무협소설의 창작과 출판 현황 등에 관해 다양한 시각의 글을 담고 있다. 이 책에 실린 조현우의 〈무협소설의 흥미 유발 요인 탐색〉은 무협소설이라는 장르의 기본적 속성을 '허무맹랑함'과 '천편일률'로 규정하고, 이것들이 어떻게 독자를 사로잡는가 하는 것을 분석하였다. 또 최혜실의 〈무협소설의 미학〉(《디지털 시대의 문화 읽기》에 수록) 역시 무협소설을 '놀이'에 비유하여 그것의 운용원리와 효용성을 살폈다. 이 두 글은 도덕적 혹은 심미적 차원에서 무협소설을 비판하는 데서 벗어나, 무협소설 자체의 존재방식과 효용성을 인정하는 것에서 출발하고 있다는 점에서 무협소설에 대한 변화된 인식을 보여준다.

또한 한국의 중국문학자들, 전형준 · 임춘성 · 유경철 등도 무협소설 연구에 주목할 만한 성과를 내놓았다. 전형준은 1990년대 이후 한국의 신무협에 대해 그것이 중국의 무협소설이나 한국의 이전 무협소설과 다른 글쓰기를 시도한다는 점, 즉 기존의 질서와 가치를 회의하고 그것을 전복하는 주변부적이고 탈중심적인 무협소설 쓰기에 도전하고 있음에 주목하여 분석하고 소개하는 데 집중하면서, 중국 무협소설 연구의 한계도 상당히 정확하게 지적했다. 즉 중국에서의 무협소설 연구가 그 문학성의 판정에 집중하면서도 '문학'에 관한 근원적인 질문은 결여하고 있다든지, 중국문학사에 존재하는 협객에 관한 서사를 무조건적으로 무협소설에 포괄시키는 오류에 대한 지적은 중국의 무협소설 연구가 경청해야 할 부분이다.

또 임춘성과 유경철은 무협소설을 일반적인 대중소설 차원으로만 보지 않고, 그것의 중국다움이나 근대 이후 중국의 역사, 중국인들의 정체성 문제 등과 더불어 사고하고자 하였다. 특히 유경철은 무협소설을 실패와 좌절의 근대사를 경험한 '중국인들의 자기상상'으로 보았으며, 진융의 무협소설이 상상해낸 중국과 중국인의 모습이 본토인, 타이완인, 홍콩인, 해외 화교 등으로 분할된 중국인들에게 일체화된 정체성을 부여하는 역할을 수행하고 있다고 주장하였다.

생각할 거리

1. 진용의 무협소설에 대한 찬반양론이 첨예하게 대립하는 이유와 그 내용은 무엇이며, 양측의 입장이 각각 혹은 공통적으로 가지는 한계는 무엇인지 생각해보자.

2. 진용 등의 무협소설과 무협영화, 무협드라마 같은 장르가 중국인들에게 어떤 의미를 갖는지를, 중국 근현대의 역사, 특히 대륙 본토·홍콩·타이완으로의 분할 등과 더불어 생각해보자.

3. 무협소설 및 무협영화 등이 한국인들에게 미친 영향에 대해서 '한국인들의 중국 상상'이라는 측면에서 생각해보자.

권하는 책

김용소설번역연구회 옮김, 《사조영웅전》, 김영사, 2003.

이덕옥 옮김, 《신조협려》, 김영사, 2005.

대중문학연구회, 《무협소설이란 무엇인가》, 예림기획, 2001.

전형준, 《무협소설의 문화적 의미》, 서울대학교출판부, 2003.

량서우중(梁守中), 김영수·안동준 옮김, 《강호를 건너 무협의 숲을 거닐다》, 김영사, 2004.

냉전의 잔해 속에서 고뇌한 지식인, 천잉전

주재희

천잉전(陳映眞: 1937~)은 타이완의 대표적인 리얼리즘 작가이다. 창작 연도별로 그의 소설을 살펴보면 지난 40년간 타이완의 사회상과 변화가 파노라마처럼 펼쳐진다. 즉 전후 힘의 논리와 정치적 억압의 시대, 비약적인 경제 발전과 그 이면에 드리워진 어두운 그림자, 공동의 목적과 가치가 사라진 1990년대 타이완의 방황, 타이완 독립이 주류가 된 2000년대에 이르기까지 시대의 화두에 그의 소설이 있다.

천인전의 소설은 격심한 사회 변동기 속에서 방황하고 소외된 인간들의 모습을 사실적으로 묘사하고 있으며, 작가가 직접 체험한 사실을 바탕으로 시대의 모순에 항변하는 내용을 담고 있다. 그의 투철한 역사의식과 강렬한 사회참여의식이 반영된 작품들은 독자들에게 문제의식을 일깨우고, 독자들을 의식화한다. 그의 소설은 유사한 역사의 기억을 가지고 있는 한국 독자에게도 시사하는 바가 적지 않다.

1. 주님의 아들, 중국의 아들

독실한 기독교 신자이며 애국심이 강했던 천잉전의 부친은 그에게 "애야, 내가 지금 하는 말을 결코 잊어서는 안 된다. 첫째로 너는 하느님의 아들이고, 그 다음으로 중국의 아들이다. 그리고 마지막에 나의 아들이다. 사람으로서, 그리고 어떤 일을 하더라도 이 말을 잊지 않았으면 한다"라고 말했다고 한다. 천잉전은 눈물을 흘리며 아버지의 말씀을 평생 마음에 간직했다. 그는 하느님을 진리와 사랑의 의미로 해석하였고, 이 말을 실천하는 것이 결코 쉽지 않았지만, 그랬기 때문에 일생 동안 자신을 독려하였다고 회고한다.

천잉전의 본명은 천잉산(陳映善)이다. 그는 1937년 10월 6일에 타이완에서 태어났다. 천잉전은 아홉 살에 세상을 떠난 쌍둥이 형의 이름으로, 어린 나이에 죽은 형을 기리기 위해 필명으로 쓰고 있다. 쌍둥이 형의 죽음은 천잉전은 물론 부모에게도 깊은 슬픔과 타격을 주었다. 형의 죽음을 계기로 천잉전의 가족들은 기독교인이 되었으며, 초등학교 교장이던 그의 부친은 교장직을 사직하고 신학을 공부하여 전도사가 되었다.

그의 부친은 애국자였다. 일본어만 써야 했던 일제 식민 시절에도 그의 부친은 아이들에게 중국어 교육을 시켰으며, 광복 후 조국의 군대를 환영하기 위하여 아이들을 데리고 기차역으로 마중 나가기도 하였다. 천잉전의 소설에 일관되게 흐르는 인도주의 정신과 애국사상은 이렇게 그의 부친으로부터 깊이 영향을 받았다고 할 수 있다.

그가 조국에 대해 처음으로 생각하게 된 것은 초등학교 6학년 때 부

타이완의 대표적인 향토소설 작가 천잉전.

친의 서가에서 루쉰의 소설집 《외침》을 읽으면서였다. 루쉰 소설에 묘사된 중국 민족의 형상은 그의 눈을 새롭게 뜨게 했으며, 어린 마음에 중국의 낙후함과 중국인의 무지에 깊은 동정심을 느꼈다고 그는 회고한다. 1958년에 단장대학(淡江大學)에 입학한 천잉전은 돈을 아껴 고서점을 드나들며 체홉, 아쿠타가와 류노스케(芥川龍之介) 같은 외국 작가의 명작을 두루 섭렵하였다. 아울러 당시로서는 금서이던 루쉰, 바진, 라오서 등과 같은 1930년대 중국 작가들의 작품을 접할 기회도 가질 수 있었다. 이들 서적은 중국에 대해 동정과 사랑을 느끼고, 그들과 자신을 동일시하는 인식의 틀을 형성하는 데 큰 영향을 주었다. 그의 독서범위는 사회주의 서적으로까지 넓어졌다. 아이쓰치(艾思奇)의 《대중철학》·《소련 공산당사》, 에드거 스노의 《중국의 홍기》, 《마르크스·레닌 선집》 등과 항일전쟁 시기에 만들어진 조악한 지질의 마오쩌둥 소책자 등이었다. 청년 시절에 천잉전의 사상은 이렇게 좌경화되었다.

▨ 천잉전의 주요 작품

• 소설집

《나의 동생 캉슝(我的弟弟康雄)》(1959~1964)

《탕첸의 희극(唐倩的喜劇)》(1964~1967)

《샐러리맨의 하루(上班族的一日)》(1967~1979)

《만상의 군주(萬商帝君)》(1980~1982)

《링당화(鈴璫花)》(1983~1994)

《충효공원(忠孝公園)》(1995~2001)

• 산문집

《부친(父親)》(1976~2004)

이러한 독서 경험을 통하여 그는 약자에 대한 동정과 이해심을 넓혀 갔으며, 사회주의에 대해 모호한 이상을 품는 계기도 되었다. 이렇게 형성된 기독교 사상과 사회주의 사상은 그가 소설을 쓰는 데 사상적으로 기본 골격을 구성하고 있다.

천잉전은 대학교 3학년 때인 1959년에 잡지《필회(筆匯)》에 단편소설 〈포장마차(麵攤)〉를 발표하면서 작가의 길을 걷게 되었으며, 지금까지 36편의 중·단편소설을 발표하였다. 천잉전 소설의 가장 보편적인 골격은 외부 현실의 부도덕과 인물의 도덕성이 충돌하는 과정에서 일어나는 모순을 서술하는 것이다. 이때 소설 속 인물이 외부 현실의 부도덕을 깨닫게 하는 내부의 도덕적 규율이란 바로 작가가 가지고 있는 사상, 즉 그가 어려서부터 가정에서 교육받은 '기독교적 사랑과 진리', 그리고 그가 꿈꾸어온 '유토피아적 사회주의'였다. 대학생이 되면서 기독교에 대해 회의를 느끼고 더는 교회에 나가지 않았지만 기독교 자체를 부인한 것은 아니었다.

그러므로 그는 사회주의자이지만 결코 반기독교적이지 않다. 오히려 박해받고 고통 받는 인간에 대한 동정이 기독교 사상에 기초한 인류의 자유와 존엄에서 출발하여 사회주의라는 역사화된 관심으로 귀결됨으로써 독특한 인도주의 사상을 형성하였다. 기독교 사상은 그의 사회주의 사상이 단순히 계급투쟁의 장으로 나아가거나 협의의 민족주의로 흐르는 것을 막아주었다. 다시 말하면 사회주의 이상을 가진 이들이 섣불리 민중의 몽매함을 계도하고 현실을 바꾸겠다는 오만함을 드러내는 데 반해, 그의 기독교적 양심은 실제로 민중을 계몽하러 나서는 순간, 오히려 자신에 대한 반성과 그들에 대한 겸허한 애정으로 스스로를 통제하게 한다.

2. 타이완의 현대사와 함께 호흡하며

천잉전의 소설은 제재가 광범위하고 내용도 풍부하다. 그의 펜촉은 사회의 각 측면에 닿아 수십 년에 걸친 타이완 사회의 변화와 생활의 면모를 진실되게 반영한다. 천잉전은 그의 소설에서 자신이 속한 사회의 현실을 반영함과 동시에 그 사회의 한계와 모순을 극복하려는 노력을 부단히 보여주면서 타이완의 현대사와 함께 호흡해왔다.

천잉전이 성장기를 보낸 1950년대와 1960년대는 바로 국민당이 타이완에서 반공을 기치로 내걸고 마구잡이 숙청이라는 만행을 저지르던 때였다. 천잉전은 어려서부터 주위의 긴장된 분위기를 느끼면서 자랐다. 그의 초기 작품에 나타나는 우울함과 참담함과 깊은 우수의 색채는 당시의 이런 상황과 무관하지 않다. 반공을 내세운 공포의 그물로 인해 억압된 사상과 지식, 감정이 나날이 격렬해지면서, 젊은 그는 분노와 초조함, 고독으로 방황하였다. 이런 상황에서 소설은 그에게 창조의 욕구와 심미적 욕구의 배출구가 돼주었다. 마음속에 억제된 욕구, 마르크스주의에 대한 막연한 숭배, 빈곤한 생활, 기독교 신앙의 신비와 의혹, 청년 시대에 처음으로 눈뜬 애욕 등이 〈나의 동생 캉슝(我的弟弟康雄)〉, 〈집(家)〉, 〈시골 선생님(鄕村的教師)〉, 〈죽은 자(死者)〉, 〈가룻 유다의 이야기(加略人猶大的故事)〉 같은 초기의 단편소설에 집약적으로 그려져 있다.

1962년에 군에 입대한 천잉전은 대륙 농촌 출신 하사관의 비극적인 이야기를 듣고 조국의 내전과 민족 분열의 역사에 대해 깊이 사색하였고, 대륙 출신의 외성인(대륙에서 온 중국인을 지칭하는 말. 타이완인은 본성인)의 운명에 관심을 가지게 되었다. 1949년에 공산당에 패하고 타이완으로 온 국민당 정권이 타이완에서 행한 각종 탄압과 왜곡된 사회 분위기는 타이완인과 대륙에서 온 외성인들 사이에 깊은 반목을 조성하였다. 타이완 출신의 본성인들은 정치적 소외감과 경제적 박탈감을 느끼고 있었으며, 자의든 타의든 국민당을 따라 타이완으로 이주한 대륙 출신의 외성인들은 타향에서 뿌리내리지 못하고 외로움으로 방황하면서 굴절된 인생을 살아가고 있었다.

1964년에 천잉전이 발표한 〈장군족(將軍族)〉은 정치적인 편견에서 벗어나 거시적이고 동정 어린 눈으로 본성인과 외성인의 신곤한 삶을 묘사하면서 이들의 화해를 모색하여 당시 사회에 큰 충격을 주었다. 그러나 이 소설은 상당 기간 판금되었다. 이 시기 그의 소설들은 초기의 감상적이고 비관적인 색채가 많이 줄어들었고, 반면 풍자적이고 비판적인 요소가 두드러졌다. 1967년에 발표한 〈탕첸의 희극(唐倩的喜劇)〉에서는 타이완 지식계의 허구적이고 가식적인 면모를 풍자적인 필치로 명쾌하게 그리고 있다.

군에서 제대한 뒤 그는 비밀리에 독서회를 조직하여 사회주의와 관련된 서적과 중국 대륙에 관한 자료를 돌려가며 읽었다. 1968년에 이 모임이 발각되면서 국가 전복을 기도했다는 죄명으로 구속되었다. 그는 10년형을 선고받고, 특사로 석방될 때까지 7년 동안 옥살이를 하였다. 이 세월은 고통스럽기 그지없는 시간이었지만, 참으로 귀중한 경험을 한 시간이기도 하였다.

천잉전은 그곳에서 1950년대 정치 대숙청의 와중에 종신형을 선고받고 20년째 옥살이를 하는 좌익인사들을 만났다. 그는 뒷날(1980년대) 이때의 기억을 되새겨 1950년대 좌익인사들을 주인공으로 하는 소설 〈링당화(鈴璫花)〉, 〈산로(山路)〉, 〈자오난둥(趙南棟)〉을 발표하여, 과거 30여 년간 덮여 있던 역사의 먼지를 쓸어내고 알려지지 않은 역사의 진상을 독자들에게 보여주었다. 그는 이 소설에서 1950년대 좌익인사들의 고난과 이상을 자본주의 사회를 살아가는 다음 세대의 타락과 대비하면서 올바른 역사 발전이란 무엇인지를 반추하고 있다. 계엄 치하에서 정치적으로 여전히 살벌한 분위기였으므로 그가 이런 소설을 발표하는 데는 크나큰 용기가 필요했다. 이 세 편의 소설들은 타이완문학계에 커다란 반향을 불러일으켰다.

　　1979년 10월 3일 새벽, 그는 갑자기 '반란을 꾀한 혐의'로 다시 체포
되었다. 다행히 많은 지인들의 구명운동에 힘입어 증거 불충분으로 서른여
섯 시간 만에 겨우 석방되었다. 이런 사건을 겪으면서 그는 자신의 힘이 얼
마나 미약한가를 절감했다. 그 뒤로 창작만이 유일한 저항이며 자위임을
깨닫고 더욱 창작에 힘을 쏟았다.

　　1970년대와 1980년대에 타이완은 한국과 마찬가지로 경제가 비약
적으로 발전하고 있었다. 그는 과거 자신이 다국적 기업의 중견간부로 재
직한 기억을 바탕으로 경제를 제재로 한 소설을 창작하였다. 경제소설로
분류되는 〈야행화차(夜行貨車)〉, 〈샐러리맨의 하루(上班族的一日)〉, 〈구름
(雲)〉, 〈만상의 군주(萬商帝君)〉 네 편에는 1970년대 다국적 기업이 타이완
경제에 끼친 영향, 비약적 경제 발전으로 인해 형성된 타이완 사람들의 기
형적 가치관 등을 다각적으로 묘사하며 눈부신 경제 발전 뒤에 드리워진
어두운 그늘을 조명하고 있다.

3. 통일, 결코 단념할 수 없는 염원

　　천잉전은 타이완에서 '좌익 통일파'로 분류된다. 여기서 '좌익'이란
사회주의를 동경한 1930년대 타이완의 지식분자들과 마찬가지로 사회주
의 사상을 가진 이들을 말하며, '통일파'란 타이완이 앞으로 언젠가는 반드
시 중국과 통일해야 한다는 입장을 견지하는 이들을 지칭하는 말이다. 천
잉전은 타이완에서 태어나 타이완에서 자란 본토박이인데도 강렬한 중국
적 정서를 가지고 있는 소수 중의 소수다. 장제스가 통치하던 시절에 그는
마르크스주의를 신봉하여 감옥에 가기도 했고, 민진당이 정권을 잡은 지금
은 타이완과 중국의 통일을 주장하는 몇 안 되는 타이완 출신 작가다. 비록

중국이 그가 추구한 사회주의를 포기하였지만, 조국에 대한 그의 열렬한 마음은 타이완 독립의 분위기가 대세인 타이완 사회에서 주저 없이 외로운 길을 택하게 하였다. 천잉전의 민족통일의식은 중국 민족주의를 기초로 하고 있다. 그는 중국과 타이완이 같은 문화를 가진 같은 종족이라는 것, 중국의 유구한 역사와 400년 타이완의 역사가 밀접한 관계가 있음을 근거로 중국과 통일해야 한다고 주장한다.

　　1970년대 후반에 타이완에서는 향토문학 논쟁이 벌어졌는데, 천잉전은 타이완의 식민문화를 비판하고 민족문학을 제창하면서 적극적으로 향토문학운동에 참여하여 향토문학에 대한 이론적 토대를 마련하는 데 크게 공헌하였다. 과거 타이완의 문단에 유행하던 모더니즘에 대한 비판과 반성으로 시작된 향토문학 논쟁은, 타이완 출신 작가들이 타이완문학의 독특성을 강조하고 타이완의식을 부각시키면서 중국의식이 뚜렷한 천잉전과 대립하는 양상을 보였다. 천잉전은 타이완의식을 강조하는 것은 중국과 타이완의 분리를 조장하는 행위라고 반발하면서 타이완문학은 '타이완의 중국문학'이라고 반박하였다. 향토문학 논쟁 이후 타이완의식을 주장하는 본토론은 더욱 힘을 얻었다.

　　1895년에 일본의 식민지가 되면서 중국 대륙과 단절되기 시작한 타이완의 역사는 1949년에 국민당 정부가 대륙에서 패배하고 타이완으로 철수하면서 더욱 고착화되었다. 또한 이전에 타이완 사회가 가지고 있던 풍토성과 100여 년간의 단절로 이루어진 특수한 사회 분위기는 타이완 나름의 독특한 문화를 형성하기에 이르렀다. 타이완의 독립을 지지하는 이들은 이 점을 근거로 타이완 문화의 독립성과 중국과의 차별성을 강조하면서 타이완 독립의 정당성을 주장하고 있다. 타이완의 독립을 주장하는 민진당이 정권을 잡은 이후 타이완에서 천잉전의 입지는 더욱 좁아졌다.

　　그러나 그는 조국의 분단에 대해 단호하고도 일관된 태도를 취하였다. 그는 정론과 실제 행동을 통해 자신의 소신을 주장하였다. 천잉전은 '민족의 분열은 민족을 손상시키고 기형화'하므로, 따라서 조국의 분열을 야기할 수 있는 외국의 간섭을 반대하며 민족의 통일과 부강은 모든 민족의 권리라는 신념을 고수하고 있다. 최근 천잉전은 저간의 민족통일이라는 거대 담론이 아니라 미세한 삶의 이야기를 통하여 하나의 민족이라는 동질성에 접근하고 있다.

중편소설 〈귀향(歸鄕)〉은 중국 내전에 강제로 참전한 한 타이완인의 삶을 통해 타이완과 중국은 하나의 민족임을 호소하고 있다. 국민당은 타이완의 청년들에게 국민당 군대에 입대하면 월급도 주고 국어(광복 후 타이완인들은 표준중국어를 잘 구사하지 못했다)도 가르쳐주며, 타이완의 방위만을 전담하게 될 것이라고 선전했다. 이 선전에 속아 많은 타이완 청년들이 국민당 군대에 입대하고, 주인공도 가난한 가정형편을 생각해 입대한다. 그러나 국민당은 이들을 대륙으로 데리고 가서 공산당과의 내전에 투입하여 총알받이로 이용한다. 게다가 국민당은 전쟁에 패배하여 타이완으로 철수하면서 이들을 데리고 오지 않는다. 대륙에 남은 타이완 청년들은 타향에서 어려운 삶을 살아간다. 문화대혁명 시기에는 국민당의 간첩으로 비판받으면서 심한 고초를 당하기도 한다. 덩샤오핑의 개혁·개방정책 이후 이들은 고향에 돌아오지만 타이완어를 잊어버린 주인공을 누구도 타이완인이라고 생각하지 않는다. 형제들조차 그에게 남겨진 유산을 빼돌리기 위해 그를 '재산을 탐내는 공산당 돼지'라고 욕하고 무시해버린다. 주인공은 잠시 좌절에 빠지지만 '대륙도 타이완도 모두 내 고향이고 내 조국'이라는 말로 조국은 하나임을 암시한다. 천잉전은 이 작품에서 타이완의 모호한 역사적 정체성으로 빚어진 비극적 상황을 민족의 통일로 종결해야 한다고 주장하고 있다.

최근 타이완에서는 타이완 독립의 정당성을 주장하기 위한 방편으로 과거 일제 식민역사를 미화하는 이들이 있다. 그들의 주장은 중국을 견제하기 위한 미국과 일본의 정책과 맞물려 상당히 지지를 받고 있다. 천잉전은 이런 논리가 발붙일 수 있는 것은 불행한 과거의 역사가 철저히 청산되지 않았기 때문이라고 생각한다. 그는 타이완 사회에서 생겨나는 기형적인 역사관과 가치관을 바로잡는 일은 과거의 불행한 역사를 철저히 규명하고 반성하는 것에서부터 시작해야 한다고 주장한다. 그의 최근 소설 〈밤안개(夜霧)〉, 〈충효공원(忠孝公園)〉은 모두 과거 역사에 대한 반성의 의미로 창작되었다고 한다. 이 소설들은 현실에 대한 비판이 더욱 직접적이고 날카로워져서 과거에 간간이 보이던 낭만적인 색채를 전혀 찾아볼 수 없다. 이런 엄숙한 정서는 최근 타이완 사회에 더 거세어지는 중국에 대한 배타적 분위기와 무관하지 않은 것으로 보인다.

천잉전은 타이완의 독립을 반대하는 그의 소신 때문에 때로 많은 사람들에게 비난받는 대상이 되고 있지만, 타이완에 대한 그의 사랑과 관심은 단순히 이기적인 이유에서 혹은 타당하다고 생각하는 나름의 근거를 가지고 타이완의 독립을 외치는 사람보다 순수하고 열정적이다. 그는 1985년에 잡지 《인간》을 창간하고, 또 인간출판사를 통해 《타이완 사회경제사》 등의 서적을 출판함으로써 타이완에 지속적인 관심과 애정을 쏟고 있다.

또한 그의 소설은 예민한 시각과 확고한 역사관을 바탕으로 전후 타이완 사회를 정확하게 해석하고 있다. 타이완의 주체성에 대한 관심이 더욱 고조되고 있는 지금, 타이완에서 그의 작품은 독자들에게 감정의 공감을 느끼게 하기도 하고, 의식형태의 충돌과 모순을 느끼게 하기도 할 것이다. 독자로 하여금 다양한 사고와 경험을 할 수 있는 장을 열어주는 것이 바로 작가가 담당해야 할 중요한 임무 중의 하나라면, 그는 이 시대 어느 작가보다 더 충실하게 작가로서의 임무를 감당하고 있는 셈이다. 이러한 소설적 성과로 그는 여러 차례 문학상을 수상하였다. 특히 2004년에는 전

세계의 중국 문학가 중 우수한 작가에게 수여하는 '전화인문학상(全華人文學賞)'을 수상하기도 하였다.

과거 낙후된 중국이 아닌 거대한 힘을 가진 국가로 부상한 중국은 점차 민족주의를 강조하면서 이웃 국가를 위협하고 있다. 사회주의 국가를 표방하면서 모든 면에서 자본주의화하고 있는 중국을 보면서 천잉전은 어떤 생각을 하고 있을까. 그의 예민한 후각이 또 어떤 작품으로 앞날의 위기를 경고해줄지 기대된다.

생각할 거리

1. 식민지, 내전, 분단이라는 유사한 역사적 배경을 가진 한국과 타이완이 통일문제에 대해서는 상이한 태도를 견지하고 있다. 대다수 타이완인들은 중국과 통일하는 것을 원치 않고 따로 독립할 것을 주장하고 있다. 타이완의 현대사와 관련하여 이 문제를 생각해보자.

2. 최근 타이완의 독립에 대해 무력 사용도 불사하겠다는 중국의 패권적인 태도는 과거 역사가 재현될 수도 있다는 우려를 낳고 있다. 상대편의 정서를 고려하지 않은 한 편의 일방적인 통일은 정당화될 수 있는지 생각해보자. 또 중국이 주체가 되는 통일을 견지하는 천잉전의 주장에 대해 어떻게 생각하는지 토론해보자.

3. 타이완에는 타이완이 일본의 식민 시기를 거치면서 비로소 근대화의 길을 걸었다고 주장하며 과거 일제의 식민통치를 미화하는 사람들이 있다. 천잉전은 과거 역사에 대한 반성과 청산이 불충분하여 이런 의견이 나오는 것이라고 지적한다. 천잉전의 소설을 통해 타이완에서 일고 있는 일제 식민통치의 미화라는 왜곡된 역사의 진상과 극복방법에 대해 생각해보자.

권하는 책

《중국현대문학 전집》 16 · 17, 중앙일보사, 1989.

황춘밍(黃春明), 이호철 옮김, 《사요나라, 짜이젠》(《제3세계총서》 6), 창비, 1983.

주재희, 〈대만 중국인들의 정체성 미망〉, 《중국연구》 27, 2001.

상상과 현실 속의 고향을 노래한 타이완 시인, 위광중

김상호

1. 복잡다단했던 위광중의 삶

위광중(余光中; 1928~)의 시에서 가장 중요한 주제는 향수라고 해도 과언이 아닐 것이다. 항일전쟁 등 정세가 불안한 시기에 어린 시절을 보낸 그는 부모를 따라 이곳저곳으로 옮겨 다닌 경험이 훗날까지 그의 마음을 정착시키지 못했고, 이것이 그의 문학생애를 결정짓는 강한 민족의식과 유민적인 향수의식으로 남아 작품 속에 반영되었다. 21세에 중국에서 타이완으로 건너온 그는 뒷날 다음과 같이 술회하였다. "내가 만약 11, 12세에 중국 대륙을 떠났다면 기억과 문화적 뿌리가 부족해 고향을 그리워하지 않았을 것이다. 20년간의 중국 생활은 집필의 정감과 자원을 풍부하게 제공해주

었다." 사회가 불안한 와중에 진링대학(金陵大學)
과 샤먼대학을 거쳐 다시 타이완대학으로 옮겨다
니며 대학생활의 맥이 끊어지는 혼란스런 시간이
었으리라. 중국에서 만난 많은 친구들과 헤어진 경
험은 그에게 대단히 가슴 아픈 일이었고, 시인에게
일생 동안 잊지 못할 쓰라림 그 자체였을 것이다.
그는 "내 생명의 전반 20년은 이렇게 단칼에 두 쪽
으로 갈라졌다. 나는 끝내 잊지 못할 것이다." 위광

고향에 대한 그리움을 노래한
타이완 시인 위광중.

중에게 향수는 단지 지리적인 것이 아니라 전체의 민족이라 할 것이다. 그
래서 그는 굴원(屈原)과 왕소군(王昭君)을 써서 문화의 향수를 털어놓았다.

　　푸젠 성 융춘(永春)이 본적인 위광중은 1928년에 장쑤 성 난징에서
태어나 타이완대학 영문과를 졸업하고, 미국 아이오와대학에서 예술학 석
사를 받았다. 그 뒤 줄곧 타이완사범대학과 타이완대학, 정치대학, 홍콩 중
원대학에서 학생들을 가르쳤고, 1960년대 중반부터 미국 국무원과 교육부
의 초청으로 두 차례 미국으로 건너가 강연을 하였다. 1985년부터 타이완
중산대학(中山大學) 영문과 교수와 문과대 학장을 거쳐 정년퇴직한 후, 지
금은 같은 대학의 명예교수로 특별강좌를 담당하고 있다.

　　약 50년 동안의 문학생애에서 오른손으로는 현대시를 쓰고, 왼손으
로는 산문으로 명성을 날린 그는 평론과 편집, 번역에도 종사하고 있다.
1949년 1월에 샤먼의 신문 《성광(星光)》과 문학지 《강성(江聲)》 등에 현대
시와 평론을 발표하면서 문단에 데뷔한 그는, 독특하고 서정적인 필법으로
어느 곳이든 그가 머문 땅을 아끼는, 일종의 현실 속의 고향의식을 작품 속
에 반영하고 있다.

　　그의 문단활동을 간단히 살펴보면, 1954년에 탄쯔하 · 중딩원(鍾鼎
文) · 샤징(夏菁) · 덩위핑(鄧禹平) 등과 공동으로 《남성》 시사를 창립하였

다. 1956년에 군 예편과 동시에 둥우대학과 타이완사범대학에서 강의하면서 《남성주간(藍星週刊)》을 편집하였고, 1958년에는 《현대문학(現代文學)》과 《문성(文星)》 등 문학지의 시 부문을 편집하였다. 1961년에 《현대문학》에 〈시리우스(天狼星)〉를 발표하면서 뤄푸와 논전을 벌이기도 하였고, 1977년에 향토문학 논쟁에 참여하여 《연합부간(聯合副刊)》의 〈이리가 왔다(狼來了)〉라는 글에서 "당시의 향토문학은 중국 노동자·농민·병사의 문학이라고 비판하면서 모자를 쓰기에 앞서, 노동자·농민·병사의 문학에 종사한 천잉전·웨이톈충(尉天驄)·왕퉈(王拓) 등은 먼저 자신들의 머리를 검사해봐야 한다"라고 비판하였는데, 이러한 비판은 향토문학 논쟁에 자극을 주었다. 또한 그동안 문학지 약 15종의 편집 등을 맡아오면서 문학

▧ 향토문학 논쟁

제1차(1930), 제2차(1947~1949), 제3차(1976~1977) 세 차례 논쟁이 있었지만, '향토'라는 두 글자에 대한 의미는 타이완 내부의 시대적 변천과 사회적 배경에 따라 다르게 해석되고 있다.

1930년대는 타이완이 일본의 식민지(1895~1945) 통치로 넘어간 지가 4분의 1이 지난 시기로, 타이완인들이 할 수 없이 식민통치를 인정하는 분위기였다. 이때 벌어진 제1차 향토문학 논쟁은 타이완문학 속에서 타이완 본토 위주의 문학 경향을 나타내는 주장이었다.

광복 후 《다리(橋)》의 부록으로 야기된 제2차 논쟁에서 중국에서 건너온 작가들은 타이완문학이라는 명칭 자체를 반대하지는 않았지만, 타이완문학에 대한 해석과 이해 면에서는 각기 다른 생각을 가지고 있었다. 다시 말해 중국에서 온 작가들은 타이완문학을 중국문학의 일부분인 변방문학이거나 지방문학이라고 생각하면서, 타이완 본성인이 쓴 문학을 향토문학이라고 단정하였다. 이 논쟁은 향토문학을 본토문학이라고 명칭만 바꿔가며 1990년대 초반까지 이어졌다.

1970년대 말에 벌어진 제3차 논쟁에는 타이완문학이 중국문학에 속하지 않으며 자주적인 문학, 세계문학의 일환이라고 주장하는 타이완 작가들은 참가하지 않았다. 결국 이 논쟁은 타이완문학이 중화민국 영역 내의 문학이라 주장하는 우파인 구민족주의자와 타이완문학 신중국 영역 내의 문학이라고 주장하는 신민족주의자들의 대결을 의미했다. 중요한 것은 그 자리에 참석한 구민족주의자건 신민족주의자건 타이완문학이라는 명칭을 쓰지 않았다는 점이다. 더욱 재미있는 것은 그 자리에 참석해 서로 적대적인 감정을 가지고 논쟁을 벌이던 중국인과 타이완인 모두는 한 가지, 곧 '우리 모두는 중국인이다'라는 결론을 얻었다는 점이다.

의 길을 제시하였다.

2. 위광중 시의 여정

위광중의 시는 대체로 다음의 몇 시기로 분류할 수 있다.

첫째, 1949년부터 1956년까지의 격률시 시기다. 신월파와 서양 낭만파의 영향을 받아 물속에 가지런히 놓인 두부처럼 반듯한 격률시, 즉 정형시를 직설적이고 정서적인 감각으로 표현하였다. 이 시기의 작품으로는 〈뱃사공의 슬픈 노래(舟子的悲歌)〉, 〈푸른 깃털(藍色的羽毛)〉, 〈천국의 야시장(天國的夜市)〉 등이 있다.

둘째, 1958년부터 1959년까지 서양시를 실험한 시기다. 위광중은 1957년부터 현대화 학습기를 거쳐 1958년에 미국으로 건너가 미국의 문학과 현대회화사를 배우면서 서양의 문학과 예술에서 영향을 받았다. 당시 타이완은 현대시 풍조가 성행하던 때여서 그도 이 흐름에 합류하였다. 이때의 대표작 〈시뤄 대교(西羅大橋)〉를 보면, "우뚝 선 거대한 침묵/ 깨어난 철골의 영혼/ 나의 영혼도 깨어 있는/ 나는 안다. 건너갈 나와 건너지 않을 나를/ 나는 안다. 강 이쪽의 내가 강 저쪽의 나로 복원될 수 없다는 것을"이라고 노래했고, 추상적인 작품 〈신대륙의 아침(新大陸的早晨)〉에서는 "0도, 7시 반/ 옛 중국의 꿈은 신대륙의 매트리스 침대에서 사라져버렸다"라고 읊었다.

셋째, 1960년부터 1961년까지 허무의 시기다. 이 시기는 자신을 벗어나고 싶어도 길을 찾지 못해 곤경에 빠져 중국 전통을 완전히 버리지 못하고 또 한편으로는 현대를 완전히 포용하지도 못하는 시기로, "어느 길이 무릉에 닿는 길인지 모른다/ 몹시 추운 나는 막차를 타고 밤 구름으로 돌아가/ 너그럽게 24시간을 태워 조금이나마 온기를 얻고 싶다"라고 자신의 심정을 표현했다. 이 시기에 뤄푸에게서 전통으로 돌아갔다는 평을 들었고,

〈허무야, 또 만나!(再見, 虛無!)〉를 통해 존재주의와 정식으로 이별하였다.

넷째, 1961년부터 1963년까지 서양시에 반대하고 신고전주의를 주장한 시기다. 이것을 주장하기 전의 위광중은 타이완 내 서양 이론 주장파들과 격렬하게 논쟁하는 가운데, 시의 허무한 내용과 난해함에 작별을 고하면서 조금씩 중국 고전시가의 전통으로 돌아왔다. 1961년에 발표된《연꽃의 연상(蓮的聯想)》중 일부 작품부터 순동방과 순중국의 존재를 추구하였다. "허무가 유행의 암이 되었다/ 황혼이 다가올 때/ 많은 영혼들은 육체와 이별한다/ 나는 오히려 먼 길을 거절하고 이곳에 남기를 원한다/ 송이송이 연꽃을 동반하고/ 불교의 소천세계와 신비를 지킨다."

다섯째, 1965년부터 1969년까지는 근대중국으로 회귀한 때다. 이 시기의 시집《기쁨을 치다(敲打樂)》에서는 어머니를 찾고 있다. 시 〈내가 죽을 때(當我死時)〉에서, "내가 죽으면 창장(長江) 강과 황허(黃河) 강 사이에 묻어주오/ 나의 머리를 베고, 백발은 황토로 메우고/ 중국에서 가장 아름다운 어머니의 땅/ 나는 편안하게 대륙 전체에서 잠들겠노라"라고 표현했다.《냉전의 시대(在冷戰的年代)》에서 주목할 주제는 성과 전쟁이다. 시 〈2인 침대(雙人床)〉를 보면, "전쟁은 2인 침대 밖에서 진행되고 있다/ 너의 기나긴 언덕에 누워/ 유탄 소리와 씽하는 섬광이/ 너와 나의 머리 위로 지나갔다"라고 노래한다.

여섯째, 1970년부터 1974년까지 민요풍의 시기다. 이 무렵에 쓴 시는 대부분이 평이하고 여러 작품이 통속적으로 작곡되어 음악화되었다. 시집《백옥여주(白玉苦瓜)》는 구어 리듬과 민요 시풍이 발효된 시로 노래와 시가 결합되었고, 〈밤을 지키는 사람(守夜人)〉에서 '나는 누구인가'라는 의문 속에서 "마지막으로 밤을 지키는 사람은 마지막 전등도 지킨다"라고 표현했다.

일곱째, 1974년부터 1981년까지 역사 · 문화를 탐색한 시기다. 홍콩 중원대학에서 교직에 몸담고 있던 이 시기에는 홍콩과 중국 대륙이 서로를 의지하는 토지에 대한 문화 전승과 사명감을 주제로 시를 썼다. 《영원함과 줄다리기(與永恒拔河)》, 《물 사이의 관음(隔水觀音)》에서 보이는 역사와 문화를 탐색하려는 노력은 지성적 표현이 감성적 풍격을 넘어서고 있다.

3. 오른손엔 시, 왼손엔 산문

기본적으로 위광중은 시 창작과 중국문학 전통에 대한 관점이 일치하는 시인이라 하겠다. 그는 줄곧 중국시 전통의 주류를 지켜왔으며, 서양 이론과 기법을 차용한 이유도 이런 창작 주체성을 풍부하게 하기 위함이었다. 그것이 서양 전통시의 격률시에서 왔든 1960년대 미국 민요에서 영감을 얻었든 간에 위광중은 엘리엇의 "반드시 집에 들어가야 하는 예술의 다처주의자"라는 인식이 한 번도 변한 적이 없었다. 그는 다음과 같이 단정하고 있다. "우선 반드시 중국의 고전 전통에서 출발해 서양의 고전 전통과 현대문예의 세례를 받아 중국으로 돌아가야만 한다." 이 말은 집이 그의 시 발점이며 종착역이라는 것을 뜻한다.

고향에서 온 사람은 당연히 고향의 소식을 갖고 올 것이다. 위광중은 중국고전문학을 유람하면서 중국미가 깃들인 작품을 강조하였는데, 이런 점은 중국에서 홍콩, 홍콩에서 다시 타이완으로 와서 성장한 그가 미국 신대륙을 경험하면서 고향의식이 더욱 농후해져 나온 결과이다. 그래서인지 그는 산문을 통해 중국과 연결된 정감을 표출한다거나 직접 혹은 다른 문화를 통해 부정적이 아닌 측면적인 서술로 중국의식을 드러내고 있다. 위광중의 산문을 보면 단순히 글자를 눈으로 보고 머릿속으로 그림을 그리는 정도에 그치지 않고, 인간 본래의 감각으로 구체적인 문자의 묘미가 실제로 독자에게 느껴지게 한다. 〈그 차가운 빗소리를 들어보라(聽聽那冷

雨)〉를 예로 보면, 각종 감각이 마치 완벽하게 외부 변화의 영향을 받은 것처럼 감각의 미묘함과 이미지로 세심하게 독자를 이끌어가고 있다. 위광중 산문의 또 하나의 특색은 유머 감각이라 하겠다. 비유를 통해 문자에 변화를 주며 전통의 정적인 비유에서 탈피해 은유의 참맛을 느끼게 한다.

　　"산문은 모든 작가의 신분증이고, 시는 모든 예술의 입장권이다", "시는 애인이라 전문적으로 정과 사랑만을 노래하지만, 산문은 아내이기에 주방에도 들어가야 하고 아이들도 돌봐야 한다"라는 위광중의 말처럼, 산문이론에서나 볼 수 있는 특색을 위광중의 수많은 시 작품에서도 엿볼 수가 있다. 그는 복잡하게 다변하는 시인으로, 이 변화의 궤도는 기본적으로 타이완 전체 시단의 거의 30, 40년 동안의 추세라고도 볼 수 있다. 사회가 진보된 서구를 추종하는 과정을 겪은 뒤에 다시 뿌리를 찾는데, 이것은 일종의 중국의식의 표출이다. 타이완 초기의 현대시 논쟁과 앞에서도 언급한 1970년대 중기의 향토문학 논쟁에서 위광중의 시론과 작품은 모두 상당히 강렬하게 자기주장을 표출한다. 이런 점은 강렬한 서구화로 독자를 무시하거나 현실의 경향을 도피한 것이지만, 그의 말처럼 "소년 시대에는 붓끝에 물들어…… 강물로 양조된 것은 1942년의 포도주이기도 하다." 1980년대 이후 그는 자기 민족이 살고 있는 지역에 대한 중요성을 감지하고 "그 대륙으로 펼쳐 돌아가자"며 창작을 통해 이를 반영하기 시작했다. 흥금을 울리는 많은 향수시를 쓰면서 향토문학에 대한 태도도 부정에서 긍정으로 변하였다. 명확하게 서양이 동양의 궤도로 돌아서는 순간이었다. 그래서 그는 한동안 타이완 시단에서 '돌아온 파도'라는 소리를 들었다.

　　예술적인 관점에서 본 위광중의 시는 예술상 다처주의 시인이라고 보면 정확할 것이다. 비록 그의 시작의 품격에서 어떠한 통일성도 없고 시풍도 제재에 따라 어지럽게 방향이 흐트러지는 경향이 있긴 하나, 이는 문자에 대한 무한한 탄력이고 다원화된 특색이라고 보면 될 것이다. "이렇게 저렇게 글을 쓰다 보니 문체에 변화가 생겼다"라는 그의 말처럼 의지와 이상을 표현한 시는 장엄하고 늠름함을 드러내며, 향수와 애정을 표현한 작품은 섬세하고 부드러운 느낌을 준다.

4. 영혼의 고향을 찾아서

《영원함과 줄다리기》의 중점은 창작 태도나 이념 혹은 기교의 문제가 아니라 위광중이 기록하고 있는 생활 속에서 받은 심각한 충격이라 하겠다. 즉 홍콩 사톈(沙田)의 경험은 현실 속의 고향과 정신, 즉 상상 속의 고향이 거의 오버랩 되고 있다. 타이완과 홍콩과 중국은 거리도 가깝고 서로 밀접한 관계에 있다. 이곳들이 시인에게는 꿈속의 기억이나 상상이 아니라 생활 속에서 숨 쉬고 느끼는 현실인 것이다. 그의 향수의식은 더 많은 이해가 필요할 것이다. 그는 유민이었지, 방랑자가 아니었다. 그의 작품에서 극명하게 드러나고 있는 것은 토지 경험에 대한 감각과 소중함이라 하겠다. 그는 어디에서 살든 진정으로 생활하며 느끼려 했고, 그리하여 그곳에 풍부한 작품과 기억을 남겨두었다. 예를 들어 위광중의 처음 주소는 샤먼 가(厦門街)인데 이 명칭이 끊임없이 그의 작품 속에 나타나며, 미국에서 유학한 경험과 교직에 있던 경험 등도 모두 그의 본적이 되어버린다.

또한 산문집 《망향의 목신(望鄉的牧神)》에서 나타난 고향을 그리는 정서와 이국의 토지 경험은 좋은 대조를 이루고 있다. 그는 타이완 가오슝(高雄)의 중산대학을 정년퇴임한 후에도 광화(光華) 강좌를 개설하고 있고, 오랫동안 한곳 가오슝 시쯔완(西子灣)에 머물면서 그 지역사회에 대한 관심으로 갈수록 더 가오슝 사람이 되고 있다. 즉 타이완 본토화가 그것인데, 예를 들면 〈봄이 가오슝에서 출발했다(讓春天從高雄出發)〉에서 "봄이 가오슝으로 찾아왔다/ 이처럼 남쪽을 뒤흔든 소식은/ 목면나무 횃불이/ 들판을 뛰어넘는 달리기 경주의 속도로/ 한길 북쪽을 향해 전달한다/ 봄은 가오슝에서 출발했다"라고 노래한다. 또한 지역사회의 환경을 보호하기 위해 〈굴뚝을 고발한다(控訴一枝煙囪)〉에서 외치길, "그처럼 부도덕한 자태로/ 남쪽의 밝고 아름다운 하늘을 향해 뻗어/ 한입 또 한입, 그것도 제멋대로/ 본시 순결한 풍경을 향해/ 깡패가 어린 여자아이를 대하듯/ 뱃속 가득한 더러운 말들을 품어낸다/ 너는 아침과 저녁노을의 명예를 파괴하고 있다"라고 했다.

위광중이 머문 곳은 점차 물리적인, 즉 현실 속의 그의 고향이 되어버린다. 그럼 상상 속의 고향은 어디인가? 아마도 줄곧 마음속에 새겨온 망향의 고향, 푸젠의 융춘일 것이다. 그에게는 위대한 고난 속의 중국이며 정신적인, 즉 잠재의식 속의 고향일 것이다. "어린 시절/ 향수는 한 장의 작은 우표였다/ 나는 이곳에/ 어머니는 저곳에/ 성장해서 향수는 손에 움켜쥔 한 장의 배표였다/ 나는 이쪽에/ 신부는 저쪽에/ 나중에/ 향수는 나지막한 무덤이 되었다/ 나는 밖에/ 어머니는 안에/ 그럼 지금은/ 향수는 하나의 얕은 해협이다/ 나는 이쪽에/ 대륙은 저쪽에."〔〈향수(鄕愁)〉에서〕 그가 중국은 어머니, 타이완은 아내, 홍콩은 애인, 유럽은 외도라고 말한 것처럼 시인의 마음속에 숨겨진 고향이 작품 속에 그려지며 정감으로 나타나는데, 이는

※ 본성인과 외성인

현재 타이완의 인구 분포는 크게 네 부류로 나누고 있다. 1993년 황쉬안판(黃宣範) 교수가 출판한 《언어, 사회와 족군의식(言語, 社會與族群意識)》이라는 책에서 다음과 같은 통계자료를 제공하고 있다. 1989년에 타이완 총인구에서 차지하는 외성인은 13퍼센트, 복로인(福佬人)은 73.3퍼센트, 객가인(客家人)은 12퍼센트, 원주민은 1.7퍼센트이다. 다시 말해 외성인 13퍼센트 외의 나머지는 본성인으로 분류하면 된다. 외성인은 중국에서 태어나 현재 타이완에서 살고 있는 사람들로 주로 국민당의 장제스가 타이완으로 철퇴할 무렵 타이완으로 건너온 사람들이고, 원주민을 제외한 본성인은 조상은 중국인이지만, 2, 3대 전부터 타이완에 이주해 살고 있는 사람들이다.

그저 좁은 의미의 고향이 아니라 시인 마음속에 자리한 영원한 정신적 고향이라 하겠다. 이 유민은 비록 고향으로 완전히 돌아가진 못했지만 그가 어디에 살고 있건 그 발걸음과 마음은 마치 어린 시절 부모와 함께 살던 그 고향집에 대한 변함없는 기억으로 영원히 남아 있을 것이다.

위광중의 유민의식은 중국과 타이완의 정치적인 불안에서 야기된 것으로 그는 훗날 다음과 같이 술회하고 있다. "정신적인 힘은 세상에서 가장 부드러운 것인 동시에 가장 강력한 힘이기도 하다. 현실 정치의 저울에서 예술의 힘은 거의 제로라 하겠다. 물론 약간의 예외도 있겠지만, 적어도 대부분의 예술가들에겐 그렇다. 그러나 천하의 부드러움이 강함을 무너뜨린다. 진시황의 분서갱유는 굴원의 수염을 태우진 못했고, 안록산의 군사 쿠데타는 두보의 초가집을 태우지 못했다. 권력이란 한 덩이의 신선한 쇠고기에 지나지 않아서 결국엔 아주 빠르게 썩어버리게 마련이다. 예술만이 꺼지지 않는 냉장고처럼 영혼의 냉정함과 일깨움을 보존할 수 있다."

최근 2005년 10월에 위광중은 60년 만에 부인과 함께 중국 충칭(예전에는 쓰촨 성에 속했지만, 1997년에 중국 서부의 직할시가 되었음)을 방문했다. 당나라 시인 하지장(賀知章)의 〈고향에 돌아가 막 쓴 글(回鄕偶書)〉라는 시를 보면, "어려서 집을 떠나 늙어서 돌아왔네/ 고향의 소리들은 변치 않았는데 내 머리는 희끗희끗해져/ 동네 아이들이 나를 몰라보고는/ 웃으며 묻기를 손님께서는 어디서 오셨나요"라고 귀향의 정경을 묘사하고 있다. 노시인 위광중에게도 어린 시절의 추억이 서려 있는 곳, 꿈에도 그리던 곳이 아니었던가? "내가 충칭을 떠날 때 배를 타고 떠났는데……, 추치먼(儲奇門)이 아직도 남아 있나요?" 그는 어린 시절, 즉 항일전쟁 시기에 당시 수도인 충칭에서 열 살부터 열여덟 살 때까지 학교공부를 하였다. 소년이 성장하여 청년이 된 것이다. 위광중이 충칭에서 중학교에 다닐 때 그의 아내는 쓰촨 성 뤄산(樂山)에서 초등학교에 다니고 있었다. 그들은 뒷날 난징에서 만나 타이완에서 결혼을 했고, 정이 깊은 평생의 반려자가 되었다. "나와 내 아내는 60년 동안 쓰촨 말로 대화해왔지요." 위광중은 웃으면서, "우리가 나눈 대화는 쓰촨에 있는 강 세 개를 합한 것보다 더 길 거예요"라고 말했다.

위광중은 타이완이나 중국 대륙 혹은 홍콩 등에서 그의 작품이 대부분의 중·고등학교 교과서에 실릴 만큼 일류 시인으로 대접받고 있다. 그럼 과연 위광중을 타이완을 대표하는 시인이라고 볼 수 있을까? 비록 타이완 지역사회에 대한 관심과 환경 보호를 주장하며 이를 시에 반영하고 있지만, 타이완에 살고 있는 대다수 외성인이 마음속에 모호한 정체성을 지니고 있듯이 그도 상상 속의 고향과 현실 속의 고향을 별도로 구분하고 있는 것이 아닐까?

생각할 거리

1. 위광중 시에 나타난 주요 특징은 무엇일까?

2. 거의 30, 40년 동안 타이완 시단은 복잡하게 다변하였다. 위광중의 시풍도 제재에 따라 어지럽게 방향이 흐트러지는 경향이 있는데, 그 변화의 궤도는 대략 몇 단계로 분류할 수 있을까?

3. 타이완에 살고 있는 대다수의 외성인이 마음속에 지니고 있는 주체의식의 모호함, 즉 상상 속의 고향과 현실 속의 고향은 어디이며, 한국의 이북 실향민과는 어떻게 다른가?

권하는 책

천싱후이(陳幸蕙), 《기쁘게 읽는 위광중 시권(悅讀余光中詩卷)》, 타이베이: 이아출판사(爾雅出版社), 2002.

허세욱 편역, 《한 움큼 황허 물》, 학고재, 2002.

《위광중 시를 논함(余光中談詩歌)》, 장시고교출판사(江西高校出版社), 2003.

에필로그

동아시아 · 중국 · 한국의 근현대

임춘성

1. 동아시아의 시좌

중국현대문학은 세계문학사의 맥락에서는 제3세계 문학에 속하는 주변부 문학이고, 한국문학의 상황에 비추어보면 비주류 문학이다. 이런 상황에서 중문학도는 본업뿐만 아니라 중심부와 주류에도 관심을 가질 수밖에 없다. 나아가 문사철(文史哲)을 근간으로 하는 중국학(Sinology)에 대한 공부 또한 게을리 할 수 없다. 이들 공부는 한편으로 버거운 일이지만, 그 과정을 통해 동서와 고금을 아우르는 총체적 관점을 가지는 기회가 될 수 있다.

한국이라는 현실은 중문학도에게 발을 딛고 있는 기반인 동시에 발목을 죄는 족쇄이기도 하다. 한국의 현실에 입각할 때 중국인이 보지 못하는 측면을 볼 수 있고 그것을 한국적 특수성으로 살려나갈 수 있는 반면, 그것을 고집하다 보면 중국적 특수성과 문학적 보편성을 간과하는 어리석음을 범할 수도 있기 때문이다. 민족문학이 세계문학과 만나는 길은 멀고 험하다. 특히 서유럽 문학이 독판쳐온 20세기까지의 세계문학사에서 기타 지역의 문학은 구색을 갖추는 의미 이상의 주목을 받기 어려웠다. 동아시아라는 시좌(視座)는 이런 문제들을 해결하기 위한 고민의 발로다.

그러나 동아시아라는 지역이 하나의 분석 단위로 성립할 수 있을지는 여전히 미지수다. '한자(또는 한문) 문화권'·'유교 문화권(또는 불교 문화권, 도교 문화권)'·'중화 문화권'·'유교 자본주의'·'동아시아학(East-Asian Studies)' 등의 명명(命名)이 시도되고 통념적으로 사용되기는 하지만, 송(宋)나라 이후부터 엄격한 쇄국정책에 의해 접촉의 기회가 적었고 일상생활을 하는 방식이 다르며 공통어가 없어 표면적인 통합을 이루었을 뿐, 서로 단절되어왔다는 고병익의 지적은 우리의 상념(常念)을 깨뜨리기에 족하다.

그렇다면 동아시아론은 '상상적 공동체(imagined/imaginary community)'에 대한 환상으로 흐를 수도 있다. 그러나 '상상적 공동체'라 할지라도 그 속에서 같거나 유사한 지점을 찾을 수 있을 것이라는 기대감을 가질 수도 있다. 동아시아 속에서 다름을 전제하면서 같은 지점을 찾아내고, 같음 속에서 다름을 변별해내는 과정에서 '상상적 공동체'가 현실의 공동체로 전화할 수도 있기 때문이다.

기존의 동아시아론은 두 가지 약점을 가지고 있다. '동아시아는 곧 동북아시아'라는 잘못된 등식에 의해 동남아 지역을 소외시킨 것이 첫 번째 약점이다. 김명섭은 동(북)아시아의 정체성을 받아들일 수 없는 중화주의에 의해 동아시아론이 거부될 가능성을 지적했는데, 그것이 두 번째 약점이다. 그럼에도 '방법 또는 프로젝트로서 동아시아 문학'에 충분히 공감하고 그것을 잘 활용한다면, 중국문학 또는 한국문학을 조감하는 데 단순한 비교문학의 차원을 넘어 그 이상의 역할을 할 것으로 기대할 수 있다.

그러나 이 개념이 동아시아 지역(중국 이외에도 최소한 한국, 일본, 몽골, 티베트, 베트남 등)에서 공감대를 형성하기 위해서는 '동아시아 문학' 개념의 보편성과 객관성이 강화되어야 한다. 특히 중국 대륙의 입장에서는 동쪽에서 한국·일본과 함께 '동아시아(동북아시아)'라는 권역을, 남쪽에서 '아세안(ASEAN)' 국가와 함께 '동남아시아'라는 권역을, 몽골 등과 함께 '중앙아시아'라는 권역을, 서쪽에서 인도·네팔 등과 함께 '남아시아'라는 권역을 구성할 수 있기 때문에 어느 한 권역에 얽매이고 싶지 않을 것이다. 그러므로 동아시아 문학이라는 구상이 한국과 일본의 짝사랑으로 끝나지 않기 위해서는 동아시아 문학의 필연성에 대한 엄밀한 논리가 뒷받침되어야 할 것이다. 특히 중국과 관련된 동아시아 논의에서는 더욱 그러하다.

한·중·일 세 나라가 비록 자연적·지리적으로나 역사적으로는 근접해 있을지 몰라도, 근현대, 특히 20세기의 인문적·사회적 지리는 쉽게 메울 수 없는 현격한 차이를 드러내고 있는 것도 부인할 수 없는 현실이다. 역사적으로 한자 문화권 또는 유교 문화권이라는 공통된 기반을 가지고 있었더라도 근현대화 과정에서 어떻게 변질되었는지, 현재 각 사회를 지배하고 있는 주류 이데올로기는 무엇인지 등이 해명되어야 할 과제로 남아 있다. 바꿔 말하면 한·중·일 세 나라가 전통의 어떤 부분을 계승하고 외래의 어떤 부분을 수용하였는지에 주목해야 하며, 그것이 서로 다른 지역적 조건과 현실적 요구 속에서 어떻게 변용되고 작용하였는지, 그 미세한 결을 규명해야만 한다.

이 글은 위의 문제점을 경계하면서, 그리고 중국과 한국의 차이를 염두에 두면서 '동아시아 근현대'의 가능성을 점검해보고자 한다.

2. 한청과 서우얼

2005년 1월에 서울(Seoul, '수도'의 의미)의 한자어 표기를 발표한 일은 중국인들에게 예상 이상의 반향을 일으켰다. "서우얼(首爾)이 한청(漢城)에 비해 역사적 · 문화적 느낌이 없다"는 정서적 반응을 보인 옌타이대학(煙臺大學) 친구부터 그 속에서 '한국인의 배한의식(排漢意識)'을 읽어내는 비판적 연구자(상하이에서 만난 인민대학 교수)까지 있었다. 심지어 한국의 수도 이전 논쟁과 연관지어 한청에서 서우얼로 언제 이전하느냐는 순진한 질문(대학 연구토론회에서 만난 한 교수)도 있었다. 물론 '당장은 낯설지만 차츰 익숙해질 것'이라는 반응도 적지 않았다. 한청에서 서우얼로 바꾸는 것이 개명이 아니라 한국 최초로 서울의 중국어표기법을 제정한 것이고, 그 전까지 중국인을 제외한 전 세계인이 모두 서울(Seoul)이라고 불렀다는 등의 정명(正名)은 이 글의 몫이 아니다. 이를 통해 제기하고 싶은 것은 기표와 기의의 문제다.

페르디낭 드 소쉬르(Ferdinand de Saussure)를 굳이 인용하지 않더라도 위의 사례에서 우리는 '기표(기호의 물리적 형태)'와 '기의(기호의 정신적 연상)'의 자의적(恣意的) 관계를 확인할 수 있다. 논의의 편의를 위해 서울을 기의로, 한청을 기표①로, 서우얼을 기표②로 설정해보자. 서울이라는 기의는 변하지 않았지만, 중국인에게는 2005년 1월에 본인들의 의사와 관계없이 기표①에서 기표②로 변했다. 여기에서 중요한 것은 중국(인)이 서울을 한청으로 부를 때 서울의 어원적 · 역사적 명칭으로 경성(京城), 한양(漢陽) 등이 있었는데 한성(漢城)을 '임의적'으로 선택했다는 것이고, 한국(인)이 서울의 한자 표기를 '首塢兒'이나 '社塢兒'로 하지 않고 '首爾'로 결정한 것도 어떤 '필연적' 논리나 근거가 있는 것은 아니라는 점이다. 고유명사의 작명에서 문화적 동의나 관습을 읽을 수는 있지만, 그에 관한 필연적 근거가 있을 이유가 없다.

한 가지 보충하자면 기의로 설정한 서울이 한국의 맥락에서는 기표가 되고, 그 기의는 '조선(1392~1910)의 오백년 도읍지이자 대한민국(1948~)의 수도'를 연상하게 한다는 점이다.

이상을 정리해보면 다음과 같다. 구조주의에 의하면 서울의 기표(발음, 한자가 없음)와 서울의 기의(수도의 의미)가 합해서 '서울'이라는 기호를 구성하는데, 이를 외연(外延, denotation)이라 한다. 한청(漢城, 중국의 도시라는 의미)은 이 외연에 기초해서 그 기표와 기의를 통합하지 않고, 임의로 역사 속에서 새로운 기표를 끌어온다. 그런데 그 기표는 기의를 변조하는 (bricolage) 작용을 한다. 그러므로 '서우얼'로 표기법을 제정한 것은 '한청'의 기의 변조 작용을 바로잡는 역할을 한다.

또 다른 측면도 있다. 한청과 서우얼은 아직 한국인과 중국인에게 내포(內包, connotation)의 단계로 나아가지 못했다. 내포 단계로 나아가기 위해서는 공통된 문화적 코드가 필요한데, 양 국민 사이에는 아직도 그것이 충분하지 않다. 문화적 코드의 공유가 한·중 양국이 문화를 교류함으로써 풀어야 할 과제인 셈이다. 수령(首領)의 '首'와 이아(爾雅)의 '爾'로 구성된 '서우얼(首爾)'은 한국인이 자신감을 표현한 것일 수 있으며, 한편 그것에 동의하기 어렵고 불편함을 느끼는 중국인도 있을 수 있다는 것이다.

3. 현대와 셴다이

한국의 연구자가 중국 근현대문학사를 접하다 보면 무엇보다도 먼저 혼란을 느끼는 것이 근대 또는 현대의 의미 규정이다. 편의상 기존의 '진다이(近代, jindai)', '셴다이(現代, xiandai)', '당다이(當代, dangdai)'라는 삼분법을 습용하면서 그 내용을 각자 새겼지만, 한국 사회에서 사용되는 일반적인 의미 규정과는 거리가 있음을 발견하고 혼란을 느끼기 마련이었다. 예를 들자면, 한국의 중국현대문학 연구를 대표하는 학회인 '한국 중국현대문학학회(The Korean Society of Modern Chinese Literature)'라는 학회명에서 '현대(hyundae)'는 중국의 '진다이', '셴다이', '당다이'를 모두 포괄하는 개념이다. 물론 한국에서도 '근대'와 '현대'의 변별은 존재한다. 필자에 따라 차이는 있지만, 그것들은 대략 영어의 'modern'과 'contemporary'에 해당하는 개념으로 쓰이고 있다. 다시 말해 전자는 '가치적' 성격이 강하고, 후자는 '시간적' 성격이 주가 된다. 그러나 대부분의 논자들은 개념을 명확하게 규정하지 않고 사용한다. 때에 따라서 특정한 개념이 내포하는 내용이 다른 경우도 있고, 내포가 같은 것으로 보이는 경우에도 개념을 달리하기도 했다. 이와 같은 개념 사용의 혼란은 중국 근현대문학사에 대한 올바른 인식을 저해하는 질곡으로 작용했으며, 이러한 질곡을 뛰어넘으려는 노력이 다양하게 진행되었다.

한국 학자들의 이런 노력은 대략 '중국 현대'를 '진다이 · 셴다이 · 당다이'를 포괄하는 가치 개념으로 사용하고, '근대'를 시간 개념으로 사용하는 것으로 귀결되고 있다. '당대'라는 개념은 여간해서는 사용하지 않는다. 이렇게 조정해도 여전히 한국에서 쓰는 일반적인 용법과는 괴리가 존재한다.

사실 한국에서 사용하는 근대 또는 현대나 중국에서 사용하는 진다이, 셴다이, 당다이 등의 개념이 서유럽의 '모던'에서 온 것임을 상기할 필요가 있다. 서유럽의 '모던'이라는 기의는 한국에서는 '근대(geundae)'라는 기표①로, 중국에서는 '셴다이(現代, 사회주의 현대화의 맥락)'라는 기표②로 표기되고 있다. 그러나 기표①과 기표②는 자신의 맥락을 벗어나 상대방의 문맥 속으로 들어가면, 단순한 시간 개념으로 변질되고 만다. 그러므로 기표①과 기표②를 아우르는, 나아가 일본의 기표③까지 포괄하는 동아시아의 기표를 설정할 필요가 대두된다(동남아는 잠시 유보하자).

4. 서유럽과 그 외의 사회들

우리는 서유럽의 '모던' 과정이 있었고, 동아시아는 그것을 모범으로 삼아 약간의 특수성을 가미해서 근현대 과정을 겪은 것으로 이해해왔다. 이른바 서유럽 중심과 동아시아 주변의 논리다. 물론 모던이 우선적으로 서유럽에서 전개되었다는 역사적 사실을 부인할 필요는 없을 것이다. 그러나 그동안 간과된 사실은 서유럽의 모던이 유럽 내부에서 순수하게 형성되고 발전한 것이 아니라, 서유럽과 서유럽 외부의 관계를 통해서 형성되고 발전했다는 사실이다. 이제 우리가 할 일은 서유럽의 모던 과정을 여러 가지 모던 과정의 하나로 설정하고 서유럽 이외의 다양한 모던 과정을 고찰하는 일이다. 아리프 딜릭(Arif Dilrik)에 의하면, 그것은 서유럽 중심의 대문자 역사(history)를 비판하고 복수의 역사들(histories)을 복원하는 작업이기도 하다. 그렇다면 서유럽과 동등한 지위를 가지는 동아시아를 설정하는 것이 불가능한 것은 아니다.

동아시아(East Asia)라는 개념은 여전히 적지 않은 문제점을 내포하고 있지만 우리가 그 개념의 시험적 사용에 동의한다면 그것을 서유럽에 대응하는 개념으로 설정할 수 있고, 따라서 서유럽의 모던에 대응하는 개념으로 동아시아의 '근현대'라는 개념을 '임의'로 설정할 수 있을 것이다. 다만 한·중·일 세 나라가 어떤 과정을 거쳐 이에 동의하느냐 하는 문제가 남아 있다. 중국의 경우 아직 일반적 합의 수준에 이르지는 않은 것으로 보인다.

사실 서유럽의 '모던'이라는 개념 자체가 모호한 만큼 그것에 해당하는 동아시아적 의미를 정의하는 것 또한 간단치 않다. 여기에서는 19세기 들어 세계사를 주도해온 서유럽의 문화가 동아시아의 문화와 본격적으로 충돌하기 시작한 19세기 중반을 그 기점으로 설정하고, 그때 제기된 과제가 아직 근본적으로 해결되지 않았다는 점에 주목하여 그때부터 지금까지의 역사를 하나의 '유기적 총체'로 설정하여, 그것을 동아시아의 '근현대'라고 명명하고자 한다. 아울러 서유럽의 '모더니티(modernity)'는 동아시아의 '근현대성'으로, 서유럽의 '모더니제이션(modernization)'은 동아시아의 '근현대화'로 대응시킬 수 있다.

'서유럽의 모던'과 변별되면서도 그에 대응하는 '동아시아의 근현대'를 설정하기 위한 이론적 근거로 '전 지구적 맥락'에서의 '다인과론적 접근'과 '타자들'의 개념을 검토할 필요가 있다.

'다인과론적 접근(multi-causal approach)'이란 '문화연구(cultural studies)' 전문가인 스튜어트 홀(Stuart Hall)이 제기한 방법이다. '다인과론적 접근'은 기존의 유럽 중심적 서술을 '전 지구적 맥락'에 위치시킨다. 그리고 모던 사회를 유럽 내적 현상이 아니라 범세계적인 현상으로 간주하며, 모던 세계를 단일한 역사적 변동이 아니라 일련의 주요한 역사적 변동들이 가져온 예측되지 않고 예상할 수도 없던 결과로 다룬다. '다인과론적 접근'은 모던 과정을 단일한 과정으로 해소하지 않고 다양한 과정들로 다룬다. 이 과정은 다양한 역사적 시간의 척도에 따라 작동하는 것으로서 그 상호작용에 의해 변화할 수 있고 우연적인 결과를 낳는다. 그러므로 '서유럽의 모던'과 '동아시아의 근현대'는 다양한 과정의 하나로 취급받는다. 물론 양자의 교류와 영향 관계는 또 다른 과제로 연구되어야 한다.

'전 지구적 맥락'이란 유럽 중심적 설명을 비판하는 데 유효하다. 서유럽의 점진적 통합, 경제 발전을 향한 지속적인 도약, 강력한 민족국가체제의 출현, 그리고 여타의 모던 사회 형성에 관한 모습은 마치 유럽이 내부로부터 자신의 발전에 필요한 모든 조건과 원료, 동력을 제공받은 것처럼

'순수하게 내적인' 이야기로 말해진다. 그러나 홀은 이 과정 또한 외적이고 전 지구적인 존재조건을 가지고 있었음을 환기시킨다. 오늘날 모더니티의 토대를 침식하고 변형시키고 있는 특정한 '전 지구화의 유형(생산·소비·시장·투자의 국제화)'은 새로운 현상이 아닌 단지 매우 긴 이야기의 최종 국면일 뿐이라는 것이다.

　　요약하자면 다인과론적 접근은 어떤 현상을 단일한 인과적 설명으로 해소시키는 것이 아니라, 그것을 다양한 원인들에 의해 작동하고 그 상호작용에 의해 변화할 수 있으며 우연적인 결과를 낳기도 하는, 다양한 과정들로 이해하는 것이다. 이런 입장에 서야만 '서유럽 보편/동아시아 특수'라는 '중심/주변'의 틀을 깰 수 있을 것이다.

　　중심/주변의 틀을 깨기 위해서는 '다인과론적 접근'과 함께 '타자들 [others]'의 개념을 빌려오는 것이 필요하다. 그 전에 '중심/주변'이라는 이분법적 사고를 정밀하게 고찰해보면, 그 '중심'이라는 것 자체가 최소한 이중적 성격을 가지고 있음을 알 수 있다. 즉 중세를 극복하려는 측면과 모던을 넘어서려는 측면, 백낙청이 요약한 바에 의하면 모더니티와 포스트모던 지향성이 그것이다. 특히 위르겐 하버마스(Jurgen Habermas)는 "서양의 모던이 한편으로 자연법적 질서에 대한 종교적 믿음에 의해 유지되던 '전체성의 파열'을 의미하지만, 다른 한편으로는 종교의 세속화로 말미암은 사회의 분화와 합리화를 통해 인간의 해방능력이 축적된다는 '진화적 발전에 대한 믿음'을 표현한다"라고 주장한다. 이렇게 되면 논리적으로 동아시아 근현대의 과제는 사중성을 가지는 셈이다. 서유럽 모더니티의 '전체성의 파열'의 측면에 대한 지향과 극복, 그리고 '진화적 발전에 대한 믿음'의 측면에 대한 지향과 극복이 그것이다.

　　베네딕트 앤더슨(Benedict Anderson)이 《상상의 공동체》에서 절대 불변의 개념으로 인식되어온 '국족(nation, 민족은 'ethnic'의 역어로 사용)'이 실제로는 상상적으로 구성된 것이라는 사실을 밝혀낸 뒤, 우리는 당연하게 여겨온 수많은 개념들을 의심하게 되었다. 그 결과 많은 개념들이 역사적으로 구성되었음을 알게 되었다. 에릭 홉스봄(Eric Hobsbam)의 '전통의 발명[The invention of tradition]'이 그 대표적인 예이다. 이런 맥락에서 스튜어트 홀은 '서양과 그 외의 사회들'이라는 관념이 어떻게 구성되었는지, 그리고 서양 사회와 비서양 사회 사이의 관계들이 어떻게 재현되었는지를 검토하고 있다. 그 주장의 핵심적인 출발점은 '서양'이 지리적이 아닌 '역사적' 구성물이라는 것이다. 그에게 '서양적'이라는 말은 '발전된, 산업화된, 도시화된, 자본주의적인, 세속적인, 현대적인'이라는 말과 통하는 것이고, '서양'이라는 개념 또는 관념은 '사고의 도구', '이미지들 또는 재현(표상) 체계'이자, '비교의 표준이나 모델', '평가기준 또는 이데올로기'로 작용한다고 해석하였다. 이는 서양이 '그 외의 사회들'을 '타자화[othernization]'하는 것과 동시에 진행된 것이다.

　　서양의 이른바 '모던'한 사회형태의 형성과 특징은 서유럽 안에서부터 틀 지어졌지만, 이러한 형성은 '전 세계적' 과정이기도 했다. 다시 말해 그 형성 과정은 중요한 '외재론적' 특징들을 가지고 있다. 결국 '서양'과 '그 외의 사회들', 즉 이른바 '중심'과 '주변'은 이렇게 서로 긴밀하게 연관되어 있었던 것이다.

　　그런데도 우리는 서유럽과 동아시아가 확연하게 차이가 나는 것으로 인식해왔다. 그러면 이러한 인식은 어떻게 형성되었는가? 앞당겨 말하자면, 그것 역시 '역사적인 구성물'이라는 것이 탈식민주의자들의 기본 관점이다. 서유럽이라는 개념은 유라시아 대륙의 서쪽 귀퉁이라는 단순한 지리적 개념이 아니라 '발전된, 산업화된, 도시화된, 자본주의적인, 세속적인, 모던한'이라는 의미로 만들어졌다는 것이다. 그리고 그것은 동아시아 등의 '그 외의 사회'를 타자화하는 과정 속에서 발명되었고 '그 외의 사회'

에 강요되었다.

그러므로 '동아시아의 비애'가 생겨날 수밖에 없다. 동아시아가 서유럽의 모던을 따라잡기 위해 한 세기 이상을 분투했건만, 저들은 우리가 추구해온 모던을 다시 해체하고 있는 현실이 그러하다. 이와 같은 '동아시아의 비애'를 극복하려는 노력으로 마오쩌둥의 '반제 반봉건 민족해방 민중혁명론(NLPDR)'과 백낙청의 '근현대성' 논단을 예로 들 수 있다. 그러한 노력이 어느 정도 성과를 거두었지만, 전자는 '제3세계 특수주의', 후자는 '서유럽 보편주의'라는 편향을 드러냈고, 두 가지 편향 모두 서양이라는 보편을 전제하였다는 사실을 부인할 수 없다. 이런 점에서 볼 때 '서유럽-중심/동아시아-주변'의 이분법적 사고를 탈피하는 일이 지난함을 알 수 있다.

5. 동아시아의 근현대화와 포스트모던의 문제

투르비언(Therborn)에 의하면 모더니제이션이 서유럽에서 시작된 것이지만 전 지구적으로 그 역사적 경로에는 혁명 혹은 개혁의 유럽 모더니제이션, 아메리카 신세계의 모더니제이션, 외부에서 주어진 근현대화, 식민지 근현대화라는 여러 유형들이 존재한다. 이 유형들은 물론 이념형으로 존재하며, 그것들의 다양한 조합과 변이가 개별 사회의 역사적 궤적으로 구체화된다. 이 국민국가들의 경로는 세계체제 내에서의 구조적 위치와 국내의 개인적·집합적 행위 간의 상호복합적인 관계에 따라 더욱 다층화되어왔다.

이 다양하고 다층적인 모더니제이션을 하나의 기표로 표기하고 그 다양함을 이야기하는 것도 방법이지만, 이 글의 맥락에서 서유럽의 모더니제이션과 동아시아의 근현대화로 나누어 고찰하고, 나아가 전 지구적 맥락의 모더니제이션 또는 근현대화 또는 다른 기표로 표기하는 것도 방법이다.

서유럽의 모더니제이션이 전 지구화되는 과정에서 동아시아 근현대화는 외부에 의해 강제된 측면도 있었지만, 다른 한편으로는 그것을 자기화 · 내면화하는 과정을 겪기도 했다. '반봉건 계몽'이라는 구호는 후자의 측면을 잘 나타내고 있다. 아울러 그 과정은 국정(國情)에 따라 다양하게 전개되었다. 한 · 중 양국은 외부 영향을 받은 근현대화와 식민지 근대화를 함께 겪었지만 1945년에 해방된 뒤 한국은 자본주의 근현대화의 길로, 중국은 사회주의 근현대화의 길로 나아갔다.

서유럽의 맥락에서 포스트모더니티의 출현은 모더니티의 역사 전제와 모더니티의 가정에 대해 문제를 제기한 것이다. 이런 상황 때문에 불확실성이 출현했다. 포스트모더니티는 모더니티를 극복의 대상으로 삼지만, 다른 한편으로 포스트모던은 모던의 변증법적 부정이면서 계기마다 모던 내부에 존재하고 있다. 포스트모던이 모던의 지속이자 변화라면 동아시아의 탈(후)근현대는 더욱 복잡해질 수밖에 없다.

아리프 딜릭은 서유럽적 맥락에서 "포스트모더니티는 모더니티의 역사적 전제 등 우리가 소중히 지켜온 모더니티에 관한 가정들을 문제시하는 상황이다. 이런 상황으로 인해 불확실성이 생겨났다"라고 한다.

1980년대 중반 이후 중국에 도입된 포스트모더니즘은 1990년대 들어서야 중국 지식인들에게 관심을 받기 시작했다. 포스트모더니즘은 '포스트학[postology]'이나 '포스트주의[postism]'와 같이 다양하게 번역되는 '후학(後學)'이라는 새로운 용어를 만들어내며, 중국 지식계에서 눈에 띄게 진전해왔다.

이에 반해 한국은 그보다 일찍 포스트모더니즘을 수용했다. 그러나 똑같은 '포스트'를 한국에서는 '탈(脫)'이라고 번역하고 있음에 주목할 필요가 있다. '지속[after]'과 '변화[de-]'라는 이중적 의미를 가지고 있는 'post-'를 하나의 단어로 번역하는 것이 쉽지 않기에 중국은 '後'의 측면을, 한국은 '脫'의 측면을 강조하고 있는 셈이다. 이 또한 거꾸로 중국에서는

'脫'의 측면이, 한국에서는 '後'의 측면이 간과되고 있는 것은 아닌가 하는 우려를 자아내기도 한다. 문맥을 제거하고 '탈식민'과 '후식민'을 접할 때 우리는 'postcolonial'을 연상할 수 있을까? 이처럼 동아시아가 서로 공동의 '기표'를 만들려는 노력을 경주하지 않는다면 서로 의사를 소통하기가 점점 더 어려워질 것이다.

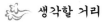 **생각할 거리**

1. 서유럽의 '모던(modern)'이 한 · 중 · 일 세 나라에서 어떻게 번역되었고, 그 의미가 어떻게 다른지 설명해보자.

2. 동아시아 문학의 가능성을 짚어보는 첫 단계는 2국 또는 3국 문학에서 비교할 수 있는 지점을 연결해보는 것이다. 한 · 중 · 일 근현대문학의 진행 과정에서 그러한 지점을 찾아 동아시아 문학의 가능성을 점검해보자.

권하는 책

정문길 · 최원식 · 백영서 · 전형준 엮음, 《동아시아, 문제와 시각》, 문학과지성사, 1995.

정재서 편저, 《동아시아 연구─글쓰기에서 담론까지》, 살림, 1999.

정문길 · 최원식 · 백영서 · 전형준 엮음, 《발견으로서의 동아시아》, 문학과지성사, 2000.

전형준, 《동아시아적 시각으로 보는 중국문학》, 서울대학교출판부, 2004.

글쓴이 소개(가나다 순)

강경구

1959년 충남에서 태어나 부산대학교 중어중문학과를 졸업하고, 이어 영남대에서 중국 고전시가 및 현대소설을 공부했다. 지은 책으로 《위다푸(郁達夫)·선충원(沈從文) 소설의 연구》, 《중국현대소설의 탐색적 연구》 등이 있고, 옮긴 책으로는 《도가문화와 현대문명》 등이 있다. 현재 동의대학교 중어중문학과 교수로 있다.

김경남

1965년에 목포에서 태어나 한국외국어대학교 중국어과와 같은 과 대학원을 졸업한 뒤, 중국 푸단대학(復旦大學)에서 중국현대문학을 공부했다. 옮긴 책으로 《양산박 송강(宋江)》이 있고, 〈세기말 중국 작가의 선택과 추구를 논함(論世紀末中國作家的選擇與追求)〉, 〈현대도시 속의 에뜨랑제 — 추화둥론(邱華棟論)〉, 〈우울한 영혼의 욕망체험 — 주원(朱文) 소설론〉, 〈쑤퉁 소설의 여성상(女性像)〉 등이 있다. 현재 덕성여자대학교 중어중문학과 교수로 있다.

김미란

1964년에 대전에서 태어나 연세대학교 중어중문학과와 같은 대학원을 졸업한 뒤, 중국 칭화대학 중어중문학과와 상하이대학 당대문화연구센터에서 방문학자를 역임했고 광운대학교 연구교수로 활동했다. 지은 책으로 《중국은 왜 한류를 수용하나》(공저), 논문으로 〈신시기 중국 여성의 성별의식 형성연구(1)〉, 〈부국강병 전략과 드라마의 세대별 재현〉, 옮긴 책으로 《딩링》이 있다. 현재 성공회대학교 사회문화연구원 연구교수로 있다.

김미정

1964년에 제주도에서 태어나 서울대학교 중어중문학과를 졸업하고 같은 과 대학원에서 석사·박사학위를 받았고, 베이징대학에서 박사후 과정을 마쳤다. 〈저우쭤런 연구〉, 〈현대를 향하여 — 저우쭤런의 5·4관〉 등 저우쭤런 관련 논문이 다수 있고, 그 외 〈위추위 문화산문과 위추위 비판 붐에 관한 일고찰〉, 〈상하이에서의 근대적 독서시장의 형성과 변천에 관하여〉 등의 논문이 있으며, 옮긴 책으로 《중국에서의 자유주의 사상논쟁》 등이 있다. 현재 경북대학교 중어중문학과 교수로 있다.

김상호

1961년에 서울에서 태어나 경기대학교 중어중문학과를 거쳐 타이완 펑자대학(逢甲大學) 중문학 석사 및 타이완 중산대학(中山大學) 중문학 박사과정을 이수했다. 저서로 《徐志摩詩硏究》, 《中國早期三大新詩人硏究》, 《戰後台灣現代詩硏究論集》이 있으며, 옮긴 책으로 《파파야 꽃이 피었다 — 타이완 시인 천첸우(陳千武) 시선》, 《반도의 아픔(半島的疼痛) — 한국 시인 김광림(金光林) 시선 100》 등이 있다. 타이완 수이핑대학(修平大學) 응용중문학과 부교수로 재직하고 있으며, 대만현대시인협회 상임이사로도 활동하고 있다.

김언하

부산에서 태어나 부산대학교 중어중문학과를 졸업하고, 계명대 대학원에서 석사학위를 받았으며 영남대학교와 베이징대학 대학원에서 박사학위를 받았다. 논문으로 〈중국 신시기 문학 연구의 변천〉과 〈20세기 전반기 중국문학 속의 광기 주제〉가 있고, 지은 책으로 《한국 루쉰 연구 논문집》(공저), 《중국 명시 감상》(공저) 등이 있으며, 옮긴 책으로 《문학이론 학습자료》(공역) 등이 있다. 현재 동서대학교 중국어학과 교수로 있다.

김용운

1954년 영천에서 태어나 한국외국어대학교 중국어과를 졸업한 뒤, 타이완사범대학과 성균관대학교에서 중국문학을 공부했다. 대표적인 논문으로 〈뉴한 연구〉, 〈80년대 신생대시 개관〉, 〈문화대혁명 시기 중국현대시 개관〉 등이 있고, 옮긴 책으로 《몽유(夢遊)》, 《중국 문예학 개론》 등이 있다. 현재 동아대학교 중국일본학부 교수로 있다.

노정은

이화여자대학교 중어중문학과를 졸업한 뒤, 중국 푸단대학에서 중국 현·당대문학을 전공했다. 논문으로 〈후평과 임화(林和)의 리얼리즘론 고찰〉, 〈후평의 편집사상과 《희망(希望)》 연구〉가 있다. 현재 건국대학교 중어중문학과 조교수로 있다.

민정기

1968년에 서울에서 태어나 자랐고, 서울대학교 중어중문학과와 같은 과 대학원을 졸업했다. 〈추이젠(崔健)과 '일무소유(一無所有)' 그리고 1989년의 베이징: 중국 대도시의 하위문화〉, 〈그림으로 읽는 근대중국의 사회와 문화 — 《점석재화보》 연구를 위한 서설〉 등의 글을 썼으며, 옮긴 책으로 《언어횡단적 실천: 문학, 민족문화 그리고 번역된 근대성—중국, 1900~1937》이 있다. 19세기와 20세기 중국의 문학과 문화를 연구하고 있으며, 현재 인하대학교 중국어중국학 전공 부교수로 있다.

박남용

1968년에 충북 옥천에서 태어나 한국외국어대학교 중국어과와 같은 과 대학원 중어중문학과를 졸업했다. 주요 논문으로 〈아이칭의 근대 체험과 시적 이미지 연구〉, 〈짱커자(臧克家) 초기시 연구〉 등이 있으며, 《20세기 중국문학의 이해》를 공역했다. 현재 한국외국어대학교와 동덕여자대학교 강사로 있다.

박노종

1963년에 경남 합천에서 태어나 부산대학교와 영남대학교 대학원을 졸업하였으며, 문예미학과 현대희곡을 전공하였다. 지은 책으로 《차오위의 연극세계》가 있고, 희곡 관련 논문이 다수 있다. 현재 동의대학교, 인제대학교 등에서 강의하고 있다.

박재우

충남 금산에서 태어나 서울에서 자랐으며, 서울대학교 중어중문학과를 졸업하고 국립타이완대학 중문연구소에서 석사학위와 박사학위를 받았다. 지은 책으로 《사기·한서 비교 연구(史記漢書比較硏究)》(중국어), 《중문학 어떻게 공부할까》(공저) 등이 있고, 옮긴 책으로 《문학의 이론과 실천》(공역) 등이 있으며, 논문으로 〈중국 현대한인 제재 소설의 심층적 연구〉 등이 있다. 현재 한국외국어대학교 중국어과 교수로 재직하면서, 'BK21신한중문화전력사업단' 사업단장, 《당대한국(當代韓國)》 한국 주편, '한국대만홍콩해외화인문화연구회' 회장을 맡고 있다.

배연희

제천에서 태어나 서울에서 자랐으며, 숙명여자대학교 중어중문학과를 졸업하고 고려대학교 대학원에서 석사학위와 박사학위를 받았다. 논문으로 〈고도(孤島) 시기 위링(于伶)의 극작에 나타난 여성의 형상〉, 〈고도 시기 상하이 연극의 지형도〉, 〈1920년대 딩시린의 단막희극에 나타난 여성성, 사회적 금기와 사랑〉, 〈후스의 〈종신대사(終身大事)〉에 나타난 입센의 수용과 변형〉, 〈1920년대 천다베이의 〈미스 유란〉과 어우양위첸의 〈집으로 돌아온 후(回家以後)〉에 나타난 여성과 집, 시선과 응시〉 등이 있다. 현재 고려대학교 중국학연구소 연구조교수로 있다.

백영길

1955년에 인천에서 태어나 고려대학교 중어중문학과와 같은 과 대학원을 졸업하였으며, 일본 와세다대학 대학원에서 중국현대문학으로 박사학위를 받았다. 지은 책으로 《중국 항전기 리얼리즘 문학논쟁 연구》가 있으며, 옮긴 책으로 《현대 중국문화 탐험》이 있다. 현재 고려대학교 중어중문학과 교수로 있다.

서광덕

1965년에 부산에서 태어나 연세대학교 중어중문학과를 졸업하고 같은 과 대학원에서 박사학위를 받았다. 지은 책으로 《루쉰의 문학과 사상》(공저) 등이 있고, 옮긴 책으로 《루쉰》, 《일본과 아시아》(공역) 등이 있다. 현재 연세대학교 인문과학연구소 연구교수로 있다.

성근제

1968년에 서울에서 태어나 연세대학교 중어중문학과와 같은 과 대학원을 졸업했으며, 한양대학교 민족학연구소의 책임연구원을 거쳐, 방문학자로 중국 중앙민족대학에서 공부했다. 중국 사회주의 시기의 문학과 문화를 주로 연구하고 있으며, 북한과 조선족 사회의 역사와 문화로 연구범위를 넓혀가고 있다. 〈1950년대 마오쩌둥 혁명적 낭만주의 문예론의 형성 및 변이 과정 연구〉, 〈마오쩌둥과 동아시아〉, 〈동아시아 문학 연구의 지평 확대를 위하여〉 등의 논문이 있다.

유경철

1969년에 군산에서 태어나, 서울대학교 중어중문학과와 같은 과 대학원을 졸업하였다. 주로 무협소설과 무협영화, 중국 당대(當代)의 소설 및 영화 등을 연구하고 있다. 주요 논문으로 〈왕멍 소설 연구〉, 〈진융 소설의 중국 상상(想像) 연구〉 등이 있고, 옮긴 책으로 《나비 — 왕멍 단편선》(공역)이 있다. 현재 강릉대학교 중어중문학과 교수로 있다.

유영하

경북 상주에서 태어나 단국대학교 중어중문학과를 졸업한 뒤 홍콩의 주하이대학과 신아대학원대학에서 중국현대문학을 공부했다. 옮긴 책으로 《상하이에서 부치는 편지》 등이 있고, 논문으로 〈홍콩 문화와 문학의 주체성〉, 〈황웨이량 산문에 투영된 홍콩 문화의 세계적 현재성〉, 〈권위주의 체제에서 작가의 세계관 지양(Aufheben) 문제〉 등이 있다. 현재 백석대학교 중국어학과 교수로 있다.

이정인

한국외국어대학교를 졸업한 뒤 같은 과 대학원을 졸업했다. 〈1980년대 중국 실험극〉으로 박사학위를 받았다. 현재 한국외국어대학교에서 강의하고 있다.

이정훈

부산에서 태어나고 자랐으며, 서울대학교 중어중문학과와 같은 과 대학원에서 석사학위와 박사학위를 받았다. 논문으로 〈90년대 중국문학 담론의 확장과 전변 — 왕후이(汪暉), 천핑위안(陳平原), 왕샤오밍(王曉明)의 경우를 중심으로〉 등이 있으며, 옮긴 책으로 《반일과 동아시아》(공역)가 있다. 현재 서울대학교, 인하대학교, 국민대학교 등에서 강의하고 있다.

이주노

1958년에 강진에서 태어나 서울대학교 중어중문학과와 같은 과 대학원을 졸업하였다. 지은 책으로 《중문학 어떻게 공부할까》(공저), 《중국현대문학의 세계》 등이 있고, 옮긴 책으로 《역사의 혼 사마천》, 《중국 고건축 기행》 등이 있다. 현재 전남대학교 중어중문학과 교수로 있다.

임춘성

광주에서 태어나 서울에서 자랐으며, 한국외국어대학교 중국어과를 졸업하고 같은 과 대학원에서 석사학위와 박사학위를 받았다. 지은 책으로 《소설로 보는 현대중국》, 《중문학 어떻게 공부할까》(공저) 등이 있고, 옮긴 책으로 《문학이론학습》, 《중국 근대사상사론》, 《중국 통사 강요》(공역), 《중국 근현대문학운동사》(편역) 등이 있다. 현재 목포대학교 중어중문학과 교수로 있으며, '한국 중국현대문학학회' 회장을 맡고 있다.

임향섭

1966년에 인천에서 태어나 단국대학교 중어중문학과를 졸업한 뒤 같은 과 대학원에서 중국현대문학을 공부하였다. 현재 단국대학교 동양학연구소 연구원으로 있다. 논문으로 〈선충원(沈從文) 후기소설의 서술자 연구〉 등이 있다.

장윤선

1972년에 서울에서 태어나 이화여자대학교 중어중문학과를 졸업하고, 중국 난징대학에서 중국 현·당대문학을 공부했다. 논문으로 〈1980년대 말 선봉소설 본체 고찰론〉, 〈왕멍의 의식류 소설론〉 등이 있으며, 지은 책으로 《서정시선》, 《중국당대소설선》과 《시사문화 한자입문》(공저)이 있다. 현재 배재대학교 중국학부 조교수로 있다.

전윤희

1966년에 대구에서 태어나 경북대학교 중어중문학과를 졸업한 뒤 같은 과 대학원에서 석사학위와 박사학위를 받았다. 논문으로 〈바진(巴金) 소설의 지식인 형상 연구〉, 〈1930년대 중국 도시소설 연구〉, 〈무스잉(穆時英) 소설 속의 두 가지 여성상 고찰〉, 〈무스잉 소설 속의 상하이 풍경〉이 있다. 현재 경북대학교, 영남대학교, 대구대학교 등에서 강의하고 있다.

정성은

1963년에 광주에서 태어나, 이화여자대학교 중어중문학과를 졸업하고 고려대학교 중어중문학과 대학원에서 박사학위를 받았다. 지은 책으로 《벤즈린(卞之琳) 시선》, 《떨리듯 와서 뜨겁게 타다 재가 된 노래 ― 중국 현대 애정시 선집》 등이 있고, 논문으로 〈중국 현대 여성시의 주제와 이미지의 전변에 관한 연구(關于中國現代女性詩歌主題和意象轉變之研究)〉, 〈몽롱시인 수팅 시의 이미지와 서정성 연구〉, 〈선충원 소설에 나타난 '노래'의 상징 연구〉, 〈허치팡(何其芳) 산문집 《화몽록(畫夢錄)》의 상징세계〉, 〈중국 1930년대 모더니즘 시 연구〉 등이 있다. 현재 군산대학교 중어중문학과 교수로 있다.

정우광

서울에서 태어나 자랐으며, 고려대학교 중어중문학과를 졸업하고 같은 과 대학원에서 석사학위를 받았다. 미국 워싱턴대학에서 중국 1930년대 시집인 《한원집》을 연구하여 박사학위를 받았다. 편역서로 《뻬이따오의 시와 시론》, 《베이다오 시선》 등이 있고, 논문으로 〈중국 신시에 나타난 계승과 이식 문제 연구〉 등이 있다. 현재 숙명여자대학교 중어중문학과 교수로 있다.

조성환

1962년에 충남 서산에서 태어나 경북대학교 중어중문학과와 같은 과 대학원을 졸업했으며, 서라벌대학 관광중국어통역과 교수를 역임하였다. 만든 책으로 《중국 현당대문학비평가 사전》, 《한국의 중국어문학 연구가 사전》, 《중국 고대문학 연구가 사전》, 《중국 언어학자 인명 사전》 등이 있고, 옮긴 책으로 《중국문학과 여성》, 《자오수리 평전》, 《딩링의 소설》, 《중국 번역문학사》, 《인물로 보는 중국현대소설의 이해》(공역) 등이 있다. 현재 중국사회과학원 역사연구소 방문학자로 있다.

조영현

성균관대학교 중어중문학과를 졸업하고, 중국 난징대학에서 문예미학과 중국현대문학으로 석사학위와 박사학위를 받았다. 논문으로 〈자핑와의 '상저우(商州)'와 그 정체성 탐색〉 등이 있고, 옮긴 책으로 《문명의 새벽》, 《패권 시대》 등이 있다. 현재 서울여자대학교 중어중문학과 교수로 있다.

조흥선

전남 신안에서 태어나 광주에서 자랐으며, 성균관대학교 대학원에서 석사학위를 받았고, 베이징사범대학에서 박사학위를 받았다. 논문으로 〈바진(巴金)의 두 가지 창작 경향〉, 〈바진의 소설과 무정부주의〉 등이 있다. 현재 제주대학교 중어중문학과 교수로 있다.

주재희

1956년 부산에서 태어나 한국외국어대학교 중국어과를 졸업하고 국립타이완대학에서 석사학위를, 한국외국어대학교에서 박사학위를 받았다. 논문으로 〈문명소사연구〉, 〈천잉전 소설 연구〉 등이 있다. 현재 동양공업전문대학 교양학과 교수로 있다.

홍석표

1966년에 경북 경산에서 태어나, 서울대학교 중어중문학과와 같은 과 대학원을 졸업했다. 지은 책으로 《현대중국, 단절과 연속》, 《천상에서 심연을 보다 ― 루쉰의 문학과 정신》, 《중국의 근대적 문학의식 형성에 관한 연구》 등이 있고, 옮긴 책으로 《중국 당대신시사》, 《무덤》, 《한문학사강요 · 고적서발집》, 《아큐정전》, 《화개집 · 화개집속편》 등이 있다. 현재 이화여자대학교 중어중문학과 교수로 있다.